PATRICIA MENNEN

Der Ruf der Kalahari

Buch

Berlin, 1901. Nach dem Tod ihrer Mutter wagt die junge Jella von Sonthofen den Schritt in ein neues Leben: Sie wird Deutschland verlassen und ihren Vater suchen, der in Deutsch-Südwestafrika verschollen ist. Doch als sie nach langer Zeit endlich seine Farm gefunden hat, erwartet sie dort eine schreckliche Überraschung …

Der Ruf der Kalahari ist der Auftakt einer fesselnden Familiensaga vor einer einzigartigen Landschaft. Sie erzählt die Abenteuer einer jungen Deutschen im heutigen Namibia, ihre Seelenverwandtschaft mit dem Buschmädchen Nakeshi und eine wunderbar romantische Liebesgeschichte.

Autorin

Patricia Mennens große Leidenschaft ist das Kennenlernen von Menschen ursprünglicher Kulturen. Wann immer es geht, macht sie sich auf und versucht, einen authentischen Einblick in fremde Lebenswelten zu gewinnen. Ihre Eindrücke und Erlebnisse verarbeitet sie in ihren Büchern. Die Autorin lebt mit ihrem Mann und zwei Töchtern abwechselnd in der Nähe des Bodensees und der Provence. Derzeit schreibt Patricia Mennen an der Fortsetzung zu *Der Ruf der Kalahari*.

Patricia Mennen

Der Ruf der Kalahari

Roman

blanvalet

FSC
www.fsc.org
MIX
Papier aus verantwortungsvollen Quellen
FSC® C014496

Verlagsgruppe Random House FSC-DEU-0100
Das FSC-zertifizierte Papier *Holmen Book Cream*
für dieses Buch liefert Holmen Paper, Hallstavik, Schweden.

1. Auflage
Originalausgabe Dezember 2010 bei Blanvalet, einem Unternehmen
der Verlagsgruppe Random House GmbH, München.

Umschlagmotiv: © Artwork HildenDesign unter Verwendung von Motiven
Daleen Loest/Shutterstock; javarman/Shutterstock; Chris Kruger/Shutterstock
Redaktion: Rainer Schöttle
NB · Herstellung: sam
Satz: Buch-Werkstatt GmbH, Bad Aibling
Druck und Bindung: GGP Media GmbH, Pößneck
Printed in Germany
ISBN: 978-3-442-37517-2

www.blanvalet.de

Für meine Eltern

Die kleinen Sterne
scheinen immer,
während die
große Sonne
oft untergeht.

Afrikanisches Sprichwort

Der Ruf des Num

Die Luft flirrte über der unendlichen Weite der Kalahari. Während der Mittagsstunden hatte sich die Wüste extrem aufgeheizt. Gleißend hell prallte das Licht der Sonne auf die hügelige Ebene mit ihren wenig belaubten Büschen und Sträuchern. Hin und wieder ragten einzelne Bäume wie verknöcherte Hände in den leuchtend blauen Himmel. Selbst jetzt im Winter, zur Zeit der größten Dürre, sah die Kalahari nicht wirklich wie eine Wüste aus. Und doch war sie gerade deswegen unberechenbar. Im Gegensatz zur Namib-Wüste im Südwesten des Landes, die schon durch ihre riesenhaften roten Sanddünen abschreckend wirkte, konnte die Kalahari für kurze Zeit wie ein friedfertiges Paradies erscheinen. Der Regen im Frühjahr füllte die Senken und ausgedörrten Trockenflüsse mit Wasser und ließ innerhalb kürzester Zeit vielerlei Arten von Buschgräsern ergrünen. Das Wasser lockte Abertausende von Wildtieren an. Sie strömten in Scharen in das kurzlebige Paradies, um sich fortzupflanzen. Doch das trügerische Grün verschwand so schnell, wie es gekommen war. Unbarmherzig löschte die übermächtige Sonne jeden Wasserflecken aus, ließ das Gras verdorren und hinterließ einen rissigen Boden, der wie ein zersplitterter Spiegel aussah.

Am Horizont kreisten Geier in weiten Himmelsspiralen und warteten geduldig auf ihre Gelegenheit. Ein Löwenrudel hatte einen Springbock erlegt und riss gerade die besten Stücke aus dem Kadaver. Die Zeit der Geier war noch nicht gekommen. Hyänen umschlichen ungeduldig das Löwenrudel, näherten sich der Beute, wurden allerdings durch grimmiges Gebrüll wieder auf Abstand gebracht, nur um sich sofort von einer anderen Seite zu nähern. Erst wenn sie ihren Hunger gestillt hatten, waren die Aasvögel und die Schakale an der Reihe, um sich um die Reste der Beute zu streiten.

Nakeshis feine Nase nahm den Geruch frischen Blutes in der Luft wahr. Vorsichtshalber wählte sie einen Weg, der sie von dem Kill fortführte. Sie hatte sich bereits vor Stunden von ihrer Gruppe abgesondert und streifte allein durch das dicht stehende Gestrüpp. Prüfend sah sich das zierliche Buschmann-Mädchen noch einmal um. Fern am Horizont sah sie eine Armee von Regenwolken auftauchen. Sie türmten sich rasch zu unheilvollen Gebilden auf und versuchten vom Meer her in die Wüste einzudringen. Wie eine mächtige Streitmacht wurden sie vom Westwind landeinwärts getrieben, um ihre donnernde Regenlast über dem Land loszuwerden. Doch die Sonne stellte sich ihnen mit ihrer unerbittlichen Kraft entgegen. Gierig fraß sie Löcher in die Wolkenberge und zerfetzte das Ungetüm, indem sie es zerteilte, bis sich alles in harmlose Schäfchenwolken aufgelöst hatte. Nakeshi sah es mit Bedauern. Sie sehnte sich sehr nach dem ersten Regen.

Ein scharfes Knacken aus dem Unterholz weckte ihre Aufmerksamkeit. Ihre Sinne richteten sich instinktiv auf das Geräusch. Während ihre Blicke das Gebüsch vor ihr abtasteten, prüfte ihre Nase die Windrichtung. Der Wind kam ihr entgegen und roch trocken. Also drohte keine unmittelbare Gefahr durch Raubtiere. Weder der beißend scharfe Geruch von Löwen noch der moschusartige ätzende Gestank eines Leoparden stiegen ihr in die Nase. Vorsichtig schlich sie näher, um den Ursprung des Geräuschs zu erkunden. Als sie bis auf zwei Schritte herangekommen war, krachte es nochmals, und ein gelbschwarzer Schabrackenschakal brach unmittelbar vor ihr aus dem Gebüsch. Für einen kurzen Augenblick blieb er stehen, hob seine Lefzen zu einem kurzen knurrigen Drohen und trollte sich dann unwillig. Offensichtlich hatte sie ihn in seinem Mittagsschlaf gestört. Das Joansi-Mädchen lachte erleichtert auf. Die Kalahari bot immer wieder Überraschungen. Auf den ersten Blick sah der karge, struppige Bewuchs der Wüste wie ein undurchdringliches Dickicht ohne jede Orientierungsmöglichkeit aus. Die armdicken, kahlen Äste und Zweige der Kameldornbüsche bildeten mit ihren fingerlangen Dornen eine natürliche Wand. Und doch gedieh in dieser lebensfeindlichen Umgebung allerlei Leben. Springböcke, Ducker und auch die kleinen, grazilen Steinböcke mit ihren schwarzen Kulleraugen liebten den Schutz, den ihnen die messerscharfen Dornen boten. Mit ihren Hufen hoben sie am Fuße der Büsche kleine Gruben aus, um dort ihre Jungen zur Welt zu bringen.

Nakeshi ging weiter. Geschickt und schnell bahnte sie sich einen Weg durch das Gebüsch, ohne ernsthaft mit den Dornen in Berührung zu kommen. Während sie lief, hielt sie immer wieder nach dem Mankettibaum Ausschau, dessen dreigeteilte Krone jetzt während der Dürrezeit weithin sichtbar war. Die schmale rotsandige Senke mit den Rosinenbüschen hatte sie bereits durchquert, bevor die Sonne in der Mitte des Himmels gestanden hatte. Auch das schwer zu durchdringende Kameldorngestrüpp hatte sie nun hinter sich. Links von ihr erkannte sie den kleinen, felsigen Hügel mit seinen kugelrunden, roten Steinen. Auf seiner Spitze wuchs aus dem glatten Geröll ein mächtiger Giraffenbaum. Im kräftigen Licht der winterlichen Nachmittagssonne wirkte der leuchtende Hügel wie eine friedliche Oase. Aber der Schein trog. Zwischen den Steinen und der immergrünen Krone des Baumes lauerten allerlei Gefahren. Die Buschmänner mieden für gewöhnlich diesen Ort. Er war voller Llangwasi, voller Geister, deren Unmut und Unberechenbarkeit niemand auf sich ziehen wollte. So war der Fuß des Hügels bei den Wüstenlöwen sehr beliebt. Nakeshi fürchtete kein Tier mehr als diese kräftigen, unberechenbaren Raubkatzen. Die

Savannenkönige standen mit den Joansi in ständiger Konkurrenz im Kampf ums tägliche Überleben. Entweder waren es die Buschmänner, die versuchten, den Löwen ihre Beute abzuluchsen, oder es waren die Löwen, die wiederum den Joansimännern ihre Beute streitig machten. Selbst der Schatten spendende Giraffenbaum mit seiner weit ausladenden Krone war kein friedlicher Ort. Auf seinen Ästen hielten sich oftmals Leoparden auf, die in der luftigen Höhe ihre Beute vor den Löwen und Hyänen in Sicherheit brachten. Nakeshi schüttelte sich bei dem Gedanken an die Raubtiere und fiel in den ausdauernden Schnellschritt, der ihr wie allen Buschmann-Frauen zu eigen war. Sie beschloss, den Hügel in einem weiten Bogen zu umrunden. Jetzt war es nicht mehr weit bis zu dem Hain mit den Mankettibäumen. Sie musste sich nur beeilen. Die Sonne stand schon tief, und sie musste unbedingt vor der *»Zeit, in der man die Leute nicht mehr sehen kann, weil es dunkel ist«* zurück bei ihren Leuten sein. Doch vorher hatte sie eine wichtige Aufgabe zu erledigen. Sie hatte Sheshe versprochen, die Gwa-Wurzel für sie auszugraben … und sie würde ihr Versprechen halten.

Ein stechender Schmerz schoss völlig unerwartet durch ihren Unterleib. Sie stöhnte leise und beugte sich nach vorn, um ihm entgegenzuwirken. Doch erst nachdem sie zweimal tief durchgeatmet hatte, ließ das Stechen endlich nach. Sie wollte es nicht wahrhaben, doch tief in ihrem Innern wusste sie genau, woher der Schmerz kam. Die Zeichen waren eindeutig. Schon bald würde zum siebzehnten Mal die Zeit kommen, in der Debe den Löwen besiegt hatte und Chuka ihr das Leben geschenkt hatte. Sie ahnte, dass der Schmerz, der in ein gleichmäßiges Ziehen übergegangen war, etwas damit zu tun hatte, dass sie nun bald endgültig zu einer Frau werden würde. Der Gedanke gefiel ihr ganz und gar nicht. Nakeshi fürchtete sich davor. Denn mit der ersten Blutung war die *»Zeit, in der man sich keine Sorgen machen muss«* für immer vorüber. Viele Buschmann-Mädchen wollten nicht erwachsen werden, um keine Verantwortung in der Gruppe übernehmen zu müssen. Als Kinder waren sie frei und durften Fehler machen und falsche Entscheidungen treffen. Das hatte keinerlei Folgen für sie, weil jeder Erwachsene in der Gruppe wusste, dass Kinder noch keine Verantwortung übernehmen können. Die Kindheit war wie ein schützender Umhang, der sie vor allen Sorgen von außen schützte. Doch Nakeshi scheute sich nicht vor der Verantwortung. Sie freute sich sogar darauf, wenn endlich auch ihre Stimme in der Gruppe Gewicht bekommen würde. Der Grund, weshalb sie nicht erwachsen werden wollte, war ein ganz anderer. Für sie war die Tatsache, dass sie mit dem Erwachsensein auch ihre Unabhängigkeit verlieren würde, weitaus schlimmer. Ihre Leute würden von ihr erwarten, dass sie sich einen Mann suchte und mit ihm in eine eigene Hütte zog. Sie würde Kinder haben und gebunden sein. Vorbei wären die Zeiten, in denen sie ihre Freiheit genoss, um mit der Heilerin Sheshe die Natur und ihre Wunder zu erkunden. Aber diese Freiheit wollte sie auf keinen Fall verlieren! Nakeshi schob trotzig die Unterlippe vor und ballte ihre Hände zu Fäusten. Noch war es ja nicht so weit!

Mit neuer Entschlossenheit legte sie die letzte Strecke bis zu dem Manketti-Hain zurück. Der Baum, den sie suchte, ragte auffallend zwischen den anderen hervor. Sein Stamm war so dick, dass vier Männer sich an den Händen halten mussten, um ihn zu umfassen. Seine Wurzeln umragten ihn wie dicke Spinnenbeine, bevor sie in den sandigen Boden der Kalahari stießen, um in großen Tiefen Wasser zu finden. Nakeshi war schon lange nicht mehr hier gewesen. Trotzdem wusste sie genau, wo sie mit ihrem Grabstock suchen musste. Sie hatte nicht vergessen, was Sheshe, die Heilerin, ihr einmal gezeigt hatte. Aufmerksam umrundete sie den Baum, bis sie schließlich die Stelle entdeckte, wo sich zwei Luftwurzeln kreuzten. Ein Stück oberhalb hatte der Mankettibaum eine armlange Verletzung in seiner Rinde, die im Laufe der Jahre zu einer tiefen

Schrunde vernarbt war. Zwei Armlängen davon entfernt musste sie graben. Sie wurde schnell fündig. Sobald sie den Anfang der Gwa-Wurzel ertastet hatte, legte sie den Stock beiseite und schaufelte vorsichtig mit beiden Händen den roten, feinkörnigen Sand zwischen den Baumwurzeln beiseite. Das Graben war anstrengend. Feine Schweißperlen sammelten sich auf der apricotfarbenen Haut ihrer Stirn und Schläfen und liefen in feinen Bächen ihr Gesicht herab. Endlich ertasteten ihre Finger einzelne, zweifingerdicke Knollen am Ende der Wurzeln. Vorsichtig löste sie den Sand von der obersten Knolle und zog sie mitsamt der Wurzel heraus. Die anderen Gwa-Knollen ließ sie an Ort und Stelle. Zu gegebener Zeit würde sie sie für ein anderes Ritual ausgraben. Zärtlich strich Nakeshi über die dunkle Gwa-Knolle in ihren Händen, erst dann steckte sie sie in ihren mit bunten Straußeneierperlen bestickten Sammelbeutel und machte sich eilig auf den Heimweg.

Sheshe würde zufrieden sein! Das machte Nakeshi froh, denn sie liebte ihre Tante. Sie war die jüngere Schwester ihres Vaters Debe und stand ihr in vielem näher als ihre oft so rechthaberische Mutter Chuka. Nakeshi fühlte sich in vielerlei Hinsicht mit Sheshe verbunden. Und ihrer Tante ging es umgekehrt genauso. Denn nach dem Glauben der Joansi stand jeder Stern am Himmel für einen Menschen auf Erden. Sheshe und sie waren Sternenschwestern. Der große Kauha hatte sie beide im gleichen Sternenbild nebeneinander gehängt. Sie hatten einander erkannt und waren eine lebenslange Bindung eingegangen. Sie konnten sogar durch die Kraft ihrer Gefühle spüren, wie es dem anderen ging, und körperlos Kontakt zueinander aufnehmen. Sheshe war der erste Stern in ihrem Sternbild, den sie erkannt hatte.

Sie hatten so vieles gemeinsam. Genau wie ihre Tante mochte Nakeshi es, allein durch den Busch zu ziehen, um Feldkost zu sammeln. Sie genoss es, in aller Ruhe ihren Gedanken nachzuhängen und sich Einzelheiten ihrer Umgebung einzuprägen. Ihre

Tante hatte ihr schon viel von den verborgenen Kräften in Pflanzen, Tieren und auch Orten erzählt und sie ein Stück weit in die Anderswelt, die Welt der Geister, eingeführt. Ihre Mutter Chuka sah das nicht gern. Ihr missfiel, dass ihre Tochter so viel allein war und sich damit der Gemeinschaft ihrer Gruppe entzog. Sheshe wurde nicht müde, sie dafür immer wieder in Schutz zu nehmen.

»Wie sollte Nakeshi denn anders sein als ich?«, wiederholte sie immer wieder. »Ihr Stern und meiner sind Schwestern am großen Himmelszelt!« Vielleicht war dieses Sternbild auch schuld daran, dass in Nakeshi ein genauso starkes Num heranzuwachsen begann wie in ihrer Tante. Schon zweimal war sie während der Regenmachertänze in Trance gefallen – und das, obwohl sie noch nicht einmal eine Frau war. Sheshe hatte es mit Freude und Besorgnis beobachtet. Der Trancezustand war äußerst gefährlich. Der Geist löste sich vom Körper und entschwebte in die Anderswelt. Wenn das Num, die Gabe, keine feste Verbindung zwischen Geist und Körper schuf, konnte der Geist sich nur allzu leicht vom Körper lösen und würde nie wieder zurückfinden. Um das zu verhindern, brauchten sie die Gwa-Wurzeln. Sheshe wollte Nakeshi zeigen, wie man aus der Wurzel einen Trank braute, mit dessen Hilfe sie sich in kontrollierte Trance versetzen konnte.

Wieder spürte sie das heftige Ziehen in ihrer Leiste. Sie versuchte es zu ignorieren und lief noch schneller. Doch schon nach wenigen Schritten blieb sie abrupt stehen. Voller Abscheu – jedoch ohne einen Blick dorthin zu wagen – registrierte sie, wie sich zwischen ihren Beinen etwas Feuchtes unangenehm auszubreiten begann. Es fühlte sich warm an und floss in dünnen Rinnsalen zu ihren Knien hin. Angst und Ekel erfüllten Nakeshi. Gleichzeitig ärgerte sie sich über ihre eigene Panik. Mit zugekniffenen Augen neigte sie ihren Kopf nach unten. Sie atmete noch einmal tief durch, bevor sie schließlich die Augen öffnete.

Es war, wie sie befürchtet hatte. Das warme Etwas war Blut!

Es floss in feinen Schlangenlinien entlang den Innenseiten ihrer Schenkel bis zu ihren Knien, um von dort in den Sand zu tropfen. Vor Enttäuschung stieß sie einen lauten klagenden Schrei aus. Sie erschrak selbst über ihren unkontrollierten Gefühlsausbruch und hielt sich beide Hände vor den Mund. Schlagartig war ihr die Tragweite dieses Ereignisses bewusst geworden. Mit dem Blut, das aus ihrem Schoß tropfte, war das Ende ihrer Kindheit gekommen! Das Ende ihrer Freiheit! Tränen der Verzweiflung und Wut rannen über ihr Gesicht. Nakeshi gab sich ihrer Enttäuschung hin. Doch dann riss sie sich zusammen. Es hatte keinen Sinn, sich länger gegen das Unvermeidliche aufzulehnen. Es war der Wille Kauhas, des großen Erdschöpfers. Wie alle Joansi-Frauen würde sie nun das Ritual der Frauwerdung stumm über sich ergehen lassen müssen.

Mit hängendem Kopf machte sich Nakeshi auf den Heimweg. Je näher sie dem Lager ihrer Leute kam, umso schwerer wurde ihr Herz. Das Lager der Joansi lag unter einer großen Schirmakazie, deren Äste sich schützend wie ein Dach über eine von Rosinenbüschen eingegrenzte Lichtung breiteten. Selbst im Winter, wenn nur wenige Blätter an den Zweigen hingen, spendete der Baum genügend Schatten, um die heiße Zeit überstehen zu können. Rund um die Lichtung standen einfache Unterstände, die aus losen Zweigen und Ästen zusammengefügt waren. Die Zwischenräume hatte man mit langem, gelbem Buschgras ausgestopft. Die Behausungen waren gerade groß genug, dass sich darin zwei bis drei Buschmänner eng aneinanderkuscheln konnten. Doch das kam nur vor, wenn ein Sandsturm oder ein heftiger Regenschauer über sie hereinbrach oder wenn ein Paar ungestört Liebe machen wollte. Normalerweise blieben die Hütten leer, denn die Joansi schliefen lieber in der Nähe des wärmenden Feuers. Dieses Lager unter der Schirmakazie gehörte zu den Lieblingsplätzen von Nakeshis Gruppe. Sie kamen immer wieder gern hierher zurück. Es gab ausreichend Wasserknollen, und nur eine halbe Stunde Fußmarsch entfernt war sogar eine im Sand verborgene Wasserstelle. Solange sie Wasser führte, gab es keinen Grund, sich ein anderes Zuhause zu suchen.

Wie es die Sitten ihres Volkes verlangten, blieb Nakeshi in Blickweite des Dorfes stehen und kauerte sich auf den Boden. Sorgfältig achtete sie darauf, dass der Vorder- und Hinterschurz um ihre Hüfte sowie der weiche Lederumhang, den sie trug, sie von Kopf bis Fuß bedeckten. Eingehüllt in Leder, auf den ersten Blick kaum von einem großen Stein zu unterscheiden, wartete sie geduldig, bis eine der Frauen sie entdecken würde. Jeder Mann würde bei ihrem Anblick schnell das Weite suchen, denn es brachte ihnen Unglück, ein Mädchen bei seiner ersten Blutung anzusehen. Abgeschirmt von der Außenwelt nahm sie die Geräusche um sich herum umso deutlicher wahr. Das Zirpen und Schnarren mancherlei Insekten, den heiseren Schrei eines Raubvogels und das Rascheln von Gras, wenn sich kleine Nagetiere um sie herum bewegten. Mit der einsetzenden Dunkelheit wachten die Menschen des Buschmannlagers aus der Lethargie des heißen Tages auf. Die Frauen kamen vom Sammeln der Feldkost zurück, Kinder tobten in wildem Spiel über den Lagerplatz, und das aufgeregte Palaver einiger Männer zeigte an, dass sie bei ihrer Jagd erfolgreich gewesen waren. Dennoch schien ihr die Zeit unendlich lang, bevor sie endlich entdeckt wurde. Ausgerechnet ihre Mutter Chuka und deren Schwester Goshi waren als Erste bei ihr. An der Art, wie Nakeshi auf dem Boden kauerte, erkannten sie sofort, was los war. Chuka klatschte begeistert in die Hände. Sofort fiel sie mit Goshi in den laut jubelnden »Ey-ei-ey-ei-ey-ei«-Gesang ein, der seit alters ein lange herbeigesehntes Fest ankündigte. Ihre Mutter hatte sich schon so lange auf diesen Augenblick gefreut. Seit vielen Monden wartete sie ungeduldig darauf, dass ihre Tochter endlich das Ritual der Frauwerdung erleben durfte. Weil sie schon gezweifelt hatte, ob mit ihr alles in Ordnung war, wollte sie nun ganz sichergehen. Sie hob Nakeshis Lederumhang leicht an. Was sie sah, befriedigte sie. Das angetrocknete Blut zwischen den Beinen ihrer Tochter bestätigte alles, was sie wissen wollte. Zärtlich strich sie ihr über den Kopf, bevor sie mit Goshi ins Dorf eilte, um die anderen Frauen über Nakeshis Zustand zu informieren.

»Ey-ei-ey-ei!«, jubelten die beiden Buschmannfrauen. »Kommt schnell her! Unsere Nakeshi ist dabei, eine Frau zu werden!« Sie rannten aufgeregt von einer Hütte zur anderen, bis sich schließlich alle zwölf Joansi-Frauen versammelt hatten. Die erste Blutung einer Frau war immer Anlass für ein ganz besonderes Fest. Es war ein Ereignis, das Glück brachte, weil es bedeutete, dass die Gruppe um ein vollwertiges Mitglied reicher geworden war. In einem Pulk liefen sie zu dem Lederberg, unter dem Nakeshi noch immer verborgen war. Die Frauen redeten aufgeregt durcheinander und diskutierten, was sie als Erstes tun sollten. Immer wieder berührten sie Nakeshi, weil es Glück brachte, und stießen dabei laute Freudenrufe aus. Schließlich einigten sie sich darauf, dass Chuka und Goshi die neue Hütte für das Fest bauen sollten, während Sheshe mit den jüngeren Frauen Nakeshi ins Dorf trug, wo sie dann für das Ritual zurechtgemacht werden würde. Nakeshi blieb in ihrer Kauerhaltung und versuchte dabei auf den Boden zu starren. Sie musste darauf achten, dass kein Mann ihr Gesicht zu sehen bekam. Der große Kauha und seine Llangwasi waren jetzt um sie, und es war Nakeshis Aufgabe, alles zu tun, um die großen Geister sich und ihrer Sippe gewogen zu halten. Dazu gehörte auch, dass sie während ihrer ersten Blutung jeden Blickkontakt mit den Männern vermeiden musste. Was jedoch nicht hieß, dass sie nicht registrierte, was um sie herum geschah. Aus ihren Augenwinkeln heraus erkannte sie Bô, einen jungen schlanken Jäger, der vor gar nicht langer Zeit erst zu ihnen gestoßen war. Wie alle Männer und Kinder änderte er bei ihrem Anblick rasch seine Richtung und suchte Zuflucht hinter den Hütten. Zu ihrer Überraschung klopfte ihr Herz für einen Augenblick schneller, und sie spürte eine gewisse Enttäuschung, weil sie plötzlich das Gefühl hatte, dass er sie nicht so mochte wie sie ihn. Die Frauen hörten nicht auf zu lachen und zu singen. Unter der großen Schirmakazie setzten sie Nakeshi ab. Im Schein der kleinen Lagerfeuer entkleideten sie das Mädchen und wuschen ihren nackten Körper mit einer Mongono-Nuss. Das fasrige, seifige Fruchtfleisch der Nuss verlieh ihrer Haut einen goldenen, samtigen Glanz. Anschließend wurde ihr Körper mit Bändern und Ketten aus Straußeneiperlen, bunten Samenkörnern und Federn geschmückt. Nakeshi ließ alles äußerlich reglos über sich ergehen, aber in ihrem Innersten fürchtete sie sich vor dem Unbekannten, das jetzt auf sie zukam. Während für die erwachsenen Frauen ihre erste Blutung ein riesiges Fest bedeutete, fühlte sie sich stark verunsichert und von den anderen auf eine beängstigende Art und Weise ausgeschlossen. Die Hütte, in der sie die nächsten Tage würde verbringen müssen, war nun fertig. Sie stand etwas außerhalb des Lagers, weit genug von den Männern und Kindern entfernt.

Keine der Frauen sprach mit Nakeshi, während sie sie durch die Dunkelheit zu der niedrigen Hütte führten. Sie behandelten sie, als wäre sie Luft. Selbst Sheshe war abweisend. Sie zeigte nur wortlos und ohne eine Miene zu verziehen in das finstere Innere der Behausung. Nakeshi kroch hinein. Schwarzes, kühles Nichts umschloss sie, während draußen die Frauen lärmten. Sie fror und zog zitternd den Lederumhang über sich, der ihr als einziger Gegenstand mit in die Hütte gegeben worden war. Wieder spürte sie Blut aus ihrem Schoß fließen. Nach kurzer Zeit drang das Flackern von Flammen durch die Ritzen ihrer Asthütte. Wärme spendeten sie nicht. Die Joansi-Frauen hatten in ihrer Nähe ein Feuer entzündet und sich darum tanzend und singend versammelt. Der Geruch von gebratenem Antilopenfleisch durchzog die Luft. Die dunklen Körper der tanzenden Frauen warfen zappelnde Schatten im flackernden Schein des Feuers. Sie sahen wie bedrohliche Geister aus. Es war ein Auf- und Abebben von wilden Verrenkungen und ruhigerem Stampfen. Wieder und immer wieder, stundenlang. Nach und nach gesellten sich auch die Männer dazu. Sie umringten die tanzenden Frauen, machten ihre Späße und aßen mit ihnen von dem frisch gebratenen Fleisch. So ging es die ganze Nacht. Der Mond hatte sich längst zur Ruhe gelegt, als die Bewegungen der Frauen ruhiger und der Gesang immer monotoner wurde, bis sich schließlich die Ersten müde an Ort und Stelle zur Ruhe legten. Nakeshi war unendlich müde und schlief ebenfalls ein. Doch kurz darauf wurde sie jäh aus ihrem Schlaf gerissen. Mit einem lauten Schrei sprang eine Frau in den Tanzkreis. Sie wirbelte wild herum und begann ausgelassen zu singen. Es war Sheshe. Nakeshi konnte sie deutlich durch die Ritzen in ihrer Hütte erkennen. Sie schien außer sich zu sein, wild und aufreizend wie eine Raubkatze. Und sie tat Dinge, die Nakeshi entsetzten. Es war offensichtlich, dass sie die Männer erregen wollte. Mit beiden Händen presste sie ihre Brüste zusammen und bot sie anzüglich den umstehenden Männern an. Einer griff kichernd zu und versuchte mit der anderen Hand Sheshe an sich zu ziehen, um sie zu küssen. Doch die fauchte wild, kratzte nach ihm und stieß ihn hart zurück. Nakeshi rieb sich die Augen. Sie wollte nicht glauben, was sie da sah. Was war mit ihrer Tante geschehen? Welcher Llangwasi war nur in sie gefahren? Doch Sheshes Vorführung war längst noch nicht vorüber. Die Männer waren nun in ihren Gesang eingefallen. Sie sangen ein ausgelassenes Paarungslied. Die immer schneller werdenden Rhythmen und die ständigen Wechsel zwischen tiefen und hohen Tönen stimulierten Sheshe noch mehr. Sie wirbelte mehrfach um ihre eigene Achse und riss sich dann mit einem lauten Schrei ihren Hüftschurz vom Leib. Ihr Körper zuckte und ihre drallen Pobacken sprangen immer schneller auf und ab, bis sie schließlich wie bei einem Krampf vibrierten. Mit breiten Schritten stampfte sie auf die Männer zu, bog sich nach hinten und bot ihnen schamlos ihre Öffnung dar. Dabei stieß sie obszöne Paarungsschreie aus. Nakeshi schob die Hände vor ihre Augen, um nicht weiter zusehen zu müssen. Ihre Scham wuchs mit dem lauten, begeisterten Johlen der Männer, das ihr wie geiles Brunftgestöhn wilder Tiere in den Ohren klang. Sie weinte vor Scham und Entsetzen und sehnte sich nach ihrer unbeschwerten Kindheit zurück. Doch der Krach vor ihrer Hütte ließ sie nicht zur Ruhe kommen. Etwas zwang sie, doch immer wieder nach draußen zu blicken. Mit einer Mischung aus Ekel und zu ihrer Überraschung auch aufkeimender sexueller Lust beobachtete sie das ausgelassene Treiben Sheshes und der Männer. Erst im Morgengrauen fiel sie in einen kurzen, traumlosen Schlaf.

Als sie aufwachte, war es heller Tag. Sheshe tanzte immer noch. Doch ihre Bewegungen waren nicht mehr so wild und ausgelassen wie in der vorigen Nacht, sondern zitternd und schleppend, als wäre sie von einem schweren Fieber befallen. Ihre Tante befand sich in Trance. Nach und nach wachten die Frauen um das Lagerfeuer wieder auf. Sie erhoben sich verschlafen und begaben sich hinter die Rosinenbüsche, um Wasser zu lassen. Später versammelten sie sich wieder vor der Hütte und kauten an den Resten des gestrigen Festmahls herum. Nakeshi lief das Wasser im Mund zusammen, und ihr Magen knurrte erbärmlich. Zur Ablenkung starrte sie die Wände der Hütte an. Doch sie konnte an nichts anderes denken als daran, dass ihre Kehle ausgetrocknet war und ihr Magen sich vor Hunger zusammenkrampfte. Keiner hatte daran gedacht, ihr etwas zu essen oder zu trinken zu bringen. Dazu kam die Hitze. So kalt es in der Nacht gewesen war, so warm wurde es jetzt bei Tag. Trotz der schützenden Äste drückte die Sonne in die Hütte. Nakeshis Kopf dröhnte. Aber noch viel schlimmer war, dass sie sich so ausgeschlossen fühlte. Flirrendes Licht huschte über ihr Gesicht. Es kam von den Sonnenstrahlen, die sich ihren Weg in die Hütte suchten. Auf ihrem täglichen Lauf über den Himmel stach die Sonne unbarmherzig auf sie herab. Wo kam sie her? Nakeshi musste an die Geschichte denken, die Debe ihr als Kind so oft erzählt hatte. Eines Tages, vor langer Zeit, hatten die Buschmänner die Sonne auf einem ihrer Streifzüge entdeckt. Sie hatten sie als ihre Tochter erkannt. Und weil es ihre Tochter war, mussten sie sie durch die Welt tragen. Aber die Sonne war so heiß und verbrannte ihnen die Schultern, sodass sich die Männer oft beim Tragen abwechseln mussten. Als aber alle ihre Schultern verbrannt waren, konnten sie nicht mehr. Sie ließen die Sonne im Busch liegen und brachten sie nicht bis zu ihren Hütten. Der Ort, wo sie liegen geblieben war, das ist der Ort, wo die Sonne jeden Morgen aufgeht.

Nakeshi fühlte sich wie die Sonne. Man hatte sie einfach in der Hütte abgelegt.

Die Zeit zog sich wie zäher Harz an den Bäumen dahin. Die Sonne stieg bis zu ihrem höchsten Punkt, sank herab und legte sich schließlich schlafen, um einer neuen, langen Nacht zu weichen. Mit der einsetzenden Dunkelheit versammelten sich die Frauen wieder vor Nakeshis Hütte und tanzten, sangen und aßen wie am Abend zuvor. Nur Sheshe fehlte. Am nächsten Morgen gingen die Frauen und Männer ihren gewohnten Tätigkeiten nach, und es wurde still vor ihrer Hütte. Lediglich ein paar Alte saßen abseits im Schatten der Akazie und stellten Schmuck aus Samen und Straußeneierschalen sowie Schnüre aus der Sisalpflanze her. Um sie herum spielten die kleineren Kinder, die noch nicht mit zum Sammeln von Feldkost gehen konnten. Ihr leises Murmeln und ihr Lachen hatten etwas Tröstliches.

Am dritten Tag wusste Nakeshi nicht mehr, wie lange sie schon in der Hütte war. Es kam ihr wie eine Ewigkeit vor. Ein Schleier von

Gleichgültigkeit begann sich über ihren Geist zu legen. Die Stimmen der Menschen draußen vor der Hütte fingen an, sich zu verzerren. Sie verstand den Inhalt des Gesagten nicht mehr und war auch gar nicht interessiert daran. Bald trübte sich ihr Gesichtsfeld ein. Farben und Formen verschoben sich und wurden zu Halluzinationen. Aus den grauen Zweigen ihrer Hütte wurden lebendige Schlangen, die sich wild ineinander verknoteten und ihr so den Weg in die normale Welt versperrten. Seltsamerweise verspürte Nakeshi keinerlei Angst dabei. Im Gegenteil, sie empfand die Schlangenbrut wie einen Schutz. Immer wieder floss Blut aus ihrer Scheide, auch wenn es deutlich weniger wurde. Mittlerweile hatte es seinen Schrecken verloren. Nakeshi begriff, dass die Blutung etwas Gesundes war, das wie ein Geschenk aus ihr herausfloss und das sie nun in den Kreislauf der Natur zurückgeben konnte. Kauha zeigte ihr dadurch, dass sie ein Teil seiner Schöpfung war. Kauha hatte Debe den Samen gegeben, um ihn in den Schoß ihrer Mutter zu pflanzen. So war sie geboren worden, um nun selbst zum Gefäß zu werden, um eines Tages jemand anderem auf diese Welt zu verhelfen. Und wenn sie starb, würde sie wieder zurück zu Kauha in sein großes Himmelshaus kommen. War es vielleicht das, was Sheshe ihr durch ihren obszönen Tanz hatte zeigen wollen?

Plötzlich bäumte sich Nakeshis Körper auf und begann sich zu verkrampfen. Einzelne Muskeln zuckten und gaben ihre Schwingungen an die benachbarten Muskeln weiter, bis schließlich ihr gesamter Körper wie von einem Sturm wild durchgeschüttelt wurde. Nakeshi spürte, wie ihr Geist aus ihrem Körper drängte. Sie versuchte sich dagegen zu wehren, doch es war vergebens. Ein kräftiger Stoß katapultierte ihn weit hinaus in die Weiten der Unendlichkeit.

Sie war überrascht von der Freiheit, die sie plötzlich ohne ihren Körper verspürte. Es war ein merkwürdiges, ganz leichtes Gefühl. Und dann stellte sie staunend fest, dass sie wie ein Vogel flog! Weit unter sich erkannte sie ihren Lagerplatz mit den Hütten. Sie sah, wie ihr Vater hinter einem Rosinenbusch einem Springbock auflauerte und ihn schließlich mit einem Pfeilschuss verletzte. Vier andere Jäger warteten gut versteckt auf sein Zeichen, bevor sie dem waidwunden Tier durch das Dickicht folgten. Sie entdeckte ihre Mutter und Goshi beim Sammeln von Feldkost. Sie lachten und erzählten sich Geschichten. Auf einer kleinen Lichtung, nahe dem verborgenen Wasserloch, saß Sheshe. Sie hob kurz ihren Kopf und sah zu ihr hinauf und dann – Nakeshis Herz machte einen kleinen Hüpfer – dann winkte sie ihr zu und lachte!

Nakeshi versuchte ebenfalls zu winken, aber eine unbändige Kraft zog sie fort von ihren Leuten. Sheshe, die Bäume, die Landschaft wurden immer kleiner. Bald waren Menschen und Tiere nur noch winzig kleine Punkte. Immer höher trug es sie hinaus. Doch wohin? Eine Zeit lang glaubte sie, die ewige Reise zu Kauha angetreten zu haben.

Sah so der Tod aus?

Nakeshi verspürte keine Angst, obwohl sie ein wenig bedauerte, dass ihr Leben so kurz gewesen war. Bô kam ihr in den Sinn. Würde er sie vermissen? Er hatte ihr nie gezeigt, ob er sie mochte. Sie würde es wohl nie erfahren. Stattdessen würde sie bald das große Himmelshaus sehen. Wem würde sie dort begegnen? Großmutter Nisa und Großvater Dau? Sie würden ihr sicherlich helfen, sich im großen Haus der Ahnen zurechtzufinden.

Doch Nakeshi steuerte nicht auf das große Himmelshaus zu. Plötzlich stoppte ihr Flug nach oben, und sie wurde wie eine Feder im Wind parallel zur Erde weiter über die Landschaft geblasen. Bald tauchte am Horizont eine große, dunkelblaue Fläche auf. Sie wirkte bedrohlich und riesig groß. Auf ihrer Oberfläche tanzten kleine weiße Schaumkronen. Zu ihrem Erstaunen erkannte sie, dass es Wasser war. So viel Wasser! Welch eine Verschwendung! Hatte das Wasser das Land unter sich verschluckt? Nakeshi näherte sich der Grenze, wo Wasser und Land aufeinandertrafen. Der Ort war noch heißer und erbarmungsloser als die Kalahari. Kein Busch, kein Baum wuchs an den Stränden, nur riesenhafte, rot leuchtende Sandberge reihten sich so weit das Auge reichte aneinander. An den Stränden entdeckte sie Skelette von großen Tieren, noch größer als die von Elefanten. Grellweiß lagen die Knochen in der sengenden Hitze der Dünen. Es mussten Ungeheuer aus dem großen Wasser gewesen sein, denn Nakeshi hatte noch nie solche Knochen gesehen. Warum waren sie gestorben? Welche Llangwasis hatten sie dorthin gelockt? Hier war kein Leben möglich. Und schon blies der Wind sie weiter. Inständig hoffte sie, dass sie nicht über dem großen Wasser, über das sie jetzt flog, abstürzen würde. Die auf und ab rollenden Wellenberge unter ihr machten ihr große Angst. Bestimmt war dieses Wasser voller böser Geister und wartete nur darauf, sie zu verschlingen! Aber Nakeshi konnte nichts tun. Sie konnte ihren Flug weder steuern noch beeinflussen, sondern wurde von dieser unsichtbaren Kraft immer weiter gezogen. Immer weiter über das stürmische Wasser, bis sie nach unendlich langer Zeit wieder Land unter sich entdeckte. Doch dieses Land war so anders als ihre Heimat! Es war felsig und saftig grün und von hohen, blauen Bergen mit weißen Spitzen durchzogen. Nakeshi musste an die Muster von geflochtenen Körben denken, die ihr Volk herstellte. Nur war alles viel bunter und farbenprächtiger. Sie hatte nicht geglaubt, dass solche Farben überhaupt möglich waren. War sie etwa doch auf dem Weg zu Kauha? Welch ein Überfluss an Nahrung es in diesem Land gab! Grünes Gras für die Antilopen und Feldfrüchte ohne Ende. Alle Joansi, ach was, alle Buschmänner der Kalahari konnten davon satt werden. Wie kam es, dass hier so viel wuchs, noch viel mehr, als wenn in der Regenzeit die Feldkost aus dem Boden spross?

Nakeshi bemerkte, dass sie an Höhe verlor und sich ihr Flug verlangsamte. Je näher sie diesem fruchtbaren Paradies kam, umso erschreckender und wundersamer wurde es. Sie entdeckte Dinge, die sie noch nie gesehen hatte. Viereckige Höhlen aus Stein, wie sie die weißen Menschen am Rande der Wüste bewohnten, nur viel größer. Die Höhlen standen dicht aneinander; und es waren viele – mehr, als die größte Herde in ihrer Heimat Tiere zählte. Außerdem waren sie hoch, so hoch wie Berge, und besaßen Löcher oder Augen, die gelb in die Nacht hinausblitzten. Braune Zebras liefen auf grauen Pfaden und zogen rollende Kürbisse hinter sich her. Darin eingesperrt entdeckte sie Menschen. Am unheimlichsten aber fand sie die grauen Ungeheuer, die giftig schwarzen Rauch in die Luft stießen. Sie heulten vor Anstrengung, während sie auf schmalen, glänzenden Wegen dahinstampften. Hin und wieder hielten sie an und spuckten Menschen aus ihrem Leib, um sogleich wieder andere zu verschlucken. Ein furchterweckendes Raubtier!

Nakeshi spürte einen heftigen Ruck. Im selben Moment verlor sie an Höhe und sank herab. Mit der Kraft ihres Willens versuchte sie dagegen anzukämpfen. Doch es half nichts. Sie sank weiter hinab – dieser unheimlichen Welt mit ihren erschreckenden Steinhöhlen entgegen. Voller Entsetzen stellte sie fest, dass die Kraft sie immer schneller in Richtung Boden riss. Gleich würde sie zerschellen! Wie ein Wirbelwind raste sie auf einen Platz mit vielen Menschen zu, direkt auf eine Holzbude, aus der eine Menschentraube strömte. Nakeshi schloss die Augen. So also war das Ende!

Doch es geschah nichts. Sie war nicht tot. Es brauchte einige Zeit, bis sie das begriffen hatte. Als sie ihre Augen wieder öffnete, befand sie sich hinter einer großen Stoffwand. Eingehüllt in den Falten des Vorhangs kauerte sie auf dem Boden. Vor ihr stand ein weiblicher Llangwasi in Gestalt einer jungen Frau mit erschreckend weißer Haut. Um ihren Kopf loderte ein roter Feuerkranz, während zwei katzengrüne Augen sie überrascht anstarrten. Nakeshi fürchtete, von ihrem weit aufgerissenen Mund verschluckt zu werden. Trotzdem griff sie nach ihr.

ERSTER TEIL

Berlin

Lohnabzug

Der Sommer hatte Berlin fest im Griff. Die Luft war drückend und schwül, das Sonnenlicht wurde vom gleißend weißen Staub der Straße reflektiert. Eine alte, klapprige Schindmähre quälte sich im Schneckentempo über den Mühlendamm und zog ein voll beladenes Fuhrwerk hinter sich her. Auf seiner Pritsche befand sich ein Berg rostiger Eisenschrott, der sich durch das Geschaukel immer mehr ineinander verkeilte und dabei stumpfe, metallene Geräusche von sich gab. Auf dem Kutschbock saß ein ausgemergeltes, kleines Männlein, die Schiebermütze tief im Gesicht. Er wedelte nervös mit einer langen Reitpeitsche vor der Schnauze des Pferdes herum. Das Tier scherte sich um die Peitsche nicht mehr als um die Fliegen, die seinen Kopf umschwirrten, und trottete unbeirrt seines Wegs. Es ließ sich auch nicht durch eine Horde barfüßiger Kinder stören, die johlend seinen Weg kreuzten und einen rollenden Holzreifen verfolgten, um ihn mit ihren Stöcken anzutreiben. Der Kutscher schimpfte dafür umso mehr und schickte den Kindern derbe Flüche hinterher. Ansonsten war die Straße menschenleer. Wer es sich leisten konnte, flanierte um diese Zeit im Schatten der großen Bäume, die der Prachtallee »Unter den Linden« ihren Namen gegeben hatten, oder trank eine kühle Molle in einer der vielen Gartenwirtschaften. Der größte Teil der Bevölkerung ging um diese Zeit allerdings seiner Arbeit nach und schuftete in einer der vielen Fabriken, die in den letzten Jahrzehnten wie die Pilze aus dem Boden geschossen waren. Oder sie verrichteten in den muffigen Mietskasernen Näharbeiten, wuschen anderer Leute Wäsche in einem der vielen Hinterhöfe und verkauften auf der Straße mit ihren Handkarren Waren aller Art. Die Welt veränderte sich dieser Tage rasend schnell. Überall herrschte Fortschritt. Kaiser Wilhelm II. hatte von einem neuen, einem goldenen Zeitalter gesprochen. Das Baufieber schoss hoch in den Adern der Stadt. Ganze Stadtviertel wurden in kürzester Zeit aus dem Boden gestampft. Täglich zogen mehr Menschen in die Stadt, um ihr armseliges Leben auf dem Land in ein vielversprechenderes Leben in der Stadt einzutauschen. Sie suchten Wohnungen und Arbeit. Monat für Monat entstanden neue Wohnblöcke mit bis zu zehn Hinterhöfen. Sie befanden sich meist in der Nähe der großen Fabriken, deren Wahrzeichen die in den Himmel wachsenden roten Ziegelschornsteine waren. Die Industrie brummte. Die Auftragsbücher der Agfa, Borsig sowie der beiden Elektroriesen Siemens & Halske und AEG waren voll, die hohen Herren zufrieden, während Tausende von Arbeitern in ihren Fabriken fleißig wie die Ameisen Tag für Tag zwölf Stunden und mehr malochten.

Jella bog links ab zur Fischerbrücke, die zum Krögel führte. Mit einem Ächzen stellte sie den Wäschekorb ab, um ein wenig zu verschnaufen. Der Weg von der Andreasstraße am Schlesischen Bahnhof bis zum Krögel war nicht nur weit, sondern in der Hitze auch ziemlich beschwerlich. Mit beiden Händen versuchte sie sich ein wenig frische Spreeluft zuzufächeln, aber selbst hier am Fluss war die Luft dampfig und schwer. Schweiß rann über ihr Gesicht. Jella kramte in ihren Rocktaschen nach dem Taschentuch und wischte sich damit über die Stirn. Dann packte sie den geflochtenen Wäschekorb an seinen Griffen und machte sich weiter auf ihren Weg zu Lies Schmodde, die ungeduldig auf ihre Waren wartete. In dem Korb lag das Ergebnis von drei Wochen Schufterei. Sie und ihre Mutter hatten Tag und Nacht an den bestellten Malerkitteln genäht. Jetzt waren alle zwanzig Stück fertig, jedes einzelne frisch gewaschen, gebügelt und gestärkt. Wie Jella das Nähen hasste! Obwohl sie gern mit ihren Händen arbeitete und sich auch durchaus geschickt anstellte, wenn es um technische Dinge ging, verabscheute sie das penible Arbeiten mit Nadel und Nähmaschine doch sehr. Die Zeit, die zum Anfertigen eines Nähstücks erforderlich war, stand für sie in keinerlei Verhältnis zu dem Lohn, den man dafür erwarten konnte. Außerdem stahl das Nähen kostbare Zeit, Zeit, die man für durchaus nützlichere Dinge verwenden konnte. Für das Studium der Naturwissenschaften zum Beispiel, denn das war ihr größter Traum! Aber im Moment war sie von der Erfüllung ihres Traums weiter entfernt als vom Mond. Und das nur, weil ihr Großvater so ein bornierter Sturkopf war! Immer, wenn Jella an den selbstherrlichen Baron Gernot von Sonthofen dachte, spürte sie diese dumpfe Wut über seine Ungerechtigkeit in sich aufsteigen. Bis zu dem großen Eklat vor einigen Monaten hatten sie und ihre Mutter Rachel bei ihm in seiner vornehmen Villa im Tiergarten gelebt. Es hatte ihnen äußerlich an nichts gefehlt, und doch war das Haus nie ihr Zuhause gewesen. Jellas Mutter behauptete zwar, dass der Großvater sie auf seine verhaltene preußische Art wohl mochte, nur war er offensichtlich unfähig, es zu zeigen. Mögliche Liebe verbarg er erfolgreich hinter äußerster Strenge und eisenharter Disziplin. Dazu ließ er all seinen Unmut an ihrer Mutter Rachel aus. Er hatte ihr nie verziehen, dass sie sich von seinem einzigen Sohn hatte schwängern lassen. Denn erstens war sie katholische Irin, und zweitens war sie ohne anständige Familie und somit nicht standesgemäß. Allein der Gedanke daran empörte Jella, und sie blies eine ihrer roten Locken aus ihrem Gesicht.

Baron Gernot von Sonthofen hatte die hochschwangere Rachel vor vielen Jahren nicht etwa aus Pflichtgefühl bei sich aufgenommen, sondern weil er sich in seiner Verbitterung an ihr dafür hatte rächen wollen, dass sein einziger Sohn ihn verlassen hatte. Johannes von Sonthofen, Jellas Vater, hatte mit ihm im Streit gebrochen und war nach Afrika verschwunden. Seit ihrer Ankunft vor beinahe achtzehn Jahren hatte der Baron keinen Tag verstreichen lassen, an dem er Rachel nicht wie eine Almosenempfängerin behandelt hätte. Er hatte keine Gelegenheit ausgelassen, um ihr zu zeigen, wie unerwünscht sie in seinem Hause war und dass er sie nur duldete, weil sie die Mutter seiner einzigen Enkelin war. Rachel war eine stolze Frau. Trotzdem hatte sie bisher klaglos die kleineren und größeren Schikanen des verbitterten Barons ertragen. Sie wollte für Jella ein gesichertes Zuhause, das sie ihr allein nie hätte bieten können. Es hatte sie damals große Überwindung gekostet, hochschwanger, wie sie war, beim Baron aufzutauchen und ihn um Hilfe zu bitten. Doch sie hatte keine andere Lösung gesehen. Jellas Vater war nach dem schrecklichen Streit mit seinem Vater in die deutsche Kolonie Südwestafrika abgereist, um dort sein Glück als Geologe zu machen. Er hatte Rachel geschworen, sie nachzuholen, sobald er in der Fremde Fuß gefasst haben würde. Bei seiner Abreise hatte er nicht einmal geahnt, dass er sie schwanger zurückgelassen hatte. Nachdem die Schwangerschaft sichtbar geworden war, hatte Rachel ihre Stellung als Gouvernante verloren. Von einem auf den anderen Tag hatte sie schwanger und mittellos auf der Straße gestanden. Um nicht mit ihrem Kind als Obdachlose in den Gassen Berlins zu verkommen, war ihr gar keine andere Wahl geblieben, als sich an Johannes' Vater zu wenden in der Hoffnung, dass Johannes sie und ihre kleine Tochter eines Tages nach Deutsch-Südwestafrika holen würde. Achtzehn Jahre waren seither vergangen. Aber Johannes von Sonthofen hatte sich nie gemeldet.

Jella hätte ihrem Großvater eigentlich dankbar sein müssen. Schließlich hatte er für ihren Unterhalt gesorgt und ihr eine Schulbildung ermöglicht. Nachdem Jella die Höhere Töchterschule als

Beste abgeschlossen hatte, erlaubte er ihr sogar, das Gymnasium zu besuchen. Jetzt gehörte sie zu den wenigen deutschen Mädchen, die das Abitur besaßen. Als Mann hätte ihr damit die Welt offen gestanden. Aber als Frau … Wie gern hätte Jella Medizin oder Naturwissenschaften studiert. Sie war überaus neugierig, technisch interessiert und praktisch veranlagt. Doch als sie, unterstützt von ihrer Mutter, mit ihren Wünschen und Vorstellungen zu ihrem Großvater gekommen war, hatte sie ihr blaues Wunder erlebt.

»Was für Flausen!«, knurrte der Baron. »Ein Studium ist Männersache. Frauen haben sich um Haus und Kinder zu kümmern!«

»Aber das kann ich doch immer noch nach dem Studium«, argumentierte Jella. Der Großvater strafte sie mit einem abfälligen Blick.

»Deine Mutter hat es verpasst, dir den nötigen Anstand beizubringen. Die Regeln in diesem Haus stelle immer noch ich auf!«

»Es geht doch nicht um Regeln, sondern um meine Ausbildung. Ich möchte Naturwissenschaftlerin werden und forschen oder, noch besser, Medizin studieren und den Menschen helfen. Dadurch werde ich unabhängig und kann für mich selbst sorgen.«

»Was für eine aufsässige und impertinente Person du bist!«

»Lieber Baron«, versuchte Rachel ihn zu beschwichtigen. »Meine Tochter denkt gar nicht daran, Ihren Anweisungen nicht Folge zu leisten. Sie hat nur sehr klare und, wie ich finde, vernünftige Vorstellungen davon, wie sie ihr Leben gestalten möchte. Ich bitte Sie, ihre Vorschläge wenigstens anzuhören!«

»Papperlapapp«, schnaubte der Baron ungehalten. »Was fällt Ihnen ein, sich in meine Entscheidungen zu mischen. Jella und Sie leben unter meinem Dach und unter meiner Obhut, also werden Sie sich gefälligst nach mir richten! Sie werden einsehen müssen, dass ich am besten weiß, was gut für Jella ist.«

»Das wissen Sie nicht!«, entgegnete Jella heftig. »Sonst würden

Sie mich meinen eigenen Weg gehen lassen. Ich kann genauso viel leisten wie jeder Mann. Mein Abitur habe ich schließlich mit Auszeichnung bestanden. Soll ich das alles umsonst getan haben?«

Der alte Baron schüttelte ungehalten den Kopf. »Nichts wird umsonst gewesen sein! Du sollst deine Ausbildung haben. Ich habe bereits Vorkehrungen getroffen. Wenn du es unbedingt willst, dann darfst du das Lehrerinnenseminar des Lette-Vereins besuchen. Allerdings …«, er machte eine kurze Pause, »… wirst du selbstverständlich niemals den Beruf der Lehrerin ausüben. Schließlich wirst du eines Tages Baronesse oder gar Gräfin sein und den Familienbesitz erben. Während du dich deiner Ausbildung widmest und hoffentlich auch Nützliches für dein zukünftiges Zuhause erlernst, werde ich die Zeit nutzen, dir einen passenden Bräutigam zu finden.«

Jella verschlug es die Sprache. Sie schnappte ungläubig nach Luft. »Einen Bräutigam?«, brachte sie schließlich hervor. »Aber ich beabsichtige keineswegs, in nächster Zeit zu heiraten! Außerdem … was soll ich bei dem Lette-Verein, der ohnehin nicht mehr als eine Hausfrauendrillanstalt ist, wenn ich nicht einmal Lehrerin sein darf?«

»Potzblitz«, donnerte der alte Herr los. Jella hatte ihn wieder einmal aus der Fassung gebracht. Er war maßlos empört. »Du wirst heiraten, und zwar ohne Wenn und Aber! Es wird ohnehin schwer genug werden, für dich einen passenden Kandidaten zu finden, der sich bereit erklärt, die uneheliche Tochter eines Barons zu nehmen. Basta!«

Seine laute, befehlsgewohnte Stimme vibrierte eine geraume Zeit im Raum nach. Rachel wagte es dennoch, seine Autorität in Frage zu stellen.

»Da habe ich wohl auch noch ein Wort mitzureden, Baron«, warf sie mit leiser, aber fester Stimme ein. »Schließlich bin ich immer noch ihre Mutter. Sie sollten wenigst …«

»Halten Sie Ihren Mund, Sie unverschämte Person!«, unterbrach der Baron ungehalten ihr Wort. »Sie vergessen, dass Sie in meiner Schuld stehen! Ich habe dem Kind meinen Namen gegeben.«

Rachel zuckte wie ein geprügelter Hund zusammen und schwieg. Jella hatte es fast das Herz zerrissen, weil der Großvater ihre Mutter vor ihren Augen so demütigte. Gleichzeitig wuchs ihr Zorn.

»Wie können Sie es wagen, so mit meiner Mutter zu reden?«, schnaubte sie empört. »Außerdem haben Sie kein Recht, über mich zu bestimmen. Ich bin weder Ihr Dienstpersonal noch ein Stück Vieh, das man verschachern kann! Jeder Mensch hat das Recht auf seine eigene Meinung. Sie werden mich zu nichts zwingen, weil …«

Der Großvater beendete ihre Rede mit einer wütenden Handbewegung. Drohend schob sich sein Kinn nach vorn, während seine andere Hand über den grau gezwirbelten Kaiserbart strich. Er war kurz davor zu explodieren. »Weil was?«, fragte er schneidend. »Weil ich euch sonst hinauswerfe? Das würde dir nämlich blühen, wenn du nicht gehorchst. Ich dulde keine Widerrede mehr! Hast du mich endlich verstanden?«

Jella erwiderte unerschrocken seinen Blick, was ihn noch mehr aufbrachte. »Du bist ganz einfach nicht in der Position, irgendetwas zu entscheiden«, polterte er los. »Als uneheliches Kind bist du eine Last. Du machst dir keinerlei Vorstellungen, wie schwer es für mich sein wird, dich vernünftig und standesgemäß unter die Haube zu bringen. Dazu benötige ich Zeit. Deswegen und allein deswegen erlaube ich dir, das Lehrerinnenseminar zu besuchen.« Mit diesen Worten hatte er sich umgedreht und grußlos den Raum verlassen.

Die Worte »Last« und »uneheliches Kind« waren wie ein Richtbeil über Jella und ihrer Mutter im Raum hängen geblieben. Dieses Mal hatte es der alte Herr zu weit getrieben. In diesem Augenblick war Jella bewusst geworden, dass der Großvater sie nur aufgenommen hatte, um sie und ihre Mutter dafür leiden zu lassen, dass Johannes auf seinen Titel und sein Erbe verzichtet hatte und stattdessen als freier Mensch nach Deutsch-Südwestafrika gegangen war. Für den Großvater war sie nichts anderes als eine Schachfigur, die er nach seinem Belieben und entsprechend seiner Taktik über das Brett ziehen konnte. Und das konnte und wollte sie sich nicht länger gefallen lassen. Und sie wollte auch nicht, dass ihre Mutter noch länger unter dem Tyrannen litt.

Es hatte nur wenig Überzeugungskraft gekostet, ihre Mutter zu überreden. Wenig später hatten sie die prachtvolle Villa am Tiergarten verlassen. Mit dem wenigen Geld, das sie besaßen, hatten sie sich am Schlesischen Bahnhof im Keller eines heruntergekommenen Mietshauses ein Zimmer gemietet und verdienten seither ihr Geld mit Näharbeiten.

Jella wischte die Erinnerung beiseite und genoss den zarten Windhauch, der am Ende der Brücke leise über ihr Gesicht strich. Vor ihr lagen die finsteren, dampfigen Gassen des Krögel, jenem baufälligen Viertel von Berlin, in dem seit Jahrhunderten die Ärmsten der Armen wohnten. Hier gab es weder fließendes Wasser noch eine Straßenbeleuchtung, geschweige denn Aborte, die die Fäkalien in die Abwasserkanäle geleitet hätten. Die Rinnen der Gassen waren selbst im Sommer feucht und rochen nach den Inhalten der Nachttöpfe, die einfach aus den Fenstern der Häuser entleert wurden. Jella überkam ein fröstelndes Erschauern, als sie das dunkle Viertel betrat. Ihr Zimmer in der Andreasstraße war schon armselig genug, aber das Krögel war noch viel heruntergekommener. Die schmutzig graugelben Häuser waren so eng aneinandergebaut, dass sich ihre Giebel oben fast berührten. Ein kleiner Funke würde genügen, um das ganze Stadtviertel in Brand zu setzen. Sobald Jella in die engen Gassen eintauchte, wurde es dunkel. Noch an das gleißende Licht der Sonne gewöhnt, hatte sie anfangs Mühe, sich in der Dunkelheit zwischen den Häusern zu orientieren. Für einen kurzen Augenblick war sie wie blind. Das wurde ihr zum Verhängnis. Als sie den angetrunkenen Arbeiter entdeckte, war es bereits zu spät. Unberechenbar wie ein schlingerndes Schiff kam er auf sie zugesteuert. Sie wich aus, er folgte ihr, und schon war es geschehen. Die Heftigkeit ihres Zusammenstoßes brachte Jella aus dem Gleichgewicht. Im letzten Moment gelang es ihr, sich an der Hauswand abzustützen. Dabei entglitt ihr der Wäschekorb. Krachend kippte er auf die Gasse, und die Wäschestücke landeten im Straßenstaub.

»Trottel!«, stieß Jella aufgebracht hervor. »Können Sie nicht aufpassen?«

Der Betrunkene lehnte nach dem Zusammenprall an der gegenüberliegenden Hauswand. Er versuchte Jella mit seinen vom Alkohol getrübten Augen zu fixieren. Offensichtlich hatte er Mühe, zu begreifen, was geschehen war. Schließlich stieß er sich von der Wand ab und versuchte, allein zu stehen. Dabei schwankte er wie eine Boje auf der Havel. Statt einer Antwort stieß er einen lauten Rülpser aus.

»Pass doch selber uff!«, lallte er schließlich und hob zur Bekräftigung seinen Zeigefinger in die Höhe. Dann stolperte er einen Schritt vorwärts, konzentrierte sich dabei auf seine nächsten Schritte und torkelte direkt auf die am Boden verstreuten Malerkittel zu. Jella stieß einen Schrei aus und versuchte gleichzeitig, den Betrunkenen an seiner Jacke zurückzureißen. Vergeblich. Bevor sie ihn erreichen konnte, hatte er bereits auf einem der Wäschestücke zwei deutlich sichtbare Stiefelabdrücke hinterlassen. Jella kämpfte mit ihrer aufsteigenden Wut. Am liebsten wäre sie dem Idioten an die Gurgel gesprungen. Doch das würde den Malerkittel auch nicht wieder sauber machen. Stattdessen stiegen ihr Tränen in die Augen. Drei Wochen harte Arbeit lagen verstreut in der Gosse herum und waren vielleicht nicht mehr zu gebrauchen. Die Schmodde würde ihr den Hals umdrehen! Bevor noch mehr Schaden entstand, beeilte sie sich mit dem Einsammeln der Wäsche. Sorgfältig legte sie Kittel für Kittel zurück in den Korb. Auf den zweiten Blick war der Schaden nicht so groß, wie sie befürchtet hatte. Der Staub von der Gasse ließ sich abklopfen. Nur ein Malerkittel war durch die Fußabdrücke ernsthaft verschmutzt. Auch das war schlimm genug. Wenn Lies Schmodde das mitbekam, würde es einen ordentlichen Lohnabzug geben. Ganz abgesehen davon, dass sie sich den Vorschuss, den sie für ihre Miete erbitten wollte, gleich ganz aus dem Kopf schlagen konnte. Es war zum Verzweifeln. Sie musste einen Ausweg finden. Vielleicht übersah die Zwischenhändlerin den verschmutzten Kittel ja! Jella legte ihn sorgfältig zusammen und schob ihn ganz unten in den Korb. Wütend ballte sie die Faust in Richtung des Betrunkenen. Dann setzte sie ihren Weg fort, vorbei an den Werkstätten und Remisen, von deren Mauern der Putz abbröckelte. Weiter in die dunklen Hinterhöfe, in denen die Mülleimer überquollen, bis sie schließlich zu einem düsteren, schmalen Treppenaufgang kam und die ausgetretenen Stufen hinauf zur Wohnung der Schmodde stieg.

Jella pustete eine der widerspenstigen, kupferroten Locken aus ihrem Gesicht und klemmte sie hinter ihr Ohr. Erst dann zog sie entschlossen an dem Klingelzug neben der Tür. Eine Zeit lang tat sich gar nichts. Dann hörte sie Keuchen und Stöhnen, begleitet vom Schieben und Rücken eines schweren Holzmöbels. Jella konnte sich ein Grinsen nicht verkneifen. Sie stellte sich vor, wie Lies Schmodde ihren eingepressten Nilpferdhintern aus dem Ohrensessel zwängte, um dann mit schwerfälligem Schlurfen zur Tür zu ächzen. Das Drehen des Schlüssels im Türschloss verriet ihr, dass die Alte es geschafft hatte. Wie üblich öffnete sie die Tür nur einen Spalt weit und linste mit ihren wässrig blauen Augen hinter eingehängter Kette auf den Gang hinaus.

»Dat Jettchen!«, rief sie mit ihrer öligen Stimme. »Dat wurde aber auch Zeit!«

»Mein Name ist Jella, nicht Jettchen«, korrigierte Jella verärgert. Lies Schmodde wusste genau, wie ihr richtiger Name lautete. Es bereitete ihr immer wieder ein diebisches Vergnügen, aus dem irischen Namen Jella den Berliner Namen Jette zu machen.

»Nu mecker ma nich rum; komm lieber mal rinne!« Die Schmodde löste die Kette und öffnete die Tür. Bevor Jella etwas erwidern konnte, zog sie sie in die Wohnung hinein und schloss sofort hinter ihr wieder ab. Lies Schmodde war von Haus aus misstrauisch. Sie war eine Art Maklerin, die im Auftrag von Großhändlern genähte Waren wie Malerkittel, Kindermäntel, Pelerinen und anderes besorgte und dann gewinnträchtig weiterverkaufte. Während sie den Frauen, die für sie nähten, einen Hungerlohn von sieben Pfennig pro Stunde bezahlte, machte sie beim Verkauf an den Großhändler das Zehnfache an Gewinn, ohne auch nur einen Handstreich dafür tun zu müssen. Jella vermutete, dass sie eine Menge Geld im Haus versteckt hatte und aus gutem Grund fürchtete, beklaut zu werden. Nicht zu Unrecht, denn der Krögel steckte voller Gauner und Habenichtse. Jella hatte sich schon oft gefragt, warum die Schmodde und ihr Sohn Olaf nicht schon längst in ein besseres Viertel gezogen waren. Vermutlich hatte es damit zu tun, dass Olaf und sie hier im Krögel ein festes Netzwerk an Dieben, Betrügern und Schurken, wie sie selbst welche waren, besaßen. Schmoddes Pomade liebender Sohn war schon mehrere Male mit der Polizei in Konflikt geraten. Es ging das Gerücht, dass er dem Glücksspiel verfallen war und seine Schulden auf so dubiose Weise wie durch Einbrüche und Erpressungen beglich. Hier im Krögel war er relativ sicher, denn es gab immer jemanden, der ihm ein Alibi verschaffte. Außerhalb des Kiez wäre das wohl kaum möglich gewesen.

»Nun stell deinen Korb mal rasch hinten in den Salon«, forderte die Schmodde Jella auf. »Warum bist du denn nicht früher gekommen?«, meckerte sie. »Der Bolle wollte die Lieferung schon viel eher haben. Jetzt macht er mir womöglich noch ’nen Abzug!«

Beim Wort »Abzug« zuckte Jella unwillkürlich zusammen. Es war nicht nur Lies Schmoddes absolutes Lieblingswort, sondern sie setzte es auch bei jeder sich bietenden Gelegenheit in die Tat um.

»Wir haben uns alle Mühe gegeben«, versuchte sie sich zu rechtfertigen. »Aber meine Mutter ist noch krank. Es geht ihr einfach nicht besser. Sie braucht dringend Medizin!« Jella spürte einen Kloß im Hals. Die Sorge um ihre Mutter machte ihr schwer zu schaffen. Rachel war schon viel zu lange krank. Die schimmelige Wohnung, der Moder und die ständigen Geldsorgen zehrten an ihrer Gesundheit.

»Dann musst *du* halt schneller arbeiten!« Lies Schmodde sah Jella aus ihren kleinen Augen herausfordernd an. »Aber Madamchen hat ja Abitur. Da macht man seine Finger nicht so gern krumm, was?«

»Das hat damit überhaupt nichts zu tun!«, brauste Jella auf. »Ich arbeite schnell und gut!«

Lies Schmodde grinste selbstzufrieden. Sie liebte es, zu sticheln und zu allem ihren Senf dazuzugeben. »Wenn ich deine Mutter wäre, dann hätte ich dir das mit dem Abitur nie erlaubt. Das bringt nur Flausen in die Köpfe. Wirst schon sehen, wohin dich das führt – in die Gosse und sonst nirgendwohin!«

Jella ballte insgeheim ihre Hände zu Fäusten. Am liebsten hätte sie der Schmodde eine gepfefferte Antwort gegeben. Aber dann fiel ihr wieder der schmutzige Malerkittel ein, und sie bezwang ihre Gefühle. Sie begnügte sich stattdessen mit einem finsteren Blick.

»Könnten wir dann mal zur Abrechnung kommen?«, schlug sie mit einem gezwungenen Lächeln vor.

»Hhmm!«, brummte die Schmodde und watschelte auf den Holztisch zu, auf den Jella den Wäschekorb gestellt hatte. Sie stand nun direkt neben ihr und reichte ihr gerade mal bis zur Schulter. Argwöhnisch beäugte sie sie von unten. Jella hatte das unbestimmte Gefühl, dass sie schon wieder um einige Kilo schwerer geworden war. Die Maklerin liebte nicht nur fette Eintöpfe mit Schweinefleisch. Ihre Leidenschaft galt klebrigen Kamellen, von denen sie täglich Unmengen vertilgte. Überall in ihrer Wohnung lagen die sahnigen Karamellbonbons einladend herum – auf dem Büfett, auf dem Holztisch neben der gestickten Decke, ja selbst auf dem kleinen Beistelltischchen neben ihrem Sessel stand ein Schälchen davon. Natürlich bot sie ihr niemals welche an. Jella wusste trotzdem, dass sie köstlich waren. Beim letzten Mal hatte sie der Versuchung nicht widerstehen können und sich in einem unbemerkten Augenblick heimlich eines geschnappt. Doch das war lange her. Sehnsüchtig musste sie mit ansehen, wie sich die fetten Finger ein Karamell herausfischten und genüsslich in ihren Karpfenmund schoben.

»Na, dann zeig mal her«, meinte sie lutschend. Ihre fleischigen Hände fuhren prüfend über den obersten Kittel. Jella hielt die Luft an und betete, dass sie es dabei belassen würde. Ihre Hoffnung wurde enttäuscht. Sorgfältig inspizierte Lies Schmodde die Malerkittel. Stück für Stück prüfte sie die Nähte und Schnitte und brummelte Unverständliches vor sich hin. So war es unvermeidlich, dass sie den verschmutzten Kittel doch noch herauszog.

»Willste mir verkackeiern?«, rief sie prompt. Sie schleuderte Jella aufgebracht die Näharbeit entgegen. Die wässrig blauen Augen fixierten sie böse, während um ihren Mund bereits eine gewisse Genugtuung spielte. »Das Ding ist ja nicht einmal mehr als Putzlappen zu gebrauchen! Der gute Stoff, völlig ruiniert!« Sie schnaufte einmal tief durch. »Das hat Folgen!«

»Ich kann nichts dafür!« Jella hasste es, sich rechtfertigen zu müssen, aber ihr blieb nichts anderes übrig. »Das war so ein betrunkener Idiot, der mich auf der Straße angerempelt hat. Ich hatte keine Chance, ihm auszuweichen!«

»Aber mir wolltest du das Teil unterschieben, was?«

»Das ist nicht schlimm. Der Kittel ist einwandfrei genäht. Das ist nur Dreck von der Straße.« Jella merkte, dass ihre Argumente nicht griffen. »Das kann man leicht wieder rauswaschen.« Sie ahnte bereits, dass die Schmodde den Vorfall als Druckmittel benutzen würde, um ihr einen saftigen Lohnabzug zu machen. Das musste sie mit allen Mitteln verhindern. »Ein kleiner Fleck, der sich schnell entfernen lässt! Ich werde den Kittel mit nach Hause nehmen und gleich waschen. Morgen ist er wieder sauber und gestärkt bei dir!«

»Morgen, morgen!«, meckerte die Schmodde ungehalten. »Morgen ist zu spät! Heute brauch ich das Teil, verstehste? Ich hab meine Liefervereinbarungen, die ich einhalten muss. Und jetzt das!«

»Aber die anderen Kittel sind doch in einwandfreiem Zustand; die kannst du doch liefern!« Jella ließ nicht locker. »Wenn du willst, bring ich das Teil morgen auch selbst nach Charlottenburg hinaus. Ja, das werde ich tun!«

»Gar nischt wirst du tun! Ungeschickt und unverschämt bist du, sonst nischt!« In Schmoddes Augen blitzte jetzt auch Schadenfreude auf. Jella konnte ihr ansehen, wie sie aus dem Missgeschick für sich Profit ausrechnete, was sich auch prompt bestätigte.

»Das gibt einen kräftigen Abzug«, meinte die Schmodde genüsslich. Sie verschränkte ihre fetten Finger wie zu einem Gebet und weidete sich an Jellas entsetztem Gesicht.

»Mach das nicht!«, flehte Jella. »Dieses eine Mal nicht! Wir brauchen das Geld! Meine Mutter ist krank und benötigt ihre Medizin, und die Miete haben wir auch noch nicht bezahlt. Der Pischke schmeißt uns raus. Ich bring doch alles wieder in Ordnung. Gib mir Zeit, nur bis morgen!«

Die Schmodde wiegte den Kopf hin und her und tat, als würde sie überlegen. »Ich will ja kein Unmensch sein«, brummte sie schließlich gnädig. »Schon wegen deiner kranken Mutter nicht. Wir werden uns den Schaden teilen.«

Jella schöpfte leise Hoffnung.

»Tatsächlich?«

Lies Schmodde nickte großspurig. »Ich zahl dir statt sechzig Pfennige pro Kittel fünfzig. Das ist sehr großzügig von mir, aber ich kann ja nichts dafür, dass ich so ein großmütiger Mensch bin!«

Jella verstand nicht.

»Wieso das denn? Die anderen Kittel sind doch tipptopp in Ordnung!«

»Nicht ganz. Du vergisst, dass die Lieferung nicht komplett ist. Was glaubst du, was ich deswegen bei Bolle für Ärger auf mich nehmen muss? Eigentlich dürfte ich dir nur fünfundvierzig Pfennige pro Kittel bezahlen.«

Jella starrte Lies Schmodde fassungslos an.

»Das soll wohl ein Witz sein!«

»Ich mach nicht mal am Sonntag Witze«, antwortete die Schmodde ungerührt.

»Aber das ist Halsabschneiderei! Diebstahl, Betrug!« Jella musste einfach Luft ablassen. »Meine Mutter und ich haben die letzten drei Wochen Tag und Nacht daran gearbeitet. Wir sind kaum aus unserem Kellerloch herausgekommen, nur um für die paar Pfennige diese Kittel fertigzustellen. Und du willst mir jetzt für jeden Kittel zehn Pfennige weniger geben, nur weil einer ein bisschen verschmutzt ist? Das kannst du nicht machen!«

»Und ob ich das kann! Aber wenn du nicht willst, kannst du das

Zeug auch gleich wieder mit nach Hause nehmen. Näherinnen wie euch gibt es wie Sand am Meer.«

»Du … du …« Jella fielen eine Menge übler Schimpfworte ein. Nur mit Mühe beherrschte sie sich. Es hatte keinen Sinn. Lies Schmodde war ihr gegenüber im Vorteil. Wenn sie jetzt die Fassung verlor, dann würde sie ohne Geld nach Hause gehen müssen. Und das wäre eine Katastrophe. Rachel brauchte dringend die Medikamente, und zu essen hatten sie auch kaum noch etwas zu Hause. Ganz zu schweigen von der Miete, die längst überfällig war.

»Bitte, Lies«, rang sie sich durch. »Bezahl mir neunzehn Kittel regulär, und mach von mir aus beim zwanzigsten einen Abzug. Mutter und ich brauchen doch jeden einzelnen Pfennig!«

»Ach hör doch auf mit dem Gejammer«, unterbrach sie Schmodde. »Was glaubst du, wie oft ich das zu hören bekomme? Ist doch eure Schuld, wenn ihr nicht besser mit dem Geld umgehen könnt! Für mich zählt nur eines: Ich kann dem Bolle statt der versprochenen zwanzig heute nur neunzehn Kittel abgeben – und das gibt Ärger für mich und 'nen Abzug für dich und deine werte Frau Mutter. Punkt!«

»Aber das ist unmenschlich«, protestierte Jella verzweifelt. Schon zum zweiten Mal an diesem Tag stiegen ihr aus Wut und Enttäuschung die Tränen in die Augen. Das durfte sie sich einfach nicht gefallen lassen!

»Schluss jetzt mit dem Gedöns! Willst du das Geld jetzt oder nicht?« Schmoddes Augen funkelten arglistig. Als sie jedoch sah, dass Jella Anstalten machte, mitsamt ihrem Wäschekorb die Wohnung zu verlassen, lenkte sie wieder ein.

»Also gut«, stöhnte sie gnädig, »jeder hier kennt ja mein großes Herz!« Zur Beteuerung griff sie mit ihren Patschhändchen an ihren immensen Busen. »Ich gebe dir zweiundfünfzig Pfennige, obwohl mich das um meinen ehrlichen Gewinn bringt. Aber dafür musst du mir auch den sauberen Kittel morgen ganz bestimmt zu dem Bolle nach Charlottenburg transferieren.«

Jella schnaubte. Das Blut in ihren Adern brodelte bei so viel Ungerechtigkeit bis kurz unter den Siedepunkt. Sie spürte ein Rauschen in den Ohren und war kurz davor, nun endgültig ihre Fassung zu verlieren. Sie war gedemütigt und fühlte sich hilflos und schwach wie eine Leibeigene. Am liebsten hätte sie den Wäschekorb genommen und der Schmodde umgekehrt über den Kopf gestülpt. Nur der Gedanke an ihre Mutter hielt sie davon ab. Aber was sollte sie tun? Sie brauchten das Geld, auch wenn es hinten und vorn nicht reichen würde. Wie sie es drehte und wendete. Ihr blieb keine andere Wahl, als Lies Schmoddes Angebot anzunehmen.

»Einverstanden«, presste sie zähneknirschend hervor. »Aber nur dieses eine Mal! Beim nächsten Mal zahlst du wieder den vollen Preis.«

Schmoddes Schultern zuckten ungerührt. »Wenn das Stückgut in Ordnung ist.«

Zufrieden schlurfte sie zu dem schwarzen Vertigo an der Wand und zog eine der Schubladen auf. Sie kramte umständlich nach ihrem brokatbesetzten Geldbeutel und holte daraus ein paar Münzen hervor. Wie ein Almosen überreichte sie Jella ihren Lohn.

»Steck es ein! Ich habe nachgezählt!«, knurrte sie unfreundlich. Jella prüfte die Summe trotzig nach. Erst neulich hatte sich die Alte mal wieder »versehen«, natürlich zu Jellas Ungunsten. Mit verkniffenem Gesicht steckte sie die Münzen in ihre Rocktasche, packte den Korb mit dem verschmutzten Kittel sowie den neuen Stoff und verließ grußlos die Wohnung.

Mietschulden

Jella verließ die engen Gassen des Krögel über die Inselbrücke. Sie war froh, wieder die Wärme der Sonne auf ihrer Haut zu spüren. Das Wasser der Spree funkelte blaugrün. Bereitwillig vertraute sie dem leisen Plätschern und Funkeln ihre Gedanken an. Schon als kleines Kind war sie nur zu gern dem Drang gefolgt, sich in andere Welten zu flüchten, wenn etwas ganz und gar schiefgelaufen war. Sie stellte sich einfach vor, wie es sein konnte, wenn alles gut war – und schon fühlte sie sich besser. So erging es ihr auch jetzt. Sie sah sich in Männerkleidern vor der Friedrich-Wilhelms-Universität herumflanieren. Keiner erkannte sie als Frau, während sie wie selbstverständlich, ihre männlichen Kommilitonen grüßend, die große Aula des Gebäudes betrat, um an einer der naturwissenschaftlichen Vorlesungen teilzunehmen und zu studieren. Was für ein Leben musste das sein! Sie würde endlich mehr über die Vielfalt und die Strukturen der Pflanzen und Tiere erfahren. Sie würde sie sezieren, zerlegen und genau untersuchen, wo ihre Geheimnisse verborgen lagen. Wie Charles Darwin wollte sie auf einem Forschungsschiff in die weite Welt hinaussegeln, um dort neue Spezies zu entdecken. Sie würde Pflanzen sammeln und sie auf ihre Heilkräfte untersuchen, und wenn es möglich war, würde sie neue Medikamente entwickeln. Was für Möglichkeiten wohl noch in der Natur steckten? Die Welt brauchte Forscher wie sie! Kamen nicht täglich Meldungen aus den neu gegründeten Kolonien über die Entdeckung neuer Tier- und Pflanzenarten? Was unterschied sie von den einheimischen Pflanzen, welche Möglichkeiten mochten noch in ihnen stecken? Fragen über Fragen, die nur darauf warteten, von ihr beantwortet zu werden.

Jella warf einen Kieselstein ins Wasser und beobachtete, wie er inmitten einer kleinen Fontäne rasch versank. Wie ihre Träume. Sie hatten nichts mit der Realität zu tun. Sie waren aberwitzig und funktionierten nur in ihrer Fantasie. Studienplätze an der Universität waren im preußischen Berlin fast ausschließlich Männern vorbehalten. Nur wenigen Frauen war es unter großen Vorbehalten bis jetzt gelungen, erfolgreich ein Studium abzuschließen. Allerdings wurden es immer mehr. Und genau das machte Jella Mut. Ihr großes Vorbild war Elsa Neumann. Sie hatte vor einigen Jahren als erste Frau in Berlin ihre Dissertation in Physik abgelegt. Warum sollte sie nicht Ähnliches leisten können? Sie fühlte sich dazu durchaus imstande, wenn man sie nur ließe! Elsa Neumann hatte allen Frauen bewiesen, dass es möglich war, seine Träume zu verwirklichen. Vielleicht sollte sie einfach zum Institutsleiter an der Universität gehen und ihn um einen Studienplatz bitten …

Die Schiffsglocke eines vorbeituckernden Spreeschiffes brachte sie wieder in die Realität zurück. Nach dem Reinfall mit der Schmodde waren jetzt ganz andere Dinge wichtig. Ihre Mutter brauchte dringend die verschriebene Medizin. Sie wartete schon viel zu lange darauf. Rachel war in den letzten Wochen so blass und so schmal geworden. Sie litt an einem hartnäckigen Husten, der ihren ganzen Körper zum Beben brachte. Selbst bei dem warmen, trockenen Wetter wurde er nicht besser. An den bevorstehenden Winter mochte Jella gar nicht erst denken. Lange Zeit hatte ihre Mutter versucht, ihren erbärmlichen Zustand vor ihr zu verbergen und, als das nicht mehr funktionierte, ihn herunterzuspielen. Als Jella jedoch vor etwas mehr als einer Woche entdeckt hatte, dass das Taschentuch, in das sie hineinhustete, voller Blut gewesen war, hatte sie panische Angst bekommen. Sie wollte ihre Mutter sofort in das nahe gelegene Städtische Krankenhaus im Friedrichshain bringen. Doch Rachel hatte sich energisch dagegen gewehrt.

»Dorthin bringen mich keine zehn Pferde!«, hatte sie protestiert. »Wenn ich mich in die Hände dieser Kurpfuscher begebe, rauben sie mir noch den letzten Rest meiner Gesundheit.« Das entsprach höchstwahrscheinlich der Wahrheit. Das Krankenhaus war die meiste Zeit hoffnungslos überfüllt. Es gab viel zu wenige Ärzte mit viel zu wenig Zeit für ihre Patienten. Und eine Konsultation in der Charité, dem modernsten Krankenhaus der Stadt, konnten sie sich nicht leisten. Jella war deshalb nichts anderes übrig geblieben, als den versoffenen Dr. Kuhl von nebenan zu Hilfe zu holen. Er war immerhin gleich erschienen und hatte ihre Mutter kostenlos untersucht. Umständlich hatte er mit seinem hölzernen Hörrohr ihren Rücken abgehorcht, mit geschlossenen Augen Rachels Puls gefühlt, lustlos ihre Augenlider nach unten gezogen und Mund und Zunge inspiziert. Lange ließ er sich zu keiner eindeutigen Diagnose hinreißen. Erst als Jella ihm erzählt hatte, dass seine Mutter Blut hustete, hatte er alarmiert reagiert.

»Also doch«, hatte er vor sich hingemurmelt.

»Was, also doch?«, hatte Jella mit aufsteigender Angst gefragt.

»Deine Mutter hat Schwindsucht«, war Dr. Kuhls lapidare Antwort. »Ein Wunder, dass du dich noch nicht angesteckt hast!« Umständlich hatte er in den Tiefen seiner ausgebeulten Arzttasche nach seinem Notizblock gegraben und hastig etwas darauf gekritzelt. Ohne Rachel anzusehen, übergab er ihr das Rezept.

»Wenn Sie wieder gesund werden wollen, müssen Sie sich außerordentlich schonen, so viel wie möglich an die frische Luft gehen und vor allem immer die Medizin nehmen, die ich Ihnen hier aufgeschrieben habe. Das ist das Einzige, was ich im Augenblick für Sie tun kann!« Daraufhin hatte er es ziemlich eilig gehabt, die Wohnung wieder zu verlassen. Leider hatte ihre Mutter bisher noch keinen Tropfen von der Medizin eingenommen. Sie hatten einfach kein Geld gehabt, um sie zu kaufen.

In der Apotheke am Märkischen Platz besorgte Jella endlich die Medizin. Als ihr der Apotheker das winzig kleine Fläschchen mit den Tropfen überreichte und dazu den Preis nannte, klappte ihr vor Schreck die Kinnlade nach unten.

»Sechs Mark und sechzig Pfennige?«, vergewisserte sie sich ungläubig. Sie musste abermals schlucken. Das war dreimal so viel, wie sie gerechnet hatte. Der Apotheker, ein ernst aussehender Mann um die dreißig in weiß gestärktem Kittel mit gezwirbeltem Schnurrbart und schütteren, blonden Haaren, bestätigte ihr die Summe mit einem überheblichen Lächeln. Einem plötzlichen Impuls folgend gab sie das Fläschchen zurück, riss es dann aber doch noch in letzter Sekunde wieder an sich und bezahlte den geforderten Preis. Die Mutter brauchte die Tropfen!

Während sie die Waisenbrücke überquerte und auf der Holzmarktstraße rechts in Richtung Schlesischer Bahnhof bog, rechnete sie nochmals die Finanzen nach. Das Ergebnis war niederschmetternd. Das Geld reichte hinten und vorn nicht. Mit dem kläglichen Rest konnte sie nicht einmal die Miete an Pischke zahlen. Geschweige denn das Nötigste an Lebensmitteln besorgen. Wie sollten sie die nächsten Wochen ohne Geld überstehen? Im Moment blieb fast alle Arbeit an ihr hängen. Jella gab sich Mühe, die düsteren Gedanken beiseitezuschieben. »Mit Zuversicht und Optimismus schaffen wir das Leben mit links«, wiederholte sie laut ihren Lieblingswahlspruch, den sie in den letzten Monaten ziemlich überstrapaziert hatte. Doch das war egal. Wenn sie den Spruch laut vor sich hersagte, fühlte sie sich gleich viel besser. Hauptsache, die Medizin half. Und dazu brauchte ihre Mutter etwas Ordentliches zu essen! Aus diesem Grund steuerte sie ohne schlechtes Gewissen direkt auf Oma Grambors Kolonialwarenladen zu und kaufte mit einem Großteil des verbliebenen Geldes Kartoffeln, Bohnen, Weißkohl und ein ordentliches Stückchen Speck dazu. Daraus würde sie einen kräftigen Eintopf zaubern, der ihrer Mutter wieder auf die Beine half! Die Aussicht, die nächsten Tage keinen Hunger haben zu müssen, heiterte Jella auf. Denn mit einem vollen Magen ließen sich bekanntermaßen bessere Lösungen für ihre Probleme finden als mit einem leeren. Man durfte das Leben einfach nicht zu schwer nehmen!

Fröhlich pfeifend verließ Jella den Kellerladen und stieg die Treppen zur Andreasstraße hinauf. Das Pflaster auf der Straße war ziemlich lückenhaft und phasenweise so marode, dass Jella die Straßenseite wechseln musste. So kam sie zufällig an der Litfasssäule vor ihrem Haus vorbei. Sie wurde gerade mit einem frischen Plakat beklebt. Neugierig blieb sie stehen und las die Ankündigungen. »Elite Vergnügungs-Park auf der Jungfernheide!« stand dort in großen Lettern. Die Jungfernheide war ein beliebtes Ausflugsziel der Berliner am Plötzensee mit Biergärten, Badeanstalt und einem Bootsverleih mit Ruderbooten. Ihr Großvater hatte immer abfällig von »primitiver Volksbelustigung« gesprochen. Vielleicht fand Jella dieses Viertel gerade deswegen so anziehend. Sie las weiter: »Sehen Sie Miss Larsché, die zwergenhafte Schwertschluckerin. Weiter zu sehen: Ottilie, die unbezwingbare Eisenbraut. Ihre Eisenbrust hat schon Stahlarbeiter zerquetscht! Der unvergessliche Clown François und sein dressierter Riesenaffe bringen selbst Steine zum Lachen!« Fasziniert studierte Jella die angekündigten Attraktionen auf der Litfasssäule und versuchte sie sich vorzustellen. Sie würde sich zwar in absehbarer Zeit niemals leisten können, dorthin zu fahren, aber niemand konnte ihr verwehren, die Belustigungen in ihrer Fantasie aufleben zu lassen. Besonders gefesselt war sie von der Ankündigung eines gewissen Dr. Hagenstolz. Er zeigte eine afrikanische Menagerie und Völkerschau, die aus ausgestopften Tieren, exotischen Kulissen und echten Bambusen aus den Wüsten der deutschen Kolonie in Südwestafrika stammten: »Die wilden Hottentotten mit ihren Riesensterzen!«, wurden sie groß angekündigt. Darunter stand etwas kleiner: »Kommen Sie und überzeugen Sie sich selbst von den erstaunlichen Fähigkeiten dieser zwergwüchsigen Wilden. Nur ein Schnapsglas Wasser pro Tag reicht diesen primitiven Menschen, um in der unerbittlichen Wüste Afrikas zu überleben. Wie Kamele speichern sie das Wasser in ihren enormen Hinterteilen. Kommen Sie und sehen Sie die Wilden unserer Kolonien! Eintritt: 10 Pfennige pro Person. Kinder zahlen die Hälfte.«

Jella staunte. Wie gern hätte sie diese kleinen Hottentotten gesehen! Was sie wohl nach Berlin geführt hatte? In welcher Sprache unterhielten sie sich? Was brachte sie dazu, sich vor allen Menschen zur Schau zu stellen? Hatte man sie vielleicht eingefangen und gegen ihren Willen hertransportiert? Sklaverei war seit über dreißig Jahren verboten, aber wer wusste schon, ob in den Kolonien nicht andere Regeln galten? Je länger sie darüber nachdachte, desto weniger konnte sie sich vorstellen, dass die Wilden freiwillig nach Deutschland gekommen waren. Wie es bei ihnen wohl aussah? Ach, Afrika! Immer, wenn Jella an den fernen, schwarzen Kontinent dachte, wurde ihr ganz warm ums Herz. Rachel hatte ihr bereits als kleines Kind davon vorgeschwärmt. Wie oft waren sie gemeinsam in die Bibliothek gegangen und hatten sich dort Bildbände mit Lithografien und sogar Fotografien angesehen. Sie hatten sich immer vorgestellt, wie es wohl wäre, jetzt dort zu sein. Damals war ihre Mutter noch der festen Überzeugung gewesen, dass Johannes sie bald nachholen würde. Aber Jahr um Jahr war seither verstrichen, ohne dass sie irgendetwas von Jellas Vater gehört hätten. Jella und ihre Mutter hatten sich irgendwann damit abgefunden, dass Johannes von Sonthofen tot war. Der alte Baron war wie immer anderer Meinung. Er behauptete steif und fest, dass Johannes sie einfach vergessen hätte.

Jella hatte endlich den Wohnblock erreicht, in dessen hinterstem Winkel sie wohnten. Sie durchschritt den runden Torbogen, der in den ersten Hinterhof führte. Im Vorderhaus, zur Straße hin lagen die teuren Wohnungen mit großzügigen Zimmern und lichten Fenstern.

Darauf folgten der erste und dann auch der zweite Hinterhof. Je weiter sie in das Innere des Mietshauskomplexes vordrang, desto kleiner wurden die Höfe und desto weniger Licht drang hinein. Der dritte Hinterhof war nur noch hoch und dunkel. Es roch nach altem Kohl, Scheuermittel und Fäkalien. Irgendjemand hatte wieder einmal die Tür zum hölzernen Klohäuschen im Hof offen gelassen. Der letzte Hinterhof war gerade mal groß genug, dass der Spritzenwagen der Feuerwehr dort umdrehen konnte. Das war Vorschrift. Dafür waren hier die Wohnungen am billigsten. Am schäbigsten waren die Kellerwohnungen; in einer von denen hausten Jella und ihre Mutter. Sie waren nicht nur dunkel, sondern auch noch feucht. Vor zwei Monaten hatten sie es notgedrungen bezogen. Das helle Zimmer im zweiten Hinterhof hatten sie verlassen müssen, nachdem ihre Ersparnisse aufgebraucht gewesen waren. Pischke hatte ihnen daraufhin vorgeschlagen, sich einen Schlafburschen zu besorgen. Doch das hatten sie entschieden abgelehnt. Allein die Vorstellung, dass eine fremde Person tagsüber, während sie nähten, in ihrem Bett lag, womöglich ungewaschen und mit Flöhen, ekelte sie. Es war schon jetzt schwer genug, der Wanzenplage Herr zu werden.

Jella steuerte auf den seitlichen Kellereingang zu. Hier mischte sich der Geruch von dünner Kohlsuppe mit dem Gestank der überquellenden Mülleimer. Sie wollte gerade die Treppen zur Kellertür hinabsteigen, als eine nicht zu überhörende Gasthausstimme sie aufhielt.

»Halt, stehen geblieben!«, forderte die Stimme sie auf.

Jella blieb wie vom Donner gerührt stehen. August Pischke hatte sie kalt erwischt!

Wie hatte sie nur so nachlässig sein können! Anstatt wie ein Schießhund aufzupassen, dass sie dem Hausmeister nicht begegnete, hatte sie gedankenverloren irgendwelchen Fantastereien nachgehangen. Jetzt saß sie in der Falle! Sie tat so, als hätte sie ihn nicht gehört, und versuchte schnell durch die Tür ins Haus zu gelangen. Doch Pischke musste ihre Absicht erraten haben, denn bevor sie sie in die Tat umsetzen konnte, hatte er sich auch schon an ihr vorbeigeschoben und ihr den Weg verstellt. Dort stand er nun. Feist, in seiner fettigen Stoffhose mit herabhängenden Hosenträgern. Er trug nur ein dreckiges Unterhemd, aus dem ein wabbeliger, nackter Schmerbauch hervorquoll.

»Und? Wat is nu?«, fragte er.

»Wie, was ist?« Jella stellte sich dumm.

»Tu nicht so!«, polterte Pischke. »Du weißt ganz jenau, wovon ich spreche.«

»Weiß ich nicht! Aber ich hab jetzt auch gar keine Zeit. Meine Mutter ist krank.«

»Das Geld!«, sagte er nachdrücklich. Sein Blick wanderte zu ihrer Einkaufstüte. »Offensichtlich seid ihr ja wieder bei Kasse!« Er hielt seine rechte Hand auf, an der die zwei mittleren Finger fehlten. Pischke war früher Vorarbeiter in den Stahlwerken gewesen und hatte sie bei einem Unfall durch eine Presse eingebüßt. Seither war er arbeitsuntauglich. Weil es ein Arbeitsunfall gewesen war, musste die Firma für ihn aufkommen und hatte ihm deswegen die Stelle als Hausmeister in dem Mietshaus vermittelt. Das war ein einträgliches Geschäft, denn er musste auch dafür sorgen, dass die Mieten pünktlich bezahlt wurden. Pischke genoss es, »seine« Mieter, wie er sie nannte, zu terrorisieren. Kurz: Er war korrupt, schmierig und brutal. Doch deshalb brauchte sich Jella noch lange nichts von ihm gefallen zu lassen!

»Ich habe kein Geld bei mir!«, behauptete sie dreist und sah Pischke dabei fest in die Augen. Gleichzeitig tastete sie mit ihrer linken Hand in der Rocktasche nach dem wenigen Geld, das noch übrig war.

»Das kannst du dem Gesangverein erzählen, aber nicht mir!«, schnaubte er und wies mit dem Kopf in Richtung ihres Einkaufs. »Die Grambor schreibt nischt an. Also haste auch Jeld gehabt, um das Zeugs da zu kaufen!«

Pischke beugte sich zu Jella vor, bis sie seinen übel riechenden Atem in die Nase bekam. Unwillkürlich wich sie einen Schritt zurück. Er zeigte auf die Tüte, in der ihre Einkäufe steckten. »Gib mir das da als Anzahlung!«, forderte er.

Jella wich zurück.

»Hände weg«, empörte sie sich. »Das hat nichts mit der Miete zu tun!« Pischke rückte nach, bis er wieder direkt vor ihr stand. Sein fetter Bauch blieb als einzige Barriere zwischen ihnen. Jella fand, dass der Hausmeister mehr Ähnlichkeit mit einem Schwein als mit einem Menschen hatte. Nur dass Schweine wahrscheinlich mehr Charakter besaßen. Auf seinem birnenförmigen Körper steckte ein fetter, roter Hals, der nahtlos in seinen Kopf überging. Das schüttere, aschblonde Haar klebte mit Pomade geglättet auf seinem Schädel. Wegen der Hitze strömten feine Rinnsale aus Schweiß seine Wangen herab. Dazu kam ein widerlich säuerlicher Körpergeruch.

»Ich will mein Geld heute noch. Ist das klar? Andernfalls sitzen du und deine Frau Mama am Monatsende auf der Straße.«

Pischke genoss seine Überlegenheit.

»Bitte«, Jella zwang sich zu einem Lächeln, »geben Sie uns noch bis Ende der Woche Aufschub!« Jeder Tag bedeutete eine kleinere, weitere Verschnaufpause.

»Meine Geduld ist am Ende.«

»Aber wir brauchen die Zeit!«

»Das ist nicht mein Pech, Fräulein. Wenn ihr kein Geld habt, um zu bezahlen, dann müsst ihr eben auf der Straße wohnen. Ich bin hier nicht die Wohlfahrt! Es sei denn …«

Er machte eine Pause und betrachtete Jella von oben bis unten, so als mustere er auf dem Viehmarkt eine Kuh. Plötzlich breitete sich ein lüsternes Lächeln auf seinem Gesicht aus. »Es sei denn …« Sein glupschäugiger Blick wanderte von ihrem Gesicht über den Hals bis zu den Brüsten, wo er unanständig lange hängen blieb. »… Es sei denn, du bist mir gefällig!« Seine Zunge fuhr dabei genüsslich über seine fleischigen Lippen. Jella erstarrte. Einen Augenblick lang war sie unfähig, sich zu bewegen. Nur langsam sickerte die Bedeutung des Angebots in ihr Bewusstsein. Der Hausmeister nahm ihr Schweigen als erstes Einverständnis und rückte noch ein Stückchen näher an sie heran.

»Du zahlst mir in Naturalien, und ich vergess die Miete für diesen Monat«, grunzte er zufrieden. »Ick kenne da eine nette kleine Ecke unten im Keller.« Jella stand immer noch wie gelähmt da. Erst als Pischkes kurze Stummelfinger über ihre Brüste fuhren und eine Brustwarze zusammendrückten, dämmerte ihr das wahre Ausmaß der Ungeheuerlichkeit. Ihr war, als hätte jemand einen Eimer eiskalten Wassers über sie ausgegossen. Im selben Augenblick schwappte eine Welle von Empörung und Ekel in ihr hoch.

»Sie widerlicher, geiler Fettkloß«, platzte es aus ihr heraus. Heftig klatschte sie auf die Pranke auf ihrer Brust. »Lassen Sie gefälligst sofort los!« Pischke ließ grinsend los. Ihre Beleidigungen prallten wirkungslos an ihm ab. Ihre Abwehr schien ihn im Grunde sogar mehr zu erregen, als abzuschrecken. Er wich keinen Schritt vor ihr zurück. Jella fühlte sich in die Enge getrieben. Die kleinen Schweinsaugen musterten sie voller triebhafter Lust. Ekelhaft! Rachel hatte sie immer wieder vor Pischke gewarnt. Er war ein primitiver Widerling, der sich auf Kosten von Schwächeren Vorteile verschaffte. Aber es jetzt am eigenen Leib zu erfahren bedeutete für sie eindeutig eine neue Dimension. Sie hatte einfach nicht gelernt, damit umzugehen. Man hatte ihr beigebracht, dass ein Mädchen ihrer Herkunft und Bildung sich bei einem unverschämten Angebot zu schämen hatte. Es musste erröten, in Weinkrämpfe ausbrechen oder in Ohnmacht fallen. Allerdings schien Jella keine dieser Möglichkeiten im Moment wirklich sinnvoll. Ihr fehlte die Vulgarität der Mädchen vom Kiez, die sich mit Leichtigkeit und Witz aus solchen Situationen befreien konnten. So stand sie Pischke einfach nur gegenüber und blitzte ihn feindselig an. Das wiederum gab dem Hausmeister zunehmend das Gefühl, die Oberhand zu gewinnen, vor allem, als er feststellte, dass er und sie ganz allein in dem Hinterhof waren. Anzüglich strich er mit seiner Hand über die Hoden unter seinem Bauch.

»Na, was is?«, grinste er unverschämt. »Wollen wir nun in die Waschküche oder wollen wir gleich hier?«

Ihre Augen weiteten sich panisch, während es in ihrem Gehirn ratterte wie in einer Druckanstalt. Schreien hatte keinen Sinn. Sie überlegte sich, ihm tatsächlich das Geld aus ihrer Rocktasche zu geben. Doch damit würde er sich nicht zufriedengeben. Bei der nächsten Gelegenheit würde er ihr wieder auflauern. Vor allem jetzt, da er Blut geleckt hatte. Pischkes Bauch berührte bereits ihren Körper. Seine Finger umkrallten besitzergreifend ihren Oberarm. Der Geruch seines Körpers verursachte Jella Übelkeit, während sie seinen vor Erregung heißen Atem auf ihrem Hals spürte. Wenn ihr nicht gleich etwas Zündendes einfiel, würde sie der Kerl tatsächlich packen und in den Keller schleppen. Pischke war überall im Haus gefürchtet. Der Lüstling trieb es unter jedem Rock, den er heben konnte. Jella konnte sich nun plötzlich auch das seltsame Keuchen und Wimmern, dass sie hin und wieder in der Waschküche gehört hatte, erklären. Die Panik in ihr wuchs.

»Hast du schon mal?«, flüsterte ihr der Hausmeister mit geiler

Stimme ins Ohr. »Wenn du noch Jungfrau bist, kriegste noch 'nen ganzen Monat mietfrei dazu – versprochen!«

Das Wort »Jungfrau« brachte Jella endgültig wieder zur Besinnung. Es war, als hätte jemand einen Lichtschalter angeknipst. Plötzlich fühlte sie sich wieder fähig, selbstständig zu denken und zu handeln. Hier ging es um ihre Ehre! Und die wollte sie sich ganz gewiss nicht von diesem Wüstling nehmen lassen.

»Lassen Sie mich sofort los!«, zischte sie ihn mit neu gewonnenem Selbstvertrauen an. Das irische Blut in ihr begann sich zu regen. Sie fühlte einen Zorn, der ihr ungeahnte Kräfte verlieh. Und mit einem Mal tauchte da auch blitzartig eine Idee auf, wie sie zumindest versuchen konnte, Pischke im Zaum zu halten. Es tat gut, wieder klar im Kopf zu sein. Sie nahm einen von Pischkes fetten Fingern an ihrem Arm und bog ihn rasch mit aller Gewalt nach hinten. Erst als sie einen hörbaren Knacks vernahm, stoppte sie.

»Spinnst du jetzt oder was?«, brüllte der Hausmeister laut auf. Er ließ sie auf der Stelle los und hielt sich seinen ausgerenkten Finger. Dabei schnaufte er wie ein Dampfross vor Empörung. Doch bevor er etwas sagen konnte, schnitt ihm Jella das Wort ab. »Sie werden mich und meine Mutter von nun an schön in Ruhe lassen«, blaffte sie ihn so kaltschnäuzig sie konnte an. »Ich hab Sie nämlich in der Hand!«

Pischke starrte sie mit offenem Mund an. Er brauchte eine Weile, bevor er die Lage neu einschätzen konnte. Gleichzeitig wurde er wütend.

»Hast du jetzt 'ne Meise?« Sein Gesicht wurde noch roter, als es ohnehin schon war. »Was fällt dir ein! Dir werd ich zeigen, was Sache ist, du undankbares Gör! Ich hab dir 'n großzügiges Angebot gemacht, und das ist nun der Dank? Gib mir das Geld oder schert euch zum Teufel! Ich bin hier der Chef! Zack, zack!«

Jella schnappte nach Luft. Sie durfte sich jetzt nur nicht einschüchtern lassen. Ihre Idee war ziemlich riskant, aber ihr blieb im Moment gar keine andere Wahl, als alles auf eine Karte zu setzen.

»Wir werden überhaupt nirgendwo hingehen. Wir bleiben hier. Und die Miete bekommen Sie, wenn wir wieder zu Geld gekommen sind!«

Pischke starrte sie an, als wäre sie verrückt geworden.

»Und wieso sollte ick so großzügig sein?«, fragte er beinahe amüsiert.

»Weil ich sonst Dinge ausplaudern könnte, die die Herren Gendarmen ganz bestimmt interessieren werden!«

»Und was soll das sein?«

Pischke kniff misstrauisch seine Glupschaugen zusammen und musterte Jella. »Wenn das ein Bluff sein soll, dann ist das aber ein ganz jämmerlicher!«, behauptete er immerhin leicht verunsichert. Allein dass er auf ihre Worte eingegangen war, ließ Jella Hoffnung schöpfen. Sie spürte, dass sie auf dem richtigen Weg war.

»Ich habe Sie gesehen«, behauptete sie. »Ich habe gesehen, wie Sie mit Ihrem Zweitschlüssel in Mia Grosches Wohnung eingedrungen sind!«

»Das ist nicht wahr!«, empörte sich Pischke. Er wirkte plötzlich nervös. »Dafür hast du keine Beweise.«

Die hatte Jella tatsächlich nicht. Ihre sämtlichen Behauptungen beruhten eher auf reinen Vermutungen, die sie sich aus dem Tratsch im Haus zusammengereimt hatte. Letzte Woche hatte es in der Wohnung von Mia Grosche einen Einbruch gegeben. Nicht, dass das im Kiez etwas Besonderes gewesen wäre. Seltsam war nur, dass der Dieb ganz genau gewusst haben musste, dass ausgerechnet die Grosche über ein kleines Vermögen verfügte. Nur ein paar Leute vom dritten Hinterhaus hatten gewusst, dass Mia jeden Groschen, den sie von ihrer Rente übrig behielt, in ihre Suppenschüssel gelegt und gespart hatte. Erst kürzlich hatte Mia, gutgläubig wie sie war, im Treppenhaus verkündet, dass sie nun genügend

Geld beisammen hatte, um eine Fahrkarte nach Südamerika zu ihrem Sohn zu kaufen. Pischke hatte ganz in der Nähe gestanden und alles mitbekommen. Für Jella lag es auf der Hand, dass er der Einbrecher war. Niemand anderer kam in Frage. Er hatte nämlich nicht nur von Mias Geld gewusst, sondern war zudem auch noch auf dem Laufenden darüber, wann sie das Haus verließ. Für ihn war der Diebstahl ganz einfach gewesen. Er hatte nur warten müssen, bis Mia weg war, und war dann in die Wohnung eingebrochen. Das erklärte auch, dass er nichts anderes hatte mitgehen lassen als ausgerechnet das gut versteckte Geld in der Suppenschüssel. Und was noch kurioser war: Die Wohnungstür war nicht aufgebrochen worden! Der Einbrecher musste über einen Generalschlüssel verfügt haben! Nicht nur Jella hatte sofort Pischke in Verdacht gehabt. War er nicht auch am nächsten Tag mit einer sündhaft teuren Zigarre gesehen worden? Natürlich hatte Jella Mia Grosche von ihrem Verdacht erzählt und hatte ihr sogar angeboten, mit ihr zur Polizei zu gehen. Aber davon wollte die arme Frau nichts wissen. Lieber ertrug sie ihren Verlust und fing wieder von Neuem an zu sparen, als dass sie sich mit der Obrigkeit oder mit dem Pischke anlegte. Jella hatte genügend eigene Sorgen, also hatte sie sich damit abgefunden, dass der Diebstahl nie aufgeklärt werden würde. Doch jetzt konnte ihr Verdacht, falls er sich bestätigte, ihr und ihrer Mutter den Hals retten.

»Ich habe gesehen, was ich gesehen habe«, meinte Jella zweideutig.

»Du lügst, du kleine Schlampe!« Pischke wurde zunehmend unruhiger, obwohl er versuchte, gelassen zu bleiben. Jella stellte ihre Falle auf.

»Leider haben Sie vergessen, die Wohnungstür hinter sich zu schließen. So konnte ich vom Flur aus sehen, wie Sie das Geld aus der Suppenschüssel vom Büfett genommen haben!«, behauptete sie dreist.

»Das … das ist nicht wahr!«, empörte sich Pischke. »Ich hab die Tür verschlossen. Ich bin doch nicht blöd!« Die Worte waren schon über seine Lippen gekommen, als er erst bemerkte, dass er sich damit selbst verraten hatte. Sein Gesicht nahm nun eine puterrote Farbe an. »Das heißt ja noch gar nischt!«, stotterte er. »Ick weiß ja nich mal, wovon du redest!« Nun hatte er doch die Fassung verloren. Seine Augen wanderten unstet über den Hof. Als er niemanden entdeckte, trat er in seiner Not rasch einen Schritt auf sie zu und umfasste mit seinen Händen ihren Hals. Jella war zu erschrocken, um sich zu wehren. Erst als sich Pischkes Hände immer fester um ihre Kehle schnürten, begriff sie den Ernst der Lage. Mit letzter Kraft presste sie heraus. »Ich bin übrigens nicht die Einzige, die Sie gesehen hat!« Ihre Worte zeigten Wirkung. Der Hausmeister ließ sie sofort los. »Verdammt!«, zischte er wütend. Jella keuchte und rieb sich den Hals. »Wenn Sie mir etwas tun, fliegt Ihr Geheimnis auf!«, drohte sie.

Pischke sah sie wie vom Donner gerührt an. Seine ganze Selbstsicherheit war wie weggeblasen. Übrig geblieben war nur noch die nackte Angst vor den Gendarmen. Jella spürte, dass sie fast gewonnen hatte.

»Und was willst du jetzt tun?«, fragte er.

»Gar nichts.«

Trotz der bedrohlichen Situation fühlte Jella so etwas wie Triumph. Endlich hatte sie ihren Fisch an der Angel.

»Sie werden etwas für uns tun!«

»Und was soll das sein?«

»Ich will, dass Sie uns einen Mietaufschub geben«, forderte sie selbstbewusst. »Mindestens drei Wochen.«

Pischke sah Jella mit gemischten Gefühlen an. Er konnte sich nicht so recht damit abfinden, dass Jella ihn so plötzlich in der Hand hatte. Andererseits – mit drei Wochen Mietaufschub kam er immer noch glimpflich davon.

»In Ordnung«, brummte er undeutlich. Aber Jella war noch nicht fertig. »Außerdem bekommt Mia Grosche ihr Geld zurück … und zwar alles!«

Damit hatte der Hausmeister nicht gerechnet. Er wirkte völlig überrumpelt. Als ihm das Ausmaß von Jellas Forderung bewusst geworden war, explodierte er.

»Du gemeines Stück irische Teufelsbrut!«, fluchte er aufgebracht. Jella hielt seinem Blick ungerührt stand. Pischke ballte seine Hände zu Fäusten und machte Anstalten, erneut auf sie loszugehen. Aber dann besann er sich und gab sich Mühe, sich unter Kontrolle zu bekommen. »Dieses eine Mal hast du vielleicht gewonnen«, presste er mühsam hervor. »Aber beim nächsten Mal, da krieg ich dich dran! Das verspreche ich dir!«

Ausflug nach Charlottenburg

Jella legte den gewaschenen und gebügelten Malerkittel sorgfältig zusammen, bevor sie ihn in den flachen Korb tat und ein Tuch darüberlegte. Sie wollte die frühen Morgenstunden nutzen, um zu Fuß den weiten Weg nach Charlottenburg zu unternehmen. Wo war nur ihr verflixter Hut? Das vornehme Stück hatte sie seit ihrem Auszug aus der Villa nicht wieder getragen. Heute wollte sie sich jedoch rausputzen, um bei dem Händler Bolle Eindruck zu schinden. Schließlich fand sie den Hut angestaubt unter dem Büfett. Ungeduldig zupfte sie die Spinnweben von dem grünen Filz ab, bevor sie das filigrane Gebilde mit den zu Schleifen gebundenen braunen Samtbändern leise fluchend auf ihren hochgesteckten Haaren zu befestigen versuchte. Wie immer rutschten die verdammten Hutnadeln ab. Sie wollten einfach nicht in ihrer üppigen roten Haarpracht halten.

»Ich werde wohl erst gegen Abend wieder zurück sein!«

Rachel, die unter dem blakenden Schein der Petroleumlampe direkt unterhalb des Kellerfensters saß und nähte, sah kurz auf. Sie lächelte Jella mit ihrem warmen Lächeln an, das ihr verhärmtes Gesicht sofort um Jahre jünger aussehen ließ. Wie blass und eingefallen ihr Gesicht war. Jeder Nadelstich kostete sie Mühe. Jella hatte ein schlechtes Gewissen, weil sie sie allein zurücklassen musste.

»Ich beeile mich«, versicherte sie. »Und dann schlagen wir die Schlacht gegen die Nähnadeln gemeinsam! Das wäre doch gelacht, wenn wir Lies Schmodde nicht bereits nächste Woche ihre neue Lieferung bringen könnten!«

»Hoffentlich wartet Pischke noch so lange mit der Miete«, meinte Rachel leise. »Wenn nicht, sitzen wir bald auf der Straße!« Mit der Krankheit schien auch ihr sonst so kräftig ausgeprägter Optimismus verschwunden zu sein. Jella blieb zuversichtlich.

»Mach dir keine Sorgen wegen Pischke. Ich bin mir ganz sicher, dass er uns nicht so schnell hier rauswerfen wird. Das hab ich so im Gefühl.« Um ihre Mutter nicht unnötig aufzuregen, hatte sie ihr lieber nichts von dem gestrigen Erlebnis erzählt. Sie hätte ihr nur Vorhaltungen gemacht und sich noch mehr gesorgt. Doch Rachel war bereits misstrauisch.

»Wieso bist du dir da so sicher?«

Trotz ihrer Krankheit spürte sie sofort, wenn ihre Tochter etwas vor ihr verheimlichte. Das war schon immer so gewesen. Als Kind war Jella sogar der festen Überzeugung gewesen, dass ihre Mutter ihre geheimsten Gedanken lesen konnte.

»Es ist nur so eine Vermutung«, meinte Jella betont lässig. »Ich glaube einfach, dass Pischke in nächster Zeit anderes zu tun hat, als uns zu quälen.«

»Ach ja?« Rachel zog ihre Stirn in Falten. »Und was gibt dir Anlass, so zu denken?«

»Nichts Bestimmtes, aber schließlich gibt es ja auch noch andere Mieter als uns, die er quälen kann. Zum Beispiel die Kruses oder die Pawlowskis oder die …«

»Vielleicht hast du ja recht!« Rachel schien mit ihren Gedanken schon wieder ganz woanders zu sein. In letzter Zeit war sie oft so nachdenklich gewesen. Jella kam sie dann immer so fremd vor. Sie fühlte sich von ihr ausgeschlossen, und das machte ihr Angst.

»Ist was?« In ihrer Frage schwang ängstliche Besorgnis mit. Rachel legte ihre Näharbeit beiseite und streckte ihre Hand nach ihrer Tochter aus. »Vielleicht sollten wir reden«, sinnierte sie. Jella schaute auf die Standuhr auf dem Büfett. »Lass uns später reden, wenn ich zurück bin.«

Rachel schüttelte energisch den Kopf. »Es dauert nicht lange. Ich möchte, dass du weißt, was mir immer wieder durch den Kopf geht. Wer weiß, wie lange …«

Ein plötzlich einsetzender Hustenanfall erfasste ihren so zerbrechlich gewordenen Körper mit einer Wucht, die Jella Angst machte. Sie eilte sofort herbei, um ihrer Mutter etwas Wasser von der Steingutkaraffe auf dem Tisch in ein Glas zu gießen. Doch Rachel winkte ab und hustete weiter in ein Taschentuch, das sie sich vor ihren Mund hielt. Hilflos stand Jella daneben. Als der Anfall endlich vorüber war, sah sie, dass das Tuch voller Blut war.

»Ich hole sofort den Arzt«, rief sie panisch und rannte zur Tür. Doch Rachel hielt sie zurück.

»Komm zu mir«, forderte sie sie mit schwacher Stimme auf. »Mir geht es schon wieder besser!« Jella gehorchte nur widerwillig. Zuvor träufelte sie ein paar Tropfen Medizin auf einen Löffel und gab ihn ihrer Mutter. Rachel schluckte sie gehorsam. Dann nahm Jella die Hand ihrer Mutter und streichelte sie zärtlich. »Ruh dich erst ein wenig aus«, bat sie. »Du bist so schwach.«

»Ich werde gleich genügend Zeit haben, mich auszuruhen!«, protestierte Rachel. Ein neuer Anfall durchfuhr ihren Körper. Jella tat es in der Seele weh, wie ihre Mutter sich quälte. Sie fühlte sich so hilflos, weil sie nichts tun konnte. Wann würde die Medizin endlich Wirkung zeigen?

»Setz dich zu mir!« Endlich hatte sich ihre Mutter beruhigt.

»Es geht um deinen Vater«, antwortete Rachel zu Jellas Überraschung. »Da gibt es etwas, das ich dir sagen muss.«

»Über meinen Vater gibt es nichts mehr zu sagen«, sagte Jella verbittert. »Er ist entweder tot oder will nichts mehr von uns wissen. Warum sollten wir uns noch über ihn Gedanken machen?«

Rachel sah Jella mit ihren graugrünen Augen traurig an. In ihrem kastanienbraunen Haar waren in den letzten Wochen die ersten Silberfäden erschienen. Jella entdeckte sie zum ersten Mal.

»Du tust deinem Vater unrecht«, behauptete Rachel ernst. »Er ist nicht tot, und er hat uns auch nicht im Stich gelassen.«

»Wie bitte?« Jella war von Rachels Worten vollständig überrumpelt. »Woher willst du das wissen? Und warum hast du mir nicht früher davon erzählt?«

»Ich habe es dir verschwiegen, weil ich es dir leichter machen wollte. Sieh mal, ich weiß ja selbst nicht, was mit Johannes geschehen ist. Ich weiß nur eines, dass ich immer noch jede Nacht von deinem Vater träume. Er ist so lebendig darin, dass er gar nicht tot sein kann. Wir unterhalten uns sogar über dich. Johannes möchte dich kennenlernen!«

Rachel lächelte rätselhaft und sah an ihrer Tochter vorbei ins Leere.

Jella war total perplex.

»Ich bin nicht verrückt«, erriet Rachel ihre Gedanken. »Aber die Liebe zwischen deinem Vater und mir ist etwas ganz Besonderes. Wir hatten eine starke Verbindung zueinander – und haben sie immer noch. Wenn er tot wäre oder mich vergessen hätte, dann hätte ich das gespürt.«

»Und warum hat er dann nie etwas von sich hören lassen? Er hat uns nie geschrieben oder sonst eine Nachricht geschickt.« Jella spürte, wie sie das Gespräch aufzuwühlen begann. Warum fing ihre Mutter ausgerechnet jetzt von ihrem Vater an? Was war das für ein Gerede über Verbindungen, die doch gar nicht real waren?

»Du denkst, dass ich mir das alles nur einbilde.« Auf Rachels Gesicht erschien ein heiteres Lächeln. »Dennoch weiß ich, dass er noch lebt und an uns denkt. Vielleicht hat er ja versucht, sich zu melden, aber seine Briefe haben uns nie erreicht.«

Sie drückte Jellas Hand und sah sie eindringlich an.

»Es ist nur eine Vermutung, aber ich glaube, dass dein Großvater mehr weiß, als er zugibt.«

»Großvater? Was hat er damit zu tun? Er hasst meinen Vater!«

Rachel schüttelte den Kopf.

»Er hasst nicht Johannes, sondern sich selbst, weil er ihm nicht vergeben kann. Ich habe in Erfahrung gebracht, dass er einen Boten nach Afrika geschickt hat, um nach seinem Sohn zu forschen. Aber ich habe trotz aller Bemühungen nie erfahren, was er herausgefunden hat.«

»Ich verstehe nicht, warum du mir das ausgerechnet jetzt erzählst.« Jella gefiel überhaupt nicht, was sie da gerade hörte.

»Dein Vater lebt!«, sagte Rachel trotzig. In ihren graugrünen Augen glitzerten ein paar Tränen. Sie sah Jella traurig an. »Die Vorstellung, dass du einmal ganz allein dastehen könntest, kann ich nur schwer ertragen.«

Angst griff plötzlich mit spinnenlangen Armen nach Jellas Herz. Was zum Kuckuck redete ihre Mutter da für einen Unsinn! Sie tat ja gerade so, als würde sie nicht mehr lange leben. Alles würde gut werden, da war sie ganz sicher. Der Arzt hatte selbst gesagt, dass die Medizin ihrer Mutter guttun würde. »Rede nicht solche Sachen, Mama«, flehte sie verzweifelt. »Wir haben jetzt Medizin, und die wird dich heilen. Du musst nur etwas Geduld haben. Du siehst in letzter Zeit einfach zu schwarz. Hab Vertrauen!«

Rachel zog ihre Hand aus Jellas und streichelte über ihre Wangen. »Sicher, mein Kind«, beruhigte sie sie. »Alles wird gut werden. Ich wollte nur … du sollst wissen, dass ich glaube, dass dein Vater noch am Leben ist. Das soll dir Mut machen. Mehr nicht.«

Jella stand auf. »Ich glaube, ich mache mich jetzt mal auf den Weg.« Ziemlich verwirrt verließ sie die Wohnung.

Der Weg nach Charlottenburg war weit. Zwar führte die Stadtbahn vom Schlesischen Bahnhof direkt dorthin, doch Jella fehlte das Geld für die Fahrt. Notgedrungen machte sie sich zu Fuß auf den Weg, passierte die Holzmarktstraße, querte die Spree an der Jannowitzer Brücke und steuerte über den Spittelmarkt und die Leipziger Straße auf den Tiergarten zu. Die Sonne stand noch nicht sehr hoch, aber dennoch überzog sie Berlin wie flüssiges Blei. Es war ungewöhnlich schwül, und die Luft um sie herum war gewittrig aufgeladen. Trotz der Hitze schritt Jella zügig aus. Nach etwa einer Stunde befand sie sich in der Nähe der Villa ihres Großvaters. Von dort aus war es ungefähr noch einmal so weit bis nach Charlottenburg. Kaum vorstellbar, dass das Anwesen bis vor wenigen Monaten noch ihr Zuhause gewesen war. Es war eines von mehreren stattlichen Herrschaftssitzen, die sich wie kostbare Perlen an einer Schnur aneinanderreihten. Die dreistöckigen Villen waren von großen Gärten mit hohen Bäumen umgeben. Die meisten von ihnen hatten Stallungen und eine eigene Remise für die Kutschen. Von dem bewaldeten Tiergarten wehte immer eine angenehme leichte Brise herüber, sodass es selbst im Sommer nie zu heiß wurde. Auf der Straße hörte man das Getrappel von Pferdekutschen auf dem groben Kopfsteinpflaster. Jella musste an die sonntäglichen Ausfahrten mit ihrem Großvater denken. Mit der Regelmäßigkeit eines Uhrwerks war am Sonntagmorgen Punkt zehn Uhr angespannt worden, woraufhin die Kutsche den immer gleichen Weg nahm. Die Tiergartenstraße hoch bis zum Kemperplatz und von dort links ab in die Bellevueallee bis zum Kleinen Stern. Dort wieder links bis zum Großen Stern, um dann über die Hofjägerallee wieder zurück nach Hause zu fahren. Und genau das war jetzt ihr Problem. Es war genau zehn Uhr. Wenn sie nicht wie ein Schießhund aufpasste, war die Wahrscheinlichkeit ziemlich groß, dass sie dem alten Baron begegnete. Sie konnte sich sein schadenfrohes Gesicht nur zu gut ausmalen, wenn er sie in ihrem standesunwürdigen Aufzug erblicken würde. Diesen Triumph wollte sie ihm unter keinen Umständen gönnen. Also beschloss sie, den verschlungenen Nebenwegen quer durch den Tiergarten zu folgen. Zwar war die Strecke etwas länger, aber auf der anderen Seite genoss sie auch die Ruhe und die Natur um sich herum. Abseits der belebten Hauptwege war der Tiergarten lauschig und grün. Die Vögel zwitscherten in den Zweigen, und Jella verspürte Lust, ebenfalls mitzusingen. Hin und wieder beobachtete sie Liebespärchen, die zwischen den Bäumen auf ein paar ungestörte Minuten hofften. Die Lichtungen im Park waren von Familien oder kleineren Gesellschaften belegt. Sie veranstalteten auf ausgebreiteten Decken ein Picknick oder trafen sich zum Federballspiel. Es war lange her, dass Jella hier spazieren gegangen war.

Donnerndes Hufgetrappel riss sie aus ihren Gedanken. Als sie sich umdrehte, war es schon fast zu spät. Eine Horde junger Offiziere preschte auf galoppierenden Pferden direkt an ihr vorüber. Sie waren dabei, sich eine wilde Verfolgungsjagd zu liefern. Einer von den Reitern ritt so nah an Jella vorbei, dass er sie streifte. Um ein Haar wäre sie wieder gestürzt.

»Sie ungehobelter Lackaffe«, schimpfte Jella hinterher. Der Offizier hob kurz entschuldigend die Hand und war auch schon verschwunden. In gemächlicherem Tempo folgte nun die Begleitung der Offiziere. Sie bestand aus vier jungen Frauen, die sehr darauf achteten, auf ihren Damensätteln vorteilhaft auszusehen. Zu ihrem Schrecken erkannte Jella Elisabeth von Schadow, eine ehemalige Mitschülerin an der Höheren Töchterschule. Die beiden Mädchen waren einander schon damals spinnefeind gewesen. Elisabeths Familie stammte aus einem jüngeren preußischen Offiziersadel, deren männliche Mitglieder sich in einigen Schlachten und Kriegen für Kaiser und Vaterland bewährt hatten. Obwohl die Familie keinem alten Adel entstammte, fühlten sich die Schadows über die meisten adligen Familien der kaiserlichen Gesellschaft erhaben. Jella verabscheute diese einfältige Arroganz. Ihrer Meinung nach war Elisabeth dumm wie Bohnenstroh und besaß den intellektuellen Horizont eines Eichhörnchens. Aus dieser Meinung hatte sie nie einen Hehl gemacht, worauf Elisabeth alles getan hatte, um sie in der Schule unmöglich zu machen. Von ihr hatte Jella auch die Spitznamen »Streuselkuchen« und »Irisches Kuckuckskind« bekommen. Mit dem Streuselkuchen konnte sie gut leben. Schließlich war ihre Haut von Sommersprossen übersät, aber das irische Kuckuckskind hatte sie ihr so übel genommen, dass sie sich deshalb sogar geprügelt hatten. Wenn sie nicht beide aus so angesehenen Familien gestammt hätten, wären sie damals wohl von der Schule geflogen. Diese Abreibung hatte Elisabeth nie vergessen und ihr damals ewige Rache geschworen. Jella spürte überhaupt kein Verlangen, ihr ausgerechnet jetzt zu begegnen. Schnell sah sie beiseite und versuchte ungesehen zu bleiben. Elisabeth unterhielt sich angeregt mit ihren Freundinnen. Eher beiläufig blieb ihr Blick an der ärmlich gekleideten Jella hängen. Als sie sie erkannte, überzog erst Erstaunen und dann ein schadenfrohes Lächeln ihr Gesicht. Sofort hielt sie an.

»Sieh einmal an, wen haben wir denn da?«, sagte sie mit zuckersüßer Stimme. »Ich hätte dich um ein Haar nicht erkannt – in diesem ungewöhnlichen Aufzug.«

Jella lächelte säuerlich. Sie nahm sich fest vor, sich nicht von Elisabeth provozieren zu lassen.

»Du bist doch Jella von Sonthofen?«, hakte diese scheinheilig nach. »Wo ist denn dein Pferd? Ist es dir etwa durchgegangen?«

Elisabeth sah Jella bedauernd an. »Soll ich den Herren Offizieren Bescheid geben, dass sie dein edles Tier einfangen? Wonach sollen sie denn Ausschau halten – nach einem Esel vielleicht?« Die Freundinnen, die nun ebenfalls angehalten hatten, kicherten.

»Du weißt genau, dass ich ohne Pferd unterwegs bin.« In Jellas Augen blitzte es angriffslustig auf. »Und deine Hilfe benötige ich schon gleich gar nicht!« Elisabeth lachte hämisch auf. »Ganz die

Alte! Mit heftigen Worten hast du ja noch nie gegeizt. Aber das ist ja auch kein Wunder, wo du doch jetzt zum Lumpenproletariat gehörst!« Triumphierend sah sie ihre Freundinnen an. »Ihr müsst nämlich wissen, dass die Arme ein irisches Kuckuckskind ist, deren Mutter doch tatsächlich jahrelang versucht hat, den angesehenen Baron von Sonthofen glauben zu machen, dass ihre Tochter seine Enkeltochter sei. Der arme Kerl ist im Kummer um seinen verschollenen Sohn tatsächlich darauf hereingefallen. Zum Glück ist der Schwindel doch noch aufgeflogen, und der Baron hat das Pack dorthin verwiesen, wohin es gehört, nämlich in die Gosse! Die Geschichte füllt gerade sämtliche Klatschspalten.«

»Du impertinente Lügnerin!«, brauste Jella auf. »Nimm das sofort zurück!«

»Gar nichts nehme ich zurück.« Elisabeth genoss es, auf Jella herabzusehen und sie zu provozieren. »Alles ist genauso, wie ich es gesagt habe!«

Für Jella war das Maß längst voll. Die Schmodde, Pischke und jetzt auch noch diese einfältige Elisabeth von Schadow. Hatte es denn die ganze Welt im Moment auf sie abgesehen? Das würde sie sich nicht länger gefallen lassen. Sie stellte ihren Korb hinter den nächsten Baum und fasste Elisabeths Pferd in die Zügel.

»Du nimmst sofort das irische Kuckuckskind zurück und entschuldigst dich bei mir«, drohte sie. »Andernfalls zieh ich dich vom Pferd und zeige dir persönlich, wie man sich in Adelskreisen benimmt!«

»Lass sofort mein Pferd los«, kreischte Elisabeth erschrocken auf. Sie sah sich hilfesuchend um. Doch ihre Freundinnen dachten gar nicht daran, ihr zu helfen. Sie bugsierten ihre Pferde sogar vorsorglich ein Stück von ihr weg. Von den Herren Offizieren war weit und breit ebenfalls niemand zu sehen.

»Du wagst es nicht, mich vom Pferd zu holen. Dafür lasse ich dich einsperren!«, kreischte Elisabeth plötzlich panisch. Sie packte ihre Reitgerte und versuchte auf Jella einzudreschen. Doch die lachte nur und entwand ihr mühelos die Gerte.

»Du wirst gar nichts tun. Entschuldige dich – oder ich verpasse dir die Abreibung deines Lebens!« Um ihre Drohung zu bekräftigen, packte Jella auch noch Elisabeths Bein und zog daran. Die verlor fast den Halt und schrie ängstlich auf. Erst jetzt kapierte sie, dass die Lage sich zu ihren Ungunsten verändert hatte. »Ich entschuldige mich ja schon«, piepste sie kleinlaut.

»Zu entschuldigen habe ich«, knurrte Jella ungehalten. »Du musst mich schon darum bitten – und zwar lauter, wenn ich bitten darf!«

Elisabeth knirschte mit den Zähnen und vermied jeden Blickkontakt. »Ich bitte dich um Entschuldigung.«

»Wurde auch Zeit!« Jella gab die Zügel frei. »Und jetzt mach, dass du davonkommst!« Das ließ sich Elisabeth von Schadow nicht zweimal sagen. Sie gab ihren Freundinnen das Zeichen zum Aufbruch und ihrem Pferd die Sporen. Jella konnte der Versuchung nicht widerstehen. Bevor das Pferd antrabte, gab sie ihm mit der Reitgerte einen Klaps auf die Kruppe. Das Tier erschrak, machte einen Satz und galoppierte laut wiehernd mit einer kreischenden Elisabeth auf seinem Rücken davon.

Der Rückweg in die Stadt zog sich bei der Hitze unendlich lange hin – wie ein ausgeleiertes Strumpfband, das immer noch ein Stück länger wurde. Jella hatte die Berliner Straße gewählt, die in einer Geraden direkt von Charlottenburg auf das Brandenburger Tor zuführte. Normalerweise flanierten sonntags jede Menge Menschen auf der Fußgängerpassage entlang der Straße, aber heute war Jella fast allein. Neidvoll sah sie die offenen Einspänner und Pferdedroschken an sich vorüberfahren, während sie sich Schritt für Schritt durch die tropische Schwüle in Richtung Stadt kämpfte. Den Malerkittel hatte sie bei dem Handelswarengeschäft

»Bolle« abgegeben. Der Inhaber, Otto Bolle, hatte sie höchstpersönlich empfangen. Er war freundlich und äußerst erstaunt darüber gewesen, dass Jella wegen eines einzigen Kittels die Mühe des weiten Weges auf sich genommen hatte. Jella konnte nur schwer ihre Wut auf Lies Schmodde im Zaum halten. Die Alte hatte sie also aus reiner Schikane hierhergeschickt. Immerhin hatte man ihr ein Glas Limonade angeboten, bevor sie sich wieder auf den Heimweg gemacht hatte. Jella dachte sehnsuchtsvoll daran, denn ihre Kehle kratzte längst schon wieder vor Durst. Hinter ihr türmten sich dunkle Gewitterwolken, die ihr wie ein Heer folgten. Dumpfes Donnergrollen kündigte nichts Gutes an. Kurz hinter dem Großen Stern, wo sich die verschiedenen Alleen des Tiergartens sternförmig trafen, wurde sie schließlich von dem ambossförmigen Wolkenberg eingeholt. Grelle Blitze durchfurchten den schwarzen Himmel und beleuchteten die Allee in einem unwirklichen Licht. Die Luft um sie herum war in höchstem Maße elektrisch aufgeladen, sodass es ihr den Atem nahm. Dann folgte ein Donner, der Jella bis ins Mark erschütterte. Vereinzelte dicke Tropfen platschten auf das erhitzte Pflaster und verzischten dort. Einen Moment schien die Welt etwas langsamer zu atmen. Dann öffneten sich die Himmelsschleusen, und Regen fiel in sintflutartigen Vorhängen auf den Park. Gleichzeitig setzte ein heftiger Wind ein und fegte über die Bäume längs der Straße. Innerhalb weniger Sekunden war Jella bis auf die Haut durchnässt. Triefend kämpfte sie gegen die Windböen und überlegte, wo sie Schutz finden konnte.

Der Lärm des Regens dämpfte die Kutschengeräusche und das Gewieher der Pferde auf der Straße. So bekam Jella erst gar nicht mit, wie eine Mietdroschke neben ihr anhielt. Der Türverschlag öffnete sich einen Spalt weit, und eine Männerhand winkte sie zu sich herein. Jella ließ sich nicht zweimal bitten. Ohne nachzudenken, nahm sie das Angebot an und stieg zu dem Unbekannten in die Kutsche. Erst als sie tropfnass auf dem Ledersitz der Kutsche saß, wurde ihr klar, dass ihr Entschluss recht leichtsinnig gewesen war. Kein vernünftiger Mensch stieg in eine fremde Kutsche! Doch ihre Sorge war unbegründet. Ihr gegenüber saß ein bärtiger, freundlicher Herr mittleren Alters, der sie neugierig musterte.

»Na, junges Frollein?«, berlinerte er. »Da sind Se aber janz schön ins Jewitter jekommen! Sehn ja aus wie ’n bejossener Pudel!« Seine tiefliegenden kleinen Augen blitzten sie spitzbübisch an. Jella fasste unwillkürlich an das grüne Ding auf ihrem Kopf, das einmal ihr Hut gewesen war. Sie zog ihn herab. Die schöne Pracht war unrettbar dahin.

»Nu schaun Se ma nich so miesepetrich«, tröstete er sie. »Wenn se der Blitz jetroffen hätte, wär’n se schlimmer dran jewesen!« Jella musste lachen. Ihr Gegenüber hatte einen seltsamen Humor! Er war ihr auf Anhieb sympathisch.

»Darf ich Sie mit in die Stadt nehmen?«, bot er ihr ritterlich an und gab gleichzeitig durch ein Klopfen dem Kutscher das Zeichen, wieder anzufahren. Jella hatte nichts dagegen. Erst jetzt fielen ihr die Kladde und der Zeichenstift auf dem Schoß ihres unbekannten Gönners auf. Der Mann bemerkte ihren neugierigen Blick und schmunzelte.

»Ich bin der Heinrich Zille«, erklärte er und tippte kurz an seinen Hut. »Im Kiez nennt man mich auch den Pinselheinrich, obwohl ich gar kein Maler bin, nur Zeichner, Witzblattzeichner, der Ernst in Scherz bringen muss.« Jella hatte schon einiges über den kauzigen Zeichner gehört. Der Mann hatte eine ordentliche Arbeit in der Photographischen Gesellschaft Berlin und zog regelmäßig nach Feierabend durch die ärmsten Gegenden von Berlin, um die Menschen in ihren alltäglichen Situationen zu zeichnen. Kein Wunder, dass er deshalb auch von vielen der »Arme-Leute-Maler« genannt wurde.

»Darf ich mal sehen?«, fragte sie neugierig. Zille schmunzelte, öffnete aber die Kladde bereitwillig und zeigte ihr ein paar Zeichnungen. Jella war fasziniert. In wenigen, kräftigen Strichen waren Szenen dargestellt, wie man sie treffender nicht hätte darstellen können. Jede Zeichnung erzählte eine Geschichte und war kommentiert, mal humorvoll, mal ironisch, mal sarkastisch, aber immer passend. Zille liebte die Menschen, das spürte man, aber er zeigte auch ihre Schwächen und ihr Elend. Kurz und gut, er verstand es, dem einfachen Berliner ins Herz und in die Seele zu schauen. Er kannte die Leute, war selbst Teil ihres Lebens. Ein Blatt zeigte einen Arbeiter mit seiner Geliebten im Arm. Auf seinem Rücken hing eine Pulle Schnaps. Zille hatte etwas Hintersinniges daruntergekritzelt: *»Seit ick die Liebe kenne – hab ick dem Alkohol den Rücken jekehrt.«* Oder die Darstellung der drei Arbeitslosen in einer Destille. Die Kinder der Wirtin sitzen an einem kleinen Tisch und machen Hausaufgaben. Darunter stand: *Der Philosoph – »Kinder, lernt nischt, sonst müsst ihr arbeeten!«* Oder die schockierende Zeichnung einer unglücklichen Frau, die mit ihrem Kind auf dem Arm in Richtung Landwehrkanal geht, um zu sterben. Der Untertitel: *Ins Wasser – »Mutter, isses ooch nich kalt?« – »Sei ruhig – die Fische leben immer drin.«*

»Das ist ja – erstaunlich!« Jella war von den Zeichnungen beeindruckt. Vieles von dem, was sie in den letzten Monaten erlebt hatte, wurde in Zilles Blättern verdeutlicht. »Sie sehen den Menschen ja in die Seele!«, meinte sie bewundernd.

»Nee«, Zille schüttelte den Kopf. »Ich schaue nur hin und versuche mit meinen Zeichnungen das Elend ein wenig erträglicher zu machen.«

»Und woher kennen Sie die Leute im Kiez so gut?«

»Ich bin selber aus dem ›Miljöh‹. Ist noch gar nicht so lange her, dass wir in einer feuchten, verwanzten Kellerwohnung am Schlesischen Bahnhof gewohnt haben. Das kann sich so ein feines Fräulein wie Sie gar nicht vorstellen.«

»O doch«, lachte Jella. »Sie wissen ja gar nicht wie gut! Da wohnen wir nämlich auch.«

»Sie?!« Zille musterte Jella genauer. »Entschuldigen Sie, Fräulein, dass ich das nicht glaube, aber die Qualität ihrer Kleidung lässt ganz und gar nicht auf ein Leben im Kiez schließen. Und die Art, wie Sie sich benehmen, auch nicht.«

Jella lachte bitter auf. »Das müsste jetzt mein Großvater hören. Er war immer der Meinung, dass ich ein unbezähmbarer Wildfang bin, aus dem man nie eine feine Dame machen könne.«

Zille zog die Augenbraue hoch. »Also haben Sie doch mal zur feinen Gesellschaft gehört?« Jella zuckte mit den Schultern. »Wie man's nimmt! Aber das ist eine lange Geschichte …«

»Ich habe Zeit!«

Ehe sich Jella versah, erzählte sie diesem wildfremden Maler mit dem Rauschebart und den braunen lockigen Haaren ihre ganze Lebensgeschichte. Die Worte purzelten nur so aus ihr heraus, weil es ihr guttat, einmal ungehindert über ihre Probleme reden zu können. Heinrich Zille war ein guter Zuhörer, der ihr an wichtigen Stellen immer wieder Zwischenfragen stellte. Jella erzählte ihm sogar von ihrer Sorge um ihre Mutter und davon, dass sie versuchen musste, noch mehr Geld zu verdienen, um die teure Medizin zu bezahlen.

»Hhm«, Zille kratzte nachdenklich an seinem Bart. »Du kannst also auch wirklich hart arbeiten?« Unversehens war er von dem förmlichen »Sie« in das im Kiez übliche »Du« übergegangen. Jella fühlte sich dadurch beinahe geschmeichelt. Zille zeigte ihr durch seine väterliche Art, dass er sie mochte. »Natürlich«, antwortete sie selbstsicher.

»Dann hab ich da so eine bestimmte Idee«, meinte er geheimnisvoll. »Willste mich ein Stück begleiten? Ich hab noch eine Verabredung in einer Destille.«

In der Nähe des Gymnasiums zum Grauen Kloster, in dem so berühmte Schüler wie Otto von Bismarck die Schulbank gedrückt hatten, ließ Zille die Kutsche anhalten. Er bezahlte den Kutscher für die Fahrt und winkte Jella, ihm zu folgen. Das Gewitter hatte unterdessen aufgehört, und die Luft war wieder frisch und angenehm. Sie folgten ein Stück weit der alten Stadtmauer, an die im Laufe der Jahrhunderte kleine armselige Häuser angebaut worden waren, bis sie die Destille *Zur letzten Instanz* erreichten. Zille klopfte zufrieden mit dem Zeigefinger auf den Anschlag an der Tür. »Küchenhilfe und Bedienung gesucht. Sofort beim Wirt melden«, stand darauf. »Na, dann hat der olle Gustav also noch immer niemand Passendes gefunden. Sehr gut!« Er packte Jella am Arm und schob sie durch die Tür in den Schankraum. Sie steuerten direkt auf einen dunklen Holztresen mit einer messingglänzenden Zapfanlage zu. In den Regalen dahinter waren Bierkrüge aus Steingut und Flaschen untergebracht. Daran angrenzend stand eine große Vitrine mit Glasfenstern, in der Kuchen und Salzgebäck appetitlich angeboten wurden. Jella knurrte bei diesem Anblick der Magen. Sie hatte den ganzen Tag noch nichts gegessen. Die Wirtschaft war gut besucht. Dicker Zigarrenqualm waberte durch den nur spärlich beleuchteten Schankraum. An einigen Tischen saßen Männer, tranken Bier und spielten Karten. Im Nebenzimmer tagte eine Gesellschaft, die gerade ihre Sitzung eröffnete. Hinter dem Tresen zapfte ein mürrischer Wirt mit dickem, schwarzem Schnauzbart und polierter Glatze Bier. Als er Zille erblickte, erhellte sich sein Gesicht ein wenig. »Der Pinselheinrich«, begrüßte er ihn, ohne auf Jella zu achten. »Lange nicht gesehen! Kommste mal wieder auf ein Eisbein und 'ne Molle bei mir rein? Oder biste da, um dich mit den Leuten von der Secession zu treffen?« Er deutete auf das Nebenzimmer, in dem die Versammlung stattfand. Zille lachte gutmütig. »Ganz genau, aber bevor ich zu den Künstlern verschwinde, möchte ich dir noch wärmstens dieses junge Fräulein empfehlen. Sie möchte deine neue Küchenhilfe werden.« Gustav musterte Jella skeptisch von oben bis unten. Misstrauisch wanderte sein Blick über ihr feines Kleid. Es war zwar im

Laufe der letzten Monate ziemlich ramponiert worden und trug auch schon etliche Flicken. Dennoch war auf den ersten Blick zu erkennen, dass das Kleid und wohl auch seine Trägerin schon bessere Zeiten gesehen hatten. »Die sieht mir aber nicht so aus, als ob sie zupacken könnte«, meinte er abfällig. Und mit einem Blick auf ihre Hände fügte er hinzu. »Die sind doch eher zum Winken und Nasepudern da, aber nicht für das Spülwasser.«

»Stimmt, zum Abwaschen sind sie zu schade«, konterte Jella schlagfertig. »Aber für die Bierkrüge haben sie genau die richtige Größe. Darf ich mal?« Sie ging zum Wirt hinter den Tresen und griff mit ihren großen Händen nach dem eben gezapften Bier. Jede Hand umfasste die Henkel von drei Bierkrügen. Jella sah den Wirt herausfordernd an. »Und, Meister, wohin sollen die Krüge?« Zille lachte laut auf. »Also Gustav, wenn du die nicht nimmst, biste selber schuld! Wenn das Fräulein deinen verstaubten Laden nicht in Schwung bringt, fress ich einen Besen!«

Die Destille *Zur letzten Instanz* war eines der ältesten Gasthäuser von Berlin. Ihren Namen hatte sie wegen des Justizgebäudes erhalten, das sich ganz in der Nähe befand. Es ging das Gerücht, dass Gerichtsfälle, die sich nicht unter dem Dach des ehrwürdigen Justizgebäudes entscheiden ließen, ihre Lösung bei einem oder mehreren Gläsern Bier an der Theke oder den Tischen der Destille finden konnten. Ausschlaggebend für die Namensgebung soll ein Ehepaar gewesen sein, das sich hatte scheiden lassen wollen. Weil sie etwas zu früh bei Gericht erschienen waren, hatte man sie in die nahe gelegene Destille geschickt. Bei einem gemütlichen Glas Bier legten die beiden ihre Streitigkeiten bei und versöhnten sich wieder. Nicht das Gericht, sondern die Destille war so zur letzten Instanz in ihrer Ehe geworden.

Das Publikum in der *Letzten Instanz* war bunt gemischt. Handwerker, Arbeiter, Bauern, die etwas in der Stadt zu erledigen hatten, aber auch Bürger, mit und ohne Frauen, und hin und wieder ein Amtsrat oder sogar ein Staatsanwalt schauten nach Feierabend gern auf ein oder mehrere Glas Bier herein. Sie debattierten über das, was in der Zeitung stand, spielten Karten, rauchten oder aßen Eisbein mit Sauerkraut.

Für Jella gab es weit Schlimmeres als die Arbeit in der Destille. Das Bedienen lag ihr weitaus mehr als die Näharbeiten, die sie und Rachel noch zusätzlich zu erledigen hatten. Nach ein paar Tagen hatte sie sich gut eingearbeitet. Den Gästen gefiel ihre muntere Art, was sich auch prompt auf den Umsatz auswirkte. Nur Gustav, der Wirt, schien das mit seiner mürrischen Art noch nicht zur Kenntnis genommen zu haben. Der Wirt verhielt sich ihr gegenüber immer noch skeptisch und unfreundlich. An allem hatte er etwas herumzunörgeln. Nichts ging ihm schnell genug.

»Jella, nu mach doch mal«, schimpfte er zum Beispiel. »Siehste nicht, dass die Leute da hinten noch nichts zu trinken haben?« Jella machte sich nichts aus seiner schlechten Laune. Allerdings blieb sie ihm nie eine Antwort schuldig.

»Was denken Sie, was ich gerade mache?«, blaffte sie zurück. »Die Limonade, der Wein und die zwei Bier sind genau für die Herrschaften dahinten.«

»Mmpf«, brummelte Gustav dann vor sich hin. In Wahrheit hatte er Jella schon längst in sein Herz geschlossen. Er war mehr als zufrieden mit ihrer Arbeit. Sie war schnell, fleißig, und abends stimmte die Kasse. Außerdem kamen mittlerweile mehr Gäste als früher – und selbst ihm war klar, dass das nicht von seinem Eisbein oder seinem Bier, sondern von der schlagfertigen und stets gut gelaunten neuen Bedienung herrührte.

Öfters, meist am späten Nachmittag, kam Heinrich Zille in die Destille. Er war hier Stammgast und trank nach Feierabend gern noch ein Glas Bier oder eine Molle, um nebenbei Gustavs Gäste zeichnen zu können. Jella hätte sich zu gern zu ihm gesetzt und ihn dabei beobachtet, aber Gustav wachte mit Argusaugen darüber, dass sie die anderen Gäste nicht vernachlässigte.

»Nun sei mal nicht so ein Leuteschinder«, zog Zille den Wirt eines Tages auf. »Gönn Jella auch mal eine kleine Pause. Ich möchte ihr was zeigen.« Widerwillig gab der Wirt seine Erlaubnis.

»Aber dass mir das nicht einreißt! Die Jella wird nicht fürs Herumgesitze bezahlt.«

Jella war dankbar für die kleine Pause. Ihre Füße fühlten sich vom vielen Gerenne schon wie Pflastersteine an. Sie setzte sich zu ihrem Gönner an den Tisch und blies sich eine ihrer roten Strähnen aus dem Gesicht.

Zille nickte ihr aufmunternd zu, während er einen kräftigen Zug aus seinem Bierglas nahm.

»Na, mein Frollein, nu haste dir aber janz schön einjewöhnt, wa?«, meinte er auf seine direkte Berliner Art. »Hat der Gustav seine Macken wenigstens im Griff?«

Jella lachte. »Der Gustav ist schon in Ordnung. Er lässt mich zwar bis zum Umfallen schuften, dafür bezahlt er mich anständig und gibt mir auch hin und wieder was zu essen mit nach Hause. Ich kann nicht klagen.« Zille nickte zufrieden und schob ihr ein Blatt hinüber, auf das er eine rasch hingeworfene Federzeichnung gekritzelt hatte.

»Wie gefällt dir das?«

Jella schmunzelte, während sie die Zeichnung betrachtete. Zille hatte die beiden Trinker am Nachbartisch porträtiert. Ein alter Spreekapitän mit Schiffermütze und grauem Rauschebart saß über die Zeitung gebeugt und las daraus vor. Ihm zur Seite saß ein Zigarre rauchender Mann mit Schlips, Anzug und einer dicken roten Schnapsnase. Vor den beiden stand ein großes Glas Schnaps. Darunter hatte Zille notiert: *»Da schreiben se inne Zeitung immer gegen Alkohol – Wat brauch'n wir'n Alkohol, wenn wir Schnaps hab'n?«*

»Der Grischke wird bei seinem Schnapskonsum noch sein eigener Kunde«, grinste Jella hinter vorgehaltener Hand. »Dem gehört doch der Sargladen gleich hier um die Ecke!«

Zille schlug vor Lachen die Hand auf den Tisch.

»Was für ein schlagfertiges Gör du bist!«

Jella zuckte mit den Schultern und meinte lakonisch: »Nur eine verstoßene Berliner Baronesse mit irischen Wurzeln und Abitur eben.«

In ihrer Stimme schwang trotz allen Humors eine Spur Verbitterung mit.

»Hast du was dagegen, wenn ich dich porträtiere?«, fragte Zille. Ohne ihre Antwort abzuwarten, hatte er bereits seinen Zeichenstift gezückt und begann in großzügigen Strichen die Konturen ihres Oberkörpers festzulegen. Er zeichnete Jella, wie sie mit aufgestützten Ellenbogen ihm gegenübersaß. Ihr krauses, rotes Haar war mühsam hochgesteckt, wobei ihr eine widerspenstige Locke mitten ins Gesicht hing. Jella versuchte immer wieder, sie durch Pusten aus dem Gesicht zu verbannen, was relativ komisch aussah, weil sie dabei das Kinn vorschob und mal aus dem linken, mal aus dem rechten Mundwinkel blies. Ihre funkelnden, hellgrünen Augen blitzten wie ein Lemontopas. Sie saßen leicht schräg in ihrem länglichen, ovalen Gesicht und gaben ihr ein leicht exotisches Aussehen. Mit sicherem Strich fing Zille das Schillernde, sich ständig Verändernde und auch Unberechenbare in ihrem Äußeren ein, was die Menschen in ihrer Umgebung gleichermaßen anzog, wie auch irritierte.

»Darf ich mal sehen?«, fragte Jella. Nachdenklich betrachtete sie ihr Porträt. »Sehe ich wirklich so … so angriffslustig aus?«

»Nicht angriffslustig, vielleicht eher neugierig, wissbegierig, aber auch ein wenig unzufrieden, wenn ich deinen Mund ansehe!«

Jella hob bedauernd die Schultern. »Was soll ich auch zufrieden sein?«, murmelte sie vor sich hin. »Mein Leben verläuft nicht gerade so, wie ich es mir vorgestellt habe. Im Moment muss ich froh sein, wenn wir genügend Geld für Miete, Medikamente und Essen verdienen. Aber irgendwann …«, sie machte eine kleine Pause und kratzte trotzig mit den Fingernägeln auf dem Tisch herum. »Irgendwann kommt auch für mich die Zeit, in der ich machen kann, was ich will.«

Zille horchte auf. »Was willst du denn machen?«

»Das weiß ich noch nicht genau«, gestand Jella. »Ich weiß nur, dass ich selbst über mein Leben bestimmen möchte. Ich möchte reisen und studieren, um mehr über die Welt zu erfahren. Dinge wie: Warum wachsen Pflanzen so schnell und wir Menschen so langsam? Wozu haben Giraffen so lange Hälse? Woher kommen die Krankheiten in unserem Körper, und wie kann man sie besiegen? Alle Welt denkt, dass diese Fragen nur Männer interessieren. Aber das stimmt nicht! Ich bin ziemlich sicher, dass wir Frauen mindestens ebenso viel leisten können wie ihr Männer.« Sie blitzte den Maler herausfordernd an. Zille hielt ihrem Blick amüsiert stand. »Deine Wünsche für die Zukunft sind in der Tat sehr ungewöhnlich für ein Frauenzimmer«, meinte er. »Normalerweise denkt ein Mädchen deines Alters eher an die Ehe und ans Kinderkriegen. Allerdings …«, er machte eine kleine Pause, »… ist das denn wirklich notwendig? Die Welt ist bisher ganz gut ohne studierte Frauen ausgekommen.«

»Finden Sie es denn nicht ungerecht, wenn nur Männer etwas lernen dürfen?«, empörte sich Jella. »Ich bin sicher, dass wir Frauen nicht dümmer sind als die Männer!«

»Meine Frau ist viel klüger als ich«, gab Zille zu. »Deshalb musste sie aber nicht studieren.«

»Trotzdem sollte sie die Freiheit dazu haben! Sie könnte Großes für die Gesellschaft leisten!«

»Hhm«, Zille fuhr sich durch seinen Bart. »Vielleicht hast du ja recht. Warum sollen Frauen, die den Grips dazu haben, nicht auch studieren dürfen? Eigentlich bin ich gar nicht dagegen, und deine

Aufregung ist auch umsonst, denn wie ich gehört habe, können Frauen selbst hier in Berlin, wo sich der Kaiser noch mehr einmischt, studieren.«

»Aber nur, wenn sie genügend Geld haben«, seufzte Jella traurig. »Und genau da fehlt's bei mir an allen Enden.«

Zille kratzte sich am Kopf. »Das muss kein Grund sein«, überlegte er laut. »Hast du dich denn schon mal für ein Stipendium beworben?«

»Stipendium?«

»Die Universität hat einen gewissen Etat, um junge Studenten, die nicht das Glück haben, reiche Eltern zu haben, zu unterstützen. Man bewirbt sich um das Stipendium, muss sich einer Prüfung unterziehen, und wenn man für geeignet befunden wurde, bekommt man Geld und einen Studienplatz.«

»Habe ich denn eine Chance?«

»Geh hin und finde es raus!«

Einsamkeit

Nakeshi saß allein auf dem runden Felsen und betrachtete den weiten Nachthimmel über ihr. Es war eine klare, kalte Nacht, und die Sterne blinkten am Himmel wie die Tränensteine, die der weiße Mann Diamanten nannte. Vieles war anders geworden, seit Nakeshi zur Frau geworden war. Sie war nun ein vollwertiges Mitglied ihrer Buschmanngruppe mit allen Pflichten und Aufgaben. Anfangs hatte Chuka noch darauf bestanden, dass Nakeshi mit den anderen Frauen zum Feldkostsammeln ging, aber seit Sheshe weggegangen war, hatte sie sich zunehmend als Heilerin hervorgetan. Diese Aufgabe erfüllte sie und machte sie glücklich. Ihre Tante hatte ihr so vieles beigebracht. Immer wieder kam sie jedoch an einen Punkt, an dem sie so dringend ihren Rat gebraucht hätte. Sheshe fehlte ihr so!

Der Mond stand als feine Sichel am Himmel und begann sich gerade wieder zu füllen – wie damals, als sie Sheshe zum letzten Mal gesehen hatte. So viel Zeit war seither vergangen. Jedes Mal, wenn der Mond sich erneuerte, hatte sie eine Kerbe in ihren Grabstock geritzt. Jetzt waren es so viele, wie ihre Hand Finger hatte. Wo mochte ihre Tante jetzt sein? Hatte sie wirklich die lange Wanderung unternommen? Warum war sie so neugierig? Nakeshi verstand es nicht. Hätte Sheshe die Antworten auf ihre Fragen nicht auch hier in ihrer Heimat finden können? Sie hatte mehrmals versucht, eine Verbindung zu ihrer Tante aufzubauen. Schließlich waren sie Sternenschwestern, aber als ihr Geist sich zu ihr vortastete und dem Sheshes begegnete, spürte sie nur hoffnungslose Traurigkeit. Dann war der Kontakt abgebrochen. Aus irgendeinem Grund hatte Sheshe ihr den Zugang zu ihrem Geist versperrt. Nakeshi war sehr traurig darüber. Sie wusste, was es bedeutete. Sheshe war nicht glücklich geworden. Sie litt und wollte nicht, dass sie davon erfuhr. Nakeshis Augen füllten sich mit Tränen. Sie hätte es verhindern können, wenn sie nicht auch so neugierig gewesen wäre. Noch einmal wanderten ihre Gedanken zurück, und sie erinnerte sich an jenen denkwürdigen Tag.

Sie und Sheshe hatten sich beim Ausgraben von Wurzeln weit von ihrer Gruppe entfernt, als mit einem Mal die Landschaft von lautem Krach erfüllt wurde. Vom Horizont her näherte sich eine große Staubwolke, die allmählich Konturen annahm.

»Weiße Männer«, meinte Sheshe, während sie mit der Hand ihre Augen beschattete, um besser Ausschau halten zu können. »Sie kommen hierher.«

Nakeshi sprang auf und war plötzlich von einer merkwürdigen Erregung erfüllt.

»Ich bin noch nie einem der weißen Langnasen begegnet! Debe nimmt mich nie mit, wenn er zu Kantla dem Großen geht. Ich möchte wissen, ob sie alle so aussehen wie die weiße Frau mit dem brennenden Haar aus der Anderswelt. Wir werden sie beobachten.«

Sheshe sah Nakeshi skeptisch an.

»Es sind Fremde. Sie könnten gefährlich sein. Debe würde uns raten zu verschwinden.«

»Sie werden uns nicht sehen. Nun komm schon!«

Nakeshi spürte, wie Sheshes Widerstand ziemlich bereitwillig zu bröckeln begann. Ihre Tante war mindestens genauso neugierig wie sie, denn es war äußerst ungewöhnlich, dass sich Weiße so weit in die Wüste vorwagten. Außerdem sah der Tross, der sich auf sie zubewegte, äußerst merkwürdig aus. Ein riesiges, rollendes Holzgefährt, das von zwei hellbraunen Büffeln gezogen wurde, bewegte sich auf sie zu. Es wurde von drei hochgewachsenen Hereros geführt. Auf dem Gefährt saß ein dicker, rotgesichtiger Weißer mit einer Kopfbedeckung, die an einen Schildkrötenpanzer erinnerte. Auf seiner Nase trug er ein Gestell, das im Sonnenlicht unheimlich funkelte. Nakeshi fragte sich, ob der Mann damit vielleicht böse Geisterblicke abwenden wollte. Noch Ungewöhnlicher war jedoch das riesige Tier, das mit wiegendem Schritt dem Zug folgte. Die beiden Buschmannfrauen stießen bei seinem Anblick einen leisen, überraschten Schrei aus. Das langbeinige Ungetüm hatte einen Höcker auf dem Rücken und einen langen, nach vorn gebogenen Hals, darauf einen kleinen Kopf mit mongononussgroßen Augen. Auf dem Höcker saß ein zweiter weißer Mann, der genauso komisch aussah wie das Tier, auf dem er saß. Seine spinnenartigen Beine hingen hilflos an den Flanken und suchten bei jedem wiegenden Schritt des Tieres krampfhaft nach Halt. Dennoch mühte sich der hagere Mann um eine stolze Haltung. In seiner rechten Hand hielt er ein merkwürdiges Rohr, das er vor ein Auge hielt. Es zeigte direkt in ihre Richtung. Über seinem Mund und an den Backen wucherte ein kräftiger, blonder Bart, was sein spitzes, nach vorn ragendes Kinn seltsam verloren aussehen ließ. Er trug eine ähnliche Kopfbedeckung wie sein Landsmann. Nakeshi und Sheshe kauerten zwischen dem dichten Bewuchs eines Kameldornstrauches und beobachteten den seltsamen Zug. Nakeshi gelang es nur mühsam, ein Lachen zu unterdrücken, während Sheshe gebannt das seltsame Schauspiel in sich aufnahm. Ganz in ihrer Nähe hielt die Gruppe an. Der Mann auf dem Ungetüm schien ihr Anführer zu sein. Er gab einem der Hereros einen Befehl, woraufhin dieser sich suchend umsah und etwas in ihrer Buschmannsprache rief.

»Kommt raus aus eurem Versteck«, rief der Herero plötzlich.

Nakeshi und Sheshe sahen sich erschrocken an. Es war unmöglich, dass man sie aus der großen Entfernung entdeckt hatte.

»Mein Herr möchte euch begrüßen. Es wird euch nichts geschehen!«

Nakeshi deutete auf die Rückzugsmöglichkeit. Es würde ein Leichtes sein, unbemerkt zu verschwinden. Doch Sheshe zögerte plötzlich.

»Warte«, raunte sie ihrer Nichte zu. »Ich möchte mir das genauer ansehen. Ich möchte herausfinden, wie sie uns entdeckt haben.«

»Du hast selbst gesagt, dass sie gefährlich sind«, meinte Nakeshi zweifelnd. »Debe wird böse sein, wenn er es erfährt.«

»Debe«, lachte Sheshe harsch. »Wir können auf uns allein Acht geben. Du hast gehört, sie werden uns nichts tun.«

»Der weiße Mann meint es nicht gut mit uns.«

»Dann bleib hier!« Sheshe war wie verwandelt. Nakeshi verstand nicht, was ihre Tante so sehr an diesen Fremden faszinierte. Ihre Neugier war längst befriedigt. Diese weißen Männer wirkten lächerlich und umständlich. Dennoch hatten sie sie entdeckt. Buschmänner waren bekannt dafür, dass sie sich unsichtbar machen konnten …

»Nun komm schon!«, drängte Sheshe, »wir sind ihnen überlegen und können immer noch verschwinden.«

Nakeshi fügte sich schließlich. Ihre Tante hatte viel mehr Erfahrung als sie.

Zögernd folgte sie Sheshe, die unbekümmert auf die Weißen zuschritt.

»Wie habt ihr uns gesehen?«, fragte Sheshe unverblümt und zeigte auf das lange Rohr, durch das der weiße Mann auf dem Ungetüm geschaut hatte. »Ist das ein Zauberauge?«

Der weiße Mann sah Sheshe und Nakeshi voller Interesse an. Nakeshi störte allerdings sein musternder Blick. Er betrachtete sie wie ein Stück Beute, das er demnächst würde erlegen wollen.

Sheshe schien das nicht zu kümmern. Noch einmal deutete sie auf das lange Rohr, dann auf das riesige Tier.

»Was ist das? Hast du es aus deiner Heimat mitgebracht?«

Der Herero übersetzte ihre Worte. Da lachte der weiße Mann und gab seinem Tier einen Befehl. Mit einem lauten Grunzen knickte das Tier erst die Vorderläufe ein, bevor es sich auch hinten ablegte. Dann stieg der Mann ab. Er war hochgewachsen und ziemlich dünn. Er überragte die beiden Buschmannfrauen um gut zwei Kopflängen. Kommentarlos reichte er Sheshe das lange Rohr und zeigte ihr, wie sie es sich vor das Auge halten sollte. Sheshe nahm das Rohr und sah hindurch. Kurz darauf ließ sie es mit einem erschrockenen Schrei fallen.

»Beim großen Kauha, es ist ein Zauberauge«, rief sie. »Du kannst die Berge damit heranholen!«

Der weiße Mann sagte wiederum etwas zu dem Herero.

»Mein weißer Herr wird euch alles erklären. Er möchte euch einladen«, meinte dieser. »Er hat gutes Fleisch und frisches Wasser. Er kommt von weit her, um die Völker dieses Landes kennenzulernen. Sein Name ist Hagenstolz.«

»Hagenstolz«, Sheshe hatte Mühe, den Namen auszusprechen. Sie war sichtlich von dem Fremden beeindruckt. Nakeshi blieb skeptisch. Sie spürte, dass die Männer etwas vor ihnen verbargen, auch wenn sie sich nicht erklären konnte, was es war. Doch eine Einladung zum Essen auszuschlagen war für einen Buschmann unmöglich. Dazu war Nahrung viel zu wertvoll.

Wenig später saßen sie unter dem Schatten einer Akazie und stopften Trockenfleisch in ihre Münder. Die beiden weißen Männer hatten es sich auf Kisten bequem gemacht, während die beiden Buschmannfrauen auf dem Boden kauerten und ihre Fragen beantworteten. Nakeshi hielt sich zurück. Sie beobachtete jede Reaktion um sich herum, um im Notfall schnell verschwinden zu können, während Sheshe interessiert Hagenstolz' Fragen beantwortete, um kurz darauf eine Gegenfrage zu stellen. So erfuhren sie, dass das Höckertier ein Dromedar war und aus dem Norden stammte, wo es ebenfalls in einer Wüste lebte. Es kam mit wenig Wasser aus und sank dank seiner breiten Pfoten nicht einmal im tiefen Sand ein. Das Zauberauge und viele andere Dinge, die die Fremden mit sich führten, kamen aus der fernen Heimat. Hagenstolz stellte seine Heimat als wahres Paradies dar. Für alle Menschen gab es dort ausreichend Wasser und genügend zu essen. Kein Mensch musste Hunger leiden oder nachts frieren. Nakeshi hörte es und machte sich ihre eigenen Gedanken. Warum war dieser fremde Mann dann hier, wenn es in seiner Heimat so schön war? Ihr gefiel das Blitzen in seinen Augen nicht. Sie spürte Ehrgeiz und falsche Absichten. Seine Zunge redete süß, aber sein Blick war kalt und berechnend. Der Drang fortzugehen wurde plötzlich übergroß. Sie war dankbar für das reichliche Essen und das köstliche Wasser, aber nachdem sie sich satt gegessen hatte, drängte sie ihre Tante zum Aufbruch. Doch Sheshe machte keinerlei Anstalten, ihr zu folgen. Sie wollte immer mehr von den Fremden erfahren, über die rätselhaften Gegenstände, die sie mitführten, wie ihre Heimat aussah und was für Menschen darin lebten.

Schließlich rückte Hagenstolz mit seiner Absicht heraus.

»Ich bereise dieses Land, um nach klugen Menschen Ausschau zu halten, die sich für mein Land interessieren. Ich möchte sie einladen, mit mir zu kommen und unser Gast zu sein. Meine Landsleute wollen ebenfalls etwas über euch erfahren. Deshalb biete ich euch an, mit mir zu kommmen.«

Aufmerksam musterte er die beiden Frauen.

»In meinem Land werdet ihr wie Anführer behandelt werden. Ihr werdet alles haben, was ihr euch wünscht. Selbst unser oberster Anführer, der Kaiser Wilhelm, wird euch empfangen und ehren.«

»Wir müssen nicht wie Anführer behandelt werden«, antwortete Nakeshi stolz. »Jeder, der in unserer Gruppe etwas zu sagen hat, ist ein Anführer.«

In Hagenstolz' Augen blitzte es erneut auf. »Das ist ja wirklich höchst bemerkenswert«, murmelte er. »Ein Stamm, der sich demokratisch regiert!«

Sein Interesse an ihnen wurde merklich stärker. Er wandte sich aufgeregt an seinen Mitreisenden und gestikulierte wild herum. Der Rotgesichtige nickte und stimmte zu. Hagenstolz setzte nun alles daran, sie zu dieser großen Reise zu überreden. Nur wendete er jetzt eine andere Taktik an. Er versuchte ihnen das Gefühl zu geben, etwas höchst Ungewöhnliches zu sein. Dann schenkte er Sheshe sein Zauberauge, was sie mit Entzücken entgegennahm. Nakeshi wurde immer mulmiger zumute, weil ihre Tante nicht zu bemerken schien, wie der Fremde sie einzuwickeln vermochte. Er lockte sie mit unglaublichen Geschichten und versprach ihr, sie in die Geheimnisse des Lebens einzuführen. In seiner Welt war angeblich alles möglich. Wenn sie nur mitkämen, würden sie alles erfahren, was sie jemals zu wissen begehrten. Sheshes Augen wurden immer größer. Alles klang so vielversprechend und unglaublich. Doch Nakeshi störte etwas. Einiges kam ihr seltsam bekannt vor. Und dann erinnerte sie sich an die Vision, die sie bei ihrer Initiation gehabt hatte. Noch einmal erblickte sie vor ihrem geistigen Auge die stampfenden drohenden Ungetüme, das grüne, kalte Land und die schrecklichen Höhlen mit den riesigen Löchern vor sich. Kalte Angst umfing sie und umkrampfte ihr Herz. Nein, das war kein Ort, an den ein Mensch ihres Volkes gehörte. Voller Abscheu sprang sie auf.

»Wir dürfen dort nicht hingehen, Sheshe!«, rief sie. »Glaub mir, das ist ein Ort voller Kälte und Tod!«

Sheshe reagierte gereizt.

»Du redest wie deine Mutter Chuka«, meinte sie abfällig. »Dabei dachte ich, du seiest anders. Ich möchte mehr über diese fremde Welt erfahren. Dann werde ich auch unsere Welt besser verstehen.«

»Aber wieso? Du hast selbst gesagt, wir haben die Kraft unserer Visionen. Wir können mit dem Geist reisen. Das ist viel mehr!«

»Die Visionen kann ich nicht beeinflussen. Sie hören immer auf, wenn ich kurz vor der Lösung eines Rätsels stehe«, sagte Sheshe nicht ohne Bitterkeit. »Jetzt habe ich die Möglichkeit, sie in der Hierwelt zu erkunden. Ich werde mit dem Fremden gehen und vieles erkennen.«

»Das darfst du nicht tun! Das hier ist unsere Heimat.«

»Hagenstolz hat mir versprochen, mich wieder zurückzubringen. Ich werde nicht für immer weg sein.«

»Er hat dich mit seinen Worten verzaubert. Es ist falsch!«

»Es ist falsch, wenn ich hierbleibe«, sagte Sheshe bestimmt. Sie hatte ihre Entscheidung längst getroffen. »Du hast die volle Kraft des Num in dir, ich besitze nur einen kleinen Teil. Du kannst den Weg der Erkenntnis im Land unserer Väter gehen. Ich muss ihn woanders suchen. Eines Tages wirst du es verstehen.«

Nakeshi versuchte noch mehrere Male, ihre Tante von ihrem Vorhaben abzubringen, aber es war vergeblich. Mit Tränen in den Augen verabschiedete sie sich schließlich von ihr und beobachtete, wie sie auf dem holpernden Gefährt am Horizont verschwand.

Die Vision

»Elite-Vergnügungs-Park: Schaustellungen aller Art. Eingang hier!«

Die gedruckte Schrift auf der weißen Stoffbahn schwang zwischen zwei gusseisernen Laternenmasten. Voller Vorfreude betrat Jella den Park. Während im Hintergrund die Stadtbahn ratterte, die Schornsteine der Fabriken ihren schwarzen Ruß in den Himmel qualmten und die graugelben Häuserfassaden vom tristen Alltag erzählten, öffnete sich vor ihr eine neue, bunte Welt. Im Gegensatz zu draußen schien die Welt hier nur aus Vergnügungen zu bestehen; selbst an einem Montag, an dem anständige Menschen beim Arbeiten waren. Aus dem bunten Wirrwarr aus Zelten und Schaubuden drang Grammophonmusik und vermischte sich mit den Klängen einer Bläserkapelle zu einer kakophonischen Geräuschkulisse. Ein bärtiger Leierkastenspieler mit einem angezogenen Äffchen auf seinen Schultern stimmte mit ein. Er stand ganz in der Nähe des Eingangs. Sobald er Jella erblickte, begann er zu singen. Seine fistelige Tenorstimme schepperte, was seiner Darbietung eine gewisse komische Dramatik verlieh. An einem Ständer neben ihm hing ein zusammenrollbares Plakat, auf dem in mehreren Szenen eine Geschichte abgebildet war. In dieser Moritat ging es um ein anständiges Mädchen – die Tochter des Dorfbürgermeisters –, das von einem wandernden Schustergesellen geschwängert und dann verlassen worden war. Aus Gram vor der ihr angetanen Schande hatte sie sich in die Spree gestürzt, ausgerechnet an dem Tag, an dem der Schustergeselle sich doch noch eines Besseren besonnen hatte und sie zur Hochzeit abholen wollte.

»So eine dumme Geschichte«, ärgerte sich Jella. Für so offenkundig scheinheilige Moralgeschichten hatte sie überhaupt nichts übrig. Der Leierkastenmann war wohl anderer Ansicht. Er deutete auf das leere Kästchen vor sich. In diesem Moment sprang das Äffchen von seinen Schultern auf den Musikkasten, schnappte sich das Geldkästchen und wedelte damit vor Jellas Nase herum. Jella machte, dass sie weiterkam. Die fünfzig Pfennige, die Heinrich Zille ihr so großzügig spendiert hatte, wollte sie garantiert auf andere Weise loswerden. Ach, wie sie sich freute! Sie konnte immer noch nicht glauben, dass sie mitten auf dem Rummel der Jungfernheide stand. Das Ganze kam ihr nach den Erlebnissen der letzten Zeit völlig unwirklich vor.

Nach den letzten Monaten voller Schufterei genoss Jella ihren ersten freien Tag. Sie hatte wirklich ihr Äußerstes gegeben. Jeden Tag von Sonnenaufgang bis kurz vor Mittag hatte sie mit ihrer Mutter an den Näharbeiten gesessen. Darauf folgte stets die Arbeit in der Destille. Sie musste den Abwasch vom Vortag erledigen, den Schankraum putzen und der Köchin zur Hand gehen. Sobald die ersten Gäste kamen, hatte sie sich um diese zu kümmern. Das ging so fort bis in den späten Abend hinein. Wenn sie von der vielen Rennerei völlig erschöpft nach Hause kam, hatte sie das Gefühl, Berlin mindestens dreimal umrundet zu haben. In der ersten Zeit war sie wie tot aufs Bett gesunken und sofort eingeschlafen. Mittlerweile hatte sie sich einigermaßen an den harten Alltag gewöhnt. Sie freute sich sogar auf ihre Arbeit in der Destille, schon deshalb, weil es ihr Gelegenheit bot, wenigstens für ein paar Stunden der Traurigkeit ihrer düsteren Kellerwohnung zu entkommen. Auf der anderen Seite hatte sie natürlich ein schlechtes Gewissen, ihre kranke Mutter so lange allein zu lassen. Aber Rachel unterstützte sie und meinte, dass es ihr nur guttäte, auch mal auf andere Gedanken zu kommen. Immerhin hatte sich ihr Gesundheitszustand dank der Medizin etwas verbessert. Sie hustete zwar immer noch erbärmlich, doch sie litt nicht mehr so unter den Attacken und bekam auch mehr Luft.

In den letzten Tagen war in der Destille immer wieder von dem »Rummel« und dem »Tingeltangel« in der Jungfernheide die Rede gewesen. Jeder im Kiez schien bereits dort gewesen zu sein. Sargtischler Grischke schwärmte in den höchsten Tönen von der menschlichen Pyramide. »Ihr glaubt es nicht, aber da waren sechzehn Artisten, die sich mindestens zehn Meter hoch in die Luft getürmt haben! Das hat die Welt noch nicht gesehen!«, hatte er begeistert geprahlt. »Das ist noch gar nichts«, hatte ein anderer gekontert. »Ich hab mit eigenen Augen gesehen, wie Miss Larsché, die Zwergin, sich einen Degen in den Schlund gesteckt hat, der größer war als sie selbst. Das war vielleicht eine Attraktion!« Die Gäste am Stammtisch hatten sich daraufhin gegenseitig zu übertrumpfen versucht und von den erstaunlichsten Attraktionen erzählt. Jella war davon so fasziniert gewesen, dass sie das Bedienen völlig vergessen hatte. Wie gern wäre sie doch auch dorthin gegangen! Allein der Gedanke an das bunte und aufregende Treiben auf dem Rummelplatz mit seinen vielen Schaubuden hatte ihr Herz schneller schlagen lassen. Doch Gustav hatte sie schnell wieder auf den Boden der Realität zurückgeholt und ihr angedroht, sie rauszuschmeißen, wenn sie sich nicht sofort in den Eiskeller begäbe, um ein neues Fass Heringe zu holen. Kurz zuvor musste Zille den Gastraum betreten haben. Auf jeden Fall hatte er die Szene mitbekommen und Jella später darauf angesprochen. Und dann hatte er ihr einfach so das Geld für den Rummel zugesteckt.

»Nimm die paar Groschen als Dankeschön dafür, dass ich dich immer wieder hier in der Destille zeichnen darf«, hatte er gesagt und dann mahnend hinzugefügt: »Allerdings musst du mir auch versprechen, das Geld mit vollen Händen auszugeben!«

Und genau das wollte sie jetzt tun!

Rachel war gut versorgt. Sie saß bei Mia Grosche, trank Bohnenkaffee und feierte zum wiederholten Male das »Wunder«, wie Mia es ausdrückte. Vor einigen Wochen hatte zu ihrem allergrößten Erstaunen das geklaute Geld wieder auf dem Küchentisch gelegen. Ein Dieb, der seine Beute freiwillig wieder zurückgab! Das war *das* Gesprächsthema im ganzen Block. Es gab viele Hausbewohner, die zu Recht vermutet hatten, dass Pischke das Geld gestohlen haben musste, aber keiner von ihnen konnte sich erklären, weshalb er es wieder zurückgelegt hatte. Keiner außer Jella. Es bereitete ihr eine diebische Freude, sich vorzustellen, welche Überwindung es den alten Gauner gekostet haben musste.

Zwischenzeitlich war Jella auf dem Hauptplatz des Rummels angelangt, auf dem mehrere Male pro Tag die spektakuläre Menschenpyramide errichtet wurde. Sie versuchte sich in dem bunten Durcheinander zu orientieren. Die Schaubuden und Zelte standen entlang zweier Hauptstraßen, die sich auf dem Platz kreuzten. Eine große Tafel neben einer Gartenwirtschaft zeigte die dargebotenen Attraktionen an. Vor jeder Schaubude, die durch wenige Handgriffe zerlegt werden konnte, befand sich die Parade. Das war ein kleines Podium, hinter dem sich der eigentliche Vorführraum befand. Wenn gerade keine Vorführung stattfand, stand ein Impresario auf der Parade und machte lautstarke und reißerische Ankündigungen. Neben ihm gaben ein oder mehrere Artisten kleine Kostproben ihrer Darbietungen. Eine Hünin von Frau – Ottilie, die Eisenbraut – zwinkerte Jella kumpelhaft zu. Sie war noch ein Stück größer als Jella, die mit ihren ein Meter fünfundsiebzig ziemlich viele Menschen in der Menge überragte. Allerdings war die Eisenbraut mehr als doppelt so breit wie sie und wohl zehnmal so stark. Ihre ärmellose und beinfreie Ringermontur erlaubte einen ungehinderten Blick auf ihre stämmigen Beine und muskelbepackten Arme. Als Demonstration ihrer Kraft ließ die Riesin vor aller Augen ihre Armmuskeln spielen. Sie sahen aus wie Mäuse, die unter einem Tuch hin und her huschten.

»Hereinspaziert, meine Damen und Herren!«, brüllte der Impresario. »Hundert Goldmark für den Herrn oder die Dame, dem oder der es gelingt, unsere Eisenbraut zu Fall zu bringen! Zögern Sie nicht. Die Eisenbraut hat bisher noch jeden besiegt.« Jella glaubte ihm aufs Wort. Keine zehn Pferde hätten sie dazu gebracht, sich auf einen Ringkampf mit dieser Frau einzulassen.

Ein benachbarter »Indischer Zaubersalon« versprach magische Vorführungen und eine schwebende Jungfrau. Ein Fakir saß mit einem windelähnlichen Tuch um seine Hüften auf einem Nagelbrett. Seine Augen starrten ins Leere. Der Impresario neben ihm war ein spindeldürrer »Inder«, der einen recht unorientalischen Eindruck hinterließ. Sein mit Schuhwichse gebräuntes Gesicht ging für jeden sichtbar abrupt in einen käseweißen Hühnerhals über, während er im breitesten Schwäbisch »die wondervollschte Schau dr Welt« ankündigte. »Rausgeschmissenes Geld«, befand Jella und ging weiter.

Mit einer Mischung aus Faszination und Unbehagen blieb sie vor der Abnormitätenschau stehen. Sie war neben Dr. Hagenstolz' »Afrikanischer Menagerie und Völkerschau« eine der Hauptattraktionen des Rummels. Der Ausrufer pries gerade den sogenannten Hautmenschen an. Der Mann neben ihm wirkte auf den ersten Blick ganz normal, bis er anfing, sich seine gummiähnliche Haut über sein Gesicht zu stülpen. Auf Zuruf der Zuschauer packte er die Haut unterhalb seines Kinns und zog sie bis zum Haaransatz nach oben, sodass Mund, Nase und Augen unter der Hautschicht verschwanden. So etwas hatte Jella noch nie gesehen. Sie überwand ein kleines bisschen Unbehagen und entschloss sich dann hineinzugehen. Die Vorstellung würde in den nächsten Minuten beginnen. Eilig fingerte sie nach dem Geld in ihrer Rocktasche und bezahlte die zwanzig Pfennige Eintrittsgeld. Ein Türsteher ließ sie durch den seitlichen Eingang in die Schaubude. Im Inneren war es schummrig und laut. Die Zuschauer unterhielten sich angeregt über die bevorstehende Vorstellung. Einfache Holzpritschen standen vor einer kleinen Tribüne. Nur noch wenige Plätze waren frei. Eilig quetschte sich Jella zwischen eine Frau mit zwei kleinen Kindern und einem jungen Mann, der ihr mit einem schmierigen Lächeln auf den Lippen und einer impertinenten Alkoholfahne Platz machte. Dann begann die Vorstellung. Der auf die Bühne tretende Impresario war ein Liliputaner in Frack und Zylinder. »Sammy Le Petit«, stellte er sich mit einem imitierten französischen Akzent vor. Gleichzeitig tippte er galant an seinen viel zu großen Zylinder. Das Lächeln des zwergenwüchsigen Mannes erinnerte Jella an das eines Kindes, das gern erwachsen sein will. Seine Stimme war zwar wohlklingend männlich, klang aber doch zarter und weniger durchdringend als die eines Normalwüchsigen. Nach der Begrüßung kam er gleich zur Sache. Als erste Attraktion kündigte er den weiblichen Koloss, die dicke Emmy an. »Meine Damen und Herren, staunen Sie selbst über unser Prachtmädchen«, piepste er. »Sechshundert Pfund schwer, seit Menschengedenken das schwerste Mädchen, das je gelebt hat. Fünftausend Goldmark Belohnung demjenigen, der mir ein ebenso schweres Mädchen nachweisen kann!« Sein Blick schweifte herausfordernd über das Publikum. »Sehen Sie selbst!« Der Vorhang wurde beiseitegeschoben. Herein kam die dickste Frau, die Jella jemals gesehen hatte. Emmy konnte vor lauter Fett nicht mal laufen. Ihre Speckmassen thronten auf einem Polster, das auf einem fahrbaren Podest hereingeschoben wurde. Ein Raunen ging durchs Publikum. Emmy war wirklich ungeheuerlich. Sie steckte in einem zeltähnlichen, weißen Kleid, unter dem locker vier gut genährte Erwachsene Platz gefunden hätten. Sie konnte sich kaum rühren, strahlte aber freundlich über ihr fettes Gesicht, dessen kleine Nase wie eine eingedrückte Kirsche im Sahnekuchen saß, während sie sich mit ihren Patschhändchen kleine Kuchenstücke in den Mund stopfte.

»Darf ich Ihnen mal was Vertrauliches verraten?«, drängte sich ihr schmieriger Sitznachbar auf. Er rückte ein Stück an Jella heran und strich sich wichtigtuerisch über seinen dünnen, geschwärzten Lippenbart. Statt einer Antwort warf Jella ihm einen unfreundlichen Blick zu, was den Mann aber nicht davon abhielt, weiterzureden. »Ich weiß es aus erster Hand. Die fette Emmy kostet den Laden hier ein ganzes Vermögen. Weil sie so fett ist, kommt sie durch keine Coupétür in der Eisenbahn. Deshalb musste die Dame in den Gepäckwagen verladen werden, gegen doppelten Fahrpreis dritter Klasse und zwölf Mark Streckenzuschlag! Ist das nicht komisch?« Jella sah demonstrativ in eine andere Richtung und tat so, als interessiere sie das Ganze nicht. Aber ihr Nachbar ließ nicht locker. Seine Aufdringlichkeit wurde noch durch den Alkohol- und Zwiebelgeruch verstärkt. »Jetzt kommt es ja noch viel besser«, verriet er. »Ich war ja schon oft in der Vorstellung und helfe selbst beim Rummel aus. Wenn Sie wollen, erkläre ich Ihnen die Schau.«

»Besten Dank«, schnappte Jella spitz. »Mir wäre lieber, Sie bleiben mir vom Leib!« Obwohl es sehr eng war, rückte sie demonstrativ von ihm ab. Unterdessen wurde die dicke Emmy unter dem begeisterten Johlen und obszönen Rufen des Publikums wieder hinausgeschoben, worauf Sammy le Petit an der Hand eines zwei Meter vierzig großen Riesen wieder die Bühne betrat. Der Größenunterschied zwischen den beiden war wirklich gigantisch. Sammy reichte dem Riesen, der sich bücken musste, um seine Hand zu halten, gerade mal bis über sein Knie. Der Zwerg behauptete, dass Alberto Grosso der Nachfahre des berühmten Riesen Goliath sei, der einst von David mit einem Stein gefällt worden war. Im Gegensatz zu seinem Vorfahren sei Alberto zwar stark wie ein Bär, aber so gutmütig wie eine Schmusekatze. Jella musste lachen. Doch blieb ihr das Lachen im Laufe der nächsten Nummern immer öfter im Halse stecken. Sie begriff, dass man diese bemitleidenswerten Menschen mit ihren Missbildungen nur ausnutzte, um mit ihnen Geld zu verdienen. Jeglicher Respekt ging im Laufe der vergnüglichen Begaffung verloren. Sicherlich bekamen sie nur einen Hungerlohn von den geldgierigen Veranstaltern. Auf der anderen Seite fanden die von der Gesellschaft Ausgestoßenen hier auf dem Rummelplatz eine Familie von Gleichgestellten. Andernfalls wären sie wohl in Heimen für geistig Kranke untergebracht worden. Gerade verließ das Löwenmenschenkind Leopold die Bühne. Der etwa zehnjährige Junge war am ganzen Körper behaart. Selbst sein Gesicht war bis auf die Augen mit einem mehrere Zentimeter langen Fell bewachsen. Sammy le Petit hatte mit vor Grauen gepackter Stimme verkündet, dass Leopold sein Schicksal, halb Mensch, halb Löwe sein zu müssen, nur deshalb erlitten hatte, weil seine Mutter in ihrer Schwangerschaft mit angesehen hatte, wie sein Vater von einem Löwen zerrissen worden war.

Die letzte Nummer sollte schließlich die Hauptattraktion sein. Wieder wurde Jella von dem aufdringlichen Kerl neben ihr angestupst. »Wenn Sie bei der nächsten Nummer in Ohnmacht fallen, was mich nicht wundern täte, dann fang ich Sie auf!« Sein Gesicht verzog sich zu einem anzüglichen Zahnlückengrinsen. Jella warf ihm einen vernichtenden Blick zu. Dann wurde ihre Aufmerksamkeit von einem Mann in dunklem Anzug und schwarzer Weste in Anspruch genommen. Seiner Haltung nach zu urteilen war er vor Kummer gebeugt. Er ging augenscheinlich in Trauer. Sammy le Petit bat um Ruhe. Auch er schien ergriffen zu sein. Jedenfalls zog er aus seiner Weste ein viel zu großes Taschentuch heraus und schnäuzte sich lautstark. »Eine große Liebe ist zu Ende gegangen«, lamentierte er theatralisch. »Vor nicht langer

Zeit hat Signor Robana seine Frau, die liebreizende, allseits berühmte Eva, und sein Kind verloren! Trauern Sie mit ihm, denn sein Leid ist grenzenlos!« Über Sammy le Petits Gesicht kullerten tatsächlich einige Tränen. Gemeinsam mit Signor Robana rang er um Fassung. Doch dann wurde seine Stimme wieder erstaunlich fest. Der Zwerg wusste genau, wie er sein Publikum fesseln konnte. »Aber sein Leid ist nicht umsonst gewesen! Signor Robana hat einen Ausweg gefunden, um wenigstens die Hülle seiner Lieben für sich und die Nachwelt zu erhalten! Er hat Eva und sein Kind nach der Methode der alten Ägypter …«

Jella traute ihren Ohren nicht. Das war ja unglaublich! Sie hatte schon von ausgestopften Tieren in der Menagerie gehört, worüber man denken konnte, was man wollte, aber dass man das Gleiche mit Menschen tat? Wie skrupellos das war! Fassungslos sah sie mit an, wie kurz darauf ein Glaskasten mit zwei Figuren auf die Bühne geschoben wurde. Bei genauerem Hinsehen handelte es sich tatsächlich um zwei mumifizierte Menschen. Der eine war eine zierliche Frau in einem rotseidenen Kleidchen. Sie stand aufrecht da. Ihr Körper, ihre Hände, ja selbst das Gesicht waren flächendeckend behaart, während sie mit schrecklichem Leichengrinsen im Gesicht ins Publikum starrte. Ihr Kind, in einem ebensolchen Flitterkleidchen, saß auf einer Stange neben ihr – wie ein Papagei. Jella wurde übel. Was für eine Geschmacklosigkeit! Keinen Augenblick länger wollte sie an dieser Leichenfledderei teilhaben! Mit einer ungestümen Bewegung stand sie auf und drängte nach draußen. Ihr war egal, dass die Leute neben ihr schimpften. So schnell es ging, schob sie sich durch die Bänke und verließ eiligst die Schaubude.

Draußen schnappte sie erst einmal tief nach Luft! Was für ein abscheulicher, geldgieriger Mensch musste dieser Signor Robana sein, wenn er es fertigbrachte, seine eigene Frau und sein Kind nach ihrem Tod auszustopfen und dann gegen Geld auszustellen?

So ein Mann kannte kein Mitgefühl und keine Trauer! Was ihn antrieb, war reine Geldgier! Jellas Interesse am Rummelplatz und seinen Kuriositäten hatte einen schalen Nachgeschmack bekommen. Wie benommen irrte sie über den Platz in Richtung Ausgang, vorbei an einer Kuriositätenschau, die ein echtes »Seeungeheuer« versprach, einem Panoptikum mit Wachsfiguren und einer Schießbude. Doch sie hatte den falschen Weg gewählt. Anstatt in der Nähe des Ausgangs war sie in einer Sackgasse gelandet. Ärgerlich drehte sie um und entdeckte, wie sich etwa fünfzig Schritte von ihr entfernt ihr aufdringlicher Sitznachbar suchend nach ihr umsah. Er war ihr offensichtlich gefolgt. Im gleichen Augenblick steuerte er auch schon auf sie zu. Jella fürchtete ihn nicht. Sie war schon mit ganz anderen Typen fertiggeworden, aber sie hatte nach diesem deprimierenden Erlebnis keinerlei Verlangen, einen ungehobelten, alkoholisierten Verehrer abzuweisen. Sie wollte nur noch nach Hause. Kurzerhand bog sie nach links ab und benutzte den schmalen Durchgang zwischen zwei Schaubuden. Sie hatte vor, sich auf Nebenpfaden wieder auf den Hauptweg, der zum Ausgang führen musste, durchzuschlagen. Doch damit erreichte sie das genaue Gegenteil dessen, was sie wollte. Der Kerl missverstand Jellas Flucht und dachte, sie wolle ihn für ein Tête à Tête in ein ungestörtes Eckchen locken. »Nu warte doch, ick komm ja schon!«, rief er ihr lüstern hinterher. Jella wurde ihr Fehler zu spät bewusst. Umdrehen ging nicht mehr. Also beschleunigte sie ihre Schritte. Wenn der Kerl sie jetzt einholte, würde er mit Sicherheit zudringlich werden. Ihr langer Rock war beim Laufen hinderlich. Kurzerhand raffte sie ihn hoch und begann zu rennen. Der Verfolger blieb ihr dicht auf den Fersen. Manchmal waren nur ein paar Schritte zwischen ihnen. Sie hörte sogar seinen raschen Atem. Ihr Ziel war, den Typen zwischen dem Wirrwarr der vielen Buden abzuhängen. Immer wieder änderte sie ihre Richtung, bis sie schließlich in einer Sackgasse gelandet war. Hastig überlegte sie, was sie tun konnte. Sollte sie ihm entgegentreten und ihn anschreien? Wieso war sie nur kein Mann? Männer lernten schon von klein auf, sich zu verteidigen. Als Frau blieb man immer wehrlos allem ausgeliefert! Aber dann entdeckte sie die kleine Seitentür, die in den Hinterraum einer Schaubude führte. Jella betete, dass sie nicht abgeschlossen war, und griff nach dem Türknauf. Mit einem leisen Ruck öffnete sich die Tür, und Jella schlüpfte ins Dunkle. Es dauerte einen Augenblick, bis sie in der Dunkelheit einige schemenhafte Konturen ausmachen konnte. Sie vermutete, dass sie sich in einem Abstellraum für Requisiten befand; allerdings konnte sie nichts Genaues erkennen. Vorsichtig tastete sie sich Schritt für Schritt vorwärts und stieß prompt auf ein Hindernis. Ihre Hände betasteten den Gegenstand. Er fühlte sich irgendwie flauschig und groß an und roch nach alten Mottenkugeln. Sie suchte nach einem Weg daran vorbei, als plötzlich am anderen Ende des Raumes, in Richtung Bühne, eine Tür geöffnet wurde und somit etwas Licht in die Kammer fiel. Jella konnte nun die wahre Gestalt des Hindernisses erkennen und unterdrückte in letzter Sekunde einen Schrei. Erschreckt presste sie die Arme an ihren Körper. Das flauschige Etwas, das sie berührt hatte, war nichts anderes als ein ausgewachsener afrikanischer Löwe! Sekundenbruchteile später wurde ihr klar, dass das furchterregende Tier längst nicht mehr am Leben war. Erleichtert atmete sie auf. So abscheulich sie die Ausstopferei der Menschen gefunden hatte, jetzt war sie dankbar, dass den Löwen dasselbe Schicksal ereilt hatte. Allem Anschein nach war sie in Dr. Hagenstolz' »Afrikanische Menagerie und Völkerschau« geraten. Sie hatte schon viel davon gehört. Doch das spielte im Augenblick keine Rolle. Wichtiger war, wie sie hier wieder ungeschoren hinauskam. Im Moment saß sie in der Falle. Benutzte sie die Tür, durch die sie gekommen war, riskierte sie, dem betrunkenen Kerl von der Abnormitätenschau in die Arme zu laufen. Ging sie weiter, lief sie Gefahr, vom Budenbesitzer entdeckt zu werden. Sie würde ihm erklären müssen, wieso sie sich hierher verlaufen hatte. Womöglich würde er die Gendarmen rufen und sie abführen lassen! Oder er würde sie einsperren und zwingen, mit ihm zu reisen. Jella schalt sich wegen ihrer törichten Gedanken und versuchte einen klaren Kopf zu behalten. Im Moment blieb ihr nichts anderes übrig, als sich möglichst ruhig zu verhalten und abzuwarten. Schleifende Geräusche und das Verrücken von Gegenständen deuteten darauf hin, dass ein Mitarbeiter etwas suchte. Endlich schien die Person gefunden zu haben, was sie suchte, und verließ kurz darauf den Raum. Es wurde wieder dunkel. Jella atmete auf. Gerade wollte sie sich ein Plätzchen suchen, um sich hinzusetzen, als sie bemerkte, dass sich die hintere Tür, durch die sie gekommen war, öffnete.

»Kleine, ich weiß, dass du da drinnen bist. Komm raus!«, raunte eine heisere Stimme. Jellas Alarmglocken schrillten. Überstürzt versuchte sie zu fliehen und stieß dabei gegen einen Gegenstand, der polternd zu Boden fiel. »Wusste ich's doch!« Die Stimme des Verfolgers klang zufrieden. Der Kerl war nun ebenfalls in der Requisitenkammer, nur schien er sich in der Dunkelheit viel besser zurechtzufinden als sie. Warum hatte sie nur das Gefühl, dass er direkt hinter ihr war? Überstürzt raffte sie sich auf und suchte ihr Heil am anderen Ende des Raumes in der Tür, durch die gerade der Bühnenarbeiter verschwunden war. Mittlerweile war es ihr egal, was sie dort erwartete. Jella strebte mit aller Gewalt in die Richtung, wo sie die Tür vermutete. Dabei scherte es sie nicht, dass noch mehr Gegenstände zu Boden fielen und sie einen Heidenlärm veranstaltete. Schließlich hatte sie das andere Ende des Raums erreicht. Sie tastete sich hektisch an der Wand entlang. Leider war ihr Verfolger beinahe genauso schnell. Einmal meinte sie sogar, seine Hand an ihrem Rock zu spüren. Dann ertasteten ihre Finger einen Türgriff. Sie stieß die Tür auf und schlüpfte hindurch. Mit einem Ruck zog sie sie hinter sich zu und schob den Riegel vor. Keine Sekunde zu früh, denn die Klinke bewegte sich schon wieder nach unten. Auf der anderen Seite hörte sie ein Rütteln und Fluchen. Jella grinste. Sie hatte ihren Verfolger abgehängt! Außer Gefahr war sie jedoch noch längst nicht. Das wurde ihr klar, als ihr bewusst wurde, wo sie sich nun befand. Sie stand direkt auf der Bühne. Lediglich ein roter Samtvorhang trennte sie von den Schaustellern und dem Publikum. Durch den dicken Stoff hörte sie das Klatschen der Zuschauer und die Worte des Direktors, der die »echten Hottentotten, Wilde aus unseren Kolonien«, verabschiedete. Die Begeisterung der Zuschauer war der Grund dafür gewesen, dass niemandem das Gepolter in der Requisitenkammer aufgefallen war. Wenn sie nicht entdeckt werden wollte, musste ihr etwas einfallen. Jeden Moment konnten die Darsteller der Völkerschau-Truppe abtreten. Hastig eilte Jella dorthin, wo sie den Ausgang vermutete. Doch sie hatte die falsche Richtung gewählt. Dort war keine Tür. Sie sah sich nach einer anderen Fluchtmöglichkeit um. In diesem Moment trat der erste Darsteller, der Impresario der Menagerie, Dr. Hagenstolz höchstpersönlich, durch den Schlitz im Vorhang. Er war eine hagere Person in Reithosen und Tropenhelm. Ein dicker, blonder Backenbart und ein hochgezwirbelter Schnurrbart standen in lächerlichem Kontrast zu dem spitzen, vorstehenden Kinn. Höchst zufrieden, den Blick stolz nach oben gerichtet, strebte er in Richtung Ausgang. Jella hielt die Luft an. Schnell drückte sie sich in die Falten des Samtvorhangs und versuchte sich, so gut es ging, darin zu verbergen. Nach und nach traten die anderen Darsteller hinter die Bühne. Zwischen den schweren Falten bekam sie die Gelegenheit, einen Blick auf die Darsteller zu werfen. Zuerst dachte sie, die Hottentotten wären Kinder, so klein und zierlich waren sie. Im Halbdunkel konnte sie nicht viel erkennen, nur dass die kleinen Menschen, bis auf einen Lendenschurz aus Leder, völlig unbekleidet waren. Sogar die Brüste der Frauen waren unbedeckt! Am auffälligsten waren jedoch ihre großen Hinterteile, die sich wie Höcker von ihrem übrigen Körperbau abhoben. Um sie besser sehen zu können, wurde Jella unvorsichtig und wagte sich etwas aus ihrer Deckung heraus. Sie war gleichzeitig fasziniert und berührt von den Menschen, die so gar nicht in das moderne, motorisierte Berlin passten. Da drehte sich die Letzte der Gruppe, eine ältere Frau, nach ihr um. Rasch zog Jella eine Falte des Vorhangs über sich. Sie hoffte, dass sie unbemerkt geblieben war. Nun konnte sie nichts mehr sehen. Ein bellender Husten, ähnlich dem ihrer Mutter, war zu hören. Dann nichts mehr. Jella wartete noch eine ganze Weile ab, bis sie glaubte, dass alle hinter der Bühne verschwunden waren. Dann erst trat sie aus ihrem Versteck heraus. Das Gemurmel hinter dem Vorhang verriet ihr, dass noch nicht alle Zuschauer den Raum verlassen hatten. Vielleicht gelang es ihr ja, unbemerkt über die Bühne in den Zuschauerraum zu fliehen und dann in der Menge unterzutauchen. Im Schutz des Vorhangs schlich sie in Richtung des Durchgangs auf die Bühne. Endlich hatte sie ihn erreicht. Ihre Hand griff nach dem Schlitz, um hindurchzuschlüpfen, als sie plötzlich eine Hand um ihren Fußknöchel spürte. Ein eisiger Schreck durchfuhr sie. Panik und der Drang, laut loszuschreien, kämpften in ihr, bevor sie einen Blick nach unten wagte. Zu ihrer Erleichterung, aber auch zu ihrer Überraschung, berührte nicht der widerliche Kerl ihr Bein, sondern eine zarte, braune Hand, die zu einem schmächtigen, faltigen Körper gehörte, nämlich dem der hustenden älteren Hottentottenfrau. Tief in die Falten des Vorhangs geschmiegt kauerte sie vor ihr und sah sie unverwandt an. In einer leisen, von Klick- und Schnalzlauten durchsetzten Sprache redete sie auf sie ein. Jella war völlig irritiert. Anfangs hörten sich die Worte wie ein unbekümmerter Kinder-Singsang an. Doch je länger sie zuhörte, desto differenzierter wurde die Sprachmelodie und drang bis in ihr tiefstes Inneres vor. Sie verstand kein Wort, und doch fühlte sie, dass die Worte der Frau einen Sinn hatten und direkt an sie gerichtet waren. Die Frau versuchte, ihr eine Botschaft zu übermitteln. Zunehmend in ihren Bann gezogen ließ sich Jella von den leicht schräg stehenden, milchig braunen Augen der Hottentottin einfangen. Die Iris war nicht klar vom übrigen Augapfel getrennt, sondern sah aus, als läge ein hauchdünner Schleier über allem. Und dann geschah etwas Seltsames mit ihr. Jella hatte plötzlich das Gefühl, dass sich ihr Geist von ihrem Körper zu lösen begann. Die reale Welt um sie herum wurde bedeutungslos. Die Augen der alten Frau nahmen sie gefangen, umwoben ihre Gedanken mit freundlichen Worten und schlossen sie wie in einen Seidenraupenkokon ein. Jella fühlte sich behütet und sicher. Voller Staunen nahm sie wahr, dass sich das Aussehen der alten Frau veränderte. Die tiefen Furchen ihres Gesichtes glätteten sich, bis sie eine faltenfreie Haut bekam. Gleichzeitig änderte sich die Form ihres Gesichts; es wurde runder und weicher. Ehe sie sich's versah, saß keine alte Frau mehr vor ihr, sondern ein junges Mädchen in ihrem Alter. Sie hatte ein offenes Gesicht mit einem großen Mund voller blendend weißer Zähne. Ihr apricotfarbener, nackter Körper war zierlich und trotzdem kraftvoll und elegant wie der einer Gazelle. Kleine, struppige Haarbüschel wuchsen auf ihrem Kopf wie Inseln. Ihre samtbraunen Augen waren klar und strahlend. Für einen kurzen Augenblick wirkten sie erschreckt, doch dann entspannten sich die Gesichtszüge des Hottentottenmädchens und machten einem spitzbübischen Lächeln Platz, das Jellas Herz erwärmte. Ein Gefühl großer Vertrautheit machte sich zwischen ihnen beiden breit, und auch Jella lachte. Sie bückte sich und griff nach der kleinen, zierlichen Hand. Wie nah sie sich diesem fremden Menschen fühlte! Sie fühlte sich so stark und selbstbewusst wie schon sehr lange nicht mehr und wollte so gern mehr über das Schicksal der Fremden erfahren. Jella setzte zu einer Frage an. Doch im selben Augenblick wurde das Mädchen von einem gewaltigen Hustenanfall überwältigt. Er schüttelte sie wild durch, ergriff jede Faser ihres Körpers. Blut quoll in einem Schwall aus ihrem Mund; der Anfall ließ sie vor Schwäche zusammensinken. Noch einmal drückte sie Jellas Hand, dann kippte sie kraftlos zur Seite. Jella kniete sich nieder und zog das Mädchen auf ihren Schoß, um ihr das Atmen zu erleichtern. Behutsam drehte sie es wieder zu sich her. Doch der Mensch, den sie auf ihrem Schoß hatte, war nicht mehr das Mädchen, das ihr so vertraut war, sondern die alte Hottentottenfrau, die sie aus kraftlos verschleierten Augen ansah.

Jetzt erst recht

Professor Virchow stolzierte in seiner ganzen Würde über den breiten, menschenleeren Gang, der zum Foyer der Friedrich-Wilhelms-Universität führte. Trotz seiner achtzig Jahre hielt sich der alte Herr aufrecht, immer in dem Bewusstsein, dass er einer der bedeutendsten Mediziner seiner Zeit war. Sein weißer, gepflegter Vollbart stach über seinem gestärkten Hemdkragen wie eine Lanze nach vorn, und seine kleinen, alles erfassenden Augen huschten misstrauisch über den Gang. Seit fünfundvierzig Jahren stand er dem von ihm geschaffenen Ordinariat für Pathologie vor und war außerdem Prosektor der Charité. Als Leiter des modernsten Krankenhauses von Berlin hatte er die pathologisch-anatomische Sammlung ausgebaut, die seit 1899 im eigens dafür errichteten Pathologischen Museum zu besichtigen war. Außerdem war er als Gründer und Vorsitzender der Deutschen Fortschrittspartei Mitglied der Berliner Stadtverordnetenversammlung. Seiner Initiative war es zu verdanken, dass Berlin Krankenhäuser besaß, die für alle Menschen zugänglich waren. Er hatte sich für Parks und Kinderspielplätze eingesetzt, um die Lage des städtischen Proletariats zu verbessern.

Kurz: Professor Rudolf Virchow war ein berühmter Mann, der vorgab, für die »Freiheit mit ihren Töchtern Bildung und Wohlstand« einzutreten. Genau diese Worte hatten es Jella angetan und sie beeindruckt. Sie hatte sie neulich in einem Fetzen Zeitung gelesen, in den Oma Grambor ein Stück Speck gewickelt hatte.

Wenn Professor Virchow Freiheit in einem Atemzug mit Bildung und Wohlstand nannte und sie noch dazu als »Töchter« titulierte, dann musste er ein sehr liberal denkender Mensch sein und würde ihr Anliegen verstehen. Dies und die Kraft, die sie seit dem seltsamen Erlebnis auf dem Vergnügungspark spürte, machten ihr Mut, sich heute ganz früh an die Universität zu begeben. Seit der seltsamen Begegnung mit der Hottentottenfrau und ihrer anschließenden Vision hatte sich Jellas Blick auf die Welt verändert. Ihr war bewusst geworden, dass es Dinge gab, die weit außerhalb ihrer bescheidenen Vorstellungskraft lagen. Der Drang, mehr darüber zu erfahren, war immer stärker geworden. Seltsamerweise sah sie nun viele Dinge positiver und konnte auch die Schrecken und negativen Auswirkungen ihres momentanen Lebens besser ertragen. Ihre dunkle Behausung mit ihren Wanzen und Flöhen, ja selbst die Krankheit ihrer Mutter verloren ihre Schrecken, wenn sie an die junge Hottentottenfrau aus ihrer Vision dachte, die ihr Herz so sehr gewärmt hatte. Sie hatte sich auf unerklärbare Weise getröstet gefühlt. So, als wolle diese fremde junge Frau ihr sagen, dass sie nicht allein auf dieser Welt stand. Ohne sie zu kennen, wusste sie, dass die junge Afrikanerin aus einer völlig fremden Welt ihr näher stand als viele andere Menschen hier in Berlin. Ihr war, als hätte sie eine Verbindung geknüpft. Und diese Verbindung machte sie stark. Ungeachtet ihrer verfänglichen Situation hatte sie später versucht, der alten Frau zu helfen. Sie hatte sich sogar an Dr. Hagenstolz höchstpersönlich gewandt und verlangt, dass er einen Arzt holte. Widerstrebend war er darauf eingegangen. Doch als Jella ein paar Tage später nochmals auf den Rummel ging, um sich nach der Hottentottin zu erkundigen, erklärte man ihr, dass die Truppe bereits wieder abgereist sei.

Jella stand im Schutz eines Pfeilers und beobachtete, wie Professor Virchow energischen Schrittes auf sie zukam. Sie blinzelte.

Sobald sie sicher war, dass es sich tatsächlich um den berühmten Wissenschaftler handelte, schritt sie zur Tat. Sie zögerte noch einen winzigen Augenblick, fixierte den Professor wie eine Raubkatze ihr Opfer, holte tief Luft und ging ihm dann mit langen, energischen Schritten entgegen. Um schneller voranzukommen, musste sie ihren Rock raffen, sodass in ungehöriger Weise auch ihre Stiefel und ein Teil ihrer Unterschenkel zu sehen waren. Kurz vor dem Professor stellte sie sich ihm in den Weg. Überrascht von dem Ungestüm der jungen Frau stoppte Virchow und wich sogar einen Schritt vor ihr zurück. Jella überragte den berühmten Gelehrten um Haupteslänge. Sie war daran gewohnt, größer zu sein als andere. Virchow dagegen schnappte nach Luft. Zumindest für den Augenblick schien den kleinwüchsigen Professor ihre amazonenhafte Erscheinung einzuschüchtern. Dann erst dämmerte ihm langsam die Ungehörigkeit dieses Vorfalls. Ein gewöhnlicher Mensch – noch dazu eine Frau – wagte es, ihm, dem Ordinariatsleiter der Pathologie, Mitglied der Stadtverordnetenversammlung und Vertrauten des Kaisers, in den geheiligten Hallen der Wissenschaften einfach so in den Weg zu treten. Das war unerhört!

»Was unterstehen Sie sich?«, überwand Virchow empört seine Sprachlosigkeit. Jella schien davon wenig beeindruckt. Ihre wachen Augen musterten den eitlen Mann unverhohlen und neugierig, wie es ihre Art war. Normalerweise wagten nur die Offiziere der Kaiserlichen Garde solch einen direkten Blickkontakt. In der gehobenen Gesellschaft war solch ein Benehmen unangebracht, ja sogar ungehörig. Auch Jella hatte man beigebracht, im Gespräch mit Älteren und insbesondere mit Männern schamhaft den Blick zu senken. Doch das widerstrebte ihrem irischen Naturell. Ihrem Blick fehlte die Demut, die andere Frauen üblicherweise Männern und einer hochgestellten Persönlichkeit sowieso entgegenzubringen pflegten. Sie war einfach froh, ihrem Ziel ein

Stück näher gerückt zu sein, und begann zu reden, noch bevor sie dazu aufgefordert worden war. Etwas nervös pustete sie sich eine widerspenstige Strähne aus ihrem Gesicht und konzentrierte sich auf das, was sie sagen wollte.

»Was für eine Ehre, Ihnen zu begegnen, werter Herr Professor Virchow«, sprudelte es aus ihr heraus. »Gestatten Sie, dass ich mich vorstelle? Jella von Sonthofen. Ich möchte gern bei Ihnen studieren.«

So, jetzt war es heraus!

Sie erwartete eine Antwort. Doch der Professor schwieg.

Erst, als sie die Fassungslosigkeit in Virchows Gesicht erkannte, schwante ihr, dass hier etwas ganz und gar schieflief. Es war nur zu offensichtlich, dass ihre direkte Art bei dem Wissenschaftler nicht besonders gut angekommen war. Es war ein Fehler gewesen, gleich mit der Tür ins Haus zu fallen. Hilflos, als könne sie so ihren Fauxpas ungeschehen machen, hob sie beide Handflächen nach oben. Professor Virchows Gesicht hatte mittlerweile eine tomatenrote Farbe angenommen. Er rang immer noch um Fassung. Statt einer Antwort wackelte er ungehalten mit seinem Kopf und wedelte wild gestikulierend mit seinen Armen nach einem seiner Gehilfen, die ihm in gebührlichem Abstand gefolgt waren. Es war nur zu offensichtlich, dass er Jella rasch loswerden wollte. Eilfertig kam sogleich ein älterer Student herbei. Sein schräg sitzendes Käppi wies ihn als Burschenschaftler einer schlagenden Verbindung aus. Dem Professor gegenüber deutete er eine zackige, respektvolle Verbeugung an, bevor er Jella mit einem abfälligen, überheblichen Blick streifte. Jella funkelte zurück, wobei sich ihre kräftig geschwungenen Augenbrauen beinahe berührten. Ihr Missfallen über die Arroganz des Studenten war in ihrem Gesicht zu lesen.

»Schaffen Sie mir diese … diese Suffragette vom Hals!«, platzte der Professor los. Die Worte knallten wie eine Salve Gewehrschüsse aus ihm heraus.

Jella war überrascht. Der Professor hatte sie völlig falsch verstanden.

»Für wen halten Sie mich? Ich bin doch keine Sufragette!«, verteidigte sie sich entsetzt. »Das ist ein Missverständnis. Ich habe mit den Frauenrechtlerinnen nichts am Hut. Mein einziger Wunsch ist, an dieser Universität zu studieren. Sehen Sie selbst, ich habe ein ausgezeichnetes Abitur.« Hastig griff sie nach der Mappe unter ihrem Arm, öffnete sie und zog das Zeugnis hervor. »Ich möchte Sie einfach nur bitten, mich anzuhören. Es dauert auch nicht …«

»Abitur, eine Frau! Dass ich nicht lache!«, wehrte Virchow Jellas Bitte ungehalten ab. Seine Haltung drückte die ganze Verachtung aus, die er studierwilligen Frauen gegenüber empfand. Ohne sie noch eines weiteren Blickes zu würdigen, gab er dem Studenten das Zeichen, die ihm so unwillkommene Person zu entfernen.

Im gleichen Moment spürte Jella auch schon den festen, unmissverständlichen Griff des Studenten an ihrem Arm, der sie ohne viel Federlesens, aber mit erstaunlicher Kraft vom Professor weg in Richtung Haupteingang führte. Wütend versuchte sie sich loszureißen. Doch der Student schleppte sie in eisernem Klammergriff bis vor die Tür der Universität.

»Verschwinden Sie, Fräulein!«, verabschiedete er sich verächtlich. »Mädchen wie Sie sollten lieber etwas Anständiges tun, statt sich in Männergeschichten einzumischen!« Damit verschwand er grußlos in dem Gebäude. Jella schnaubte vor Wut und Enttäuschung. Ihr Brustkorb hob und senkte sich vor Aufregung, während sie ihre Hände zu Fäusten ballte und sie drohend in Richtung des Studenten hob. Wütend wie ein Bullterrier stapfte sie, ihre Mappe mit den Zeugnissen unter den Arm geklemmt, in Richtung Brandenburger Tor davon.

Ihre Empörung machte sie so blind, dass sie den Mann nicht bemerkte, der gerade das schmiedeeiserne Tor vor dem Universitätsplatz passierte. Die Wucht, mit der die beiden aufeinanderprallten, war so heftig, dass der Mann, dem Anschein nach ebenfalls ein Professor, seinen Zylinder verlor und Jella ihre Mappe fallen ließ.

»Welche Gäule sind denn mit Ihnen durchgegangen, wertes Fräulein?« Der Angerempelte bückte sich halb amüsiert, halb ärgerlich nach seinem Zylinder und klopfte den Staub ab. Es handelte sich um einen älteren Herrn, gut einen halben Kopf kleiner als Jella und in feinen, schwarzen Anzugstoff und einen gestärkten weißen Kragen mit Binder gekleidet. Wie Professor Virchow trug er einen grauen Spitzbart, allerdings etwas modischer und kürzer geschnitten. Auf seiner Nase saß ein Zwicker mit feinem Goldrand. Seine Augen musterten sie mit einer Mischung aus Belustigung und Neugier. Jella rang immer noch mit ihrer Wut und Enttäuschung, war allerdings durch den Zusammenstoß so weit zur Besinnung gekommen, dass sie sich entschuldigte.

»Ich bitte vielmals um Verzeihung«, murmelte sie. »Ich habe Sie nicht gesehen.« Alles in ihr drängte weg von der Universität. Sie nickte dem Mann kurz zu, hob ihre Mappe auf und setzte ihren Weg fort.

Nach wenigen Schritten hörte sie, wie der ältere Herr ihr etwas hinterherrief.

»Nun warten Sie doch! Sie haben da etwas Wichtiges verloren!«

Jella stutzte und sah auf die Mappe unter ihrem Arm. Erst jetzt entdeckte sie, dass sich bei dem Zusammenprall der Verschluss geöffnet haben musste. Peinlich berührt drehte sie sich um. Der Herr winkte mit einem Dokument. Es musste bei dem Zusammenprall aus ihrer Mappe geglitten sein. Sie eilte zurück, um es in Empfang zu nehmen, doch der Herr war wohl durch die aufgedrückten Siegel und Stempel aufmerksam geworden und gerade dabei, einen eingehenden Blick auf das Dokument zu werfen.

»Nicht schlecht«, meinte er anerkennend, während er ihr das

Abiturzeugnis zurückgab. »Von Ihren Ergebnissen kann so mancher Student hier an der Universität nur träumen.«

Jella spürte, wie sie rot zu werden begann. Sie hatte tatsächlich als Beste ihres Jahrgangs abgeschnitten. Als Mann hätte ihr mit diesem Abschluss die Welt der Wissenschaft offen gestanden. Wie ein plötzlicher Regenguss wurde ihr jedoch sofort wieder das gerade Erlebte bewusst und versetzte ihr erneut einen Stich.

»Mein Abitur ist das Papier nicht wert, auf dem es steht. Ich kann damit nicht einmal den Kohl auf dem Markt einwickeln!«, antwortete sie patzig.

Der fremde Herr zog erstaunt eine Augenbraue hoch.

»Papperlapapp! Wer sagt denn so was? In der Bildung liegt unsere Zukunft!«

»Aber nicht in der Bildung von uns Frauen«, brummte Jella ungehalten. Sie war es so leid, als Frau immer um alles kämpfen zu müssen. Immer war man benachteiligt – und das nur, weil man angeblich zu dem schwächeren Geschlecht gehörte.

»Frauen sind unsere bessere Hälfte«, widersprach der ältere Herr. »Um ein Leben auf Augenhöhe führen zu können, sollte deshalb jede Frau über einen gewissen Stand an Bildung verfügen.«

Jella lachte verbittert auf.

»Wobei die Betonung auf einem ›gewissen‹ Stand von Bildung liegt. Nähen, Kochen, Putzen und Hauswirtschaften werden uns wohl zugestanden, aber das ist keine Bildung, das sind allenfalls Fertigkeiten, die uns klein halten sollen. Ich sehe nicht ein, weshalb Frauen nicht auch wissenschaftlich arbeiten dürfen. Denken Sie an Else Neumann oder an Marie Curie in Frankreich!«

»Sieh an, Sie sind für die Gleichberechtigung der Geschlechter«, stellte der Herr süffisant, aber nicht unangenehm berührt fest. »Eine von Ihrer Sorte habe ich auch zu Hause und darf sie zu meinem größten Vergnügen meine Frau nennen.«

Er lüpfte kurz seinen Zylinder. »Darf ich mich im Übrigen vorstellen? Mein Name ist Koch, Dr. Robert Koch.«

Beim Klang des Namens verschluckte sich Jella beinahe.

»Doch nicht etwa der berühmte Mediziner und Virologe Robert Koch? Der Entdecker der Erreger des Milzbrands, der Tuberkulose und der Cholera?«

»Derselbe, wenn Sie gestatten.« Ein angedeutetes Lächeln huschte über Kochs feines Gesicht.

»Aber ich dachte, Sie sind in Afrika und erforschen die Pest und die Cholera!« Vergessen war die Schmach, die sie gerade durch Professor Virchow und seinen ungehobelten Adlaten erlitten hatte. Sie war plötzlich Feuer und Flamme, weil sie einen ihrer großen Vorbilder hier leibhaftig vor sich hatte. Außerdem hatte sie in Erfahrung gebracht, dass der berühmte Wissenschaftler auch an der Bekämpfung der Schwindsucht arbeitete. Vielleicht war das ja eine Chance für ihre Mutter.

»Haben Ihre neueren Forschungen schon Ergebnisse bezüglich der Bekämpfung der Tuberkulose ergeben?«, brach es aus ihr heraus. Allein der Gedanke, dass jemand ihrer Mutter vielleicht würde helfen können, ließ Hoffnung in ihr aufkeimen. Doch Professor Kochs Gesicht verdüsterte sich bei Jellas Worten, und er schüttelte bedauernd den Kopf.

»Leider ist das von mir isolierte Tuberkulin im Moment noch nicht in der Lage, eine wirklich gute Therapie zu ermöglichen. Es funktioniert lediglich als Diagnostikum, aber nicht als Heilmittel. Aber wir arbeiten am Königlich-Preußischen Institut für Infektionskrankheiten mit großem Eifer daran.«

Jellas Euphorie schrumpfte wie ein angestochener Luftballon in sich zusammen.

»Schade«, meinte sie enttäuscht. Wieder einmal zerplatzte die Hoffnung wie eine Seifenblase. Professor Koch nickte zustimmend und musterte Jella nun eingehender.

»Und was führt eine junge Frau wie Sie an die Universität?«, fragte er neugierig. Jellas Augen flackerten noch einmal kurz auf.

»Ein Studium natürlich«, meinte sie trotzig. »Allerdings wurde mir gerade unmissverständlich von Ihrem Kollegen Professor Virchow klargemacht, dass Frauen nichts an der Universität verloren haben.«

Bei dem Namen »Virchow« verdüsterte sich Professor Kochs Gesicht für einen Moment. Jella konnte nicht wissen, dass die beiden Männer unerbittliche Kontrahenten waren. Es gab viele, nicht nur wissenschaftliche, sondern auch menschliche Meinungsunterschiede zwischen den beiden Gelehrten.

»Möchten Sie mir davon berichten?«, fragte er, neugierig geworden. Jella hatte nichts dagegen, ihrer Empörung noch einmal Luft zu verschaffen. In kurzen Worten berichtete sie von ihrem Erlebnis und von ihrer Hoffnung, über ein Stipendium doch noch zu einem Studienplatz zu gelangen. Professor Koch strich sich unterdessen ab und zu nachdenklich über seinen spitzen Kinnbart. Als sie geendet hatte, schwieg er. Jella war sich durchaus bewusst, dass der Professor ihr nur höflichkeitshalber zugehört hatte. Es war töricht gewesen, ihn mit ihren Problemen zu belasten.

»Ich muss jetzt los«, meinte sie beschämt, während sie ihr Abiturzeugnis wieder in ihrer Tasche verstaute. »Ich wünsche Ihnen noch einen guten Tag.«

Mit einem freundlichen Nicken machte sie sich auf den Weg.

»Nun warten Sie doch mal!«, hielt sie Professor Koch nochmals auf. »Wir suchen in meinem Institut gerade nach einer Krankenschwester, die sich auch im Labor nützlich machen müsste. Wenn Sie sich das vorstellen könnten …«

Jella hielt inne. Das Angebot kam für sie aus heiterem Himmel, sodass sie völlig überrumpelt war. Bevor sie etwas antworten konnte, schränkte Koch sich selbst wieder ein.

»Ich weiß natürlich nicht, ob Ihnen das gelegen kommt. Sie

müssten erst einmal Ihre Ausbildung abschließen und als Krankenschwester arbeiten. Das ist längst kein Medizinstudium.«

Jella nickte enttäuscht. Natürlich. Auch ein liberaler Professor konnte sich nicht einfach über die gesellschaftlichen Gegebenheiten hinwegsetzen. Es war sicherlich nicht das Schlechteste, Krankenschwester zu werden, dennoch …

Koch sah ihre Zweifel.

»Nun, ich kann Sie zwar nicht gleich zu einer ordentlichen Studentin machen – noch nicht, aber wenn Sie erst einmal eine Zeit lang in meinem Institut und Krankenhaus gearbeitet haben, wird sich vielleicht die Gelegenheit ergeben, hier und da etwas zu veröffentlichen. Danach kann Ihnen kein Ordinarius der Welt, auch kein Professor Virchow, verbieten, Vorlesungen an der Universität als Gast zu hören mit dem Ziel, später einmal zu promovieren. Das ist zwar zugegebenermaßen nur eine Hintertür, aber das Ergebnis, dass Sie einmal Ärztin oder Wissenschaftlerin werden, wäre dasselbe.«

In Jellas Kopf begann es zu rauschen. Es dauerte eine ganze Weile, bevor sie begriff, was für eine Chance ihr der Professor da gerade angeboten hatte. Sie würde eine Ausbildung machen und noch dazu die Gelegenheit bekommen, darüber hinaus zu lernen und zu forschen. Und – wer weiß? – vielleicht würden ihre Träume dann doch noch wahr werden.

»Können Ihre Eltern Sie während dieser Ausbildungszeit unterstützen? Die Stelle ist im Moment leider nicht dotiert.«

Schlagartig wurde Jella klar, wie utopisch das Angebot für sie war. Für eine Lehrstelle musste man bezahlen. Aber sie und ihre Mutter kamen schon jetzt kaum über die Runden. Wie sollten sie da noch das Geld für die Ausbildung aufbringen? Enttäuscht schüttelte sie den Kopf.

»Nein, das können sie nicht«, meinte sie kleinlaut.

»Mhm«, meinte Koch. »Das habe ich mir fast gedacht.«

»Das war's dann wohl.«

»Geben Sie immer so schnell auf?«

Jella zuckte hilflos mit den Schultern. »Ich kann an meiner finanziellen Lage im Moment nichts ändern.«

»Melden Sie sich am Montag um sieben Uhr in meinem Institut«, befahl ihr Koch plötzlich in Eile. »Das Lehrgeld können wir Ihnen erlassen. Dafür werden Sie uns unentgeltlich im Labor assistieren. Und nun entschuldigen Sie mich; ich habe noch eine Vorlesung.«

Das Versprechen

»Das ist also das *Mycobacterium tuberculosis.«*

Jella drehte an den seitlichen Rädchen des Mikroskops und stellte so das Bild scharf. »Und diese komischen Dinger, die aussehen wie Käferlarven auf einem Blatt, verursachen wirklich die Schwindsucht?« Sie schüttelte ungläubig den Kopf. »Das kann ich mir beim besten Willen nicht vorstellen.«

Doktorand Gröhner, der Jella nach anfänglichem Zögern den Blick in sein Mikroskop gewährt hatte, begann gnädig zu dozieren.

»Mycobacterium tuberculosis ist der stäbchenförmige Erreger der Tuberkulose, im Volksmund auch ›Proletariatskrankheit‹ genannt. Er ist zur aktiven Bewegung absolut unfähig und wächst extrem langsam. Seine Fähigkeit, selbst starken Desinfektionsmitteln zu widerstehen, macht ihn besonders gefährlich. Über das Sputum tritt er in die Lunge ein und verursacht dort eine Knötchenbildung, die zur Zerstörung des Lungengewebes sowie zur Streuung tuberkulöser Herde im Körper führt. Außerdem …«

»Über das Sputum, also Speichel? Heißt das, diese Krankheit ist ansteckend?«, wunderte sich Jella. Der Doktorand blinzelte sie über seine dicke Hornbrille an.

»Ganz genau. Wir Wissenschaftler nennen diese Übertragungsform auch Tröpfcheninfektion. Über Niesen, Spucken oder ungehöriges Sich-Schnäuzen werden Hunderte von diesen unsichtbaren Bakterien durch die Luft geschleudert und von anderen wieder eingeatmet. In jeder Menschenansammlung lauert die Gefahr von Ansteckung.«

»Das erklärt die vielen Spuckverbotstafeln an den öffentlichen Gebäuden und die Spucknäpfe an jeder Ecke.«

»Leider hält sich kaum jemand daran. Und die Krankheit breitet sich immer weiter aus.«

Jella wurde auf einmal sehr nachdenklich. Ihre Mutter litt an Schwindsucht. Wenn es wirklich stimmte, was Doktorand Gröhner behauptete, dann war ihre Mutter nicht nur eine Betroffene, sondern verbreitete gleichzeitig die Krankheit.

»Ich glaube kaum, dass Sie recht haben«, erklärte sie. »Meine Mutter leidet seit geraumer Zeit an Schwindsucht. Ich sorge für sie und schlafe sogar mit ihr in einem Bett. Wenn Sie recht hätten, müsste ich doch längst auch schon erkrankt sein.«

Der Doktorand kratzte sich an seinem stramm gescheitelten Haar und überlegte. Er schien ratlos. Weil ihm keine geeignete Antwort einfiel, besann er sich wieder auf seine Arbeit.

»Ich muss den Befund hier noch dokumentieren. Professor Koch erwartet noch heute die Ergebnisse«, murmelte er und stupste Jella beiseite. Widerwillig räumte sie den Platz und stieß fast mit Professor Koch zusammen. Sie wurde puterrot. Anstatt wie aufgetragen die Laborinstrumente zu säubern, hielt sie Mitarbeiter von der Arbeit ab. Obwohl sie den Professor fast um Haupteslänge überragte, fühlte sie sich vor ihm klein und ertappt. Schnell wollte sie davoneilen. Doch Dr. Koch hielt sie zurück. Offensichtlich hatte er einen Teil ihres Gespräches mit angehört.

»Habe ich mich verhört, oder haben Sie gerade erzählt, dass Ihre Mutter an Schwindsucht leidet?«, fragte er besorgt. Jella erschrak. Wenn der Institutsleiter wirklich der Ansicht war, dass Tuberkulose ansteckend war, dann befand sie sich jetzt eindeutig in einer heiklen Situation. Ihre Stellung als Krankenschwester war somit mehr als gefährdet. Unwillkürlich wich sie einen Schritt zurück.

»Keine Angst. Die Frage interessiert mich rein wissenschaftlich. Sie bestätigt nämlich meine Hypothese, dass es Menschen gibt, die gegen das Tuberkel-Bakterium von Haus aus immun sind oder – was meines Erachtens noch viel wahrscheinlicher ist – sich durch eine unbemerkte Infektion diese Immunität erworben haben. Das ist ein sehr interessanter Aspekt, finden Sie nicht auch?«

Er strich sich versonnen über seinen zurechtgestutzten Spitzbart und ging ein paar Schritte weiter. Seine Gedanken schienen im Augenblick in ganz anderen Dimensionen zu schweben. Plötzlich besann er sich, drehte wieder um und kam zu Jella zurück.

»Welche Therapie bekommt Ihre Mutter?«, wollte er wissen. Schlagartig war er wieder ganz der praktische Arzt und nicht mehr der theoretisierende Wissenschaftler. Jella zuckte mit den Schultern. Sie nannte ihm den Namen der teuren Medizin, die ihre Mutter seit einigen Wochen erfolglos einnahm. Professor Koch schüttelte unwillig den Kopf.

»So ein Unsinn! Das Mittel unterdrückt lediglich oberflächliche Hustenreize und sorgt dafür, dass sich noch mehr Schleim in den ohnehin kaputten Bronchien verfängt. Sie können sich das viele Geld getrost sparen.«

»Wir haben kein Geld, um sie in einer der teuren Lungenheilanstalten unterzubringen«, seufzte Jella bekümmert. Sie wusste selbst, dass sie viel zu wenig für die Gesundheit ihrer Mutter taten, aber was hätten sie schon tun können?

»Es gibt Waldheime, die das Kaiserliche Gesundheitsamt außerhalb von Berlin errichtet hat. Dorthin könnte Ihre Mutter«, schlug Doktorand Gröhner vor.

Jella schüttelte traurig den Kopf. »Meine Mutter würde niemals dorthin gehen. Sie misstraut diesen Einrichtungen und würde mich niemals allein lassen.«

Professor Koch wedelte ungeduldig mit seiner Hand. Er schien unzufrieden.

»Gröhner«, befahl er schließlich dem jungen Doktoranden. »Wie sehr ist unsere Klinikabteilung belegt?«

Jella sah den Arzt fragend an. Doch anstatt zu antworten, beugte sich der berühmte Wissenschaftler über das Exponat unter Gröhners Mikroskop und betrachtete es eingehend. Etwas gekränkt, weil er sie so einfach stehen ließ, machte sich Jella wieder an ihre Aufgabe und räumte im Nachbarraum die desinfizierten Phiolen und Fläschchen in die dafür vorgesehenen Glasschränke ein. Seit beinahe drei Wochen arbeitete sie nun schon in dem Königlich-Preußischen Institut für Infektionskrankheiten und dem daran angeschlossenen Krankenhaus. Allerdings hatte sie sich ihre Arbeit wesentlich interessanter vorgestellt. Anstatt zu forschen und zu lernen, hatte sie vorwiegend Putzarbeiten zu erledigen. In der ersten Woche hatte sie nur die Böden wischen und desinfizieren müssen. Mittlerweile ließ man sie immerhin die Gläser und komplizierten Apparaturen reinigen, auch wenn ihr meistens einer der Assistenten dabei misstrauisch über die Schulter sah. Sie wusste, dass die Laborgegenstände sehr wertvoll waren. Die rundbauchigen Flaschen, Phiolen und Zylinder waren alle mundgeblasen und in ihrer Art einzigartig. Dennoch kränkte es sie, dass man sie für solch einen Trampel hielt, der unfähig war, anspruchsvollere Aufgaben zu erledigen. Viel lieber wollte sie wie Doktorand Gröhner in die Welt der Mikroorganismen abtauchen und forschen. Wie lange der Weg bis dorthin dauern würde, stand offensichtlich noch in den Sternen.

Mit einem lauten Seufzer machte sie sich weiter ans Einräumen. Nebenbei bekam sie mit, wie sich Professor Koch leise mit Gröhner unterhielt. Ab und zu warf er ihr einen amüsierten Blick zu, woraufhin sie schnell wegsah. Schließlich verließ er grußlos das Labor. Gröhner hatte sich bereits wieder an seine Arbeit gemacht und notierte eifrig seine Beobachtungen. Eine halbe Stunde später war sie mit ihrer Arbeit fertig. Sie sah auf die große Standuhr neben der eichenholzvertäfelten Tür. Es war schon nach fünf

Uhr. Sie musste sich beeilen, um rechtzeitig in die *Letzte Instanz* zu kommen. Gustav würde ohnehin wieder sauer sein, weil sie zu spät kam. Zum Glück hatte er sie mittlerweile richtig in sein Herz geschlossen. Die Arbeit in der Destille war für sie und ihre Mutter lebensnotwendig. Im Moment stellte sie ihr einziges Einkommen dar. Eilig band sie ihre weiße Schürze auf und legte sie zusammen mit dem weißen Häubchen in den dafür vorgesehenen Wäschekorb. Die Regeln des Instituts sahen aus Gründen der Hygiene vor, dass jeder Mitarbeiter jeden Tag eine frische Schürze und ein sauberes Häubchen trug. Auf dem Weg zum Ausgang wurde sie von Gröhner aufgehalten.

Seine kleinen Augen blitzten schelmisch auf. »Fräulein von Sonthofen«, sagte er wichtig. »Ich habe Ihnen etwas mitzuteilen.« Jella runzelte verständnislos die Stirn. Jetzt grinste er von einem Ohr bis zum anderen. »Der Institutsleiter Professor Koch hat Sie soeben zu meiner Assistentin gemacht. Ab morgen werden Sie gemeinsam mit mir die Befunde sichten und dokumentieren.« Jellas Augen leuchteten auf. Am liebsten wäre sie dem jungen Mann um den Hals gefallen. Endlich! Doktorand Gröhner war aber noch nicht fertig. »Ach ja«, meinte er beiläufig. »Und Ihre Mutter können Sie morgen auch mitbringen. Professor Koch hat in der Charité in seiner Abteilung noch ein Bett für sie frei. Er wird sich höchstpersönlich um ihr Wohlergehen kümmern.«

Zum ersten Mal seit vielen Monaten war es Jella leicht ums Herz. Spätabends, auf dem Weg von der Destille nach Hause, taten ihr zwar alle Knochen weh und sie war todmüde. Aber dennoch fühlte sie sich erleichtert und fast beschwingt. Nach all den schwierigen Monaten schien sich nun endlich einiges zum Besseren zu wenden. Sie verdiente mit ihrer Arbeit in der Destille ausreichend Geld, um die Miete und ihren Lebensunterhalt zu bestreiten. Ihre Mutter und sie mussten keinen Hunger mehr leiden, und wenn sie weiterhin sparsam waren, gelang es ihr vielleicht, ein paar Groschen für Sonderausgaben zurückzulegen. Jella liebäugelte mit einem Anatomieatlas, den sie im Schaufenster eines Antiquariats gesehen hatte. Sie würde ihn gut für ihr Studium gebrauchen können. Im Moment waren das noch Träume, aber wie es schien, begannen sie allmählich in erreichbare Nähe zu rücken. Doch zuerst musste sie Professor Koch beweisen, dass sie auch für anspruchsvollere Arbeiten durchaus geeignet war. Sie tauchte in die dunklen Schatten der Hinterhöfe ein und sog tief die frische, dunkle Nachtluft ein. Ein Hauch von Herbst und Moder schwang in der mitternächtlichen Luft mit. Die Tür zum Kellereingang öffnete sich mit dem ihr eigenen Schnarren und fiel, nachdem sie durchgeschlüpft war, mit einem kehligen Plopp wieder ins Schloss. Ob Rachel noch wach war? Jella hoffte es. Ihre Mutter konnte oft nicht einschlafen, bevor sie ihre Tochter sicher zu Hause wusste. Wie sehr sie sich darauf freute, ihr von dem heutigen Tag zu erzählen! Endlich würde Rachel aus dem modrigen Loch ihrer Behausung herauskommen und eine ordentliche medizinische Versorgung in der Charité erhalten. Professor Koch würde ihr mit Sicherheit helfen können. Angeblich war er der Einzige, der außer Liegekuren noch andere Therapien für Schwindsüchtige kannte.

Jella tapste durch die Dunkelheit. Das Licht im unteren Teil des Treppenhauses war schon seit geraumer Zeit kaputt. Pischke hatte die Glühbirne absichtlich nicht ersetzt. Es war im Moment die einzige Art, wie er seinen Groll an ihnen beiden auslassen konnte. Jella tastete sich den modrigen Gang entlang, fühlte die Eingangstür zum Kohlenkeller und schließlich die Klinke zum Eingang ihres Zimmers. Durch das Schlüsselloch drang diffuses Licht in den Gang und erleichterte ihr die Orientierung. Sie drückte die Klinke und trat ein. Wie gewöhnlich erwartete sie, ihre Mutter halb schlafend im Bett liegend vorzufinden, neben sich die blakende Petroleumlampe, ein aufgeschlagenes Buch in den Händen, das ihr vor Müdigkeit auf die Brust gefallen war. Doch heute war das Bett leer und unbenutzt. Jella sah sich um und entdeckte zu ihrem Schrecken einen dunklen Schatten in der Nähe des Fensters. Sie eilte hin und erkannte ihre reglos daliegende Mutter. Panische Angst erfasste sie.

»Mutter«, rief sie verzweifelt. »Was ist mit dir? Wach bitte auf!« Einen quälenden Augenblick lang fürchtete sie, dass Rachel nicht mehr am Leben sein könnte. Sie war so bleich und reglos. Doch dann entdeckte sie zu ihrer großen Erleichterung, wie sich der Brustkorb ihrer Mutter leicht und unregelmäßig hob und senkte. Jella holte rasch ein Kissen und schob es unter ihren Kopf. Dann öffnete sie die Haken ihres Kleides und verschaffte ihr Luft. Schwerfällig hoben sich schließlich Rachels Augenlider. Sie blinzelte. Sobald sie Jella erkannte, huschte ein warmes Lächeln über ihr Gesicht. Sie wollte etwas sagen, doch in dem Moment erfasste ihren geschwächten Körper ein neuer Anfall. Blutige Schleimbrocken schossen aus ihrem Mund, noch bevor sie Zeit gehabt hätte, sich die Hand vor den Mund zu halten. Jella erschrak bis ins Mark. Rachels Augen verdrehten sich beim Husten, bis nur noch das Weiße ihres Augapfels zu sehen war. Sie rang nach Luft, wie ein Kätzchen, das man zum Ertränken in den reißenden Fluss geworfen hatte. Jella richtete ihren Oberkörper auf. Die Haut ihrer Mutter fühlte sich glühend heiß an, während ihr Körper vor Schüttelfrost bebte. Mit aller Kraft hielt sie ihre Mutter fest, versuchte sie vor den Folgen der schrecklichen Krankheit zu behüten. Sobald sich der Anfall gelegt hatte, half sie Rachel in den einzigen Sessel im Raum. Sie hüllte sie in eine Decke und brachte ihr ein Glas Wasser zum Trinken.

»Ich gehe los und hol den Arzt. Meinst du, du kommst so lange allein zurecht? In einer Viertelstunde bin ich wieder zurück.«

Rachel nahm ihre Hand und schüttelte den Kopf. Das Reden kostete sie Kraft.

»Bleib bei mir«, bat sie leise. »Ich möchte dich bei mir haben.« Etwas in ihrem Tonfall machte Jella Angst. Es griff mit klammer Hand nach ihrem Herzen. Ihre Mutter ließ sie nicht los. Die schmale, blau geäderte Hand umklammerte ihre Hand wie ein Ertrinkender einen Rettungsring. Wie klein und verletzlich sie in ihren großen Händen aussah. Zärtlich strich Jella darüber und setzte sich neben sie auf den Schemel.

»Morgen bringe ich dich in unser Krankenhaus zu Professor Koch«, erzählte sie. »Er hat sogar ein Bett für dich in seiner Einrichtung. Dort wirst du mit den neuesten Medikamenten versorgt. Bald wirst du wieder gesund sein.«

Rachel nickte, aber ihre Gedanken waren offensichtlich ganz woanders.

»Hörst du, was ich gesagt habe?«, fragte Jella. »In ein paar Stunden wird man dir helfen.«

»Ich brauche keine Hilfe mehr«, sagte Rachel. Sie wandte sich ihrer Tochter wieder zu. Dabei wirkte sie auf merkwürdige Art entrückt und trotz ihres Fieberwahns auch heiter. Die graugrünen Augen glühten vor Fieber, und doch strahlten sie auch Zuversicht und Ruhe aus. Jella fürchtete sich, weil sie das Gefühl hatte, dass ihre Mutter sich immer weiter von ihr entfernte. Das wollte sie nicht zulassen.

»Was erzählst du nur für einen Unsinn?«, rief sie aufgebracht. »Du bist schwer krank und brauchst dringend Hilfe.«

»Mir wird es bald besser gehen«, beschwichtigte sie ihre Mutter. »Ich möchte, dass du mir etwas versprichst. Hörst du?« Der Druck um Jellas Hand wurde fester. Sie krallte sich sogar an ihrer Hand fest. »Du musst noch einmal mit deinem Großvater reden«, verlangte sie nachdrücklich. »Er weiß mehr über deinen Vater, als er zugibt.«

»Das interessiert mich nicht!«, rief Jella empört. »Ich will nur, dass du wieder gesund wirst!«

»Versprich es mir!«, flehte ihre Mutter. »Dann kann ich leichter loslassen. Dein Vater lebt. Ich spüre es.«

Ihre Augen saugten sich in Jellas fest und versuchten sie zu überzeugen, bevor ein neuer Hustenanfall ihren zierlichen Körper wie ein Stromstoß durchzuckte. Jella gelang es kaum, ihre Mutter auf dem Sessel zu halten. Doch so plötzlich, wie der Anfall gekommen war, war er auch wieder vorüber. Liebevoll wischte Jella den Speichel um ihren Mund ab. Da bemerkte sie, dass Rachel erneut ohnmächtig geworden war. Vorsichtig hob sie die zu einem Fliegengewicht abgemagerte Frau hoch. Schlaff wie ein Sack lag ihre Mutter in ihren Armen, während sie sie vorsichtig auf das Bett legte. Raumfüllende Angst überspülte sie wie eine mächtige Flutwelle. Es war wie ein Schlag ins Gesicht, als ihr plötzlich bewusst wurde, dass sie ihrer Mutter nicht mehr helfen konnte. Ihr Atem war flach und unregelmäßig, während die Augäpfel unter den geschlossenen Augenlidern rasch hin und her huschten.

»Mutter, bleib bei mir«, schluchzte Jella verzweifelt. »Ich kann ohne dich nicht leben!« Sie spürte, wie das bisschen Leben in ihrer Mutter aus dem Körper zu entweichen begann. Sie wollte es festhalten, aber etwas Mächtigeres lockte ihre Mutter weg von dieser Welt. Verzweiflung, Hoffnung und Angst wechselten sich in ihr ab und rangen miteinander um ihre Vormachtstellung. Als die Verzweiflung schon Überhand genommen hatte, verbesserte sich der Zustand ihrer Mutter noch einmal. Ihr Atem wurde wieder etwas kräftiger, und sie schlug noch einmal ihre Augen auf. In Jella keimte sofort wieder Hoffnung auf.

»Jella, Liebes«, lächelte Rachel mit schwacher, aber klarer Stimme. »Hab keine Angst. Du musst nicht traurig sein. Auf meine Art werde ich immer bei dir bleiben. Versprich mir, dass du zu deinem Großvater gehst. Dein Vater lebt, ich …«

Ihre Augen weiteten sich plötzlich, als hätten sie in der Ferne etwas entdeckt, auf das sie schon lange gewartet hatte. Der letzte

Satz blieb unvollendet, während das Licht in ihren Augen brach und einem starren, leblosen Ausdruck wich.

Jella fühlte ein Rauschen in ihren Ohren wie das Brausen des Ozeans. Blut schoss in ihren Kopf, um sich rasend schnell wieder daraus zu entfernen. Ihr Herz setzte für einen Augenblick aus, bevor ein lauter, verzweifelter Schrei ihrer Kehle entwich.

Danach verstummte sie und blickte ungläubig auf die leblose Gestalt, die so zart und zerbrechlich, so vertraut und jetzt fremd vor ihr im Bett lag. Zeit verstrich, während sie reglos neben ihrer Mutter sitzen blieb. Irgendwann setzte sich splitterartig der Gedanke fest:

Sie ist tot.

Jella war sich dessen bewusst und fühlte merkwürdigerweise überhaupt keinen Schmerz. Nur Leere und das mächtige Rauschen in ihren Ohren, das noch immer an- und abschwoll. Wie herausgelöst nahm sie das morgendliche Gezwitscher der Vögel im Innenhof wahr. Es klang seltsam schrill und beleidigte ihre Ohren. Genauso wie das Scheppern des Putzeimers draußen auf der Treppe und das Geplapper der Kinder, die die Nachttöpfe im Hof leerten. Ihr war, als hätte sich ihr Geist aus ihrem Körper herausgeschält. Sie beobachtete sich selbst. Ein Teil von ihr hatte ihren Körper verlassen und saß jetzt wie ein Vogel auf der Gardinenstange über dem Fenster und betrachtete die unwirkliche Szene. Warum weine ich nicht?, wunderte sie sich. Sie müsste schreien und sich die Haare raufen. Stattdessen saß sie bewegungslos neben dem, was gerade noch ihre Mutter gewesen war, sah sie an und hielt die Hand, die nur langsam kälter wurde, so, als wolle das Leben noch nicht ganz aus ihr entweichen.

Jella wunderte sich über ihre Gefühllosigkeit. Dabei war Rachel für sie der wichtigste Mensch auf Erden. Was war nur los mit ihr? Waren mit Rachels Tod etwa auch die Gefühle verschwunden? Ihr war, als stünde sie allein auf einem unendlich großen Exerzierplatz. Weit und breit war kein Mensch. Sie war allein mitten auf diesem schrecklichen Kasernenhof, vergessen und ohne Bezugspunkt zu ihrer Umwelt. Das Gefühl der Einsamkeit war ihr nicht unbekannt. Schließlich war sie schon immer eine Außenseiterin gewesen. Sie hatte das noch nie für einen Nachteil gehalten. Im Gegenteil. Ihre Beharrlichkeit und der unerschütterliche Glaube, alles erreichen zu können, was sie sich in den Kopf setzte, hatten sie so erfolgreich gemacht. Sie konnte es allen zeigen – wenn sie wollte!

Oder doch nicht?

Zweifel schlüpften auf einmal wie Schlangen aus ihrem Nest. Sie krochen durch ihre Gehirnwindungen und nisteten sich in ihren Gedanken ein. Woher nahm sie diese anmaßende Gewissheit? Weshalb zum Teufel glaubte sie überhaupt daran, dass sie alles allein schaffen konnte? War es nicht ihre Mutter gewesen, die ihr durch ihre Zuversicht und Wärme die nötige Kraft und Stärke gegeben hatte? Wer war sie schon ohne sie? Ein Nichts.

Verdammt.

Wie fremd ihre Mutter plötzlich aussah! Wie ein Donnerschlag packte sie die Erkenntnis. Ihre Augen blickten immer noch starr, als durchbohrten sie die Zimmerdecke. Auf ihrem Gesicht war das warme Lächeln zur Maske erstarrt. Die Gesichtszüge wirkten entspannt und friedlich, und doch war etwas darin, was Jella zutiefst kränkte. Es war das Lächeln, an dem sie nicht mehr teilhaben durfte. Zum ersten Mal in ihrem Leben schloss ihre Mutter sie von etwas aus. Von ihrem Lächeln, von ihrer Wärme – von ihrem Tod.

Jella fühlte plötzlich, wie etwas ihre Kehle zudrückte und mit eiskalten Händen nach ihrem Herzen griff. Ihr Magen krampfte sich zusammen und verdichtete sich zu einem steinernen Kloß. Als die Verkrampfung nachließ, kämpfte sich endlich die erste Welle heißen Schmerzes an die Oberfläche.

»Mutter!«, schrie Jella und warf sich verzweifelt über die Tote.

Das Angebot

Wolkenschwaden huschten über den blauen Himmel von Berlin und erzeugten ein bizarres Schattenspiel. Der schnelle Wechsel von Licht und Schatten ließ die Städtelandschaft unwirklich erscheinen, so als knipse jemand nach beliebiger Laune das Licht an und wieder aus. Die ersten herbstlichen Stürme kündigten sich durch einzelne Windböen an. Sie wirbelten Staub und Blätter hoch und ließen sie in wildem Tanz über den Platz vor der Kirche fegen. Darauf folgte eine kurze Phase der Ruhe, in der sich kein Windhauch regte. Die neu erbaute Auferstehungskirche grenzte direkt an den ehemaligen Armen- und Pestfriedhof sowie die Friedhöfe der Georgen Parochialgemeinde und dem Friedhof der St.-Petri-Gemeinde. Jella betrat den mit roten Klinkern und braunen Formsteinen erbauten dreischiffigen Hallenbau mit seinen eisernen Säulen. Der Eingangsbereich war nach Westen gerichtet, über ihm erhob sich der hohe viereckige Turm. Als Trauernde hatte sie keine Augen für die kunstvoll arrangierten romanischen Stilformen, die in Verbindung mit den Strebepfeilern von einem für Berlin ganz neuartigen Stil zeugten. Sie war wie in Trance. Seit dem Tod ihrer Mutter fühlte sie sich nicht mehr eins mit sich. Alles hatte sich in ihr aufgelöst. Die Kirche war leer und verlassen, und in Jellas Innerem sah es nicht anders aus. In wenigen Minuten würde die Beerdigung stattfinden. Jella rechnete kaum mit anderen Besuchern. Mit Bitterkeit erinnerte sie sich daran, dass sie Ausgestoßene und Außenseiter waren, selbst jetzt, selbst im Tod. Der katholische Priester hatte sich geweigert, Rachel in geweihter Erde zu beerdigen. »Ihre Mutter war sicherlich eine hochanständige Frau«, hatte der Priester bedauert. »Leider sind mir in diesem Fall die Hände gebunden. Ihre Frau Mutter war vor den Augen Gottes und des Gesetzes nicht verheiratet, obwohl sie ein Kind zur Welt gebracht hat. Damit hat sie kein Anrecht mehr auf die Sakramente und kann somit nicht im Schutze der Mutter Kirche beerdigt werden. Es tut mir leid!« Jella hatte nur bitter aufgelacht. Es hätte keinen Sinn gehabt, ihn daran zu erinnern, dass Rachel immer eine treue Katholikin gewesen war, die die sonntäglichen Gottesdienste regelmäßig besucht und in den vielen Jahren, die sie am Tiergarten gewohnt hatten, auch in der dortigen Gemeinde ehrenamtlich engagiert gewesen war. Stattdessen hatte sie grußlos den Raum verlassen. Es war nicht leicht gewesen, ihrer tiefgläubigen Mutter doch noch ein christliches Begräbnis zu verschaffen. In ihrer Not hatte sie sich an ihren Mentor Heinrich Zille gewandt. Er hatte ihr mit einem Augenzwinkern geraten, es doch bei der Konkurrenz zu versuchen. »Jott ist Jott«, hatte er gesagt. »Ob er nu von den Römischen oder von den Lutherischen anjebetet wird, det is ihm allemal schnuppe!« Jella hatte sich die Worte zu Herzen genommen und war zum evangelischen Pfarrer der Auferstehungskirche gegangen. Dort hatte man sie mit ihrem Anliegen nach einigem Hin und Her tatsächlich wohlwollend aufgenommen und die Beerdigung für den darauf folgenden Tag festgesetzt.

Im Grunde genommen war es ihr völlig egal gewesen, welche Kirche ihre Mutter beerdigte. Sie wollte nur, dass sie in geweihter Erde begraben wurde, weil sie wusste, wie wichtig ihrer Mutter dies gewesen wäre. Rachel hatte zwar die meiste Zeit ihres Lebens in Deutschland verbracht, aber im Grunde ihres Herzens war sie immer eine tiefgläubige, irische Katholikin geblieben. Jella bedauerte zutiefst, dass ihre Mutter ihr nie verraten hatte, weshalb sie vor vielen Jahren Irland verlassen hatte. Sie wusste nur, dass sie noch einen erheblich jüngeren Bruder besaß und dass ihr Vater ein genauso sturköpfiger Mann gewesen sein musste wie Baron von Sonthofen, ihr Großvater väterlicherseits. Früher war sie notgedrungen in beide Kirchen gegangen. Ihre Mutter und ihr Großvater hatten sich zähneknirschend darauf geeinigt, dass sie abwechselnd jeden Sonntag einmal mit ihrer Mutter die katholische Messe und die Woche darauf mit dem Großvater einen protestantischen Gottesdienst besuchte. Obwohl Jella wie Rachel getaufte Katholikin war, hatte sie nie allzu große Unterschiede zwischen den beiden Konfessionen feststellen können. Bei den Katholiken mochte sie das Feierliche, die schön ausgestalteten Kirchen mit den bunten Heiligenbildern und die tröstenden, manchmal auch erhebenden, immer wiederkehrenden Rituale, die einen Gottesdienst begleiteten. Außerdem fand sie es tröstlich, dass Gott einem Gläubigen durch die Absolution alle Sünden vergab. Bei protestantischen Versammlungen schätzte sie die Klarheit und Offenheit der Predigten und gemeinsamen Gebete. Ihr gefiel auch der Gedanke, selbst für sich verantwortlich zu sein und somit auch die Toleranz aufzubringen, ihrer Mutter die letzte Ehre zu erweisen, obwohl sie außerhalb der gesellschaftlichen Konventionen stand.

Eingehüllt in ihre Trauer nahm Jella in dem kargen Kirchenraum Platz und betrachtete das schmucklose Kreuz, das über dem Altarraum hing. Der letzte Wunsch ihrer Mutter ging ihr nicht aus dem Kopf. Alles in ihr sträubte sich, noch einmal dem alten Despoten gegenüberzutreten. Insgeheim machte sie ihn für Rachels Krankheit verantwortlich. Wäre seine Sturheit nicht gewesen, hätten sie niemals in das verkommene Loch in der Andreasstraße ziehen müssen und Rachel wäre nie und nimmer krank geworden. Nein, Jella wollte dem alten Tyrannen nie wieder unter die Augen treten. Ihr einziges Zugeständnis war gewesen, dass sie den Großvater schriftlich von Rachels Tod unterrichtet hatte. Es würde ihn kaum sonderlich rühren. Zu groß waren die Gräben zwischen ihrer Mutter und ihm gewesen. Ein Räuspern schreckte sie aus ihren Gedanken. Der Pfarrer in seinem schwarzen Talar mit dem weißen, gefältelten Stehkragen gab ihr ein Zeichen. Eine feierliche Aussegnung würde es in Anbetracht der wenigen Trauernden nicht geben. Jella holte tief Luft und folgte dem Geistlichen. Ihr war so schwer ums Herz, auch wenn sie glaubte, schon alle Tränen vergossen zu haben. Bei aller Fantasie konnte sie sich nicht vorstellen, ihre Mutter gleich von Erde bedeckt zu sehen. Es würde ein ärmliches Begräbnis geben. Sie hätte sich nicht mal ein Holzkreuz mit dem Namen ihrer Mutter leisten können, wenn Mia Grosche ihr nicht aus ihrer Suppenschüssel die Kosten dafür vorgestreckt hätte. Jella war ihr sehr dankbar dafür. Draußen vor dem Portal waren nun doch einige Menschen zusammengekommen. Mia Grosche und Oma Grambor aus dem Lebensmittelladen in der Andreasstraße. Außerdem waren noch Gustav aus der Destille und zu ihrer großen Freude auch Heinrich Zille in schwarzem Anzug und Zylinder erschienen. Jella begrüßte die kleine Gesellschaft und setzte sich an die Spitze des Trauerzuges. Nur der auffrischende Wind gab die Begleitmusik in den allmählich bunt werdenden Blättern der Bäume. An einer Umfassungsmauer des Friedhofs lag der Begräbnisplatz. Ein einfach zusammengehauener Sarg aus billigen Holzlatten enthielt Rachels sterbliche Überreste. Sobald alle um das Grab versammelt waren, gab der Pfarrer den vier Friedhofsbediensteten das Zeichen, den Sarg in die Erde zu lassen. Mit geübten Griffen packten die Männer die vier Enden der beiden Seile, die bereits unter der windigen Holzkiste lagen, und hoben ihn an. Ruckweise ließen sie die Mutter in die Tiefen des Grabes hinab. Jella hätte es am liebsten verhindert, aber sie war unfähig, sich zu regen. Eine eiskalte Eisenklammer aus Schmerz umspannte ihr Herz. Sie starrte einfach nur auf die Holzkiste, die das enthielt, was einmal ihre Mutter gewesen war, und ließ es geschehen. Oma Grambor begann sich lautstark zu schnäuzen, während Mia in lautes Geflenne ausbrach. Die Worte des Pastors perlten wie Wasser an ihr ab. Sie waren wohlmeinend, drangen aber nicht in ihr Inneres vor. Wie sollten seine Worte sie auch berühren? Er hatte Rachel nicht gekannt und heuchelte deshalb auch keine falsche Anteilnahme. Betäubt stand Jella schließlich allein vor dem Grab, schaute hinunter in seine Tiefen, bis sie sich schließlich dazu überwand, das Büschel Feldblumen, die sie auf den Schotterhalden eines unbebauten Grundstücks gesammelt hatte, hineinzuwerfen.

»Ich hab ja immer gewusst, dass das mit dem Husten schlecht enden tut«, jammerte Mia lautstark und umarmte Jella spontan. »Meinen seligen Gottfried hat es auch so dahingerafft! Wenn du mal 'nen Kaffee willst und dich ausweinen musst, kannst du gern kommen.« Sie heulte jetzt richtig los, so als wäre ihre eigene Mutter gestorben. Jella registrierte es nicht einmal. Sie stand immer noch da wie festgefroren. Auch Oma Grambors Beileid, das unverständliche Gegrunze von Gustav und selbst das aufmunternde Schulterklopfen Heinrich Zilles nahm sie ohne Regung zur Kenntnis. Schließlich blieb sie allein zurück.

Ihr war, als erwache sie aus einem langen Traum. Langsam wanderte ihr Blick in die Umgebung, saugte jede Einzelheit in sich auf, als müsse sie sich alle Details für immer einprägen. Die Gräber mit ihren kleinen Gedenktafeln zu beiden Seiten. Das graue Mäuerchen vor dem offenen Grab. Die Trauerweiden und Birken am Rande des Kiesweges, die einen Teil des Grabs überschatteten.

»Jetzt wirst du für immer hier sein.«

Der Kloß in ihrem Hals hinderte sie am Weiterreden. Sie räusperte sich. »Und ich muss meinen Weg allein gehen.«

Die Worte bedeuteten eine erste Erkenntnis, obenhin gesagt und noch nicht in ihrer Seele verankert. Aber sie waren auch ein neuer Anfang.

In diesem Augenblick erklang lautes Flügelklatschen in den Wipfeln der Bäume über ihr. Eine Schar von Krähen war aus dem Nichts in die Stille des Friedhofs gedrungen. Ihr Gekrächze war laut und schrill, während sie ihre schwarzen Leiber auf die zarten, biegsamen Äste der Weide zu setzen versuchten. Ein empörtes Durcheinander folgte, bis sich die Krähenschar wippend und krächzend niedergelassen hatte. Doch kaum war Ruhe eingekehrt, setzten neue Windböen ein. Erschreckt flogen die schwarzen Vögel auf, verdunkelten den Himmel und stoben wieder auseinander. Noch einmal schwoll ihr Krächzen zu einem ohrenbetäubenden Lärm an, bevor sie wieder ins Nichts verschwanden. Jella starrte ihnen nach. Eine einzelne, grauschwarze Wolke hing vor der Sonne. Der Wind pustete auch sie davon. Das grelle Licht der Sonne traf Jella wie ein Blitz aus heiterem Himmel. Für einen winzig kleinen Augenblick glaubte sie in ihrem Licht das Antlitz ihrer Mutter zu sehen.

Genauso plötzlich, wie der Spuk aufgetaucht war, so plötzlich war er auch wieder vorüber. Die Krähen und der Wind verschwanden so schnell, wie sie gekommen waren. Jella war tief ergriffen. Zu gern wäre sie noch länger am Grab stehen geblieben, aber die Friedhofsbediensteten nahmen auf ihre Trauer keinerlei Rücksicht. Räuspernd und mit den Füßen scharrend, machten sie auf sich aufmerksam, bevor sie an das Grab traten und es mit gleichmäßigem Schaufeln zuschütteten. Der Anblick war für Jella unerträglich. Mit tränenverhangenen Augen machte sie sich auf den Heimweg. Sie war so in ihrer Trauer verloren, dass sie kaum mitbekam, wie ein Mann aus dem Schatten der großen Trauerweide trat. Zu spät erkannte sie ihren Großvater. Er trat ihr in den Weg.

Jella kämpfte mit der Wut und der Verbitterung, die sie für ihn empfand. Sie verzichtete auf eine Begrüßung.

»Was willst du hier?«

Entgegen seiner sonstigen anmaßenden Art wirkte Baron von Sonthofen unsicher und auch ein wenig verlegen. Er nahm seinen goldenen Zwicker von der Nase und drehte ihn unbeholfen in einer Hand. Dem Anlass gemäß trug er einen schwarzen Anzug, einen dunklen Überzieher und einen Zylinder. Jella beobachtete ihn misstrauisch. Er war alt geworden. Nicht, dass ihr das leidgetan hätte; sie stellte es lediglich fest. Seine grauen, struppigen Haare waren jetzt weiß, und die Falten um Mund und Augen hatten sich wie tiefe Ackerfurchen in sein Gesicht gegraben. Selbst die stahlblauen Augen hatten einiges von ihrer Strahlkraft verloren. Nur der Kaiserbart strotzte wie eh und je akkurat nach oben gezwirbelt unter seiner aristokratischen Nase.

»Ich wollte dir mein Beileid aussprechen«, fing er unsicher an. »Es war mir nicht klar, dass Rachel so krank gewesen war, sonst …«

»Spar dir deine geheuchelten Gefühlsregungen«, blitzte ihn Jella an. »Dich hat noch nie gekümmert, wie es meiner Mutter ging.«

»Das ist nicht wahr«, versuchte sich ihr Großvater zu verteidigen. »Ich habe sie jahrelang in meinem Haus wohnen lassen.«

»Ja, wie eine Sklavin«, entgegnete Jella verbittert. »Rachel durfte ja noch nicht einmal mit uns in einer Kutsche sitzen. Weißt du, wie demütigend das für sie gewesen sein muss?«

»Das hatte rein gesellschaftliche Gründe.«

»Du lügst. Es hat dir Spaß gemacht, sie zu quälen, weil du ihr die Schuld gegeben hast, dass mein Vater dich verlassen hat!«

Die Augen ihres Großvaters funkelten kurz in ihrer alten Härte auf.

»Ich verbitte mir, dass du so mit mir redest!«, empörte er sich. »Immerhin bin ich jetzt dein Vormund.«

Jella schnappte nach Luft. Daher wehte also der Wind. Ihr Großvater war nur gekommen, um seine Macht über sie zu demonstrieren. Nur weil sie noch nicht volljährig war, glaubte er über sie bestimmen zu können. Das war geradezu absurd! Nicht mal an diesem schrecklichen Trauertag besaß er den Anstand, sie in Ruhe zu lassen.

»Lass mich in Ruhe«, brach es deshalb aus ihr heraus. »Ich will dich nie wiedersehen!«

Baron von Sonthofens Gesicht wurde eine Spur blasser. Jellas harter Ton traf ihn.

»Bitte hör dir wenigstens an, was ich dir zu sagen habe«, forderte er. »Ich sehe selbst ein, dass ich Fehler gemacht habe. Ich war zu streng zu dir, weil ich dein Bestes im Auge hatte. Mittlerweile habe ich eingesehen, dass das nicht in Ordnung war.«

»Und warum kommst du dann erst jetzt damit an?« Jella war nicht bereit zu verzeihen.

»Weil ich erst durch deinen Brief erfahren habe, wo ihr lebt. Ich war immer der Meinung gewesen, dass ihr Berlin verlassen hättet. Hör mir zu! Ich werde dich zu nichts zwingen. Aber du bist mittellos und kannst nicht weiterhin allein in diesem Loch in der Andreasstraße wohnen. Komm zu mir zurück. Ich bitte dich darum.« Die Worte mussten ihren Großvater einige Überwindung gekostet haben. Immerhin war es ein Anfang. Jella sah den alten Herrn misstrauisch an.

»Du möchtest, dass ich zu dir zurückkomme?«

»Natürlich!«

»Und was soll ich dafür tun? Du hast doch einen Hintergedanken!«

»Habe ich nicht!«, verteidigte er sich. »Es ist meine Pflicht, dir zu helfen.«

»Ich entbinde dich von ihr«, entgegnete Jella trotzig. Sie glaubte nicht an den plötzlichen Sinneswandel. »Meine Freiheit ist mir wichtiger. Ich komme in meinem neuen Leben sehr gut zurecht.«

»Ja, indem du in zwielichtigen Kneipen anderen Leuten gefällig bist«, brauste der Baron auf. »Dass du dich nicht schämst, als Baronesse solche Aufgaben zu übernehmen.«

»Es hat noch keinem Menschen geschadet, zu arbeiten. Wenigstens weiß ich am Abend, dass ich mir mein Geld ehrlich verdient habe.«

»Willst du damit andeuten, ich arbeite nicht?«

»Denk doch, was du willst.« Jella war plötzlich müde. Sie wollte nicht mit ihrem Großvater streiten. Sie wollte nur noch ihre Ruhe. Auch der Baron schien sich zu besinnen. Er setzte seinen Zwicker wieder auf die Nase und sah seine Enkeltochter ratlos an. Offensichtlich suchte er nach Worten, die seine streitbare Enkelin nicht auf die Palme brachten.

»Lass es uns einfach noch einmal versuchen.«

Jella wandte sich wortlos ab und strebte in Richtung Ausgang. Der Baron folgte ihr.

»Ich werde keinen Druck mehr auf dich ausüben«, drang er in sie. Das Polternde in seiner Stimme war nun fast vollständig verschwunden. »Ich bitte dich sogar um Verzeihung.« Jella wusste, dass die Worte ihn einige Überwindung gekostet haben mussten. Trotzdem ging sie ungerührt weiter.

»Wenn du willst, erlaube ich dir sogar, das Lehrerinnenseminar zu besuchen und danach zu arbeiten. Auch wenn es unter deinem Stand ist. Und mit dem Heiraten kannst du dir auch Zeit lassen.«

Jella blieb abrupt stehen und blitzte den alten Herrn mit ihren limonengrünen Augen giftig an.

»Siehst du, es ist genau wie immer«, platzte es aus ihr heraus. »Du sagst, du übst keinen Druck aus, aber in Wirklichkeit steckt bei jedem deiner Worte ein Zwang dahinter. Du hast überhaupt nicht verstanden, um was es mir in meinem Leben geht.«

»Ich will doch nur das Beste für dich!«

»Du willst das Beste für *dich* und *deinen* Ruf!«, konterte Jella zornig. »Und jetzt lass mich in Ruhe!«

»Wenn du nicht freiwillig mit mir kommst, kann ich dich zwingen«, drohte der Großvater. Seine Geduld schien langsam zu Ende zu gehen.

Jella lachte grimmig auf.

»Versuch es«, zischte sie aufgebracht. »Von mir aus kannst du gleich die Gendarmen rufen und mich in Handschellen zurück in deine Villa bringen lassen. Aber eines verspreche ich dir: Ich werde die erstbeste Gelegenheit nutzen, um zu entkommen. Du musst mich schon in ein Verlies sperren, um das zu verhindern!«

»Ich verbitte mir diese Impertinenz! Du bist mein Mündel und wirst gefälligst tun, um was ich dich bitte. Bisher hatte deine Mutter das Sagen, aber jetzt werde ich dich auf den richtigen Weg weisen. Du wirst sehen, es ist das Beste für dich!« Baron von Sonthofens Miene zeigte, dass er keinerlei Widerrede mehr duldete. Er war felsenfest von seiner Meinung überzeugt. Diese Arroganz, gepaart mit einer unglaublichen Ignoranz, ließ das Fass für Jella überlaufen. Die Gefühle in ihr wurden übermächtig. Sie merkte, wie sie ihre Fassung verlor. »Was bist du nur für ein armseliger, alter Mann!«, quoll es aus ihr heraus. »Du glaubst, dass alle Menschen nach deiner Pfeife tanzen müssen, nur weil du das Familienoberhaupt der von Sonthofens bist. Aber den Menschen in deiner Nähe gefällt das nicht. Sie gehorchen dir nur, weil sie Angst vor dir haben und von dir abhängig sind. Ich bin es nicht mehr, und mein Vater hat sich offensichtlich auch von deiner Tyrannei befreit. Lieber gehe ich bis ans Ende der Welt, als dass ich noch einen Tag unter deiner Fuchtel stehe!«

Bevor der Baron sie aufhalten konnte, rannte Jella davon.

Die Erzählerin

»Die Sonne ist ein Mann und heißt ›gam‹, der Jäger. Der Mond ist eine Frau und heißt ›nauga‹, die Herumlaufende. Hört nun ihre Geschichte …« Nakeshi machte eine lange Pause. Sie genoss die Spannung in den Gesichtern der Herumsitzenden. Als erfahrene Geschichtenerzählerin wusste sie genau, wie sie ihre Zuhörer auf die Folter spannen konnte. Alt und Jung hatten sich heute zum »gna she«, zum großen Feiertag der Joansi, versammelt. Den ganzen Tag über war gesungen, getanzt und gegessen worden, was die Tage vorher gejagt, gesammelt und zubereitet worden war. Es war der einzige Tag im Jahr, an dem alle Joansi im Lager blieben und faulenzten. Niemand suchte Feldkost und keiner ging auf die Jagd. Alle freuten sich, weil es Herbst war, in dem es Nahrung im Überfluss und Wasser zur Genüge gab. Die Bäuche der Buschmänner waren dick und kugelrund, so als hätte jeder von ihnen eine Tsamma-Melone als Ganzes verschluckt. Wie es ihre Art war, hatten die kleinwüchsigen Joansi so viel gegessen, bis ihnen übel geworden war. Während sie aßen, dehnte sich ihre elastische Bauchhaut wie die Blase eines Kudus. Satt, wie sie nur selten waren, hatten sie nun das Bedürfnis nach alten Geschichten. In lockeren Grüppchen saßen und lagen sie um mehrere Feuerstellen herum und hörten den Geschichtenerzählern ihres Volkes zu. Das flackernde Licht der Feuerstellen spiegelte sich in ihren freundlichen, satten Gesichtern wider, während rings um sie herum die schwarze Nacht lauerte.

»Nun mach es doch nicht so spannend«, meckerte Kao, ein vorwitziger Junge von vielleicht sieben Jahren. »Erzähl uns endlich, wie der Himmel entstanden ist.«

Nakeshi sah Kao streng an, bis er verschämt seinen Kopf wegdrehte. Es war ungehörig, einen Geschichtenerzähler zu unterbrechen. Dann fuhr sie in ihrer melodischen, von Klick- und Schnalzlauten durchzogenen Sprache fort, die Geschichte des Himmels zu erzählen:

»Früher haben die Sonne, der Mond und der Hase zusammengewohnt. Lange Zeit ging das sehr gut, denn jeder achtete den anderen und nahm auf ihn Rücksicht. Eines Tages bekamen Frau Mond und Herr Hase jedoch Streit. Sie beschimpften einander immer heftiger, bis Frau Mond schließlich zum Beil griff und dem Hasen die Schnauze auseinanderschlug. Jeder von euch weiß, dass sich die Geschichte so zugetragen hat, denn immer noch trägt der Hase eine gespaltene Schnauze.« Nakeshi sah in die Runde und stellte befriedigt fest, dass alle ganz begierig waren, das Ende der Geschichte zu hören. »Der Hase aber ließ sich diesen Angriff nicht gefallen. Blitzschnell, wie es seine Art ist, sprang er hoch und zerkratzte dem Mond sein Gesicht. Auch das könnt ihr heute noch sehen.« Sie deutete an den Vollmondhimmel, der ihnen sein kraterdurchfurchtes Antlitz zeigte.

»Eje, eje, oje, ohh«, murmelten einige zustimmend.

»In diesem Moment kam die Sonne wieder nach Hause. Sie sah das zerkratzte Gesicht des Mondes und wurde böse. ›Jetzt haben wir genug von der Erde‹, sprach sie zum Mond. ›Jetzt gehen wir hinauf in den Himmel, damit der Hase allein bleibt! Von dort oben werde ich ihn brennen, und ich werde sehr heiß werden, damit er tags nicht herumlaufen kann, wie er will.‹ Darauf erwiderte der Mond: ›Es ist gut so, ich gehe nachts und bringe die Kälte, sodass der Hase friert, wenn er sein Futter sucht.‹ Seit dieser Zeit sind Sonne und Mond am großen Himmel.«

»So ist es gewesen«, bekräftigten einige der Alten. »Und es wird sich auch nicht mehr ändern.«

»Die Geschichte ist noch nicht zu Ende«, quengelte Kao. »Erzähl, weshalb der Himmel mal blau und mal schwarz ist und wie die Sterne ans Firmament kommen.« Nakeshi lachte herzlich. Es machte ihr Spaß, mit welchem Eifer Kao bei der Sache war. Wie alle Buschmänner kannte er die Geschichte natürlich, und trotzdem war er begierig darauf, sie immer wieder zu hören. Sie laut am Lagerfeuer zu hören beschwor jedes Mal einen besonderen Zauber herauf, der die Gemeinschaft der Buschleute stärkte.

»Der Himmel ist blau, weil Kauha ihn so gewollt hat. Blau ist die Farbe der Weisheit und des Lebens. Wenn die Sonne müde wird, kommt jedoch die große Kälte, dann holen Herr Sonne und Frau Mond ihre schwarzen Decken hervor und bedecken den Himmel damit. Das, was ihr als Sterne auf ihren schwarzen Decken seht, sind in Wirklichkeit glitzernde Harzstückchen von unseren Bäumen, die die beiden in Säckchen von der Erde mitgebracht haben. Jedes Harzstückchen steht für einen Menschen. Sie erinnern Sonne und Mond daran, dass sie einmal auf der Erde gelebt haben. Die beiden haben ihre Säckchen über den Decken ausgeleert, wo sie haften geblieben sind. Dort bilden sie Bilder und Muster, die aufgefüllt sind mit Kauhas Magie. Jedes Sternbild steht für eine größere oder kleinere Gruppe von Menschen, die sich besonders nahe stehen. Niemand weiß, wer seine Sternengeschwister sind, aber wenn du einem von ihnen begegnest, dann erkennst du ihn sofort.«

»Debe und Xao sind Sternenbrüder«, mischte sich Besa, eine der älteren Frauen, erklärend ein. Sie hatte die Geschichte still im Hintergrund mitverfolgt. »Sie leben an zwei Orten, die viele Tagesreisen voneinander entfernt liegen, und kennen doch die Gedanken des anderen. Denkt an die vorletzte Regenzeit, als Xao so schwer krank geworden war. Debe hat geträumt, dass es seinem Sternenbruder schlecht ging und dass er Medizin brauchte, weil Gauab ihm die Gesundheit gestohlen hatte. Er machte sich gleich am nächsten Morgen auf und rannte viele Tage und Nächte, um sie ihm zu bringen. Er kam gerade noch rechtzeitig, um ihn zu retten.«

»Eje, eje, ei, ei, ei«, stimmten die Buschmänner zu. Dann schwiegen sie, lauschten auf das Knistern des abbrennenden Holzes und hingen ihren Gedanken nach. Auch Nakeshi, die voller Trauer an Sheshe dachte, zu der die Verbindung nun endgültig unterbrochen worden war. Sie wusste, dass sie ihre Sternenschwester nie wiedersehen würde.

Ein lautes Stöhnen aus einer der Laubhütten riss sie schließlich aus ihrer Versenkung. Sie stand auf, um nach dem Schwerverletzten zu sehen.

Ein Netz von Lügen

Jäh schreckte Jella aus ihrem unruhigen Schlaf auf. Sie schnellte hoch und stellte fest, dass sie schweißgebadet war. Ihr Nachthemd klebte an ihrer Haut, als sei es vorher in Wasser getaucht worden. Die kupferroten Locken hingen schlaff um ihr Gesicht. Mit weit aufgerissenen Augen starrte sie in den Raum. Es war schon längst hell. Sie erinnerte sich daran, dass sie erst bei einsetzender Morgenröte eingeschlafen war. Die Trauer und der Schmerz hatten sie immer wieder aufschrecken lassen. Jedes Mal, wenn sie die Augen geschlossen hatte, war Rachel in ihren Gedanken erschienen und hatte ihr mitgeteilt, dass sie jetzt tot sei. Jella hatte versucht, sie zurückzuholen, aber sobald sie versucht hatte, sie festzuhalten, hatte sich Rachels Gestalt in Schemen aufgelöst und war verschwunden. Wieder und immer wieder war das geschehen, bis sie schließlich vom vielen Weinen und der Verzweiflung überwältigt in einen kurzen Schlaf gesunken war. Jella fühlte sich zerschlagen und völlig erschöpft. Es dauerte eine Weile, bis sie ihre Gedanken wieder geordnet hatte. Heute war ein ganz normaler Arbeitstag. Professor Koch und Doktorand Gröhner erwarteten sie im Institut. Auch wenn es schon spät war … sie musste sich wenigstens dort zeigen. Das Leben ging schließlich weiter. Sie stand auf und eilte zu der Kommode mit der emaillierten Blechschüssel und dem Tonkrug mit frischem Wasser. Rasch zog sie das feuchte Nachthemd über ihren Kopf und begann sich mit einem Schwamm und einem Stück Seife den ganzen Körper zu schrubben. Das kalte Wasser tat ihr gut. Eine feine Gänsehaut überzog ihren Körper und ließ ihre rosafarbenen Brustwarzen zu harten Knötchen werden. Dann nahm sie den Kamm und mühte sich, ihr wild abstehendes Haar einigermaßen zu bändigen. Die ganze Zeit starrte sie dabei in den Spiegel, der als Aufsatz auf der Kommode stand.

»Das Leben geht weiter, Jella!«, sprach sie zu ihrem nackten Konterfei. »Du wirst dich nicht unterkriegen lassen. Das bist du dir und deiner Mutter schuldig!« Der Gedanke an Rachel ließ ihr erneut Tränen in die Augen steigen. Mit einer barschen Bewegung wischte sie sie weg. »Ich werde meinen Weg gehen«, sagte sie trotzig. »Auch ohne fremde Hilfe.«

Langsam kleidete sie sich an. Da sie kein schwarzes Kleid besaß, wählte sie das dunkelgrüne Batistkleid, das ihre schmale Taille vorteilhaft betonte. Dann schnürte sie ihre Stiefel und steckte sich mit langen Haarnadeln ihr Haar hoch.

Die Auseinandersetzung mit ihrem Großvater an Rachels Grab steckte ihr immer noch in den Knochen. War sie nicht doch zu hart mit ihm umgesprungen? Schließlich hatte er sich entschuldigt und ihr beide Hände zur Rückkehr gereicht. Das musste den alten Haudegen eine Menge Überwindung gekostet haben. Mit einem bisschen guten Willen würde der alte Herr mit Sicherheit dazu bereit sein, ihr neues Leben zu akzeptieren. Vielleicht sollte sie ihm und ihr ja doch noch eine Chance geben?

Es klopfte an der Tür.

Jella rechnete mit Mia Grosche, die sich seit der Beerdigung rührend um sie kümmerte. Aber als sie die Tür aufschloss, stand vor ihr ein unbekannter Briefbote und überreichte ihr ein übergroßes Kuvert.

»Wenn Sie bitte gegenzeichnen würden«, sagte er höflich, indem er ihr einen Block mit einer Quittung und einen Stift reichte. Jella tat es und nahm dafür das Kuvert entgegen. Noch während sich der Briefbote entfernte, suchte sie nach einem Absender. Der Umschlag war prall mit mehreren Schriftstücken gefüllt. Dass der Umschlag von ihrem Großvater kam, wunderte sie. Hatte er ihr eine gerichtliche Aufforderung geschickt, dass sie zu ihm zurückkehren musste? Schließlich war sie noch nicht volljährig und somit dem Gesetz nach ihrem nächsten Verwandten – und das war ihr Großvater – als Mündel unterstellt. Einen Moment lang spielte sie mit dem Gedanken, das Kuvert samt Inhalt im Kohleofen zu verbrennen, aber dann siegte doch ihre Neugier. Sie öffnete den Umschlag und fand darin ein Bündel Briefe sowie ein kurzes Anschreiben von ihrem Großvater. Sie zog es heraus und begann zu lesen – Wort für Wort und mit wachsender Erregung.

»Nu hör doch mal auf«, meinte Gustav und legte seine Hand auf das Schnapsglas. Jella stieß sie unwillig weg und griff nach der Flasche Korn auf dem Tresen, um das Glas vor sich erneut zu füllen. »Ich hab dafür bezahlt«, grunzte sie und trank das Glas in einem Zug leer. Es war ihr siebtes. Gustav entwand ihr die Flasche und stellte sie hinter den Tresen. Kopfschüttelnd wandte er sich wieder anderen Dingen zu.

»Na, schönes Fräulein, ist es gestattet?« Ein Handlungsreisender lüpfte seine elegante englische Melone und nahm neben ihr Platz. Jella fixierte ihn mit glasigem Blick, war aber nicht mehr recht in der Lage, seine beiden Erscheinungen zur Deckung zu bringen. Immer wieder verdoppelte sich der Mann neben ihr. Mit einer ausschweifenden Armbewegung erteilte sie so etwas wie eine Erlaubnis. Es war ihr schlicht egal. Das Einzige, was sie wollte, war, alles zu vergessen.

»Gustav, gib mir meine Flasche zurück«, forderte sie. Die Worte kamen ihr nur noch schwer über die Lippen.

»Wenn Sie gestatten, übernehme ich die nächste Runde«, sagte der Handlungsreisende und musterte Jella ohne Scham. Sein Blick blieb an ihrer großen Brust hängen und an ihrer schlanken Taille. Es schien ihm zu gefallen, was er sah. Gustav brachte widerwillig die Flasche Korn zurück und schenkte beiden ein.

»Die hat längst genug«, brummte er und deutete auf Jella.

»Das muss ja nicht Ihre Sorge sein«, schnauzte der Handlungsreisende zurück und stieß mit seinem Glas an Jellas. Die reagierte gar nicht, sondern trank den Inhalt in einem Schluck aus. Ein lauter Rülpser war die Folge. Der Handlungsreisende lachte. Doch als Jella nach einer neuen Füllung verlangte, stellte er ihr Glas beiseite, rutschte näher an sie heran und legte vertraulich seine Hand auf ihren Schenkel. »Es reicht«, flüsterte er in ihr Ohr. »Sonst kannste es mir nachher nicht mehr richtig besorgen.«

Jella verstand nicht. »Was besorgen?« Ihr Verstand war von dem ungewohnten Alkohol völlig benebelt.

»Wenn es nach mir geht, machen wir das ganze Programm.« Die Hand an ihrem Bein rutschte ein Stück nach oben.

»Spinnst du?« Jella klatschte mit ihren Fingern auf die fremde Hand. Doch die ließ nicht los.

»Du bist mir aber eine wilde Katze«, grinste der Fremde lüstern. »Nu stell dich doch nicht so an. Ich bezahl auch gut.«

Gustav, der die Szene hinter dem Tresen halbwegs mitbekommen hatte, packte den Handlungsreisenden an seinem feinen Kragen und zog ihn zu sich her. »Hör mal, Bürschchen«, drohte er. »Das hier ist ein anständiges Lokal, und das Mädchen, das du da befummeln tust, ist ein anständiges Mädchen und keine Dirne. Die gibt's nebenan.« Er ließ ihn los und zeigte in Richtung Ausgang. Der Handlungsreisende war von dem Übergriff unangenehm überrascht, erkannte aber, dass er zu weit gegangen war. Er bezahlte hastig seine Zeche, murmelte eine halbwegs ehrlich gemeinte Entschuldigung und verließ umgehend das Lokal. Jella blieb benommen zurück. Sie musste sich mittlerweile an der Theke festhalten, um nicht von ihrem Stuhl zu rutschen.

»Oh Mann, Jella«, schimpfte Gustav. »Wenn ich nicht ganz genau wüsste, dass du 'ne prima Aushilfe bist, dann müsste ich dich jetzt feuern. Aber weil du es bist, gehste jetzt nach Hause und schläfst deinen Rausch aus. Aber eines sag ich dir: So was wie heute will ich nie wieder sehen!«

Jella versuchte, von ihrem hohen Stuhl zu kommen. Dabei verlor sie das Gleichgewicht und fiel auf den Boden. Nur mit Mühe gelang es ihr, sich wieder aufzurichten. Sie krabbelte bis zur Wand und zog sich an ihr hoch. Alles um sie herum begann sich zu drehen, und dann war da auch noch diese Übelkeit, die wie ein grimmiges Tier in ihrem Magen rebellierte. An der Wand entlang hangelte sie sich in Richtung Ausgang. Hut und Mantel vergaß sie an der Garderobe. Es war noch heller Nachmittag, und sie war voll wie eine Haubitze. Aber das war ihr egal. Alles war ihr egal.

Draußen regnete es. Dunkle Wolken verdüsterten den Nachmittagshimmel. Die ungewohnte frische Luft wirkte wie ein Brechmittel. Sie schaffte es gerade noch bis zur Straßenmitte, als ein großer Schwall von Erbrochenem aus ihrem Leib drängte.

Oh Gott, war ihr übel. Alles um sie herum drehte sich. Am liebsten wäre sie einfach auf den Boden gesunken und dort liegen geblieben. Nur ein letzter Funken von Verstand hinderte sie daran und brachte sie dazu, sich in Richtung Andreasstraße zu bewegen. Die Häuserwände als Stütze gebrauchend, tastete sie sich voran. Einmal stolperte sie. Sie verlor den Halt und drohte in die stinkende Gosse zu stürzen. Doch eine helfende Hand packte sie am Oberarm und fing sie auf.

»Mein Gott, Jella!«

Heinrich Zille war ehrlich bestürzt. Er kannte Jella mittlerweile gut genug, um zu wissen, dass sie ein durch und durch anständiges Mädchen war. Was um Himmels willen hatte sie derart aus der Fassung geraten lassen? Da sie in keiner Weise ansprechbar schien, verstärkte er seinen Griff unter ihrem Arm, hakte sie bei sich ein und führte sie in ein nahe gelegenes Café. Dort bestellte er ihr ein Kännchen starken Mokka und eine Tasse heiße Bouillon. Wie einem kleinen Kind flößte er ihr die Suppe löffelweise ein und nötigte sie, zwischendurch einen Schluck Mokka zu trinken. Jella leistete keinen Widerstand. Langsam spürte sie, wie ihr getrübter Verstand sich wieder zu klären begann. Es tat gut, ihren väterlichen Freund bei sich zu haben. Mit dem Nüchternwerden machten sich Kopfschmerzen in ihrem Hinterkopf breit. Er klopfte und hämmerte und hallte in jedem Winkel ihres Kopfes wider. Was aber noch viel schlimmer war, war die damit einsetzende Erinnerung an diesen schrecklichen Morgen. Verzweiflung kroch in ihr hoch.

Heinrich Zille bemerkte es. Trotzdem schwieg er. Wenn Jella reden wollte, würde sie es schon von allein tun.

»Es ist alles so furchtbar«, schluchzte sie plötzlich verzweifelt. »Ich wusste, dass er ein Tyrann ist, aber ich habe ihn nie für einen Lügner und Intriganten gehalten. Er hat uns die ganze Zeit betrogen und belogen, wie man es sich von seinem eigenen Großvater nicht schlimmer vorstellen kann!« Die ganze Trauer und Verzweiflung der letzten Zeit brach sich nun Bahn. Sie weinte, wie sie es nicht einmal nach dem Tod ihrer Mutter getan hatte. Zille tätschelte ihr unbeholfen die Schulter. In weiser Voraussicht hatte er sich mit Jella in ein Separé gesetzt, um sich vor den Blicken der anderen Gäste zu schützen.

»Nun mal ganz ruhig. Das wird schon wieder!«

Jella brauchte einige Zeit, bevor sie sich gefasst hatte – zu groß war der Schock, der tief in ihr saß. Eine ganze Weile stierte sie schweigend auf die Straße und beobachtete die vorbeilaufenden Passanten. Der Regen hatte sich zu einem Dauerregen ausgewachsen, was sich ebenfalls in den mürrischen Mienen der Vorüberziehenden niederschlug. Wer es sich leisten konnte, stieg in einen der Schienenbusse, die bereits elektrifiziert waren. Andere riefen nach einer Pferdedroschke oder eilten, den Schutz der Vordächer suchend, die bossierten Häuserfassaden entlang. Ein Kindermädchen schimpfte mit seinen beiden Zöglingen, weil sie sich weigerten, bei dem Wetter weiterzulaufen. Schließlich gab sie ihrem Drängen nach und bugsierte sie in das Café, in dem Jella und Zille saßen. Ein anderer Passant, ein vornehmer, in feines, graues Tuch gekleideter Herr, stolperte über einen am Boden sitzenden einbeinigen Bettler. Der schimpfte wortreich, zeigte auf seinen Beinstumpf und machte mit seinem Gejammer und wildem Gestikulieren die Passanten wirkungsvoll auf sich aufmerksam. Einige blieben stehen und bedauerten den armen Getretenen. Schließlich zückte der feine Herr sichtlich verlegen seine Geldbörse und gab dem Bettler etwas Geld. Dann eilte er weiter. Der Bettler wiederum, höchst erfreut über den unerwarteten Geldsegen, nestelte an seiner hochgebundenen Hose herum und holte nach einigen Verrenkungen sein »verlorenes« Bein zurück in das leere Hosenbein. Behände und auf wunderbare Weise geheilt, machte er sich zweibeinig in Richtung der nächsten Kneipe davon.

»Alle Welt betrügt«, sinnierte Jella. »Nicht nur die Bettler draußen auf den Straßen.«

»Willst du reden?«, fragte Heinrich Zille. Er zog ein Etui aus der Innentasche seiner Jacke und holte sich daraus eine neue Zigarre. Paffend zündete er sie an, während er sich gegen die holzvertäfelte Wand lehnte und Jella geduldig ansah. Statt einer Antwort zog Jella das Kuvert aus ihrer Tasche und leerte den Inhalt auf den Tisch.

»Sehen Sie selbst«, meinte sie verbittert. »Hier steht es schwarz auf weiß.« Sie reichte ihm das Anschreiben ihres Großvaters. Zille nahm es und las es zunehmend beunruhigt durch.

»Werte Jella!
All meine Versuche, Dich zur Vernunft zu bringen, sind bislang gescheitert. Das bedaure ich sehr.

Aus diesem Grunde sehe ich mich zu weiteren Schritten genötigt. Offensichtlich hast Du das unzähmbare Temperament Deiner Mutter und die Starrköpfigkeit und Unbelehrbarkeit Deines Vaters geerbt. Das ist eine unselige Mischung, die es mir unmöglich macht, Dich zu Vernunft und Anstand zu erziehen.

Da Gewalt einem Mann wie mir fernliegt, sehe ich mich nach reiflicher Überlegung genötigt, mich von Dir abzuwenden. Ich nehme dabei Deine Drohung, Dich notfalls meinem Einfluss mit Gewalt zu entziehen, durchaus ernst.

Infolgedessen muss ich Dich davon in Kenntnis setzen, dass ich Dich enterben werde. Du wirst damit jeglichen Anspruch auf unseren Familienbesitz und das damit verbundene Vermögen verlieren. Es ist meine heilige Pflicht, unsere über Jahrhunderte erworbenen Güter in verantwortungsvolle Hände zu übergeben. In Deinem unreifen Verstand erkenne ich dagegen nur Willkür und Flausen.

Dennoch bin ich geneigt, Dir eine letzte Chance zu geben, und biete Dir noch ein letztes Mal an, reumütig zu mir zurückzukehren. Ich stehe zu meinem Versprechen, mit einer Vermählung zu warten und Deine beruflichen Wünsche zu respektieren. Ich habe immer nur das Gute der Menschen im Auge gehabt und war und bin bestrebt, Dir ein standesgemäßes Leben zu bieten.

Es ist mir durchaus bewusst, dass Du im Augenblick eine schwere Zeit erlebst. Der Verlust Deiner Mutter mag Dich schwer erschüttern. Aus diesem Grunde habe ich mich entschlossen, Dir zum Trost ein lange gehütetes Geheimnis zu enthüllen. Ich habe mich auch dazu durchgerungen, weil Deine Mutter mit ihren unstandesgemäßen Forderungen nun keine Rolle mehr spielt.

Es war die heilige Pflicht meinen Vorfahren gegenüber, so zu handeln, wie ich gehandelt habe. Das ist keine Rechtfertigung, sondern meine Überzeugung.

Lies die beiliegenden Berichte und Briefe, und finde Trost darin, dass Dein Vater noch lebt!

Entscheide Dich für ein standesgemäßes Leben an meiner Seite, und begehe nicht die Fehler Deines sturköpfigen Vaters!

Ich appelliere an Deinen Verstand

Hochachtungsvoll
Baron Gernot von Sonthofen

»Mannomann!« Heinrich Zille fuhr sich mehrmals durch seinen Bart. »Das ist ganz schön starker Tobak. Dann lebt dein Vater also wirklich noch?« Er deutete mit seinem Kopf auf die anderen Umschläge, die noch verstreut auf dem Tisch lagen.

»Laut dieser Briefe hält er sich irgendwo in der deutschen Kolonie in Südwestafrika auf«, antwortete Jella. »Er arbeitet dort in einer der Minen irgendwo in der Wüste.«

»Aber das ist doch wundervoll! Hast du eine Anschrift? Dann kannst du ihm schreiben.«

»Leider nicht. Die letzten Informationen über meinen Vater sind schon mehrere Jahre alt. Danach verlieren sich seine Spuren. Außerdem, was soll ich ihm schon schreiben? Er wird nichts von mir wissen wollen.«

»Das weißt du erst, wenn du ihn gefragt hast.«

»Das muss ich nicht!« Jellas Reaktion war ziemlich heftig. »Mein ehrenwerter Großvater hat in weiser Voraussicht dafür gesorgt, dass er nichts von mir wissen will. Sehen Sie selbst.«

Sie reichte ihm die anderen Umschläge. Zille studierte sie sorgfältig. An seinen begleitenden Kommentaren war unschwer zu erkennen, wie sehr ihn das Gelesene aufwühlte. Schließlich hatte er sich durchgearbeitet.

»Mannomann«, wiederholte er sich. »Jetzt verstehe ich, dass du so durcheinander bist.«

»Großvater hat immer gewusst, dass mein Vater lebt. Er hat ihn durch einen Detektiv beobachten lassen. Jedes Jahr hat er von einem gewissen Igor Landwein in Svakopmund einen detaillierten Bericht bekommen. Aber das ist noch nicht alles. Aus den Papieren ist auch ersichtlich, dass mein Großvater uns über all die Jahre seine Briefe vorenthalten hat. Mein Vater hatte in den ersten Jahren sehr wohl geschrieben. Er hat meine Mutter nie vergessen und hätte uns bestimmt zu sich geholt. Auf irgendeine Weise ist es meinem Großvater auch gelungen, Mutters Briefe abzufangen. Er hat systematisch jeden Kontakt unterbunden. Wenn der Baron nicht gewesen wäre, wären wir heute in Deutsch-Südwestafrika eine glückliche Familie. Mutter wäre nicht krank geworden, und ich wäre keine Waise.« Erneut stiegen glitzernde Tränen in Jellas limonengrüne Augen. Zille saß hilflos neben ihr.

»Warum hat er das nur getan?«, überlegte er. »Welcher Mensch kann das nur wollen?«

Jella schnäuzte sich. »In seinen Augen ist das ganz logisch«, behauptete sie. »Er wusste genau, dass mein Vater, wenn er erfahren würde, dass er eine Tochter hat, alle Hebel der Welt in Bewegung gesetzt hätte, um mich und meine Mutter zu sich zu holen. Dann wäre mein Großvater wieder allein gewesen. Anstatt sich zu versöhnen und über seinen eigenen Schatten zu springen, zog er es vor, uns alle nach seinem Willen zu manipulieren. In seinem Auftrag ließ er diesen Igor Landwein sogar einen Brief fälschen, der angeblich von meiner Mutter stammte. Darin stand, dass sie von einem anderen Mann geschwängert worden und mit ihm an einen unbekannten Ort verzogen sei. Er hat alles zerstört! Selbst wenn ich jetzt meinen Vater ausfindig machen könnte – er würde mir nie glauben, dass ich seine Tochter bin!«

»Du hast ja jetzt immerhin Beweise, die die Schändlichkeit deines Großvaters unwiderlegbar machen.« Zille deutete auf den Stapel Briefe.

»Das ändert nichts an der Tatsache, dass es seit Jahren keine Spur mehr von meinem Vater gibt.«

Das Leben geht weiter

In den nächsten Tagen und Wochen stürzte sich Jella in ihre Arbeit am Institut und in der Destille, sodass ihr nicht viel Zeit übrig blieb, um über ihre Zukunft nachzugrübeln. Und sie wollte es auch gar nicht. Selbst die Erkenntnis, dass ihr Vater möglicherweise noch am Leben war, verdrängte sie und schob sie in den letzten Winkel ihres Bewusstseins. Rachels Tod und das für sie so bittere Intrigenspiel ihres Großvaters hatten sie bis ins Mark erschüttert. Sie fürchtete sich vor noch mehr Enttäuschungen und beschloss, nach vorn zu sehen. Anstatt weiter in der Vergangenheit herumzubohren, wollte sie in die Zukunft sehen und ihre Kraft auf ein mögliches Studium konzentrieren. Professor Koch und seine Mitarbeiter waren mit Jellas Arbeit sehr zufrieden. Sie stellte sich bei den kniffligen Aufgaben am Mikroskop so geschickt an, dass man es bald ihr überließ, schwierige Präparate für anstehende Untersuchungen vorzubereiten. Ihre Geschicklichkeit in handwerklichen Dingen paarte sich mit ihrem immensen Wissensdurst. Sobald sich eine Gelegenheit ergab, löcherte sie die Mitarbeiter am Institut und deren Leiter mit ihren Fragen. Manche Kollegen fürchteten ihren Eifer und wandten sich schnell anderen Aufgaben zu, wenn sie Jella heranbrausen sahen, nur um nicht von der Flut ihrer Fragen überspült zu werden. Professor Koch sah es mit einem wohlgefälligen Schmunzeln – und weil er selber einst eine junge, wissbegierige und gelehrte Frau geheiratet hatte, legte er sich für Jella ins Zeug und erwirkte schließlich eine Gasthörerschaft für sie an der Friedrich-Wilhelms-Universität. Sie war immer noch keine ordentliche Studentin, aber sie konnte zumindest ihren Wissensdurst stillen. Außerdem hatte Professor Koch ihr versprochen, sich beim Verwaltungsrat für sie einzusetzen. Die Zeichen standen nicht schlecht, dass ihr Studium eines Tages sogar anerkannt werden würde. Als einzige Frau unter vielen männlichen Studenten saß sie an einem Vormittag in der Woche in dem riesigen, halbkreisförmigen Vorlesungssaal und verfolgte fasziniert Professor Kochs Ausführungen über die genaue Erforschung von Infektionen durch Bakterien. Gebannt lauschend erfuhr sie an diesem Morgen, dass die Entdeckung dieser kleinsten Lebewesen nicht das Werk eines Arztes, sondern eines großen Chemikers gewesen war. Louis Pasteur hatte es in herausragender Weise verstanden, die beiden Naturwissenschaften Chemie und Medizin miteinander zu verknüpfen. Der erst vor wenigen Jahren verstorbene Wissenschaftler war nicht nur der größte Kenner der Mikrobiologie seiner Zeit gewesen, sondern er hatte sich auch gefragt, was die Medizin gegen Viren und Bakterien unternehmen könnte. Ihm war es zu verdanken, dass man mittlerweile dazu übergegangen war, Lebensmittel wie Milch durch kurzzeitiges Erhitzen haltbarer zu machen, denn die Hitze tötete die Bakterien. Von noch größerer Bedeutung war, dass es ihm gelungen war, Impfstoffe gegen den Milzbrand-Bazillus, die Tollwut und die Geflügelcholera herzustellen. Er war dabei nach dem Prinzip vorgegangen, Gleiches mit Gleichem zu behandeln.

Auf diesem Prinzip basierten auch die Forschungen von Professor Koch. Ihm war die Entdeckung der Erreger der drei schlimmsten Infektionskrankheiten seiner Zeit gelungen: Milzbrand, Tuberkulose und Cholera. Alle Welt hatte geglaubt, nun kurz vor der Möglichkeit einer Heilung von Tuberkulose zu stehen. Leider konnte er mit seiner Impfmethode weder bei der Behandlung dieser heimtückischen und äußerst ansteckenden Krankheit noch bei der Prophylaxe durchschlagende Erfolge erzielen. Seine Impfstoffe waren bislang wirkungslos. Die Vermutung lag nahe, dass die Erreger, sobald sie in den menschlichen Körper injiziert wurden, sich veränderten und unterschiedlich reagierten. Da in dieser Hinsicht im Moment kein neuer Durchbruch zu erwarten war, hatte sich Professor Koch auf die Erforschung der Pest verlegt. Zu diesem Zweck hatte er längere Zeit in den englischen Kolonien Rhodesien, Indien sowie in der deutschen Kolonie in Deutsch-Ostafrika verbracht.

Jella war fasziniert.

Nach jeder Vorlesung fühlte sie sich wie elektrisiert. Alles in ihr knisterte und wartete voller Spannung auf neue Informationen und Anregungen. Wenn es nach ihr gegangen wäre, hätte sie noch Stunden an der Universität zugebracht. Doch ihr war momentan nur erlaubt, die Vorlesungen von Professor Koch zu besuchen. Immerhin blieben ihr noch ein paar Stunden Zeit, bevor man sie in der Destille erwartete. Sie überlegte kurz, in die Bibliothek zu gehen, aber dann entschied sie sich für einen Abstecher ins Naturkundemuseum. Es war ein herrlicher Spätoktobertag, und die Sonne lockte Jella an die frische Luft. Sie nahm den Hinterausgang der Universität und spazierte durch das Kastanienwäldchen, das hinter dem Gebäude lag. Die Bäume glühten gelb vor dem strahlend blauen Herbsthimmel, während sich einzelne Blätter sacht von ihren Zweigen lösten und tanzend zur Erde sanken. Der Duft der verrottenden Blätter auf dem Boden war leicht modrig, aber ungleich besser als der Staub und die Abgase in der lebhaften Friedrichstraße, in die sie kurz darauf einbog. Der Verkehr in Berlin nahm Jahr für Jahr zu. Mittlerweile gab es sogar Gendarmen, die mit Trillerpfeifen den Verkehr regeln mussten, weil sich Automobilfahrer und Kutscher oft halsbrecherische Wettrennen lieferten. Dazu gab es noch die Pferde-Omnibusse, die auf Schienen gezogen wurden, einzelne Radfahrer, Kartoffelbauern mit ihren Handbollerwagen und Spaziergänger, die es sich nicht nehmen lassen wollten, mitten auf der Straße zu flanieren. Über die Weidendammer Brücke ging sie weiter in die Friedrich-Wilhelm-Stadt. Nun war sie fast am Ziel. In der Nähe des Stettiner Bahnhofs bog sie links ab, bis sie vor dem zehn Jahre alten Museum für Naturkunde stand. Jella war stramm marschiert und ziemlich aus der Puste. Der Spaziergang hatte ihr gutgetan. Bewundernd betrachtete sie den dreiflügeligen Bau, der im Stil der französischen Renaissance auf dem Gelände der ehemaligen Königlichen Eisengießerei erbaut worden war. Wie sie gehört hatte, war die Sammlung, die das Museum beherbergte, einzigartig. Sie freute sich darauf, erstmals die berühmte Ausstellung zu bewundern. Mit langen Schritten durchquerte sie den Vorplatz und trat durch die Eingangstür in das imposante Gebäude.

Großzügige Ausstellungssäle lagen um einen zentralen Lichthof im Erdgeschoss des Museums. Zwei Treppenhäuser erschlossen die rückwärtigen Sammlungstrakte. In der Mitte des Lichthofes war das gewaltige Skelett eines Blauwals zu bewundern. Jella hatte es nicht für möglich gehalten, dass es so große Lebewesen auf der Welt gab. Sie zählte tatsächlich zweiunddreißig Schritte, bis sie von seiner Schwanzflosse zu seinem Kopf gelaufen war. Dort blieb sie stehen und staunte über die meterlangen Barten, durch die der Wal früher das Plankton gefischt hatte.

Um die Mittagszeit war wenig los in dem Museum, und Jella freute sich darüber, die Exponate in Ruhe betrachten zu können. Sie schlenderte in einen der angrenzenden Ausstellungsräume, der voller Glasvitrinen stand. Sie reichten bis fast unter die Decke. Ein faszinierendes Sammelsurium bot sich ihr dar, jedes Stück war außergewöhnlich und wartete nur darauf, untersucht zu werden. Jella vertiefte sich so in die Betrachtung der Vitrinen, dass sie nicht bemerkte, wie ihr einer der Aufseher folgte.

»Die Exponate hier gehören allesamt zu der berühmten ›Gazellen-Expedition«", tönte es plötzlich wichtigtuerisch hinter ihrem Rücken. Jella drehte sich um und zog erstaunt die linke Augenbraue hoch. Der Mann hinter ihr war klein, etwas rundlich und fiel durch seine vorspringenden Zähne und eine dicke Knollennase auf, aus deren Öffnungen schwarze Haare wie ein Büschel Petersilie sprossen. Seine Augen steckten hinter einer dickglasigen Brille und ließen sie riesig erscheinen. Er sah aus wie eine Karikatur von ihrem Zeichenfreund Heinrich Zille. Jella musste sich ein Lachen verkneifen.

»Interessant«, meinte sie stattdessen.

»Es wäre mir eine Ehre, junges Fräulein, Ihnen mehr über die Expedition zu erzählen. Ich war nämlich der Assistent von Dr. Studer, dem zoologischen Leiter der Expedition. Knorr, Alfred Knorr ist mein Name.« Mit stolz geschwellter Brust verneigte sich der kleine Mann vor ihr und musterte sie von unten herauf. Auf seinem Kopf thronte die Kappe der Aufseher, die ihm viel zu groß war. Er musste sie immer wieder aus der Stirn schieben.

»Waren Sie etwa bei der Expedition dabei?« Jella musterte den kleinen Mann verwundert. Sie konnte sich beim besten Willen nicht vorstellen, wie solch ein Kümmerling das Wagnis eines mehrjährigen Abenteuers auf sich nehmen konnte.

»Leider nicht. Ich durfte Dr. Studer nur hier im Museum assistieren«, meinte Knorr bedauernd. »Aber ich werde bald meine eigene Expedition starten. Ich habe mich als Feldwebel bei den Schutztruppen unserer Kolonien beworben.«

»Was Sie nicht sagen. Und die haben Sie genommen?«

»Selbstverständlich! Haben Sie etwa etwas anderes erwartet?« An Selbstbewusstsein schien es dem kleinen Mann jedenfalls nicht zu mangeln. Bevor Jella etwas dazu anfügen konnte, fuhr Knorr besserwisserisch fort.

»Die ›Gazellen-Expedition‹ hat ihren Namen von dem gleichnamigen Schiff, der *SMS Gazelle,* müssen Sie wissen. Das ist eine gedeckte Korvette aus der Königlichen Werft in Danzig. Sie unternahm von 1874 bis 1876 eine Expeditionsfahrt unter dem Kommando ihres Kapitäns Georg Freiherr von Schleinitz.«

»Und welchem Ziel diente diese Expedition?« Allein das Wort »Expedition« hörte sich in Jellas Ohren wie Musik an. Es klang nach Abenteuer, neuen Erkenntnissen und dem Entdecken von Geheimnissen.

»Ursprünglich sollten nur die Bodenprofile des Südatlantischen Ozeans sowie die Meeresströmungen am Äquator und in Neuguinea erforscht werden, aber dann wurde von wichtigster Stelle befunden, dass auch ein Zoologe, ein Botaniker und ein Anthropologe mit auf die Reise gehen sollten. Kurzerhand wurde die Bewaffnung der Korvette halbiert, und man richtete in der Batterie Wohn- und Arbeitsräume für die Wissenschaftler ein. Die Erkenntnisse, die die Mannschaft während ihrer zweijährigen Fahrt gewonnen hatte, waren erstaunlich. Sehen Sie doch selbst!« Knorr führte Jella zu den Vitrinen, in denen präparierte Pflanzen, Zeichnungen von fremdartig aussehenden Menschen, Tieren und Landschaften zu sehen waren. Außerdem waren dort ausgestopfte Tiere und allerlei andere rätselhafte Gegenstände ausgestellt. Knorr erklärte alles so sachkundig, als wäre er damals tatsächlich dabei gewesen.

Jella war tief beeindruckt.

»Wir haben hier im Museum aber noch ganz andere Schätze«, meinte Knorr geheimnisvoll. Jellas offenkundiges Interesse schien ihm zu schmeicheln. »Die Räume liegen etwas abseits. Dorthin verirren sich nur ganz selten Besucher.« Er zupfte ungeduldig an Jellas Ärmel und bedeutete ihr zu folgen. Durch mehrere Räume hindurch gelangten sie schließlich ans Ende des Westflügels in eine kleinere Kammer. Knorr fummelte an der Wand, bis er den Lichtschalter fand und anknipste. Mehrere Glühbirnen erleuchteten den Raum, in dessen Mitte eine große Vitrine stand. In ihr befanden sich zylinderförmige Gläser, die mit einer durchsichtigen Flüssigkeit gefüllt waren. Darin schwammen verschiedene Exponate. Jella schauderte. Sie erkannte den ungeborenen Embryo eines Hundewelpen mit zwei Köpfen.

»Was ist das denn?«, fragte sie mit einem gewissen Unbehagen in der Stimme und deutete auf das daneben befindliche Gefäß. Darin befanden sich in Formaldehyd eingelegt zwei menschliche Babys, die nur einen gemeinsamen Kopf hatten, ansonsten aber vollständige Menschen waren.

»Das sind alles Launen der Natur«, grinste Alfred Knorr, dem die abartigen Exponate keinerlei Entsetzen zu verursachen schienen.

»Aber warum hat man sie nicht beerdigt? Das ist ja unerhört!« Jella war außer sich.

»Sie dienen Forschungszwecken«, meinte Knorr ungerührt. »Wenn ich wollte und dürfte, könnte ich Ihnen noch ganz andere Dinge zeigen. In den Labors hier im Museum werden sogar verstorbene Menschen lebensecht präpariert. Erst vor wenigen Wochen wurden dem Museum die sterblichen Überreste einer Hottentottin aus Afrika überstellt. Leider ist sie eine alte Frau gewesen, aber aufgrund der neuesten wissenschaftlichen Erkenntnisse – unter Zuhilfenahme des alten Wissens der Ägypter – wurde ihre Haut vom Rumpf getrennt und in Formaldehyd eingelegt, während man ihren Torso von seinen sterblichen Überresten reinigte, mit Stoffresten auffütterte und schließlich die Haut wieder über …«

»Um Gottes willen, hören Sie auf!«, rief Jella entsetzt. »Sie wollen doch wohl nicht im Ernst andeuten, dass man hier Menschen ausstopft wie Puppen?«

»Keine richtigen Menschen, nur Neger. Da ist immerhin noch ein großer Unterschied.«

Jella schoss bei der bloßen Vorstellung das Blut in den Kopf. Sie war entsetzt und gleichzeitig zutiefst betroffen. Die Begegnung mit der kranken Hottentottin in Dr. Hagenstolz' Panoptikum kam ihr wieder in den Sinn. Die ausgestopfte Frau im Museum war doch nicht etwa …?

Jella hatte es plötzlich sehr eilig. Ihr Bedarf an Monstrositäten war für heute gedeckt. Ziemlich abrupt verabschiedete sie sich von Knorr und seinen Erklärungen und verließ das Museum.

Doch die Vorstellung, dass man Hagenstolz' Hottentottin ausgestopft haben könnte, ließ sie nicht los. In der Nacht plagten Jella wilde, fantastische Träume. Sie flackerten wie Blitze eines Gewitters in ihr auf, erleuchteten kurz und hell ihr Bewusstsein, bevor sie wieder in der Dunkelheit verschwanden.

Blitz – Die alte Hottentottin erscheint ihr und lockt sie mit sich fort. Sie führt Jella durch dürres Land. In der Landschaft stehen ausgestopfte Tiere, bewegungslos und starr. Jella fühlt die Hitze der sengenden Sonne. Sie eilt der immer schneller werdenden alten Frau hinterher. Sie darf die Alte nicht aus den Augen verlieren. Sie rennt und rennt. Die Frau wird immer kleiner. Sie verschwindet schließlich ganz. Sie ist allein.

Blitz – Die alte Frau verwandelt sich in das Buschmannmädchen. Jella erkennt sie an dem schelmischen Lächeln. Sie freut sich und fühlt eine innige Zuneigung zu dem Mädchen. Doch eine unsichtbare Wand trennt sie. Sie möchte zu ihr, doch es ist kein Durchkommen. Sie steht hinter einer gläsernen Wand und beobachtet, wie das Mädchen mit einer Art Holz in der Erde gräbt. Sie ist so in ihre Arbeit vertieft, dass sie nicht merkt, wie sich ihr ein junger Buschmann nähert und ihr von hinten die Augen zuhält. Das Mädchen schreit, aber als sie den jungen Mann erkennt, errötet sie unter ihrer braunen Haut. Nicht weit weg steht ein anderer, ein älterer Mann. Er beobachtet die Szene mit großer Wut und Eifersucht.

Blitz – Das Mädchen und der junge Buschmann streifen durch die Wildnis. Sie sammeln Feldfrüchte. Sie graben gemeinsam ein Loch. Nachdem sie armtief gegraben haben, ziehen sie ein riesengroßes Ei aus dem Sand. Ein Holzstückchen steckt darin. Der junge Mann zieht es heraus und reicht dem Mädchen das Ei. Das Mädchen trinkt einen winzigen Schluck und reicht das Gefäß dem jungen Mann. Auch er trinkt. Dann vergraben sie es wieder im Sand. Beide lächeln. Da zeigt das Mädchen auf einen Felsen. Der Blick des jungen Mannes folgt ihrem Arm. Sie sehen einander erschrocken an. Hinter einem Busch liegt ein Fremder. Er ist verletzt. Sie bauen eine Trage und nehmen ihn mit.

Blitz – Es ist Nacht. Die Buschmänner haben gefeiert. Ihre Bäuche sind dick und rund. Sie sind satt und müde. Das Mädchen erzählt ihnen eine Geschichte. Ein kleiner Junge stellt Fragen. Jella möchte die Geschichte so gern hören, aber sie versteht kein Wort.

Modellsitzung

Jella schwitzte. Während draußen die eisige Winterkälte Eisblumen an die Fenster malte, eilte sie wie jeden Abend unermüdlich zwischen den Tischen der Destille und der Küche hin und her. Zielsicher bahnte sie sich Wege durch die überfüllte Kneipe und brachte den durstigen Kehlen krügeweise Bier und tellerweise Eisbein mit Erbsenpüree oder Bockwurst mit Senf.

Gegen halb elf verließen die meisten Gäste die *Letzte Instanz* und machten sich mehr oder minder alkoholisiert auf den Heimweg. Nur eine kleinere Gruppe von Männern hockte noch an einem der Tische beisammen und bestellte in weinseliger Stimmung noch eine letzte Runde. Im Gegensatz zu den meisten anderen Gästen tranken die vier Männer teuren Rotwein. Jella hatte sie noch nie hier gesehen, nahm aber sehr wohl zur Kenntnis, dass die Herrschaften ihrem äußeren Anschein nach wohlhabend waren. Insgeheim hoffte sie auf ein üppiges Trinkgeld, das sie ihrem mühsam Ersparten hinzufügen konnte. Gustav döste auf einem Stuhl in der Ecke und wartete leise vor sich hin schnarchend auf den Feierabend. Die Köchin war schon seit über einer Stunde gegangen. Jella nutzte die Zeit und machte sich an den Abwasch.

»Schönes Fräulein«, winkte einer der Männer sie zu sich her. Sie stöhnte leise. Wenn die Herrschaften noch eine Runde tranken, würde sie noch später nach Hause kommen. Unlustig ging sie zu ihnen hinüber.

»Bitte setzen Sie sich doch ein wenig zu uns«, forderte sie ein hagerer Mittvierziger höflich auf. Er trug eine akkurat gezogene, pomadisierte Mittelscheitelfrisur und einen gepflegten Anzug. Zuvorkommend stand er auf und rückte Jella einen Stuhl zurecht. Jella zögerte. Bevor sie sich schließlich doch setzte, drehte sie sich vorsichtshalber noch einmal in Richtung Gustav um. Er mochte es nicht, wenn sich die Bedienungen zu den Gästen setzten. Doch der Wirt schlief tief und fest, und Jella fürchtete um ihr Trinkgeld für den Fall, dass sie der Aufforderung der Herren nicht nachkam.

»Ein wahrhaft prächtiges Weibsbild«, sagte der untersetzte Herr, der rechts von dem Hageren saß, anerkennend. »Nichts für ungut«, fügte er hinzu, als er Jellas brüskierten Blick bemerkte. »Ich sehe das aus rein künstlerischen Gesichtspunkten.«

»Wenn Sie gestatten«, stellte der Hagere die Gruppe vor. »Wir sind die Künstlervereinigung ›Wohllust‹ und haben uns der Darstellung der schönen Damenwelt verschrieben.« Jella meinte auf den Gesichtern der Anwesenden einen Anflug von Belustigung zu erkennen, die allerdings sofort wieder verschwand, als sie sich wieder ihr zuwandten. An den Herren war nichts Anstößiges zu erkennen. Im Gegenteil. Sie betrachteten sie wohlwollend und waren eindeutig bemüht, ihr Komplimente zu machen.

»Dabei sind wir natürlich immer auf der Suche nach Modellen«, näselte der blassblonde Dritte im Bunde. Seinem Aussehen und Benehmen nach war er ein Adliger, was Jella auch unschwer an seinem Siegelring erkennen konnte.

»Dabei legen wir außerordentlichen Wert darauf, dass es sich um anständige Darstellungen handelt«, versicherte der Vierte in der Runde. Er sah bis auf sein Schielen eher unscheinbar aus.

»Und was hat das bitte mit mir zu tun?«, fragte Jella unverblümt. Sie pustete dabei eine Haarsträhne aus ihrem Gesicht.

»Nun, wir haben uns gerade über unser neues Malthema unterhalten, und dabei sind Sie in unser Blickfeld gerückt. Wir wollten Ihnen anbieten, für uns Modell zu sitzen«, sagte der Hagere rundheraus. »Selbstverständlich gegen eine anständige Bezahlung.«

»Sagen wir fünfzig Goldmark«, setzte der näselnde Blonde nach. Er verschränkte seine Hände vor der makellos sitzenden Weste und sah Jella prüfend durch sein Monokel an.

Jella schluckte. Sie glaubte, sich verhört zu haben.

»Fünfzig Goldmark?«, vergewisserte sie sich ungläubig. Gleichzeitig ratterte es in ihrem Hirn. Fünfzig Goldmark. Das war ein Vermögen! Davon konnte man monatelang leben. Welche Verrückten waren bereit, so viel Geld für ein bisschen Modellsitzen zu bezahlen?

»Sie haben richtig gehört«, nickte der Hagere. »Aber wenn Sie nicht wollen …« Er hob bedauernd die Hände. »Wir können uns jederzeit nach jemand anderem umsehen.«

»Obwohl es in Ihrem Fall durchaus schade wäre«, fügte der Schielende höflich hinzu. »Sie gäben eine prächtige Europa für uns ab.«

Der Blassblonde lächelte hintergründig, während der Untersetzte zustimmend nickte.

»Und da ist kein Haken dabei?«, fragte Jella misstrauisch. Das Angebot kam ihr einfach unglaublich vor. Fünfzig Goldmark. Das Geld würde sie unabhängig machen und sie ein ganzes Stück ihrem Ziel näherbringen. Damit und mit ihrem Ersparten konnte sie vielleicht nach Heidelberg oder Zürich reisen und dort endlich ein Studium aufnehmen. Endlich, endlich würde ihr Ziel in erreichbare Nähe rücken.

»Selbstverständlich brauchen Sie keinerlei Sorgen zu haben, dass wir Sie in kompromittierende Umstände bringen würden«, löschte der Hagere ihre letzten Bedenken aus. »Wir treffen uns in dem Atelier eines angesehenen Künstlers, und Sie müssen es nicht länger als drei Stunden mit uns dort aushalten. Allerdings müssen

Sie stillsitzen können, damit wir Sie zeichnen und fotografieren können.«

»Mit dem Sitzen habe ich kein Problem ...« Jella zögerte noch einmal kurz. Der Gedanke an das viele Geld vernebelte bereits ihre Gedanken, während ihr in ihrem Hinterkopf eine zarte Stimme Warnungen zurief. So viel Geld für ein paar Stunden Modellsitzen! Der Blassblonde bemerkte ihre Unentschlossenheit, wollte gleichzeitig aber auch eine Entscheidung haben.

»Kurzum: Sie werden das Gewand der Europa anlegen und für uns Modell sitzen. Mehr gibt es nicht zu tun. Überlegen Sie es sich – oder lehnen Sie ab!« Er lächelte ihr mit einer gewissen Arroganz zu, wie Jella sie von vielen Adligen kannte. Sie mochte das Gebaren nicht, wollte aber auch nicht als dummes Mädchen dastehen. Sie würde ihm zeigen, dass sie kein einfältiges Ding war.

»In Ordnung«, meinte sie forsch. »Aber nur, wenn ich einen Teil des Lohns schon im Voraus erhalte.«

Jetzt würde sich zeigen, wie ernst es die Herren meinten. Argwöhnisch, wie sie geworden war, schien ihr das wie eine Art Versicherung, dass alles mit rechten Dingen zuging.

Die Herren sahen sich kurz an. »Und wer sagt uns, dass Sie dann auch wirklich erscheinen werden?«, fragte der Untersetzte.

»Und wer sagt *mir,* dass ich nach der Sitzung auch den Rest meines Lohnes bekommen werde?«, konterte Jella. Der Hagere lachte. »Ich finde, wir sollten auf den Vorschlag des jungen Fräuleins eingehen. Er zeugt doch nur von Geschäftstüchtigkeit.«

Der Blassblonde nickte zustimmend, griff nach der kalbsledernen Brieftasche in seinem Jackett, zog einen Zwanzig-Goldmark-Schein hervor und reichte ihn Jella lächelnd.

Rasch griff sie zu.

Für die Modellsitzung hatten sie den Sonntagabend verabredet – Jellas einzigen freien Tag. Sie hatte sich sorgfältig zurechtgemacht.

Zu einem einfachen, grünen Wollrock trug sie eine helle, hochgeschlossene Bluse, um deren Kragen sie ein ebenfalls grünes Samtband einflocht. Die Haare hatte sie kunstvoll hochgesteckt, so wie die Herren Künstler es von ihr gefordert hatten. Skeptisch musterte sie ihr Konterfei in dem Spiegel hinter der Waschschüssel und fragte sich zum wiederholten Male, wieso die Herren ausgerechnet sie als Modell ausgesucht hatten. Sie war im eigentlichen Sinn keine Schönheit. Dafür war irgendwie alles an ihr zu groß, selbst ihr Mund, aus dem zugegebenermaßen blitzend weiße Zähne lachten, war viel zu breit. Und dann die Sommersprossen … Jella seufzte und zog den hellbraunen, halblangen Mantel über. »Was soll's?«, murmelte sie. »Hauptsache, ich bekomme das Geld!«

Ursprünglich hatte sie vorgehabt, Heinrich Zille wegen des Modellsitzens um Rat zu fragen. Aber er war in der letzten Zeit nicht in der Destille aufgetaucht. Und sie hätte es niemals gewagt, ihn zu Hause bei seiner Familie aufzusuchen. Das wäre ihr unanständig und unschicklich vorgekommen. So blieb die Entscheidung ihr überlassen. Obwohl sie nach wie vor ein komisches Gefühl hatte, tröstete sie sich mit dem Gedanken, dass die Adresse, wo das Rendezvous stattfand, keinen Anlass zu Beanstandungen gab. In der Gegend lebten viele ehrenwerte Bürger. Sie würde dort hingehen, das geforderte Kostüm überziehen, eine Weile stillsitzen und schließlich in wenigen Stunden um fünfzig Goldmark reicher sein. Wenn alles gut ging, würde sie im Frühjahr in Heidelberg mit dem Studium beginnen können. Die Universität hatte ihr in einem Schreiben ihre grundsätzliche Bereitschaft für einen Studienplatz signalisiert, nachdem Jella eine Abschrift ihres ausgezeichneten Abiturzeugnisses hingeschickt hatte.

Draußen war es eiskalt. Der Vollmond erhellte gemeinsam mit den schmiedeeisernen Straßenlaternen die großen Prachtstraßen Berlins. Zur Feier des Tages entschloss sich Jella, vom Schlesischen

Bahnhof bis zum Bahnhof Alexanderplatz mit der Stadtbahn zu fahren. Sie bezahlte das Fahrgeld und setzte sich in einen der leicht schaukelnden Wagen. Es waren nur zwei Stationen, und wegen der Dunkelheit sah sie auch nicht viel mehr als die erleuchteten Fenster der zahlreichen Wohnungen; trotzdem genoss sie mal wieder das bisschen Luxus, das ihr in letzter Zeit so sehr gefehlt hatte. Vom Alexanderplatz aus war es nicht mehr weit bis in die Dragonerstraße in der Königstadt, wo die Herren Künstler auf sie warteten. Ohne Mühe fand Jella den Eingang zu der beschriebenen Adresse. Das vornehme dreigeschossige Haus war modern ausgestattet und besaß sogar elektrische Klingeln – für jedes Etablissement eines. Auf Messingschildern daneben standen die Namen der Wohnungsinhaber. Jella drückte den Klingelknopf neben dem Namen »Maurice Duvalier, Maître D'Art, Paris«. Im Atelier dieses Künstlers pflegte sich einmal monatlich die Künstlervereinigung »Wohllust« zu einem künstlerischen Abend zu versammeln. Die Herren Künstler hatten Jella erzählt, dass sie dazu regelmäßig Modelle einluden, um an ihnen verschiedene Studien zu betreiben. Mit Spannung wartete Jella darauf, dass sich die schwere, verzierte Eingangstür öffnete. Zu ihrer Überraschung öffnete ihr ein wahrer Hüne von Mann – offensichtlich ein Bediensteter – die Tür. Er war in einen bodenlangen, braun-beige gestreiften Kaftan gehüllt und trug auf dem Kopf einen roten türkischen Fez mit einer langen, schwarzen Troddel. Ein mächtiger, schwarzer Schnurrbart und der olivbraune Teint ließen Jella auf einen Muselmanen tippen.

»Madame werden erwartet«, sagte er mit unbewegter Miene und wies Jella an, hereinzukommen. Das war die letzte Gelegenheit zur Umkehr. Jella kaute unentschlossen auf ihrer Unterlippe, aber dann siegte doch die Neugier. Schweigend folgte sie dem Riesen, der sie über eine ausladende Treppe, die in der Mitte mit einem roten Läufer überzogen war, in die Beletage führte. Durch eine zweiflügelige, weit offen stehende Tür wurde sie in einen riesigen Salon geführt, der früher einmal für große Bälle genutzt worden war. Von der Decke hingen schwere Kristalllüster, die jedoch in dem Moment verlöschten, als Jella den Saal betrat. Gleichzeitig schloss der Hüne die zweiflügelige Tür. Anstelle des grellen Lichtes der Deckenbeleuchtung kamen jetzt die Kerzen nachempfundenen Wandbeleuchtungen zur Geltung. Sie tauchten die gemusterten Stofftapeten an den Wänden in ein wärmeres, aber für Jella auch unklares Licht. Ausladende Polster und Kissen, zwischen denen hier und da Wasserpfeifen standen, verliehen dem Raum etwas Orientalisch-Fremdländisches. In der Mitte des Raums stand eine Art Podium, um das herum sich verschiedene Staffeleien, aber auch kleine Tischchen mit Kristallkaraffen und Gläser mit rubinrotem Rotwein befanden. Die großen Fenster waren mit schweren Samtvorhängen verhangen. Die drei Künstler waren gerade dabei, ihre grauen Überzieher und Fräcke gegen bequemere, bodenlange Morgenmäntel zu tauschen. Jella war die Atmosphäre in dem Atelier nicht ganz geheuer. Ihr Instinkt riet ihr zum Rückzug. In diesem Moment kam der Hagere mit zwei Gläsern Rotwein auf sie zu.

»Herzlich willkommen«, begrüßte er sie mit einem jovialen Lächeln. »Fühlen Sie sich wie zu Hause.« Er breitete einladend seine Arme aus und reichte ihr das Glas. Jella nahm es zögernd. Schon jetzt kam ihr alles eine Spur zu intim vor.

»Lassen Sie uns auf den bevorstehenden Abend anstoßen«, lud sie der Hagere ein. Er toastete Jella zu und trank sein Glas in einem Zug aus. Jella nippte nur an ihrem.

»Warum denn so verlegen, junges Fräulein?«, meinte der Hagere und schob sie ein wenig nach vorn. »Den meisten Modellen ergeht es am Anfang so wie Ihnen. Wenn Sie sich erst einmal eingewöhnt haben, werden Sie sich schon wohler fühlen!«

Jella dachte an das leicht verdiente Geld und ließ sich beruhigen. Der Hagere führte sie zu den anderen zwei Künstlern, die bereits an den Tischchen neben ihren Staffeleien Platz genommen hatten. Man begrüßte sie höflich. Die Leinwände waren unter weißen Tüchern noch verborgen. Jella wunderte sich, dass keinerlei Farben auf den Beistelltischchen zu sehen waren. Bevor sie danach fragen konnte, stand der Blassblonde auf und führte sie am Arm hinter einen kunstvoll bemalten, japanischen Paravent.

»Hier finden Sie unser Repertoire an Kostümen«, sagte er mit einem angedeuteten Lächeln. »Ich bin sicher, dass wir das Richtige für Sie ausgesucht haben.« Er deutete auf einen Stuhl, über den ein einzelnes dünnes Kleidungsstück aus hellbeiger Seide gelegt war. Jella sah sich suchend um.

»Und wo ist der Rest?«, fragte sie verunsichert.

»Welcher Rest?« Der Blassblonde zog mit gespieltem Erstaunen eine Augenbraue hoch.

»Dieser Fetzen ist doch nicht viel mehr als … als … ein Unterhemd.«

»Europa war eine wunderschöne Frau wie Sie«, schmeichelte er. »Sie stammte aus dem antiken Griechenland. Dort trug man Chiton und Clamys und keine einengenden Fischbeinkorsetts und Tournüren wie heutzutage. Es wird Ihnen passen. Keine Sorge!«

»Aber …«

»Kein aber! Denken Sie an Ihre großzügige Gage!«

Damit ließ er sie allein hinter dem Paravent zurück. Jella nahm das Kleidungsstück und hielt es prüfend hoch. Es war ein langes Kleid aus hauchdünner Seide, leicht durchscheinend, doch von wundervoller Qualität. Der Stoff schmiegte sich weich an die Haut. Außerdem war das Chiton bodenlang und bedeckte in ausreichendem Maße Brust und Dekolleté. Zögernd begann sie sich zu entkleiden. Immer wieder sagte sie sich, dass es keinen Grund gab, misstrauisch zu sein. Die Herren hatten sich bisher äußerst korrekt verhalten – und wenn es ihr unangenehm wurde, stand es ihr jederzeit frei zu gehen. Die Männer tuschelten unterdessen an ihren Staffeleien über eine Zeitschrift, die sie durchblätterten. Offensichtlich amüsierten sie sich prächtig, denn sie hörte immer wieder lautes Gelächter. Dazu kam das Klirren von Gläsern, nachdem sie sich wiederholt mit Trinksprüchen zugetoastet hatten.

Das Kleid der Europa passte ihr wie angegossen. Es umspielte in weichen Formen ihren schlanken, hochgewachsenen Körper. Der warme Beigeton unterstrich ihren elfenbeinfarbenen Teint und ihr kupferrotes Haar. Um die Hüfte wurde das Chiton mit einer Art Kordel gebunden. Den Lorbeerzweig, den sie auf der Anrichte neben dem Ankleidespiegel gefunden hatte, steckte sie sich seitlich ins Haar.

Befangen trat Jella aus dem Schutz des Paravents und schielte in Richtung der Staffeleien. Bei ihrem Anblick verstummten die Herren. Der Hagere und der Untersetzte warfen sich vielsagende Blicke zu, während der Blassblonde sie eingehend mit seinem Monokel begutachtete. Jella kam sich vor wie eine Kuh, die auf dem Jahrmarkt versteigert werden sollte, war aber entschlossen, die Sache hier tapfer zu Ende zu bringen. Sie straffte ihren Körper und ging festen Schrittes auf das Podium zu, wo sie dachte, nun gemalt zu werden.

»Aber nicht doch, meine Liebe«, hielt sie der Hagere auf. Er schenkte etwas Wein in einen Kristallkelch, reichte ihn Jella und toastete ihr zu. Zögernd nahm sie ihn entgegen und trank dieses Mal einen großen Schluck. Der ungewohnte Alkohol stieg ihr sofort zu Kopf, wärmte aber auch gleichzeitig wohlig ihren Magen. Sie spürte, wie sie etwas lockerer und unbefangener wurde. Sie musste sich keine Vorwürfe machen. Das hier war ein Handel zwischen Ehrenmännern und ihr. Warum sollte sie nicht ein wenig Spaß haben? Sie trank noch einen Schluck. Der Untersetzte lachte. »Nur zu, meine Schöne! Entspannen Sie sich erst mal«, schmeichelte er. Wie beiläufig legte er seine Hand auf ihren nackten Arm und streichelte darüber.

»Der Chiton fällt viel zu lang«, meckerte der Blassblonde blasiert. Er war als Einziger sitzen geblieben. Mit einer nachlässig arroganten Bewegung deutete er auf Jellas bodenlanges Gewand. »Es gehört gerafft, bis es nur noch knielang ist. Stülpen Sie es wie einen zweiten Rock über die Kordel«, forderte er sie auf. Jellas Augen blitzten kurz empört auf, aber dann besann sie sich und zupfte etwas von dem feinen Stoff über die Kordel, dass es wie ein Bausch oder zweiter Überrock hinabfiel. Dabei wurden ihre wohlgeformten Beine sichtbar.

»Lassen Sie uns endlich anfangen«, forderte sie.

»Nun trinken Sie doch erst noch ein Gläschen«, drängte der Hagere. »Wir haben doch Zeit.«

»Mir wäre es lieber, wenn wir gleich anfangen könnten!«

»Wolfram, zeig ihr doch schon mal das Geld, dann drängelt sie nicht mehr so sehr!«, schlug der Untersetzte vor. Seine Hand lag immer noch auf Jellas Arm und fuhr nun anzüglich in Richtung Jellas Brust.

»Nehmen Sie Ihre Finger von mir!« Peinlich berührt zog sich Jella einen Schritt zurück. Hier wurden Grenzen überschritten, was sie nicht akzeptierte. Hatte sie etwa doch einen Fehler gemacht?

»Wenn Sie mich nicht malen wollen, dann kann ich ja wieder gehen!«, meinte sie angriffslustig.

»Wer redet denn hier von malen?«, fragte der Blassblonde mit Namen Wolfram amüsiert. Er wedelte mit einem Bündel Geldscheine und blätterte sie genüsslich auf das kleine, intarsienverzierte Tischchen vor sich. »Wir wollen Sie fotografieren und uns dabei amüsieren. Nun stellen Sie sich mal nicht so an. Mädchen wie du sollten froh sein, wenn sie so eine Chance geboten bekommen.« Unvermittelt war er von der distanzierten auf die vertraute Anrede gewechselt.

»Mädchen wie ich müssen für unser Geld hart arbeiten und

bekommen es nicht vererbt wie Sie!«, fauchte Jella. »Malen Sie mich, oder fotografieren Sie mich meinetwegen, aber fangen Sie endlich an!«

»Die Kleine hat recht«, krächzte der Hagere mit seiner rauen Stimme. »Wir haben schon viel zu viel Zeit verplempert. Sie soll ihr Temperament beim Fotografieren ausleben.«

Unter den Blicken der Männer musste Jella auf dem Podium auf einen Sockel aus Pappmaché steigen, um dort in der Pose der Diana einen imaginären Pfeil abzuschießen. Widerstrebend tat Jella, wie ihr geheißen wurde. Der Untersetzte hatte mittlerweile hinter einem Vorhang eine Fotokamera auf drei Beinen hervorgezogen und sich unter dem Tuch verkrochen. Er drückte den Auslöser, wobei gleichzeitig ein gleißend helles Magnesium-Blitzlicht explodierte. Unterdessen schoben der Blassblonde und der Hagere ihre Stühle näher an die Bühne heran und begutachteten genüsslich Jellas Beine unter dem Chiton.

»Nun zeig doch noch mal ein bisschen mehr Bein!«, forderte der Untersetzte ungeduldig, während er sich den oberen Hemdknopf aufknöpfte. Das Fotografieren hatte ihn sichtlich erregt.

»Nicht so hastig, Willi! Jeder kommt hier auf seine Kosten. Ich habe eine viel delikatere Idee.«

Der Blassblonde sprang behände zu Jella auf das Podium und zog hinter den Kulissen einen lebensgroßen, schwarzen Stier auf Rädern heraus.

»Zeus und Europa«, verkündete er mit einem vielsagenden Lächeln in Richtung seiner Freunde. »Der allseits zeugungsbereite Gottvater Zeus verführt Europa. Das scheint mir die geeignete Einstimmung auf den weiteren Verlauf unseres Abends.«

Er rückte einen kleinen Schemel an den Stier heran und forderte Jella auf, im Damensitz auf dem Ungetüm Platz zu nehmen. Es gelang ihr nur mit viel Mühe, weil der knielange Chiton dabei immer wieder nach oben zu rutschen drohte.

»Nun stell dich mal nicht so an«, lachte der Blassblonde und klatschte ihr in einem günstigen Augenblick mit der Hand auf den eben blank gewordenen Oberschenkel. Jella spürte, wie sie knallrot wurde.

»Was fällt Ihnen ein?«, schnaubte sie aufgebracht. »Das gehört nicht zu unserer Abmachung!«

»Das glaube ich allerdings schon«, grinste der Blassblonde unverschämt. »Du vergisst, dass wir dich für heute Abend gekauft haben!«

Jella war entsetzt. Empört rutschte sie von dem Stier.

»Das reicht! Ich gehe!«

Sie versuchte, an den Männern vorbei zu dem Paravent zu kommen, um sich wieder anzukleiden. Den Herren gefiel ihre katzenartige Wildheit. Sie warfen einander zufriedene, erregte Blicke zu. Allerdings waren sie überhaupt nicht bereit, ihre Flucht zuzulassen. Erst jetzt wurde Jella bewusst, dass sie sich in keiner besonders günstigen Ausgangsposition befand.

»Die Sitzung ist beendet«, sagte sie forsch. »Was Sie hier von mir verlangen, ist in höchstem Maße unanständig. Ich werde jetzt gehen.«

Der Hagere und der Untersetzte standen auf und versperrten ihr den Weg. »Sieh einmal einer an. Unsere kleine Katze ist von der moralischen Sorte. Das wird ja mal eine ganz neue Nummer heute Abend.«

Jella versuchte, sich an ihnen vorbeizuschieben. Aber der Blassblonde hielt sie grob an der Schulter zurück. Alle Zurückhaltung und Höflichkeit war mit einem Mal von den drei Männern abgefallen. Mit einer heftigen Bewegung drehte er sie zu sich hin und zog sie so weit an sich heran, bis sie seinen nach Tabak und Alkohol riechenden Atem spüren konnte. »Ich möchte der Erste sein«, forderte er kalt. »Schließlich bezahle ich auch am meisten.« Jella bekam Panik. Sie musste so schnell wie möglich weg von hier. Mit ihrer freien Hand schlug sie dem Blassblonden mit voller Wucht ins Gesicht. Dabei fiel sein Monokel herunter und zersprang auf dem Boden. Überrascht von ihrer Wehrhaftigkeit, ließ der Mann sie für einen Augenblick los. Sie nutzte die Gelegenheit, um in Richtung Tür zu fliehen. Allerdings kam sie nicht weit, da sie über einen der wertvollen Perserteppiche strauchelte und der Länge nach hinschlug. Bevor sie sich wieder aufrappeln konnte, hatte sie der Hagere bereits erreicht. Er bekam einen Zipfel ihres dünnen Seidenkleides zu fassen und zog daran. Mit einem sirrenden Geräusch riss der Stoff und legte Jellas Mieder frei. Hastig befreite sie sich aus dem Rest des Chitons und rannte fast unbekleidet weiter in Richtung Tür. Die drei Männer blieben nicht untätig und folgten ihr. Doch Jella war schneller. Mit großen Schritten gelangte sie an die große Schwingtür und versuchte sie zu öffnen. Leider musste sie feststellen, dass sie von außen verschlossen war.

Sie äugte wie ein in die Enge getriebenes Tier in den großen Raum. Die Männer kreisten sie wie ein Rudel Wölfe von allen Richtungen ein. Hinter ihr war die verschlossene Tür. »Lassen Sie mich sofort gehen!«

Nackte Verzweiflung packte sie, während sie nach einem Ausweg suchte. Die Männer kamen mit lustgetränkten Augen auf sie zu. Der Blassblonde und der Hagere warfen ihre Morgenmäntel achtlos in den Raum. Beinahe gleichzeitig stülpten sie die Hosenträger über die Schultern. Voller Entsetzen beobachtete Jella, wie der Untersetzte seinen Hosenladen aufknöpfte und mit seinen kurzen Stumpenfingern ein krummes, dickes Ding hervorholte. Jella hatte noch nie in ihrem Leben einen Blick auf männliche Geschlechtsteile geworfen. Voller Ekel wandte sie sich ab. Panisch ging sie noch einmal alle Fluchtmöglichkeiten durch. Die einzige Tür war verschlossen, und eine Flucht durch die Fenster wäre wegen der Höhe einem Selbstmord gleichgekommen. Trotzdem wollte sie nicht klein beigeben. Fünf Schritte entfernt entdeckte sie einen dreibeinigen Hocker. Mit dem Mut der Verzweiflung stürzte sie an dem Untersetzten vorbei, rammte ihm den Ellenbogen in seinen Wanst und griff nach dem Hocker. Drohend hielt sie ihre Waffe gegen die drei Angreifer, die immerhin respektvoll Abstand hielten.

»Schließt sofort die Tür auf, ihr Schweine!«

Ihre roten Locken, zerzaust von der Rangelei, hingen ihr wild ins Gesicht. »Ich schlage hier alles kurz und klein!«

Der Hagere und der Untersetzte blieben zunächst auf Distanz. Doch der Blassblonde lachte nur. Langsam und siegessicher kam er Schritt für Schritt näher. Seine stechenden Augen fixierten sie wie ein Beutetier.

»Was für ein kleines, wildes Biest sie doch ist!« In seiner Stimme schwang pure Erregung. »Tut so, als wäre sie etwas Besseres! Fast könnte man glauben, sie kommt aus besserem Hause.«

Er stand nun direkt vor ihr. Jella griff den Hocker fester. Mit einem lauten Schrei versuchte sie ihn dem Angreifer über den Schädel zu ziehen.

Der fing den Schlag mit Leichtigkeit in der Luft ab. Mit eiserner Hand umkrallte er ihren Schlagarm und hielt ihn in der Luft fest. Gleichzeitig griffen die Finger der anderen Hand nach ihrem Mieder und rissen es mit Gewalt entzwei. Ihre vollen Brüste waren nun schutzlos den Blicken der Männer ausgeliefert. Jella schrie auf und versuchte sich notdürftig zu bedecken. Stattdessen zog der Blassblonde sie mit roher Gewalt noch näher an sich heran und presste seine fleischigen Lippen auf ihren Mund. Jella kämpfte mit einer aufsteigenden Übelkeit, trat mit den Füßen und versuchte sich durch Bisse zu wehren. Doch das stachelte die Lust der Männer nur noch mehr an. Die beiden anderen waren nun auch bei ihr, quetschten mit ihren groben Händen ihre Brüste und warfen sie schließlich auf den Boden. Sie strampelte, bäumte sich auf und versuchte sich von der Last zu befreien. Ihre Gegenwehr bewirkte das genaue Gegenteil. Die Männer verwandelten sich immer mehr in geile Tiere, denen es um nichts anderes ging als darum, ihrer Lust Erleichterung zu verschaffen. Endlich kam der Blassblonde zwischen ihren Beinen zu knien und riss sich die Hose herunter. Sein pralles, rosafarbenes Glied bewegte sich auf sie zu. Mit brutaler Gewalt riss er ihre Beine auseinander und drang mit aller Macht in sie ein. Ein Schmerz wie von einem Dolchstich drohte sie zu zerfetzen. Sie schrie, wimmerte und bäumte sich verzweifelt auf, doch ihr Vergewaltiger kannte kein Mitleid. Wieder und wieder stieß er zu, bis er sich schließlich mit einem lauten Stöhnen über ihrem Bauch ergoss. Doch die Qualen und Demütigungen hatten noch längst kein Ende. Sofort war der Hagere über ihr, während die beiden anderen sie am Boden festnagelten. Er bohrte erst zwei Finger zwischen ihre Beine, während er mit seiner anderen Hand sein Geschlechtsteil massierte. Dann drang auch er in sie ein. Als der Untersetzte sich an ihr zu schaffen machte, verlor Jella für einen Augenblick das Bewusstsein. Doch die Brutalität des Blassblonden holte sie wieder in die Realität zurück, als er sie von hinten nahm. Irgendwann leistete sie keine Gegenwehr mehr, während die Männer sie wieder und wieder vergewaltigten. Nach einer Ewigkeit ließen sie schließlich von ihr ab. Wie ein gebrauchter Putzlappen blieb sie auf dem kostbaren Perserteppich liegen. Jella starrte an die mit Stuck verzierte Decke und rührte sich nicht. Sie bekam nicht mit, wie die Männer sich anzogen und aus dem Haus verschwanden. Sie spürte nur die Leere, die sie mit eisiger Unendlichkeit umfing. Die Angst, dass die Männer zurückkommen könnten, löste sie schließlich aus ihrer Starre. Sie zitterte plötzlich am ganzen Leib. Kraftlos versuchte sie sich aufzurichten, brach aber immer wieder zusammen. Ihr Körper war über und über mit blauen Flecken übersät. Die Lippen waren aufgesprungen und bluteten, und ihre Lunge stach, als bohrten sich Rippen in ihre Eingeweide. Wie ein waidwundes Tier kroch sie hinter den Paravent zu ihren Kleidern, um so schnell wie möglich aus dieser Hölle zu verschwinden.

Zu Hause schloss sie sich in ihrem Zimmer ein. Hektisch befreite sie sich aus ihren Kleidern, bis sie splitternackt vor ihrem Waschtrog stand. Sie tauchte eine Wurzelbürste in das eiskalte Wasser und begann sich zu waschen. Wieder und wieder schrubbte sie sich, bis sich die Haut rötete und schließlich von ihrem Körper zu lösen begann. Sie konnte nicht damit aufhören, weil es ihre einzige Hoffnung war, die Schmach und die Schmerzen, die man ihr angetan hatte, abwaschen zu können. Doch es half nichts. Schuldgefühle hämmerten sich in ihr Bewusstsein. Sie hatte es zugelassen, dass man ihr alles genommen hatte, was sie als Frau an Würde und Anstand besaß – ihre Jungfräulichkeit. Aber was noch viel schlimmer war: Sie hatten ihren Willen gebrochen. Wimmernd und verzagt kroch Jella schließlich in ihr Bett und bat Gott inständig darum, sie sterben zu lassen.

Die Entscheidung

»Sach mal, Justav, wo is denn unsere Kleene abjeblieben? Ick möcht ihr jern wat zeijen!« Heinrich Zille deutete auf die Mappe unter seinem Arm.

»Keene Ahnung«, brummelte Gustav unfreundlich, während er ein paar Gläser in die Vitrine einräumte. »Aber wenn se nich bald wieder hier auftaucht und mir die Arbeit abnimmt, dann kann se mir ooch jestohlen bleiben! Se is schon seit zwee Tagen überfällig.«

»So? Det sieht mir aber jar nich nach unserer Jella aus. Vielleicht isse ja krank?«

»Det glob ick nich«, meinte Gustav. »Ick fürchte eher, se hat sich mit die falschen Leute einjelassen und uns hier verjessen.«

Er beugte sich über den Tresen und schilderte dem Maler Jellas Begegnung mit den »vornehmen Künstlern« vor einigen Tagen. »Wenn de mich fragst«, endete er, »dann waren det aber keene Ehrenmänner und im Leben keene Künstler. Die hatten ja gar keene Farbe an den Fingern, sondern eher 'nen jeilen Blick!«

»So, so …« Zille zog seinen Hut runter und kratzte sich am Kopf. Modellsitzen war an und für sich keine schlechte Sache. Jella konnte zusätzliches Geld gut gebrauchen. Seltsam war nur, dass sie sich bei Gustav nicht abgemeldet hatte. Es war so gar nicht ihre Art, einfach zu verschwinden. Außerdem gefielen ihm die Bemerkungen über die Burschen nicht. Gustav war ein guter Beobachter und Menschenkenner. Nein. Der Sache musste er auf den Grund gehen. Er würde nach Jella sehen. Seit dem Tod ihrer Mutter fühlte er sich irgendwie für die junge Frau verantwortlich. Schon oft hatte er mit seiner Frau Hulda über Jella gesprochen und ihr von ihrer Tatkraft und ihrem Lebenswillen vorgeschwärmt. Ihm gefiel die offene und praktische Art des Mädchens. Außerdem war sie eine gute Beobachterin und hatte einen Blick für das Wesentliche. Nicht zuletzt wegen ihres ausgezeichneten Urteilsvermögens und ihres natürlichen Kunstverstandes kam er immer wieder gern in die *Letzte Instanz*. Kurz – Jella war ihm fast wie eine Tochter ans Herz gewachsen. Und es war schließlich so seine Art, sich um die Leute in »seinem Miljöh« zu kümmern.

Tok-tok-tok. Das Klopfen an der Tür ließ nicht nach. Jella verkroch sich noch tiefer in ihre Kissen. Seit dem schrecklichen Abend war sie nicht wieder aufgestanden. Das Entsetzen über die Vergewaltigung war einer großen Gleichgültigkeit gewichen. Wenn sie nichts mehr an sich heranließ, würde sie die zugefügte Demütigung am ehesten vergessen können. Das ging so weit, dass sie nicht einmal mehr aufstand, um etwas zu trinken oder zu essen. Sie wagte nicht, den dunklen Bettkasten zu verlassen. Bald würde ihr der Tod die ersehnte Erlösung bringen. Sie verschwendete keine Gedanken mehr an ihre Zukunft, sondern lebte nur noch in dem Hier und Jetzt ihrer dunklen Kammer im dritten Hinterhaus im tristen Berlin. Ihr Leben war für sie vorbei.

So vegetierte sie vor sich hin und hatte auch nicht vor, das zu ändern. Natürlich quälten sie Hunger und Durst, aber sie versuchte, es zu ignorieren. Immer noch quälten sie die Schmerzen ihres geschundenen Körpers, ihre Lippen waren rau und aufgesprungen, ihre Rippen schmerzten bei jeder kleinen Bewegung, und die Verletzungen zwischen ihren Beinen brannten wie Feuer. Sie suchte Heil in dem wohltuenden Dämmerschlaf, der sie lindernd von ihrem Leid ablenkte.

Das Klopfen hörte nicht auf.

»Jella! Mach auf!«

Heinrich Zilles polternde Stimme gab nicht nach. Warum ließ er sie nicht in Ruhe! Was wollte der Maler von ihr? Ihr etwa Vorwürfe machen und Sie an ihre Pflichten in der Destille erinnern?

»Lassen Sie mich in Ruhe!«, rief sie mit krächzender Stimme. »Ich arbeite nicht mehr für Gustav.«

»Nun mach doch mal auf!«, drängte Zille. Seine Stimme klang besorgt und keineswegs ärgerlich. Jella zog das Kopfkissen über ihren Kopf.

»Mensch, Kindchen! Es gibt nichts, über das wir nicht reden könnten.«

»Ich will nicht reden«, schrie Jella verzweifelt. »Gehen Sie!«

»Nicht, bevor du mir für einen kurzen Augenblick in die Augen geschaut hast.«

Zille ließ ihr keine Ruhe. Erst als er schließlich drohte, die Tür einzutreten, quälte sich Jella notgedrungen aus ihrem Bett. Sie hatte Mühe, auf die Beine zu kommen. Der Maler wollte sie sehen. Nun gut. Das konnte er haben. Hauptsache, danach würde er endlich verschwinden.

Bei ihrem Anblick packte Zille das blanke Entsetzen.

»Um Himmels willen«, rief er erschrocken. »Welcher Unhold hat dich denn so zugerichtet?«

Jella schwieg. Ihr Äußeres sprach Bände. Dunkle Ringe hatten sich um ihre zugeschwollenen Augen gegraben und bildeten einen erschreckenden Kontrast zu ihrem bleichen, eingefallenen Gesicht. Die Lippen waren aufgeplatzt und verschorft, und ihre Haare standen wie ein wirrer Haarkranz um ihren Kopf. In ihrem einfachen, weißen Leinennachthemd sah sie aus, als wäre sie soeben von den Toten auferstanden. Sie öffnete ihren Mund, um etwas zu sagen, aber statt Worten bekam der Maler nur ein unverständliches Brabbeln zu hören, bevor sie ihm ohnmächtig entgegenfiel. Er konnte sie gerade noch rechtzeitig auffangen und die hochgewachsene Frau zu ihrem Bett ziehen. Dort legte er sie vorsichtig ab. So wie er es bei seinen eigenen Kindern immer getan hatte, wenn er sie zu Bett gebracht hatte. Sorgfältig strich er die Bettdecke über ihr glatt und sah sich nach einem Tuch und etwas Wasser um, um ihr die Stirn zu benetzen. Jella war immer noch ohne Besinnung. Ihre Augäpfel flatterten unter den geschlossenen Lidern. Zille konnte die Anspannung darunter erkennen. Die junge Frau musste etwas Schreckliches erlebt haben, das ihre Seele aufs Entsetzlichste beschädigt hatte. Diese verdammten Kerle. Es gehörte nicht viel dazu, sich auszumalen, was geschehen war. Zille wusste, dass es in der besseren Gesellschaft bestimmte Kreise gab, die sich den ausschweifenden Vergnügungen eines Herrenabends hingaben. Unter Ausschluss der Öffentlichkeit wurden Prostituierte und Strichjungen engagiert, mit denen man sich dann ungezügelt vergnügte. Oft wurden die Abende unter ein bestimmtes Thema oder Motto gestellt. Man gab vor, fotografieren oder Modelle zeichnen zu wollen, doch in Wirklichkeit ging es nur darum, der in der Gesellschaft herrschenden Moral ein Schnippchen zu schlagen. Zille selbst mied diese Abende, verurteilte die Ausschweifungen allerdings nicht, solange alle Beteiligten das taten, was ihnen gefiel. Aber dass sich diese feinen Herren jetzt an einem unschuldigen Mädchen vergriffen hatten, war eindeutig eine Sache für die Gendarmen. Zille musste plötzlich an seine eigene Tochter Margarete denken, die in einem ähnlichen Alter wie Jella war.

»Verdammtes Pack!« Er schlug mit der Faust auf die Kommode. Die Sache würde noch ein Nachspiel haben. Dafür würde er schon sorgen. Jellas Augen öffneten sich und flackerten unstet umher wie die eines gehetzten Tieres. Ängstlich sah sie sich um. Ihre Hände verkrallten sich am oberen Rand der Zudecke. Zille stand hilflos daneben. Tränen traten in seine Augen. Am liebsten hätte er das Mädchen in den Arm genommen und festgehalten. Aber er scheute sich davor, sie zu berühren. Nicht, weil es unschicklich gewesen wäre, sondern weil er spürte, dass die junge Frau vielleicht nie wieder die Berührungen eines Mannes würde ertragen können.

Er beschloss, sie mit sich nach Hause zu nehmen. Jella schwieg zu seinem Vorschlag, ließ jedoch alles willenlos mit sich geschehen. Als Zille ihr aus dem Bett half und ihr bedeutete, sich anzuziehen, gehorchte sie ihm widerstandslos. Ihr Gesicht war zu einer Maske erstarrt. Als sie dem Maler schließlich folgte, glichen ihre Bewegungen denen einer hölzernen Marionette.

Hulda Zille nahm den unerwarteten Gast herzlich und ohne Vorbehalte auf. Sie war eine stattliche Frau, die ihren Mann beinahe überragte. Ihre dunkelblonden Haare, durch die sich einzelne graue Strähnen zogen, trug sie ordentlich hochgesteckt. Mit einem warmen, einladenden Lächeln bat sie Jella, ihr in den Salon zu folgen. Unter normalen Umständen wäre Jella von ihrer neuen Umgebung begeistert gewesen. Alles war sauber und licht. Die geräumige Dreizimmerwohnung der Zilles lag im vierten Stock mitten im vornehm angehauchten Stadtteil Charlottenburg. Von dort hatte man einen wunderschönen Blick auf die breite, mit Kopfstein gepflasterte Sophie-Charlotten-Straße, über die tagsüber geschäftig Fuhrwerke und Droschken fuhren. Die Sonne schien selbst jetzt im Winter durch die großzügigen Fenster und verbreitete ein freundliches Licht in der gutbürgerlich eingerichteten Wohnung. An den Wänden des voll gestellten Wohnzimmers hingen überall Zeichnungen, Lithografien und Aquarelle, die Zille angefertigt hatte. Auf dem massiven Eichenholzschreibtisch stapelten sich Abzüge von Fotografien, die alltägliche Motive und Begebenheiten zeigten. Ein etwa zehnjähriger Knabe im Sonntagsanzug, wie er an einen Bauzaun pinkelt. Eine Rossschlächterei im Untergeschoss einer Mietwohnung, die dunklen Gassen des Krögelhofes oder die Friedrichstraße, über die motorisierte Droschken fuhren. Doch Jella hatte für all das keinen Blick übrig. Ihr Inneres war ausgebrannt und leer.

Auch in den nächsten Tagen und Wochen änderte sich nichts an ihrem Zustand. Ihre körperliche Verfassung besserte sich zwar stetig, aber ihre verletzte Seele blieb für ihre Umwelt unzugänglich. Dabei gab sich Jella dem äußeren Anschein nach viel Mühe. Sie bedankte sich artig für die ihr erwiesenen Freundlichkeiten, half im Haushalt und ging Hulda bei den Näharbeiten zur Hand, aber sobald ein Gespräch persönlicher wurde, verhärtete sich ihr Gesicht und ihr Blick schweifte ins Leere. Am liebsten schwieg sie und verzog sich in die Einsamkeit ihrer Kammer. Jella funktionierte, aber sie lebte nicht. Alle gaben sich Mühe, sie aufzumuntern, aber keinem gelang es, die Mauer ihrer Gleichgültigkeit einzureißen.

Die äußeren Verletzungen waren nach ein paar Tagen abgeheilt. Aber der innere Ekel vor der grauenvollen Tat blieb und wurde täglich eher größer. Dazu kam die schreckliche Bedrohung, dass die Vergewaltigung Folgen gehabt haben könnte. Was sollte sie tun, wenn sie schwanger war? Allein der Gedanke war unerträglich, dass die Männer womöglich ein Kind in sie gepflanzt hatten. Es würde ein Unhold sein, den sie schon jetzt hasste. Nein! Sie würde das Kind auf keinen Fall zur Welt bringen. Falls sie wirklich schwanger war, dann würde sie zu einer Engelmacherin gehen und es wegmachen lassen. Selbst, wenn sie dabei draufgehen sollte! Ihre Entscheidung stand fest. Doch die Angst blieb. Immer wieder fuhr sie mitten in der Nacht hoch und wachte schweißgebadet auf. Grauenvolle Albträume suchten sie dann heim und hinterließen ihr Bilder von ihrem eigenen, aufgedunsenen Körper, der immer größer und unheimlicher wurde. Dann platzte ihr Bauch auf, und heraus stiegen die drei lachenden Vergewaltiger mit ihren lüsternen Blicken. Jella hasste jetzt ihren Körper und ertrug keinerlei Berührungen. Selbst als Zilles kleiner Sohn Walter sie einmal zaghaft streichelte, zuckte sie zurück, als hätte der Teufel sie berührt. Mit einer einwöchigen Verzögerung setzte schließlich die sehnsüchtig erwartete Blutung ein. Dennoch konnte Jella keine wirkliche Erleichterung spüren. Die Schreckenstat wurde dadurch nicht ungeschehen gemacht. Die Wunden in ihrem Innern würden bleiben. Sie konnte sie höchstens verstecken.

Weihnachten ging vorüber, und das neue Jahr begann. Hulda und Heinrich Zille behandelten Jella wie ein Familienmitglied und nahmen regen Anteil an ihrem Schicksal. Sie gaben ihr Zeit, sich von ihren Erlebnissen zu erholen, aber als Anfang Februar immer noch keine Besserung in Jellas seelischem Zustand zu bemerken war, beschloss Zille etwas zu unternehmen. Eines Abends kam er nach Hause und unterbreitete Jella beim Abendessen einen Vorschlag.

»Also, ich habe mit Professor Koch gesprochen«, verkündete er gutgelaunt. »Ab Montag kannst du wieder bei ihm arbeiten. Allerdings nicht im Institut, sondern in seinem Krankenhaus. Er braucht dringend eine Krankenschwester.«

Jella schüttelte überrascht den Kopf.

»Ich bin aber nicht dazu ausgebildet«, warf sie ein. »Meine Erfahrungen im Krankenhaus sind noch äußerst bescheiden.«

»Papperlapapp! Der Koch meinte, ein so patentes Mädchen wie du könnte schon in der Ausbildung wie eine fertige Krankenschwester arbeiten. Er hält große Stücke auf dich.«

Zille sah Jella erwartungsvoll an. »Mann, es wird Zeit, dass du wieder unter Leute kommst«, brummte er. »Dein trauriges Gesicht braucht mal wieder eine Aufheiterung!«

Jella nickte kurz, um dann weiter in ihrer Suppe zu löffeln. Zille war mit Jellas Reaktion nicht zufrieden. Ihre offensichtliche Ablehnung kränkte ihn, und er wollte ihr schon etwas Unfreundliches entgegnen. Doch Hulda legte besänftigend ihre Hand auf seinen Arm.

»Lass sie mal«, meinte sie gutmütig. »Das wird schon werden!«

Tatsächlich meldete sich Jella in der nächsten Woche pünktlich zu ihrem Dienst. Hulda hatte ihr in einem Vieraugengespräch klargemacht, dass es an der Zeit war, wieder ins Leben zurückzukehren. Sie hatte ihre Argumente ernst und klar vorgebracht und Jella schließlich davon überzeugt, dass das Krankenhaus ein guter Anfang sein würde. Jella sah ein, dass sie der Familie Zille nicht unendlich lang auf der Tasche liegen konnte. Sie musste sehen, dass sie etwas zu ihrem Lebensunterhalt beitrug. Also meldete sie sich bei der Oberschwester, die sie mit offenen Armen wieder aufnahm. Auch die anderen Krankenschwestern und Ärzte begegneten ihr mit Freundlichkeit. Keiner sprach sie darauf an, weshalb sie damals einfach verschwunden war. Sie nahmen wohl an, dass sie krank gewesen war. Dass man sie im Institut zunächst nicht benötigte, machte Jella nichts mehr aus. Ihr Traum, ein naturwissenschaftliches Studium zu beginnen, war längst in den Hintergrund gerückt. Ihr fehlte der Mumm, sich nochmals in der dominanten Männerwelt zu behaupten. Bald war Jella für die Ablenkung im Krankenhaus mehr als dankbar. Die Arbeit mit den Kranken gab ihr erstaunlicherweise Kraft und genügend Ablenkung von ihren eigenen Problemen. Immer wieder sah Professor Koch bei ihr vorbei und erkundigte sich nach ihren Fortschritten. Eines Tages fragte er sie, ob sie hin und wieder im Institut arbeiten könnte. Jella hatte nichts dagegen. Also nahm sie an zwei Tagen in der Woche ihre frühere Arbeit wieder auf und lernte Mikroskopieren und das Herstellen komplizierter Rezepturen in der Krankenhausapotheke. Ihre sorgfältige Arbeit wurde überaus geschätzt, und mit der Zeit begann sie sogar wieder etwas Freude an ihrer Tätigkeit zu gewinnen. Den Rest der Woche verbrachte sie mit der Pflege der Kranken im Krankenhaus.

Die Zeit verging. Nach knapp anderthalb Jahren absolvierte sie ihre Krankenschwesterprüfung und bestand trotz der verkürzten Lehrzeit als Beste. Überdies hatte sie sich nebenbei gleichzeitig ein beträchtliches medizinisches und pharmazeutisches Wissen angeeignet. Sie hatte auch wieder Vorlesungen besucht, auch wenn sie jetzt keinerlei Abschluss mehr anstrebte. Eines Tages war es so weit, dass die Entscheidung über ihre weitere Zukunft anstand. Sowohl Professor Koch als auch der leitende Klinikarzt hatten ihr angeboten, weiterhin für sie zu arbeiten. Sie nahm dankbar an und freute sich, dass sie durch ihr künftiges Gehalt etwas unabhängiger sein würde. Heinrich und Hulda Zille hatten ihr angeboten, bei ihnen wohnen zu bleiben, was sie dankbar annahm. Jella konnte zufrieden sein. Die oberflächlichen Wunden der Vergewaltigung waren vernarbt. Die Arbeit und die Bestätigung durch die Kranken hatten ihr wieder Kraft gegeben – und wie es in ihrem Inneren aussah, das ging niemanden etwas an.

Zille freute sich einerseits, dass Jella wieder Lebensmut gefasst hatte, aber er sah auch, dass sie dieses Leben nicht wirklich ausfüllte und glücklich machte. Die junge Frau war viel zu intelligent und zu neugierig, als dass ihre jetzige Tätigkeit sie auf Dauer ausfüllen würde. Und in ihrem Leben gab es noch ein paar Dinge, die sie nicht geklärt hatte. Immer wieder ging Zille Jellas Vater durch den Kopf. Er lebte und hatte ein Recht darauf, zu erfahren, dass er eine Tochter hatte, genauso wie Jella ihn kennenlernen musste. Nach einer längeren Unterhaltung mit seiner Frau Hulda beschloss er, nochmals mit Jella zu reden. Es gab da noch etwas, das er ihr lange verschwiegen hatte. An einem der ersten warmen Frühlingsabende, als sich die Vögel überschwänglich vom Tag verabschiedeten, bat er Jella in seinen Salon.

»Wir müssen reden.«

Wie immer fiel er mit der Tür ins Haus. Jella zog überrascht die Augenbraue hoch.

»Habe ich einen Fehler gemacht?«, fragte sie offen. Zille lachte verlegen.

»Nee, nee, da mach dir mal keenen Kopp! Ich finde nur, dass du dich mal wieder um deine Familie kümmern solltest.« Er sah sie mit seinen kleinen braunen Augen warmherzig an. »Versteh das nicht falsch. Hulda, die Kinder und ich, wir haben dich genauso lieb wie ein eigenes Kind. Und von uns aus könntest du für immer bei uns wohnen bleiben. Aber da gibt es noch was in deinem Leben – das solltest du unbedingt regeln.«

»Ich verstehe nicht …« Jella war offenkundig brüskiert. »Ich habe keine Familie mehr. Zu meinem Großvater werde ich bestimmt nicht mehr gehen!«

Zille schüttelte den Kopf. »Davon redet ja auch niemand. Dem ollen Döskopp geschieht es ja nur recht, wenn du ihn vergisst. Aber da ist ja schließlich noch dein Vater.«

»Mein Vater? Ich verstehe nicht.«

»Ich finde, du solltest dich auf den Weg machen und ihn suchen gehen.«

»Das meinst du nicht ernst!« Jella war nun sichtlich überrascht. »Er kennt mich nicht, außerdem lebt er irgendwo in Deutsch-Südwestafrika. Ich wüsste gar nicht, wo ich ihn suchen sollte; außerdem fehlt mir das Geld für die Schiffspassage. Ich müsste Jahre arbeiten, bevor ich genügend verdient hätte.« Misstrauisch musterte sie Heinrich. »Wollt ihr mich loswerden?«

»Also, das ist ja wohl das Allerletzte!«, polterte Zille beleidigt. »Wenn wir das im Sinn gehabt hätten, dann wüsstest du das längst. Ich dachte immer, du hättest uns gern.«

»Ich verstehe einfach nicht, was du damit bezweckst«, konterte Jella. »Sieh mal, ich bin mein ganzes Leben ohne meinen Vater ausgekommen. Warum sollte ich mich gerade jetzt auf den Weg zu ihm machen?«

»Weil er dein Vater ist«, antwortete Zille lapidar. »Er hat ein Recht darauf, zu erfahren, was für eine wunderbare Tochter er hat.«

»Selbst wenn, es ist einfach unmöglich! Ich weiß ja nicht mal, ob er noch lebt.« Jella stutzte. Rachels Worte gingen ihr plötzlich durch den Kopf. Ihre Mutter hätte bestimmt gewollt, dass sie nach ihrem Vater suchte.

»Unmöglich ist nichts«, sagte Zille. »Und wenn du es nicht herauszufinden versuchst, dann wirst du das Problem dein ganzes Leben mit dir herumschleppen.«

Er ging zu seinem Schreibtisch und öffnete die oberste Schublade. Daraus zog er einen Umschlag, den er Jella reichte.

»Da drin ist das Geld für die Schiffspassage und obendrauf noch etwas dazu. Wenn du ein wenig sparsam bist, reicht es auch noch für die erste Zeit in Afrika.«

Jella zog erschrocken ihre Hand zurück. »Aber das kann ich auf keinen Fall annehmen. Ich weiß genau, dass ihr selber jeden Pfennig umdrehen müsst. Oder hast du einen Gönner gefunden, der alle deine Zeichnungen auf einmal gekauft hat?«

Zille umrundete seinen Schreibtisch und legte Jella den Umschlag auf den Schoß.

»Das Geld ist nicht von mir«, knurrte er. »Es ist von jemandem, der es dir schuldig ist. Ich hab es schon eine ganze Weile, aber jetzt denke ich, dass es der richtige Zeitpunkt ist, es dir zu geben.«

Jella starrte den Umschlag auf ihrem Schoß an, als wäre er vergiftet. Sie dachte sofort an ihren Großvater, konnte sich aber beim besten Willen nicht erklären, weshalb er ihr gegenüber hätte so großzügig sein sollen.

»Denk nicht so viel, sondern nimm es!«, forderte Zille. »Es ist dein Fahrschein in die Zukunft.«

ZWEITER TEIL

Afrika

Nakeshi und Bô

»Sieh nur, Gao hat in seiner Falle ein Perlhuhn gefangen!«, rief Nisa begeistert. Sie kniete neben dem leblosen Vogel und begutachtete ihn fachmännisch. Das Perlhuhn hatte sich von den Samen anlocken lassen, die es unter einem Stein ausgemacht hatte. Während es mit seinem Schnabel den Stein weggeschubst und nach den Körnern gepickt hatte, hatte sich die todbringende Schlinge um seinen Hals zugezogen.

Die Vogelfallen der Buschmänner waren einfach, aber überaus wirksam. Sie bestanden lediglich aus einem biegsamen Ast des Rosinenbusches, an dem eine aus Pflanzenfasern gedrehte Schlinge befestigt war. Der Ast wurde in den Boden gesteckt und mit einem Stein, den man auf die Schlinge legte, in Spannung gebracht. Sobald der Stein, unter den die Buschmänner Körner oder Samen legten, wegbewegt wurde, schnappte die Falle zu.

»Vielleicht schenkt er das Perlhuhn ja dir und deiner Familie?« Nisa sah Nakeshi mit einem vielsagenden Lächeln an. »Und dann könnt ihr noch heute heiraten.«

»Warum sollte ich Gao heiraten?«, fragte Nakeshi genervt. »Ich möchte allein schlafen. Warum soll ich mich binden?«

»Alle Frauen heiraten«, meinte Nisa leicht bekümmert. »Du wirst dich schon daran gewöhnen. Ich kann mit Tashay auch noch nichts anfangen. Aber Besa sagt, das ändert sich. Eines Tages wird schon noch Zuneigung daraus.«

Nisa war seit zwei Monden mit Tashay verheiratet. Wie es bei den Joansi üblich war, hatte der viel ältere Jäger immer wieder bei ihr und ihren Eltern angefragt, ob sie ihn ehelichen möchte. Nisa hatte sich anfangs geziert. Auch das war so üblich. Schließlich gab man mit einer Ehe die letzten Freiheiten und Vorzüge der Jugend auf. Mehr widerstrebend als freiwillig hatte sie dann aber doch zugestimmt. Schon in der ersten Nacht war sie schreiend vor Tashay weggelaufen und in die Hütte ihrer Eltern zurückgekehrt. Obwohl ihr Mann sie nicht angefasst hatte, war die Tatsache, dass er es hätte tun können, für sie erschreckend gewesen. In der nächsten Nacht war Besa, eine ältere Frau, mit Nisa in die eheliche Hütte gegangen und bei dem Paar geblieben. Sie legte sich zwischen Tashay und Nisa und brachte ihr bei, sich nicht zu fürchten. Es hatte funktioniert. Seit einigen Nächten schlief Nisa bei Tashay und fürchtete sich nicht mehr. Er respektierte Nisas Zurückhaltung und wartete geduldig, bis sie ihre Einstellung ändern würde.

»Sheshe war auch nicht verheiratet«, meinte Nakeshi trotzig.

»Sie war eine Frau zwischen den Welten«, widersprach Nisa. »Du bist nur ein unerfahrenes Mädchen. Wer soll denn für dich jagen? Es war schon immer so bei unserem Volk. Die Frau geht sammeln und gibt ihrem Mann etwas zu essen, und er wird dafür auch etwas für dich tun. Wer wird dir zu essen geben, wenn du dich weigerst zu heiraten?«

Nakeshi schwieg. Die Wahrheit war, dass sie gar nichts gegen eine Heirat gehabt hätte, nur dachte sie dabei weniger an Gao als viel mehr an Bô, den jungen Jäger, der sich vor einiger Zeit ihrer Gruppe angeschlossen hatte. Für die Ehe war er eigentlich noch zu jung. Er war nur ein paar Jahre älter als Nakeshi. Aber das war nicht der ausschlaggebende Punkt. Es kam immer wieder einmal vor, dass sich auch junge Paare fanden und beschlossen, beieinander zu bleiben. Nein, der Grund war, dass Bô sich seit seinem Unfall vor ein paar Wochen überhaupt nicht mehr für sie zu interessieren schien. Jedes Mal, wenn sie ihm einen freundlichen

Blick oder ein verstohlenes Lächeln zuwarf, sah er betreten zur Seite. Ihr kam es vor, als ob er ihre Nähe mied; dabei prickelte Nakeshis Haut, wenn sie Bô auch nur von ferne sah. Einmal, bei einem der abendlichen Gesellschaftsspiele, war Nakeshi, als sie einem Ball nachsetzte, der aus einer runden Baumfrucht bestand, aus Versehen in Bôs Arme gefallen. Er hatte unbeteiligt am Rand der spielenden Gruppe gestanden und sie geschickt aufgefangen. Dabei hatte er sie einen Augenblick länger als notwendig in seinen starken Armen gehalten. Sein heiles Auge hatte sie warm und sehnsüchtig angesehen, aber dann war sein Blick wieder hart und abweisend geworden. Nakeshis Herz hatte tief geschmerzt, als er sie kurz darauf wieder grob von sich stieß.

»Lass uns weitergehen.« Nakeshi löste sich seufzend aus der verletzenden Erinnerung. »Wir wollen sehen, ob wir Ninbeeren und Tsinbohnen finden können«, meinte sie mit fester Stimme. »Ich habe eine neue Stelle entdeckt. Außerdem brauche ich noch einige stärkende Kräuter für unseren Verletzten.«

Nisa band den Vogel los, steckte ihn in ihren Lederbeutel und folgte ihr. Sie hatte keineswegs vor, Nakeshi wegen der bevorstehenden Heirat in Ruhe zu lassen.

»Gao ist ein guter Mann«, insistierte sie. »Vielleicht ein bisschen alt, aber dafür hat er eine große Erfahrung und kennt Wasserstellen auch außerhalb unseres Gebiets. Er betet dich an und wird dir ein guter Ehemann sein. Außerdem ist er für unsere Gruppe eine große Bereicherung.«

Nakeshi überlegte, ob sie etwas Unfreundliches antworten sollte. Aber dann besann sie sich. Nach den Maßstäben ihrer Gruppe war Gao tatsächlich nicht die schlechteste Wahl für einen Ehemann. Er war angesehen und freundlich und bewunderte sie für ihre heilerischen Fähigkeiten. Seit Sheshe mit den weißen Riesen verschwunden war, hatte Nakeshi nach und nach die Stellung der Heilerin eingenommen. Ihre Tante war ihr eine gute Lehrerin gewesen, und Nakeshi liebte ihr unabhängiges Leben. Genau das gefiel Chuka nicht. Sie bestand darauf, dass ihre Tochter so lebte, wie sie es für gut befand. Deshalb drängte sie Debe, die Verbindung gutzuheißen. Als ihr Vater hatte Debe großen Einfluss auf sie. Durch Gao wurde die Gruppe verstärkt und machte den Ausfall von Bô wett, der vielleicht nie wieder würde jagen können. Nakeshi würde sich nicht mehr lange gegen die Heirat wehren dürfen. Aber noch war es nicht so weit. Nur damit Nisa sie endlich in Ruhe ließ, antwortete sie:

»Na ja, du hast ja recht. Wenn alle darauf bestehen, werde ich Gao doch heiraten.«

»Nakeshi und Gao sind ein schönes Paar«, jubelte Nisa.

Nur ein paar Rosinenbüsche trennten die beiden jungen Frauen von Bô, der sich zur gleichen Zeit ganz in ihrer Nähe aufhielt, um seine eigenen Fallen zu überprüfen. Der junge Jäger hatte das Gespräch der beiden jungen Frauen mitbekommen. Nakeshis Worte trafen ihn tief. Er war in die junge Frau verliebt, seit er sie vor einigen Monden zum ersten Mal gesehen hatte. Sie war ganz anders als die Mädchen, die er sonst so kannte, eigenwillig und doch sehr einfühlsam, und sie versuchte wie er, den Dingen auf den Grund zu gehen. Er hatte sich immer Hoffnungen gemacht, sie eines Tages in seine Hütte zu führen. Doch dann hatte Kauha ihm einen Strich durch die Rechnung gemacht. Seit seinem Unfall war er für die Buschmanngruppe als Jäger nicht mehr zu gebrauchen. Ihm blieb das Fallenstellen als einzige Möglichkeit, um zum Unterhalt der Gruppe beizutragen. Das war wichtig, aber eigentlich eine Arbeit für Kinder und alte Männer, die nicht mehr auf die Jagd gehen konnten. Bô fühlte sich durch seine Verletzung gedemütigt. Seine Unvorsichtigkeit hatte ihn zu einem Krüppel gemacht, der zu nichts mehr nutze war. Hätte er seinen Verstand benutzt, wäre er dem Kudu nicht direkt durch die Dornenbüsche gefolgt. Ein rückschnellender Ast hatte ausgereicht, dass ein fingerlanger Dorn ihm sein linkes Auge ausstach.

Niemand aus Debes Gruppe machte ihm deswegen einen Vorwurf, doch die bedauernden Blicke der Männer und Frauen verrieten ihre Gedanken. Bô war ein erfolgreicher, junger Jäger gewesen. Jetzt taugte er nur noch zum Fallenstellen und war ein unnützer Esser. Wie unnütz und schwach er sich fühlte! Eine Frau wie Nakeshi würde ihn bestimmt niemals zum Mann nehmen. Allein der Gedanke, sie mit einem anderen zu sehen, schmerzte ihn unerträglich. Bô rieb sich eine Träne aus dem gesunden Auge. Sein Entschluss stand fest. Beim nächsten Sonnenaufgang würde er Debes Gruppe verlassen und zurück zu seiner Familie in die Namib gehen.

Kurz darauf war Hochzeit.

Aus Enttäuschung und Trotz über Bôs Verschwinden hatte Nakeshi in die Verbindung mit dem älteren Jäger Gao eingewilligt. Am meisten schmerzte sie, dass sich Bô nicht einmal von ihr verabschiedet hatte. Ihrer Meinung nach hatte sie nie einen Hehl daraus gemacht, dass er ihr gefiel. Sein Unfall hatte für sie nie eine Rolle gespielt. Im Gegenteil. Bô war für sie dadurch noch anziehender geworden. Aber er hatte ihr keine Gelegenheit gegeben, ihre Zuneigung deutlicher zu zeigen. Das machte sie traurig und wütend zugleich. Wenn Bô sie schon nicht wollte, konnte sie genauso gut Gao heiraten.

Früh am Morgen kam Gao mit seinen alten Eltern zu Chuka und Debe. Sie verbeugten sich höflich. Dann sprach Gao die für das Hochzeitsritual erforderlichen Worte:

»Gebt mir eure Tochter. Ich will sie heiraten. Dies sind meine Eltern. Sie werden gleich morgen die Hochzeitshütte bauen.«

Und so war es gekommen. Gleich darauf machten sich Gaos Mutter, Chuka und eine ältere Cousine an den Bau der Hütte. Die anderen Buschmänner saßen plaudernd in der Nähe. Am späten Nachmittag war es dann so weit. Die jungen Männer der Gruppe holten Gao ab und brachten ihn zur fertigen Hütte. Sie setzten ihn davor und blieben bei ihm am Feuer sitzen. Nakeshi saß währenddessen in der Hütte ihrer Mutter. Sie hörte, wie Chuka zu Nisa sagte, sie solle ihre Tochter zur Hochzeitshütte begleiten. Die Worte versetzten Nakeshi in Panik. Erst jetzt wurde ihr die Tragweite ihrer Entscheidung bewusst. Wie einfältig war es doch gewesen, in diese Heirat einzuwilligen! Ja, sie achtete Gao wie einen Onkel, aber sie empfand rein gar nichts für ihn. Er war zu alt für sie und dachte nur an die Jagd und das Essen.

»Oohh … ich laufe davon!«, war alles, was sie denken konnte. Ohne einen Augenblick länger darüber nachzudenken, schlüpfte sie aus der Hütte und rannte in den Busch. Natürlich wurde ihr Fehlen unmittelbar darauf entdeckt.

»Nakeshi ist weggerannt«, jammerte Nisa, die sie zu Gao führen sollte. Debe kam hinzu. Er wurde richtig ärgerlich, als er vom Ungehorsam seiner Tochter erfuhr.

»Lauf ihr nach, und sag meiner Tochter, wenn sie wegläuft, schlage ich sie so, dass sie es nicht wieder tut.«

Nakeshi war bereits weit draußen im Busch. Sie hörte, wie die anderen nach ihr riefen und sie suchten, aber sie wollte nicht zurück. Schließlich setzte sie sich unter einen Baum und weinte.

»Nakeshi, Nakeshi, meine Freundin … Da draußen ist eine Hyäne … die Tiere werden dich überfallen und töten. Komm zurück … Nakeshi … Nakeshi!« Nisa wollte ihre Freundin mit den Worten nur schrecken, obwohl sie wusste, dass Nakeshi sich nicht davon beeindrucken lassen würde. Und damit hatte sie recht; Nisas Worte prallten wie Regen an ihr ab.

Als Nisa sie schließlich fand, rannte Nakeshi nochmals davon. Doch Nisa war schneller und packte sie an der Schulter. Sie rief:

»Hey! Hier ist Nakeshi! Kommt alle hierher! Helft mir!« Nakeshi sträubte sich, aber kurz darauf waren noch ein paar andere Buschmänner da und schleiften sie zurück zur Hochzeitshütte. Sie zwangen sie, sich hineinzusetzen. Sie weinte und weinte. Nisa versuchte vergeblich, sie zu beruhigen.

»Ein Mann ist nichts, das dich umbringt. Er ist jemand, der dich heiratet, der wie dein Vater oder dein älterer Bruder ist. Er tötet Tiere und gibt dir zu essen. Gao wird vielleicht schon morgen, während du noch weinst, ein Tier töten. Aber wenn er zurückkommt, wird er dir kein Fleisch geben, wenn du dich so anstellst. Dann isst er allein. Und Perlen gibt er dir auch nicht. Hör doch endlich auf, und füge dich in das Unvermeidliche.«

Nakeshi hörte schweigend Nisas Worte. Wo war nur ihre Freiheit geblieben? Sollte das nun ihr Leben sein?

Draußen war es längst dunkel geworden, und die Buschmänner legten sich schlafen. Gao legte sich vor das Feuer vor dem Eingang ihrer Hütte. Er rechnete sehr wohl damit, dass Nakeshi versuchen würde, noch einmal davonzulaufen. Sie konnte durch die Ritzen der Zweige sehen, wie er sich mit einer Decke zudeckte und einschlief. Sie sah es mit aufkeimender Angst. »Wie springe ich am besten über ihn?«, überlegte sie fieberhaft. »Wie komme ich hinaus? Wie schaffe ich es, in die Hütte meiner Mutter zu kommen, um neben ihr zu schlafen?« Nakeshi beobachtete Gao. Er war ihr Mann, aber er war ihr so fremd. »Wie konnte ich diesen Menschen nur heiraten? Warum hat man mich diesem Mann zur Frau gegeben? Die älteren Leute sagen, er ist ein guter Mann, aber mir ist er fremd und wird es immer bleiben …«

Nakeshi blieb regungslos in ihrer Hütte liegen und bewegte sich nicht. Hoffnungsvoller Regen setzte ein. Sie lauschte seinem Prasseln auf das Hüttendach und ließ sich von ihm trösten. Er schwoll an und wurde zu einem heftigen Regenguss. Sie hoffte, dass Gao nun aufstehen und in einer anderen Hütte Schutz suchen würde. Doch ihr Mann blieb in seine Decke gehüllt vor ihrem Eingang liegen. Irgendwann schlief Nakeshi ein. In der ersten Dämmerung wachte sie wieder auf und hoffte, dass Gao verschwunden war. Doch er saß am Feuer und stocherte darin herum. Nakeshi weinte wieder. Sie legte sich nochmals hin und wartete weiter, dass ihr Mann verschwand. Als Gao schließlich hinter die Büsche ging, um sich zu erleichtern, nutzte sie die Gelegenheit, um hinauszuschleichen und sich in der Hütte ihrer Mutter zu verkriechen.

Sie weigerte sich, sie zu verlassen, obwohl sie wusste, dass es sinnlos war. Mit ihrem aus Trotz gegebenen Einverständnis hatte die Gruppe ein Recht, ihre Hochzeit zu feiern. Aufgebrachtes Gemurmel machte sich in der Gruppe breit. Nakeshi stellte sich über Gebühr zimperlich an. Schließlich kamen Gaos Verwandte zu ihrer neuen Hütte. Sie sprachen alle auf den verschmähten Ehemann ein, seine Mutter, sein Vater, seine Brüder.

»Geh und befiehl deiner Frau, dass sie kommen soll!«

»Ihre Schwiegermutter will sie mit dem Hochzeitsöl einreiben.«

»Was ist los mit deiner Frau? Warum kommt sie nicht in ihre neue Hütte und befolgt unsere Bräuche? Will sie uns alle beleidigen?«

Nakeshi blieb stur. Mittlerweile hatte sich beinahe die ganze Gruppe vor ihrer Hütte versammelt. Sie redeten auf sie ein, versuchten ihr die Angst zu nehmen und erkannten doch nicht, dass es ihr nicht um die Angst vor der Ehe ging, sondern darum, dass sie Gao einfach nicht würde ertragen können. Noch nie in ihrem Leben war sie so verzweifelt gewesen. Warum ließen die Leute sie nicht einfach in Frieden? Schließlich platzte dem gutmütigen Debe der Kragen.

»Uhn, uhn, Nakeshi, komm sofort heraus. Wenn du dich weiterhin so benimmst, schlage ich dich. Steh auf, und geh in deine neue Hütte. Setz dich da drüben hin, damit sie dich mit Öl einreiben können!«

Nakeshi blieb sitzen. Da brach Debe einen Zweig vom Baum und kam auf sie zu. In seinen Augen blitzten Wut und Enttäuschung. »Ich werde dich schlagen wie ein kleines, ungehöriges Kind. Willst du das wirklich?«

Nakeshi erschrak. So hatte ihr Vater nicht mehr mit ihr gesprochen, seit sie ein kleines Kind gewesen war und zweimal hintereinander aus Versehen ein Straußenei zerschlagen hatte. Wenn sie jetzt nicht gehorchte, würde ihr Vater sie nicht mehr als seine Tochter betrachten. Sie stand zitternd auf. Mit gesenktem Kopf folgte sie ihrem Vater in die Hochzeitshütte. Gaos Mutter wartete schon mit dem Öl, das sich in einem kleinen Schildkrötenpanzer befand. Schweigend rieb sie ihre Schwiegertochter mit dem Öl ein, während Chuka Gao salbte.

Auf nach Afrika!

»Und grüß mir die Neger! Das sollen ganz ordentliche Jungs sein«, waren die letzten Worte, die Jella im stampfenden Maschinenlärm des anfahrenden Zuges verstand. Heinrich Zille wischte sich gerührt mit seinem großen Taschentuch über die Augen und nahm die ebenfalls weinende Hulda in seinen Arm. Auch Jella fiel der Abschied von der Familie Zille schwerer als gedacht. Mit gemischten Gefühlen sah sie ihren väterlichen Freund und seine schluchzende Frau hinter dem weißen Dampf der abfahrenden Lokomotive verschwinden. Jetzt stiegen auch ihr die Tränen hoch. Die Zille's hatten ihr in einer schweren Zeit ein richtiges Zuhause geboten. Sie winkte noch einmal und schob dann entschlossen das Fenster ihres Abteils hoch. Es war so weit: Ein neuer Abschnitt ihres Lebens hatte begonnen.

Jella war sich lange nicht sicher gewesen, was sie mit dem Geld anfangen sollte, aber dann hatte sie im Krankenhaus ein einschneidendes Erlebnis gehabt, das ihr plötzlich die Augen geöffnet hatte. Es war an einem sonnigen Tag gewesen; sie versorgte gerade einen schwindsüchtigen Soldaten, der als Schutztruppensoldat in Deutsch-Südwestafrika gedient hatte. Er delirierte und war kaum ansprechbar. Jeder im Hospital wusste, dass es mit ihm nicht mehr lange gehen würde. Jella kühlte seine glühende Stirn mit feuchten Tüchern und streichelte die blasse Hand. Der Patient träumte unruhig vor sich hin. Seine Augenlider flatterten, während sein

Kopf in unruhigen Bewegungen hin und her schwankte. Plötzlich erstarrte er. Er riss seine Augen auf und starrte auf einen fernen Punkt an der Decke. Jella schien, als würde er dort in eine andere Welt sehen.

»Teresa«, flüsterte er aus aufgesprungenen Lippen. Ein mattes Lächeln überzog sein Gesicht. »Wie schön du bist!« Er deutete auf die weiße Decke. »Sehen Sie nur ihre braune Haut, so weich und sanft. Ich werde sie heiraten, auch wenn meine Kameraden mich dafür verspotten. Ich liebe sie.«

Er wandte ihr seinen Kopf zu und sah sie an. Verwirrt versuchte er sich zu erinnern, wer sie war. Dann fasste er plötzlich Zutrauen zu ihr. Sein Blick hatte etwas Flackerndes, fast Fanatisches.

»Waren Sie schon mal in Afrika?«, fragte er unvermittelt. Jella schüttelte den Kopf.

»Sie müssen dorthin, hören Sie?« Seine Hand griff nach ihrer. Jella zuckte unwillkürlich zurück. Die harmlose Berührung des Mannes war ihr äußerst unangenehm, auch wenn sie sich jetzt beinahe dafür schämte. Sie gab sich Mühe, den Kranken zu beruhigen.

»Sicher gehe ich nach Afrika«, behauptete sie.

»Sie müssen nach Afrika gehen«, flehte er. Trauer und tiefer Schmerz breiteten sich wie ein Schatten über seinem Gesicht aus. »Sie müssen mir versprechen, dorthin zu gehen und Teresa zu heilen.«

Er seufzte tief auf, schloss die Augen. Dann fuhr er noch einmal auf und suchte nach Jellas Hand. Nur widerstrebend überließ sie sie ihm.

»Es gibt so viele Kranke dort. Teresa hätte nicht sterben dürfen. Helfen Sie ihnen! Das müssen Sie mir versprechen!«

Beklommen erwiderte Jella den Händedruck. Doch der Soldat gab sich damit nicht zufrieden.

»Versprechen Sie es!«

Sein glasiger Blick bohrte sich in sie hinein. Jella konnte nicht anders.

»Ich verspreche es.«

Endlich ließ die Hand los.

Jella war klar, dass sie die fantasierenden Worte des Todkranken nicht ernst zu nehmen brauchte, und trotzdem hatte das Gespräch sie tief berührt. Der Mann hatte etwas in ihr hervorgeholt, was sie längst vergessen hatte. Er hatte sie an ihre ursprünglichen Pläne und Träume erinnert. Es wurde Zeit, dass sie ihr Leben wieder in ihre eigenen Hände nahm. Heinrich Zille hatte recht: Sie gehörte nach Afrika – und vielleicht auch zu ihrem Vater.

Im Sommer des Jahres 1903 war es schließlich so weit. Am fünfundzwanzigsten Juli fuhr ein Dampfer der Woermann-Linie von Hamburg in Richtung Deutsch-Südwest ab. Per Telegraphenleitung hatte sich Jella einen Platz auf dem Zwischendeck reservieren lassen. Vom Hamburger Bahnhof begab sie sich direkt zum Hafen auf den Petersen-Kai. Die Einschiffung sollte noch am selben Tag erfolgen. Jella stellte sich in einem der Schuppen am Fahrkartenschalter an, um ihre Passage zu bezahlen. Insgesamt hatte die *Hans Woermann,* mit der sie fahren würde, Platz für hundertdreißig Passagiere. Während die dreißig Plätze auf dem Zwischendeck alle ausgebucht waren, blieben in der ersten und zweiten Klasse etliche Plätze frei. Die Herrschaften, die die bequemeren Überfahrten bezahlt hatten, standen etwas abseits und überprüften bereits, wie ihr Gepäck verladen wurde. Vor dem Schalter für die Zwischendeckpassage herrschte großes Gedränge. Handwerker, Dienstmädchen, eine Krankenschwester und zwei, drei Auswandererfamilien mit Seekisten und Koffern standen an. Einige unterhielten sich aufgeregt über die bevorstehende Reise, andere standen still und in sich versunken in der Reihe und sorgten sich um das bevorstehende Abenteuer. Für die meisten bedeutete die Abreise einen großen Schritt in ein neues, völlig fremdes Leben. Jella kam sich mit ihrem kleinen Gepäck richtig verloren vor. Sie hatte lediglich zwei Reisetaschen, in denen sie ihr kümmerliches Hab und Gut mühelos untergebracht hatte. Das einzig Wertvolle darin war das medizinische Besteck, das ihr Professor Koch zum Abschied geschenkt hatte, eine Zeichnung von ihr, die sie von Heinrich Zille bekommen hatte, und das silberne Medaillon, in dem eine Fotografie ihrer Mutter eingefasst war. Etwas abseits stand eine Kompanie Schutztruppensoldaten und wartete auf den Befehl, sich einzuschiffen. Sie standen in lockeren Gruppen herum und beäugten die jungen Mädchen, die an Bord gehen sollten. Jellas Blick fiel auf einen Soldaten, der durch seine Art und sein Aussehen besonders herausstach. Es war ein kleiner, rundlicher Mann mit einem viel zu großen Schutztruppenkäppi. Eine dickglasige Hornbrille ließ seine Augen übergroß erscheinen, während er gestenreich seine Kameraden durch irgendwelche Geschichten zu beeindrucken versuchte. Kurzum, der Mann war ein Ausbund an Hässlichkeit. Endlich fiel Jella ein, woher sie den Mann kannte. Es war der Museumsangestellte aus dem Berliner Naturkundemuseum. Sie hatte ihn immer für ein Großmaul gehalten und nie gedacht, dass er sein Vorhaben, zu den Schutztruppen zu gehen, in die Tat umgesetzt haben könnte. Jella musste schmunzeln. Wie ein Feldwebel sah der Mann allerdings ganz und gar nicht aus. Sie kannte sich mit den Offiziersrängen nicht allzu gut aus, aber offenkundig war er nichts anderes als ein einfacher Gefreiter. Knorr musste ihre neugierigen Blicke gespürt haben. Auf jeden Fall drehte er sich zu ihr um und schien sie ebenfalls zu erkennen. Mit hastigen Schritten stürmte er auf sie zu und schlug zackig seine Hacken zusammen.

»Gefreiter Knorr. Immer zu Diensten, schönes Fräulein!«

»Jella von Sonthofen, haben Sie besten Dank.«

»Ich habe nicht gedacht, auch Sie hier wiederzufinden«, bemerkte Knorr und fügte verschwörerisch hinzu: »Afrika ist ein gefährliches Pflaster.«

Jella unterdrückte ein Lachen, weil Knorr zur Bekräftigung seiner Bemerkung erst einmal kräftig die Nase hochzog.

»Nehmen Sie etwa auch die *Hans Woermann*?«, fragte sie höflich.

»Selbstverständlich! Meine Kameraden und ich werden in dem Schutztruppengebiet Deutsch-Südwestafrika zur Unterstützung unserer Einheiten gegen die Aufständischen gebraucht. Es gibt Gerüchte, dass die Neger einen Aufstand proben.«

Alfred Knorr warf sich in die Brust. Er war sichtlich stolz, Teil einer so wichtigen Unternehmung zu sein, und sah in Jella auch gleich ein willkommenes Opfer, um seine Kenntnisse an den Mann beziehungsweise die Frau zu bringen.

»Die Hereros, eines der vielen Völker, die in unserem Schutzgebiet leben, beschweren sich über eine angeblich ungerechte Landverteilung. Unsere Aufgabe ist es, wieder Recht und Ordnung herzustellen. Das Land der Neger wurde ordnungsgemäß gekauft und bezahlt. Das müssen wir dem schwarzen Pack klarmachen – zur Not auch mit Gewalt!«

Knorr senkte seine Stimme.

»Überhaupt herrscht da unten zwischen den unterschiedlichen Völkern viel Durcheinander. Ein Aufstand ist nicht unwahrscheinlich. Es ist ein Segen, dass sich die deutsche Reichsregierung dieser Gebiete angenommen hat. Außerdem …«

»Der Nächste bitte!«

Jella war dankbar, dass sie sich dem Redefluss des mitteilungssüchtigen Gefreiten entziehen konnte. Der Mann redete ja ohne Punkt und Komma und hätte ihr bestimmt die gesamte deutsche Kolonialgeschichte erzählt, wenn er nicht durch den Aufruf des Fahrkartenverkäufers unterbrochen worden wäre. Sie verabschiedete sich hastig und bezahlte ihre Passage. Stolze zweihundertundfünfzig Mark kostete die Überfahrt. Damit war über die Hälfte des Geldes, das Heinrich Zille ihr gegeben hatte, verbraucht. Jella nahm es gelassen. Es machte ihr nichts aus, genügsam zu leben.

Mit klopfendem Herzen begab sie sich zum Kai und sah sich das mächtige Dampfschiff an, das sie in eine neue Heimat bringen würde. Es war ein seltsames, fast erhebendes Gefühl zu wissen, dass in dem Moment, in dem sie das Schiff betrat, die Brücken zu ihrem früheren Leben abgebrochen sein würden. Jella fröstelte plötzlich, obwohl die Temperaturen sommerlich warm waren. Die Reisetaschen in der Hand, begab sie sich zu dem Schiffsoffizier, der die Fahrkarten entgegennahm. Er wies ihr freundlich den Weg über den Landungssteg in den Bauch des großen Schiffes. Ein schmaler, dunkler Gang führte durch sein Inneres. Es roch nach Rost und Scheuermitteln. Verschiedene Metalltreppen führten hinauf zum Zwischendeck. Ihre Unterkunft befand sich direkt unter dem luftigen Oberdeck, wo die erste und die zweite Klasse wesentlich komfortabler untergebracht waren. Der Raum, in dem sie die nächsten dreißig Tage verbringen würde, war nicht mehr als ein fensterloser Schlafsaal mit eisernen Stockbetten. Es lag im Heck des Schiffes, wo es bei Unwetter und kabbeliger See am meisten schlingerte. Wie sehr, sollte Jella schon bald erfahren. Vor dem Schlafsaal befanden sich die Maschinen- und Laderäume mit der Fracht. Neugierig beäugte Jella ihre Unterkunft. Die Betten schienen sauber. Was die allgemeine Hygiene betraf, so würde sich diese sicherlich im Laufe ihrer Überfahrt eher verschlechtern als verbessern. Davor war Jella schon gewarnt worden. Hans, Zilles mittlerer Sohn, hatte sich vor ihrer Abfahrt bestens darüber informiert und Jella so einiges über die Überfahrt erzählt. Sie hoffte inständig, dass er nicht recht behalten würde.

Die meisten Betten in dem Schlafsaal waren schon vergeben. Einer jungen Frau fiel Jellas suchender Blick auf.

»Kommen Sie, nehmen Sie dieses Bett«, meinte sie freundlich.

Sie trug das Habit einer Krankenschwester und wies auf das Stockbett, das direkt neben der Eingangstür stand.

»Das hier ist ein guter Platz«, behauptete sie.

»Ich weiß nicht«, zögerte Jella. Ihr schien der Platz viel zu belebt, weil alle Mitbewohner ständig an ihr vorbeigehen würden. Die Krankenschwester schien ihre Gedanken zu erraten. »Es ist vielleicht etwas turbulent hier, aber wenn wir erst mal in der Nähe des Äquators sind, dann werden Sie froh sein, wenn Sie einen Hauch von frischer Seeluft spüren können. Und wenn es stürmisch ist, werden Sie ebenfalls froh um etwas frischere Luft sein. Und die gibt es nun mal nur in diesen Betten.« Sie lächelte verschwörerisch. »Bei meiner ersten Schiffspassage habe ich den Fehler gemacht und mich ins hinterste Eck verzogen. Ich sage Ihnen, ich wäre beinahe erstickt. Die ganze abgestandene Luft staut sich dort hinten, während es hier vorn immer einigermaßen erträglich bleibt. Mein Name ist übrigens Lisbeth Eberle.«

Jella stellte sich ebenfalls vor. Lisbeths Argumente hatten sie längst überzeugt. Sie verräumte ihre Reisetaschen und testete das Bett. Die beiden jungen Frauen freundeten sich schnell an. Jella erfuhr, dass die Schwäbin Lisbeth bereits über reichlich Afrika-Erfahrung verfügte. Sie hatte schon früher für drei Jahre in Deutsch-Ostafrika gearbeitet. Dann war sie wieder in ihre Heimat zurückgekehrt. Allerdings hatte sie sich dort nicht mehr so richtig wohl gefühlt.

»Weißt du, bei uns in Stuttgart kam mir alles so eng und eingeschlossen vor. Mir fehlte die Weite der afrikanischen Steppe und die Herzlichkeit der afrikanischen Menschen.«

Nach nur wenigen Monaten in Deutschland war ihr klar gewesen, dass sie wieder zurück nach Afrika wollte. Als eine protestantische Missionsgesellschaft Krankenschwestern für die Kolonie Deutsch-Südwest suchte, hatte sie sich sofort freiwillig gemeldet. Zuerst sollte sie in der Krankenstation in Svakopmund aushelfen, bevor sie dann zu weiteren Einsätzen ins Land geschickt werden würde. Als Jella berichtete, dass auch sie über Kenntnisse in der Krankenpflege verfügte, war Lisbeth begeistert.

»Aber dann können wir ja zusammenarbeiten!«, schlug sie begeistert vor. Doch Jella schüttelte bedauernd den Kopf und erzählte, dass sie nach Afrika ging, um ihren Vater zu suchen.

»Schade«, bedauerte Lisbeth, »aber wer weiß? Das Land ist auf der einen Seite schrecklich weit und groß, aber auf der anderen Seite trifft man sich auch immer wieder, wie in einer Kleinstadt.«

Wenige Stunden später lief das Schiff aus. Mit lautem Tuten fuhr die *Hans Woermann* in Begleitung zweier Lotsenboote gemächlich aus dem weitläufigen Hamburger Hafen heraus. Links und rechts türmten sich die Dampfkräne auf den Hafenmolen. Einige wenige Besucher standen am Kai und winkten den Auslaufenden nach. Jella achtete nicht auf sie, wohl auch, weil es sie ein wenig schmerzte, dass keiner ihrer wenigen Freunde hatte kommen können, um ihr Lebewohl zu sagen.

»Es wird dir schon gefallen in deiner neuen Heimat«, behauptete Lisbeth fröhlich. »Du bist genau die Richtige für Afrika. Das Land braucht keine verwöhnten Frauen und großmäuligen Männer, sondern Menschen wie du und ich, die die Dinge positiv angehen.«

Jella lachte. »Und so eine, meinst du, bin ich? Wenn du dich da mal nicht täuschst!«

»Ich bin vielleicht nicht so gebildet wie du, aber mit Menschen kenne ich mich aus.«

Jella freute sich über die fröhliche Lisbeth. In mancherlei Dingen war sie erfrischend naiv, aber wenn es darauf ankam, Menschen einzuschätzen, dann war sie unübertrefflich.

Bald nach ihrem Auslaufen begann es erst zu nieseln und schließlich zu regnen. Jella und Lisbeth begaben sich in den kleinen Speisesaal, der gleichzeitig auch den Zwischendecklern als Aufenthaltsraum diente. Einige der Auswanderer hatten es sich an den schmucklosen Tischen gemütlich gemacht und spielten Karten. Die Frauen saßen ebenfalls in Grüppchen beieinander, um sich zu unterhalten, während die Kinder zwischen den Stühlen und Tischen herumtobten. Die beiden jungen Frauen setzten sich an einen kleinen Tisch vor einem der Bullaugen, hinter dessen milchigen, schmutzigen Scheiben sich das tiefdunkle Grau des Meeres mit dem nuancenreicheren Grau des Himmels vermischte. Der Regen fiel wie ein silberner Vorhang vom Himmel herab. Während es draußen nicht viel zu sehen gab, spielte sich das Leben im Bauch des Schiffes ab. Die Passagiere der ersten und zweiten Klasse hielten sich in ihrer eigenen Welt im Oberdeck auf. Beim Abschied im Hafen hatte Jella einen Blick auf sie werfen können. Es waren durchweg Offiziere, Kaufleute und Ingenieure, deren Arbeitskraft und Abenteuerwille in Deutsch-Südwest gefragt waren. Zwei von ihnen wurden von ihren Gemahlinnen begleitet. Die Soldaten der Schutztruppen hielten sich ebenfalls im Zwischendeck auf. Sie waren allerdings in einer eigenen Mannschaftsunterkunft untergebracht. In der Regel blieben die Männer in ihren beigen Drillichanzügen und den breitkrempigen Hüten, die auf einer Seite fesch nach oben geklappt waren, unter sich. Als der Regen nach etwa zwei Tagen aufhörte, wagten sich die meisten der etwa hundert Passagiere ans Oberdeck, um etwas Luft zu schnappen. Der Himmel war zwar immer noch grau verhangen, aber hie und da riss der auffrischende Wind einige tiefblaue Lücken in die dichte Wolkendecke, durch die die Sonne wie in einer Theateraufführung gezielt ihre Strahlen sandte. Jella war von dem Naturschauspiel beeindruckt. Der Gefreite Knorr nutzte die Gelegenheit, um Jella einmal wieder zu belehren.

»Das sieht ganz und gar nicht gut aus«, verkündete er mit wichtigtuerischer Miene und deutete auf das Wolkenspektakel. »Aus gut unterrichteter Quelle weiß ich, dass wir mit einem Sturm vor La Coruna rechnen müssen. Ich hoffe nur, Sie sind so seefest wie ich.«

»Waren Sie denn schon mal auf hoher See, dass Sie das so genau wissen?«, fragte Jella kritisch. Gefreiter Knorr schüttelte energisch den Kopf.

»Das zwar nicht. Aber wie Sie ja bereits wissen, haben Sie hier den persönlichen Assistenten des Expeditionsleiters der ›Gazelle‹ vor sich. Aus reichhaltigen Schilderungen habe ich den Schluss gezogen, dass ich absolut seefest sein muss.«

Er strich sich über seinen schwarzen Schnauzbart und zog dabei auf seine unnachahmliche Art den Rotz in seiner Nase hoch.

»Aber Sie …« Er musterte Jella von oben bis unten. Dann schüttelte er den Kopf, so als könne er in die Zukunft sehen. »… was Ihre Seefestigkeit angeht, da bin ich mir gar nicht so sicher. Sie sollten sich rechtzeitig hinlegen.«

»Jetzt hören Sie aber mal mit Ihrer Unkerei auf«, erwiderte Jella ungehalten. »Was Ihre Seefestigkeit betrifft, gratuliere ich Ihnen schon im Vorfeld. Aber jetzt möchte ich meine Ruhe, da ich die mir verbleibende Zeit auf ruhiger See gern ohne Ihre gewagten Mutmaßungen genießen würde.«

Der Gefreite Knorr zuckte kleinlaut zusammen und trollte sich.

»Was war denn das für ein schräger Vogel?«, fragte Lisbeth und schaute dem kleinen Knorr amüsiert hinterher. »Der sieht ja aus wie sein eigener Nussknacker.«

Jella lachte. »Der ist schon in Ordnung. Manchmal glaube ich, dass er mein Maskottchen für Afrika sein könnte. Weißt du, er geht genauso blauäugig auf die Reise wie ich. Wir beide haben keine Ahnung, was uns am Ende erwarten wird. Aber Schluss damit. Erzähl mir doch noch ein bisschen mehr von Afrika …« Lisbeth kam Jellas Aufforderung nur zu gern nach. Ihr gefiel die Neugier ihrer neuen Freundin, die jede noch so kleine Information wie ein Schwamm in sich aufsog. Jella fand es besonders spannend, als Lisbeth über die Stellung der weißen Frauen in Afrika erzählte. Ihrer Meinung nach gab es dort längst nicht so viele Vorbehalte gegenüber Frauen wie im Deutschen Reich. In Afrika schätzte man es, wenn eine weiße Frau tatkräftig war und ihre eigenen Ideen und Ziele verfolgte.

»Du wirst sehen, eines Tages wird es in Windhuk sogar eine Universität geben, wo Frauen alles studieren können, was sie wollen!«, endete sie mit einem Augenzwinkern. Jella hörte es nur zu gern. Vielleicht würden ihre Träume ja doch noch wahr werden.

In der Nacht frischte der Wind tatsächlich auf und entwickelte sich zu einem ausgewachsenen Sturm. Die grauen Wellen bekamen weiße Schaumkronen und schlugen hart gegen den metallenen Schiffsrumpf. Der Rauch, der sonst gleichmäßig aus den beiden Schornsteinen stieg, legte sich quer und machte einen Aufenthalt an Deck eigentlich unmöglich, wollte man nicht hinterher schwarz wie ein Mohr aussehen. Wie ein Spielball begann das Schiff auf und ab zu stampfen und dann auch noch zu schlingern. Lisbeth wurde erst bleich, dann quittengelb und schließlich giftgrün, bevor sie mit einem leisen Aufschrei nach draußen stürmte, um sich zu übergeben. Sie war nicht die Einzige. Jella war es auch schon bald nicht mehr wohl. Sie spürte einen Knoten in ihrem Magen und bekam ein flaues, ungutes Gefühl. Dennoch gehörte sie zu den wenigen Menschen an Bord, die nicht wirklich seekrank wurden. Lisbeth und die anderen leidenden Passagiere zogen sich in ihre Kojen zurück und litten jammernd vor sich hin, neben sich die ausgeteilten Spuckwannen. Bei einigen war die Seekrankheit so ausgeprägt, dass man sie sogar ans Bett fesseln musste, um zu verhindern, dass sie in einem unbeobachteten Moment aus lauter Qual über Bord sprangen. Zu denjenigen, die es besonders schwer getroffen hatte, gehörte auch der Gefreite Knorr. Jella traf erneut auf ihn, weil sie sich freiwillig dazu gemeldet hatte, die Spucknäpfe zu leeren und die Leidenden mit dem Nötigsten zu versorgen. Der Schutztruppengefreite lag wie ein kümmerliches Häufchen Elend auf seinem Bett und wimmerte wie ein kleines Kind.

»Ich werde sterben, Fräulein Jella«, behauptete er mit weinerlicher Stimme. »Afrika wird ohne meine großen Erfahrungen und Taten auskommen müssen.«

Jella schüttelte mitfühlend den Kopf und lächelte zuversichtlich. »Sie werden heute nicht sterben und morgen auch nicht. Und was Afrika anbetrifft, so bin ich überzeugt davon, dass Sie dort einmal eine ganz große Tat begehen werden.«

Über Knorrs Gesicht huschte trotz seiner Qualen kurz ein strahlendes Lächeln. »Wollen Sie mich heiraten?«, fragte er.

Der Sturm hielt über mehrere Tage an. Die Schotten wurden verriegelt, und die Passagiere mussten unter Deck bleiben. Durch diese Maßnahme drang kaum noch frische Luft in die Unterkünfte, und es begann sich überall ein durchdringender Geruch auszubreiten. Es roch nach Erbrochenem, Schweiß, abgestandenem Alkohol und der Angst vor einem Schiffsunglück, die aus den Poren der Passagiere strömte. Manch einer sprach von einem nahenden Schiffbruch oder äußerte schlimme Befürchtungen über die ungewisse Zukunft, die sie in der Ferne erwartete. Jella war froh, dass sie etwas zu tun hatte, was sie von ähnlich düsteren Gedanken ablenkte. Von morgens bis abends war sie auf dem Schiff unterwegs, hangelte sich durch die wankenden, spärlich erleuchteten Schiffsgänge hin zu den verschiedenen Unterkünften und versuchte den Seekranken Linderung zu verschaffen. Ganz selbstverständlich kümmerte sie sich auch um die Patienten der ersten und zweiten Klasse. Allerdings ging es denen aufgrund der komfortableren Umstände und der Tatsache, dass ihre Kabinen höher und weiter vorn im Bug lagen als das Zwischendeck, wesentlich besser. Der Seegang war oben auf dem Oberdeck und vorn im Bug wesentlich geringer zu spüren. Lisbeth lag nach wie vor apathisch in ihrer Koje und war kaum ansprechbar. Sie jammerte zwar nicht wie die anderen, aber ihr Anblick ließ in aller Deutlichkeit erkennen, wie schlecht es ihr ging. Jella brachte ihr etwas Hühnersuppe, die sie aus der Kombüse geholt hatte, aber ihre Freundin wandte sich nur angewidert ab.

»Es wird jedes Mal schlimmer«, meinte sie leise. »Ich glaube, noch so eine Reise werde ich mir nicht antun. Dieses Mal bleibe ich für immer in Afrika.«

»Ich auch«, flüsterte Jella bestimmt.

Die *Hans Woermann* passierte das stürmische Kap von La Coruna, umschiffte den Nordwestzipfel Spaniens und kämpfte sich durch die aufgebrachte See an Portugal entlang. Erst in Höhe der westafrikanischen Küste vor Marokko beruhigte sich das Wetter. Die Seekranken erholten sich schnell von ihren Leiden und wagten sich auch bald wieder ans Oberdeck. Das ruhige Wetter war wie eine Erlösung. Doch nicht lange. Schon bald näherten sie sich den Tropen, wo es immer heißer wurde. Jella raffte die Ärmel ihrer Bluse hoch und verfluchte das enge Mieder, das nicht nur einengend, sondern auch wärmend wirkte. Trotzdem stieg ihre Stimmung mit jeder Seemeile, die sie sich ihrer neuen Heimat näherte. Was würde sie dort wohl erwarten? Lisbeth hatte ihr erzählt, dass in Deutsch-Südwest viele unterschiedliche Stämme von Eingeborenen lebten. Die meisten von ihnen waren von Ostafrika her in den Süden gekommen – ungefähr zur gleichen Zeit, als die Weißen Südafrika für sich zu entdecken begannen. Nur die Buschmänner und Hottentotten lebten schon seit Tausenden von Jahren in dieser unwirtlichen Region. Ein Großteil des Landes bestand aus Wüste. An der Westküste war es die Strandwüste der Namib, die oft neblig verhangen war, weil die kalte Luft vom Benguelastrom vor der Küste auf die heiße Wüstenluft traf und dort regelmäßig kondensierte. Die Küste wurde auch Skelettküste genannt, weil sich an ihren Stränden Unmengen von Gebeinen gestrandeter Wale, Robben und auch Schiffswracks fanden. Die Strömungen waren tückisch, und so manches Schiff war durch Unachtsamkeit oder Stürme an die Küste gespült worden. Auch wenn es den Gestrandeten gelungen sein sollte, lebend an Land zu gelangen, so bedeutete dies längst nicht Rettung, sondern im Gegenteil ein klägliches Ende in der unendlichen Weite der hohen Sanddünen. Eine Laune der Wüste war, dass die Dünen ständig in Bewegung waren und so die Wracks und Gebeine im Laufe der Zeit Meter für Meter ins Landesinnere transportiert hatten.

In Liberia ging die *Hans Woermann* kurz vor Anker, um etwa zwanzig der sogenannten Kru-Boys an Bord zu holen. Dabei handelte es sich um kräftige westafrikanische Fischer, die sich als Anlandungsspezialisten für die stürmische Küste vor Svakopmund anheuern ließen. Die baumlangen, muskulösen Kerle waren es gewohnt, sich mit ihren Fischerbooten durch die wilde Brandung ihrer Küste zu kämpfen, und hatten sich dabei im Laufe vieler Generationen eine meisterliche Geschicklichkeit im Umgang mit ihren Booten erarbeitet. Die Woermann-Gesellschaft hatte das früh erkannt und nahm für gutes Geld die angesehene Arbeit dieser Männer in Anspruch. Mit launigen Sprüchen und offenem Lachen begaben sich die Schwarzen an Bord. Sie waren äußerst selbstbewusst und fühlten sich offensichtlich als etwas ganz Besonderes. Sofort richteten sie sich im Achterdeck ein, spannten eine Persenning auf und verstauten dort ihre wenigen Habseligkeiten. Jella, die zum ersten Mal eine größere Gruppe Afrikaner sah, war fasziniert von ihrer unbeschwerten, offenen Art, die nichts mit dem traurigen Zustand der Hottentottengruppe zu tun hatte, der sie in Berlin begegnet war. Ein selbstbewusster Mann um die dreißig war ihr Anführer. Sein Name war Josuah. Unter der Nase trug er die typische Tätowierung, die ihn als Angehörigen dieser Gruppe auszeichnete. Wie alle Krus gehörte er zum Volksstamm der Mandingos, die schon seit Jahrhunderten im Hinterland das Sagen hatten. Seiner natürlichen Autorität war es zu verdanken, dass er seine Truppe unter Kontrolle hatte, ohne große Befehle geben zu müssen. Zu der Heuer der Krus gehörte auch eine abendliche Ration Rum. Die Männer nahmen sie für gewöhnlich unter ihrer Persenning ein und sangen alsbald melodisch klingende Lieder, die für die europäischen Ohren an Bord fremd und abenteuerlich klangen. Jella verstand kein Wort, aber sie spürte, dass die Lieder die Krus an ihre Heimat erinnern sollten, der sie nun für einige Wochen fernblieben. Die meisten Passagiere beobachteten die dunkelhäutigen Männer mit einer Mischung aus Faszination und teilweise offen gezeigter Abneigung und Arroganz. Die schwarzen Männer schienen ihnen unheimlich und fremd und passten so gar nicht in ihr deutsches Weltbild. Außerdem konnten sich die wenigsten mit ihnen verständigen, da sie nur ein recht eigenwilliges Englisch sprachen und kein Wort Deutsch. Für Jella bot sich bald die Gelegenheit, ihre Muttersprache auszuprobieren. Eines Morgens beobachtete sie Josuah, wie er mit einem der Passagiere aus der zweiten Klasse sprach. Der Kru redete gestenreich auf den elegant gekleideten Mann ein und versuchte offensichtlich, ihm etwas klarzumachen. Der Angesprochene schüttelte bedauernd den Kopf und zuckte mit den Schultern. Jella interpretierte es so, dass er den Kru schlichtweg nicht verstand, und gesellte sich zu den Männern, um ihnen ihre Hilfe anzubieten.

»Kann ich Ihnen vielleicht bei Ihrer Konversation behilflich sein?«, fragte sie höflich. »Meine Mutter war Irin. Ich spreche daher englisch und könnte vielleicht vermitteln.«

Der Passagier, ein hochgewachsener Mann von vielleicht dreißig Jahren, wandte sich ihr überrascht zu. Jella hatte noch nie in ihrem Leben so schwarze, eindringliche Augen gesehen. Als sich ihre Blicke kreuzten, beschleunigte sich für einen Augenblick ihr Herzschlag. Verwirrt wandte sie die Augen ab. Seine tiefe Stimme klang freundlich, wenn auch höflich distanziert, als er antwortete:

»Danke für das freundliche Angebot, aber eigentlich komme ich in der Regel ganz gut allein zurecht. Zudem bin ich Bure und spreche ebenfalls englisch. Was den Kru und mich trennt, sind weniger unsere Sprachschwierigkeiten als vielmehr unsere Einstellungen gewissen Dingen gegenüber.«

Jella kam sich wie ein kleines Mädchen vor. Ihre voreilige Art hatte sie wieder einmal in eine peinliche Situation gebracht. Dennoch fasste sie sich schnell und versuchte dem Mann mit einem entschiedenen Blick zu begegnen.

»Dann bitte ich vielmals um Verzeihung. Ich wollte keineswegs aufdringlich erscheinen.«

Mit erhobenem Kopf wandte sie sich ab und ging wieder zu ihrer Freundin Lisbeth hinüber, die die Szene aus der Distanz beobachtet hatte.

»Das war ja ein kurzes Gespräch«, spottete sie. Jella fuchtelte genervt mit der Hand durch die Luft.

»Vergiss es«, meinte sie scheinbar leichthin. »Ich wollte nur helfen und habe mir dabei eine saftige Abfuhr geholt.« Sie griff nach ihrem Buch und setzte sich auf einen der Liegestühle, um zu lesen. Lisbeth leistete ihr eine Weile Gesellschaft, bevor sie sich wieder in ihre Kabine zurückzog.

Etwa eine halbe Stunde später trat der fremde Passagier mit einem Becher dampfendem Kaffee zu ihr. Wie selbstverständlich nahm er neben ihr auf dem frei gewordenen Liegestuhl Platz und reichte ihr das heiße Getränk. Jella runzelte erstaunt die Stirn.

»Nehmen Sie«, forderte er sie auf. »Er ist frisch aufgebrüht.«

Jella zierte sich erst, doch dann nahm sie den Becher bereitwillig entgegen. Der heiße Kaffeeduft stieg ihr verführerisch in die Nase.

»Wie komme ich zu der unverhofften Ehre?«, fragte sie keck. Tatsächlich hatte sie seit ihrer Abreise aus Berlin keinen ordentlichen Kaffee mehr bekommen. Der Zichorienaufguss, den man ihnen auf dem Zwischendeck anbot, hatte kaum die Bezeichnung Kaffee verdient.

»Nehmen Sie es als Entschuldigung, falls ich Sie vorhin beleidigt habe«, meinte der Fremde und schenkte ihr ein gewinnendes Lächeln. Jella nippte schnell an dem heißen Getränk, um ihre Verlegenheit zu überspielen. Aus den Augenwinkeln heraus beobachtete sie ihr Gegenüber. Der fremde Passagier, der sich als Bure ausgegeben hatte, war groß gewachsen. Bestimmt überragte er selbst sie noch um einen Kopf. Seine markanten Gesichtszüge wurden durch eine gerade Nase und einen schmalen Mund mit einem energischen Kinn geprägt. Eine dünne weiße Narbe zog sich quer über seine linke Wange, was ihm einen abenteuerlichen Anstrich verlieh.

»Wenn Sie mir gestatten, würde ich mich gern vorstellen«, setzte er nun an. »Mein Name ist Fritz van Houten. Ich bin südafrikanischer Kaufmann und lebe seit einiger Zeit in Deutsch-Südwestafrika. Meine Mutter und ich führen dort einen Store, einen Laden, in dem man alles, was man in Afrika so braucht, kaufen kann.«

Höflich zog er seinen Hut und deutete eine kurze Verneigung an. Jella musste unwillkürlich schmunzeln. Die steife Geste stand in starkem Kontrast zu der lockeren Art, in der er ihr gerade den Kaffee überreicht hatte.

»Nun lassen Sie es mal gut sein«, meinte sie aufgeräumt. »Ich bin ja gar nicht beleidigt.«

Fritz grinste schelmisch.

»Da bin ich aber erleichtert.«

Er setzte sich etwas bequemer auf dem Liegestuhl zurecht.

»Darf ich fragen, was Sie in Deutsch-Südwest machen?«

Jella berichtete kurz, dass sie auf dem Weg zu ihrem Vater sei. Sie erweckte dabei absichtlich den Anschein, als würde sie in Svakopmund von ihm erwartet werden. Bei aller Freundlichkeit und Sympathie, die sie für den Mann empfand, schien es ihr nicht angebracht, ihm gegenüber ihre Lebensgeschichte auszubreiten. Um das Thema zu wechseln, fragte sie van Houten, was der Kru denn von ihm gewollt hatte.

Van Houten verzog seinen Mund.

»Einer der Matrosen muss Josuah verraten haben, dass ich einige Fässer Rum als Fracht mitführe. Auf jeden Fall wollte er, dass ich ihm etwas davon überlasse. Ich habe es natürlich abgelehnt.«

»Darf ich fragen, warum? Soviel ich weiß, haben Sie anderen Passagieren sehr wohl schon die eine oder andere Flasche verkauft.« Jella musterte van Houten skeptisch. »Der Grund liegt doch nicht etwa darin, dass er schwarz und in Ihren Augen minderwertig ist?«

Sie hatte schon mehrmals in den letzten Wochen beobachtet, wie abfällig viele ihrer Mitreisenden über die Schwarzen gesprochen hatten.

Fritz hob abwehrend die rechte Hand. Erst jetzt fiel Jella auf, dass er seine linke Hand nie benutzte. Bei näherem Hinsehen entdeckte sie, dass der linke Jackenärmel lose in die Seitentasche gesteckt war. Peinlich berührt, wandte sie sich schnell ab.

»Wo denken Sie hin?«, verteidigte sich van Houten. »Ich glaube kaum, dass Gott bei der Erschaffung der Menschen die dunkelhäutigen als minderwertiger erschaffen hat. Ich wollte den Kru keinen zusätzlichen Alkohol verkaufen, weil mich der Kapitän darum gebeten hat. Er ist der Meinung, dass die tägliche Ration, die sie ohnehin bekommen, völlig ausreichend ist. Wenn die Jungs zu viel Alkohol abbekommen, können sie ganz schön ungemütlich werden.«

Jella zog erleichtert die Augenbrauen hoch.

»Das Gleiche sollte aber wohl auch für die weißen Passagiere gelten!«

Van Houten zuckte mit den Schultern, dann warf er einen kurzen Blick auf seine Taschenuhr und erhob sich dann von seinem Liegestuhl. Er musterte Jella noch einmal mit seinem eindringlichen Blick und meinte abschließend:

»In Afrika ist vieles ganz anders als in Europa. Das werden Sie wohl bald am eigenen Leib erfahren. Vieles, was Sie bislang für richtig erachtet haben, werden Sie dort über Bord werfen müssen. Ich möchte nicht ein weiteres Mal als unhöflich erscheinen, aber ich muss mit dem Kapitän noch die Einzelheiten mit dem Löschen meiner Fracht besprechen. Wenn Sie mich jetzt bitte entschuldigen wollen.«

Er tippte mit seiner gesunden Hand kurz an die Krempe seines Strohhuts und ging davon.

Jella kam sich ein weiteres Mal an diesem Tag wie ein dummes Kind vor.

Fremde Welt

Am 23. August 1903, nach genau dreißig Tagen Schiffsreise, näherte sich die *Hans Woermann* Svakopmund. Die deutsche Stadt verfügte über keinen eigenen Seehafen. Es gab zwar in der etwa dreißig Kilometer südlich gelegenen Walvisbay einen geschützten Hafen, aber den hatten einige Jahre zuvor die Engländer unter ihr Protektorat gestellt. Zum Löschen ihrer Fracht mussten die deutschen Schiffe einige hundert Meter vor der Küste vor Anker gehen. Es gab zwar eine gewaltige Mole, die einige Jahre zuvor ins Meer hinein gebaut worden war, doch die war mittlerweile kaum noch zu gebrauchen. Nur in den ersten Monaten nach ihrer Fertigstellung war es möglich gewesen, von der Mole aus die einlaufenden Schiffe zu entladen. Mächtige Dampfkräne hatten dafür gesorgt, dass die Lasten schnell aus den Schiffsbäuchen geladen werden konnten. Doch schon bald hatte sich herausgestellt, dass die Sandbewegungen während der Tide die Mole rasch versanden ließen. Jede Flut häufte neuen Sand auf, sodass bei Niedrigwasser eine Löschung der Ladung wegen zu geringer Wassertiefe bald unmöglich war. Von Monat zu Monat verringerte sich der Zeitraum, in dem die Mole genutzt werden konnte. In diesen Tagen war nur bei Hochwasser noch ein ungefährdetes Ankern an dem Landungssteg möglich. Schon aus diesem Grund blieben die Kru-Boys unentbehrlich. Zeit war Geld. Damit die Ladung möglichst schnell und unabhängig von den Gezeiten gelöscht werden konnte, brauchte man ihre Hilfe. Sobald die Schiffe vor Anker gegangen waren, stiegen die Kru-Boys in flache, langgezogene Landungsboote um und setzten sich an die Ruder. Mit unglaublicher Geschicklichkeit hielten sie ihre Boote in der kabbeligen See längsseits des Schiffes und warteten darauf, dass die Ladung in Körben zu ihnen herabgelassen wurde. Dann ruderte die Mannschaft los und bugsierte in halsbrecherischen Fahrten die flachen Boote durch die gefährliche Brandung an Land. Wenn mehrere Schiffe vor Svakopmund vor Anker lagen, dann wimmelte die See von schwarz bemannten Landungsbooten, die haarscharf aneinander vorbei ihre Ladungen an Land transportierten. Es war unvermeidlich, dass auch die Passagiere auf diese Weise an Land gebracht werden mussten.

Kurz nach Sonnenuntergang ließ der Kapitän der *Hans Woermann* die Anker setzen. Jella stand mit Lisbeth draußen an Deck und starrte in die schwarze Nacht.

»Sieh nur«, rief Lisbeth begeistert und deutete auf ein beeindruckendes Sternbild, das sich quer über den klaren Nachthimmel zog. »Das ist das Kreuz des Südens. Ist es nicht wundervoll? Den Großen und den Kleinen Wagen wirst du hier auf der Südhalbkugel vergeblich suchen.«

Jella starrte in den Himmel und versuchte das Sternbild auszumachen, das Lisbeth ihr zeigen wollte. Doch die Sterne leuchteten so hell und in so großer Zahl, dass es ihr auf Anhieb nicht gelang, das Kreuz des Südens auszumachen. Fasziniert genoss sie das helle nächtliche Leuchten.

Am nächsten Morgen konnte sie es kaum erwarten, an Deck zu gehen, um einen ersten Blick auf ihre neue Heimat zu werfen. Lange vor Sonnenaufgang stand sie an der Reling. Dichter grauer Nebel umgab sie. Irgendwo in der grauen Suppe schrien Seemöwen. Außerdem war es empfindlich kalt. Schaudernd hüllte sie sich in ihre warme Wollstola. Der Nebel vor der afrikanischen

Küste war so voller Feuchtigkeit, dass Jellas Haut bald mit feinen Wassertröpfchen überzogen war. Ihre kupferroten Haare begannen sich widerspenstig zu kräuseln.

»Das also soll Afrika sein?«, entfuhr es ihr enttäuscht, weil sie nahezu nichts von ihrer neuen Heimat erkennen konnte. Sie hatte es laut vor sich hin gesagt.

»Svakopmund wird Sie auf den ersten Blick eher an einen norddeutschen Kurort erinnern als an eine exotische Stadt.«

Jella drehte sich überrascht um. Sie hatte sich allein gewähnt. Fritz van Houten war unbemerkt zu ihr getreten. Sie fühlte sich ertappt. Die letzten beiden Tage war sie ihm absichtlich aus dem Weg gegangen. Der hochgewachsene Mann mit seinem intensiven Blick aus dunklen Kohleaugen verwirrte sie.

»Was Sie nicht sagen!«, entgegnete sie etwas hilflos. Van Houten lächelte, bevor er fortfuhr.

»Dieser Nebel ist für Svakop ganz typisch. Aber keine Angst, in wenigen Stunden wird er sich gelichtet haben, und dann werden Sie eine ungehinderte Sicht auf Ihr neues Zuhause haben.«

Van Houten lüpfte seinen breitkrempigen Strohhut und nickte ihr freundlich zu.

»Ich wünsche Ihnen ein erfreuliches Wiedersehen mit Ihrem Vater.«

Damit verschwand er im dichten Nebel.

Zwischen neun und zehn Uhr lichtete sich der Nebel tatsächlich. Erst riss die Sonne ein kleines Loch in den trostlosen Himmel, das sich dann rasch vergrößerte und wie ein sich hebender Vorhang den Blick auf Svakopmund freigab. Kurz darauf erlebte Jella eine zweite Enttäuschung. Sie hatte ein hübsches norddeutsches Städtchen erwartet, so wie die Plakate und Werbungen Deutsch-Südwest immer anpriesen. Stattdessen blickte sie auf ein paar locker verstreute Holzhütten, eine Kirche und wenige Steinhäuser, die alles andere als den Eindruck einer prosperierenden Stadt vermittelten. Alles in allem sah die Ansiedlung ziemlich öde und planlos aus. Immerhin hatten sich am Strand in der Nähe des kümmerlichen Leuchtturms ein paar Menschen versammelt, um die neu Angekommenen zu begutachten. Mit dem sich auflösenden Nebel verflog auch Jellas Zuversicht. Auf was hatte sie sich hier bloß eingelassen? Sie biss sich auf die Lippen und kämpfte trotzig gegen die aufsteigenden Tränen. Zum Glück kam Lisbeth mit ihrer Reisetasche zu ihr.

»Nun mach schon, Jella«, rief sie voller Tatendrang. »Wir wollen sehen, dass wir bei den Ersten sind, die das Schiff verlassen können. Ich kann es gar nicht mehr erwarten, diesen schunkelnden Dampfer zu verlassen!«

Jella ließ sich durch die aufmunternden Worte ihrer Freundin gern trösten. Sie ging ein letztes Mal in ihre Unterkunft im Zwischendeck, nahm ihre gepackten Taschen und begab sich an die Reling, von der aus die Passagiere an Körben in die schwankenden Landungsboote der Krus hinabgelassen wurden. Die Körbe erinnerten an norddeutsche Bienenkörbe. Nur waren sie mit einer seitlichen Einstiegsluke versehen. Ein seltsam mulmiges Gefühl befiel sie, als sie von oben herab auf die schwankenden Boote blickte und sich vorstellte, wie sie gleich in dem pendelnden Korb aus schwindelerregender Höhe hinabgelassen würde. Immer zwei Personen fanden Platz in dem engen Transportkorb. Am oberen Ende waren Halteschlaufen aus Leder festgemacht, an denen man sich festhalten konnte. Die Gäste der ersten Klasse kamen als Erste an die Reihe. So manch einer stieg bibbernd hinein. Andere schlossen die Augen, sprachen ein kurzes Gebet oder verzogen angstvoll ihr Gesicht, wenn es hinabging. Doch die Kru-Boys waren äußerst geschickt. Sie griffen beherzt nach dem ankommenden Korb und halfen den Passagieren an Bord. Sofort wurde der Korb wieder nach oben gezogen, bevor wenig später der nächste anlandete. Lisbeth gehörte plötzlich auch zu denjenigen, die lieber gestorben wären, als sich in das wankende Ungetüm zu begeben.

»Dieses windige Gestell wird mich niemals tragen. Es wird mich einfach in die See hineinspülen«, jammerte sie. »Dabei kann ich nicht einmal schwimmen!«

»Nun stell dich nicht so an«, lachte Jella. »Oder willst du etwa wieder mit der *Hans Woermann* zurück nach Deutschland schippern? Denk doch mal an die Seekrankheit.« Lisbeth sah Jella erschrocken an.

»Nein, zurück geh ich ganz bestimmt nicht mehr. Lieber ertrinke ich in dieser kabbeligen Brühe da unten.« Entschlossen griff sie nach der Halteschlaufe und stieg zu Jella in den Korb.

»Einen angenehmen Aufenthalt den jungen Damen«, wünschte ein Offizier noch zum Abschied. Dann ging es hinunter in Richtung Landungsboot. Etwa fünf Meter über dem sie erwartenden Boot blieb der Korb für einen Augenblick stecken. Lisbeth schrie ängstlich auf. Jella versuchte sie zu beruhigen. Doch der Korb begann nun gefährlich hin und her zu schwanken. Von oben hörten die beiden jungen Frauen eilige Befehle.

»Ruhig bleiben«, rief jemand. Doch Lisbeth war dazu ganz und gar nicht in der Lage. Unwillkürlich ging sie in die Knie und ließ dabei beinahe die Schlaufe los.

»Ich kann nicht schwimmen«, heulte sie. »Mein letztes Stündlein hat geschlagen.«

»Nun stell dich doch nicht so an. Sieh mal, es geht schon wieder weiter.«

Tatsächlich machte der Korb einen Ruck und senkte sich wieder. Allerdings pendelte er immer noch sehr stark und schien das Landungsboot knapp zu verfehlen. Jella rechnete schon mit einem Bad, als starke Hände nach dem Korb griffen und ein beherzter Griff sie aus dem Korb rein in ein nicht minder schwankendes Boot zog. Josuah sah Jella mit seinen freundlichen Augen an und lachte.

»Willkommen an Bord, Missus.« Dankbar nahm sie seine dargereichte Hand und setzte sich neben Lisbeth auf die Ruderbank. Ihre Freundin krallte bereits ihre Fingernägel in das Holz, als wollte sie sich an der Bank festhaken. Ihr Gesicht begann sich von der wilden Schaukelei schon wieder ins Grünliche zu verfärben.

»Nun komm schon«, tröstete Jella. »Gleich haben wir's geschafft!«

Dabei starrte sie mit gemischten Gefühlen in Richtung des weißen Strandes mit seinen kläglichen Häusern und der weiten, unendlichen Wüste dahinter, die sich bis an den Horizont erstreckte.

Am Strand trennten sich fürs Erste die Wege von Jella und Lisbeth. Die Krankenschwester wurde bereits von einem Bediensteten der Missionsstation erwartet, der sie sofort in einem Ochsenwagen in die wenige Kilometer entfernte Missionsstation brachte. »Wir sehen uns«, winkte Lisbeth Jella vom Kutschbock aus zu. Jella hoffte es, denn sie fühlte sich plötzlich ziemlich allein. Zunächst mietete sie sich in dem preiswerteren der beiden ortsansässigen Hotels ein. Von dort aus wollte sie erste Erkundigungen über den Aufenthaltsort ihres Vaters einholen. Die Hotelbesitzerin Fanny, eine rheinländische Frohnatur mit beträchtlichen Körperausmaßen, riet ihr, zur Polizeiwache zu gehen. Gleich am nächsten Morgen machte sich Jella auf den Weg. Oberwachtmeister Schmitz empfing sie freundlich und hörte sich interessiert ihr Anliegen an.

Er schüttelte den Kopf.

»Tut mir leid, dass ich Ihnen nicht weiterhelfen kann«, bedauerte er. »Aber wir verfügen hier über keinerlei schriftliche Unterlagen, die etwas über den Aufenthalt Ihres Vaters verraten könnten. Wenn Sie erfahren möchten, wo sich Ihr Vater derzeit aufhält, dann müssten Sie sich schon nach Windhuk, zum Hauptsitz der Kolonialverwaltung, begeben. Dort wird man Ihnen sicherlich eine bessere Auskunft geben können. Meines Wissens werden dort alle Bewohner Deutsch-Südwests registriert, zumindest, wenn sie Grundbesitz haben.«

»Und wie komme ich am schnellsten dorthin?« Jella wollte keine unnütze Zeit mehr verschwenden. Oberwachtmeister Schmitz nickte ihr verständnisvoll zu.

»Wenn Sie wollen, lasse ich Ihnen gleich eine Fahrkarte für den nächsten Zug reservieren. Er fährt am Montag früh um sechs vom Bahnhof ab. Für Ihre Sicherheit wird ebenfalls gesorgt sein, denn eine Abteilung unserer Schutztruppe begibt sich ebenfalls in diese Richtung.«

»Für meine Sicherheit?« Jella kräuselte fragend die Stirn.

»Nun«, räusperte sich Schmitz. »Es gibt in letzter Zeit im Süden bei den Namas leichtere Unruhen. Die Schwarzen sind mit diesem und jenem unzufrieden und hetzen sich gegenseitig gegen die deutschen Schutztruppen auf. Eine Kleinigkeit, aber es ist auch schon zu Gewalttaten gekommen.«

»Windhuk liegt aber im Nordosten«, wandte Jella ein.

»Sicher«, beruhigte er sie. »Von den Hereros ist im Moment nichts zu befürchten. Sie stehen zu ihren Abmachungen. Samuel Maharero ist ein ehrenwerter Kapitän, der den Schutztruppenvertrag unterzeichnet hat und ihn auch einhalten wird. Trotzdem gibt es hier und da im Land Banden von herumstreunenden Gaunern, die vor nichts und niemandem Respekt haben. Deshalb ist es für eine junge Frau sicherer, in Begleitung zu reisen.«

Gleich nach ihrem Besuch auf der Polizei machte sich Jella auf zum Büro von Igor Landwein, dem Detektiv, den ihr Großvater auf ihren Vater angesetzt hatte. Sie hoffte sehr, mehr von ihrem Vater und seinem Leben hier in Afrika zu erfahren. Zu ihrer Enttäuschung existierte das Büro aber nicht mehr. Fanny, die Wirtin, wusste, dass Igor Landwein schon vor langer Zeit Svakopmund verlassen hatte und nach Windhuk gezogen war.

»Hier leben anständige Menschen. Da gibt es für Schnüffler wie diesen Landwein nichts zu tun«, meinte sie verächtlich. »Und ich verstehe, ehrlich gesagt, auch nicht, was eine junge Frau wie Sie mit so einem Typen zu tun haben will.«

Jella, die keine Lust hatte, ihrer neugierigen Wirtin die Hintergründe zu erklären, zuckte nur mit den Schultern und gab vor, andere Dinge vor ihrer Abreise noch erledigen zu müssen.

Die drei folgenden Tage nutzte Jella, um Svakopmund näher kennenzulernen. Außer dem Leuchtturm und dem dahinter angrenzenden Bahnhof mit seinem steinernen Turm gab es noch ein Postamt und eine kleine Hauptstraße mit Geschäften, Büros und einigen Wohnhäusern. Obwohl Svakopmund auf den ersten Blick einen recht einfachen und unfertigen Eindruck machte, spürte Jella doch, dass die kleine deutsche Ansiedlung bestrebt war, sich zu vergrößern, und versuchte, eine richtige Stadt zu werden. Es gab ein reges Gemeindeleben, an dem teilzuhaben auch die neu Hinzugezogenen und Besucher herzlich eingeladen waren. Am Sonntag trafen sich in der Kirche sämtliche Bewohner der Stadt. Darunter waren die deutschen Auswanderer genauso wie die christianisierten Schwarzen. Jella hielt sich normalerweise seit der Beerdigung ihrer Mutter von Gottesdiensten fern. Sie bedeuteten ihr nichts mehr, seitdem sie hatte erfahren müssen, dass in der Kirche Konventionen und falsche Moralvorstellungen über das Wohl der Gläubigen und den Inhalt des Glaubens gingen. Doch an diesem letzten Sonntag in Svakopmund entschloss sie sich, doch hinzugehen. Man hatte ihr gesagt, dass hier im Schutzgebiet die Kirche eine Gemeinschaft war, die einem über die einfachen Belange des Glaubens hinaus Schutz bot und einen auch gesellschaftlich integrierte.

Zu ihrer großen Freude traf sie dort auf Lisbeth. Die junge Schwäbin war nun in die weiße Tracht der Missionsschwestern gekleidet und machte einen zufriedenen Eindruck.

»Stell dir nur vor«, teilte sie ihrer Freundin aufgeregt mit. »Ich werde morgen nach Windhuk reisen. Im dortigen Krankenhaus suchen sie dringend nach ausgebildeten Krankenschwestern. Das wäre doch auch was für dich!«

Jella wehrte ab. »Du weißt doch, dass ich meinen Vater suche. Immerhin werden wir die Fahrt gemeinsam machen. Ich bin sicher, dass ich dort etwas über meinen Vater erfahren werde.«

Lisbeth zuckte mit den Schultern.

»Wie du meinst. Auf jeden Fall freue ich mich, dass wir die ganze lange Zugfahrt füreinander Zeit haben werden.«

Nach dem Gottesdienst, den ein würdevoller protestantischer Pastor auf weitschweifende, ostpreußische Art gehalten hatte, trafen sich die Gläubigen auf dem Platz vor der hölzernen Kirche. Man unterhielt sich über dieses und jenes. Besonders die neu Angekommenen wurden herzlich begrüßt, wohl auch deswegen, weil man von ihnen Neuigkeiten aus Deutschland zu erfahren hoffte.

»Hat der Kaiser immer noch seinen Uniformfimmel?«, fragte Fanny neugierig. Verschwörerisch fügte sie hinzu: »Ich hab gehört, er macht das alles nur, um die Minderwertigkeitskomplexe wegen seines verstümmelten Armes zu überdecken. Ist ja auch 'ne Schande, dass wir einen Herrscher haben, der nicht mal vollständig ist und noch dazu so dürr.«

»Dafür hat er sogar hier Untertanen, die von allem etwas zu viel haben«, meinte Lisbeth spöttisch und knuffte Jella grinsend in die Seite.

»Lieber etwas zu viel auf den Rippen als so magere Suppenhühner zu sein wie ihr beide!«, konterte Fanny beleidigt. Jella unterdrückte mit Mühe ein Lachen.

»Komm, lass uns einen kleinen Ausflug in die Wüste unternehmen. Ich möchte, dass wir uns etwas ansehen.«

Sie schleifte Lisbeth, die heute frei hatte, mit sich. Nicht weit von Svakopmund sollten sich mitten in der Wüste, allein und verrostet, die Überreste eines Lokomobils befinden. Jella hatte am vorigen Tag einige Gäste im Speisesaal des Hotels amüsiert von ihm reden hören, was sofort ihre Neugier geweckt hatte.

»Was sollen wir denn da draußen in der ollen Wüste?«, beschwerte sich Lisbeth schon nach wenigen hundert Metern. Der Weg war in der Tat nicht sehr abwechslungsreich und noch dazu durch den feinen Sand äußerst beschwerlich. »Hier gibt es doch nur Sand und Hitze.«

»So heiß ist es wirklich nicht«, hielt Jella dagegen. »Außerdem muss dieses Lokomobil äußerst kurios sein.«

»Lokowas?«

»Lokomobil. Eine Dampfmaschine auf Rädern.«

»Was soll daran schon kurios sein?«

»Sie heißt *Martin Luther.«*

»Na prima!«

Energisch schleifte Jella ihre Freundin weiter. Doch Lisbeth blieb nochmals stehen und zeigte auf eine Staubwolke, die sich ihnen näherte. Als sie in Sichtweite war, begann sie wild mit den Armen zu fuchteln.

»Was soll das denn?«, fragte Jella verwundert.

»Mensch, mir tun die Füße weh, und die Kutsche da fährt genau in unsere Richtung. Wir könnten fahren.«

Tatsächlich verlangsamte die Pferdekutsche ihre Fahrt und hielt neben ihnen an. Jellas Herz klopfte ein wenig schneller, als sie Fritz van Houten erkannte. Freundlich lüpfte er seinen Hut und fragte sie, wohin sie wollten.

»Dann haben wir ja denselben Weg«, meinte er und bot ihnen an, zu ihm auf den Kutschbock zu steigen. »Ich habe gerade dieses Pferd erstanden und wollte sehen, ob es auch für die Kutsche taugt. Bei uns muss ein Pferd für mehrere Arbeiten herhalten.«

Jella achtete darauf, dass Lisbeth neben van Houten zu sitzen kam, um ihm körperlich nicht allzu nahe zu sein. Dieser Mann löste in ihr Gefühle aus, die sie auf beunruhigende Weise verunsicherten. Lisbeth fühlte sich dagegen zwischen ihnen pudelwohl.

»Dann wollen Sie also auch dieses komische Lokodingsbums besichtigen, von dem mir meine Freundin Jella so vorschwärmt?«, plapperte sie keck.

Van Houten beugte sich etwas vor und wandte sich direkt an Jella. »Sie interessieren sich für Technik?«, wollte er wissen.

Jella fühlte, wie sie errötete. »Nun, es ist doch immerhin eine kuriose Geschichte, dass man diese Dampfmaschine einfach so in der Wüste verkommen lässt. Ich würde gern herausfinden, was es damit auf sich hat.«

»Wenn Sie wollen, kann ich Ihnen berichten, was ich weiß.«

»Wenn es sein muss«, platzte Lisbeth wenig erfreut dazwischen. Doch Jella war begeistert. Van Houten erzählte, dass sich ein gewisser Edmund Troost mit dieser Dampfmaschine einen Traum erfüllen wollte. 1896 hatte er die Maschine in Einzelteilen von Halberstadt nach Svakopmund bringen lassen. Seine Idee war, damit eine dampfgetriebene Fuhrlinie nach Windhuk einzurichten. Sie sollte die viel langsameren Ochsenwagen ersetzen. Eine Eisenbahnlinie hatte es zu dieser Zeit noch nicht gegeben. Ein Lokomobil erschien ihm als das geeignete Transportmittel. Doch die Umsetzung dieser Idee gestaltete sich schwieriger als gedacht. Als die Maschine in Einzelteilen in der Walfischbucht angelandet worden war, sollte sie dort von einem eigens mitangereisten Maschinisten zügig zusammengebaut werden. Doch die beiden Männer hatten so ihre Schwierigkeiten, und es dauerte über drei Monate, bevor das Lokomobil lief. Endlich tuckerten sie damit in Richtung Svakopmund.

»Aber eine Dampfmaschine braucht Süßwasser, um laufen zu können«, warf Jella ein.

Van Houten nickte ihr anerkennend zu.

»Genau das war das Problem. In der afrikanischen Hitze braucht eine Dampfmaschine sogar noch sehr viel mehr Wasser als in Deutschland. Natürlich hatte das Gefährt nicht annähernd genügend Platz, um ausreichend Wasser mit sich zu führen – außerdem war es ja als Transportmittel gedacht …«

»Was für ein Reinfall!«

Selbst Lisbeth konnte mittlerweile der Geschichte etwas abgewinnen. Van Houten schmunzelte.

»Das kann man wohl sagen. Troost war nicht der Mann, der so leicht aufgab. Er mietete einfach ein paar Ochsenkarren und belud sie mit dem nötigen Wasser.«

Jella kicherte. Was für eine Absurdität. Das Lokomobil sollte ein schnelleres Transportmittel sein und wurde jetzt durch nachziehende Ochsenkarren aufgehalten.

»Zu allem Überfluss verlor Troost bald darauf seinen Maschinisten, und es kostete ihn viel Zeit, einen neuen zu suchen. Als ihm das endlich gelungen war, gab das Lokomobil schließlich mitten im Sand seinen Geist auf. Weder Troost noch ein anderer machten sich die Mühe, das Fahrzeug zu reparieren. Man ließ es einfach da stehen, wo es stecken geblieben war«, beendete van Houten die Geschichte.

»Und was hat *Martin Luther* mit dem Lokomobil zu tun?«

Weder Jella noch Lisbeth konnten sich einen Reim darauf machen.

»Das ist der Humor der Svakopmunder. Das Dampflokomobil mit seinen drei leeren Anhängern erinnerte sie wohl an einen Ausspruch des berühmten Reformators: ›Hier steh ich – Gott hilf mir – ich kann nicht anders.‹«

Ein paar mit Sand gefüllte Blechtonnen markierten den Weg zur *Martin Luther.* Links von ihnen verlief wie ein gerader Strich die Bahnstrecke nach Windhuk, rechts zog sich der graue Buschstreifen des Svakop-Riviers, eines Trockenflusses, der jetzt im afrikanischen Winter ohne Wasser war. Vor ihnen lag die endlose Weite der Namib-Wüste. Das Lokomobil war schon von Weitem zu sehen. Jella war begeistert. Sie sprang vom Kutschbock und umkreiste neugierig die Maschine.

»Schau nur«, rief sie aufgeregt, während sie die Maschine eingehend untersuchte. »Die Feuerbüchse ist ja völlig ausgeglüht!«

»Interessant!«, murmelte Lisbeth desinteressiert. Doch van Houten bestätigte ihre Vermutung.

»Ja, der letzte Maschinist hat offensichtlich den Wasserstand zu weit absinken lassen, und dann ist die Feuerbüchse ausgeglüht.«

»Was für eine Schande!«

Er sah Jella anerkennend an. »Sie verfügen über erstaunliche technische Kenntnisse! Ihr Vater kann stolz auf Sie sein. Haben Sie das Wiedersehen mit ihm genossen?«

Jella zuckte zusammen und räusperte sich.

»Er wartet in Windhuk auf mich«, behauptete sie. »Er konnte mich leider nicht abholen. Morgen fahre ich zu ihm.«

Lisbeth warf ihr einen fragenden Blick zu. Bevor sie etwas dazu sagen konnte, ging Jella zurück zum Kutschbock.

»Was ist?«, fragte sie mit einem gespielten Lächeln. »Nehmen Sie uns auch wieder mit zurück?«

Am nächsten Morgen ging es endlich los. Fritz van Houten hatte sie und Lisbeth am Vortag in der Nähe des Leuchtturms abgesetzt, wo er von einem dunkelhäutigen Mann namens Jakob erwartet worden war. Da es wohl einige Schwierigkeiten mit dem Weitertransport seiner Fracht gab, musste er sich schnell verabschieden. Auch er wollte am nächsten Morgen aufbrechen, allerdings in den Norden.

»Eigentlich schade, dass du ihn nicht mehr sehen wirst«, hatte Lisbeth mit einem Augenzwinkern zu Jella gemeint. »Ich hatte das Gefühl, dass er sich sehr für dich interessiert.«

Jella war puterrot geworden. »So ein Unsinn«, hatte sie abgewehrt. »Der Mann ist mir völlig gleichgültig.«

Auch an diesem Morgen hielt dichter Nebel Svakopmund fest umhüllt. Feinste Wassertröpfchen ließen einen salzigen Nachgeschmack auf der Haut zurück, während Jella versuchte, auf dem Bahnsteig ihre Freundin ausfindig zu machen. Hinzu kam der dichte Qualm, der aus den Schornsteinen der beiden Lokomotiven stieg. Wie ein Gespenst tauchte Lisbeth unvermittelt aus der grauen Suppe vor ihr auf. Sie stand mit ihrem Gepäck direkt neben den grauschwarzen Lokomotiven, deren ächzende und stöhnende Maschinen wie gequälte Drachen jaulten. Sie umarmte ihre Freundin herzlich und zog sie in Richtung des ersten Waggons, in dem die zivilen Reisenden mitfuhren. Die beiden hinteren Waggons waren für die Schutztruppensoldaten reserviert. Außer den beiden Frauen fuhren noch zwei Kaufleute und ein Vermessungsingenieur mit. Schon bald sollte sich herausstellen, dass die Reise im ersten Waggon einen großen Vorteil bot, da der schmutzige Qualm des Schornsteins direkt über ihre Köpfe hinwegzog, während ihn die Soldaten unter ungünstigen Windverhältnissen immer wieder ungehindert abbekamen.

Die Bahnstrecke führte über Jakalswater, Karibib und Okahandja nach Windhuk. Langsam, aber stetig kämpften sich die beiden Lokomotiven mit ihren Waggons über die Geröllfelder der Namib-Wüste von einer Bahnstation zur nächsten. Die Zwischenstopps waren notwendig, um immer wieder Wasser für die Dampfmaschinen aufzunehmen. Die meisten Bahnstationen waren nichts anderes als ein Schuppen mit einem Wassertank, der von einem abgestellten Schutztruppensoldaten bewacht wurde. Für Jella und die anderen Fahrgäste war dies immerhin eine willkommene Gelegenheit, sich die Füße zu vertreten und sich, falls möglich, mit neuem Proviant einzudecken. Immer wieder musste der Zug auf offener Strecke anhalten, weil die Gleise von Sandwächten zugeweht waren. Auf Kommando sprangen die Schutztruppensoldaten aus ihren Waggons und schaufelten dann gemeinsam mit den Heizern die Hindernisse beiseite. Eine beschwerliche Knochenarbeit, auch wenn jetzt im Winter die Hitze viel erträglicher war als in den Sommermonaten. Am zweiten Tag ihrer Reise braute sich aus heiterem Himmel ein für diese Jahreszeit ungewöhnliches Gewitter zusammen. Schwarze Regenwolken türmten sich aus dem Nichts zu einer gigantischen Wolkenwand auf. Blitze zuckten und schleuderten ihr Licht um sich wie wild gewordene Furien. Jella hatte noch nie in ihrem Leben lauteren Donner gehört und zuckte bei jedem Schlag bis ins Mark getroffen zusammen. Sie hatte das Gefühl, mitten in eine Schöpfungsszenerie hineingeraten zu sein. Wenn Gott die Welt wirklich so erschaffen hatte, wie es die Bibel glauben machen wollte, dann musste sich das alles hier in Afrika abgespielt haben. Der plötzlich einsetzende Regen war heftig und traf schräg auf die Erde. Wie Gewehrkugeln malträtierten die auffallenden Tropfen den staubigen Wüstensand, schleuderten ihn hoch, sodass die Sandspritzer schnell die Fenster des Eisenbahnwaggons mit einer nassen Sandschicht überzogen. Dummerweise waren die Fenster nicht dicht, sodass die Fahrgäste bald ebenfalls mit feuchten Sandsprenkeln überzogen wurden.

So schnell das Gewitter aufgezogen war, so schnell war es auch wieder vorüber. Die ungewohnte Feuchtigkeit in der Luft ließ sofort drückende Schwüle aufziehen. Jella öffnete den obersten Knopf ihrer Bluse und krempelte die Ärmel ein wenig hoch, während sie mit einem nicht mehr ganz sauberen Taschentuch ihre schweißgetränkte Stirn abtupfte. An diesem Abend waren alle froh, als sie im Bahnhof in Okahandja ankamen. Gemeinsam mit den Schutztruppensoldaten machten sich die Fahrgäste auf zur Festung. Dort gab es auch für Zivilisten Übernachtungsmöglichkeiten. Jella und Lisbeth teilten sich ein Zimmer. Nach einer ausgiebigen Reinigungsprozedur und einem einfachen Nachtmahl fielen die beiden Frauen in einen bleiernen Schlaf.

Noch vor Morgengrauen wurden sie durch den durchdringenden Ton einer Trillerpfeife geweckt, um den letzten Teil der Reise anzutreten. Am Nachmittag des darauf folgenden Tages kamen sie endlich in Windhuk an. Der Himmel über der Verwaltungshauptstadt von Deutsch-Südwest wölbte sich in einem strahlenden Blau. Im Osten hoben sich die blauvioletten Onjati-Berge von der gelben Steppenlandschaft ab. Im Westen erstreckte sich das von trockenen Rivieren durchzogene Khomas-Hochland. Jetzt im Winter erschien alles wüst und staubtrocken. Doch im nahenden Frühjahr und mit den ersten Regenfällen würde sich die graugelbe Steppenlandschaft in saftiges, grünes Weideland verwandeln. Die trockenen Flussbette der Riviere füllten sich dann und schenkten dem Land für eine kurze Zeit Nahrung und Wasser. Für Mensch und Tier bedeutete dies eine Zeit des Überflusses, und doch gab es überall im Land Spannungen. Jella und Lisbeth hatten dies alles durch einen mitreisenden deutschen Kaufmann erfahren, der sich schon lange in Deutsch-Südwest aufhielt.

Er hatte ihnen auch von den Schwierigkeiten berichtet, die das Zusammenleben der schwarzen Stämme mit den weißen Siedlern mit sich brachte. Die Stämme der Herero, Ovambo und Nama erhoben genauso Ansprüche auf das Land wie die weißen Siedler. Viele Siedler hatten sich mit den Stämmen arrangiert, aber als immer mehr Siedler ins Land kamen, begann die Zeit der Spekulation. Um an ein eigenes Stück Land zu kommen, boten die Siedler den Hereros an, Rinder oder billigen Alkohol gegen ihr Land zu tauschen. Zunächst war das besonders für die Herero-Kapitäne von großem Vorteil. Ihr Reichtum maß sich an der Zahl der Rinder, und der Alkohol bedeutete eine willkommene Abwechslung, wenn auch mit fatalen Folgen. Selbst der oberste Hereroanführer, Kapitän Samuel Maharero, unterhielt zu seinem eigenen Vorteil eine innige Freundschaft mit dem obersten Schutztruppenkommandanten, General und Gouverneur Leutwein. Er verkaufte Landstück für Landstück an die deutschen Siedler, bis seine eigenen Leute nicht mehr genug Ländereien besaßen, um ihre immer größer werdenden Rinderherden zu ernähren. Den Hereros blieb nichts anderes übrig, als ihre Rinder wieder über das von ihnen verkaufte Land zu treiben. Sie scherten sich dabei wenig um die Empörung der weißen Landbesitzer, die ihr Weideland selber nutzen wollten. Es dauerte nicht lange, bis die Siedler ihre Farmen mit Waffengewalt und dichten Umzäunungen verteidigten. Die Unzufriedenheit wuchs besonders unter den Hereros, die sich betrogen fühlten. Hier und da hatten sich schon marodierende Banden zusammengefunden, die sich darauf spezialisiert hatten, weiße Siedler zu überfallen und auszurauben. Nur Samuel Maharero und seiner engen Freundschaft zu General Leutwein war es zu verdanken, dass noch kein organisierter Aufstand stattgefunden hatte. Jella und die anderen Reisenden konnten also froh sein, im Schutz der Eisenbahn und der begleitenden Soldaten sicher in Windhuk angekommen zu sein.

Windhuk war im Vergleich zu Svakopmund eine lebhafte Stadt. Sie lag auf einem Hügel, der sich westwärts hochzog. Von der weißen Feste aus hatte man einen weitläufigen Blick auf das Khomashochland, die Auas- und die Erosberge, während sich ins Tal hinunter das Bekleidungsdepot für die Schutztruppen, die evangelische Missionskirche und das Garnisonslazarett hinzogen. Unten im Tal verlief schnurgerade die belebte Kaiser-Wilhelm-Straße, in der sich die Kolonialläden, die sogenannten Stores, und der Truppengarten befanden. Alle Siedler aus der näheren und weiteren Entfernung deckten sich in den Stores mit den lebensnotwendigen Dingen ein. Aber in den Kaufläden liefen auch alle Neuigkeiten aus dem ganzen Land zusammen. In einem dieser Läden erfuhr Jella, wo man ihr möglicherweise würde helfen können.

In der Kommandantur, die auch für die Verwaltung zuständig war und deshalb den Spitznamen »Tintenpalast« trug, befanden sich alle Unterlagen, die sich mit den Belangen der weißen Siedler beschäftigten. Unter anderem waren hier die Namen aller Schutztruppensoldaten und Einwanderer der letzten Jahre aufgelistet. Außerdem gab es einen Kataster, in dem sämtliche Farmen, ihre Lagen und ihre Besitzer verzeichnet waren. Jella begab sich dorthin, um nach ihrem Vater zu forschen. Leider war die Liste mit den Einwanderern nicht vollständig, da sie erst in den Neunzigerjahren des vorangegangenen Jahrhunderts begonnen worden war. Vergeblich forschte sie darin nach dem Namen ihres Vaters. Als Nächstes machte sie sich an die Katasterauszüge. Es war eine langwierige Aufgabe, da viele Einträge nach einem für sie undurchsichtigen System verschlüsselt waren. Seite für Seite blätterte sie die Unterlagen durch. Den Namen Johannes von Sonthofen fand sie jedoch nicht. Mit müden Augen und erschöpft von der langwierigen Arbeit musste sie schließlich aufgeben. Sie hatte sich in einer kleinen Pension eingemietet und war für den Abend mit ihrer Freundin Lisbeth verabredet. Lisbeth kam direkt von ihrem kleinen Krankenhaus, das sich wenige Kilometer außerhalb von Windhuk in einem kleinen Dorf befand.

»Na, du machst mir aber einen deprimierten Eindruck«, begrüßte sie ihre Freundin. »Hast du nichts gefunden?«

Jella erzählte von ihren Unternehmungen. »Vielleicht arbeitet er immer noch in einer der Minen. Vielleicht sollte ich dort persönlich nachfragen?«

»Weißt du überhaupt, wie viele Minen es hier gibt? Soviel ich weiß, sind sie über das ganze Land verstreut. Du brauchst Jahre, bis du sie alle angeschrieben hast. Und sicher sein, dass sie dir antworten werden, kannst du auch nicht.«

»Du machst mir ja schöne Hoffnungen«, erwiderte Jella geknickt. Tatsache war, dass sie mit ihrem Latein so ziemlich am

Ende war. Doch Lisbeths Absicht war keineswegs, ihre Freundin zu deprimieren. Sie wollte ihr helfen.

»Komm mit in unser Krankenhaus«, bot sie an. »Dort brauchen sie immer Hilfe. Von dort aus kannst du immer noch Nachforschungen anstellen.«

»Ich weiß nicht … ich habe schon so viel Zeit vergeudet!« Jella war sich unsicher. Andererseits hatte sie keine andere Wahl. Ihr Geld würde nicht ewig vorhalten. Außerdem war es durchaus möglich, dass ihr Vater sich vielleicht gar nicht mehr im Land aufhielt oder sogar verstorben war. Sie musste realistisch sein.

»Also gut!«, meinte sie nach einigem Zögern. »Ich komme mit dir. Vielleicht ist das ja mein Schicksal.«

Lisbeth strahlte. »Na, dann lass uns mal gleich aufbrechen. So sparst du schon eine Übernachtung!«

Der leitende Arzt des kleinen Krankenhauses, Dr. Kuhn, war höchst erfreut, als Lisbeth ihm Jella vorstellte. Eine ausgebildete Krankenschwester, noch dazu mit Apothekererfahrung, konnten sie immer gebrauchen.

»Viel bezahlen kann ich Ihnen nicht«, warnte er sie. »Dafür bekommen Sie hier Kost und Logis frei. Wir arbeiten hier alle mehr oder weniger für Gottes Lohn.«

»Das soll mir recht sein«, meinte Jella. »Allerdings brauche ich hin und wieder einen freien Tag, um in Windhuk nach meinem Vater zu forschen.«

Dr. Kuhn war einverstanden und versprach sogar, sich selbst ein wenig umzuhören. »Hier draußen im Busch gibt es mehr Ohren als in ganz Windhuk. Neuigkeiten kommen hier immer zuerst an!«

Jella gewöhnte sich schnell ein. Die alltäglichen Dinge im Krankenhaus nahmen sie voll in Anspruch. Als Erstes regte sie eine Verbesserung der hygienischen Verhältnisse an. Professor Koch war nie müde geworden, immer wieder auf die Notwendigkeit absoluter Sauberkeit hinzuweisen. Jella sprach mit Dr. Kuhn darüber. Sie regte an, dass man die Infektionskranken von den Verletzten trennte, um eine Ansteckung zu verhindern. Ihre Argumente leuchteten ein. Schon bald reduzierte sich die Anzahl der Infizierten um mehr als die Hälfte. Tage und Wochen verstrichen. Ein Tag reihte sich an den anderen, aber Jella erfuhr nichts Näheres über ihren Vater. Sie hatte an ihren freien Abenden unzählige Briefe geschrieben und sie an die Minen im Norden und Süden des Landes geschickt. Aber entweder hatte sie keine Antwort erhalten oder man hatte ihr bedauernd geantwortet, dass ein Johannes von Sonthofen dort unbekannt sei.

Die Arbeit im Krankenhaus machte Jella durchaus Spaß. Sie lernte so viel Neues kennen, vor allem was die Behandlung von Ekzemen und Parasiten anging. Außerdem musste sie feststellen, dass die »zivilisierte« Medizin auch an ihre Grenzen stieß, während einfache Salben und Tinkturen, wie sie die Schwarzen anfertigten, in der Behandlung oft ungewöhnliche Erfolge erzielten.

Eines Tages rief Dr. Kuhn sie in sein Büro. Auf seinem faltigen, angestrengten Gesicht breitete sich ein freudiges Lächeln aus.

»Gute Neuigkeiten«, empfing er sie und winkte mit der Abschrift eines amtlichen Dokuments. »Sehen Sie selbst!«

Aufgeregt nahm Jella das Papier entgegen und faltete es auseinander. Ihr Herz klopfte heftig, als sie auf einen Eintrag mit dem Namen Johannes Sonthofen stieß.

»Woher haben Sie das?«, stammelte sie erregt. »Ich habe doch alles durchgesehen!«

Dr. Kuhn verschränkte genüsslich seine Arme. »Die Papiere sind erst kürzlich in Windhuk eingetroffen. In Otjiwarongo wurde der Bezirkshauptmann ausgetauscht. Einiges lag dort im Argen. Unter anderem wurden auch diverse Unterlagen nicht ordnungsgemäß nach Windhuk gesandt. Darunter auch diese Katasterauszüge. Allem Anschein nach besitzt Ihr Vater eine Farm in der Nähe des Waterbergs!«

Jella sah sich die Papiere genauer an. Sie konnte es einfach noch nicht fassen. Endlich, endlich hatte sie eine greifbare Spur! Dr. Kuhn zeigte ihr eine detaillierte Karte. Das tafelähnliche Hochplateau des Waterbergs lag über hundert Kilometer nördlich von Windhuk. Die Farm trug den lautmalerischen Namen *Owitambe.* Ein unkontrolliertes Zittern überkam sie plötzlich. Mit einem Mal war die Möglichkeit, ihren Vater zu finden, in greifbare Nähe gerückt. Gleichzeitig spürte sie auch einen Kloß in ihrem Hals. Würde ihr Vater sie überhaupt akzeptieren? Immerhin hatte ihr Großvater ihm jahrelang vorgegaukelt, dass sie das Kind eines anderen sei. Ärgerlich schob sie ihre negativen Gedanken beiseite. Wenn sie erst ihrem Vater gegenüberstand, würde sich alles klären. Ihr Freund Zille war schließlich immer der Überzeugung gewesen, dass Blut stärker war als alle Intrigen. Sie wollte es gern glauben. Am liebsten wäre sie sofort in den Norden aufgebrochen. Doch das gestaltete sich nicht so leicht, wie sie es sich vorgestellt hatte. Sowohl Dr. Kuhn als auch Lisbeth rieten ihr von einer übereilten Abreise ab.

»Was du vorhast, stellt alles, was du bisher erlebt hast, in den Schatten«, warnte sie ihre Freundin. »An den Waterberg fahren keine Eisenbahnen. Dorthin musst du tagelang reiten oder dich einem Ochsenwagentreck anschließen, der noch viel länger unterwegs ist. So wie es aussieht, macht sich allerdings im Moment niemand in den Norden auf. Du musst noch etwas Geduld haben. Irgendwann wird sich für dich schon eine Gelegenheit finden, dorthin zu kommen.«

Doch Geduld aufzubringen war das, was Jella am schwersten fiel. Notgedrungen fand sie sich dennoch wieder in den Krankenhausalltag ein, auch wenn sie sich fortan jeden Tag in Tagträumen das Wiedersehen mit ihrem Vater vorstellte. Bald schon würde sie mit ihm auf seiner Farm in Afrika leben. Um dieses Vorhaben möglichst schnell in die Tat umzusetzen, ging sie beinahe jeden Tag von den Bergen hinunter nach Windhuk und fragte im »Tintenpalast«, aber auch in den Stores nach Möglichkeiten, in den Norden zu reisen.

Anfang November kam ausgerechnet Lisbeth, die ihre Freundin am liebsten für immer in ihrer Nähe gewusst hätte, aus der Stadt. Sie brachte eine aufregende Neuigkeit mit.

»Jella, du musst packen«, meinte sie halb betrübt, halb freudig. »Übermorgen geht ein Ochsenwagentreck in Richtung Norden nach Otawi! Von dort ist es nur noch ein Katzensprung bis an den Waterberg.«

»Woher willst du das wissen?«

Lisbeth sah Jella verschwörerisch an.

»Erinnerst du dich an Selina, die junge Herero, die wir vor zwei Wochen von diesen prächtigen Zwillingen entbunden haben? Sie hat es mir verraten. Sie arbeitet als Küchenhilfe bei dem Händler Oswald Marktler. Ich besuche sie hin und wieder, um nach den Kleinen zu sehen. Mehr oder weniger beiläufig hat sie mir erzählt, dass ihr Herr sich zusammen mit einem anderen Händler auf in den Norden macht. Sie haben sogar zwei bewaffnete Männer engagiert, die den Tross begleiten werden. Auf Monate hinaus wird das die letzte Chance sein, in den Norden zu reisen. Wenn die Regenzeit erst richtig beginnt, wird sich keiner mehr ohne Not auf den beschwerlichen Weg machen. Du musst diesen Marktler nur noch davon überzeugen, dass du mit willst.«

Jella war begeistert.

»Das lass mal meine Sorge sein!«

Gefährliche Wildnis

Es war eine Rüttelpartie ohne Ende. Langsam holpernd schleppten sich die beiden voll beladenen Ochsenwagen über die staubigen Wege, die Pads, in Richtung Norden. Sie waren voll beladen mit Waren, die für die Siedler in Otawi gedacht waren. Neben Biltong, getrockneten Fleischstreifen, Stoffen, Reis, Saatgut und Werkzeugen befand sich auch ein riesiges Fass Branntwein darin, was die Fahrt insofern gefährlich machte, als Alkohol bei den einheimischen Hereros äußerst beliebt war. Zwei bewaffnete Männer und sechs schwarze Treckhelfer, die von den beiden Händlern eingestellt worden waren, begleiteten den Zug. Einer der Bewaffneten ritt in regelmäßigen Abständen ein Stück voraus, um die Lage zu sondieren, während der andere den Zug von hinten absicherte. Jella hockte neben dem vierschrötigen Oswald Marktler auf dem Kutschbock des vorausfahrenden Wagens, während im hinteren Planwagen ein etwas griesgrämig wirkender Händler namens Bittel saß. Vier kräftige Ochsen zogen je einen Planwagen und kämpften sich unter das Joch gezwängt tapfer durch den mal staubigen, mal von groben Steinen und Felsbrocken durchsetzten Pad. Bis Okahandja zogen sie durch die Senke zwischen dem im Westen gelegenen hügeligen Khomas-Hochland und den im Osten liegenden, blaugrau schillernden Eros- und Otjihavera-Bergen.

Zum ersten Mal, seit sie in Afrika angekommen war, hatte Jella Gelegenheit, ihre neue Heimat in aller Ruhe in sich aufzunehmen. So grau und scheinbar lebensfeindlich das Land auf den ersten Blick aussah, so abwechslungsreich und vielfältig war es beim näheren Hinsehen. Mit Freude entdeckte sie immer wieder neue Pflanzen und Tiere und ließ sich vom Zauber der verändernden Landschaft einfangen. Im frühen Morgengrauen war die Landschaft von einer unglaublichen Klarheit gezeichnet. Die Büsche und Bäume zeigten nach den ersten Regenfällen ein zartes Grün, waren aber noch so licht, dass man ihre Äste und Zweige darunter klar erkennen konnte. Immer wieder beobachtete Jella Tiere, deren Namen und Aussehen sich so völlig von denen in ihrer Heimat unterschieden. Antilopen in allen Größen. Manche, wie die Ducker, waren klein wie Katzen und trugen nur kleine Stummelhörnchen auf ihrem Kopf, andere, wie die Kudus, waren groß wie Rothirsche und mit mächtigen Geweihen versehen. Schakale streunten durchs Unterholz, und hin und wieder war das irre Lachen von Hyänen zu hören. Auf dem kargen Geröll wuchsen gelbe, weiße und grüne Flechten, zwischen denen allerlei Reptilien auf die Jagd gingen. Manchmal ging der Pad an großen Felsblöcken vorbei, die wie gigantische, kreisrunde steinerne Murmeln übereinandergetürmt waren. Aus den Spalten wuchsen kräftige Bäume und ragten wie Geisterhände in die Landschaft. Ihre Äste waren bedeckt von totem Gezweig. Bei genauerem Hinsehen entdeckte Jella, dass es sich dabei um kunstvoll verschlungene Nestbauten handelte, in denen Hunderte von Webervögeln ihre Paläste gebaut hatten. Im Schatten der Bäume knackten Paviane mit ihren langen Reißzähnen Früchte und bleckten angriffslustig die Zähne in ihre Richtung, wenn der Zug ihnen zu nahe kam. Im Mittagslicht begannen die Konturen zu verschwimmen. Der blaue Himmel wurde gleißend hell und verschmolz mit dem ebenfalls immer heller werdenden Horizont zu einer flirrenden, unklaren Grenze.

Bereits am ersten Tag ihrer Reise machte Jella eine überraschende Erfahrung. Im Schatten der Zeltplanen, die in einem Halbrund über die Ränder des Wagens gezogen waren, döste sie vom unregelmäßigen Takt des Fahrzeugs geschüttelt vor sich hin. Das ewige Schaukeln und die schweigsame Art Oswald Marktlers hatten sie schläfrig werden lassen. Hin und wieder tönten die knappen Befehle Marktlers an die Treckhelfer. Rechts und links von ihnen wuchsen dichte mannshohe Rosinenbüsche, was die Fahrt noch eintöniger machte. Plötzlich knackte es im Gebüsch direkt neben Jella. Sie schrak auf und drehte sich in die Richtung, aus der das Geräusch gekommen war. Unvermittelt sah sie sich zwei großen kugelrunden, schwarzen Augen gegenüber. Ein vor Schreck aufgerissener Schnabel, der auf einem schlangenähnlichen Hals saß, näherte sich ihr bedrohlich. Er gehörte zu einem riesigen Vogel, der gerade dazu ansetzte, nach Jellas Gesicht zu hacken. Mitten in seiner Hackbewegung schwenkte der Schnabel jedoch zur Seite. Marktler hatte dem Tier rechtzeitig einen heftigen Faustschlag versetzt. Benommen bog sich der lange Hals zurück, schnellte wieder nach vorn und pendelte nochmals zurück, bevor das riesige Tier seine tellerförmigen Flügel aufplusterte und auf langen Beinen die Flucht ergriff.

»Was war das denn für ein Huhn?«, fragte Jella erschrocken.

Zum ersten Mal seit ihrer Reise lachte der wortkarge Händler aus vollem Herzen. Selbst der griesgrämige Bittel verzog sein Gesicht zu einem schmalen Lächeln.

»Das war ein Vogel Strauß«, erklärte der Händler und wischte sich eine Lachträne vom Auge. »Ziemlich ungemütliche Tiere, wenn man ihnen zu nahe kommt. Den hier haben wir wohl gerade aufgeschreckt oder gar von seinem Nest vertrieben. Nur gut, dass Sie auf dem Wagen saßen. Die Biester sind äußerst wehrhaft und aggressiv, wenn sie sich bedroht fühlen. Die scharfen Krallen und ein Tritt mit ihren kräftigen Füßen sind selbst Löwen gefährlich.« Amüsiert beobachtete er, wie Jella sich schüttelte. »Aber das Fleisch und ihre Federn, die sind wirklich nicht zu verachten«, fügte er hinzu. Jella wollte gerade etwas nachfragen, als ihr Wagen durch einen heftigen Schlag erschüttert wurde und vorn etwas absackte. Sie waren mit dem Vorderrad in ein Schlagloch geraten. Marktler fluchte und sprang von seinem Kutschbock. Wütend schimpfte er auf Herero mit seinen Treckhelfern, weil sie nicht aufgepasst hatten. Zum Glück war die Wagenachse nicht gebrochen. Mit einer unwirschen Bewegung bedeutete er Jella, ebenfalls vom Kutschbock zu steigen. Dann rief er seine Leute zusammen, um den Wagen aus dem Loch zu ziehen. Er selbst zog mit einem der Männer am Zaumzeug der führenden Ochsen. Die anderen schoben von hinten. Mit vereinten Kräften und nach langen, kräftezehrenden Versuchen bekamen sie den Wagen endlich wieder frei.

Es sollte nicht das einzige Mal während ihrer Reise sein, dass sie absteigen und die Ochsenkarren aus missliebigen Situationen befreien mussten.

Am frühen Abend, noch bevor die Sonne untergegangen war, suchten sie sich eine geschützte Stelle für die Übernachtung. Die Hereros begannen Feuerholz zu sammeln, mit dem sie dann mehrere Lagerfeuer entfachten. Die äußeren Feuer sollten wilde Tiere von den Ochsen abhalten, das zentrale war als Kochstelle gedacht. Marktler stellte ein eisernes Dreibein auf die Glut und darauf einen gusseisernen Topf, in dem er mit etwas Speck Bohnen und Maniok kochte. Schweigend nahmen sie ihre Mahlzeit ein. Nach dem Essen säuberte Jella den Topf mit Sand, und Marktler und Bittel teilten Nachtwachen ein. Sie befanden sich mittlerweile inmitten des Hererogebiets, in dem man durchaus mit marodierenden Banden rechnen musste. Aber auch die herumstreunenden wilden Tiere waren eine nicht zu unterschätzende Gefahr. Die kräftigen Ochsen und das Biltong stellten für die feinen Nasen der Raubkatzen und Hyänen eine große Versuchung dar. Das Trockenfleisch war äußerst nahrhaft und stammte von erjagtem Wild oder aus erstklassigem Rindfleisch. Bittel stellte jeden Abend ein Schnappeisen auf, in das er als Köder ein Stück Biltong legte. Er hoffte darauf, dass sich ein Leopard oder ein Gepard darin verfing. Ihre Felle waren ein kleines Vermögen wert. Die Falle war so konstruiert, dass eine eiserne, gezackte Klammer über der Schnauze des Tieres zusammenschnappte und ihm den Schädel zerquetschte. Jella war jeden Morgen froh, dass sich keines der prächtigen Tiere in dieser grausamen Falle verfangen hatte.

Die Nächte verbrachte sie allein in einem der Planwagen. Marktler hatte ihr zwischen den Waren Platz für ein Lager gelassen, wo sie sich in ihre Decken hüllen konnte. Die beiden Händler schliefen abwechselnd in dem anderen Wagen, während sich die schwarzen Treckbegleiter um das zentrale Lagerfeuer niederließen. In der ersten Nacht hatte Jella kaum geschlafen. Zu unheimlich waren die Geräusche um sie herum gewesen. Überall knackte und raschelte es. Ein markerschütterndes Fiepen übertönt von einem gewaltigen Brüllen deutete darauf hin, dass ganz in ihrer Nähe jemand Opfer eines Raubtiers geworden war. Danach herrschte für einen kurzen Augenblick Stille, bevor Jella ganz deutlich das Knacken von brechenden Knochen zu hören glaubte. Der durchdringende Schrei eines Kauzes erinnerte sie an ein schreiendes Kind. Der ganze Busch um sie herum war voller Leben und Sterben. Niemals zuvor hatte sich Jella so unmittelbar in den Kreislauf des Werdens und Vergehens eingebunden gefühlt. Sie war erregt und auch ein bisschen ängstlich, aber überwiegend beherrschte sie doch das Gefühl freudiger Spannung.

Noch vor Sonnenaufgang wurde die Lagerstelle geräumt, und mit den ersten Sonnenstrahlen, die sich in dunklen Rottönen über dem Horizont andeuteten, brachen sie auf. Als Marktler ihr am ersten Morgen einen Blechbecher voller Kaffee, einen Kanten Brot und einen weiteren Becher mit Wasser anbot, sah Jella ihn bezüglich des Wasserbechers fragend an.

»Na, so feine Fräuleins wie Sie brauchen das doch sicherlich für ihre Morgentoilette«, meinte er großzügig. Verblüfft starrte sie auf den Becher Wasser. Der Händler zuckte nur mit den Schultern. »Mehr Waschwasser ist leider nicht drin. In Okahandja bekommen Sie dann wieder mehr.«

Jella musste lachen. Sie fand die Vorstellung, sich mit so wenig Wasser begnügen zu müssen, schon fast amüsant. Doch bereits am nächsten Tag änderte sie ihre Meinung, als sie feststellen musste, dass Schweiß und Staub allmählich überhandnahmen und als säuerliche Duftwolke durch ihre Gruppe zog. Besonders der kräftige Marktler stank zum Erbarmen. Manchmal marschierte Jella freiwillig neben dem Wagen her, nur um den Ausdünstungen ihres Mitreisenden wenigstens zeitweise aus dem Weg gehen zu können. Am vierten Tag erreichten sie Okahandja, wo sie eine zweitägige Rast einlegten. Wieder fanden sie in der Festung, die Jella bereits von ihrer Zugfahrt kannte, Unterkunft. Nur zu gern nutzte sie die Zeit, um sich und ihre Kleidung ausgiebig zu reinigen. Ein paar Tage später war der alte stinkende Status quo allerdings wieder erreicht. So schwer es Jella anfangs fiel, den Dreck mit Gelassenheit zu ertragen, nach weiteren zwei Tagen war er ihr egal. Je weiter sie in den Norden kamen, desto flacher wurde die Landschaft. Marktler erklärte, dass sie sich allmählich dem Rand der großen Kalahari-Wüste näherten, die sich östlich von ihnen vom Okawango-Delta bis hin nach Südafrika erstreckte. Der nördliche Teil der Kalahari war die Omaheke-Wüste.

»Ein trostloses Stück Land, ohne Wasser und Weidegrund«, meinte der Händler. »Außer ein paar primitiven Buschmännern überlebt dort keiner.«

»Sind das die berühmten Hottentotten?«, fragte Jella neugierig. Marktler schüttelte den Kopf. »Nein«, brummte er ungnädig. »Die meisten hier nennen alle Schwarzen, die einen auffälligen Fettsteiß haben, Hottentotten. Die ›echten‹ Hottentotten gehören zu den

Khoi-Khoin oder Namas. Sie leben eher im Süden in den ausgetrockneten Flussbetten der Namib-Wüste. Die Kalahari ist das Land der Buschmänner. Sie nennen sich selbst San, was so viel wie ›erster Mensch‹ bedeutet. Sie sind noch viel primitiver als die Hottentotten und leben schon seit Urzeiten als unzivilisierte Wilde in der Wüste. Man bekommt sie nur selten zu sehen. Sie meiden die Gebiete der Weißen, und wenn sie doch auf unsereinen stoßen, dann beklauen sie einen wie die Raben. Ein elendes Pack eben.«

Jella schwieg. In den paar Monaten ihres Aufenthalts hatte sie schon oft abfällige Bemerkungen über die Einheimischen gehört. Sie fragte sich, ob es Vorurteile waren oder ob die Vorwürfe ihre Berechtigung hatten. Im Krankenhaus, aber auch jetzt auf ihrer Reise, waren ihr die Schwarzen immer freundlich und durchaus umgänglich erschienen. Lisbeth war felsenfest überzeugt, dass ihre Freundlichkeit nur daher kam, dass die Schwarzen in mühevoller, aufopfernder Arbeit missioniert worden waren. Jella konnte sich dagegen nur schwer vorstellen, dass allein der christliche Glauben aus »Wilden« umgängliche Menschen machte. Sie glaubte eher, dass es ihrem Naturell entsprach. Auf jeden Fall konnte sie außer der Hautfarbe und anderen Sitten und Gebräuchen keinerlei Unterschiede zwischen sich und den Einheimischen feststellen.

Noch zweimal füllten sie auf ihrem Weg die Wasservorräte auf, bevor sie sich auf das unwirtlichste Stück ihrer Reise machten. Sie waren gezwungen, ein Stück der Omakeke-Wüste zu durchqueren. Die Sonne stach unerbittlich auf sie herab. Die Ochsen kämpften sich mit hängenden Köpfen vorwärts und konnten oft nur nach langem Zureden dazu gebracht werden, ihren Weg fortzusetzen. Jella saß mit hochrotem Kopf unter der Plane im ruckelnden Wagen. Immer wieder nahm sie aus ihrer Feldflasche einen kleinen Schluck Wasser, wobei sie gegen den unbändigen Willen ankämpfen musste, sich den gesamten Inhalt einfach über den Kopf zu gießen. Marktler und Bittel trotteten scheinbar gleichmütig neben den Wagen her und mischten sich nur in Notfällen in die Arbeit der Treckführer ein. Die Hitze und die Eintönigkeit der Landschaft ließen auch die beiden bewaffneten Begleiter nachlässig werden. Längst ritt keiner mehr voran. Wozu auch? Die Wüste war eben und übersichtlich. Außer ein paar Rosinenbüschen und verstreuten Akazien und Kameldornbäumen war nichts zu sehen. Gegen Abend hatte die Monotonie ein Ende. Sie näherten sich einer kleinen Felsschlucht, in der sich eine Wasserstelle befinden sollte. Jellas Lebensgeister erwachten bei der Aussicht auf eine willkommene Erfrischung. Auch die Ochsen schienen das nahe Wasser zu riechen. Mit einem Mal hoben sie ihre Köpfe, stießen einen lauten Ruf aus und zogen ungebärdig an ihren Jochen. Die Treckführer hatten Schwierigkeiten, ihnen Einhalt zu gebieten. Voller Vorfreude sah Jella, wie sich die blauen Felsen rasch im orangeroten Abendlicht näherten. Doch kaum hatten sie den ersten Felsen erreicht, als ein ohrenbetäubender Schuss die Luft zerschnitt. Bevor der vorausreitende Bewaffnete zu seinem Gewehr greifen konnte, stürzte er getroffen vom Pferd. Der zweite Bewaffnete entsicherte hektisch sein Gewehr und schoss blind in die Richtung, aus der nun mehrere Salven folgten. Einer der Treckführer sackte schreiend zu Boden. Ein Tumult brach aus. Marktler und Bittel waren unterdessen hastig zu den Planwagen gekrochen und griffen nach den bereitgelegten Gewehren. Jella hatte sich rückwärts in den Wagen fallen lassen, nachdem ein Geschoss nur wenige Zentimeter über ihrem Kopf durch die Plane geschlagen war.

»Bleiben Sie, wo Sie sind!«, brüllte Marktler. »Das ist ein Überfall! Verflucht!«

Mutig sprang er vom Kutschbock und suchte unter dem Wagen Schutz. Bittel hatte unterdessen die Wagen so in Position gebracht, dass sie sich darunter verschanzen konnten. Auch die verbliebenen fünf Treckführer folgten ihm. Als sie allerdings ein Dutzend Reiter auf die Wagenburg zupreschen sahen, krochen sie eiligst wieder aus der Deckung hervor und suchten ihr Heil in der Flucht. Mit wilden Sprüngen hasteten sie von Busch zu Busch und nutzten die beginnende Dämmerung, um sich zu verstecken. Zurück blieben die drei Männer und Jella. Mit der aufkommenden Dunkelheit setzte der Kugelhagel plötzlich aus. Innerhalb weniger Minuten war es tiefschwarze Nacht geworden. Nun bekam sie es erst recht mit der Angst zu tun. Ihr Herz krampfte sich panisch zusammen, weil ihr plötzlich bewusst wurde, dass sie sich in einer ähnlich aussichtslosen Lage befand wie damals in dem Berliner Atelier. Unkontrolliertes Zittern ergriff ihren Körper. Ihr war, als schnüre ihr jemand die Kehle zu. Nur mit äußerster Anstrengung gelang es ihr, ihre Panik unter Kontrolle zu bekommen. Nein, sie durfte sich nicht noch einmal zum Opfer machen lassen! Hektisch suchte sie nach einer Waffe, mit der sie sich verteidigen konnte. Im Seitenfach des Wagens fand sie einen Revolver. Sie hatte noch nie so ein Ding in der Hand gehabt und hoffte inständig, dass er geladen war. Dunkle, kehlige Rufe waren zu hören. Was hatten die Banditen vor? Jella lauschte. Plötzlich hörte sie wieder einen Schuss. Er kam von unterhalb ihres Wagens. Dann hörte sie Keuchen und einen kurzen Kampf. Wieder Schüsse. Dann ein lautes Jubeln. Es kam von rauen Kehlen, die eine für Jella unverständliche Sprache sprachen.

Sie haben unsere Männer getötet, schoss es ihr durch den Kopf. Jetzt bin ich an der Reihe. Ungewollte Bilder stiegen vor ihrem inneren Auge auf. Hände, die ihr die Kleider vom Leib rissen und ihr erneut Gewalt antaten. Sie umfasste den Revolver und zielte bibbernd auf die Öffnung des Planwagens. Doch die Banditen hatten das Branntweinfass im anderen Wagen entdeckt. Sie hörte freudige Schreie und ausgelassene Rufe. Der Mann, der sich gerade noch an ihrem Wagen zu schaffen gemacht hatte, ließ wieder davon ab. Offensichtlich machten sich die Männer nun über den

Alkohol her. Das war ihre Chance. Die Banditen waren für den Moment abgelenkt. Wenn sie sich geschickt anstellte, konnte sie durch die Zeltplane schlüpfen und im Schutz der Dunkelheit fliehen. Stück für Stück schob sie sich in den hinteren Teil des Wagens, lüpfte die Zeltplane und äugte hinaus. Die Luft schien rein. Vorsichtig schlüpfte sie hinaus. Schlotternd vor Angst setzte sie nun auch den zweiten Fuß auf den Boden. Im gleichen Augenblick wurde ihr Knöchel plötzlich von einer Hand umfasst, die unter dem Wagen hervorschnellte. Jella schrie vor Schreck auf und trat gleichzeitig instinktiv mit ihrem freien Fuß nach ihrer Fessel. Die Hand löste sich und erschlaffte. Jella wagte nicht nachzusehen, zu wem sie gehörte. Doch ihr Schrei hatte die Aufmerksamkeit eines der Banditen auf sich gezogen. Ein Hüne von Mann kam auf sie zu. In der Dunkelheit konnte sie nur das Helle in seinen Augen aufblitzen sehen, was ihn noch unheimlicher erscheinen ließ. Jella hatte immer noch ihren Revolver in der Hand. Ohne lange nachzudenken, richtete sie die Schusswaffe auf den Fremden, entspannte den Hahn und drückte ab. Ein heller Blitz leuchtete auf und schnellte durch die Dunkelheit. Ein grässlicher gurgelnder Schrei folgte, bevor der Hüne in sich zusammensackte. Entsetzt über ihr Tun ergriff sie die Flucht. Mit weit ausholenden Schritten rannte sie in die Dunkelheit.

Wie vorauszusehen erzeugte der Schuss Aufruhr. Die Banditen griffen eilends zu ihren Waffen und begannen ihrerseits wild loszuballern. Jella duckte sich, während sie weiter in die Dunkelheit rannte. Eine Zeit lang hatte sie das Gefühl, verfolgt zu werden. Sie hörte Schritte hinter sich, was sie noch schneller werden ließ. Nur weg von diesen Unholden! Lieber würde sie sterben, als noch einmal das Grauen von männlicher Gewalt erleben zu müssen.

Sie hörte erst auf zu laufen, als ihre Beine einfach unter ihr zusammenknickten. Atemlos, mit wundem Hals, kauerte sie erschöpft auf dem Boden. Sie konnte nicht mehr. Ihre rechte Hand hielt den Revolver immer noch fest umklammert. Voller Abscheu ließ sie ihn fallen, um ihn sofort wieder aufzunehmen. Grimmig und entschlossen zielte sie in die diffuse Dunkelheit. Nein! So billig würden diese Männer nicht davonkommen. Sie würde ihr Leben bis zum letzten Atemzug verteidigen. Doch nichts regte sich. Die Banditen hatten ihre Verfolgung aufgegeben. Sie war erst einmal in Sicherheit. Langsam löste sich ihre Verkrampfung, und sie begann zu zittern. Ein Beben durchfuhr ihren Körper, als hätte sie jemand unter Strom gesetzt.

Was soll ich jetzt tun?, fragte eine panische Stimme in ihr. Wohin soll ich mich wenden?

»Ruhig Blut, Jella!«, sprach sie sich laut Mut zu. Es tat gut, die eigene Stimme zu hören. Sie nahm ihr etwas vom Gefühl ihrer Einsamkeit. Sie spürte, wie ihr Selbstvertrauen langsam zurückkehrte. »Du hast schon so viel durchgemacht, da wirst du diesen Überfall auch noch wegstecken«, redete sie sich laut ein. Ein Fiepen und das laute Rascheln eines fliehenden Tieres ließen sie allerdings gleich wieder zusammenzucken. Plötzlich wurde ihr bewusst, dass sie trotz ihrer Einsamkeit keineswegs allein war. Sie war in der Wildnis, und noch dazu völlig orientierungslos und ohne Wasser. Es hatte keinen Sinn, jetzt planlos irgendwohin zu laufen. Sie musste bis Sonnenaufgang warten und dann entscheiden, wohin sie sich wenden sollte. Das Beste würde sein, wenn sie zurück zum Pad ging und ihm folgte. Marktler hatte doch etwas von einer Farm erzählt, die etwas abseits des Pads liegen sollte. Sie musste nur die Abzweigung finden. Dort würde sie sicherlich auf Hilfe stoßen. Vielleicht traf sie ja auch auf die geflohenen Treckhelfer. Zum ersten Mal seit dem Überfall kamen ihr Marktler und Bittel in den Sinn. Wie mochte es ihnen ergangen sein? Jella schob den Gedanken schnell beiseite. Sie musste erst einmal selbst einen Weg aus ihrer misslichen Situation finden. Energisch schob sie eine ins

Gesicht fallende Locke beiseite und sah sich um. Ganz in ihrer Nähe schimmerte ein großer, runder Fels im Licht des Mondes. Dort suchte sie Schutz.

Den Rest der Nacht verbrachte sie kauernd im Schutz des Felsens. Bei jedem unbekannten Geräusch schreckte sie auf. Gegen Morgen kühlte es empfindlich ab, und sie schlang frierend ihre Arme um die angewinkelten Beine. Kurz vor der Dämmerung fiel sie in einen kurzen, unruhigen Schlaf, aus dem sie abrupt erwachte, als die ersten Strahlen der Sonne ihr Gesicht kitzelten. Zerschlagen und gerädert rieb sie sich die Augen. Ihre Glieder fühlten sich elend steif und unbeweglich an. Dankbar reckte sie sich der wärmenden Sonne entgegen und stand auf. Ein trügerischer Zauber lag über der weiten Ebene der Kalahari. Der Himmel glühte in vielfältigen Rot- und Orangetönen, wurde zum Horizont hin violett, bis er im Nachtblau der Landschaft verschwand. So weit das Auge reichte, zog sich diese in leichten Wellen dahin. Kugelrunde Felsformationen setzten wie die Murmeln eines Riesen hin und wieder Akzente. Mal lagen sie allein, mal waren sie zu Haufen aufgetürmt, in deren Ritzen manchmal bizarre Bäume wuchsen. »Upside-down« hatte Marktler die unförmigen Baobabbäume genannt, die aussahen, als hätte ein Riese sie ausgerissen und mit der Wurzel nach oben wieder in die Erde gesteckt. Ihre Stämme waren prall oval und von einer festen, lederähnlichen, grauen Rinde umhüllt. Weit ausladende Akazienbäume, dornige Kameldornbüsche und Mankettibäume standen locker verstreut über die fast parkähnlich anmutende Wüste. Doch dazwischen lagen Sand und Flächen mit dürrem Gras – weit und breit kein Anzeichen einer Wasserstelle. Jella sah sich um und versuchte, ihre eigenen Spuren im Sand wiederzufinden. Aus welcher Richtung war sie heute Nacht gekommen? Sie hatte keine Ahnung. Nach einigem Überlegen fiel ihr ein, dass sie möglicherweise Richtung Osten geflohen war. Wenn sie den Weg zurück finden wollte, musste sie also nach Westen laufen. Die Sonne im Rücken, machte sie sich kurz entschlossen auf den Weg.

Die erste Zeit kam sie zügig voran. Sie sprach sich selbst Mut zu, und die Sonne bedachte sie anfangs mit einer angenehmen Wärme. Doch je höher die Sonne stieg, umso heißer entfaltete sie ihre Strahlkraft. Jella hatte ihren Strohhut im Planwagen zurücklassen müssen und war barhäuptig unterwegs. Obwohl die dichte kupferrote Lockenpracht ihr einen gewissen Schutz bot, brannte die Sonne ungehindert und schonungslos auf ihr hellhäutiges Gesicht. Immer mühsamer schleppte sie sich voran. Brennender Durst quälte ihre Kehle. Ihre Augen verklebten, weil ihnen die Flüssigkeit fehlte. Und langsam schwand auch die Kraft aus ihren Muskeln. Nur ihr Wille trieb sie weiter voran. Mechanisch setzte sie Fuß vor Fuß, stolperte mehr als sie ging und kämpfte sich weiter. Längst schon hätte sie zurück auf dem Pad sein müssen. Als die Sonne endlich über dem westlichen Horizont stand, musste sie erkennen, dass sie sich an der gleichen Stelle befand, von der sie am Morgen aufgebrochen war. Es bestand kein Zweifel. Der Fels, der weit ausladende Baum und ihre eigenen Spuren. Sie war im Kreis gelaufen.

Tränen des Zorns über ihre eigene Dummheit rannen ihr über die Wangen. Müde und abgekämpft setzte sie sich unter den Akazienbaum und beschloss, dort die nächste Nacht zu verbringen. Ein unbestimmtes Gefühl ließ sie plötzlich zusammenzucken. Sie fühlte sich beobachtet. Hastig rappelte sie sich auf und sah sich um. Die Sonne lag wie ein großer weicher Ball auf dem flachen Horizont. Zwei Hyänen umkreisten sie in sicherer Entfernung. Wie zum Hohn begannen sie bei ihrem Anblick zu keckern. Es klang wie das Lachen von Hexen, die gerade dabei waren, ihren Sudkessel anzuheizen, um darin Menschen zu kochen. Sie. Trotz der Wärme fröstelte Jella bei dem Gedanken. War das nun ihr Schicksal? Warteten diese Bestien etwa nur darauf, dass sie zusammenbrach, um sich dann über sie herzumachen?

»Haut ab, ihr blöden Viecher!«, rief sie plötzlich wütend. Ihre Müdigkeit begann einem wachsenden Trotz zu weichen. Sie hatte immer noch ihren Revolver. Damit würde sie sich diese Biester schon vom Leib halten. Sie zielte auf eines der Tiere und drückte ab. Natürlich traf sie nicht. Die Hyänen waren zu weit weg. Immerhin verzogen sie sich knurrend hinter ein paar Rosinenbüsche. Jella ahnte, dass die Biester nur darauf warteten, dass ihre Aufmerksamkeit nachlassen würde. Sie musste sich vor den Raubtieren irgendwie in Sicherheit bringen. Der Fels war für die Hyänen kein Hindernis, aber auf den Baum konnten die schwerfälligen Tiere mit ihren kurzen Hinterbeinen und langen Vorderläufen wohl kaum klettern. Hoffte sie jedenfalls. Mühevoll schaffte sie es auf den unteren Ast, der etwa in ihrer Kopfhöhe begann. Von dort aus kletterte sie weiter, bis sie sich in einer sicheren Höhe wähnte. So gut es ging, richtete sie sich zwischen zwei Astgabeln ein. Die untergehende Sonne ließ lange Schatten entstehen. Jella spähte ängstlich nach den Hyänen. Sie hoffte, dass sie sich endlich trollten, damit sie am nächsten Morgen unbehelligt weiterziehen konnte. Innerhalb von Minuten verschwand die auf dem Horizont schwimmende Sonne und tauchte dahinter ab. Es wurde stockdunkel. Es würde noch einige Zeit dauern, bevor sich der Mond auf seinen Weg machte. Direkt unter ihrem Baum hörte sie wieder dieses widerwärtige Kichern. Jella nestelte nochmals nach ihrem Revolver, den sie in ihren Rocksaum gesteckt hatte. Doch er rutschte ihr aus den Händen und fiel hinab in die Tiefe. Morgen hole ich ihn mir wieder, tröstete sie sich bitter.

Der nächste Morgen brachte keine Erleichterung. Schon bald brannte die Sonne wieder unerbittlich auf Jella hinab. Sie saß immer noch auf ihrem Baum und wartete darauf, dass die Hyänen verschwanden. Doch die dachten gar nicht daran. Als zur Geduld verdammte Aasfresser kannten sie sich mit schwächer werdender Beute aus. Sie mussten nur abwarten. Jellas Verstand begann sich zunehmend zu trüben. Die unerbittliche Sonne und der Wassermangel forderten ihren Tribut. Sie hätte alles getan für einen Schluck Wasser. Die Landschaft, die in der Tageshitze so monoton gleißend vor ihr lag, verschwamm immer mehr. Plötzlich sah sie aus der Ferne, aus dem wabernden Hitzeglast, eine Person herannahen. Vage Umrisse lösten sich aus dem bleiernen Dunst und kamen auf sie zu. Jella winkte ihr hektisch zu.

»Hilfe«, krächzte sie mit letzter Kraft. »Hier bin ich!«

Der Mensch hatte sie gehört und kam rasch näher. Jellas Herz krampfte sich vor Hoffnung zusammen. Endlich kam die Rettung. Ihre Freude steigerte sich ins Unendliche, als sie die Person erkannte, die da auf sie zukam.

»Mama! Woher wusstest du …?«

Sehnend streckte Jella ihrer Mutter die Arme entgegen und wäre fast von ihrem Baum gestürzt. Ihre Gedanken waren schon so verwirrt, dass sie sich gar nicht wunderte, sich einer Toten gegenüberzusehen.

»Warte, ich komme«, flüsterte sie heiser und tastete mit ihren Füßen nach den Ästen unter ihr.

In diesem Moment setzte ein fremdartiger, fröhlich klingender Gesang ein und ließ sie innehalten. Die Melodie hatte etwas Zwanghaftes und zog sie wieder in den Schutz ihrer Astgabel zurück. Wie fremd und doch vertraut ihr die von Klick- und Schnalzlauten durchzogene Melodie war. Sie hüpfte auf und ab, abwechselnd von hohen zu tieferen Tönen. Melodische Wellen überspülten sie und berührten ihre Seele auf eigenartige Weise. Worte formten sich aus der Melodie heraus und drangen tief in ihr verwirrtes Innerstes.

»Bleib auf deinem Baum, liebe Sternenschwester.
Bleib, wo du bist.
Es ist Gauab, der dich hinunterlockt.
Geh nicht aus dieser Welt.
Bleibe bei mir.
Bleib auf deinem Baum, liebe Sternenschwester.
Du bist nicht allein.«

Gefangen von der Innigkeit des Gesanges fühlte sich Jella geborgen wie schon lange nicht mehr. Eine große Sehnsucht ergriff sie und dann wieder tiefe Zufriedenheit. Nach und nach erstarben die Klänge und ließen sie wieder allein in der Wildnis zurück. Erst jetzt fiel ihr die Mutter wieder ein. Sie wartete doch auf sie! Wie hatte sie sie nur vergessen können? Streckte sie ihr nicht flehend die Hände entgegen? Jella konzentrierte sich. Doch ihre Mutter war verschwunden. Stattdessen starrten sie zwei gelbäugige Raubtieraugenpaare sehnsüchtig an.

Die Hyänen versuchten sie mit ihren Tatzen zu erreichen.

Nakeshis Reise

»Gauab stiehlt die Seele Kantlas und nimmt sie mit sich.« Debe schüttelte bekümmert den Kopf. »Kantla wird den heutigen Tag nicht überleben. Zu viele Stimmen rufen ihn von uns fort.« Nakeshi benetzte die Stirn des Fiebernden mit etwas kostbarem Wasser, das sie aus einem Straußenei tröpfeln ließ, und schmierte dann etwas Elenfett darüber. Auch sie spürte, dass es mit dem Kranken bald zu Ende gehen würde. Und doch sträubte sie sich dagegen, es zu akzeptieren. Eindringlich betrachtete sie seine eingefallenen Züge. Kantla war so anders, und doch war er ein Mensch wie sie. Sacht streichelte sie mit ihren Fingerspitzen über seine helle Haut.

»Wer schießt nur seine Pfeile auf ihn, dass sie ihm so viel Unglück und Krankheit bringen? Hat er denn niemanden, der sie für ihn abwehrt?«

»Ich fürchte, dass es unter seinen Vorfahren jemanden gibt, der ihn zu sich holen möchte. Es muss ein schrecklich unvernünftiger Geist sein«, meinte Debe. »Wenn Sheshe noch bei uns wäre, dann könnte sie ihn durch eine Heilungszeremonie zurückholen.«

Nakeshi dachte nach. Seit ihrer Heirat mit Gao hatte sie sich verändert. Sie war ernster und auch besonnener geworden. Mit der Ehe hatte sie gewisse Pflichten innerhalb der Gemeinschaft übernehmen müssen. So erwartete man von ihr, dass sie regelmäßig auf die Suche nach Feldkost ging. Dabei grub sie mit den anderen Frauen nach essbaren Knollen und Wurzeln und sammelte Beeren. Nakeshi half, wie es ihre Pflicht war, aber sie sonderte sich auch immer wieder ab, um nach Heilkräutern zu suchen, oder begab sich zu bestimmten Plätzen, wo sie die Kraft des Num besonders spüren konnte. Manchmal hatte sie auch Visionen. Ihre Sippe akzeptierte, dass Nakeshi den Weg der Heilerin gehen wollte, und ließ sie gewähren. Nur Gao und Chuka sahen es nicht so gern. Ihr Mann wollte sie immer wieder davon abhalten – auch um seine Position ihr gegenüber zu stärken. Nakeshi sah für sich keine andere Lösung, als ihn bei sich liegen zu lassen. Gao war darüber sehr erfreut und wurde tatsächlich einsichtiger. Sie ließ seine Berührungen zu und entzog sich ihnen nicht länger, aber ihr Herz blieb dabei unbeteiligt. Es hing weiterhin an Bô, obwohl er einfach so verschwunden war. Dabei war Gao kein schlechter Mann. Er sorgte für sie und machte ihr sogar Geschenke, aber er war so viel älter als sie und hatte nur wenig Verständnis für ihre Gedanken und Ideen. Für ihn zählte nur sein Wille. Sein Hauptanliegen war es, so schnell wie möglich ein Kind mit ihr zu zeugen, um allen zu zeigen, dass er trotz seines Alters noch ein ganzer Mann war.

Nakeshi wusste es heimlich zu verhindern. Sheshe hatte ihr ein Gras gezeigt, das man zusammen mit der Haut einer bestimmten Raupe stampfen und dann nach jedem Geschlechtsverkehr kauen musste. Sie wollte auf keinen Fall ein Kind von Gao, denn sie fürchtete, dass ein Kind, das nicht in Liebe gezeugt wurde, die Kraft ihres Num schwächen könnte. Mehr und mehr hatte sie begonnen, Sheshes Platz einzunehmen. Die Saat, die ihre Tante während ihrer Lehrzeit in ihr gelegt hatte, begann zu keimen. Dennoch war ihr Num noch nicht völlig ausgereift, und der Versuch, eine Heilzeremonie zu machen und sich in einen Trancetanz zu versetzen, konnte sie das Leben kosten. Doch sie war bereit, es zu versuchen.

»Ich könnte es tun«, sagte sie mit fester Stimme. »Wirst du mir helfen?« Ihre großen, antilopenbraunen Augen wanderten liebevoll über das verhutzelte Gesicht ihres Vaters.

»Eye, eye«, wandte er nach kurzem Zögern ein. »Es fällt mir nicht leicht, dir das zu erlauben. Ich fürchte, dass ich dich verlieren kann. Lass es Besa machen, sie hat auch Erfahrung und ist bereits alt.«

»Besa ist alt und blind«, protestierte Nakeshi. »Wie soll sie die Pfeile, die Kantla quälen, finden und entfernen, wenn sie nichts sieht?«

Debe nickte und schwieg. Es war nicht leicht für ihn, seiner Tochter recht zu geben. Voller Sorge betrachtete er sie.

»Warum tust du das für den Fremden? Er gehört nicht zu unserer Familie. Er ist noch nicht einmal einer von unserer Sippe. Wir haben genug für ihn getan. Gauab ist der Sieger. Kauha will es so.«

»Woher willst du das wissen?« Nakeshi gab sich kämpferisch. »Er ist ein Mensch wie du und ich und soll leben. Lass es mich versuchen, und bitte die anderen, es auch zu tun. Ich brauche eure Hilfe. Helft ihr mir nicht, so gehe ich den Weg in die Anderswelt allein.«

Debe kapitulierte kopfschüttelnd. »Woher hast du nur deinen Sturkopf? Bin ich dir kein guter Vater gewesen und Chuka keine gute Mutter? Warum musst du so sein wie meine Schwester Sheshe? Ihr ist das starke Num zum Verhängnis geworden. Niemand weiß, was aus ihr geworden ist.«

»Ich bin stark genug für die Zeremonie.« Nakeshi war sich sicher. Liebevoll streichelte sie über Debes knotige Hand. »Hilf mir mit deinem Num, dann komme ich sicher wieder zurück.«

Buschmann-Heiler mit dem Num, einer mächtigen Heilkraft, hatten die Aufgabe, zwischen Geistern und Menschen zu vermitteln und die unsichtbaren Pfeile, die einen Menschen schwächten oder krank machten, zu entfernen. Das Num eines Heilers schlummerte, bis es durch eine Anstrengung zufällig oder gewollt geweckt wurde. Sheshe hatte schon früh erkannt, dass ihre Nichte Nakeshi ein großes Potenzial davon in sich trug, und hatte sie gewissenhaft Schritt für Schritt darauf vorbereitet, es an die Oberfläche kommen zu lassen. Doch dann war Sheshe weggegangen, und es war Nakeshi nicht vergönnt gewesen, ihre Ausbildung zu Ende zu bringen. Schon deswegen ließ sich die junge Buschmannfrau auf ein gefährliches Abenteuer ein. Wenn es ihr nicht gelang, ihre Kräfte zu bündeln, konnte es leicht zur Folge haben, dass ihr Geist den Weg zurück in ihren Körper nicht mehr fand. Immerhin wusste sie, dass sie es schaffen konnte, wenn die Gruppe ihr durch Gesänge Unterstützung gab und sich um ihren Körper kümmerte. Noch am selben Tag fanden sich alle unter dem Mankettibaum ein. Die Buschmänner umringten den fiebernden Kranken, den man in Lederdecken gehüllt in die Mitte gelegt hatte. Neben ihm brannte ein Feuer. Er war immer noch bewusstlos. Sein Atem ging flach und unregelmäßig, sodass sich Nakeshi nicht sicher war, ob sie den Kampf nicht schon verloren hatten, noch bevor er begonnen war. Umso mehr wollte sie es versuchen. Sie stellte sich neben das Feuer und stampfte abwechselnd mit dem linken und dann mit dem rechten Fuß auf. Erst leise, dann immer lauter stimmte sie in das Heilzeremonienlied ein. Ihr Körper vollführte unterdessen bestimmte Schritte und Bewegungen, während sie mal trällernd, mal schnalzend ihren Gesang ausführte. Die Frauen und Männer um sie herum begleiteten sie unterdessen mit monotonen, abschirmenden Melodien. Nach etwa einer halben Stunde klang Nakeshis Stimme so heiser, dass sie schließlich verstummte. Ihre Lippen formten weiter lautlose rituelle Worte, während ihr Körper in Bewegung blieb. Unentwegt stampfte und tanzte sie, ohne die kleinste Unterbrechung. Frauen und Männer um sie herum sangen weiter. Einfach und monoton, sodass nichts von außen die Zeremonie stören konnte. Musik, Gesang, die Anstrengung des

Tanzens, der Rauch und die Hitze des Feuers, aber vor allem Nakeshis völlige Konzentration auf den kranken Kantla bewirkten schließlich, dass sich ihr Num zu entfalten begann. Wie brodelnde Wasserblasen stieg es in ihrem Inneren empor, quoll hoch und half ihr, langsam ihren Geist von ihrem Körper zu lösen. Dann setzte die Trance ein. Der Ruck war wie eine Welle zu spüren und erfasste die gesamte Dorfgemeinschaft. Jeder einzelne Buschmann wurde von der überirdischen Kraft erfasst, die ihnen nun allen zur Verfügung stand. Die Gedanken der Gemeinschaft bündelten sich und konzentrierten sich auf den Kranken, doch nur der Heiler war fähig, seinen Körper zu verlassen und in Kontakt mit den Geistern zu treten, die das Wohlbefinden Kantlas störten. Nakeshis Augen verdrehten sich, bis nur noch das Weiße darin zu sehen war, ein irres Lächeln überzog ihr so hübsches Gesicht, bis es sich schließlich entkrampfte und wieder heiter und gelassen wurde. Mit bedächtigen Schritten ging sie auf jeden einzelnen Menschen ihrer Sippe zu und legte ihnen die Hände auf. Es war eine rituelle Heilung, die sie vollführte. Sie hatte den Sinn, sie alle zu stärken und ihnen Kraft für den weiteren Weg zu verleihen. Ihre leicht zuckenden Hände schwebten über Kantla und verweilten über dem Kopf des Kranken, in dem sie den Ursprung seiner Krankheit vermutete. Kaum hatte sie ihn berührt, begann ihr Körper heftig zu zittern. Ihre Atmung verlangsamte sich und ging immer schwerer; Nakeshi wurde kurzatmig. Von außen betrachtet sah es aus, als würge ein Unsichtbarer sie am Hals. Schweiß brach ihr aus allen Poren und überdeckte ihren ganzen Körper. Nakeshi nahm ihn dankbar an. Sie wischte den heilenden Schweiß von ihrem Körper und übertrug ihn auf Kantlas Kopf. Dann fuhr sie mit ihren Fingerspitzen über sein Rückgrat, hoch zu seinem Kopf, und zog die Krankheit, die Kantla quälte, aus seinem Körper, um sie in ihrem Mund aufzunehmen. Einen Augenblick lang schwankte sie, bevor sie einen markerschütternden Schrei ausstieß und damit die Krankheit aus ihrem Körper wieder zurück in die Luft schleuderte. Dann brach sie zusammen.

Kantlas Krankheit schwebte nun über den Buschmännern und suchte sich wie dräuendes Unheil einen neuen Aufenthaltsort. Nakeshi blieb nur wenig Zeit. Sie musste schleunigst den Verursacher der Qual finden und ihn bitten, die Krankheit mit seinen Pfeilen aufzulösen und den Geist Kantlas in Ruhe zu lassen. Während Chuka und Besa mit flinken Händen ihren schweißbedeckten Körper massierten, befand sich Nakeshis Geist schon längst im Reich der Geister. Die Loslösung von ihrem Körper bedeutete zunächst eine große Erleichterung. Leicht wie eine Feder schwebte sie durch die Anderswelt. Doch dann überfielen sie Freude und Trauer, als ihr Sheshe begegnete. Nun war die traurige Vermutung zur Gewissheit geworden. Ihre Tante und Mentorin war in die andere Welt übergewechselt. Freundlich winkte ihre Lehrmeisterin ihr zu und ermutigte sie durch ein weises Lächeln.

»Hilf mir, Sheshe«, flehte Nakeshi. »Wer hält Kantlas Geist gefangen?«

Sheshes Gesicht verdunkelte sich. Bedauernd schüttelte sie den Kopf. Ohne ein Wort mit ihr zu wechseln, drehte sie ab und verschwand in einem plötzlich auftauchenden Nebel. Nakeshi musste sich selbst entscheiden. Wahllos schlug sie eine Richtung ein und fand sich plötzlich in der fremden Welt mit ihrer Wüste aus viereckigen Steinen wieder, in der sie bei ihrer ersten Geisterreise bereits gewesen war. Dieses Mal machte sie ihr keine Angst mehr. Nach kurzer Zeit traf sie auf den Geist einer Frau. Es musste Kantlas Frau sein, denn sie hielt seinen Geist in ihren Armen. Singend wiegte sie ihn hin und her.

»Was tust du da?«, fragte Nakeshi freundlich.

»Ich singe für meinen geliebten Mann«, meinte der weibliche Geist stolz. »Sieh nur, wie gut es ihm gefällt.«

»Warum ist er nicht im Land der Lebenden, sondern hier bei dir im Land der Toten?«

»Mir war so einsam zumute«, schluchzte der Geist. »Außerdem war ich so verzweifelt, weil ich mein Kind allein zurücklassen musste. Ich habe ihn zu mir geholt, damit ich nicht allein bin.«

»Aber Kantla hat im Leben noch viele Aufgaben«, verteidigte Nakeshi Kantlas Recht und Pflicht zu leben. »Wer sorgt sich um dein Kind, um die Familie und die Verwandten? Wer wird einmal bei der Erziehung deiner Enkelkinder helfen?«

»Ich habe keine Familie«, klagte der Geist verbittert. »Sie denken nicht an mich und haben mich längst vergessen!« Sie wurde immer aufgebrachter und umklammerte Kantlas Geist noch fester. So viel Unvernunft machte Nakeshi wütend.

»Wie kann man nur so eigennützig sein?«, schimpfte sie. »Was soll dein Kind eines Tages denken, wenn es erfährt, was du gemacht hast? Wird es dich dann noch lieben können? Lass ihm seinen Vater und die gute Erinnerung an dich!«

Der Geist der Frau war verunsichert. »Bist du sicher, dass es so kommen wird?«

»Aber natürlich«, bekräftigte Nakeshi. »Lass Kantla die Zeit, sich um euer Kind zu kümmern. Eines Tages werden sie beide zu dir kommen.«

Traurig nickte der Geist der Frau. Er hatte sich besonnen. Mit einem lauten Aufheulen gab sie Kantla frei, indem sie die Pfeile seiner Krankheit aus seinem Körper löste.

Glücklich machte sich Nakeshi auf den Rückweg. Der Geist der Frau folgte ihr wie ein Schatten, vielleicht um nachzusehen, wo Kantla jetzt war. Plötzlich wurde er abgelenkt und änderte seine Richtung. Nakeshi wunderte sich, aber dann hörte sie einen kläglichen Hilferuf, dem sie unbedingt folgen musste. In gewissem Abstand folgte sie der immer schneller schwebenden Geistfrau, bis sie an eine Nebelwand kamen. Nakeshi blieb davor stehen, während die Geistfrau sie durchschritt. Die Wand war nicht ganz trüb, sodass Nakeshi auf der anderen Seite einen Baum erkennen konnte, auf dem ein lebloser weiblicher Körper hing.

»Sternenschwester«, meinte Nakeshi erstaunt. »Was macht dein Geist hier in der Anderswelt?«

»Ich weiß es nicht«, meinte sie verwirrt. »Etwas hat mich hierhergelockt.« Nakeshi sah sich um, aber außer ihr und ihrer Sternenschwester war niemand anderes da. Auch die Geistfrau hatte sich zurückgezogen. Behutsam untersuchte Nakeshi den Geist ihrer Sternenschwester nach Pfeilen. Sie fand jedoch nichts Böses.

»Warte, ich helfe dir«, meinte sie zärtlich. Mit einem sanften Hauch übertrug sie ihr etwas von ihrem Num. Einem Windhauch gleich verließ der Geist die Welt der Toten.

Die Aktion hatte Nakeshi Kraft gekostet. Es war höchste Zeit, in ihren Körper zurückzukehren. Sie sammelte ihre Gedanken, doch ihre Kräfte hatten nachgelassen. Durch die Übertragung eines Teils ihres Num hatte sie sich selbst so geschwächt, dass ihr Bewusstsein nun große Mühe hatte, in ihr versammelt zu bleiben. Immer wieder löste sich ein Teil von ihr und drohte in den Weiten der Anderswelt verloren zu gehen.

Besa und Chuka fuhren mit ihrer Massage umso kräftiger fort, je weniger Reaktionen Nakeshis Körper zeigte. Debe machte sich große Sorgen und vergaß dabei die Angst, die er vor dem Trancetanz hatte. Er erhob sich und begann nun ebenfalls zu stampfen und mit den Füßen zu scharren. Seine Stimme klang leicht brüchig und auch etwas ängstlich, als er zu singen anfing. Mit der Zeit gewann sein Gesang jedoch an Festigkeit und Zuversicht. Die Gruppe unterstützte nun auch ihn mit ihrer monotonen Sangesbegleitung. Der alte Joansi hatte sich schon lange nicht mehr auf den Weg in die Geisterwelt gemacht, weil er die Qualen der

Rückkehr scheute. Außerdem empfand er sich nicht als der geborene Heiler. Seine Fähigkeiten lagen in der Jagd und im Vermitteln von Streitigkeiten. Deshalb hörten viele auf ihn, was ihn mit Stolz erfüllte. Aber jetzt ging es um das Leben seiner jüngsten Tochter. Irgendetwas hielt sie in der Anderswelt auf und hinderte sie daran, wieder in ihren Körper zurückzukehren. Die einzige Möglichkeit, das herauszufinden, war, selbst in die Geisterwelt zu reisen. Zweimal schlugen seine Bemühungen fehl. Immer wenn sein Geist sich lösen wollte, wurde er wieder wie zäher Harz in seinen Körper gezogen. Debes Kräfte ließen merklich nach, aber bei der letzten, verzweifelten Bemühung spürte er den schmerzhaften Ruck und glitt hinüber in die andere Dimension. Er brauchte nicht lange, bis er Nakeshis Geist fand. Er drohte wie eine leichte Federwolke auseinanderzustieben und in der Endlichkeit des Totenreiches verloren zu gehen. Ohne zu zögern übertrug Debe sein Num auf seine Tochter, bündelte so ihren Geist und schleppte sich mit ihr auf den Weg zurück. Mit einem krampfartigen Zittern, das sich über einen längeren Zeitraum hinzog, gelang es ihnen beiden, zurück in ihre Körper zu gelangen. Nakeshi erlangte für einen Augenblick das Bewusstsein. Sie lächelte ihrem ebenfalls geschwächten Vater dankbar zu. Dann fiel sie in einen heilenden Schlaf.

Im gleichen Augenblick erlangte Kantla zum ersten Mal wieder sein Bewusstsein.

Wiedersehen

»Hoooh!«

Fritz van Houten zügelte mit der gesunden rechten Hand sein Pferd und gab Jakob, seinem Treckführer, das Zeichen, die Ochsenkarren zu stoppen. Das laute Rattern der Räder verstummte im knirschenden Sand. Einer der Ochsen brüllte dankbar für die kleine Rast. Aufmerksam lauschte der Anführer des kleinen Ochsentrecks nach auffälligen Geräuschen. Sein in der Wildnis Afrikas jahrelang entwickelter Instinkt sagte ihm, dass etwas ganz und gar nicht stimmte. Geier kreisten über der kleinen Felsgruppe, in deren Mitte es eine Wasserstelle gab. Ansonsten herrschte hier eine unnatürliche Stille. Keine Antilope, kein Stachelschwein, kein Erdmännchen ging seinen gewöhnlichen Beschäftigungen nach. Etwas hatte ihre normale Geschäftigkeit gestört. Die heiße Luft des Nachmittags legte sich wie ein flirrendes Band über den Horizont, vor dem sich die Felsgruppe auftürmte.

»Das könnte ein Hinterhalt sein«, murmelte er in seine schwarzen Bartstoppeln. Vorsichtshalber ließ er Jakob und die anderen dunkelhäutigen Treckbegleiter die Ochsenkarren zu einer Wagenburg aufstellen und teilte Gewehre aus.

»Ihr bleibt hier und bewacht die Waren«, befahl er. »Ich gehe mal nachsehen.«

»Soll ich mitkommen, Deutji?«, bot sich Jakob in fast akzentfreiem Deutsch an. Fritz sah seinen hoch gewachsenen Treckführer dankbar an. Er kannte den sehr dunkelhäutigen Damarra erst seit kurzer Zeit, doch er vertraute ihm blind. »Nein. Mir ist lieber, du übernimmst hier das Kommando. Wenn das wirklich ein Überfall werden sollte, dann brauchen wir hier jeden Mann. Ich werde nachsehen, ob die Wasserstelle sicher ist. Wartet hier auf meine Rückkehr.«

Er gab dem Pferd die Sporen und galoppierte davon. Fritz war ein Einzelgänger, der die Dinge gern in die Hand nahm. In Okakarara, wo seine Mutter einen Store unterhielt, hielt man ihn gar für einen exzentrischen Sonderling. Er interessiere sich zu sehr für die Schwarzen und die Wildtiere, munkelte man. Er behandle sie wie Seinesgleichen, anstatt den ungebildeten Wilden zu zeigen, wie das Leben zu funktionieren hatte.

Als er sich den Felsen auf etwa dreihundert Metern genähert hatte, verlangsamte er den Schritt seines Reittiers. Er wollte vermeiden, dass eine Sandwolke mögliche Angreifer auf sich aufmerksam machte. In einem weiten Bogen umritt er die Formation und näherte sich ihr vorsichtig von hinten.

Der Anblick, der sich ihm bot, war grässlich. Umgestürzte Ochsenkarren, zerfetzte Stoffballen, aufgebrochene leere Holzkisten, zertretenes Glas, aus dem Koffer gerissene Frauenkleider, eine kaputte Schreibmaschine, ein Chaos ohne Ende. Dazwischen drei tote Männer. Ein Schwarzer mit einem Brandmal im Gesicht machte Fritz sofort klar, wer den Überfall getätigt hatte. Es musste eine Bande aufrührerischer Hereros gewesen sein. Es war typisch für sie, dass sie einen der ihren auf diese Weise bestraften, nur weil er für die Weißen gearbeitet hatte. Bei den anderen beiden Toten handelte es sich um Weiße, Händler wie er. Ihre Körper lagen seltsam verrenkt im Sand. Sie sahen aus wie gelenklose Gliederpuppen und waren bereits zum Teil verstümmelt. Aasvögel hatten ganze Arbeit geleistet. Leere, ausgerupfte Augenhöhlen starrten an Fritz vorbei, während von Schnäbeln zerfetzte Münder ihn scheinbar angrinsten. Würgend wandte sich Fritz ab. An den Anblick von Toten würde er sich nie gewöhnen können. Er bestieg hastig sein Pferd, um die Schlucht durch den vorderen Ausgang zu verlassen. Da entdeckte er die Spur. Sie gehörte eindeutig zu einem Paar Frauenstiefeln und führte weg vom Ort des schrecklichen Geschehens mitten hinein in die Wüste. Gab es etwa eine Überlebende?

Fritz' Kiefermuskeln bewegten sich angespannt hin und her. Er dachte nach. Einerseits war die Wahrscheinlichkeit, die Überlebende zu finden, mehr als gering. Außerdem konnte er sich keine weiteren Zeitverzögerungen leisten. Ganz Okakarara wartete seit Monaten auf seine Waren. Auf der anderen Seite war es seine Christenpflicht, zu helfen. Kurz entschlossen kehrte er zu Jakob und den anderen zurück und holte sie in das Tal, um die Toten zu begraben. Er selbst hatte beschlossen, ein Stück weit der Spur zu folgen. Das war das mindeste, was er tun konnte. Er gab dem Damarra die notwendigen Anweisungen, deckte sich mit einem Wasservorrat ein und machte sich rasch und ohne Hoffnung auf den Weg. So wie es aussah, war der Überfall etwa zwei Tage her. Wenn es noch Überlebende gegeben hatte, dann standen ihre Chancen ohnehin mehr als schlecht. Mit dem sicheren Blick des Fährtenlesers verfolgte er die Spur, verlor sie ein-, zweimal, bis er sie endlich wiederfand. Anfangs war den Tritten die Hast anzusehen, später wurden die Schritte kürzer und schleifender. Eine Kuhle im Sand verriet ihm, dass die Person eine Pause eingelegt hatte, bevor sie weitergelaufen war, und dann offensichtlich die Orientierung verloren hatte. Er brauchte nicht lange, um zu erkennen, dass sie einen Kreis beschrieben hatten. Nach etwa zwei Stunden war er wieder an der Stelle angekommen, an der er schon einmal gewesen war. Doch von einem Menschen war weit und breit keine Spur. Es war zwecklos. Er wendete sein Pferd und machte sich auf den Rückweg. Da sah er in der Ferne eine Bewegung. Fritz zog sein Fernglas heraus und sah nach. Zwei Hyänen umkreisten einen ausladenden Akazienbaum. Immer wieder nahmen die Tiere Anlauf und sprangen, um etwas Herunterhängendes im Geäst des Baumes zu erreichen. Ihre zu kurzen Hinterbeine hinderten sie allerdings an einem schnellen Erfolg. Fritz vermutete, dass ein Leopard seine Beute dort oben abgelegt hatte, wahrscheinlich jedoch nicht hoch genug, um für die Aasfresser uninteressant zu bleiben. Einen kurzen Moment war er versucht, auf die Hyänen zu schießen, unterließ es aber doch. Schließlich waren sie arglose Tiere, die nur nach ihren Instinkten handelten. Er wollte sich schon abwenden, als er am Fuße der Akazie etwas metallisch Glänzendes im Sonnenlicht aufblitzen sah. Plötzlich fiel ihm noch eine andere Erklärung für das Verhalten der Hyänen ein. Er trieb rasch sein Pferd an und hielt auf den Baum zu. Sobald die Aasfresser ihn bemerkten, zogen sie sich ein Stück zurück und gaben zähnefletschend drohende Laute von sich. Fritz hatte durchaus Respekt vor den Tieren. Es war immer damit zu rechnen, dass die Hyänen ihn angriffen. Aus eigener Erfahrung wusste er, dass sie mutig genug waren, es zur Not sogar mit Löwen aufzunehmen. Gier war ihr größter Antrieb. Das gewaltige Gebiss dieser Tiere konnte ohne Mühe sogar den Oberschenkel einer Giraffe mit einem Biss durchknacken. Um sie zu vertreiben, griff er jetzt doch nach seinem Gewehr, entsicherte es und zielte knapp über die Köpfe der Tiere hinweg. Das Pfeifen der Kugel und der Hall des Schusses machten Eindruck. Mit eingezogenem Schwanz und wütendem Keckern entfernten sich die Tiere. Fritz sprang von seinem Pferd und lief zu der Akazie. Von einem der Äste hing ein Stück Stoff herunter. Er gehörte zu einem grauen Wollrock. Gegen die Sonne blinzelte Fritz nach oben. Schemenhaft konnte er die Umrisse einer Frau erkennen. Sie klammerte sich in wilder Verzweiflung an den Ast. Die Augen hielt sie geschlossen.

»Hören Sie mich?«, rief er hinauf.

Keine Antwort. Erst beim vierten Ruf regte sich etwas.

»Gottverdammter Mist! So tun Sie doch etwas!«, fluchte es schwach aus dem Geäst.

»Warten Sie. Ich bin gleich bei Ihnen.« Er löste das Seil vom Knauf seines Sattels und kletterte damit nach oben. Es fiel ihm nicht leicht, weil sein verkrüppelter Arm ihn hinderte. Mit der ihm eigenen Zähigkeit schaffte er es dennoch. Er wand das Seil um die Hüfte der Frau und befestigte es an dem Ast, auf dem er saß.

»Ich lasse Sie jetzt hinunter«, sagte er und half ihr beim Abstieg, indem er das Seil einmal um seinen Körper wand und sie mit seinem gesunden Arm Stück für Stück hinabließ. Unten auf dem Boden angelangt sackte die Frau sofort zusammen. Mit einem Satz sprang Fritz vom Baum. Für einen Augenblick verharrte er und betrachtete die leblose Gestalt. Für eine Frau war sie ungewöhnlich groß, dabei gertenschlank und selbst in ihrer Ohnmacht von einer bezaubernden Anmut. Ihr kupferrotes, wirres Haar verdeckte ihr Gesicht. Er kniete sich neben sie und drehte sie vorsichtig um. Die ganze Zeit hatte ihn schon eine Ahnung beschlichen, die sich jetzt bestätigte. Er hatte soeben Jella von Sonthofen gerettet, seine bezaubernde Bekanntschaft vom Schiff. Sein Puls beschleunigte sich für einen Moment in freudiger Erregung. Fritz hatte nicht damit gerechnet, ihr noch einmal zu begegnen. Er hatte es oft bereut, sie nicht nach ihrer Adresse in Windhuk gefragt zu haben. Aber etwas in ihren wundervollen Augen hatte ihn zögern lassen. Er holte seine Wasserflasche aus der Satteltasche und benetzte damit die Lippen der jungen Frau. Ihre Lider flatterten, bevor sie die Augen ganz aufschlug. Zwei klare Bergseen sahen ihn an, grün wie der schönste Lemontopas mit einer Intensität, die sein Innerstes berührte. Ihre rotgeränderten Augen überstrahlten selbst die rosa verbrannte Nase und die aufgesprungenen Lippen, die einen energischen, breiten Mund zierten.

»Fassen Sie mich nicht an«, krächzte es ängstlich, als Fritz versuchte, ihren Kopf anzuheben, um ihr seine Wasserflasche an den Mund zu setzen. Betroffen wich er zurück. Unterdessen versuchte sich die Frau mühevoll aufzurichten. Ihre Hände waren immer noch abwehrend gegen ihn erhoben. Fritz versuchte sie zu beruhigen.

»Sie müssen keine Angst haben. Sie sind jetzt in Sicherheit.«

Misstrauisch sah sie ihn an. Sie hatte ihn offensichtlich noch immer nicht erkannt. Erst als er ihr die Wasserflasche hinhielt, verschwand ihr Misstrauen für einen Augenblick, und sie riss die Flasche wortlos an sich. Mit gierigen Zügen begann sie zu trinken.

»Vorsicht«, warnte Fritz. »Trinken Sie nicht zu hastig.« Doch Jella von Sonthofen kümmerte sich nicht darum. Erst als die Flasche beinahe leer war, hörte sie auf. Zufrieden wischte sie sich mit der Hand über den rissigen Mund. Fritz hoffte für sie, dass ihre Gier keine Folgen haben würde. Keine zwei Minuten später wurden ihre Augen kugelrund. Sie begann zu würgen, bevor sie in einem großen Schwall das Wasser wieder ausspie.

»Ich habe Ihnen doch gesagt, Sie sollten nicht so schnell trinken«, meinte er mitfühlend. Statt einer Antwort hielt sie sich den Bauch, krümmte sich zusammen und verzog schmerzhaft das Gesicht. Übrig blieb ein Häuflein Elend.

»Wir sind überfallen worden«, presste sie nach einer Weile gequält hervor. »Ich bin einfach davongelaufen.« Sie sah ihn mit angstvollen Augen an. »Wissen Sie, was mit den anderen geschehen ist?«

Fritz' Miene verdüsterte sich. Die junge Frau sah ihn fassungslos an. Ihre grünen Augen füllten sich mit Tränen und liefen über. Schließlich nickte sie leicht und ballte gleichzeitig die Hände zu Fäusten. Offensichtlich bemühte sie sich um einen letzten Rest von Fassung. Er streckte seine rechte Hand aus, um ihr tröstend an die Schulter zu fassen. Doch kaum hatte er sie berührt, schlug sie mit einer Heftigkeit nach ihm, die ihn völlig irritierte.

»Fassen Sie mich nicht an«, kreischte sie nochmals hysterisch. Fritz hob beschwichtigend seine gesunde Hand.

»Sie haben Schreckliches erlebt«, versuchte er sie zu beschwichtigen. »Aber das ist jetzt vorbei. Vor mir müssen Sie sich nicht fürchten.«

Die junge Frau zitterte, aber dann beruhigte sie sich doch und versuchte ein zaghaftes Lächeln.

»Sie müssen mich für ganz schön dumm halten«, entschuldigte sie sich. »Aber der Überfall, die Hitze und dann noch diese Hyänen … Das war einfach etwas viel.«

Fritz nickte zustimmend. Er war versucht, sie in den Arm zu nehmen, aber da sie offensichtlich jegliche Art von Berührungen scheute, unterließ er es lieber. In den Augen der jungen Frau hatte er großes Leid aufschimmern sehen. Ähnliche Blicke kannte er von vergewaltigten Frauen aus dem Burenkrieg. »Haben … haben die Männer Ihnen etwas angetan?«, fragte er behutsam. Jella schüttelte angewidert den Kopf. Für einen kurzen Augenblick sah er Panik und größte Unruhe in ihren Augen flackern. Dann hatte sie sich wieder unter Kontrolle.

»Es tut mir leid, dass ich so durcheinander bin«, stotterte sie unsicher. »Anstatt Ihnen dankbar zu sein, schreie ich Sie an.«

»Schon gut.« Fritz lächelte ihr aufmunternd zu. »Die Umstände sind zwar nicht die glücklichsten, aber ich freue mich dennoch, Ihnen noch einmal zu begegnen.«

Er war sich nicht sicher, ob die junge Frau genauso empfand, denn sie musterte ihn nur kritisch. Um nicht noch aufdringlicher zu erscheinen, wechselte er das Thema.

»Ich nehme Sie natürlich mit. Meine Ochsenkarren stehen nicht weit von hier.«

Er reichte ihr die Hand, um ihr aufzuhelfen. Dieses Mal griff sie zu. Mit einem Satz schwang er sich auf sein Pferd.

»Können Sie reiten?«, fragte er. Die Frau nickte. Fritz reichte ihr seine rechte Hand. Mit einem Schwung zog er sie hinter sich auf den Pferderücken.

»Nochmals danke«, murmelte sie in seinen Rücken hinein. Fritz nickte nur und gab seinem Pferd die Sporen. Er genoss es, sie an seinen Rücken gelehnt zu spüren.

Jakob und seine Begleiter hatten bereits drei notdürftige Gräber ausgehoben, die wenigstens die Raubtiere daran hindern würden, sich an den Resten der Leichen zu vergreifen. Fritz hielt zu ihrer Beerdigung eine knappe Ansprache. Jella von Sonthofen stand etwas abseits mit gesenktem Kopf daneben. Schweigend schaufelten die Trecker die Gräber zu, während Fritz die junge Frau zu sich winkte.

»Sie können heute Nacht in meinem Wagen schlafen.« Er versuchte seiner Stimme einen nüchternen Anstrich zu geben. Die junge Frau nickte nur und verkroch sich ohne weiteren Kommentar in den Planwagen. Enttäuscht über ihre Verschlossenheit schüttelte Fritz den Kopf, ging rüber zum Feuer und füllte aus dem schwarzen, gusseisernen Topf etwas Eintopf in eine Schüssel. Schweigend reichte er sie in den Wagen. Eine schlanke Hand nahm sie, begleitet von einem hingehauchten »Danke«, entgegen.

Am nächsten Morgen schien Jella von Sonthofen wie ausgewechselt. Sie begrüßte ihn mit einem freundlichen Lächeln.

»Das mit gestern tut mir leid«, meinte sie entschuldigend. »Ich habe mich wohl ziemlich dumm benommen.«

Fritz schüttelte den Kopf.

»Kein Mensch reagiert nach solch einem Erlebnis anders. Sie haben sich tapfer geschlagen. Und jetzt sollten Sie versuchen, diese schreckliche Geschichte zu vergessen. Wollen Sie Kaffee?«

Jella nickte dankbar. Fritz beobachtete heimlich, wie sie an ihrem heißen Kaffee nippte. Im frühen Morgenlicht zeichnete sich ihre Silhouette vor dem rasch aufgehenden roten Feuerball der

Sonne ab, während sie versonnen in die Ferne blickte. Ihr schönes, ausgeprägtes Gesicht mit der geraden Nase und dem breiten Mund zeichnete sich weich vor dem warmen Licht ab. Unvermittelt, wie es anscheinend ihre Art war, begann sie zu erzählen. Sie berichtete von ihrer Zeit in Berlin und von ihrem Großvater, der ihr all die Jahre verschwiegen hatte, dass ihr Vater hier in Afrika noch am Leben war. Und dass sie sich nun auf den Weg gemacht hatte, um ihn zu finden. Sie sagte nicht viel, aber Fritz ahnte, dass sie in ihrem Leben – genau wie er – schon eine Menge durchgemacht haben musste. Wieder spürte er, dass diese junge Frau etwas Schreckliches erlebt haben musste, um das sie einen dicken Panzer gebaut hatte.

Er schwieg, während sie redete, und unterbrach sie nur ein einziges Mal. »Wie heißt denn die Farm Ihres Vaters?«, wollte er schließlich wissen.

»*Owitambe*«, sagte Jella stolz. Fritz nickte.

»Meine Mutter und ich leben in Okakarara. Das ist ein kleiner Ort in der Nähe des Waterbergs. Ich kann Sie dorthin bringen.«

Owitambe

»*Owitambe* liegt am Ende eines lang ausgestreckten Tals, direkt am Fuß des Waterbergs. Wenn ich einen kleinen Schlenker in Richtung Westen mache, liegt es gewissermaßen auf meinem Weg«, meinte Fritz van Houten, ohne seinen Blick von den Ochsen zu lassen. Jella und er saßen nebeneinander auf dem Kutschbock des Planwagens und ließen sich durch die weiten, offenen Ausläufer der Omaheke-Wüste schaukeln. Die beiden Ochsen zockelten gemächlich vornweg und wurden nur hin und wieder von Jakob oder einem der anderen Treckführer mit einem Ochsenziemer angetrieben. Drei Tage waren seit dem Überfall vergangen, und das Ziel der Reise war nicht mehr fern. Jella und Fritz unterhielten sich über dieses und jenes, aber jene kurze Vertrautheit, die sich zwischen ihnen eingestellt hatte, als Jella von ihrer Berliner Zeit berichtet hatte, war bislang nicht wieder zurückgekehrt. Die junge Frau kam Fritz wie eine harte Muschel vor, die ihr empfindliches Inneres tief in sich verschloss.

»Sind Sie sicher, dass Sie meinetwegen den Umweg auf sich nehmen wollen?«, fragte Jella erstaunt. Bislang war immer nur die Rede davon gewesen, dass Fritz sie bis nach Okakarara mitnehmen würde. Er gab sich Mühe, gleichmütig zu erscheinen.

»Ich wollte schon längst mal wieder in die Gegend. Und dies ist eine gute Gelegenheit, um nach dem Wild zu sehen. Der Fuß des Waterbergs ist nämlich äußerst artenreich. Es gibt dort Tiere, wie man sie sonst in ganz Deutsch-Südwest kaum findet. Mit Ausnahme von Etosha natürlich. Ich möchte nachsehen, ob die beiden Spitzmaulnashörner sich dort noch herumtreiben.«

»Sind Sie etwa Jäger?« Jella runzelte missbilligend die Stirn.

»Wenn es sein muss, töte ich auch«, antwortete Fritz einsilbig.

»Ich verabscheue die Jagd«, meinte Jella mit dem Brustton der Überzeugung. »Die armen Tiere werden doch nur abgeknallt, damit sie in den Wohnzimmern der Jäger als Fußabtreter dienen. Meines Großvaters Haus war voll von Trophäen. Ich fand sie immer grässlich abschreckend.«

Fritz nickte zustimmend.

»Viele hier betrachten es als ihr Anrecht, auf die Jagd zu gehen, nur weil hier so viele Tiere leben. Es gibt tatsächlich Jagdgesellschaften, die töten nur um des Tötens willen. Die Kadaver lassen sie einfach liegen. Dabei übersehen sie, dass sie die Artenvielfalt auf Dauer einschränken. Früher gab es hier mehrere Populationen von Spitzmaulnashörnern. Heute sind sie fast vollkommen ausgerottet. Vor meiner Europareise habe ich am Waterberg ein Nashornpaar beobachtet. Ich hoffe, dass sie mittlerweile Nachwuchs bekommen haben.«

»Ach, nur wegen der Nashörner bringen Sie mich nach *Owitambe*?« Jellas kecker Unterton amüsierte ihn. Sie zog dabei die Stirn in Falten und kräuselte ihre verbrannte Nase. Es war das erste Mal, dass sie etwas aus sich herausging.

»Nur deshalb«, scherzte er. »Es fiele mir nicht im Traum ein, Ihretwegen diesen Umweg auf mich zu nehmen!«

Jella lachte.

»Dann bin ich ja beruhigt.« Eine leichte Röte überzog ihre Wangen. »Woher kommt es denn, dass Sie sich so für die Tiere hier interessieren?«

Fritz freute sich über ihr Interesse an ihm.

»Mein Vater war ebenso Händler wie ich. Er hat mich schon von klein auf mit auf seine Reisen genommen, die ihn oft weit ins Hinterland von Kapstadt geführt hatten. Wir übernachteten oft mitten in der Wildnis. Für ein Stadtkind wie mich war das furchtbar aufregend. Ich lernte erst dort draußen, die Natur und ihre Vielfalt zu schätzen. Später studierte ich dann Veterinärmedizin. Mein größter Wunsch war es, an der Errichtung eines Wildschutzparks im Norden Südafrikas mitzuarbeiten. Leider kam dann alles anders.«

Über Fritz' Gesicht huschte ein Schatten. Er räusperte sich kurz, bevor er fortfuhr. »Nun habe ich aus meinem Beruf eben ein Hobby gemacht. Hin und wieder bringe ich ein krankes Tier mit nach Okakarara und päppele es wieder auf.«

Er fühlte Jellas prüfenden Blick auf sich ruhen.

»Können Sie Ihren Beruf nicht ausüben, weil Sie nur eine Hand haben?«, fragte sie zögernd. In ihrer Stimme schwang aufrichtiges Bedauern.

»Genau so ist es«, antwortete er einsilbig. Plötzlich waren da wieder die Schuldgefühle und die damit einhergehende Verbitterung, die ihn seit jenem schrecklichen Kriegsereignis immer wieder heimsuchten. Jella hatte unbewusst einen wunden Punkt in ihm angerührt.

Allmählich veränderte sich die Landschaft. Die monotone Weite der Omaheke wurde durch zwei kleinere Gebirge unterbrochen, dem Ejo und dem Kleinen Waterberg, der nur noch wenige Kilometer südlich des Waterberg-Plateaus lag. Der rote Sandstein leuchtete in vielen Nuancen gegen den tiefblauen Morgenhimmel. Sein poröses Gestein war von grünen und gelben Flechten überzogen, die den roten Felsen den Anschein gaben, als wären sie mit Farbpinseln bearbeitet worden. Vor unendlich vielen Jahrmillionen hatten die drei Gebirge eine Einheit gebildet, aber dann war das Gelände durch Erdaktivitäten angehoben worden, wobei die Verwitterung das umgebende weichere Gestein aufgelöst hatte. Der Waterberg selber hatte sich zu einer wahren Idylle entwickelt. Er war ein Tafelberg, der sich am Rande der nördlichen Kalahari, der Omaheke, befand und sich auf etwa fünfzig Kilometer Länge und knapp zwanzig Kilometer Breite erstreckte. Während die Felsen beinahe zweihundert Meter senkrecht in die Höhe stiegen, war seine Oberfläche platt wie eine Tischfläche. Niederschläge sickerten durch das poröse Sandgestein und trafen am Grund des Plateaus auf eine undurchlässige Tonschicht. Das hatte zur Folge, dass es oben auf dem Plateau sehr trocken war, während es am Fuße viel Oberflächenwasser und kräftige Quellen gab, die eine üppige Vegetation und eine außerordentliche Artenvielfalt ermöglichten.

Jella stockte der Atem, als sie das Felsmassiv zum ersten Mal in der Ferne auftauchen sah. Majestätisch erhoben sich die senkrechten Felswände aus der weiten Fläche und wirkten wie eine gigantische Festung, uneinnehmbar und doch beschützend. Irgendwo im Schutz seiner Felsen befand sich *Owitambe,* die Farm ihres Vaters. Mit jedem Schritt näherten sie sich nun ihrem Ziel.

Plötzliches Unbehagen überkam sie. Was, wenn sie unwillkommen sein würde? Vielleicht war Johannes Sonthofen längst verheiratet und hatte eine Familie, in der für sie kein Platz war. Wenn sie jetzt so einfach auftauchte und behauptete, seine Tochter zu sein, wie würde er dann reagieren? War es nicht sehr wahrscheinlich, dass er sie einfach als Lügnerin hinstellen würde? Jella verscheuchte die negativen Gedanken. Ihr Vater war ein Ehrenmann, das hatte ihr Rachel immer wieder versichert, und ähnlich sah sie ihm angeblich auch. Außerdem waren da ja noch die Briefe ihrer Mutter, die eindeutig bewiesen, dass sie seine Tochter war. Trotz dieser beruhigenden Tatsachen blieb immer noch ein Rest von Zweifeln, und Jellas Herz klopfte bis zum Hals, als sie am späten Nachmittag auf dem roten Sand eines schmalen Pads in ein langgestrecktes Tal einbogen, an dessen Ende sich *Owitambe* befand.

Der Weg schlängelte sich durch grün werdendes Buschgras, das mit Akazienbäumen durchsetzt war, bergauf und mündete schließlich direkt in das unmittelbare Farmgelände. Das einfache, rechteckige Farmhaus war aus dem Sandstein der Umgebung gebaut und weiß getüncht. Eine breite Veranda mit einer Holzbalustrade wurde von einer riesigen Schirmakazie beschattet. Links unterhalb des Farmhauses befanden sich die Stallungen und einige Pferche für Schafe und Rinder sowie einige kleinere Hütten. Jella vermutete, dass dort die Farmarbeiter lebten. Sie fand das Anwesen wunderschön. Alles wirkte so einladend und freundlich.

Van Houten lenkte seinen Ochsenwagen direkt auf das Farmhaus zu und hielt davor an. Ihre Ankunft schien bislang von dem Besitzer unbemerkt geblieben zu sein. Die hölzerne Verandatür blieb jedenfalls geschlossen. Jella sah sich suchend um. Bei den Hütten der Farmarbeiter entdeckte sie schließlich eine dunkelhäutige Frau mit einem etwa fünfjährigen Kind neben sich. Jella winkte ihr zu. Zögernd kam sie näher. Sie war eine hochgewachsene, stolze Frau von vielleicht dreißig Jahren. Ihre europäische Kleidung, die aus einem langen, dunkelblauen Leinenrock und einer roten Baumwollbluse bestand, stand in merkwürdigem Gegensatz zu den mit Ocker gefärbten Haaren. Sie hatte sie zu zahlreichen Zöpfen geflochten und kunstvoll auf ihrem Kopf aufgetürmt. Die Art ihrer Frisur ließ darauf schließen, dass sie eine Himba aus dem Nordwesten des Landes war. Ihre stolze Erscheinung wurde von einem melancholischen Zug um ihren Mund überschattet. Dadurch wirkte sie verletzlich und traurig. Der kleine Junge neben ihr musterte sie aufmerksam. Jella fiel seine helle Hautfarbe und der leicht rötliche Schimmer in seinen Haaren auf. Neugierig musterte sie die Frau, die es vermied, sie direkt anzusehen. Außerdem wusste sie nicht, wie sie sie ansprechen sollte. Jella kannte sich weder in dem Dialekt der Herero noch in einer Sprache der anderen Völker, die hier lebten, aus.

»Sie können es mit Deutsch versuchen«, erriet Fritz ihre Gedanken. »Die meisten der afrikanischen Angestellten sprechen es ganz passabel.«

Jella nickte und suchte nach den richtigen Worten. Sie war auf einmal ziemlich nervös.

»Ist das hier *Owitambe?«,* begann sie überflüssigerweise.

Die Schwarze nickte, ohne sie anzusehen.

»Und die Farm gehört Johannes von Sonthofen?«

Bei dem Namen von Sonthofen zuckte die Angesprochene zusammen und griff nach der Hand ihres Jungen.

»Kannst du mich zu ihm führen?«

Die Frau hob den Kopf und sah Jella zum ersten Mal an. In ihren ausdrucksstarken, schwarzen Augen glänzten Tränen. Jella wollte fragen, was das zu bedeuten hatte, doch bevor es dazu kam, musste sie feststellen, wie sich der Ausdruck auf dem Gesicht der Himba plötzlich veränderte und blankem Entsetzen wich. Anstatt einer Antwort stieß sie einen leisen Schrei aus. Dann packte sie ihren Jungen, drehte sich um und rannte ohne ein Wort zu sagen davon.

»Was hat die Frau denn nur?«, fragte Jella. »Man könnte meinen, sie hätte ein Gespenst in mir gesehen.«

»Hhm! Könnte es nicht vielleicht auch sein, dass Sie Ihrem Vater ziemlich ähnlich sehen?«, tippte Fritz. »Zugegebenermaßen hätte sie deshalb nicht davonrennen müssen.«

Jella drehte sich etwas ratlos in Richtung Haus. »Vielleicht versuchen wir es dort mal. Und wenn mein Vater nicht da ist, wird er sicherlich bald wieder nach Hause kommen.«

Fritz wies in die Ferne, in der sich eine Staubwolke auf sie zubewegte. Offensichtlich handelte es sich um einen Mann auf einem Pferd, und dieser Mann war eindeutig ein Weißer. Jellas Herz klopfte plötzlich heftig.

»Das muss er sein!«, rief sie aufgeregt. Aufregung und bange Vorfreude machten sich in ihr breit. In nur wenigen Augenblicken würde sie zum ersten Mal ihren Vater zu sehen bekommen. Wie mochte er jetzt wohl aussehen? Jella besaß eine Fotografie von ihm, aber die war schon über zwanzig Jahre alt. Wie sehr mochte er sich wohl verändert haben? Würde er in ihr auf Anhieb seine Tochter erkennen?

Der Reiter näherte sich im preschenden Galopp der Farm. Erst kurz vor dem Gatter, das das gesamte Farmhaus und seine Stallungen umfasste, zügelte er sein Pferd. Aus den Baracken kam ein schwarzer Farmarbeiter in löchriger Drillichhose und machte ihm das Tor auf. Ohne ein Wort des Dankes gab der Reiter seinem Pferd erneut die Sporen und trieb es auf das Farmhaus zu. Mit einem kräftigen Ruck brachte er das Tier direkt vor ihnen zum Stehen.

»Was wollen Sie hier?«

Die Worte des Reiters klangen schroff und nicht gerade einladend. Jella zuckte unwillkürlich zurück, bevor sie den Reiter musterte. Irgendwie hatte sie sich ihren Vater ganz anders vorgestellt. Nicht so hager und vor allem nicht so abweisend. Sein Gesicht war unter einer breiten Hutkrempe verborgen. Jella konnte nur einen dunkelbraunen Schnurrbart und ein unrasiertes Kinn entdecken. Verlegen suchte sie nach Worten.

»Sind … äh … sind Sie Johannes von Sonthofen?«, fragte sie unsicher.

»Ich wüsste nicht, was Sie das anginge«, brummte der Mann unfreundlich. Jellas Herz rutschte bis in die Knie. Sie hatte nicht damit gerechnet, mit offenen Armen empfangen zu werden. Aber das hier war auch Fremden gegenüber äußerst unhöflich. Entschlossen strich sie sich eine Locke aus dem Gesicht und suchte den Blick des Reiters.

»Ich bin in einer dringenden Angelegenheit hier und muss ihn unbedingt sprechen.«

Der Reiter hob mit einer Hand die Krempe seines Hutes an, sodass Jella ihn genauer betrachten konnte. Sein ovales Gesicht war ebenmäßig und wohl geschnitten. Trotzdem lag etwas darin, das das Gesamtbild störte. War es das spitze Kinn, das sein Gesicht im Profil wie einen Halbmond aussehen ließ, oder eher das schmale, herablassende Lächeln, mit dem er sie jetzt bedachte, während seine stechend blauen Augen sie abschätzend musterten? Jella hielt seinem Blick stand. Erst jetzt erkannte sie, dass dieser Mensch vor ihr nie im Leben ihr Vater sein konnte. Er war viel zu schmächtig, wenn auch sehnig und gut durchtrainiert und außerdem um einige Jahre zu jung. Diese Erkenntnis ließ sie vor Erleichterung aufatmen.

»Können Sie mir nun sagen, wo ich Herrn von Sonthofen finde?«, fragte sie mit neuem Selbstbewusstsein. »Ich komme nämlich in einer wichtigen familiären Angelegenheit.«

Die Augen des Reiters verengten sich zu einem schmalen Schlitz. Misstrauische Neugier erschien auf seinem Gesicht. Plötzlich schien er sich auf rudimentäre Umgangsformen zu besinnen.

»Victor Grünwald«, brummte er eine Spur freundlicher. »Ich bin der Vormann auf der Farm. Habe gerade einen weiten, unerfreulichen Ritt zu unseren Herden hinter mir. Diese verdammten Hereros haben mal wieder ihre Rinder auf unsere Weiden getrieben. Was wollen Sie denn von Sonthofen?«

Jella dachte gar nicht daran, diesem unfreundlichen Kerl eine Auskunft zu geben.

»Das sage ich ihm wohl am besten selber«, meinte sie schnippisch. »Ist er im Haus?«

Grünwald zuckte mit den Schultern.

»Sehen Sie doch selber nach!«

Er wies mit dem Kopf in Richtung Farmhaus. »Wenn Sie mich jetzt entschuldigen.« Er tippte kurz mit dem Zeigefinger an die Krempe seines Hutes und ritt zu den Stallungen.

»Unfreundlicher Kerl, dieser Grünwald«, knurrte Fritz van

Houten. »Für einen Vorarbeiter benimmt er sich reichlich arrogant. Wollen Sie, dass ich noch ein wenig bleibe?«

Jella schüttelte energisch den Kopf.

»Auf keinen Fall! Ich habe Sie lange genug aufgehalten. Wie ich schon sagte: Ich komme ganz gut allein zurecht.«

Fritz nickte. Obwohl ihn Jellas abweisende Art verletzte, konnte er sie auch verstehen. Die erste Begegnung mit ihrem Vater ging ihn wirklich nichts an.

»Gut, dann trennen sich jetzt also unsere Wege.«

Er streckte ihr seine Hand hin, um sich zu verabschieden.

Jella nahm sie steif und sah ihm kurz in die Augen.

»Danke für alles«, flüsterte sie. »Ich hoffe, dass ich es Ihnen eines Tages vergelten kann.«

»Keine Ursache.«

Fritz räusperte sich verlegen. »Wenn es Ihnen recht ist, werde ich in ein paar Tagen nochmals nach Ihnen sehen. Schließlich bin ich den Nashörnern immer noch nicht begegnet.«

Er zwinkerte ihr schelmisch zu und genoss es, wie sie lachte.

Dann reichte er ihr die beiden Gepäckstücke und trieb mit Schnalzlauten seine Ochsen an. Als er sich nach einigen Metern nochmals umdrehte, sah er, wie Jella mit entschlossenen Schritten die Stufen zur Veranda hochstieg.

Okakarara

Die Ochsen wurden unruhig und strebten weg vom Pad. Jakob hatte alle Mühe, sie auf dem Weg zu halten. Ihre rotbraunen Nüstern blähten sich nervös, während Hamlet, der Leitochse, ein markerschütterndes Brüllen ausstieß.

Fritz griff mit seiner gesunden Hand zu seiner Büchse und sah sich um.

»Irgendetwas beunruhigt die Tiere. Halte sie auf jeden Fall in ihrer Spur«, wandte er sich an seinen Treckführer. Er richtete sich auf seinem Kutschbock auf und sah in alle Richtungen. Das gelbe Gras der Savanne wogte ungestört im leichten Wind und erzeugte zarte Farbspiele in Weißgelb, Gelb und einem zarten Lindgrün. Rechts des Pads führte ein Geröllabhang zu einem ausgetrockneten Riviere. Der Trockenfluss zog sich wie eine verzweigte Ader den Weg entlang und ließ kaum erahnen, dass er sich in nur wenigen Monaten nach den ersten schweren Regenfällen zu einem reißenden Strom entwickeln würde. Im Hintergrund leuchtete rotblau das Massiv des Waterbergs. Über ihnen erstreckte sich der tiefblaue Himmel mit einigen grauweißen, scharf voneinander abgegrenzten Wolken. Bis nach Okakarara waren es nur noch wenige Kilometer in südöstlicher Richtung. Fritz wollte sich gerade wieder auf seinen Kutschbock setzen, als er unterhalb eines Kameldornbaums etwas Verdächtiges erblickte. Nur eine winzige Bewegung, die bei seinem Blick sofort erstarrte. Fritz griff nach seinem Gewehr. Er würde nachsehen müssen, um einen Hinterhalt auszuschließen. Mit einem Satz sprang er vom Kutschbock und ließ sich im Schutz der Ochsenkarren etwas zurückfallen. Sobald sich die Gelegenheit bot, tauchte er ab, um sich dann gegen den Wind in der Deckung des wogenden Grases näher an den Baum anzuschleichen. Beinahe geräuschlos näherte er sich der Stelle. Seine scharfen Augen erkannten bald, dass es sich um ein Tier handeln musste. Vielleicht eine kranke oder verletzte Antilope, die sich vor Raubtieren in Sicherheit gebracht hatte. Fritz beschloss nachzusehen. Tief in seinem Herzen war er immer noch ein leidenschaftlicher Veterinär. Ein warnendes Fauchen ließ ihn innehalten. Sofort entsicherte er sein Gewehr. Dann erkannte er das gefleckte Fell einer Raubkatze. Er hielt an und wartete ab, wie sich das Tier verhalten würde. Vermutlich handelte es sich um einen Leoparden, denn für einen Geparden war das Tier zu massig. Wahrscheinlich hatte sich das Tier zur Mittagsruhe in den Schatten des Baumes begeben. Fritz hielt einen Rückzug für geraten. Schritt für Schritt tastete er sich rückwärts in Richtung der Ochsenwagen, die Gewehrmündung immer auf das Dickicht gerichtet. Dann ging alles ganz schnell. Das Knacken von Zweigen ließ ihn aufmerken. Im selben Augenblick kam mit zwei kraftvollen Sprüngen ein Schatten durch die Luft direkt auf ihn zu geflogen. Ein Schuss zerfetzte die Luft, dann brachte ihn der wuchtige Körper der Raubkatze zu Fall. Das Erste, was Fritz auf dem Boden liegend erblickte, war das gewaltige Gebiss des Leoparden über sich. Sein stinkender Atem raubte ihm die Luft, während sich vier mächtige Reißzähne wütend seinem Hals näherten. In einem letzten Reflex tastete seine rechte Hand nach dem Buschmesser in seinem Stiefelschaft, umfasste hastig den Knauf, bevor er mit einer weit ausholenden Bewegung dem Leoparden das Messer blind in die Seite hieb. Keine Sekunde zu früh. Der Leib des Leoparden erschlaffte in seinen Armen, fiel schwer auf ihn herab und begrub ihn unter sich. Fritz blieb bewegungslos liegen und schloss erleichtert die Augen. Sein

Puls raste. Der Kadaver lag wie eine Grabplatte auf ihm. Als Fritz die Augen wieder öffnete, blickte er in Jakobs Gesicht. Es war unter seiner schwarzen Haut aschfahl.

»Oh, oh, oh«, jammerte er. »Mein Herr Fritz ist tot! Zerrissen von dem schrecklichen Untier. Meiner Herrin wird es das Herz brechen.«

»Quatsch nicht dumm rum«, keuchte Fritz. »Hilf mir lieber, das Biest von mir runterzukriegen!«

»Der Deutji lebt«, jubelte Jakob. Er machte immer noch keinerlei Anstalten, ihm zu Hilfe zu kommen. Erst als Fritz ihn ein drittes Mal aufforderte, ihn endlich von dem Tier zu befreien, besann sich der Treckführer und half ihm. Fritz rappelte sich auf, um sich die Kleider abzuklopfen. Mit großem Bedauern betrachtete er den Kadaver der Raubkatze. Es war ein prächtiges Tier. Der Stich in die Seite war ihr direkt ins Herz gegangen. Aber auch Fritz' Schuss hatte gesessen. Er hatte die linke Schulter der Katze zerschmettert. Kein Wunder, dass sie so wütend gewesen war. Es tat ihm leid, dass er das schöne Tier hatte töten müssen. Was hätte Jella nur dazu gesagt, schoss es ihm durch den Kopf. Gleichzeitig schalt er sich für seine törichten Gedanken.

»Sieh nur, Herr«, meinte Jakob und deutete auf die Zitzen des Tieres. »Sie ist eine Mutter mit Jungen.«

»Kein Wunder, dass sie mich angegriffen hat! Sie wollte ihre Jungen schützen – und ich Idiot habe mich ihr auch noch genähert!«

Im Nachhinein hätte sich Fritz für seine Unbedachtheit ohrfeigen können.

»Lass uns die Kleinen suchen«, meinte er zu Jakob. »Ich bin sicher, dass sie hier irgendwo noch in der Nähe sind.«

»Aber Herr«, wandte Jakob ein. »Was willst du mit Babys machen? Wir haben keinen Platz für weitere Tiere.«

»Das lass mal meine Sorge sein. Erst müssen wir einmal nachsehen, wo die Kleinen stecken.« Fritz sah sich bereits suchend um. Normalerweise bekam eine Leopardin immer zwei Junge. Sie konnten nicht weit sein. Nach kurzer Suche hatte er eines entdeckt. Es war nur wenige Wochen alt und kauerte verängstigt in einer Sandkuhle unter einem Rosinenbusch. Als Fritz nach dem Kleinen griff, schlug es fauchend mit seinen Tatzen nach ihm.

»Du bist mir aber ein tapferer Kämpfer«, lachte Fritz und packte mit einem geübten Griff das Kätzchen am Nacken. »Na, dann wollen wir mal sehen, wo dein Geschwisterchen ist.« Mit dem kleinen, strampelnden Kätzchen unter dem Arm suchte er weiter. Aber so sehr er auch die Gegend abklapperte, ein zweites Junges konnte er nicht finden. Schließlich gab er auf.

»Wahrscheinlich hat er kein Geschwisterchen, oder es ist bereits gestorben. Lass uns schnell nach Hause fahren. Unser kleiner Pascha wird bald jämmerlich nach etwas Essbarem schreien.«

Pascha wurde dann auch der Name des kleinen Leoparden, der Fritz mit seinen noch blauen Babyaugen erst ängstlich, dann neugierig und schließlich jämmerlich schreiend anblickte. »Warte nur, bis wir zu Hause sind«, versuchte Fritz den zappelnden Kleinen zu beruhigen. Dabei streichelte er gleichmäßig über sein flauschiges Fell. »Imelda wird dir etwas Ziegenmilch abkochen. Das wird dir schmecken.« Doch Pascha beeindruckten Fritz' Worte wenig. Den ganzen Weg bis nach Okakarara brüllte er wie am Spieß.

Als Fritz noch Träume hatte, war sein größter Wunsch gewesen, Land zu erwerben und darauf eine Art Auffangstation für verletzte Wildtiere einzurichten. Davon hatte er schon als kleiner Junge geträumt. Bereits damals war in ihm der Wunsch gereift, Tiermedizin zu studieren. Schon früh hatte er erkannt, dass man von der Natur nur etwas nehmen durfte, wenn man ihr auch wieder etwas zurückgab. Afrika war seine geliebte Heimat. Aber er sah auch, dass das Land zunehmend ausgebeutet wurde. Die intensive Viehhaltung, wie sie die weißen Farmer und auch die Hereros betrieben, laugte das Land aus und brachte Hunger und Unruhen. In seiner Vorstellung würden landschaftliche Freiräume entstehen müssen, in die sich die wilden Tiere zurückziehen und wo sich die Natur erholen konnte. Im Einklang mit der Natur zu leben, schien ihm nur dann möglich, wenn der Mensch die Kreaturen und auch sich selbst respektierte. Allerdings stand er mit dieser romantischen Meinung ziemlich allein da. Als kleiner Junge hatte man ihn immer wieder gehänselt, weil er die Natur und die Tiere mehr schätzte als die Spiele mit Gleichaltrigen. Immerhin war er ein Stadtkind in seiner südafrikanischen Heimat Pretoria gewesen. Deshalb war es ihm nur selten vergönnt gewesen, die Wildtiere in der freien Natur zu beobachten. Doch einmal im Jahr, wenn ihn sein Vater, ein Händler und Ladenbesitzer, mit auf seine Lieferreisen durch das Hinterland nahm, hatte er dazu Gelegenheit gehabt. Auf diese Zeit der Freiheit hatte er stets das ganze Jahr über hingefiebert. Jedes Frühjahr ging es für zwei ganze Monate los. Sein Vater packte dann seinen Planwagen voller Waren und machte sich mit seinem Sohn auf, diese in entlegene Orte im Hinterland zu bringen. Die Farmen und Ortschaften lagen meist ziemlich abseits, sodass die beiden tagelang durch die Wildnis zogen. Fritz brauchte in dieser Zeit nicht zur Schule zu gehen, was ihn überhaupt nicht bekümmerte, denn er war ein guter Schüler, dem das Lernen leichtfiel. Sein Vater und er übernachteten unter freiem Himmel im Planwagen und hatten unendlich viel Zeit, miteinander zu reden. Sie unterhielten sich über Gott und die Welt, beobachteten die zahlreichen Wildtiere und freuten sich an der Natur, die sie in ihrer faszinierenden Ursprünglichkeit vor allem dort erlebten, wo das Land frei von Farmern war. Es war die glücklichste Zeit seines Lebens gewesen. Bei diesen Gelegenheiten lernte Fritz auch, sich leise durch den Busch zu bewegen und mit dem Gewehr umzugehen. Sein Vater war im ersten Burenkrieg Soldat gewesen und hatte unter Joubert für die Freiheit der

Buren gegen die britische Kolonialmacht gekämpft. Dabei hatte er gelernt, sich zu tarnen und lautlos wie eine Schlange zu bewegen. Auf der anderen Seite hatten ihn die grausamen Erlebnisse des Krieges zum Pazifisten werden lassen. Diese Haltung hatte er auch seinem Sohn vermittelt. Fritz war in dem Bewusstsein aufgewachsen, dass Gewalt immer das allerletzte Mittel in einer Auseinandersetzung sein sollte. Nach der Schule hatten seine Eltern ihm die Möglichkeit gegeben, nach Europa zu reisen, um dort zu studieren. 1899 war er schließlich als ausgebildeter Tierarzt wieder zurückgekehrt, um im Hinterland seine erste Stellung anzutreten. Doch die politischen Umstände hatten ihm einen Strich durch die Rechnung gemacht. Durch die Diamanten- und Goldfunde in Kimberley und in Witwatersrand waren im Laufe der Jahre immer mehr Goldgräber aus aller Herren Länder, aber vor allem aus den benachbarten britischen Kolonien in die Burengebiete Transvaal und Oranje-Freistaat geströmt. Der gegen die Briten eingestellte Präsident Paulus Ohm Krüger sah sich genötigt, den ungebetenen »Uitlanders«, die mittlerweile bereits zwei Drittel der Bevölkerung stellten, die politische und rechtliche Gleichstellung zu verwehren. Auf diese Weise wollte er den Buren ihr Land erhalten. Genau das lieferte den Briten den Vorwand, sich für die Rechte der Ausländer stark zu machen. Präsident Krüger blieb stur, indem er den Briten vorwarf, dass es ihnen in Wahrheit nicht um die Freiheit der »Uitlanders«, sondern um den Plan ging, ein geschlossenes britisches Kolonialreich zu errichten, das von Ägypten bis nach Südafrika reichen sollte. Es kam zum Krieg. Wie alle männlichen Buren sah auch Fritz sich plötzlich genötigt, in die Armee einzutreten. Gemeinsam mit seinem Vater kämpfte er im Oktober 1899 gegen die Briten. Nach anfänglichen Erfolgen der Buren wendete sich das Blatt jedoch schnell. Im Januar 1900 erhielt die britische Armee 60 000 Mann Verstärkung aus dem Mutterland. Innerhalb kürzester Zeit wurden die von den Buren eroberten britischen Gebiete zurückgewonnen und die Burengebiete besetzt. Am 13. März 1900 fiel Bloemfontein, die Hauptstadt des Oranje-Freistaats, am 5. Juni dann die Hauptstadt des Transvaal, Fritz' Heimatstadt Pretoria. Präsident Krüger floh nach Europa. Der Krieg schien für die Briten gewonnen. Doch der Wille der Buren war längst noch nicht gebrochen. Sie setzten in den folgenden zwei Jahren auf einen für die Briten äußerst verlustreichen Guerillakrieg, indem sie in kleinen Gruppen britische Verbände und Ortschaften überfielen und wichtige Verbindungslinien zerstörten. Den Briten blieb nichts anderes übrig, als auf die Strategie der »verbrannten Erde« zu setzen. Ohne Rücksicht auf Verluste zerstörten sie die Farmen in den Guerillagebieten und vernichteten die Ernte ihrer Gegner, um die Landbevölkerung auszuhungern. Rund 120 000 Farmbewohner, vor allem Frauen und Kinder, wurden in sogenannten Konzentrationslagern interniert. Über 26 000 Menschen starben aufgrund der unmenschlichen Haftbedingungen. Am 31. Mai 1902 wurde schließlich der Friede von Vereeniging geschlossen, der die schrecklichen Auseinandersetzungen beendete. An Körper und Seele versehrt war Fritz aus den Scharmützeln zurückgekehrt. Sämtliche Träume und Illusionen hatte er nach den Gewalttaten, die er hatte erleben müssen, begraben. Sein Vater war neben ihm im Krieg gefallen, und er selbst hatte bei derselben Detonation seine linke Hand verloren. Als er nach Pretoria zurückgekehrt war, war er ein gebrochener Mann gewesen. Der Tod seines Vaters überdeckte bei Weitem den Verlust seiner Hand. Er gab sich die Schuld am Tod des Vaters und wagte kaum, seiner Mutter unter die Augen zu treten. Doch seine Mutter war eine warmherzige Frau, die bei all ihrer Trauer auch das Leid ihres Sohnes gesehen hatte. Sie brachte viel Kraft auf, um ihren Sohn aus seiner tiefen Verzweiflung zu befreien. Sie hatte alles getan, um ihm seine alte Zuversicht wieder zurückzugeben. Doch die Erinnerungen an den Krieg lebten in Fritz fort wie ein blühendes Krebsgeschwür. Erst nachdem er mit seiner Mutter Imelda Pretoria verlassen hatte und in die deutsche Kolonie Südwestafrika gezogen war, ließen ihn die bösen Schatten wenigstens zeitweilig in Ruhe. Fritz war nun Kaufmann wie sein Vater und unterstützte seine Mutter. Seinen Traum vom eigenen Stück Land hatte er verloren, doch sein Herz für kranke Tiere hatte er behalten. Wann immer sich die Gelegenheit ergab – und das war nicht selten –, kümmerte er sich um kranke oder verletzte Tiere, die er im Busch aufgabelte. Außer Pascha lebten bereits eine dreibeinige Antilope, ein von seiner Sippe ausgestoßener alter Pavian und ein blindes Zebra auf dem kleinen Grundstück hinter dem Store in Okakarara.

»Schön, dich wieder bei mir zu haben!«

Imelda van Houtens breites Gesicht strahlte bis zu den Ohren. Sie breitete die Arme aus, um ihren Sohn nach seiner langen Abwesenheit endlich wieder in die Arme zu schließen.

Fritz erwiderte die herzliche Umarmung und drückte seiner Mutter einen kräftigen Kuss auf die Stirn.

»Gut siehst du aus, wie ein junges Mädchen!«

Imelda hob scherzhaft den Zeigefinger.

»Deine Schmeicheleien kannst du dir für hübsche junge Mädchen aufsparen. Ich habe heute Morgen in den Spiegel geschaut und dabei Falten entdeckt, die sich wie Trockenflüsse durch mein Gesicht graben.«

»Dann stand bestimmt die alte Maisie neben dir und du hast in ihr Gesicht gesehen.«

»Du hoffnungsloser Charmeur! Wie war die Reise?«

»Gut.«

Er genoss es, seine Mutter noch ein wenig auf die Folter zu spannen. Er wusste, dass sie darauf brannte, jede noch so kleine Einzelheit seiner Reise zu erfahren.

»Nun erzähl schon.«

»Da gab es erst mal nichts Besonderes. Die Waren, die wir bei Kimke & Holster in Hamburg geordert hatten, sind alle pünktlich in Swakopmund angekommen. Ich musste mich nur noch ums Verladen kümmern. Der Treck hierher war langweilig wie immer.«

»Ach ja?«

Imelda sah ihn strafend an. »Und deshalb bist du auch zwei Tage später dran! Ich hab dich bereits vorgestern erwartet. Nun sag schon, was steckt dahinter?«

»Ooch …«

»Nun lass dir doch nicht alles aus der Nase ziehen!«

Imelda wurde allmählich richtig ungeduldig. Fritz lachte und knuffte sie liebevoll in die Seite.

»Okay, ich geb mich ja schon geschlagen. Du lässt mich ja doch nicht in Ruhe, bevor ich dir alles erzählt habe.«

Seine Mutter wollte wie immer alles sofort wissen.

»Weshalb bist du so spät dran? Wurdest du etwa überfallen?«

Fritz wurde ernst.

»Nein, mir ist zum Glück nichts geschehen, aber der Treck vor mir ist überfallen worden. Es gab nur eine Überlebende, eine junge Frau. Ich fand sie halb verdurstet im Busch und musste sie noch in *Owitambe* absetzen.«

»Dann war sie also eine Schwarze«, stellte Imelda fest. »Wahrscheinlich eine der Angestellten von Sonthofen.«

»Nein, die junge Dame war eine Weiße«, widersprach Fritz, »aber bevor du mir jetzt weitere Löcher in den Bauch fragst, könntest du so lieb sein und mir eine Tasse Kaffee kochen und ein paar Butterbrote schmieren. Ich sterbe vor Hunger. Sobald ich hier das Notwendigste erledigt habe, komme ich nach und erzähle dir alles.«

In diesem Augenblick fing Pascha jämmerlich an zu miauen.

»Was ist das denn?« Imelda stemmte stirnrunzelnd die Hände

in die Seiten. Fritz griff in das dunkle Innere des Planwagens und zog ein Fellbündel hervor.

»Das ist Pascha«, erklärte er seiner Mutter. »Ihn habe ich ebenfalls im Busch gefunden. Möchtest du dich um ihn kümmern?« Imelda schüttelte energisch den Kopf.

»Auf gar keinen Fall. Wir haben hier bereits das reinste Tiersanatorium. Noch so ein Tier verkraftet mein Garten nicht. Das Zebra mag ja vielleicht blind sein, immerhin ist seine Nase noch so gut, dass es sämtliche essbaren Pflanzen aus meinem Gemüsegarten gerupft hat. Meine gesamte Ernte hat das Tier ruiniert.«

Fritz kümmerte sich nicht um die Proteste seiner Mutter. Er kannte ihr weiches Herz und drückte ihr Pascha einfach in den Arm.

»Der Kleine hat Hunger. Kannst du ihm vielleicht etwas Ziegenmilch geben?«

Der kleine Leopard blickte sie treuherzig an.

»Du willst ihn doch nicht etwa behalten?« Imeldas Widerstand begann bereits zu schmelzen, während Pascha anfing, ihre Hand zu lecken. Fritz zuckte mit den Schultern.

»Was soll ich denn sonst tun? Seine Mutter lebt nicht mehr, und allein würde der kleine Kerl elendiglich zugrunde gehen. Ich dachte, du könntest ihn ein wenig aufpäppeln. Sobald er groß genug ist, werden wir ihn wieder zurück in den Busch bringen.«

Das kleine Fellknäuel begann herzerweichend zu schreien. Imelda streichelte ihn behutsam und redete mit leiser Stimme auf ihn ein. Schließlich beruhigte sich Pascha wieder, und ohne ein Wort zu sagen, marschierte sie mit ihm in Richtung des Hauses. Fritz atmete auf. Das war das sichere Zeichen, dass seine Mutter den kleinen Kerl akzeptiert hatte. Jakob hatte sich in der Zwischenzeit grinsend an das Abspannen der Ochsen gemacht.

Fritz half ihm dabei, bevor er seiner Mutter ins Haus folgte.

Mutter und Sohn van Houten wohnten oberhalb des Stores in einer kleinen Wohnung. Sie hatten das zweistöckige Haus und ein angrenzendes kleines Grundstück mit Garten vor etwa einem Jahr erworben. »Imeldas Store« war das Zentrum des kleinen Ortes, der sich entlang einer staubigen Straße zog. Rechts und links standen kleine, weiß getünchte Häuser, in denen deutschstämmige Siedler wohnten. Sie waren in der Regel Handwerker – Schmied, Küfer, Schlosser und Tischler. Ganz in der Nähe des Stores befand sich eine kleine Kirche, die sich nur durch die Glocke an ihrem Giebel von den anderen Häusern unterschied. Direkt daran angrenzend stand ein winziges Pfarrhaus, in dem ein Pastor von der Rheinischen Missionsgesellschaft wohnte. Dem Store gegenüber befanden sich die Polizeistation, die von einer Handvoll Schutztruppensoldaten besetzt war, sowie eine heruntergekommene Bar am Ende der Straße. Okakarara lag mitten im Stammesgebiet der Hereros, deren ganzer Stolz ihre Rinderherden waren. »Imeldas Store« war ein einfaches, weiß getünchtes Steinhaus. Das Erdgeschoss bestand aus zwei größeren Räumen, dem Verkaufs- und dem Lagerraum. Eine kleine Treppe führte zu einer Wohnküche und drei kleinen Kammern, die Mutter und Sohn bewohnten.

Als Fritz in die Küche kam, stieg ihm der Duft von frischem Kaffee und frisch gebackenem Nusskuchen in die Nase. Der kleine Tisch war einladend mit dem einfachen, weißen Service gedeckt. Erst jetzt wurde ihm bewusst, wie sehr er in den letzten Monaten diese Gemütlichkeit vermisst hatte. Doch kaum hatte er sich der Idylle hingegeben, wurde ihm auch wieder der Verlust seines Vaters bewusst. Und mit dem Schmerz tauchten auch wieder die Erinnerungen an den Burenkrieg und die schrecklichen Ereignisse auf. Ein Phantomschmerz durchzuckte seinen Armstumpf, sodass er die Narbe mit seiner gesunden Hand reiben musste. Seine Mutter beobachtete ihn besorgt, schwieg aber.

Fritz versuchte ein krampfhaftes Lächeln. Nur mit Mühe gelang es ihm, seine Gefühle wieder unter Kontrolle zu bringen. Imelda hatte den kleinen Pascha auf ihrem Schoß. Sie fütterte ihn gerade mit einer Milchflasche, in deren Öffnung sie einen Stofflappen gestopft hatte. Der Lappen hatte sich mit Milch vollgesogen, und Pascha nuckelte nun zufrieden daran.

»Wenn der Kleine so weitertrinkt, dann wird die Milch einer Ziege bald nicht mehr für ihn ausreichen«, meinte Imelda zufrieden. Tatsächlich begann sich Paschas Bäuchlein mittlerweile beträchtlich zu runden. Zufrieden schleckte er mit seiner Zunge rund um sein Maul, wobei er die beiden Menschen aufmerksam beobachtete. Fritz streichelte den kleinen Kerl und fühlte sich gleich besser. Irgendwann würden ihn die Schatten der Vergangenheit hoffentlich in Ruhe lassen.

Während sie Kaffee tranken und Kuchen aßen, erzählte Fritz von seiner Reise. Stolz berichtete er seiner Mutter, dass mit der zweiten Fuhre nun endlich die Singer-Nähmaschine mitgekommen sei. Man konnte sie mit einer Handkurbel betreiben. Außerdem hatte er andere ausgefallene Waren mitgebracht, die in Afrika nur schwer oder überhaupt nicht zu bekommen waren. Seiden-, Woll- und Anzugstoffe. Hüte, Bänder und Accessoires. Korsetts für die Damen, Leder für den Schuhmacher, Maschinenteile und Bücher für die Gemeindebücherei. Fritz hatte die Mühen der Reise auf sich genommen, um nur das Beste zu bekommen. Zwar hätte er seine Bestellungen auch der Reederei Woermann in Swakopmund übermitteln können, aber dadurch war lange noch nicht eine ausreichende Qualität gewährleistet.

»Du wirst sehen, die Reise wird sich bald gelohnt haben«, endete er stolz. »Auch wenn die meisten Farmer und Siedler uns nicht gleich bar bezahlen können, so werden wir auf die Dauer gesehen trotzdem einen ordentlichen Profit machen, weil unsere Kunden mit unserer Ware zufrieden sein können.«

»Du redest fast schon wie Henrik«, sagte seine Mutter liebevoll. Fritz wandte sich brüsk ab.

»Ich werde nie so ein begeisterter Kaufmann sein wie Vater«, meinte er verbittert. »Dafür mangelt es mir an wahrem Interesse.«

Imelda tätschelte zärtlich Fritz' Knie.

»Nimm doch nicht alles so schwer«, meinte sie aufmunternd. »Du bist ein großartiger Kaufmann. Dein Vater wäre stolz auf dich – auch wenn er es vielleicht lieber gesehen hätte, wenn du den Weg gegangen wärst, den du dir vorher ausgesucht hast.«

Fritz lachte harsch auf.

»Den Weg, den ich mir einmal ausgesucht habe, den gibt es nicht mehr«, sagte er bitter. »Mein Schicksal ist es, diesen Store bis an mein Lebensende zu führen.«

»Du wolltest mir doch noch von dieser Frau erzählen, die du im Busch aufgelesen hast«, wechselte Imelda rasch das Thema. Ihr Sohn ließ sich bereitwillig ablenken. Wie immer verstand sie es hervorragend, ihn von seinen Grübeleien abzubringen. Nur zu gern kam er ihrer Aufforderung nach. Seine Augen begannen zu leuchten, als er seiner Mutter von Jella erzählte. Plötzlich merkte er, dass ihn diese bemerkenswerte, manchmal kratzbürstige Frau über das normale Maß interessierte. Ihr außergewöhnliches Schicksal hatte ihn berührt, und er hoffte, noch viel mehr über sie zu erfahren.

»Kennst du eigentlich Johannes von Sonthofen von der *Owitambe*-Farm?«, fragte er.

Imelda brauchte nicht nachzudenken.

»Aber natürlich, ein sympathischer Herr mittleren Alters, gutaussehend und sehr freundlich. Er hat schon einige Male etwas bei uns eingekauft. Wir haben uns immer angeregt unterhalten. Allerdings war er schon länger nicht mehr hier. Ich hoffe nicht, dass es mit der Qualität unserer Waren zusammenhängt.«

»Ist er verheiratet?«

»Soviel ich weiß, nicht. Aber die Leute hier munkeln, dass er eine Affäre mit einer Schwarzen hat. Wenn mich nicht alles täuscht, soll er sogar ein Kind mit ihr haben. Allerdings würde ich auf dieses Geschwätz nichts geben. Die Menschen hier stürzen sich geradezu auf alles, was nach einer anrüchigen oder spannenden Geschichte klingt. Warum interessiert dich das eigentlich? Hängt es etwa mit der jungen Frau zusammen?« Imelda sah ihren Sohn prüfend an.

Fritz schüttelte halbherzig den Kopf.

»Ja«, meinte er zweideutig. »Aber das Leben dieser Frau geht mich eigentlich überhaupt nichts an.«

Lucie

Jellas Herz klopfte bis hoch in den Hals. Trotz der sengenden Hitze fröstelte sie. Ihre Hände zitterten, als sie schließlich an die Tür klopfte. Als niemand antwortete, wiederholte sie ihr Klopfen, bevor sie schließlich den Türriegel drückte und die grün bemalte Holztür öffnete. Sie betrat einen großzügigen Raum, der gleichzeitig Wohn- und Esszimmer zu sein schien. Die rechte hintere Ecke war durch eine halbhohe Mauer vom übrigen Raum abgetrennt. Dort befand sich die Küche. Neugierig sah sich Jella um. Das *Owitambe*-Farmhaus war nicht riesig, aber geräumig und hell. Jella gefiel, was sie sah. Vielleicht war es die Mischung aus deutschen und afrikanischen Möbeln, die das Haus so behaglich aussehen ließ. Die Sessel und ein kleiner hölzerner Tisch vor dem großen Kamin waren aus afrikanischem Flechtwerk, während die Essmöbel und die mit dunklem Holz vertäfelte Wand am anderen Ende des Raumes an die Gründerzeitmöbel in Deutschland erinnerten. Über der Holzvertäfelung hing ein auf Leinen gestickter, recht ungewöhnlicher Sinnspruch.

»Der höchste Lohn für unsere Bemühungen ist nicht das, was wir dafür bekommen, sondern das, was wir dadurch werden.« (John Ruskin)

Die Wände beiderseits des Kamins waren mit bunten afrikanischen Stofftüchern behangen, die dem Raum etwas Wohnliches und Vertrautes gaben. In den Ecken befanden sich allerlei Holzskulpturen wie etwa eine zwei Meter hohe, schlanke Giraffe oder ein aus Ebenholz geschnitztes Warzenschwein mit erhobenem Pinselschwanz und zwei gewaltigen, elfenbeinweißen Warzenschweinhauern. Links neben der Eingangstür befand sich noch eine halb geöffnete Tür, die den Blick in ein etwas kleineres, aber immer noch geräumiges Arbeitszimmer gestattete. Ein schwerer, dunkler Eichenholztisch, der seiner Machart nach zu schließen ebenfalls aus Deutschland stammen musste, stand in seinem Zentrum. Vor dem Schreibtisch lag das Fell eines Zebras. Jella wollte gerade nachsehen, ob jemand in dem Zimmer war, als sie hinter sich ein Geräusch hörte.

»Was wollen Sie hier?«, fragte eine schneidende Frauenstimme. Sie klang hoch, fast schrill, und alles andere als freundlich. Jella drehte sich auf dem Absatz um und sah in das Gesicht einer mittelgroßen, schlanken Frau, die nicht viel älter als sie selbst sein konnte. Ihre hellblonden Haare waren zu einer kunstvollen Frisur hochgesteckt, die für das Farmleben nicht gerade praktisch zu sein schien. Das eng geschnürte, elegante schwarze Kleid schien ebenso wenig in diese Umgebung zu passen wie das sorgsam gepuderte Gesicht. Jella war völlig überrascht. Das Letzte, womit sie gerechnet hatte, war, einer so jungen Frau gegenüberzustehen.

»Ich … ähm … ich möchte gern Johannes von Sonthofen sprechen«, stammelte sie verlegen. Plötzlich kam sie sich ziemlich lächerlich und unverschämt vor.

»In welcher Angelegenheit, wenn ich fragen darf?« Die fremde Frau zog kritisch eine Augenbraue hoch und musterte Jella abfällig, so als erwöge sie, sie sofort wieder aus dem Haus werfen zu lassen.

»Es ist etwas Privates.« Jella hatte sich mittlerweile wieder einigermaßen gefangen. Sie fixierte ihr Gegenüber mit festem Blick, schluckte kurz und sagte: »Ich bin Johannes von Sonthofens Tochter.«

Ein kurzes Blitzen in den eisblauen Augen ihres Gegenübers und eine gewisse Blässe unter dem gepuderten Gesicht ließen Jella die Überraschung spüren. Doch die Frau hatte sich sofort wieder im Griff. Ein starres, zweifelndes Lächeln breitete sich auf ihrem Gesicht aus.

»Das, wenn Sie entschuldigen, möchte ich allerdings in aller Offenheit bezweifeln«, meinte sie kalt. »Johannes hat mir nie von einer Tochter erzählt.«

»Johannes?« Jella fühlte sich unangenehm berührt, als sie die fremde Frau so vertraut von ihrem Vater sprechen hörte.

»Ja, Johannes!«

»Ich bin seine Tochter. Und ich kann es auch beweisen.« Jella griff in ihre Handtasche und zog die Briefe ihres Großvaters und ihrer Mutter hervor. »Hier ist alles dokumentiert.« Sie reichte der Frau die Briefe, und die überflog sie widerwillig. Noch während sie las, veränderte sich ihre Haltung. Über ihr Gesicht huschten Schatten, die Jella als Zeichen von Bestürzung interpretierte. Schließlich zeigte die Frau so etwas wie eine erzwungene Freundlichkeit. Mit einer knappen Geste bat sie Jella, auf einem der Korbstühle vor dem Kamin Platz zu nehmen.

»Bitte entschuldigen Sie meine Nachlässigkeit«, meinte sie steif. »Ich werde Ihnen sofort etwas zu trinken bringen lassen.« Sie rief nach einer Angestellten namens Nancy und befahl ihr, ihnen eine Karaffe mit Wasser und etwas Tee zu bringen.

»Darf ich fragen, wer *Sie* sind?«, fragte Jella, nachdem sie etwas Tee gekostet hatte. »Sie machen den Eindruck, als würden Sie meinen Vater recht gut kennen.«

»In der Tat.« Die Frau zögerte einen Moment und zog dann betont langsam ein Taschentuch aus ihrer Rocktasche, mit dem sie sich die Augen betupfte. »Ich *kannte* Johannes sehr gut.«

»Kannte?« Jella überkam ein leichter Schwindel. Sie hatte das plötzliche Gefühl, den Boden unter den Füßen zu verlieren. Sie musste sich verhört haben. Aber die nächsten Worte trafen sie wie ein Schwall Wasser – hart, kalt und völlig unvorbereitet.

»Johannes von Sonthofen ist tot«, schluchzte die Frau trocken. Mechanisch betupfte sie sich mit dem Taschentuch das Gesicht. Jella wurde starr wie ein Stock.

»Das stimmt doch nicht«, hauchte sie entsetzt. »Das kann einfach nicht wahr sein.«

»Natürlich ist es wahr!« Die Stimme der Frau klang plötzlich noch höher und überschlug sich fast. »Keiner weiß es besser als ich. Schließlich bin ich seine Frau!«

»Seine Frau?« Die zweite Nachricht traf sie genauso unvermittelt hart wie die erste. Jella starrte ihr Gegenüber entsetzt an. Sie hatte mit allem gerechnet, auch damit, dass ihr Vater sich eine andere Frau genommen hatte, eine, die vielleicht ihrer Mutter ähnlich war. Aber diese Person hatte rein gar nichts mit Rachel gemeinsam. Sie war viel zu jung und affektiert und in gewisser Weise auch billig. Jella wusste, dass sie kein Recht hatte, ihrem Vater irgendetwas vorzuschreiben; dennoch war ihre Enttäuschung einfach grenzenlos. Die weite Reise, die bangen Hoffnungen. Sie hatte nach einem Strohhalm gegriffen, der ihr aus den Händen geglitten war, bevor sie ihn überhaupt gehalten hatte.

Wie in Watte getaucht bekam sie mit, wie sich die fremde Frau als Lucie von Sonthofen vorstellte.

»Wie ist er denn gestorben?«, brachte sie endlich mit tonloser Stimme hervor. In ihren Ohren surrte es, während das Blut aus ihren Wangen wich. Hätte sie nicht gesessen, wäre sie wohl zusammengebrochen.

Mit einer einstudiert wirkenden Bewegung ging Lucies Hand in Richtung Jellas Knie. Sie zuckte zurück und registrierte den goldenen, viel zu protzigen Ehering und die ebenso unpassenden rot lackierten langen Fingernägel. Eine Trauernde sollte keine rot lackierten Nägel tragen, schoss es ihr wie ein Blitz durch den Kopf, doch dann wurde sie von Lucies Bericht über den Tod ihres Vaters auch schon wieder abgelenkt.

»Es ist gerade mal vier Wochen her«, fing Lucie an. Ihre Hände wanderten erneut zu dem Taschentuch, das sie sich an die Augen drückte, bevor sie fortfuhr: »Johannes und Victor Grünwald, der Vorarbeiter von *Owitambe,* wollten den ganzen Tag unterwegs sein, um die Zäune, in denen sich unsere Rinderherden befinden, zu kontrollieren. Das war notwendig geworden, weil wieder einmal eine Gruppe herumstreunender Hereros Löcher hineingeschnitten hatte, um ihr Vieh auf unsere Weiden zu treiben. Diese unzivilisierten Wilden kennen keine Schranken und Grenzen. Sie glauben, sich nach Herzenslust an fremdem Eigentum bedienen zu dürfen. Auf jeden Fall sind die beiden Männer im Morgengrauen aufgebrochen und gegen Mittag an einem Ort, den die Herero Erindi nennen, auf einige Rinderkadaver gestoßen. Sie waren eindeutig Opfer eines in das Farmgelände eingedrungenen Löwenrudels. Johannes war darüber so erbost, dass er darauf bestand, ihrer Fährte zu folgen, um die Raubtiere ein für alle Mal von *Owitambe* zu vertreiben.«

Jella spürte Lucies Blick auf sich ruhen und sah auf. Die eisblauen Augen sahen sie prüfend an, so als wolle Lucie sich vergewissern, dass Jella alles verstanden hatte.

»Mit einem Löwenrudel ist nicht zu spaßen«, erklärte sie. »Das sind unberechenbare Bestien, die selbst vor Menschen nicht Halt machen. Victor – ich meine Herr Grünwald – schlug vor, erst zur Farm zurückzureiten, um ein paar Männer zur Verstärkung zu holen, aber Johannes blieb stur und ließ sich nicht von seinem Vorhaben abbringen. Ja, er befahl Victor sogar zurückzubleiben, um die Zäune auszubessern, während er sich allein an die Verfolgung machen wollte. Er wollte nicht, dass noch mehr Rinder verloren gingen.« Lucie schüttelte bekümmert den Kopf. »Victor hätte das nicht zulassen dürfen, aber Johannes war der Boss und konnte recht ungemütlich werden, wenn jemand nicht nach seiner Pfeife tanzte. Auf jeden Fall machte er sich allein auf den Weg. Er versprach, vor Sonnenuntergang wieder zurück in Erindi zu sein, um sich mit Victor zu treffen. Doch er erschien nicht, nicht bei Sonnenuntergang und auch nicht in der darauf folgenden Nacht. Victor übernachtete notgedrungen draußen im Busch und machte sich gleich im Morgengrauen auf die Suche nach Johannes. Nach vielen Stunden fand er schließlich seine Spur. Zwischen zerklüfteten Felsen muss er den Löwen in die Falle gegangen sein …«

Lucie machte eine Pause und schnäuzte kräftig in ihr weißes Taschentuch. Jella begann das schreckliche Ende zu ahnen. Mit zusammengeballten Fäusten hörte sie sich den Rest der Geschichte an.

»Es war einfach nur schrecklich. Überall war Blut. Zerrissene Kleidungsstücke, Knochenreste und ein zerfetzter Schuh. Die Bestien haben von Johannes nichts übrig gelassen. Nur seinen mit Blut verkrusteten Hut hat Victor mir als Erinnerung zurückgebracht. Die wenigen sterblichen Überreste hat er an Ort und Stelle begraben, um sie vor den Geiern und Hyänen zu schützen.«

Jella hörte es und hörte es doch nicht. Die unheilvollen Worte perlten an ihr ab wie Wasser von einem Wachstuch. Alles in ihr weigerte sich, das gerade Gehörte zu glauben. Und doch war es die Wahrheit. Allein die irrwitzige Vorstellung, dass ihr Vater kurz bevor sie ihn kennenlernen konnte von wilden Löwen zerrissen worden war, zerfleischt, zerstückelt und aufgefressen, ließ sie an ihrem Verstand zweifeln. Sie hatte ihren Vater nie gekannt, und doch hatte sie immer das Gefühl gehabt, ihm durch die liebevollen Erinnerungen ihrer Mutter ganz nah zu sein. Wie gern hätte sie das alles überprüft und erfahren, was für ein Mensch Johannes von Sonthofen wirklich gewesen war. Doch wie so oft in ihrem Leben hatte ihr das Schicksal einen grausamen Streich gespielt. Jellas Selbstbeherrschung begann zu bröckeln. Nur ein letzter Rest von

Haltung hielt sie davon ab, heulend davonzurennen. In die Trauer um den unbekannten Vater mischte sich nun auch die Angst vor der ungewissen Zukunft. In was für eine Sackgasse war sie nur wieder geraten? Mit einem Schlag waren alle ihre Träume von einer besseren Zukunft wie Seifenblasen zerplatzt. Wäre sie nur ein Fünkchen realistischer gewesen, so hätte sie sich niemals auf diese waghalsige Suche nach ihrem unbekannten Vater eingelassen. Nun war das geschehen, was sie sich immer geweigert hatte sich vorzustellen. Ihr Vater war tot, und sie war wieder einmal auf sich allein gestellt. Beinahe trotzig schob Jella ihr Kinn nach vorn. Gleichzeitig kämpfte sie gegen die aufsteigenden Tränen.

»Ich kann verstehen, wie Ihnen zumute ist«, meinte Lucie. Sie versuchte diesmal Jellas Hand zu tätscheln, doch die zog sie erneut mit einer heftigen Bewegung zurück.

»Danke, ich komme schon klar«, brach es schroffer als beabsichtigt aus ihr heraus. Sie war einfach zu aufgewühlt, um das gespielte Mitgefühl dieser fremden Frau zu ertragen. Und natürlich wusste sie überhaupt nicht, wie sie allein klarkommen sollte.

»Was wollen Sie jetzt tun?«, fragte Lucie von Sonthofen. Ihre Haltung suggerierte Mitgefühl, doch irgendetwas in ihrer Stimme ließ Jella das Gegenteil vermuten. Sie hatte das nicht unbegründete Gefühl, dass Lucie sie so schnell wie möglich loswerden wollte. Natürlich. Diese Lucie sah in ihr selbstverständlich eine Konkurrentin um das Erbe von *Owitambe.* Wie absurd und lächerlich. Jella wäre nicht im Traum darauf gekommen, irgendwelche Ansprüche auf die Farm geltend zu machen. Ihr Vater war ein Fremder für sie gewesen und hatte sein eigenes Leben mit dieser Lucie geführt. Trotzdem fand Jella, dass es ihr Recht war, sich wenigstens eine Zeit lang auf seiner Farm aufzuhalten. Sie brauchte einen Ruhepol, um wieder zu sich selbst zu finden. Vielleicht würde es ihr hier gelingen, ihr Leben neu zu sortieren und wenigstens ein bisschen zu verstehen, wie ihr Vater wohl gewesen sein mochte.

»Wenn es Ihnen recht ist, möchte ich gern für ein paar Tage hier auf der Farm bleiben«, bat sie mit brüchiger Stimme. Lucies Mundwinkel verzogen sich für den Bruchteil einer Sekunde nach unten, was deutliches Missfallen zu Tage treten ließ. Doch dann besann sie sich doch eines anderen.

»Selbstverständlich, meine Liebe«, meinte sie mit aufgesetzt wirkender Herzlichkeit. »Ich werde Nancy gleich anweisen, Ihnen ein Zimmer herzurichten. Das bin ich Johannes, Ihrem Vater, wohl schuldig.« Sie machte eine kleine Pause, bevor sie ihren Satz zu Ende brachte. »Allerdings bezweifle ich sehr, dass er die Legitimität Ihrer Blutsverwandtschaft aufgrund dieser läppischen Briefe anerkannt hätte.« Sie schenkte Jella ein zuckersüßes Lächeln, das den Unterton ihrer Bemerkung allerdings nicht wegnahm. Jella wurde rot. Ihr lag eine rechtfertigende Erwiderung auf den Lippen, doch sie riss sich zusammen. Schließlich wollte sie ihre Gastgeberin nicht gleich am ersten Tag verprellen. Doch sie nahm sich vor, dieser Lucie in Zukunft keine Antwort schuldig zu bleiben, auch wenn sie die Frau ihres Vaters gewesen war.

Nancy war eine gemütliche, dunkelhäutige Hererofrau mit drallen Rundungen um Brust und Hüften. Sie machte sich sogleich daran, für Jella ein Zimmer im hinteren Teil des Hauses herzurichten. Als sie Jella zum ersten Mal zu Gesicht bekam, hatte sie vor Überraschung die Hände vor dem Mund zusammengeschlagen.

»Himmel, der tote Herr ist in Form einer Frau zurückgekehrt!«, hatte sie erschrocken gerufen. Lucie gefiel diese Bemerkung überhaupt nicht.

»Red keinen Quatsch, und mach dich an deine Arbeit, Nancy«, befahl sie ungehalten. Nancy wollte noch etwas erwidern, besann sich dann aber und senkte demütig den Kopf. »Entschuldigung, gnädige Frau«, murmelte sie und verschwand eilig aus dem Zimmer. Jella fiel erneut die demütige Haltung des Dienstpersonals auf. War ihr Vater so ein Despot gewesen? Erst die Frau im Hof, die vor ihr geflüchtet war, und jetzt Nancy, die offensichtlich für das Haus zuständig war – beide wirkten total eingeschüchtert. Nach allem, was Rachel ihr erzählt hatte, war das unmöglich, aber die Realität schien offensichtlich eine andere Sprache zu sprechen. Unter dem Vorwand, dass sie sich nicht wohl fühle, zog sich Jella so schnell es ging in ihr Zimmer zurück.

Dort legte sie sich auf ihr einfaches, aber sauberes Bett, über das ein Moskitonetz gespannt war, und starrte an die Decke. Tausend Gedanken gingen ihr durch den Kopf und ließen sie keine Ruhe finden. Warum war das Leben so ungerecht zu ihr? Hatte sie nicht alles versucht, um das Beste daraus zu machen? Ärgerlich schob Jella die negativen Gedanken beiseite. Sie wusste genau, dass ihr Grübeln ihr nicht aus der Patsche helfen würde. Sie beschloss, die Zeit auf *Owitambe* als eine Reise in die Vergangenheit zu nutzen, um wenigstens ansatzweise herauszufinden, wer ihr Vater gewesen war.

Das Abendessen fand draußen auf der Veranda statt. Lucie empfing Jella in einem luftigen, hellen Sommerkleid, das mit aufwändigen Stickereien verziert war. Ihr hellblondes Haar war sorgfältig zu einer Turmfrisur hochgesteckt, aber ihr Gesicht war wieder eine Spur zu dick gepudert. Auf Jella machte sie alles andere als den Eindruck einer tief Trauernden. Lucie drückte ihr ein Glas Weißwein in die Hand und toastete ihr zu.

»Das ist hier in Afrika Brauch«, meinte sie leicht herablassend. »Soweit es die Arbeit zulässt, toastet man gemeinsam dem Sonnenuntergang zu. Wir in England nennen es Sundowner.« Sie deutete den Abhang hinab auf die Westseite des Waterbergs, auf dessen tafelähnliches Plateau sich der rotgoldene Sonnenball gerade sanft legte. Jella hielt den Atem an. Sie war beeindruckt von diesem herrlichen Naturschauspiel. Die am Tag so gleißend helle Buschlandschaft bekam plötzlich Konturen und nahm Farbe an. Ein weit ausladender Kameldornbaum setzte sich blaugrün vor dem rotglühenden Felsgestein des Waterbergs ab. Das Blau des Himmels verwandelte sich in ein leuchtendes Rosé, das auf dem dunkleren Blau der hereinbrechenden Nacht ruhte, die sich vom Horizont her über das Land ausbreitete. Unterhalb der Farm hatte Jellas Vater eine Tränke angelegt, zu der in den Abendstunden gern die Wildtiere kamen. Eine kleine Gruppe Paviane tollte um das Wasser herum. Während die Alttiere das Wasser bedächtig aus der Hand in ihr Maul gossen und dabei genüsslich schlürften, tobten die Kleinen ausgelassen um das Wasserloch herum. Dabei sprangen sie in tollkühnen Sätzen über die runden Felssteine, lauerten sich gegenseitig auf, um dann ausgelassen miteinander zu balgen. Plötzlich stieß der Anführer der Paviane einen lauten Warnruf aus, und die kleine Horde zog sich auf Kommando in den Busch zurück. Ein mächtiger Oryxantilopenbock näherte sich dem Wasserloch und hielt witternd seine Nüstern in die Luft. Die fast zwei Meter langen, spießartigen Hörner ragten ehrfurchtgebietend in die Luft. Misstrauisch sah sich das herrliche Tier um. Jella schätzte, dass es locker um die fünf Zentner wog. Der Bock war wunderschön gezeichnet. Sein mattgrauer Körper nahm im Abendlicht einen rötlichen Schimmer an. Ein schwarzes Band trennte den Rücken von dem weißen Bauch. Ein weiteres schwarzes Band verlief in der Mitte des Rückens und endete in einem schwarzen Schwanz. Der Kopf war ebenfalls schwarz, aber er trug eine weiße Maske und eine weiße Nase. Jella hatte noch nie in ihrem Leben ein schöneres Tier gesehen. Seine Hörner waren zweifelsohne eine furchtbare Waffe, weshalb sich das Tier auch ohne Scheu dem Wasser näherte. Um zu trinken, knickte die Oryxantilope in den Knien ein. In langen, ausgiebigen Bewegungen schlappte ihre Zunge über das Wasser und schaufelte begierig das erfrischende Nass in ihr Maul. Kein anderes Tier suchte in diesem Moment ihre Nähe. Erst als die Antilope sich gemächlichen Schrittes zurückzog, wagten sich kleinere Springböcke und ein einzelnes Zebra an die Wasserstelle.

»Wäre der Oryxbock nicht zu alt, hätte ich ihn schon längst abgeknallt.« Mit diesen Worten trat Victor Grünwald zu den beiden Frauen auf die Veranda. Lucie lachte und reichte statt einer Erwiderung dem Vorarbeiter ebenfalls ein Glas Weißwein. Dieser nahm es wie selbstverständlich und versenkte dabei seinen Blick unanständig lange in Lucies großzügigen Ausschnitt. Jella hob voller Missfallen eine Augenbraue hoch, während Grünwald auch ihr zutoastete. Nur widerwillig setzte sie das Glas an ihre Lippen. Victor Grünwald gefiel ihr ebenso wenig wie Lucie. War es in Afrika wirklich Sitte, dass man gemeinsam mit den Bediensteten aß? Der Tisch auf der Veranda war für drei Personen gedeckt.

»Wir haben noch einige wichtige Dinge wegen der Farm zu besprechen«, erklärte Lucie, die Jellas Gedanken zu erraten schien. »Ich habe einige Veränderungen auf der Farm vor und muss sie nach dem Abendessen noch mit Victor besprechen.« Jella wunderte sich auch über die vertraute Anrede. Es musste eine typisch afrikanische Gepflogenheit sein. Immerhin blieb Grünwald Lucie gegenüber immer höflich und sprach sie ehrerbietig mit »Fräulein von Sonthofen« an. Nancy brachte auf dem Grill gebratene Kuduschulter und reichte dazu grüne Bohnen und gekochte Süßkartoffeln. Außerdem hatte sie eine scharfe Chilisauce zubereitet, die wunderbar zu dem gegrillten Wildfleisch passte. Jella spürte, wie ihr das Wasser im Mund zusammenlief. Sie hatte schon lange nichts Richtiges mehr gegessen und machte sich trotz ihres Kummers mit erstaunlichem Appetit über das Essen her. Außerdem hoffte sie, nun endlich mehr über ihren Vater zu erfahren. Doch alle ihre Versuche, eine Konversation in Gang zu bekommen, verliefen mehr oder weniger im Sande. Auf die Frage danach, wo Lucie und ihr Vater sich kennengelernt hatten, erfuhr sie nicht mehr, als dass sie sich in der nahe gelegenen Bezirkshauptstadt Grootfontein zum ersten Mal gesehen und sogleich verliebt hatten. Innerhalb kürzester Zeit hatte Johannes um Lucies Hand angehalten und sie zu sich nach *Owitambe* geholt.

»Wie lange waren Sie denn verheiratet?«, wollte Jella wissen. Lucie verzog bekümmert das Gesicht.

»Leider viel zu kurz«, bedauerte sie. »Wir hatten gerade mal sechs Wochen Zeit, unser Glück zu genießen.« Jella fühlte sich peinlich berührt und enthielt sich eines Kommentars. Sie wechselte das Thema und fragte Victor nach der Farm aus. Aus seinen dürren Worten erfuhr sie, dass ihr Vater seit einigen Jahren versucht hatte, eine Rinderzucht aufzubauen, die allerdings bisher noch keinen nennenswerten Gewinn erwirtschaftet hatte, weil sich ihr Vater geweigert hatte, das Land intensiv zu nutzen, und weil er die schwarzen Farmarbeiter an seinem Gewinn beteiligt hatte. Jella stutzte. Das passte so gar nicht zu dem Verhalten des Dienstpersonals.

»Rinderzucht lohnt sich nur, wenn das ganze Land hier bewirtschaftet wird«, meinte Grünwald verächtlich. »Auf *Owitambe* gibt es Wasser genug, doch von Sonthofen hatte immer auch noch die Natur und die Wildtiere im Visier. Er meinte, dass es dem Land nur schade, wenn man es zu intensiv bewirtschafte. Außerdem ließ er den Hereros viel zu viele Freiheiten. Das war eindeutig ein Fehler.«

»Ich bin sicher, dass er sich seine Entscheidung gut überlegt hat«, verteidigte Jella ihren Vater. Plötzlich fühlte sie sich verpflichtet, ihn in Schutz zu nehmen.

»Sicher«, erklärte Lucie beschwichtigend. »Aber jetzt haben sich die Umstände eben geändert, und ich beabsichtige, hier einiges anders zu machen. Aber das muss Sie ja nicht weiter kümmern.« Ihr Blick war eindeutig kalt. Er verbot Jella jegliche Einmischung. Diese biss sich auf die Unterlippe. Zu gerne hätte sie ihre abweichende Meinung kundgetan. Aber eine eigene Meinung stand ihr nicht zu, auch wenn allein die Vorstellung, diese wundervolle Idylle durch Unmengen schreiender Rinder zu zerstören, wehtat.

»Ich möchte mir die Farm und das dazugehörende Gelände gern näher ansehen«, wechselte sie das Thema. »Kann ich mir morgen ein Pferd ausleihen und ein wenig ausreiten?«

Sie hatte nicht mit dieser heftigen Reaktion gerechnet.

»Wozu?«, schnappte Lucie. »Sie haben Ihren Vater doch nicht einmal gekannt!«

»Ich möchte sehen, wie er gelebt hat«, verteidigte sich Jella verwundert. Sie hatte es auf keine Konfrontation angelegt. Lucie musterte sie mit zusammengekniffenen Augen.

»Nun passen Sie mal gut auf! Ihr Vater ist tot. Das ist eine Tatsache. Es tut mir leid, dass Sie deswegen umsonst die weite Reise auf sich genommen haben. Selbstverständlich können Sie sich ein paar Tage auf meiner Farm ausruhen und von mir aus nachdenken, was Sie in Zukunft tun werden. Aber dann werden Sie von hier verschwinden und mich gefälligst in Ruhe lassen!«

Lucie sah Jella herausfordernd an. Die eisblaue Iris in ihren Augen bekam plötzlich einen noch härteren Rand. »*Owitambe* gehört mir«, stellte sie nochmals unmissverständlich klar.

Jella schnappte nach Luft.

»Aber daran habe ich doch niemals gezweifelt.«

»Dann ist es ja gut.« Lucie nickte grimmig. »Nancy hat wie alle hier erkannt, dass Sie Johannes' Tochter sein müssen. Ihre Körpergröße, das Kinn, das Haar und die Haltung lassen es vermuten, auch wenn Sie keinerlei Beweise haben. Die Briefe Ihrer Mutter und Ihres Großvaters beweisen gar nichts. Sie könnten gefälscht sein und sind fragwürdig. Ich allerdings bin Johannes' rechtmäßige Witwe. Jedes Gericht in der Kolonie wird Ihnen meine Rechte bestätigen.« Ihre Augen blitzten triumphierend auf. Völlig überraschend verbreiterte sich ihr Mund zu einem versöhnlichen Lächeln.

»Möchten Sie vielleicht noch einen Nachtisch?«, fragte sie mit einem zuckersüßen Lächeln. »Ich möchte unbedingt, dass Sie *meine* Farm und meine Gastfreundschaft in bester Erinnerung behalten.«

Himmel über Afrika

Lucie hatte ihr unmissverständlich klargemacht, dass sie auf *Owitambe* nicht willkommen war. Dennoch sträubte sich Jella dagegen, das Land sofort wieder zu verlassen. Dass ihr Vater tot war, war schon schlimm genug, sie würde ihn nie kennenlernen – und genau deshalb wollte sie noch ein wenig bleiben. Sie wollte wenigstens verstehen lernen, was er so sehr an der Farm geliebt hatte. Dann wäre für sie die weite Reise nach Südwest nicht ganz umsonst gewesen. Außerdem wusste sie nicht, was sie sonst hätte tun können. Ihre Zukunft lag wie ein dichtes Nebelfeld vor ihr. Dem Gesetz nach war Lucie noch nicht die Erbin von *Owitambe.* Die Bezirkshauptmannsstelle in Otjiwarongo war gerade neu besetzt worden, und es würde seine Zeit dauern, bis der Bezirkshauptmann alles regeln konnte. Wenn Lucie Ärger vermeiden wollte, konnte sie Jella gar nicht hinauswerfen. Notgedrungen akzeptierte sie Jellas Wunsch, noch länger auf der Farm zu bleiben. Sie gab sich allerdings kaum Mühe, ihr gegenüber freundlich zu sein.

Die nächsten Tage lernte Jella das Land, das ihrem Vater zur Heimat geworden war, lieben und schätzen. Bereits vor Sonnenaufgang wachte sie auf und schlich aus dem Haus zu ihrem Lieblingsplatz auf einer kleinen Anhöhe, die sich vor dem zwischen zwei Pebblesteinen eingeklemmten Haus befand. Eine ausladende Schirmakazie überdachte und behütete die Anhöhe. Jella setzte sich auf eine der Wurzeln und lauschte in die endende Nacht hinein. Überall raschelte und bewegte es sich, doch die Dunkelheit machte die Urheber noch unsichtbar. Dann setzte die Morgendämmerung ein. Ein türkisfarbener Streifen erhellte den Horizont, breitete sich stetig aus und verwandelte sich in ein dunkles Rotorange, das die Landschaft in ein bizarres Licht tauchte. Von der Sonne war noch nichts zu sehen. Überall regte sich jetzt noch mehr Leben. Neugierige Erdmännchen lugten aus ihren Deckungen hervor, huschten über die Felsen und richteten sich auf, um auf mögliche Gefahren zu lauschen. Eine Wildkatze lag auf der Lauer. Jella sah ihre schwarzbraune Schwanzspitze unruhig hin und her wedeln. Doch die Erdmännchen waren aufmerksam und hatten den Räuber entdeckt. Ein kurzes Fiepen von dem Wächterposten, und schon waren die kleinen Kerle in ihren Erdbauten verschwunden. Gleichmütig bezog die Katze einen anderen Posten. In der Ferne hörte Jella das Brüllen eines Löwen. Ein Schauer lief über ihren Rücken, weil sie unwillkürlich an ihren Vater erinnert wurde. Wie schrecklich doch sein Tod gewesen war.

Dann zeigte sich der tiefrote Sonnenball zwischen den Büschen und Bäumen. In der kalten, klaren Morgenluft erschien die Sonne viel kleiner und klarer als am Abend, wenn die Landschaft von der flirrenden Hitze aufgeladen war und den Feuerball wie durch eine Lupe vergrößerte. Jella atmete tief die würzige Luft ein. Es roch nach fremdartigen Pflanzen und nach wilden Tieren – ein eigenartiger Geruch, den sie tief in sich aufnahm.

Auf der Farm regte sich mittlerweile erstes Leben. Einige der schwarzen Farmarbeiter huschten aus ihren Hütten hinaus und begaben sich zu den Stallungen, in denen die Milchkühe darauf warteten, gemolken zu werden. Die Männer wurden freudig durch ein lautes Muhen begrüßt. Jella beschloss, sich ebenfalls dorthin zu begeben. Die letzten Tage hatte sie damit verbracht, die nähere Umgebung der Farm zu erkunden. Grünwald hatte ihr in seiner einsilbigen Art ein Pferd zur Verfügung gestellt; allerdings war es ziemlich alt gewesen und zeigte wenig Lust, Jella bei der Hitze durch die Gegend zu tragen. Immer wieder hatte Jella absteigen und das Tier am Zügel hinter sich herziehen müssen, weil es keinerlei Anstalten machte, von den vielen würzigen Grasbüscheln abzulassen. Jella war zwar eine passable Reiterin – ihr Großvater hatte darauf bestanden, dass sie es in Berlin lernte –, aber die Sturheit der alten Mähre war größer als ihre Reitkunst. Heute hatte Jella keine Lust auf einen erneuten frustrierenden Ausritt. Sie beschloss, in *Owitambe* zu bleiben, um die Arbeit auf der Farm zu beobachten. Im noch dämmrigen Morgenlicht sah sie Grünwald, wie er vom Herrenhaus in Richtung Stallungen ging. Sie vermutete, dass er dort die Anweisungen für den kommenden Tag geben wollte. Mit zügigen Schritten hielt sie auf diesen Teil des Grundstücks zu. Am Eingang zu dem großen Stall, in dem es mehrere Pferche gab, wurde sie Zeuge, wie Grünwald einen der Arbeiter anschrie und ihm schließlich mit seiner Peitsche, die er immer bei sich trug, mitten ins Gesicht schlug.

»Du verdammter Hurensohn«, zischte er außer sich. »Habe ich euch nicht tausendmal gesagt, dass ihr die Hände von meinen Kühen lassen sollt?« Der Geschlagene, ein tiefschwarzer Damarra, lag zusammengekrümmt auf dem Boden.

»Bitte, Herr, nicht schlagen«, jammerte er. »Meine Schwester braucht Milch für Baby. Ich wollte nichts stehlen. Herr Johannes hat es immer erlaubt.«

Grünwald schlug noch einmal unbarmherzig auf den am Boden liegenden Mann ein.

»Dein Herr Johannes ist tot«, sagte er kalt. »Merk dir das ein für alle Mal. Wenn ich dich oder irgendeinen anderen nochmals beim Milchstehlen erwische, dann jage ich ihn von der Farm. Ist das klar?«

Der Damarra nickte kleinlaut. Aus Angst vor weiteren Schlägen wagte er immer noch nicht, sich aufzurichten. Da entdeckte Grünwald Jella. Sein Gesicht zeigte immer noch Ärger, aber auch eine leise Spur von Genugtuung. Jella hatte das unbestimmte Gefühl, dass es dem Mann sogar Spaß machte, seine Arbeiter zu prügeln.

»Schon so früh auf?«, fragte er, ohne auf die vorangegangene Szene einzugehen.

»Mussten Sie den armen Mann schlagen?« Jella war zutiefst betroffen. So ging man nicht mit Menschen um. Am liebsten wäre sie zu dem Geschlagenen gegangen, um ihm aufzuhelfen.

»Ich glaube kaum, dass es Frau von Sonthofen gefällt, wenn Sie so mit ihren Angestellten umspringen.«

Grünwald lachte laut auf. »Da können Sie Gift darauf nehmen, dass es ihr sogar sehr recht ist, wenn hier jemand für Zucht und Ordnung sorgt. Aber das alles geht Sie sowieso nichts an! Sie haben hier nichts zu sagen.«

»Mag sein, dass ich hier keinerlei Rechte habe«, blitzte Jella. »Aber als Christin und mitfühlender Mitmensch bin ich immer noch dazu verpflichtet, mich einzumischen, wenn andere Menschen ungerecht behandelt werden.«

»Moralischer Kleinkram«, raunzte Grünwald ungehalten. »Machen Sie lieber, dass Sie mir aus dem Weg kommen. Ich habe noch eine Menge Arbeit vor mir.«

Damit ging er grußlos an Jella vorüber und verließ den Stall. Jella nutzte die Gelegenheit, um zu dem Damarra zu gehen. Sie schämte sich für Grünwalds Wutausbruch und wollte dem armen Mann aufhelfen. Doch der Damarra schüttelte nur den Kopf.

»Sie dürfen nicht helfen, sonst nur Ärger«, wehrte er ab. Er sah Jella einige Augenblicke aus seinen glänzenden dunklen Augen an, bevor er mit schmerzverzerrtem Gesicht aufstand und davonhinkte. Kopfschüttelnd begab sich Jella nun ins Herrenhaus, um zu frühstücken. Nancy werkelte bereits in der Küche. Es roch nach Rührei mit Speck und heißen Würstchen.

»Hallo, Nancy«, begrüßte Jella die Hererofrau. »Schon so früh wach?«

Nancy strahlte sie an und nickte. »Immer wenn Herr Johannes früh aufstand, stand Nancy auch früh auf – und wenn Herrn Johannes' Tochter früh aufsteht, dann ist Nancy auch da. Hunger?«, fragte sie und deutete augenzwinkernd auf das reichhaltige Frühstück.

»Ist das etwa alles für mich?«, staunte Jella. Sie fühlte sich geehrt. Immerhin war die Hausangestellte ihr gegenüber freundlich eingestellt. Nancy nickte verschwörerisch. »Aber nicht der Herrin verraten. Sonst bekommt Nancy Ärger«, fügte sie fast verlegen hinzu. Jella wollte fragen, was das zu bedeuten hatte, aber Nancy schüttelte nur den Kopf und machte sich daran, Jella eine ordentliche Portion Eier, Speck und Würstchen auf den Teller zu schaufeln. Schweigend und auch etwas enttäuscht nahm Jella ihr Frühstück entgegen. Es kam ihr vor, als gäbe es eine Mauer zwischen ihr und den schwarzen Arbeitern auf *Owitambe.* Warum gingen sie ihr alle aus dem Weg? Wirkte sie etwa so arrogant? Sie gab sich jede Mühe, um ihnen gegenüber vorbehaltlos zu erscheinen, aber irgendwie schien ihr das nicht zu gelingen. Sie beschloss, Nancy zu fragen. Sobald sie aufgegessen hatte, begab sie sich nochmals in Nancys Reich und fragte sie nach Johannes von Sonthofen aus.

»Bist du schon lange auf *Owitambe*?«, fragte sie neugierig. Nancys breites Gesicht strahlte.

»Oh ja«, meinte sie. »Seit Herr Johannes die Farm gekauft hat. Land gehörte meinem Stamm, aber dann hat Kapitän Samuel Maharero es an Herrn Johannes verkauft. Ich traf Herrn Johannes in unserem Kral, als er Samuel die Rinder als Bezahlung brachte. Mein Mann war gerade tot, und ich sollte die dritte Frau des Bruders meiner Mutter werden. Aber ich wollte nicht. Da bot mir Herr Johannes Arbeit auf Farm an. Ich habe es nie bereut. Bei Herrn Johannes habe ich immer genug bekommen, um meine fünf Kinder zu ernähren.« Nancys Miene verdunkelte sich plötzlich, als wäre ihr etwas Unangenehmes eingefallen.

Jella hatte noch eine Frage auf dem Herzen. Sie war ihr fast etwas peinlich, aber sie hatte dennoch das Bedürfnis, mehr darüber zu erfahren.

»Haben …«, die Frage fiel ihr schwer. »Haben mein Vater und Lucie hier auf *Owitambe* geheiratet?«, fragte sie schüchtern. Nancy bedachte Jella mit einem nachdenklichen Blick. Dann schüttelte sie den Kopf. »Nein«, meinte sie abrupt. »Frau Lucie war eines Tages einfach da.«

Jella verließ die Küche, um in ihr Zimmer zu gehen. Dabei kam sie am ehemaligen Arbeitszimmer ihres Vaters vorüber. Die Tür war nur angelehnt. Neugierig öffnete sie sie einen Spalt weit und trat ein, nachdem sie sich vergewissert hatte, dass niemand in der Nähe war. Im Haus war es noch ganz ruhig. Lucie schien noch zu schlafen, also beschloss sie, sich ein wenig umzusehen. Auf dem schweren Eichenschreibtisch lagen allerlei Schriftstücke wie die Besitzurkunde für die Farm und einige andere Aufzeichnungen, jedoch keine persönlichen Briefe. Jella war fast etwas enttäuscht. Vorsichtig zog sie die Schubladen auf, aber der größte Teil des Inhalts lag bereits auf der Schreibfläche. Offensichtlich hatte Lucie bereits alles durchgesehen. Allem Anschein nach hatte ihr Vater auf persönliche Aufzeichnungen verzichtet. Jella hätte so gern mehr über ihren Vater erfahren. Enttäuscht wollte sie bereits das Zimmer verlassen, als ihr Blick auf eine Fotografie fiel, die halb verborgen zwischen einigen Schriftstücken lag. Sie war abgegriffen und ziemlich ausgeblichen, dennoch erkannte Jella sofort ihre Mutter darauf. Wie jung sie damals gewesen war! Bestimmt nicht viel älter als sie im Augenblick. Ein schmerzhafter Stich fuhr ihr durchs Herz. Johannes hatte ihre Mutter also nie vergessen. Wieso hätte er das Bild sonst so lange aufbewahrt? Obwohl ihm der Baron von der vermeintlichen Untreue seiner Frau berichtet hatte, hatte er nie aufgehört, seiner großen Liebe nachzutrauern. Jella zog die Fotografie aus dem Stapel und streichelte liebevoll über das Konterfei ihrer Mutter. Sie war kleiner und zierlicher als sie gewesen, aber sie hatte ihr die irischen Augen und das energische Kinn vererbt. Ohne ein schlechtes Gewissen zu haben, verbarg Jella die Fotografie in ihrer Rocktasche. Vom Gang her hörte sie Geräusche. Unauffällig verließ sie das Arbeitszimmer, aber sie war fest entschlossen, ihm zu einer günstigeren Gelegenheit noch einen weiteren Besuch abzustatten.

Die Tage vergingen. Jella hatte bald die ganze Farm und das angrenzende Umland kennengelernt. Immer wieder fragte sie Lucie, wie ihr Vater denn so gewesen sei, aber Johannes' junge Witwe verhielt sich weiterhin abweisend und erzählte nur wenig Aufschlussreiches über ihren Vater. Sie hätten sich in Grootfontein in einer Bar kennengelernt, erzählte sie. Es sei Liebe auf den ersten Blick gewesen. Nach nur kurzer Bedenkzeit hätte sie seinen Antrag angenommen. Auch von Victor Grünwald erfuhr Jella nur wenig über ihren Vater. Und wenn, war es nur abfällige Kritik.

»Ihr Vater war ein hoffnungsloser Romantiker«, bemerkte Grünwald abfällig bei einem der Abendessen, die er grundsätzlich mit den beiden Frauen einzunehmen pflegte. »Statt auf den Profit des Landes zu zielen, hat er sich um das schwarze Pack und ihre Interessen gekümmert. Man konnte fast glauben, dass es ihm peinlich gewesen war, dass er das Land den Hereros abgekauft hat.«

»Wieso reden Sie immer so abfällig von der schwarzen Bevölkerung?« Jella ärgerte sich immer mehr über Grünwalds despektierliche Art.

Der lachte nur verächtlich.

»Die Schwarzen sind wie Kinder, völlig unzivilisiert, quasi am Anfang ihrer Entwicklung. Sie müssten uns dankbar sein, dass wir uns um sie kümmern und ihnen Arbeit und Essen geben … aber nein! Das reicht dem Gesindel ja nicht aus. Die bekommen den Hals einfach nicht voll. So ist das!«

»Finden Sie Ihre Einstellung nicht ziemlich hochnäsig? Ich finde nicht, dass die Eingeborenen dümmer sind als wir, nur weil sie andere Lebensgewohnheiten haben.«

»Hören Sie mir doch damit auf! Afrika ist nicht Europa! Wenn wir die Schwarzen nicht rigoros leiten und führen, dann zetteln sie bei der nächsten Gelegenheit einen Aufstand an und schneiden uns die Köpfe ab. Sind Sie nicht selbst von diesem Gesindel überfallen worden?«

Er sah sie mit einer gewissen Häme an. »Leute wie Sie gehören nicht nach Afrika! Dieser Kontinent ist nichts für zartbesaitete Seelchen!«

»Das können Sie ja gerade beurteilen!« Jella war empört. Dieser Grünwald hielt sich wohl für den Größten. »Leute mit Ihrer Einstellung sind schuld daran, wenn es hier zu Konflikten kommt. Würden Sie die Schwarzen nicht wie Sklaven behandeln, wäre das alles kein Problem!«

»Hört, hört«, höhnte Grünwald. »Eine wahre Predigerin ist an ihr verloren gegangen.«

»Die Schwarzen sind wie eine Herde Rinder«, mischte sich Lucie entnervt in das Gespräch ein. »Wenn man sie nicht unter Kontrolle behält, laufen sie einem davon. Sie besitzen weder Sinn noch Verstand. Deshalb sind sie eher auf der Ebene von Tieren als von Menschen zu sehen.«

Jella wollte wütend etwas erwidern, aber ihre Aufmerksamkeit wurde von einer Staubwolke abgelenkt, die aus der Ferne auf sie zukam. Es musste sich um einen Reiter handeln, der in raschem Galopp über die Sandpisten auf *Owitambe* zuhielt. Das Pferd verlangsamte erst dann seinen Schritt, als der Reiter es auf den leicht gewundenen Pad lenkte, der zum Haus hochführte. In munterem Trab näherte er sich der Farm.

Die Art, wie sich der Reiter auf dem Pferd hielt, kam Jella bekannt vor. Mit Herzklopfen registrierte sie, dass es sich um Fritz van Houten handelte. Direkt vor der Veranda hielt er sein Pferd an.

Er trug eine beige, an den Oberschenkeln weit geschnittene Reiterhose, wie sie die Schutztruppensoldaten auch trugen. Dazu dunkle, kniehohe Stiefel und ein dunkelgrünes Hemd mit einem hellblauen Halstuch. Es kontrastierte wunderbar zu seinem dunklen, vollen Haar und den kohlschwarzen Augen. Mit einer galanten Bewegung zog er mit seiner rechten Hand den hellen Filzhut vom Kopf, dessen Krempe nach Südwesterart rechts hochgestülpt war. Geschickt verbarg er damit seinen verkrüppelten linken Armstumpf, der die Zügel auf den Sattelknopf presste.

»Einen wunderschönen guten Abend«, begrüßte er die Anwesenden auf der Veranda. »Ich bitte um Verzeihung, dass ich um diese Uhrzeit noch störe. Doch ich war gerade in der Gegend und wollte es nicht verpassen, Fräulein Jella meine Aufwartung zu machen.«

Er schenkte Jella ein gewinnendes Lächeln, sodass diese vor Verlegenheit rot wurde. Mit einem kurzen Nicken in Richtung der beiden anderen stellte er sich vor. Er warf Jella einen aufmerksamen Seitenblick zu.

»Außerdem wollte ich sehen, ob es Ihnen gut geht. Wo ist denn Ihr Vater? Meine Mutter hat bereits viel von ihm erzählt. Ist er auch hier?«

Jellas Gesicht verdüsterte sich.

»Mein Vater ist tot«, meinte sie mit belegter Stimme.

Fritz schien tief getroffen. »Das tut mir aufrichtig leid!« Der Blick seiner dunklen Augen intensivierte sich. Voller Mitgefühl ruhte er auf Jella. »Das muss ein schwerer Schlag für Sie gewesen sein.« Seine Stimme klang warm und herzlich. Jella nickte.

»Das kann man wohl sagen.«

In knappen Sätzen schilderte sie, was sie von Lucie erfahren hatte. Pflichtschuldig zückte diese ihr Taschentuch und schnäuzte sich. Jella zweifelte schon lange an der Echtheit ihrer Trauer.

»Mein Beileid, gnädige Frau«, meinte Fritz steif in ihre Richtung. Seine Augen blieben weiterhin auf Jella gerichtet, die sichtlich um Fassung rang.

»Was werden Sie jetzt tun?«, fragte er leise. Jella zuckte mit den Schultern.

»Ich weiß es noch nicht«, meinte sie. »Lucie von Sonthofen ist so freundlich, mich für eine gewisse Zeit bei sich aufzunehmen. Sobald ich mir über meine Zukunft klar geworden bin, werde ich *Owitambe* für immer verlassen.«

Lucie erhob sich demonstrativ.

»Sie werden mich doch sicherlich entschuldigen«, meinte sie kurz angebunden. »Aber ich habe noch einiges zu erledigen.« Sie gab Nancy den Befehl zum Abräumen und verschwand nach einem kurzen Nicken in Fritz' Richtung im Innern des Hauses. Auch Victor Grünwald entschuldigte sich, sodass Jella und Fritz allein auf der Veranda zurückblieben. Die Sonne stand noch etwa eine Handbreit über dem Horizont.

»Wollen wir vor der Dunkelheit noch eine kleine Runde gehen?«, schlug Fritz vor.

»Gern.«

Er bot Jella seinen Arm an, doch nach einem kurzen Zögern lehnte sie dankend ab. Berührungen jeglicher Art waren ihr immer noch unerträglich.

»Müssen Sie denn nicht bald aufbrechen?«, fragte sie verlegen. »Ich meine, es wird bald dunkel.«

Fritz verzog gleichgültig seine Mundwinkel.

»Das macht mir nichts weiter aus. Der Himmel und seine Sterne weisen mir den Weg, und wenn ich nicht mehr weiterweiß, dann mach ich mir ein kleines Feuer und genieße die Nacht im Freien. Es gibt nichts Schöneres für mich.«

Er erzählte Jella von seiner Kindheit und der wundervollen Zeit, die er jedes Jahr mit seinem Vater in der Wildnis verbracht hatte. Jella folgte seinen Erzählungen gebannt. Sie hätte nicht gedacht, dass der Mann, den sie bisher nur als einen raubeinigen, ziemlich direkten Menschen kennengelernt hatte, sich so sehr für die Natur und die darin lebenden Tiere interessierte, ja dass er sogar Tiermedizin studiert hatte und ursprünglich eine Wildtierfarm hatte errichten wollen.

»Ich glaube, so etwas wollte mein Vater hier auch aufziehen«, meinte sie nachdenklich. »Jedenfalls habe ich in den letzten Tagen den Eindruck gewonnen. Doch jetzt wird aus *Owitambe* wohl eine Farm wie jede andere auch.«

Sie seufzte.

»Die Leute hier auf der Farm sind alle ziemlich abweisend«, fügte sie hinzu. »Und Grünwald vertritt sogar die Meinung, dass mein Vater ein hoffnungsloser Romantiker war, weil er sich für die Menschen und ihren Lebensraum eingesetzt hat. Schade. Ich werde wohl nie erfahren, wie er wirklich gewesen ist.«

Fritz sah sie lange nachdenklich an. Sie fühlte seine Blicke wie warme Regentropfen auf sich. Für einen einzigen kurzen Augenblick verloren sich ihre beiden Augenpaare ineinander, was sie zutiefst verwirrte und unsicher machte. Um der Brisanz dieses Augenblicks zu entgehen, sah sie schnell weg.

»Lassen Sie uns dort hinauf gehen«, schlug sie mit belegter Stimme vor und zeigte auf die kleine Anhöhe, auf der die weit ausladende Schirmakazie stand und einen wundervollen Blick ins Tal erlaubte. Sie ging voraus. Zu ihrer Überraschung war der Platz unter dem Baum belegt. Jella wollte Fritz schon das Zeichen zum Umdrehen geben, als die auf einer Wurzel sitzende Person auch sie entdeckte. Sofort erhob sie sich. Jella erkannte, dass es sich um die stolze Himba mit dem auffälligen Jungen handelte. Sie stand rasch auf und verwschwand in der entgegengesetzten Richtung.

»So bleib doch«, rief Jella ihr hinterher. Die schlanke Frau hielt kurz an und drehte sich ihr zu. Ihr fein geschnittenes Gesicht blickte sie traurig an. Einen kurzen Augenblick lang glaubte Jella, dass sie etwas sagen wollte. Aber dann veränderte sich ihr Gesichtsausdruck. Er bekam um die Mundwinkel herum etwas Hartes und Abweisendes, und die Frau eilte davon, ohne ein Wort gesagt zu haben.

»Ist das nicht die Frau, die sich neulich auch so seltsam verhalten hat?«, fragte Fritz neugierig.

»Nein … das heißt … ja. Sie hat es sich zur Angewohnheit gemacht, ständig vor mir zu fliehen. Ich habe keine Ahnung, weshalb.«

»Sie ist eine Himba«, meinte Fritz. »Ihr Stamm hat eine ganz besondere Einstellung zur Natur. Vieles, was sie sich nicht erklären können, wird durch die Geisterwelt erklärt. Vielleicht erinnern Sie sie an einen Dämonen, oder Sie haben unbewusst ihr Kind zu lange angeschaut. Das ist hier absolutes Tabu. Starren Sie nie zu lange auf fremde Personen und schon gar nicht auf fremde Kinder, wenn ihre Eltern in der Nähe sind.«

»Wie charmant«, bemerkte Jella spitz. »Soll das etwa heißen, dass meine Blicke Schaden anrichten können?«

»Das weiß ich nicht. Mir jedenfalls rauben sie den Verstand«, sagte Fritz leise. Jella wusste nicht, was er damit meinte, aber sie fühlte wieder diese Verlegenheit, mit der sie überhaupt nicht umgehen konnte. Dieser Mann verunsicherte sie, und gleichzeitig fühlte sie sich von ihm magisch angezogen. Ihre Verlegenheit überspielend nahm sie auf der großen Wurzel der Schirmakazie Platz. Fritz setzte sich neben sie. Schweigend verfolgten sie den raschen afrikanischen Sonnenuntergang. Schon bald saßen sie in den dunkler werdenden Schatten, die der Waterberg auf sie warf, weil die Sonne hinter ihm untergegangen war. Einige kleinere Papageienvögel krächzten über ihnen im Gezweig der Bäume, doch mit der einsetzenden Dunkelheit verstummten sie und zogen sich auf ihre Schlafplätze zurück.

»Wenn wir jetzt noch einen kleinen Augenblick warten, dann erleben wir ein großes Wunder«, unterbrach Fritz schließlich das Schweigen. »Gleich macht es Klick – und dann steht der Sternenhimmel über uns, als hätte ihn jemand wie elektrisches Licht angeknipst.«

Tatsächlich. Völlig unerwartet tauchten erst wenige, dann immer mehr Sterne am Himmel auf, und mit einem Mal war das Firmament erleuchtet und zeigte Abermillionen der fremden Himmelskörper. Jella war fasziniert, wie jedes Mal, wenn sie dieses Naturschauspiel betrachtete. Sie genoss den Anblick schweigend, während Fritz ihr Geschichten von den Sternen und ihren Beziehungen zu den Menschen erzählte.

»Die Buschmänner glauben daran, dass zu jedem Stern ein bestimmter Mensch gehört, und wenn die Sterne einander nahe stehen, dann stehen auch die dazugehörigen Menschen einander sehr nahe. Man sagt, dass zwei Buschmänner, die Sternengeschwister sind, selbst über Hunderte von Meilen hinweg miteinander in Kontakt treten können. So ist es auch zu erklären, dass sich zwei Buschmannsippen an einem beliebigen Tag an einem bestimmten Ort verabreden können, ohne dass sie sich telegrafieren oder heliografieren könnten.«

»Was für eine wunderschöne Vorstellung!«

Jella dachte plötzlich an ihre seltsamen Visionen, die sie seit einiger Zeit immer wieder heimgesucht hatten. Fasziniert lauschte sie weiter seinen Geschichten. Fritz konnte wunderschön erzählen. Ihr gefiel die ruhige Art, wie er über die Natur und die Menschen sprach. Sie war voller Hochachtung und Bewunderung. Alle Zurückhaltung und Reserviertheit, die er während ihrer kurzen Reise an den Tag gelegt hatte, war wie weggeblasen. Vielleicht hatte sie sie sich auch nur eingebildet. Das matte Sternenlicht hob sein Profil hervor, die lange, gerade Nase, das kräftige Kinn mit dem Grübchen und die hohe Stirn, die von einer hereinfallenden Locke unterbrochen wurde. Fritz merkte, dass sie ihn ansah, und wandte sich ihr zu.

»Es ist sehr schön hier«, flüsterte er. Jella wandte sich schnell ab.

»Es ist so schön hier, weil Sie hier sind«, fügte er noch hinzu. Verlegen spielte sie mit ihren Händen. Ein warmes Gefühl machte sich in ihr breit, das gleichzeitig kribbelte. Was war nur plötzlich los mit ihr?

»Wir sollten langsam wieder zurückgehen«, meinte sie verwirrt. »Die anderen könnten sonst etwas denken.«

»Welche anderen? Ich sehe niemanden, dem Sie Rechenschaft schuldig wären.« Fritz hob amüsiert eine Augenbraue. Das machte Jella noch ratloser.

»Ach, Sie wissen ganz genau, was ich meine!«

Sie sprang auf und wollte zurück zum Haus. Fritz hielt sie fest.

»Nein, das weiß ich nicht.«

Wie warm und wohltuend seine Stimme war. Seine gesunde Hand hielt sie immer noch am Oberarm fest.

»Ich weiß nur, dass ich jeden Augenblick mit dir genieße.«

In seinen schwarzen Augen funkelte es, während er sie langsam an sich heranzog, um sie zu küssen. Jella erschrak fürchterlich. Das Funkeln seiner Augen erinnerte sie plötzlich an etwas ganz Schreckliches, was sie längst in ihrem Innersten verschlossen geglaubt hatte. Es lag Begierde darin, die sie zutiefst verunsicherte, ja abstieß. Sie musste an die drei Männer denken, die sie so grausam vergewaltigt hatten. Die Bilder überdeckten in dem Moment alles, was sie für Fritz empfinden mochte. Mit einer heftigen Bewegung stieß sie den erstaunten Mann zurück und wandte sich ab. Voller Panik und Scham rannte sie zurück zum Haus und schloss sich, ohne sich noch einmal umzuwenden, in ihrem Zimmer ein.

Sie war so wütend auf sich. Immer machte sie alles falsch! Sie hatte Fritz ermutigt, sich ihr zu nähern. Nur ein Idiot wie sie konnte so naiv sein und ihn bitten, mit zu ihrem Lieblingsplatz zu kommen. Sie hatte ihn in eine Falle gelockt, die gar keine sein sollte. Jetzt hatte sie seine Zuneigung verspielt und würde ihn nie wiedersehen. Schluchzend weinte sie in ihr Kopfkissen. Die Vorstellung, Fritz verloren zu haben, tat ihr weh; gleichzeitig wusste sie auch, dass sie es nie schaffen würde, sich von einem Mann berühren zu lassen. Die seelischen Verletzungen, die sie damals erlitten hatte, waren nur oberflächlich verheilt und jetzt mit einer Wucht wieder aufgebrochen, die Jella zutiefst verunsicherte. Der Makel dieser schrecklichen Tat würde immer an ihr kleben bleiben. Erst in den Morgenstunden fiel sie in einen unruhigen Schlaf voller Albträume. Als sie erwachte, war es immer noch finstere Nacht. Schweiß rann über ihr Gesicht und überzog ihren ganzen Körper. Jella zog sich aus und wusch ihren Körper an der Waschschüssel, die auf der Kommode stand. Nass wie sie war, zog sie sich ein frisches Nachthemd an. Doch ihr war immer noch viel zu heiß. Barfuß verließ sie ihr Zimmer und begab sich hinaus auf den Hof. Fritz' Pferd war nicht mehr da. Natürlich. Sie hatte ihn so vor den Kopf gestoßen, das konnte er sich nicht gefallen lassen. Noch einmal traf sie der Schmerz über seinen Verlust mit voller Kraft. Es geschah ihr recht. Sie wollte ja nie wieder von einem Mann berührt werden. Trotzdem war sie enttäuscht. Es war so schön gewesen, seiner samtigen Stimme zu lauschen. Unwillkürlich ging ihr Blick hoch hinauf zu den Sternen. Sie funkelten und blitzten, als wäre nichts geschehen. Über dem Horizont erkannte sie das Kreuz des Südens. Mittlerweile fand sie dieses Himmelsbild viel schöner als den Großen Wagen und die anderen Sternbilder, die sie aus Berlin kannte. Hier in Afrika war der Himmel wie eine große Glaskugel, die einen Blick in die Weiten des Universums erlaubte. Das Firmament leuchtete aus Millionen von Lichtquellen und machte die Welt so lebendig und klar. Immer noch quollen Tränen aus ihren Augen, aber mit der Zeit schwemmten sie den Schmerz mit sich fort und wurden klar und heilsam. Jella fühlte sich auf eine besondere Art getröstet, und dann vernahm sie aus der Weite der Nacht plötzlich eine Stimme, die ihr so vertraut vorkam, als würde sie jeden Tag mit ihr sprechen. Leise und melodiös erklang sie, umhüllte sie und spendete Trost:

Husch – husch – Nakeshi – ist – bei – dir!!! – Husch

Nakeshi? – Was mochte das bedeuten? Jella wusste es nicht.

»Wer bist du?«, fragte sie in die sternenglitzernde Nacht hinein.

Nakeshi!,

erklang es noch einmal. Verwirrt blickte Jella sich um. Niemand war in ihrer Nähe. Auf der Farm war alles ruhig und schien zu schlafen. Spielte die Einbildung ihr schon einen Streich? Sie wartete auf weitere Botschaften, doch die Nacht blieb still. Mit einem Mal fühlte Jella sich müde und erschlagen und beschloss, wieder zurück in ihr Bett zu gehen. Kaum hatte sie ihre Augen geschlossen, glitt sie auch schon in einen tiefen, traumlosen Schlaf.

Neue Perspektiven

Als Jella am nächsten Morgen die Augen aufschlug, fühlte sie sich erstaunlich erfrischt. Zum ersten Mal seit ihrer Ankunft auf *Owitambe* hatte sie die Kraft, an ihre Zukunft zu denken. Außerdem hatte sie einen Entschluss gefasst. Es ärgerte sie ein wenig, dass sie dabei vom guten Willen Lucies abhängig sein würde, aber auf der anderen Seite konnte sie sich nicht vorstellen, dass die Witwe ihres Vaters ihr diesen letzten Wunsch abschlagen würde. Voller Ungeduld wartete sie in der Küche, bis Lucie endlich aufgestanden war und sich zu ihr bequemte. Morgens war sie meistens schlechter Laune, aber Jella hatte nicht die Absicht, heute darauf Rücksicht zu nehmen.

»Guten Morgen, Lucie«, begrüßte sie ihre Stiefmutter munter. »Haben Sie gut geschlafen?« Lucie betrachtete Jella mit einem skeptischen Blick.

»Nanu, heute schon so gut gelaunt?«

Jella schenkte ihr ein aufgesetztes Lächeln, das Lucie schmeicheln sollte. Es war ihr eigentlich zuwider, aber sie hoffte dadurch ihr Ziel schneller zu erreichen.

»Könnte ich heute noch einmal ein Pferd bekommen? Vielleicht ein etwas Muntereres als beim letzten Mal? Ich möchte gern ausreiten.«

»Darf ich wissen, wohin Sie reiten möchten?« Lucie fragte eher gelangweilt als neugierig, während sie an ihrer Teetasse nippte. Es interessierte sie nicht besonders, was Jella auf *Owitambe* unternahm, solange sie sich nur nicht in die Farmangelegenheiten einmischte.

»Ich werde morgen die Farm verlassen«, kündigte Jella an. Lucie zog überrascht die Augenbrauen hoch.

»Ach, wirklich?«, meinte sie mit unverhohlener Freude.

Jella nickte. »Ja, es wird Zeit, dass ich mein Leben wieder selbst in die Hand nehme. Ich werde zurück nach Windhuk gehen und dort mit meiner Freundin Lisbeth meine Arbeit als Krankenschwester aufnehmen. Im Krankenhaus brauchen sie dringend Fachkräfte, und ich denke mal, dass ich nicht die Schlechteste bin.«

»Ein weiser Entschluss, den ich nur allzu gern unterstütze. Darf ich fragen, woher die plötzliche Eingebung stammt? Doch wohl nicht etwa von diesem burischen Händler, der Ihnen gestern seine Aufwartung gemacht hat?«

Jella fühlte, wie sie wider Willen rot wurde, und ärgerte sich über sich selbst.

»Nein, der hat damit ganz und gar nichts zu tun«, wehrte sie heftig ab. »Das ist ein Entschluss, der ganz allein in mir gereift ist. Kann ich nun ein Pferd haben?«

Sie suchte entschieden Lucies Blick. Diese zuckte gleichmütig mit den Schultern und meinte: »Sagen Sie Victor Bescheid. Er wird Ihnen schon ein ordentliches Tier zur Verfügung stellen.«

»Prima«, freute sich Jella. »Dann kann Grünwald mir ja auch sicherlich den Weg zu den Felsen beschreiben, wo mein Vater ums Leben gekommen ist.«

»Um Gottes willen, was wollen Sie denn da?« Lucie war sichtlich erschrocken. »Das ist tiefste Wildnis und überaus gefährlich. Dort können Sie nicht allein hin.«

»Nein?«

»Nein!«

»Dann geben Sie mir eine Begleitung mit«, forderte Jella selbstbewusst. »Bevor ich *Owitambe* verlasse, möchte ich das Grab meines Vaters sehen. Das können Sie mir nicht verwehren. Notfalls reite ich eben allein.«

Lucie kaute an ihren Nägeln herum. Jellas Idee schien ihr überhaupt nicht zu gefallen, aber die junge Frau war offensichtlich zu allem entschlossen. Schließlich rang sie sich aber doch zu einem Entschluss durch.

»Warten Sie«, bat sie Jella. »Ich ziehe mir noch schnell etwas über, dann gehen wir zu Grünwald. Vielleicht ist es das Beste, wenn er Sie an diesen unglückseligen Ort bringt.«

Victor Grünwald schien von Jellas Vorschlag ebenso wenig begeistert zu sein wie Lucie von Sonthofen. Er murmelte etwas Unfreundliches vor sich hin, während er sein spitzes Kinn zwischen Daumen und Zeigefinger knetete.

»Nun gut, bringen wir es hinter uns«, brummte er und winkte Jella, ihr zum Stall zu folgen. Auf dem Weg dorthin kam ihnen Joseph, einer der schwarzen Farmarbeiter, entgegen.

»Die Rinder am Ojonzongwe sind ausgebrochen«, meinte er. »Sie laufen in Richtung Omaheke-Wüste.«

»Verflucht noch mal! Wir haben die Zäune doch erst kontrolliert!«, schimpfte Grünwald zornig. »Wer war dafür zuständig? Du etwa?«

Der Schwarze senkte demütig seinen Kopf.

»Nein, Herr, niemand von Farm ist schuld. Buschmann hat die Zäune zerschnitten. Sie nicht möchten, dass ihr Land durch Absperrung die Wanderung der Tiere verhindert.«

»Dieses gottlose Pack«, brüllte Grünwald wütend. »Wenn ich die vor meine Flinte bekomme, dann knalle ich sie ab. Was bilden die sich ein?«

Lucie versuchte den Vorarbeiter zu beschwichtigen.

»Immer mit der Ruhe, Victor«, meinte sie. »Davon kommen die Rinder auch nicht zurück.«

»Das weiß ich auch«, knurrte er ungehalten. »Los, Joseph, hole Samuel und Simon. Wir reiten in einer Viertelstunde los, um die Tiere wieder einzufangen.«

Ohne Jella noch eines weiteren Blickes zu würdigen, drehte er sich auf dem Absatz um und marschierte in den Stall, um sein Pferd zu satteln.

»Ich fürchte, Sie werden doch noch ein wenig länger auf *Owitambe* bleiben müssen«, bedauerte Lucie. »Aber Sie sehen ja selbst. Diese Schwarzen machen einem hier nichts als Schwierigkeiten.«

»Buschmänner?«, fragte Jella interessiert. Sie musste wieder an die alte Frau in Berlin denken. »Stimmt es, dass sie wie Nomaden durch die Kalahari ziehen, obwohl es dort überhaupt kein Wasser gibt?«

»Was geht es mich an?«, brummte Lucie ungehalten. Sie war bereits wieder auf dem Weg zum Haus. »Ich habe noch nie eine wilde Buschmanngruppe gesehen. Einige von ihnen verlassen ihre Familien, um bei den Farmern zu arbeiten. Sie sind im Allgemeinen ganz verträgliche Leute. Gutmütig und zuverlässig bei der Arbeit, solange man ihnen keinen Alkohol gibt. Mehr weiß ich nicht über das Pack.«

Jella kannte Lucie mittlerweile gut genug, dass sie wusste, dass für sie das Thema Buschmänner damit erledigt war. Schweigend verfolgte sie, wie ihre Stiefmutter wieder im Haus verschwand. Wieder einmal frage sie sich, warum ihr Vater diese Frau geheiratet hatte. Es passte überhaupt nicht in das Bild, das sie sich bisher von ihm gemacht hatte. Offensichtlich hatte sie ihn jedoch falsch eingeschätzt. Sie und ihre Mutter hatten sich jahrelang etwas vorgemacht. Es war gut, was sie vorhatte. Nach dem Abschied an seinem Grab würde sie *Owitambe* für immer den Rücken kehren.

Um den Tag sinnvoll zu verbringen, entschloss sie sich, noch einmal zu dem kleinen See zu gehen, der am Fuß des Waterbergs von einer Quelle gespeist wurde. Für Jella war es der idyllischste Ort auf dem Farmgelände – gerade richtig, um von dieser wundervollen Umgebung Abschied zu nehmen. Hinter der Farm gab es einen ausgetretenen Pfad, der sich durch eine kupferrote, bewaldete Felslandschaft schlängelte. Jella folgte ihm etwa einen Kilometer lang talabwärts, bevor sie in einen noch schmaleren Pfad abbog, der in eine zerklüftete Felsformation führte, die bereits zum Waterbergmassiv gehörte. Direkt am Fuß des Abbruchs befand sich ein kleiner, klarer See, dessen tiefblaue Farbe Jella auf die Idee brachte, ein Bad zu nehmen. Sie wollte sich gerade ihrer Kleider entledigen, als sie ein Plätschern hörte und kurz darauf ein kehliges Lachen und das vergnügte Quietschen eines Kindes. Peinlich berührt knöpfte sie sich wieder ihre Bluse zu. Sie war der festen Überzeugung gewesen, hier allein zu sein. Einen Augenblick lang überlegte sie, sich gleich wieder zurückzuziehen, doch dann siegte ihre Neugier, vor allem als die Frau mit der kehligen Stimme ein Lied anstimmte. Jella verstand kein Wort, aber die auf- und abschwellende Melodie, die so anders war als alles, was sie aus Deutschland kannte, rührte sie an. Leise näherte sie sich, blieb aber in gebührendem Abstand stehen, um die traute Zweisamkeit zwischen Mutter und Kind nicht zu zerstören. Zu ihrer Überraschung handelte es sich um die Himbafrau mit ihrem hellhäutigen Sohn. Der Kleine, ein Junge von etwa vier oder fünf Jahren, zeigte seiner Mutter, wie gut er schon schwimmen konnte. Immer wieder tauchte er dabei unter. Seine Mutter beobachtete ihn, während sie singend einige Kleidungsstücke auswusch. Sie trug dieses Mal ein rotes Stoffkleid nach deutscher Sitte und ein dunkelblaues Baumwolltuch als Kopfbedeckung. Jella wollte die Idylle der beiden nicht stören und entschloss sich zur Rückkehr. Gerade in dem Augenblick, als sie sich zurückziehen wollte, drehte sich die Himbafrau um. Auf ihrem Gesicht war immer noch das Glück, aber auch Sehnsucht zu sehen, die sie gerade empfunden haben mochte. Doch als sie Jella erblickte, erstarrte ihr Gesicht zu einer erschrockenen Maske. Eilig raffte sie die Wäsche zusammen, rief ihren protestierenden Sohn zu sich und machte Anstalten zu gehen. Doch Jella verstellte ihr den Weg.

»Bleib doch«, bat sie entschieden. »Ich tu dir nichts. Du warst zuerst an dem See. Wenn jemand gehen muss, dann werde ich gehen.«

Die Himba blieb stehen und sah Jella merkwürdig an. Schließlich nickte sie langsam.

»Gut«, meinte sie mit ihrer samtigen Stimme. »Geh du. Ich bleibe.« Es lag ein gewisser Stolz darin, der Jella beeindruckte.

»Wie heißt du?«, wollte sie nun wissen.

»Sie nennen mich hier Sarah.«

»Warum rennst du immer vor mir weg?«

Jella konnte nicht umhin, das zu fragen. Die Zurückweisung der Schwarzen auf der Farm schmerzte sie. Es war ihr Recht zu erfahren, weshalb. Die Himba schüttelte zögernd den Kopf, bevor sie antwortete.

»Keiner von Schwarzen auf der Farm darf mit dir reden.«

»Aber warum nicht?«

»Neue Herrin und Herr haben es verboten.«

»Mit welchem Recht?« Jella spürte erneut, wie Groll in ihr aufstieg. Was bildete sich ihre Stiefmutter nur ein? Nur weil sie die Erbin von *Owitambe* war, musste sie nicht jede Gelegenheit wahrnehmen, um ihr zu zeigen, wie unerwünscht sie hier war.

»Weißt du, wer ich bin?«, fragte sie trotzig. Sarahs Augen füllten sich mit Tränen, während sie zögernd den Kopf schüttelte.

»Nein, Madame.«

Es war offensichtlich, dass sie log. Der kleine Junge neben ihr quengelte. Er wollte wieder zurück zum Wasser. Jella fiel auf, dass sein Kraushaar viel heller war als das anderer schwarzer Kinder. Gegen die Sonne betrachtet wies es sogar einen leichten Rotschimmer auf. Die Himba bedeutete ihrem Sohn, zum Wasser zu gehen, und sah Jella abwartend an.

»Ich gehe jetzt«, sagte sie in holprigem Deutsch.

Jella stemmte ihre Hände in die Seiten und baute sich vor der schwarzen Frau auf.

»Nicht, bevor du mir gesagt hast, warum du mich angelogen hast. Du weißt genau, wer ich bin, stimmt's?«

Ein anerkennendes Lächeln überzog plötzlich Sarahs stolzes Gesicht.

»Du hast sehr viel von deinem Vater«, sagte sie leise. »Wenn er etwas will, dann steht er genauso wie du.«

Erst jetzt wurde Jella ihre eigene, drohende Haltung bewusst und sie ließ sofort ihre Hände sinken.

»Also weißt du doch, wer ich bin?«

»Alle Leute auf der Farm wissen es – und alle wünschen, dass du bleibst. Die andere Madame muss gehen!«

Jella wunderte es nicht, dass Lucie nicht besonders beliebt war. Es war kein Geheimnis, dass ihr das Farmleben nicht sonderlich behagte, und ihr Umgang mit dem Dienstpersonal war alles andere als respektvoll. Oft hatte sie stark an sich halten müssen, um Lucie nicht darauf aufmerksam zu machen. Aber das alles war eindeutig nicht ihre Sache. Auf der anderen Seite fühlte sie sich durch die Worte der Himbafrau geehrt. Die ablehnende Haltung der Schwarzen rührte also nicht daher, dass sie einen arroganten Eindruck auf sie gemacht hatte, sondern auf einem Verbot seitens Lucie. Schmerzhaft wurde sich Jella bewusst, dass sie mehr an dem Land hing, als sie bisher hatte zugeben wollen.

»Danke«, meinte sie gerührt. »Leider ist das nicht möglich. Ich werde *Owitambe* bald verlassen. Hier ist kein Platz für mich.«

Sarah griff plötzlich nach Jellas Hand und drückte sie auf ihr Herz.

»Dein Vater hätte große Freude an dir. Leider ist er tot«, meinte sie traurig. »Du solltest seine Rinder haben und sie für deine Familie vermehren. Madame Lucie ist keine gute Frau. Du musst bleiben.«

Jella schüttelte entschieden den Kopf. »Nein, mein Vater hat diese Lucie geheiratet, also muss er sie auch geliebt haben. Ich habe kein Recht, mich in seine Entscheidungen einzumischen.«

Sie konnte sich ihre Offenheit der fremden Frau gegenüber selbst nicht erklären. Es war, als hätte jemand ein Fass geöffnet, das bis zum Bersten voll gewesen war. Die Worte sprudelten nur so aus ihr heraus.

»Ich weiß ja nicht einmal, ob er mich jemals anerkannt hätte.« Das plötzliche Bewusstsein, dass sie das niemals herausfinden würde, schmerzte sie wie eine schwärende Wunde. Unwillkürlich traten ihr Tränen in die Augen, und zum ersten Mal, seit sie von Johannes' Tod erfahren hatte, war sie fähig, ihre Trauer so zu äußern. Die Himbafrau hielt immer noch Jellas Hand auf ihrem Herzen. Sie drückte sie noch einmal.

»Dein Vater hat deine Mutter nie aus dem Herzen verloren«, sagte sie mit fester Stimme. »Er war guter Mann – auch für Mutter seines Sohnes.« Mit einer Kopfbewegung deutete sie zu dem See, wo der Junge wieder badete. Sie rief ihm etwas auf Himba zu. Dann schob sie sich an Jella vorbei und verschwand hinter den tiefgrünen Büschen in Richtung Farm. Sie war längst verschwunden, als ihre letzten Worte bis in Jellas Bewusstsein vorgedrungen waren.

»Moment mal«, rief sie Sarah hinterher. »Willst du damit sagen, dass er Lucie mit dir betrogen hat?«

Jella war empört; gleichzeitig mischte sich aber noch eine ganz andere Erkenntnis in ihr Bewusstsein. Sarahs Sohn, seine helle Haut, der leichte Rotschimmer auf seinen Löckchen … Unwillkürlich griff sie nach dem Stamm eines in der Nähe befindlichen Baumes. Das alles musste sie erst einmal verdauen. Ihr war, als hätte sie bis vor Kurzem in einen verzerrten Spiegel geschaut, in dem sich eine Wahrheit gezeigt hatte, die gar keine war. Sarahs Behauptungen hatten diesen Zerrspiegel zerschlagen. Jetzt war es an ihr, die Scherben wieder zu einem sinnvollen Ganzen zu ergänzen.

Wilde Träume quälten Jella in der folgenden Nacht. Sie trug schwer an den Neuigkeiten, die sie am vorigen Tag erfahren hatte. Nass geschwitzt wälzte sie sich auf ihren Bettlaken, schreckte immer wieder jäh aus einem Albtraum hoch, bevor sie sich bleischwer in einen neuen Traum fallen ließ. All die Geschehnisse der letzten Jahre rotierten darin in einem wilden Potpourri herum. Die Armut in der Andreasstraße, der Tod ihrer geliebten Mutter, die Vergewaltigung, der Großvater in seiner preußischen Strenge und Unerbittlichkeit, der großherzige Heinrich Zille mit seiner Familie, die Ausbildung am Robert-Koch-Institut, die Schiffspassage, Fritz van Houten in seiner verstörenden Art und die seltsamen Visionen, die sie seit der Begegnung mit der Hottentottenfrau – oder war es eine Buschmannfrau? – heimsuchten. Und jetzt noch Sarahs Behauptung, sie hätte einen Halbbruder. All das mischte sich zu einem wilden Konvolut, einer Traumsuppe, in der sich Realität, Wunschdenken und Ängste miteinander vermischten.

Völlig gerädert und zerschlagen erwachte sie von einem Pochen an ihrer Tür. Verwirrt schreckte Jella hoch. Die Sonne schien längst durch ihr Fenster. Sie hatte verschlafen.

»Fräulein Jella«, klang es von der Tür. Es war Nancys Stimme. »Draußen wartet Jakob. Er kommt von Herrn Fritz und hat Nachricht für Sie.«

»Moment, ich komme!« Jella rieb sich die Augen und gähnte. Was konnte Fritz van Houten jetzt noch von ihr wollen? Ihr Puls beschleunigte sich bei dem Gedanken an ihn. Hatte sie ihn doch nicht so verprellt, wie sie befürchtet hatte? Hastig schlüpfte sie in ihre Pantoffeln und zog sich ihren Morgenmantel über. Bevor sie die Tür öffnete, ging sie zur Waschschüssel und goss sich mit beiden Händen einen Schwall Wasser ins Gesicht, um etwas klarer zu werden. Dann fuhr sie sich grob mit den Händen durch die Haare und ordnete ein wenig ihre zerzauste Lockenpracht.

Jakob wartete draußen vor der Veranda. Er war ein hochgewachsener Damarra von vielleicht fünfzig Jahren mit einer breiten Zahnlücke zwischen den blitzweißen Schneidezähnen. In seinen krausen Haaren zeigten sich erste Anzeichen von Grau. Wie die meisten Schwarzen, die bei den weißen Farmern arbeiteten, trug er eine Stoffhose und ein buntes Baumwollhemd nach deutscher Schnittart. Den verbeulten Strohhut hielt er in seinen Händen, während er Jella breit anlachte.

»Guten Morgen, Madame«, begrüßte er sie.

»Guten Morgen, Jakob. Hast du wirklich meinetwegen den weiten Weg nach *Owitambe* auf dich genommen?«, fragte sie neugierig.

»Herr Fritz und Madame van Houten haben eine Nachricht für Sie«, sagte Jakob in einwandfreiem Deutsch. Nur die Betonung der Wörter verriet, dass er kein Deutscher war. Er überreichte Jella einen Briefumschlag, auf dem in schön geschwungenen Buchstaben ihr Name stand. Jella nahm ihn entgegen und zog den Brief aus dem Umschlag.

Wertes Fräulein Jella!
Es tut mir leid, dass ich mich Ihnen neulich in so unschicklicher Weise genähert habe. Ich hatte Ihr Einverständnis vorausgesetzt, ohne mich dessen zu vergewissern. Das war unverzeihlich. Ich habe mich in einem Moment unbedachter Schwäche hinreißen lassen. Es wäre nur zu verständlich, wenn Sie mich nun nie mehr sehen wollten. Dennoch hoffe ich auf Ihre Nachsicht. Es war keineswegs meine Absicht, Sie zu kompromittieren.

Wenn Sie dennoch den Großmut besitzen, mir zu vergeben, dann wür-

de ich gern die Gelegenheit wahrnehmen, um mich für diesen Fauxpas angemessen zu entschuldigen. Meine Mutter, Imelda van Houten, und ich würden Sie gern als unseren Gast nach Okakarara einladen. Wie Sie wissen, betreiben wir dort den einzigen Store. Er ist sicherlich nicht vergleichbar mit den Stores in Windhuk oder Svakopmund und schon gar nicht mit den herrlichen Kaufhäusern in Berlin und Hamburg, aber wir führen immerhin alle wichtigen und auch besondere Dinge. Vielleicht geben Sie uns die Ehre, das selbst zu beurteilen?

Vielleicht könnte ein Besuch von zusätzlichem Reiz für Sie sein, wenn Sie erfahren, dass meine Mutter Gelegenheit hatte, Ihren Vater persönlich kennenzulernen. Es wäre ihr eine Ehre, Ihnen etwas über ihn zu erzählen.

Bitte überbringen Sie Jakob eine Ihnen genehme Antwort. Falls Sie sich zu einem sofortigen Besuch entschließen könnten, wäre es für Jakob eine große Freude, Sie in seinem Wagen mitzunehmen.

Fühlen Sie sich ganz frei in Ihren Entscheidungen!

In der Hoffnung auf ein baldiges Wiedersehen

verbleibe ich
Ihr Fritz van Houten

Hin und her gerissen las Jella den Brief ein weiteres Mal und dann auch noch ein drittes Mal. Einerseits erleichtert, dass Fritz die Schuld nicht bei ihr gesucht hatte, suchte sie andererseits vergeblich nach Hinweisen auf seine Zuneigung zu ihr. »In einem Moment unbedachter Schwäche« – bedeutete das nicht, dass sein versuchter Kuss nur eine Laune gewesen war? Offensichtlich hatte sie sich das Gefühl großer Nähe, das sie an jenem Abend für einen Augenblick gespürt hatte, doch nur eingebildet. Seine Einladung nach Okakarara war allerdings eine großzügige Geste.

»Neuigkeiten aus Okakarara?«

Lucies ins Schrille neigende Stimme klang spöttisch und riss Jella unsanft aus ihren Gedanken. Unangenehm berührt wandte sie sich zu ihr um. Lucie war ebenfalls noch im Morgenmantel, hatte sich die Haare jedoch bereits ordentlich hochgesteckt und war wie immer einen Hauch zu kräftig geschminkt. Herablassend musterte sie Jellas nachlässigen Aufzug, sodass sie sich wie eine Bettlerin fühlen musste. Jella reagierte nicht darauf, sondern stellte eine Gegenfrage.

»Können wir heute den verabredeten Ausritt zum Grab meines Vaters starten?«

»Bedauerlicherweise nein.« Lucie schien darüber selbst enttäuscht zu sein. »Grünwald hat Wichtigeres zu tun. Er und ein Trupp unserer Angestellten werden die nächsten Tage auf dem Farmgelände unterwegs sein. Tatsächlich hat sich eine Gruppe Buschleute auf *Owitambe* eingeschlichen und einige unserer Rinder gejagt. Grünwald selbst leitet die Strafexpedition gegen sie.«

»Strafexpedition? Was soll das bedeuten?«

Lucie warf Jella einen kalten Blick zu.

»Nun, es heißt genau das, was das Wort im Allgemeinen bedeutet. Grünwald reitet aus, um diesen verfluchten Buschmännern ein für alle Mal klarzumachen, dass sie sich nicht an unserem Eigentum vergreifen dürfen.«

Als sie Jellas erschrockenen Blick sah, fügte sie noch genüsslich hinzu: »Und glauben Sie mir, es werden mindestens so viele Buschmänner dran glauben müssen wie Rinder getötet worden sind. Auge um Auge, das ist die einzige Sprache, die diese Wilden verstehen.«

»Ich kann mir nicht vorstellen, dass mein Vater so etwas gebilligt hätte!«, warf Jella empört ein. »Diese Menschen kennen kein Eigentum. Woher sollen sie wissen, dass die Rinder jemandem gehören? Schließlich stehen sie auf dem Land, das schon seit Jahrtausenden ihnen gehört. Wir sind die Eindringlinge, nicht sie!«

»Lächerliche Romantik!«, lachte Lucie verächtlich. »Um hier draußen überleben zu können, muss man das Gesetz des Stärkeren anwenden. Ich rate Ihnen, den Tag im Schatten zu verbringen und sich an etwas Erbauungsliteratur gütlich zu tun. Das beruhigt Ihre Nerven und sicher auch Ihr Gewissen.«

»Danke, ich habe etwas Besseres vor«, schnappte Jella empört. Plötzlich war ihr Entschluss gefasst. Alles war besser, als noch ein paar Tage länger unverrichteter Dinge auf dieser Farm zu verbringen.

»Ich fahre mit Jakob nach Okakarara. Die Familie van Houten hat mich eingeladen. Ich werde ihr großzügiges Angebot annehmen und dort ein paar Tage verbringen. Wenn ich nach *Owitambe* zurückkehre, werde ich nur noch das Grab meines Vaters besuchen. Danach sind Sie mich endgültig los.«

»Oh, Sie sind mir jederzeit willkommen«, säuselte Lucie scheinheilig. »Schließlich gehören wir doch sozusagen zu einer Familie.«

Jella lag eine bissige Bemerkung auf der Zunge. Sie verkniff sie sich dann aber doch. Vielleicht tat sie Lucie ja unrecht. Schließlich war es eine unbestreitbare Tatsache, dass die Frau ihres Vaters sie auf *Owitambe* aufgenommen hatte. Vielleicht war es ihre eigene Voreingenommenheit, die sie dazu brachte, dass sie mit Lucie nicht richtig warm werden konnte.

Der Empfang im Haus der van Houtens war herzlicher, als Jella es für möglich gehalten hatte. Sie hatte die Reise nach Okakarara mit ziemlich gemischten Gefühlen angetreten, nicht zuletzt wegen Fritz.

Doch nicht er, sondern Imelda van Houten kam ihr freudestrahlend aus dem Store entgegen, noch bevor Jakob das Pferdegespann davor angehalten hatte.

»Sie müssen Fräulein von Sonthofen sein. Wie schön, dass Sie unsere Einladung gleich angenommen haben!«

»Es ist sehr freundlich von Ihnen, mich für ein paar Tage aufzunehmen«, entgegnete Jella verlegen. Sie stieg vom Kutschbock herab und ließ sich von der viel kleineren, leicht drallen Frau herzlich umarmen. Imelda mochte etwa sechzig Jahre alt sein. Wie ihr Sohn war sie dunkelhaarig, doch die zu einem Dutt hochgesteckten Haare waren mittlerweile von zahlreichen silbernen Fäden durchzogen. Ihr Gesicht mit den grauen, aufmerksamen Augen legte sich bei jedem Lächeln in viele lustige Falten. Jella fand die Frau sofort sympathisch. Suchend sah sie sich nach Fritz um. Imelda bemerkte es und schüttelte leicht lächelnd den Kopf.

»Fritz lässt sich für den Moment entschuldigen. Er kümmert sich gerade um seinen kleinen Patienten. Er wird später zu uns stoßen. Kommen Sie doch erst einmal ins Haus, und nehmen Sie eine Erfrischung zu sich.«

Jella folgte Imelda in den Store. Der Laden war geräumiger, als es von außen den Anschein machte. Hinter einer großen Theke, unter der sich verschiedene Schubladen mit den unterschiedlichsten Inhalten, wie Knöpfe, Weckgummis, Nägel, kleinere Werkzeuge, Scheren, Kochlöffel und Nähgarn befanden, stand eine große Regalwand voller Gläser, Kochtöpfe und Kartons. Mehl- und Reissäcke lehnten an den Seitenwänden, ebenso wie Körbe mit Kartoffeln, Maniok und sogar frischen Äpfeln. Darüber hingen Würste und geräucherte Schinken, während unter einer runden Glasvitrine frisches Gebäck und ein Apfelkuchen auf seine Käufer warteten. Im rechten Teil des Ladens standen Regale mit Stoffballen, Accessoires, Hüten und Werkzeugen. Kurz: In »Imeldas Store« gab es alles, was die Bewohner von Okakarara gebrauchen konnten.

»Bitte entschuldigen Sie die Unordnung hier«, sagte Imelda leicht verlegen. »Aber wir haben die Waren, die Fritz aus Deutschland mitgebracht hat, noch nicht alle eingeräumt. Ich fürchte sogar, dass wir den ganzen Laden dafür umräumen müssen. Fritz hatte nämlich die Idee, noch mehr Werkzeuge und auch medizinische Geräte von Deutschland mit hierher zu nehmen. Wer weiß, vielleicht wird sich ja eines Tages hier ein Arzt niederlassen.«

»Heißt das, es gibt in der ganzen Gegend keinen Arzt?«, fragte Jella erstaunt. Darüber hatte sie sich bisher überhaupt keine Gedanken gemacht.

»Na ja, eigentlich schon«, räumte Imelda ein. »Fritz ist ausgebildeter Tiermediziner. Wenn Not am Mann ist, dann kümmert er sich auch um die kranken Menschen. Allerdings hat er wegen seines Arms gewisse Bedenken und tut es nur äußerst ungern. Operationen verweigert er ganz.«

»Wie ist das mit seiner Hand passiert?«, fragte Jella vorsichtig. Sie war der Meinung, dass Fritz mit seiner Behinderung spielend leicht umging. Wer nicht genau hinschaute, dem fiel überhaupt nicht auf, dass ihm die linke Hand fehlte.

Imelda wurde ernst. Bedauernd schüttelte sie den Kopf.

»Das muss er Ihnen schon selber erzählen. Er spricht nicht gern darüber. Selbst mir hat er nicht alles erzählt.«

»Verstehe.«

Jella war Spezialistin in Sachen Geheimnisse. Durch die Hintertür gingen sie ins Treppenhaus, das in die obere Etage führte. Alles war einfach, aber voller Liebe eingerichtet. Imelda hatte sogar Kuchen anzubieten.

»Backen ist meine Leidenschaft«, gestand sie. »Früher buk ich jeden Sonntag einen Kuchen für uns. Ich war weithin für meine Backkünste bekannt. Hier in Okakarara ist es mit dem Backen nicht so einfach. Oft fehlen mir geeignete Zutaten, aber ich habe festgestellt, dass man auch von den Herero und Buschleuten, die hier wohnen, eine Menge lernen kann. Sie haben mir zum Beispiel gezeigt, wo man diese Beeren finden kann. Sie schmecken beinahe wie Johannisbeeren und geben einem Kuchen ein wundervolles Aroma. Wollen Sie nicht einmal versuchen?«

Jella nahm dankend an. Sie setzte sich an den Ecktisch und ließ sich von Imelda ein großes Stück Kuchen und eine dampfende Tasse mit Rotbuschtee reichen. Sie selber setzte sich zu Jella und erzählte ihr vom alltäglichen Leben in Okakarara. So erfuhr Jella, dass in dem Ort einige weiße Siedler, meist Handwerker, lebten. Ursprünglich war Okakarara jedoch Hererogebiet gewesen, was sich in den zahlreichen Hütten und Wellblechbaracken zeigte. Die Hereros hatten ihre Hütten rund um den Ortskern gebaut, wo genügend Platz vorhanden war, um die Krale für ihre Rinderherden aufzubauen. Die Rinder waren ihr ganzer Stolz und Zeichen für Ansehen und Reichtum einer Familie. Nach alter Tradition wurden die Tiere, je nach Vorhandensein von Wasser, von einem Wasserloch zum nächsten getrieben. Doch mittlerweile war das freie Land rar geworden, da die Kapitäne der unterschiedlichen Stammesgruppen viel Land an die Weißen verkauft hatten. Zwar war immer noch genügend Weideland vorhanden, doch den Hereros fehlte oft der Zugang zu den Wasserstellen.

»Farmer wie Ihr Vater«, erläuterte Imelda, »haben Verständnis für die Hereros. Sie einigen sich mit ihnen und teilen auch das eine oder andere Wasserloch. Das bedeutet zwar, dass der Profit aus der Rinderzucht sich auch für ihr eigenes Land in Grenzen hält. Auf der anderen Seite stellen die Hereros im Gegenzug dafür ihre Arbeitskraft zur Verfügung. Sie sind nämlich ausgezeichnete Hirten und verstehen etwas von den Tieren.«

»Ich fürchte, das wird sich jetzt ändern«, meinte Jella bekümmert. »Die Witwe meines Vaters wird die Farm völlig anders führen.«

Imelda streichelte mitfühlend über Jellas Hand, die auf dem Tisch lag.

»Es muss ganz schön schwer für Sie sein«, meinte sie. »Es tut mir so leid, dass Johannes tot ist. Ich kann es immer noch nicht glauben.«

»Wie schön, dass Sie gekommen sind!«

Fritz' tiefe, wohlklingende Stimme jagte Jella einen kleinen Schauer über den Rücken. Er war plötzlich mit einem kleinen

Fellknäuel auf dem Arm in der Wohnstube aufgetaucht. Erst beim genaueren Hinsehen erkannte sie, dass es sich dabei um einen kleinen Leoparden handelte.

»Ist der süß!«, entfuhr es ihr begeistert. Fritz kam auf sie zu und bot ihr an, den kleinen Kerl zu halten.

»Manchmal kratzt er ein wenig, aber wenn Sie ihn fest am Genick packen, dann kann er sich in Ruhe an Ihren Schoß gewöhnen. Herzlich willkommen auf Okakarara, Fräulein Jella!«

Jella spürte, wie sie rot wurde. Dankbar nahm sie das kleine Fellpaket entgegen, um von ihrer Unsicherheit abzulenken. Das Leopardenbaby spürte ihre Unruhe und versuchte sich gleich wieder von ihrem Schoß zu befreien. Doch Jella ließ es nicht zu. Beherzt griff sie in das Fell oberhalb des Genicks und zwang den Leoparden, sich hinzusetzen. Ein klägliches Miauen war die Folge.

»Ganz ruhig, mein Lieber, gleich werden wir Freunde sein«, beruhigte sie ihn mit sanften Worten. Tatsächlich wurde das Tier ruhiger. Bald lag es schnurrend auf ihrem Schoß.

»Sie haben ein Händchen für Tiere«, meinte Fritz anerkennend. »Sie merken, wenn man sie mag.«

Jella fühlte sich geschmeichelt. »Bislang hatte ich eher mit Haustieren wie Hunden, Katzen und Pferden zu tun«, gestand sie. »Aber dieser kleine Rabauke ist einfach hinreißend! Wie heißt er denn?«

Fritz nannte Paschas Namen und erzählte ihr die Geschichte, wie er zu dem Tier gekommen war.

»Wie mir scheint, sind Sie der geborene Lebensretter!«, scherzte Jella. Fritz' Gesicht verfinsterte sich einen Augenblick, aber dann lachte er auf. »Nein, das, was mir in letzter Zeit zugestoßen ist, ist eher eine neue Erfahrung für mich.«

Nach dem Teetrinken bot Fritz ihr an, ihr auch noch die anderen Patienten seiner kleinen »Wildtierfarm« zu zeigen, was Jella gern annahm. Mit dem kleinen Pascha auf dem Arm begaben sich die beiden auf das Grundstück, das sich hinter dem Store anschloss. Es war nicht besonders groß, vielleicht vier Morgen, aber Fritz und Imelda hatten daraus ein kleines Paradies gemacht. In der Mitte des Grundstücks hatte Fritz ein kleines, künstliches Wasserloch angelegt, das durch eine Windradpumpe befüllt werden konnte. Rundum wuchsen Mopanebüsche und hohes Buschgras; Jella konnte sogar ein grasendes Zebra ausmachen. Auf einem Anabaum saß ein riesiger Pavian, der bei ihrem Anblick sofort herunterschoss und schwerfällig auf Fritz zulief. Als er Jella und das Leopardenbaby erblickte, hielt er inne und fletschte drohend seine gelben Zähne. Unwillkürlich wich sie einen Schritt zurück.

»Sie müssen keine Angst haben«, beruhigte sie Fritz. »Der alte General hat außer seinem Fletschen nicht mehr viel drauf. Ihr Geruch ist ihm noch fremd, zumal er sich mit dem der Wildkatze mischt. Er möchte Ihnen nur klarmachen, dass dies hier sein Revier ist.«

Er reichte ihr eine Hülsenfrucht. »Geben Sie mir Pascha. Der General steht auf die Früchte vom Anabaum. Danach wird er sie lieben.«

Vorsichtig hielt Jella dem Pavian die Frucht hin. Noch einmal fletschte der Affe seine riesigen Zähne, doch dann rutschte er auf seinem Hintern immer ein Stück näher auf Jella zu. Seine eng stehenden braunen Augen musterten sie dabei argwöhnisch. Als er etwa einen halben Meter vor ihr saß, fuhr einer seiner Arme blitzschnell nach vorn und griff nach der Frucht. Mit wildem Triumphgeschrei machte er auf dem Absatz kehrt und brachte sich im Schatten des großen Anabaums in Sicherheit. Jella lachte.

»Jetzt weiß ich auch, weshalb Sie ihn ›General‹ genannt haben.«

Fritz warf ihr einen langen, warmen Blick zu, der sie erneut verstörte. Dann drehte er sich unvermittelt um und zeigte auf das Zebra, das sich mittlerweile Imeldas Gemüsegarten genähert hatte. Die schwarzen Nüstern hielt es schnüffelnd in den Wind gestreckt.

»Leopold ist blind, aber seine feine Nase macht seinen fehlenden Sehsinn allemal wett«, erklärte Fritz. »Ich habe ihn verletzt im Busch gefunden und hier wieder gesund gepflegt. Doch als ich ihn wieder in den Busch entlassen wollte, zeigte er keinerlei Interesse daran. Er kehrte immer wieder zu mir zurück. Wahrscheinlich liegt es an Imeldas Gemüsegarten. Er findet immer wieder Mittel und Wege, das Gehege zu überwinden und sich zum großen Ärger meiner Mutter an ihrem Gemüse gütlich zu tun.«

Tatsächlich tastete Leopold mit seinen Nüstern den ganzen Zaun ab. Erst als er keinerlei Durchschlupf erwitterte, wandte er sich wieder dem hohen Buschgras zu.

»Jetzt fehlt eigentlich nur noch Duikduik. Sie hat sich wahrscheinlich vor unserem Pascha verkrochen.«

Fritz erklärte, dass Duikduik eine kleine Antilope war, die einen ihrer Vorderläufe in einer Tierfalle eingebüßt hatte. »In der freien Wildnis würde sie keinen Tag überleben, aber hier ist sie zu unserem Maskottchen geworden. Normalerweise betritt sie sogar ohne Scheu das Haus und folgt Imelda auf Schritt und Tritt. Ich fürchte fast, sie hat sich noch nicht an unseren Pascha gewöhnt. Aber ich bin guter Dinge, dass die beiden doch noch Freunde werden.«

Fritz trug Pascha zu einem geräumigen, vergitterten Verschlag neben dem Schuppen, der an das Haus angebaut war, und setzte ihn in eine mit Stroh ausgelegte Holzkiste.

»Zeit zum Schlafen, mein kleiner Abenteurer«, meinte er und streichelte zärtlich über sein gemustertes Köpfchen. Pascha schien Fritz zu verstehen. Er maunzte noch einmal kurz und rollte sich dann auf seinem Lager zu einem Fellknäuel zusammen.

Jella ließ ihren Blick in die Ferne schweifen. Auf halber Strecke zum Horizont zeichnete sich ein kleines, blau schimmerndes Gebirge ab, das bereits ein ganzes Stück in der Omaheke-Wüste lag.

»Das ist ein ganz besonderer Platz«, erklärte Fritz, der ihrem Blick gefolgt war. »Für die Buschmänner ist es ein magischer Ort.

Sie glauben, dass sich dort bei Neumond die Totengeister versammeln und Gerechtigkeit für ihre Angehörigen einfordern. Er heilt verwundete Seelen, sagt man. Tatsächlich ist es dort auf sehr eigenartige Weise schön. Obwohl die Berge so einsam und lebensfeindlich aussehen, beherbergen sie doch ein verborgenes, fruchtbares Tal mit einem Riviere, der unterhalb seines Flussbetts auch in der Trockenzeit Wasser führt. Es ist ein Paradies für Tiere. Ich habe dort neben Elefanten, Spießböcken und anderen Antilopenarten auch schon zwei Spitzmaulnashörner beobachten können. Es ist wirklich schön dort.«

Fritz' Gesicht verklärte sich. Seine sonst so scharf geschnittenen Gesichtszüge bekamen etwas Weiches und Verletzliches.

»Sie lieben Tiere sehr, nicht wahr?«

Fritz wandte sich ihr zu und sah sie mit seinen dunklen Augen ernst an. »Ja, im Gegensatz zu den Menschen kennen sie keinen Argwohn und keine Hinterlist. Obwohl das Leben im Busch und in der Wüste keineswegs einfach ist, unterwerfen sie sich den wohlgeordneten Gesetzen der Natur.«

»Wohlgeordnet?« Jella hob zweifelnd die Augenbraue an. »Ich hatte neulich auf dem Baum, als mich die Hyänen umkreisten, aber ein ganz anderes Gefühl. Ich empfand die Tiere als grausam und arglistig.«

»Die Tiere hatten Hunger. Für die Hyänen waren Sie einfach nur ein schwaches Tier, das dem Tod nahe war. Es ist ihre Aufgabe in der Natur, sich an schwache Beutetiere heranzumachen. Auch wenn Ihnen verständlicherweise ihre Vorgehensweise arglistig und grausam erscheinen mag, so ist ihr Verhalten wissenschaftlich gesehen leicht zu verstehen.«

»Mhm …«

»Glauben Sie mir.« Fritz' Hand bewegte sich in Richtung Jellas Oberarm, aber als er Ihren erschrockenen Blick sah, zog er sie rasch wieder zurück. »Eines Tages werden Sie mich verstehen. Die

Geheimnisse der Natur müssen erst erkundet werden, bevor sie offensichtlich werden.«

Etwas abrupt wandte er sich ab und ging in Richtung Haus. Jella hätte sich ohrfeigen können. Sie hatte Fritz nicht abweisen wollen. Im Gegenteil, insgeheim sehnte sie sich sogar nach einer Berührung von ihm. Aber jedes Mal, wenn es so weit war, tauchte das dunkle Tier der Angst in ihr auf und erzeugte Panik.

»Könnten Sie mir den Ort mal zeigen?«, schlug sie hilflos vor, nur um etwas zu sagen.

»Selbstverständlich.« Fritz' Stimme klang jetzt höflich, aber auch distanziert. Sie hatte ihn erneut brüskiert. Mit einer fadenscheinigen Erklärung entschuldigte sie sich und gab vor, noch etwas durch Okakarara bummeln zu wollen. Fritz akzeptierte es kommentarlos.

Als sie einige Zeit später zurück in den Store kam, war dieser bereits geschlossen. Jella ging ums Haus herum und nahm die Hintertür, die direkt ins Treppenhaus führte. Von oben aus der Wohnstube hörte sie Stimmen. Fritz und seine Mutter unterhielten sich. Es war nicht ihre Absicht gewesen zu lauschen, aber als sie den Namen ihres Vaters hörte, blieb sie vor der angelehnten Tür stehen, ohne sich bemerkbar zu machen.

»Es will mir einfach nicht in den Kopf, dass Johannes von Sonthofen plötzlich verheiratet sein soll«, meinte Imelda. »Noch dazu mit so einer jungen Frau.«

»Es ist, wie es ist«, hörte Jella Fritz' Stimme. »Wahrscheinlich hat sie von Sonthofens innere Werte erkannt.«

»Erzähltest du nicht, dass diese Lucie ein ziemlich aufgetakeltes Weibsstück ist? Ist sie zu solchen Erkenntnissen überhaupt fähig?«, wandte Imelda skeptisch ein.

Fritz lachte. »Oh Mutter! Willst du etwa damit sagen, dass sich gutes Aussehen und Intelligenz ausschließen?«

»Ganz bestimmt nicht!«, protestierte Imelda. »Da muss man sich ja nur einmal das Fräulein Jella ansehen. Das ist gewiss eine patente junge Frau. Ich habe sie schon richtig in mein Herz geschlossen. Gefällt sie dir denn auch?«

»Natürlich.« Die Antwort kam Jella etwas arg nüchtern und schnell vorgebracht vor. Fritz hatte eindeutig keine Gefühle für sie.

»Wahrscheinlich hat diese Lucie Greenwood von Sonthofen den Kopf verdreht, und ehe er sich's versah, war er schon verheiratet. Er war schließlich ein allein stehender Mann.«

Fritz wollte offensichtlich das Thema beenden.

»Das ist es ja gerade, was mich so wundert.« Imelda war noch nicht fertig. »Die Leute munkeln, dass er mit einer Himbafrau, die er auf seiner Farm aufgenommen hat, ein Kind hat. Der Junge soll eindeutig heller als üblich sein. Johannes war ein grundanständiger Mensch, der mir nicht den Eindruck machte, als spiele er mit den Menschen. Wenn er eine Affäre mit der Himbafrau hat, warum holt er sich dann noch eine Frau ins Haus?«

»Das geht uns nun wirklich nichts an«, knurrte Fritz ungehalten. »Wahrscheinlich wollte er einfach klare Verhältnisse. Du weißt doch, wie die weißen Farmer auf eine Mischehe reagieren. Vielleicht wollte er ihrem Gerede nur ein Ende bereiten, indem er eine weiße Frau ehelichte.«

Jella fand die Unterhaltung über ihren toten Vater peinlich und beschloss, sich bemerkbar zu machen. Sie räusperte sich laut und öffnete die Tür.

Imelda und Fritz saßen am Esstisch über einem Stapel Papiere und Rechnungen, um sie zu ordnen und abzuheften.

»Fräulein Jella. Setzen Sie sich zu uns«, forderte Imelda sie herzlich auf. »Wir sind gleich fertig, und dann mache ich mich ans Essen. Mögen Sie Gulasch?«

Nach einem opulenten Mahl, das aus Kudugulasch, Reis und einem selbstgemachten Mango-Relish bestand, lehnte sich Jella zufrieden zurück. Sie konnte sich nicht erinnern, wann sie sich zum letzten Mal so wohl gefühlt hatte. Seit langer Zeit dachte sie wieder an Heinrich Zille und seine Familie. In all ihrem Leid und ihrer Verzweiflung hatten diese ihr damals in Berlin auch ein Heim geboten und sie vorbehaltlos aufgenommen. Trotzdem war sie immer eine Fremde gewesen, die nur für eine gewisse Zeit dort eine Unterkunft bekommen hatte. Bei Imelda und Fritz hätte sie sich vorstellen können, für immer zu bleiben. Als ob Imelda Jellas Gedanken gelesen hätte, brachte sie das Gespräch auf genau diesen Punkt.

»Haben Sie schon eine Vorstellung davon, was Sie in Zukunft anfangen werden?«, fragte sie.

Jella nickte bedächtig.

»Ich denke schon. So viele Möglichkeiten tun sich hier in Südwest für mich wohl nicht auf. Sobald ich noch einmal in *Owitambe* war und an der Stelle, an der mein Vater zu Tode gekommen ist, Abschied genommen habe, werde ich den Waterberg verlassen und nach Windhuk zurückkehren. Ich habe dort eine Freundin. Sie ist wie ich Krankenschwester. Wir haben eine Zeit lang gemeinsam gearbeitet. Vielleicht nimmt mich das Krankenhaus ja wieder auf. Ich interessiere mich sehr für Medizin und Forschungen.«

Dann erzählte sie den beiden von ihrer Ausbildung bei Professor Koch und ihren gescheiterten Bemühungen, in Berlin als Frau ein Studium aufzunehmen. Besonders Fritz folgte aufmerksam ihren Ausführungen. Jella hatte das Gefühl, dass es ihn wirklich interessierte. Imelda strahlte.

»Aber das ist ja großartig!«

Sie klatschte begeistert in die Hände. Jella sah sie pikiert an.

»Wie meinen Sie das? Dass ich nicht Ärztin werden konnte …?« Jella war etwas irritiert.

»Nein, Sie missverstehen mich«, klärte Imelda sie auf. »Wir suchen schon seit geraumer Zeit jemanden in Okakarara, der sich um die Kranken in unserer Gegend kümmern kann. Sie könnten genauso gut auch hierbleiben und hier so eine Art Krankenstation errichten. Wir haben noch einen kleinen Anbau, der zur Straße hinausgeht. Dort könnten Sie Ihr Behandlungszimmer einrichten. Fritz wird Ihnen dabei sicherlich gern helfen.«

»Aber ich bin keine Ärztin«, lehnte Jella entschieden ab. »Ich kann Kranke in gewissem Maße versorgen, mehr aber auch nicht.«

»Das wäre doch ein guter Anfang! Hier gibt es weit und breit niemanden, der auch nur das Geringste von Krankheiten und Pflege versteht. Außerdem kennen Sie sich doch auch mit dem Mischen von Arzneien aus«, mischte sich Fritz ein. Auch er schien sich mit Imeldas Idee anzufreunden.

»So?« Jella runzelte die Stirn. »Hatten Sie nicht erwähnt, dass Sie Veterinär sind? Warum helfen Sie den Leuten nicht?«

Fritz' Gesicht überzog eine leichte Röte. Mit einer linkischen Bewegung schob er seinen verkrüppelten Arm auf den Tisch und deutete darauf.

»Deshalb«, brummte er verstimmt. »Oder können Sie sich vorstellen, dass ich mit einem Arm operieren kann?«

Er sah sie trotzig an. Seine Kiefermuskeln waren angespannt. Jella sah betreten weg. Sie hätte vor Scham im Boden versinken können. Wie hatte sie nur so taktlos sein können!

»Bitte entschuldigen Sie«, murmelte sie leise. »Das war nicht besonders feinfühlig.«

»Schon gut.« Fritz hatte sich wieder in der Gewalt. »Sie können schließlich nichts dafür.«

»Sie wären trotzdem genau die richtige Person!« Imelda ließ nicht locker. »Sie sind Krankenschwester, und Sie sind eine starke Frau. Die Leute hier in der Gegend werden Vertrauen in Sie haben. Das weiß ich.«

Jella fühlte sich geschmeichelt, ja berührt. Imelda van Houten hatte sie im Gegensatz zu ihrem Sohn wohl wirklich in ihr Herz geschlossen, sonst hätte sie ihr nicht dieses großzügige Angebot gemacht. Trotzdem sträubte sich noch etwas in ihr. Ihr Blick streifte Fritz, der scheinbar unbeteiligt in seinen Papieren etwas suchte. Wollte er auch, dass sie blieb? Sie wünschte, er würde sie auch nochmals auffordern zu bleiben. Aber Fritz schwieg. »Lassen Sie mir noch etwas Zeit«, bat sie schließlich. »Das alles hier ist noch so neu für mich. Ich weiß noch nicht einmal, ob ich für immer in Afrika bleiben werde. Davon abgesehen habe ich das Bedürfnis, erst einmal die Sache mit meinem Vater für mich abzuschließen.«

Buschmanns Paradies

Jella ließ sich gern überreden, ein paar Tage länger im Hause der van Houtens in Okakarara zu bleiben. Imeldas herzliches Wesen und Fritz' zurückhaltende, aber zuvorkommende Art taten ihr gut. Sie genoss die Zeit und packte mit Begeisterung bei den Arbeiten im und am Haus an. Dabei half sie bei der Versorgung der Wildtiere genauso wie im Laden. Mit den ersten Sonnenstrahlen stand sie auf und schlich, um niemanden zu wecken, in die Küche, um ein paar Abfallreste zu holen, und machte sich dann auf den Weg zu den Tieren. Wie gewöhnlich kam ihr Duikduik, die kleine Antilope mit den drei Beinen, entgegen und fiepte leise. Jella reichte ihr ein wenig Möhrengrün, das ihr Duikduik mit zarten Lippen aus den Händen fraß. Mittlerweile kam auch der General vertrauensvoll auf sie zu. Die ersten Tage hatte er sie weiterhin misstrauisch beobachtet und in ihr nur eine lästige Konkurrenz um Fritz' Zuneigung gesehen. Aber dann hatte sie herausgefunden, dass der Pavian Mongono-Nüsse noch mehr liebte als die Früchte des Anabaums, sie aber aufgrund seines Alters nicht mehr selber knacken konnte. Also hatte sie einige der Nüsse gesammelt und mit dem Hammer aufgeschlagen. Die Kerne hatte sie dem Affen auf ihrer Hand angeboten. Der Pavian beäugte ihr Vorgehen neugierig. Zwar fletschte er drohend die Zähne, kam aber ein kleines Stück näher. Jella begriff, dass er ihr noch nicht ganz vertraute. Also legte sie die Nüsse auf den Boden und wich dann schnell ein paar Schritte zurück. Der Affe wartete, bevor er mit einer raschen Bewegung nach dem Angebotenen griff und es sich schnell in sein Maul stopfte. Jella war zufrieden. Am nächsten Tag wiederholte sie ihr Spiel, am dritten Tag blieb sie neben den Nüssen stehen und am vierten Tag reichte sie sie ihm aus der Hand. Von da an waren sie Freunde.

Leopold war ohnehin von Jella begeistert. Das blinde Zebra liebte altes Brot und wusste bereits, dass sie immer etwas davon bei sich trug. Obwohl das Zebra nichts sah, steuerte es zielgenau auf sie zu. Sie musste nur aufpassen, dass das Tier sie nicht aus Versehen umrempelte. Nachdem sie es ausführlich gestreichelt hatte, begab sie sich zu ihrem Liebling, dem kleinen Leoparden. Bestimmt erwartete er sie schon ungeduldig in seinem Gehege. Pascha schien jeden Tag zu wachsen. Der kleine Kerl wurde immer lebhafter und wilder. Doch heute stand die Gehegetür offen. Jella befürchtete schon, dass der Leopard ausgebüchst sein könnte, aber dann entdeckte sie Fritz, der auf einem Holzblock neben der Scheune saß und mit dem Kleinen balgte. Trotz seines Armstumpfes ging er unglaublich geschickt mit dem Tier um, fing ihn, drehte ihn auf den Rücken und ließ ihn an seiner gesunden Hand knabbern, während er ihn mit dem Stumpf wieder wegdrehte, wenn die Bisse des Kleinen zu heftig wurden. Sein Gesicht glänzte rotgolden im frühen Morgenlicht, und seine Züge wirkten entspannt und glücklich. Jella hätte den beiden stundenlang zusehen können, aber dann wurde sie von Pascha entdeckt, der sofort von Fritz abließ und mit seinen krummen Beinchen auf sie zuwackelte. Jella bückte sich, um den Leoparden zu streicheln. Auf Katzenart stupste er gegen ihr Knie und stieß ein zufriedenes Maunzen aus.

»Pascha mag Sie.« Es war mehr als eine Feststellung. In Fritz' Stimme lag Anerkennung. Jella sah zu ihm hoch. In den dunklen Augen schimmerte das Morgenlicht und ließ sie geheimnisvoll und wild erscheinen. Er ist ein bisschen wie Afrika, schoss es Jella durch den Kopf. Beängstigend und faszinierend zugleich.

»Haben Sie Lust auf einen Ausritt?« Seine Augen hielten ihre fest. Jella konnte sich ihnen nicht entziehen. Sie musste schlucken, bevor sie fähig war, ihm zu antworten.

»Sehr gern.«

Es fiel ihr schwer, ihre Begeisterung im Zaum zu halten.

Fritz nickte zufrieden. »Gut, dann werde ich Imelda um etwas Proviant bitten. In einer Stunde reiten wir los.«

Es war herrlich. Jella gab ihrem Pferd die Sporen und preschte los. Die kleine, aber feurige schwarze Stute war etwas ganz anderes als die alte Mähre, die Grünwald ihr überlassen hatte. Erst nach vielen Hundert Metern verlangsamte sie den Schritt.

Seite an Seite trabten Fritz und sie über die öde Omaheke-Wüste und ließen sich den heißen Wüstenwind um die Ohren wehen. Jella hatte sich unter ihrem Sonnenhut ein helles Tuch um den Kopf geschlungen. So waren ihre Haare vor dem grellen Sonnenlicht und dem feinen Sand geschützt. Fritz trug seinen beigefarbenen Südwesterhut. Imelda hatte es sich nicht nehmen lassen, ihnen auch noch eine Packtasche voller Proviant einzupacken. Der tiefblaue Himmel über ihnen war weit und grenzenlos. Nach etwa zwei Stunden Ritt stieg das Gelände allmählich an, und vor ihnen tat sich ein kleines, zerklüftetes Gebirge aus rotem Granitgestein auf. Das Rot der Felsen stand in seltsamem Kontrast zu dem blassgelben Sand der Omaheke, dem nördlichen Ausläufer der Kalahari. Es sah aus wie eine Insel im gelben Sandmeer. Fritz führte sie um das Gebirge herum, bis sie an eine Stelle kamen, wo sich ein schmaler Felsdurchgang befand. Die vielen Tierspuren davor zeigten, dass sie nicht die Einzigen waren, die sich hier herumtrieben. Mit einem Satz sprang Fritz von seinem braunen, kräftigen Wallach.

»Von hier an müssen wir zu Fuß gehen«, meinte er geheimnisvoll. Jella schwang sich ebenfalls von ihrem Pferd und nahm es an die Zügel. Fritz ging voran. Hintereinander passierten sie den schmalen Felsdurchgang, der sich beinahe hundert Meter weit immer tiefer in das Gebirge hineinschlängelte. Dabei ging es leicht bergauf. Die Felswände zu ihren Seiten waren aus hartem, rauem Granitgestein, das mit seltsamen farbigen Felszeichnungen versehen war. Die vereinfachten Darstellungen zeigten Menschen. Sie trugen Speere und Pfeil und Bogen bei sich und sahen aus, als wollten sie auf die auf der gegenüberliegenden Seite befindlichen Tiere Jagd machen. Jella erkannte Giraffen, Elefanten, verschiedene Antilopenarten und sogar Nashörner. Zwischen den Menschen und den Tieren befand sich eine größere leere Fläche, in der eine menschenähnliche Gestalt stand. Sie war in ein dreieckiges, gemustertes Tuch gehüllt und um einiges größer als die Jäger. Mit gehobenen Armen schien sie den Jägern Einhalt zu gebieten.

»Was bedeutet das wohl?«, wunderte sich Jella.

»Diese Zeichnungen wurden vor vielen, vielen Jahrhunderten von den Buschmännern angefertigt. Sie nennen den Ort ›Buschmanns Paradies‹. Alles an diesem Platz ist ihnen heilig. In diesem besonderen Tal treffen sich Gut und Böse, Lebende und Tote, Menschen und die Geister der Toten. Dieser Ort ist tabu für jede Art von Gewalt. Die Gestalt in der Mitte verkörpert Kauha, den großen Geist, der in der Vorstellung der Buschmänner die Welt zusammenhält. Er warnt die Menschen davor, hier etwas Böses tun zu wollen. Denn alles Böse, das man hier tut, wird hundertfach wieder auf den Menschen zurückgeworfen.«

»Und das Gute doch hoffentlich auch.«

»Das Gute selbstverständlich auch. Manchmal kommen die Buschmänner hierher, um Kraft zu tanken und sich spirituell zu reinigen. Man sagt, dass dieser Ort einen auch von alten Wunden heilt.«

»Eine schöne Vorstellung!«

Fritz ging weiter, bis sich die enge Schlucht schließlich in ein kleines Tal öffnete, das von allen Seiten mit Felsen umstanden war. Die Sohle des Tales war das ausgetrocknete Bett eines Riviere. In der Regenzeit füllte sich das Flussbett mit Wasser und verwandelte das ganze Tal in eine gefährlich strudelnde Wanne, deren einziger Abfluss der schmale Durchgang war, durch den sie gekommen waren. An den Rändern des Riviere wuchsen zahlreiche Pflanzen und Bäume und bildeten einen schattigen Hain. Mitten in dem Flussbett stand eine kleine Herde von Oryxantilopen. Die schwarzweißen Spießböcke scharrten an einer bestimmten Stelle, die sie zu kennen schienen, nach Wasser. Tatsächlich war ihr abwechselndes Graben bald von Erfolg gekrönt, denn der Leitbock senkte seinen Kopf in die Grube und trank in langen Zügen von dem Nass. Erst danach durften sich die anderen Tiere der Herde laben. Die Anwesenheit der Menschen schien sie dabei nicht zu stören.

»Wir haben Gegenwind«, erklärte Fritz und zeigte auf die Blätter der Bäume, die sich in der leichten Brise bewegten. »Aber auch unter anderen Umständen verhalten sich die Tiere an diesem Ort immer seltsam friedlich. Ich habe sogar einmal einen Löwen und einen Spießbock friedlich nebeneinander trinken gesehen. Es ist, als ob Kauha hier die Regeln der Natur außer Kraft setzt.«

»Jetzt übertreiben Sie aber!«

Jella fand die Vorstellung von einem Paradies zwar äußerst reizvoll, aber ihr gesunder Menschenverstand sträubte sich, an derlei Dinge zu glauben. »Sicherlich gibt es irgendeine plausible, wissenschaftliche Erklärung dafür.«

Fritz grinste. »Dann finden Sie es heraus!«

Etwa fünfzig Meter über ihnen entdeckte Jella eine Vertiefung in der Felswand.

»Was ist da oben?«

Fritz zuckte mit den Schultern. »Ein natürlicher Felsvorsprung, nehme ich an. Ich bin noch nie hochgeklettert, aber ich könnte mir vorstellen, dass man von dort oben eine gute Aussicht hat. Wenn Sie wollen, können wir das später erkunden. Doch jetzt habe ich Hunger, und Sie?«

Er lachte ihr verschmitzt zu. Jella fühlte erst jetzt das große Loch an der Stelle, wo sie sonst ihren Magen vermutete. Fritz schnallte eine mitgebrachte Decke von seinem Sattel und breitete sie im Schatten einiger Mopanesträucher aus, während Jella das Essen aus der Proviantasche herausholte. Die ungewohnte Reiterei saß ihr in allen Knochen. Vor allem ihr Hinterteil und die Beine fühlten sich wie durchgewalkt an. Imelda hatte ihnen kaltes Huhn, frische Weizenbrötchen, Obst und sogar eine Flasche südafrikanischen Weißwein eingepackt. Selbst Gläser und Geschirr hatte sie nicht vergessen.

»Ihre Mutter ist ein Schatz«, stöhnte Jella genussvoll und griff hungrig nach einem gegrillten Hähnchenschenkel. Fritz öffnete die Flasche Weißwein und füllte etwas davon in die beiden Gläser. Der Wein funkelte blassgrün, als er ihr ein Glas reichte.

»Auf ›Buschmanns Paradies‹ und auf den heutigen Tag«, toastete er Jella zu. Ihre Gläser berührten sich, und Fritz sah sie wieder mit diesem eindringlichen Blick an, der sie sowohl anzog als auch verstörte. Sie wich ihm aus und trank rasch einen Schluck. Fritz nahm es wortlos zur Kenntnis und bediente sich nun ebenfalls an dem Essen. Ohne ein weiteres Wort zu wechseln, aßen sie ihren Lunch. Trotz des Schweigens knisterte die Luft zwischen ihnen. Es war eine Mischung aus Schüchternheit und Spannung. Jella hätte zu gern etwas Belangloses erzählt, aber ihr fiel einfach nichts ein. Fritz schien es genauso zu gehen. Er nahm einen Stock und stocherte damit auf dem Boden herum. Schließlich stand er auf und entfernte sich von ihrem Rastplatz. Jella ließ sich nun auf den Rücken sinken und beobachtete den Himmel über sich. Bizarre, weiße Wolken jagten über den Himmel. Sie erkannte Gesichter, Tiere und Ungeheuer in ihnen wieder. Manchmal zerrissen die

Wolken, und ein Gesicht veränderte sich zu einer Grimasse, bevor es sich ganz auflöste. Sie wurde schläfrig und gähnte. Irgendwann nickte sie ein.

Ein lautes Wiehern weckte sie. Sie schreckte auf. Die Stute und der Wallach waren unruhig und trippelten nervös im Kreis herum. Sie waren nicht angebunden und drängten fort. Fritz stand etwa zwanzig Meter von ihr entfernt auf einem Felsblock. Er deutete auf den Himmel über ihnen.

»Jella, wir müssen die Pferde festhalten«, rief er ihr zu und sprang mit einem Satz von dem Felsen. Jella rappelte sich hoch, aber es war bereits zu spät. Fritz' Wallach hatte den Ausgang der Schlucht entdeckt und trabte darauf zu. Die Stute folgte ihm nervös. Bevor Jella nach ihren Zügeln greifen konnte, war sie dem Wallach hinterhergestürmt. Im gleichen Augenblick ertönte ein Donnerschlag, der tausendfach in den Felsen über ihnen widerhallte. Jella schrak zusammen und blickte nach oben. Das heitere Felstal war mit einem Mal von Schatten überzogen. Dunkle, bedrohliche Wolken ballten sich über ihnen zusammen, türmten sich zu ambossartigen Wolkenkolossen und kündigten ein heftiges Unwetter an. Fritz sammelte in aller Eile die Decke und die Reste des Picknicks ein und stopfte sie in die Tasche.

»Wir müssen so schnell es geht hier raus«, rief er. »Das Tal wird sich bei Regen in einen reißenden Strom verwandeln.«

Seine Stimme klang besorgt, denn es war ein gutes Stück Fußweg bis zum Ausgang der Schlucht. Unvermittelt setzte ein kräftiger, böiger Wind ein, verwirbelte sich am Fuß des Riviere und türmte sich schließlich zu einer furchteinflößenden Windhose auf, die sich ihnen mit unglaublicher Geschwindigkeit näherte.

»An die Felswand«, brüllte Fritz, stürmte auf sie zu, packte ihren Arm und riss sie mit sich an den Fuß der Felswand, über der sich der Felsvorsprung befand. Die Windhose zog wie ein aufgeblähter Schlauch an ihnen vorüber, entwurzelte Bäume, wirbelte sie wie einen Aufzug nach oben und trug ihre Beute mit sich fort. An der Felswand mit dem Ausgang aus dem Tal brach sie sich und löste sich auf. Die mitgetragenen Äste, Stämme und Zweige regneten wie Geschosse herab und verbarrikadierten den einzigen Ausgang aus dem Tal. Fritz und Jella sahen es mit Entsetzen. Der Rückweg war ihnen nun versperrt. Es würde Stunden dauern, ihn wieder freizubekommen. Im gleichen Augenblick setzte Regen ein. Es war, als schütte jemand Wannen voller Wasser über ihnen aus. Innerhalb von Sekunden waren sie beide bis auf die Haut durchnässt.

»Wir müssen nach oben klettern!«

Fritz hielt immer noch ihren Arm umklammert und zog sie mit sich fort. Er suchte nach einem geeigneten Aufstieg, doch dazu mussten sie ein Stück zurück. Mittlerweile füllte sich das Flussbett des Riviere. Jella hätte es nie für möglich gehalten, dass sich ein doch recht weitläufiges Tal so schnell mit Wasser füllen konnte. Panik ergriff sie, als das Wasser bereits bis an ihre Knöchel stieg. Endlich hatte Fritz einen geeigneten Aufstieg gefunden. Dazu mussten sie zuerst einen zwei Meter hohen, glatten Felsblock erklimmen. Fritz umklammerte mit beiden Armen Jellas Hüfte und hob sie trotz seiner Behinderung scheinbar mühelos in die Luft. Jella griff nach dem Felsrand und zog sich hinauf. Auf dem Bauch liegend half sie wiederum Fritz, der nach einem Sprung mit seiner gesunden Hand Halt gefunden hatte. Sie packte seinen Armstumpf und zog daran, bis auch er bei ihr angelangt war. An seinem schmerzverzerrten Gesicht konnte sie erkennen, wie weh sie ihm dabei getan haben musste. Erst jetzt wurde ihr bewusst, dass sie sich berührt hatten.

»Danke«, meinte er nur und rappelte sich auf. Ein schmaler Pfad tat sich in der regennassen Luft vor ihnen auf. Er führte entlang der Felswand steil nach oben. Auf der rechten Seite ging es steil bergab.

»Schauen Sie nicht nach unten«, brüllte Fritz durch den prasselnden Regen und marschierte voraus. Sein gut gemeinter Ratschlag erwies sich als Fehler, denn erst jetzt erkannte Jella, auf was für eine Kletterpartie sie sich einließ. Sie versuchte ihm zu folgen, doch ihre Knie fühlten sich mit einem Mal butterweich an. Sie hatte das Gefühl, als fehlten ihren Beinen die Knochen. Der Pfad war keinen halben Meter breit, noch dazu rutschig. Sie biss sich auf die Unterlippe und überlegte, einfach stehenzubleiben. Doch das Wasser im Tal stieg unaufhörlich, und der Regen prasselte mit einer Heftigkeit auf ihre Haut, dass es schmerzte.

»Nun kommen Sie schon! Sie schaffen das!«

Fritz war nochmals zurückgekehrt, um sie zu ermuntern. Bibbernd vor Angst stellte sich Jella mit dem Rücken an die Felswand und hielt mit beiden Händen Kontakt zu ihr. Mit seitlichen Schritten tastete sie sich langsam vorwärts, immer bemüht, den Blick nicht nach unten gleiten zu lassen. Fritz unterstützte sie mit aufmunternden Zurufen. Zwei-, dreimal rutschte sie aus und drohte in den Abgrund zu stürzen, doch jedes Mal war Fritz' gesunde Hand zur Stelle und fing sie auf. Das machte ihr Mut und gab ihr Vertrauen. Als sie das letzte Stück noch einmal klettern mussten, hatte sie ihre Höhenangst so weit überwunden, dass sie dem hinter ihr kletternden Fritz vertrauen konnte.

Endlich hatten sie den Felsvorsprung über dem Tal erreicht. Völlig erschöpft zog sich Jella hoch und blieb trotz des Regens erst einmal liegen. Sie fühlte sich von der Anstrengung völlig ausgelaugt. Fritz zog sie unter den schützenden Abri. Der Felsüberhang war größer, als sie vermutet hatten. Er bot Platz für eine ganze Gruppe von Menschen und zog sich etwa zwanzig Meter in den Fels hinein. Seine Wände waren ebenso bemalt wie der Eingang zur Schlucht. Wieder war Kauha, der große Geist, dargestellt. Doch dieses Mal war er unter den Menschen und Tieren, ein Teil von ihnen. Ebenso fiel auf, dass Menschen und Tiere nicht mehr voneinander getrennt waren. Sie waren nicht mehr Jäger und Gejagte, sondern schienen eine Gemeinschaft zu bilden.

»Sehen Sie nur, es gibt sogar Feuerholz.« Fritz machte sich daran, den ungeordneten Haufen zu untersuchen. Zufrieden stellte er fest, dass es trocken war.

»Dies muss ein Ritualplatz der Buschmänner sein.«

Er zog einige Zweige und dickere Äste aus dem Stapel und legte eine Feuerstelle an. Wenig später prasselte ein wärmendes Feuer. Jella kauerte sich bibbernd daneben. Fritz reichte ihr die Decke, die allerdings pitschnass war und deshalb wenig Wärme bot. Das Gewitter nahm an Heftigkeit noch zu und tobte über dem kleinen Tal. Sie konnten kaum etwas erkennen, denn der Regen fiel so dicht, dass er sich wie ein grauer Vorhang vor den Felsüberhang legte.

»Ich habe das Gefühl, hinter einem Wasserfall zu sitzen.« Jella kuschelte sich noch tiefer in ihre nasse Decke. Sie bemerkte erst jetzt, dass Fritz genauso fror wie sie.

»Sie können gern auch einmal die Decke haben«, bot sie ihm an. Doch Fritz lehnte ab.

»Danke, ich werde mich bewegen und meine Kleider direkt über dem Feuer trocknen. Das würde ich Ihnen übrigens auch raten.«

Jella zuckte unangenehm berührt zusammen und bekam einen feuerroten Kopf. Nie im Leben würde sie sich vor einem Mann enthüllen. Fritz zog bereits sein Hemd über den Kopf und hängte es an einem Ast über dem Feuer auf. Ebenso tat er es mit seiner Reithose. Seine regennasse Brust glänzte im Widerschein der Flammen. Entrüstet wandte Jella sich ab. Fritz nahm unterdessen ungerührt ihr gegenüber auf der anderen Seite des Lagerfeuers Platz. Mit verschränkten Beinen rutschte er möglichst nah an das Feuer heran und begann sich durch Reiben seines Körpers aufzuwärmen.

»Ich möchte Ihnen keineswegs nochmals zu nahe treten, aber wenn Sie Ihre Kleider noch länger anbehalten, dann werden sie nicht trocken. Wir müssen uns darauf einstellen, die ganze Nacht hier zu verbringen. Es wird bitterkalt werden.«

Fritz schrie fast, um gegen den laut prasselnden Regen anzukommen. Jella war die Situation äußerst peinlich, aber sie wusste, dass er recht hatte. Obwohl sie so nah am Feuer saß, war ihr immer noch erbärmlich kalt. Wenn sie nichts dagegen unternahm, würde sie sich wer weiß wie erkälten. Widerstrebend pellte sie sich aus ihrer Decke und begann ihre Bluse aufzuknöpfen.

»Sie müssen sich wegdrehen«, forderte sie energisch. Gehorsam drehte Fritz sich um und ließ seinen nackten Rücken von den wärmenden Flammen bescheinen. Rasch zog sich Jella aus und legte ihre Kleider und die Decke zum Trocknen aus. Nur ihr durchscheinendes Unterhemd und die mit Rüschen besetzte Unterhose behielt sie an. Nah am Feuer sitzend wurde ihr schon bald wärmer. Fritz blieb, den Rücken ihr zugewandt, sitzen und schwieg. Jella war es recht. Sie fühlte sich ohne Kleider entblößt und ungeschützt, andererseits konnte sie nicht anders, als immer wieder Fritz' sehnigen Rücken zu betrachten. Er war im eigentlichen Sinne kein schöner Mann. Von der Statur her war er sehr groß und eher schlaksig als muskulös. Trotzdem war er durchtrainiert und in seinen Bewegungen schnell und behände. Die Haut war an den Armen, im Gesicht und am Hals dunkelbraun und stach gegen seinen olivfarbenen Rücken ab. Sein schwarzes, langes Haar hing ihm wirr um den Kopf. Jella ertappte sich dabei, dass sie es gern mit ihren Händen geordnet hätte.

Nach einiger Zeit ließ der Regen endlich nach, der graue Regenvorhang vor dem Höhleneingang lichtete sich, löste sich auf und ging in ein unregelmäßiges Plätschern über, das mit der Zeit ganz nachließ. Wenig später drang sogar noch etwas Sonnenlicht von der untergehenden Sonne zu ihnen herein. Unter ihnen lag das Tal, das sich in der Zwischenzeit in einen reißenden Fluss verwandelt hatte. Nur die Bäume am äußersten Rand waren nicht von den Fluten betroffen. Jetzt verstand Jella, warum Fritz eine baldige Rückkehr für eher unwahrscheinlich hielt. Zaghaft tastete sie nach ihren Kleidern, um zu prüfen, ob sie mittlerweile getrocknet waren. Doch sie fühlten sich immer noch klamm und feucht an.

Ein lautes Knurren und Fauchen schreckte Jella auf.

»Was war das?«

Die unerfreuliche Begegnung mit den Hyänen tauchte wie ein Schreckgespenst in ihrer Erinnerung wieder auf. Fritz sprang auf und griff nach einem Ast. Mit ein paar Schritten war er vorn an der Felskante. Über einen schmalen Pfad, der genau auf ihr Plateau führte, kam ein Honigdachs auf sie zu. Offenkundig war die Höhle sein bevorzugter Unterschlupf. Als das hundegroße, schwarzgelbe Tier Fritz mit seinem Prügel sah, fletschte es angriffslustig seine spitzen Zähne. Dann griff es unvermittelt an. Fritz konnte gerade noch zur Seite springen. Mit der einen Hand den Stock haltend versuchte er sich mit seinem Armstumpf zu schützen. Das Tier hatte es genau auf seine empfindliche Mitte abgesehen.

»Verdammtes Biest«, schimpfte er und wich erneut aus. »Mach, dass du fortkommst!« Doch der Honigdachs dachte gar nicht daran und attackierte Fritz weiter. Dieser versuchte dem Tier mit dem Ast einen Schlag zu verpassen, doch der Dachs wich immer wieder geschickt aus und wurde noch wütender. Bei einer seiner nächsten Attacken gelang es dem Tier, Fritz einen tiefen Kratzer am Bein zuzufügen. Fritz zischte vor Schmerz und wurde für einen Moment abgelenkt. Ohne nachzudenken, riss Jella einen brennenden Ast aus dem Feuer und drosch damit laut schreiend auf das überraschte Tier ein. Der Dachs war so auf

Fritz fixiert gewesen, dass er sie gar nicht wahrgenommen hatte. Mit einem lauten Aufjaulen ließ er schließlich von ihm ab und trollte sich.

»Danke!«

Fritz keuchte. Auch Jella war aufgelöst und außer Atem. Sie stand direkt vor Fritz und konnte seinen Atem auf ihrer Haut fühlen. Plötzlich wurde sie sich seiner unmittelbaren Nähe bewusst. Ihre Augen hielten einander gefangen. Jellas Herz begann heftig zu klopfen. Sie hätte sich sofort abwenden und wieder an das Feuer setzen sollen, doch die knisternde Spannung zwischen ihnen hielt sie davon ab. Fritz' Gesicht kam immer näher, bis er sie schließlich küsste. Seine Berührung war sanft und warm. Jella spürte seine Lippen auf ihren und sog seinen intensiven männlichen Geruch ein. Zu ihrem Erstaunen erregte sie die Berührung. Als Fritz seine Arme vorsichtig um sie schlang und sie noch näher an sich heranzog, ließ sie es bereitwillig geschehen. Dann spürte sie seine Zunge auf ihren Zähnen. In einer ersten Reaktion wollte sie ihn von sich stoßen, doch dann gab sie ihrem Verlangen nach und öffnete ein wenig den Mund. Als sich ihre Zungen berührten, einander umspielten und schließlich fordernd miteinander rangen, überkam sie ein wohliger Schauer. Sie spürte, wie es zwischen ihren Beinen kribbelte und ihr Widerstand gegen fremde Berührungen nachließ. Doch dann gewann ein letzter Rest von Vernunft die Oberhand, und Jella stieß Fritz von sich. Beschämt wollte sie fliehen, doch Fritz hielt ihren Arm umklammert. Seine Augen schimmerten zärtlich.

»Bleib bei mir«, bat er. »Du brauchst keine Angst zu haben. Ich werde dir niemals wehtun.«

»Woher weißt du …?«

»Ich weiß gar nichts«, sagte Fritz. In seiner Stimme schwang aufrichtiges Mitgefühl. »Aber ich habe im Krieg in Südafrika schon so viele Frauen gesehen, denen das widerfahren ist, was ich bei dir vermute. Es liegt etwas in deinem Blick, das mehr als alles andere verrät.«

Er ließ sie los und streichelte sanft über ihre Wange.

»Ich würde alles geben, wenn ich das wiedergutmachen könnte, was man dir angetan hat.«

Es war, als hätten seine Worte einen Damm eingerissen. Jellas Augen füllten sich mit Tränen. Erinnerungen, Schmerz, Trauer, aber auch Erleichterung und Dankbarkeit für das überraschende Verständnis bahnten sich ihren Weg. Fritz' Worte hatten sie mehr berührt als der stille Trost, den sie bei den Zilles gespürt hatte, mehr als alles, was die Zeit an Wunden hatte heilen können. Mit einem heftigen Schluchzen ließ sie sich an seine Schulter sinken und weinte sich dort ihren Kummer von der Seele. Sie weinte und weinte, bis sie schließlich keine Tränen mehr hatte. Fritz streichelte sanft ihren Rücken und flüsterte ihr zärtliche und beruhigende Worte ins Haar. Sie spürte seine Körperwärme und fühlte sich geborgen. Wie lange hatte sie das nicht mehr empfunden! Sein intensiver Körpergeruch löste etwas in ihr aus. Sie sog ihn tief in sich hinein. Leise Erregung erfasste sie. Es begann mit einem Ziehen zwischen ihren Schenkeln und setzte sich über den ganzen Körper fort. Das Gefühl ließ sie all ihre Hemmungen vergessen. Sie richtete sich auf und sah Fritz tief in die Augen, bevor sie sein Gesicht mit beiden Händen umfasste und ihm einen Kuss gab, der mehr forderte als nur Zärtlichkeit. Fritz zog sie überrascht zu sich heran und erwiderte den Kuss mit einer Heftigkeit, die sie noch mehr erregte. Seine Hand begann wissend ihren Körper zu erkunden, glitt unter ihr dünnes Hemd und umfasste ihre apfelgroßen Brüste. Gleichzeitig presste er sie so nah an sich, dass sie seine Härte spüren konnte. Jella wurde heiß. Unsicher, aber lustvoll begann sie nun ebenfalls seinen Körper zu erkunden. Neugierig strich sie über seine sehnige Brust hinunter über den flachen Bauch und hielt über seiner ausgebeulten

Hose inne. Fritz atmete lustvoll auf, nahm ihre Hand und führte sie in seine Hose.

»Warte«, stöhnte er, als sie sein Glied massierte. Er lachte entschuldigend und befreite sich aus ihrem Griff. »Ich möchte nicht, dass es so schnell vorüber ist.«

Mit einer Leichtigkeit, die sie nie für möglich gehalten hätte, hob er sie auf seine Arme und trug sie hinüber zur Decke. Zärtlich bettete er sie darauf und half ihr, sich zu entkleiden. Zu ihrem großen Erstaunen empfand Jella überhaupt keine Scham. Alles kam ihr selbstverständlich und normal vor. Fritz' Berührungen waren voller Achtung und trotzdem stürmisch und voller Begehren. Sein Mund suchte ihren, und sie fanden sich erneut zu einem langen, ausgiebigen Kuss. Kreisend wanderte seine Zunge über ihren nackten Hals, über ihre Brüste, umkoste ihre Brustwarzen und strich spielend über ihren Bauch, bis sie sich fordernd zwischen ihre Beine, an die Pforte der Lust, wagte. Jella gab sich keine Mühe, ihre Erregung zu verbergen. Stöhnend bog sie sich ihm entgegen und sehnte sich nach mehr. Endlich beendete Fritz seine Erkundungstour und richtete sich auf. Sacht drückte er ihr die Schenkel auseinander und schob sich dazwischen. Vorsichtig drang er in sie ein. Jella wartete auf den Schmerz, aber er stellte sich zu ihrer Verwunderung nicht ein. Im Gegenteil: Fritz' Bewegungen in ihr bereiteten ihr Lust.

»Weiter«, stöhnte sie beglückt und beschleunigte mit ihren Händen seine Bewegungen. Im Einklang ihrer Körper bewegten sie sich aufeinander zu, immer wilder und gieriger, bis Jella plötzlich spürte, wie sie die Beherrschung verlor. Etwas in ihrem Innern begann wie ein gigantisches Feuerwerk zu explodieren – ein Moment höchsten Glücks und dann wohligstes Entspannen. Fritz nahm ihren Orgasmus wahr und konnte nun selbst nicht mehr an sich halten. Noch einmal wurden seine Bewegungen intensiver, bevor er sich mit einem lauten Stöhnen in sie ergoss.

Jella sah Fritz mit neuen Augen. Sein schweißglänzender Körper lag dicht neben ihrem, während seine Hand nachlässig mit einer ihrer roten Locken spielte.

»Es war wie eine Befreiung«, flüsterte sie in sein Ohr. »Ich hätte es nie für möglich gehalten, dass ich mich jemals von meinem Trauma würde befreien können.«

Fritz küsste sie zärtlich.

»Ich hoffe, es war nicht nur das?«

»Natürlich nicht«, beruhigte sie ihn und kreiste mit dem Zeigefinger über seinem Bauchnabel. »Wenn ich es mir genau überlege, haben wir noch gar nicht alles ausprobiert.«

Langsam fuhr sie den Bauch hinab. Mit Befriedigung sah sie, wie sich neue Lust in ihm regte. Fritz stöhnte leicht auf, als sie spielerisch sein Glied umfasste. Der Anblick erregte sie und ließ sie wieder feucht werden. Ohne nachzudenken, beugte sie sich vor und leckte daran. Fritz' Hände umfassten ihren Kopf und begleiteten ihre Bewegungen, bevor er ihn sanft anhob und sie zu sich nach oben zog. Dieses Mal war Jella oben, und sie genoss es, auf Fritz zu reiten. Als sie erneut zum Orgasmus kam, schrie sie ihre Lust laut in den afrikanischen Himmel hinaus.

Als sie am nächsten Morgen aufwachte, saß Fritz bereits angekleidet am Feuer und schürte es. Als er sie bemerkte, lächelte er ihr warm zu.

»Hunger?«, fragte er zärtlich.

»Wie ein ausgehungerter Löwe!«

»Ich habe unsere Proviantasche inspiziert und dabei Folgendes entdeckt …«

Fritz zeigte auf die am Boden ausgebreiteten Köstlichkeiten. Da waren noch etwas Hühnchen, Kuchen, eine Mango und reichlich Wasser. Jella lief das Wasser im Mund zusammen. Sie rappelte sich von ihrem Lager auf. Erst jetzt wurde sie sich ihrer Nacktheit bewusst. Die letzte Nacht trat ihr wieder in Erinnerung, und sie errötete bei den Gedanken daran. Rasch zog sie sich an. Fritz beobachtete sie lächelnd, während seine dunklen Augen wohlwollend auf ihren wohlgeformten Rundungen ruhten.

»Schau nicht so«, schimpfte Jella verlegen.

Fritz lachte ein raues Lachen und wandte sich rücksichtsvoll wieder dem Feuer zu.

»Nach dem Frühstück können wir uns an den Abstieg machen. Das Wasser aus dem Riviere ist schon wieder zurückgegangen. Und wenn mich nicht alles täuscht, sind auch unsere Pferde wieder in das Tal zurückgekehrt. Die Fluten müssen den Ausgang wieder geöffnet haben.«

»Prima.« Jella nahm sich ein Stück Kuchen und biss kräftig davon ab. »Deine Mutter backt wunderbar«, schwärmte sie.

»Du kannst das sicher auch.« Da war wieder dieser seltsame Glanz in Fritz' Augen, der sie immer noch irritierte.

»Ich bin eine schreckliche Bäckerin«, behauptete sie. »Und kochen kann ich schon gleich dreimal nicht.«

»Bis zur Hochzeit wirst du es lernen.«

Das Wort Hochzeit ließ Jella aufhorchen. Bildete sie es sich nur ein, oder lag in dieser Bemerkung ein gewisser Unterton? Es war nicht so, dass sie die Geschehnisse der letzten Nacht bereut hätte – im Gegenteil: Fritz hatte ihr etwas gegeben, was sie niemals für möglich gehalten hätte. Er hatte sie von ihrem Trauma befreit. Aber das bedeutete noch lange nicht, dass er Besitzansprüche an sie stellen konnte. Bevor sie an eine mögliche Zukunft zu zweit denken konnte, musste sie erst einmal ihr eigenes Leben ordnen und herausfinden, was gut für sie war. Und sie war nicht bereit zuzulassen, dass sich irgendjemand da einmischte. Unangenehm berührt lenkte sie die Unterhaltung auf ein harmloseres Thema.

»Wir müssen los! Der Weg zurück ist weit.«

Nebenbei packte sie die wenigen Sachen zusammen.

»Lass uns gehen«, meinte sie, als Fritz immer noch keine Anstalten machte aufzubrechen. »Deine Mutter wird sich schon Sorgen machen.«

Sie schob sich an Fritz vorbei zum Ausgang hin. Doch er verstellte ihr den Weg und hielt sie fest. Zärtlich küsste er sie auf die Stirn.

Jella zuckte zurück. Sie hatte Angst vor dem, was nun folgen würde.

»Weißt du, was ich mir wünsche?«

Sie wich seinem Blick aus.

»Keine Ahnung«, behauptete sie.

»Ich möchte, dass es zwischen uns nie endet.«

Jella räusperte sich und befreite sich aus seiner Umarmung. Sie wollte Fritz nicht kränken, aber andererseits sah sie ihre Befürchtungen bestätigt. Er machte sich Hoffnungen auf sie, die sie so nicht erfüllen wollte.

»Ist etwas?« fragte er besorgt. »Ich hatte den Eindruck, es hat dir auch gefallen. Bereust du etwa, was zwischen uns geschehen ist?«

Jella schüttelte den Kopf.

»Nein!« Sie fuhr sich nervös mit den Fingern durch die Haare. »Im Gegenteil, ich bin dir dankbar dafür.«

Warum war plötzlich alles so kompliziert? Sie nahm sich zusammen und versuchte ihre Gedanken zu ordnen. Es war nicht ihre Art, mit den Dingen lange hinter dem Berg zu halten. Also sprach sie offen aus, was sie dachte.

»Ja, es war schön, und ich werde dir immer dafür dankbar sein. Allerdings möchte ich nicht, dass du dir wegen vergangener Nacht Hoffnungen auf mich machst. Ich bin nicht der Mensch, für den du mich hältst, und ich bin mir ziemlich sicher, dass ich niemals eine gute Ehefrau wäre.«

»Die beste, die ich mir vorstellen kann.« Fritz sah sie voller Liebe an und griff nach ihren Händen, aber sie entzog sie ihm.

»Lass das, bitte!«

»Heirate mich!« Fritz machte Anstalten, auf die Knie zu fallen. »Etwas Besseres als du ist mir in meinem ganzen Leben noch nicht begegnet.«

»Darauf kommt es doch gar nicht an!« Es brachte Jella auf, dass er sie nicht verstehen wollte. Das alles ging ihr viel zu schnell. »Ich *kann* dich nicht heiraten«, rief sie empört. »Verstehst du das nicht? Niemals!«

»Aber warum denn nicht?« Fritz' Gesicht wurde unter seiner Bräune aschfahl. »Ich kann nicht glauben, dass du mir gestern alles nur vorgespielt hast!«

»Ich habe dir nichts vorgespielt. Meine Gefühle zu dir sind echt, aber deswegen müssen wir nicht heiraten! Ich brauche meine Freiheit und möchte mich nicht von einem Ehemann einengen lassen. Versteh das doch!«

»Deine Freiheit? Wie meinst du das?«

»Ich möchte selbst entscheiden, was gut und was schlecht für mich ist. Mein ganzes Leben habe ich gekämpft, frei zu sein. Jetzt bin ich es, und da kommst du und willst mich wieder einsperren.«

»Wie kannst du nur so einen Unsinn reden? Ich würde dich nie einengen!«

»Du verstehst mich nicht!«

Fritz wurde nun auch aufgebracht.

»Ach nein?« Seine Augen verengten sich zu zwei Schlitzen. »Aber du verstehst mich? Ist dir schon einmal der Gedanke gekommen, dass du mit deinem Verhalten auch mich verletzen könntest?«

Er sah sie herausfordernd an und fügte dann leise hinzu: »Ich liebe dich. Das muss doch genügen.«

Anstatt einer Antwort schob sich Jella endgültig an Fritz vorbei und machte sich an den Abstieg. Trotzig kletterte sie den Fels hinunter und fühlte sich dabei so mies wie noch nie. Fritz hatte alles in ihr durcheinandergebracht. Sie liebte ihn, mehr, als sie es sich eingestehen wollte, aber noch wichtiger war ihr ihre Freiheit. Warum nur musste er sie gleich nach ihrer ersten gemeinsamen Nacht so bedrängen? Plötzlich schämte sie sich. Sie hatte sich wie eine Hure benommen. Das war unverzeihlich.

Den ganzen Heimweg über sprachen sie kein Wort. Fritz prüfte die Sättel der Pferde und schwang sich dann wortlos auf seinen Wallach, ohne nachzusehen, ob Jella ihm folgen würde. Sie blieb absichtlich ein Stück hinter ihm, damit er sie nicht nochmals in ein Gespräch verwickeln konnte. Aber Fritz dachte gar nicht daran. Schweigend kehrten sie zurück nach Okakarara. Noch am gleichen Nachmittag machte sich Jella auf den Weg zurück nach *Owitambe.*

Tränen im Bauch der Erde

Kantla war wieder bei Bewusstsein, aber er wusste nicht, wer er war und zu welcher Sippe er gehörte. Er war wach, aber sein Geist dämmerte noch in den Zwischenwelten. Nakeshi kümmerte sich weiterhin um ihn und wandte all ihr Wissen an. Sie suchte stundenlang im Busch nach Heilpflanzen, braute daraus Aufgüsse oder zerkaute sie zu faserhaltigem Brei, den sie auf die Kopfwunde legte. Um ihn nicht zu sehr anzustrengen, kaute sie das Fleisch und die gesammelten Beeren und Wurzeln vor und stopfte sie ihm bröckchenweise in den Mund. Sein Körper erholte sich zunehmend und gewann etwas an Kraft zurück. Sobald er einigermaßen gehen konnte, führte sie Kantla der Sippe vor. Sie hoffte, dass er sich bei ihrem Anblick erinnern würde. Aber sein Geist blieb stumm. Freundlich lächelte er die Buschleute an, berührte ihre Schultern, setzte sich dann wieder in den schützenden Schatten des Mankettibaums und beobachtete scheinbar teilnahmslos das Leben der Gruppe.

»Er ist unter uns und doch nicht da«, meinte Debe eines Tages zu seiner Tochter. »Vielleicht hast du doch nicht alle Pfeile während deiner Geisterreise entfernen können?«

Nakeshi schüttelte bestimmt den Kopf, sodass ihre kurzen Zöpfchen wackelten. Sie standen wie Borsten von ihrem ganzen Kopf ab.

»Kein einziger ist mehr da. Aber es muss ein anderer Fluch auf ihm liegen. Ich weiß nur nicht, welcher.«

»Vielleicht muss etwas Besonderes sein Herz rühren, damit der Fluch gelöst wird und sein Geist wieder an unserem Leben Anteil nimmt.«

»Denkst du an die Tränen im Bauch der Erde?«

Debe nickte. Nakeshi überlegte. Debe hatte Kantla schon einmal damit glücklich gemacht. Warum sollte es jetzt anders sein? Aber um daranzukommen, würde Debe weit in die Kalahari gehen müssen. Es war eine beschwerliche Reise, auf der es nur wenig Wasser gab. Selbst die Buschleute wagten sich nur äußerst selten so weit vor.

»Ist er es wert?«, fragte sie, obwohl sie seine Antwort kannte.

»Jeder Mensch ist es wert, auch wenn er nicht zu unserer Gruppe gehört. Er hat viel für uns getan, also werde ich auch etwas für ihn tun. Morgen früh breche ich auf.«

Vor dem ersten Morgengrauen lief Debe los. Er war einer der besten Läufer der Gruppe und konnte stundenlang rennen, ohne auch nur einmal anzuhalten. Zum Schutz gegen die Sonne hatte er sich aus Buschgras einen Sonnenhut mit einer schmalen Krempe geflochten. Seinen Umhängebeutel hatten ihm Chuka und Nakeshi mit Beeren und Mongononüssen gefüllt. Außerdem trug er seinen Köcher mit Pfeilen und den kleinen Buschmannbogen sowie ein mit Wasser gefülltes Straußenei bei sich. Er lief der Sonne entgegen durch unberührte Baumsavanne und Waldland, das durchsetzt war von hohen Bäumen wie dem Blutholzbaum, der Roten Syringa, Teakholzbäumen und Mankettibäumen. Zwischendrin fanden sich reichlich Wild und auch genügend Wasser. Dann kam er auf Hereroland, wo sich viele weiße Menschen niedergelassen hatten. Er kroch unter Weidezäunen hindurch und überquerte Farmgelände. Dabei warf er sehnsuchtsvolle Blicke auf die fleischhaltigen Rinder, von denen er liebend gern eines geschossen hätte, um es zu seiner Familie zu bringen. Wenn sich eine günstige Gelegenheit bot, fing er sich eine Kuh ein und spritzte ihre Milch in seinen Mund. Wie man sie molk, wusste er von einem Hererohirten, mit dem er einst Handel getrieben hatte. Dann lief er weiter, unermüdlich mit gleichmäßigen Schritten, rein in die Omaheke-Wüste im nordwestlichen Teil der Kalahari. Er durchkletterte tiefe Schluchten, durch die sich im Lauf von Jahrmillionen Trockenflüsse gegraben hatten, und suchte abends Schutz vor der Kälte, indem er sich ein Feuer anzündete. Vier Tage war Debe nun schon unermüdlich unterwegs, als ihn etwas innehalten ließ. Es war die Luft, die sich plötzlich verändert hatte. Sie war stickig und drückte auf die Lunge. Debe hielt an und witterte in die Luft. Wie ein Tier lauschte er nach auffälligen Geräuschen. Bleierne Schwere lag über allem. Dann kam Bewegung in die Landschaft. Überall suchten Kriechtiere nach sicherem Unterschlupf. Echsen, Schlangen, Springhasen und Erdmännchen stürmten Debe entgegen und verkrochen sich blitzartig in den sich bietenden Unterschlüpfen. Auch Debe sah sich furchtsam nach einem Versteck um. Der große Kauha war dabei, seine Macht zu entfalten. Ein lautes Grummeln wie das Getöse herandonnernder Wellen näherte sich. Debe lief zu einem Termitenhügel, der unten von einem Honigdachs ausgehöhlt worden war. Die Öffnung war zu klein für einen Menschen, selbst für einen kleingewachsenen Buschmann wie ihn. Voller Panik ging er in die Knie und vergrößerte mit seinen Händen den Eingang in den Dachsbau, inständig hoffend, dass das Tier nicht zu Hause war. Er hatte Glück; der Bau war leer. Eilig kroch er hinein und kauerte sich in den Unterschlupf, der kaum größer war als er. Keinen Augenblick zu früh. Mit Donnern und Brausen näherte sich eine gewaltige, rote Sandwand. Debe zitterte, denn er wusste, was ihn gleich erwarten würde. Eilig schlang er seinen Lederumhang um Mund und Nase. Wie ein Kaninchen vor den Augen der Schlange sah er die rote, wirbelnde Walze auf sich zukommen und konnte nichts dagegen tun. Die rotglühende Sandwand reichte bis in den Himmel und bewegte sich wie eine galoppierende Herde Zebras direkt auf ihn zu. Die Staubwalze überrannte alles und raubte die Luft zum Atmen. Mühsam rang Debe nach Sauerstoff und versuchte, nicht in Panik zu verfallen. Um ihn herum war es nachtschwarz geworden, während Sand- und Staubkörner in jede Ritze seiner Körperöffnungen drangen. Sturmgeheul übertönte selbst das laute Klopfen seines Herzens. Oh Kauha, halte ein mit deinem Zorn, bat Debe voller Angst. Äste, Büsche und Zweige wurden hochgewirbelt und jagten pfeilschnell an ihm vorbei. Es war ein Inferno, aus dem es scheinbar kein Entrinnen gab.

Als Debe seine sandverkrusteten Augen öffnete, war der Spuk vorüber. Sein Herz schlug immer noch unregelmäßig, als er sich mühsam aus seinem Versteck quälte. Die Knochen taten ihm weh von der ungewohnten Haltung, aber er war heil dem Sturm entkommen. Er spuckte den Sand aus seinem Mund aus und sah nach dem Straußenei. Wie durch ein Wunder war es in der Enge des Baus unversehrt geblieben. Er zog das Aststückchen, das ihm als Stöpsel diente, aus dem Loch und trank einen winzigen Schluck Wasser. Dann setzte er seinen Weg fort.

Gegen Abend kam er in eine Gegend, die typisch war für den südlichen Teil der Kalahari. Die Landschaft war übersät mit länglichen, roten Dünenwellen, die der Wind im Laufe der Jahrtausende geformt hatte. Im Gegensatz zu den weichen, sandigen Dünen hatten die Täler dazwischen einen festeren Boden, auf dem es sich leicht laufen ließ. Allerdings konnte man dort auch leicht die Orientierung verlieren. Debe machte eine Pause und ruhte sich aus. Er wartete auf die Nacht, um sich von ihr den Weg weisen zu lassen. Sobald die Sterne ihr blauweißes Licht auf die Landschaft warfen, erhob sich der Buschmann und blickte nach oben. Ein zufriedenes Lächeln legte sich über sein Gesicht; dann lief er weiter in südlicher Richtung. Im Morgengrauen hatte er sein Ziel erreicht. Das Sanddünenmeer hörte plötzlich auf und ging in eine flache Ebene über, die von spinnennetzartigen Rissen überzogen war. Sie bildete einen Teil des Deltas eines Riviere, der mitten in der Wüste endete. Von oben betrachtet erinnerte er an eine verkrüppelte Hand. Bei Regen füllte sich die Senke und bildete einen reißenden Fluss, doch jetzt war er knochentrocken und hart wie Stein. Skelettreste von Tieren, die hin und wieder eingeschlossen aus dem erhärteten Morast lugten, zeugten von der tückischen Gefahr, die von dem Trockenfluss ausging. Wenn das Wasser nach einem Regenfall verdunstet war, blieb ein schlammiger Rest von Sedimentgesteinen in seinem Flussbett liegen. Er war tief genug, um darin zu versinken. Sobald die Sonne es austrocknete, verhärtete sich das Sediment und wurde hart wie Stein. Wehe dem Lebewesen, das sich dann noch in dem Flussbett befand. Es wurde bei lebendigem Leib darin festgetrocknet. Debe durchquerte das Bett des Riviere und hielt nach dem Felsen Ausschau, den die Buschmänner »Buschmannskopf« nannten. Etwas südlich von ihm erhob sich ein seltsamer Monolith, der wie ein überdimensionaler Kinderkopf aussah. In der weiten, flachen Kalaharilandschaft wirkte er wie ein Fremdkörper. Doch dieser Fels war älter als Afrika. Wer sein Geheimnis kannte, kam zu den Tränen im Bauch der Erde.

Verrat

Jellas Traum war wie eine Vision.

Sie befand sich allein in der Wüste, weit draußen in der Einsamkeit der Omaheke. Eine Frauenstimme rief immer wieder ihren Namen und lockte sie mit sich fort. Jella hatte sie schon einmal gehört. Es war dieselbe Stimme, die sie damals auf dem Baum in der Wüste daran gehindert hatte, ihrer Mutter in den Tod zu folgen. Die Sprache war fremd und klang seltsam, weil sie durch Klicken und Schnalzen immer wieder unterbrochen wurde. Trotzdem verstand sie jedes Wort. Sie konnte nicht anders, als dieser Stimme zu folgen. Sie lief durch Trockensavanne und Buschland hinein in die Dünenlandschaft der Kalahari. Es strengte sie nicht an, denn im Traum war sie von der Last ihres Körpers befreit. In gewisser Weise schwebte sie wie ein Geist über der Erde, bis sie einen Buschmann entdeckte, der an einem seltsam geformten Felsen hinaufkletterte. Jella wollte ihn rufen, aber der Mann hörte sie nicht. In ihrer Traumwelt war sie offensichtlich unsichtbar und stumm. Mühelos gelang es ihr, dem Buschmann zu folgen, der sich durch eine schmale Ritze im Fels zwängte. Im Inneren des Felsens war es dunkel und angenehm kühl. Der Spalt setzte sich als Gang fort und führte hinab zu einer Felsenhalle, durch die etwas Wasser lief. Der Buschmann kniete nieder und trank davon. Dann richtete er sich auf und stimmte einen besänftigenden Gesang an, wobei er immer abwechselnd von einem Fuß auf den anderen stampfte. Obwohl keinerlei Tageslicht in die Halle strömte, war es nicht dunkel darin. Die Wände glitzerten und strahlten in überirdischem Glanz. Helles, kristallines Funkeln umgab Jella und den tanzenden Buschmann. Der Buschmann besänftigte die Geister, die um ihn herum waren. Immer wieder attackierten wilde Wirbel den kleinen Mann und machten ihm schwer zu schaffen. »Hilf mir, sie zu vertreiben«, forderte die Stimme. »Es sind Llangwasi, die ihm Böses wollen.«

Jella dachte nicht groß nach. Melodie und Text sprudelten wie von selbst aus ihr heraus, als sie in den Gesang des Buschmannes mit einstimmte. Obwohl sie die Sprache nicht kannte, kamen ihr die Worte leicht über die Lippen. Sie waren uralt und weise. Tatsächlich beruhigten sich die Wirbel und ebbten ab. Und dann fühlte Jella, wie sie von einer ungeheuren Kraft aus der Höhle gesogen wurde, hinaus in das unerbittliche Licht der Sonne.

Schweißgebadet wachte Jella auf. Der Traum saß ihr in den Knochen, als wäre er Realität gewesen. Ihre Glieder schmerzten, als wäre sie wirklich in der Wüste gewesen. Sie schauderte. Ihr Blick wanderte zum Fenster. Sarah stand davor und starrte sie an. Jella erschrak erst, aber dann winkte sie ihr zu. Ohne zu reagieren, verschwand die Himbafrau aus ihrem Blickfeld. Jella wollte sie aufhalten, aber als sie am Fenster stand, war weit und breit nichts mehr von ihr zu sehen. In welcher Beziehung hatte diese Eingeborene zu ihrem Vater gestanden? Würde sie es je erfahren?

Jella war verwirrt und aufgewühlt. Sie beschloss in die Küche zu gehen, um etwas zu frühstücken. Sie hatte seit dem Picknick mit Fritz nichts Richtiges mehr gegessen. Ihr Magen knurrte, außerdem war es schon spät. Die Sonne stand weit oben am Himmel. Der Gedanke, dass Lucie nicht im Haus war, gefiel ihr. Die Abneigung gegen die Frau ihres Vaters war im Laufe ihres Aufenthaltes nicht kleiner geworden. Lucie war nach Otjiwarongo gefahren, um endlich die Erbangelegenheiten zu regeln. Wenn sie zurückkam, würde *Owitambe* unwiderruflich ihr gehören. Der neue Bezirkshauptmann hatte ihr diesbezüglich eine Vorladung geschickt. Weshalb Grünwald sie begleitete, war ihr allerdings schleierhaft. Im Grunde genommen war es ihr jedoch egal. Sie war nur nach *Owitambe* zurückgekehrt, um sich endgültig von allem zu verabschieden. Danach würde sie zurück nach Windhuk gehen und ein neues Leben beginnen.

Nancy hatte ihr eine riesige Portion Rührei mit Schinken und frischem Toastbrot zubereitet. Dazu hatte sie eine Kanne Rotbuschtee aufgebrüht und ihr frisches Obst gereicht. Die Herero-Frau freute sich über Jellas großen Appetit.

»Wie lange ist Sarah eigentlich schon auf der Farm?«, wollte Jella wissen.

Nancy warf ihr einen merkwürdigen Blick zu.

»Etwa fünf Jahre. Ich weiß es nicht mehr so genau.« Ihre Antwort war wie gewöhnlich zurückhaltend.

Jella ging aufs Ganze. Sie wollte Lucies Abwesenheit nutzen, um noch möglichst viel über ihren Vater herauszufinden.

»Ist Johannes der Vater von Sarahs Kind?«, fragte sie rundheraus. Nancy zuckte zusammen. Sie war offensichtlich von ihrer Frage überrascht worden und musste erst überlegen, was sie antworten sollte.

»Ist er es nun oder nicht?« Jellas Blick bohrte sich in Nancy, die immer verlegener wurde.

»Oh Jesus Maria«, rief sie schließlich aus und rannte Hals über Kopf aus der Küche.

»Keine Antwort ist auch eine Antwort«, murmelte Jella. Sie war sich nun ziemlich sicher, dass es stimmte. Ihr Vater musste ein ziemlicher Schürzenjäger gewesen sein. Wahrscheinlich hatte er Lucie tatsächlich nur geheiratet, damit das Gerede unter den weißen Farmern verstummte.

Nachdenklich verließ sie die Küche, um nach draußen zu gehen. Doch die Sonne stach mit solcher Heftigkeit auf die Veranda, dass sie sofort wieder umkehrte. Sie beschloss, Lucies Abwesenheit zu nutzen, um sich das Haus noch einmal näher anzusehen. Besonders Johannes' Arbeitszimmer hatte es ihr angetan. Auf dem eichenen Schreibtisch lagen Rechnungen und Papiere, die über die Ein- und Ausgaben der Farm Auskunft gaben. Jella setzte sich auf den mit grünem Samt bezogenen Stuhl und sah nach. Die Einträge waren über längere Zeit von ihrem Vater begonnen worden. Er hatte eine steile, gleichmäßige Handschrift gehabt und akribisch genau über alles Buch geführt. Nach seinem Tod hatte Grünwald oder Lucie die Einträge mehr oder weniger genau fortgeführt. Obwohl es Jella nichts anging, konnte sie daraus ersehen, dass Lucie seither auf großem Fuße gelebt hatte. Sie fand Rechnungen von neuen, teuren Seidenkleidern und maßgefertigten Schuhen, von aufwändigen Accessoires und Hüten. Jella wunderte sich nicht. Das alles sprach nur für Lucies mangelndes Taktgefühl. Allerdings, wenn sie weiterhin so wirtschaftete, wäre sie bald bankrott. Beim Durchsehen der Schubladen entdeckte sie ebenfalls nichts Auffälliges. Tinte, Federhalter, Tintenroller zum Trocknen der frischen Tinte, der übliche Schreibtischkram eben – und eine leere Geldkassette, die aufgebrochen worden war. Wahrscheinlich hatte Lucie den Schlüssel nicht gefunden und sie deshalb aufgebrochen. Schade! Vielleicht waren darin ja persönliche Aufzeichnungen gewesen. Jella würde Lucie vor ihrer Abreise nach solchen Dokumenten fragen. Außer dem Foto ihrer Mutter, das sie schon neulich an sich genommen hatte, hatte sich nichts von Interesse gefunden. Das Wesen ihres Vaters würde ihr für immer verborgen bleiben. Enttäuscht stand sie auf. Gedankenverloren umrundete sie den Schreibtisch und versuchte, sich dahinter den unbekannten Menschen, der ihr Vater gewesen war, vorzustellen. Bis sie nach Afrika gekommen war, war Johannes von Sonthofen ihr immer wie ein Heiliger erschienen, der durch die Intrigen ihres Großvaters zu einem unschuldigen Opfer geworden war. Das war auch der Grund gewesen, weshalb sie ihn hatte kennenlernen wollen. Doch nun war alles anders gekommen. Ihr Vater war tot, und im Nachhinein hatte sich herausgestellt, dass er Rachel wohl schneller vergessen hatte, als sie alle gedacht hatten. Dieser bitteren Tatsache musste sie wohl oder übel ins Auge sehen, obwohl sich alles in ihr dagegen sträubte.

Langsam und gründlich schweifte ihr Blick über die holzvertäfelten Wände, die Standuhr im Eck, die Anrichte mit dem Vertigo, über den dicken Holzbohlenboden und den darüber gelegten Perserteppich. Sie wollte alles in sich aufnehmen, um es immer in ihrem Gedächtnis zu behalten. Mehr zufällig blieben ihre Augen an den Fugen der Holzbretter unter der Anrichte hängen. Sie sahen irgendwie anders aus, so als wären sie vor Kurzem mit einem Messer gesäubert worden. Jella kniete nieder und klopfte mit dem Fingerknöchel auf das Fußbodenbrett. Es klang seltsam hohl. Neugierig versuchte sie, das Brett mit den Fingern zu lösen, aber es gab nicht nach. Suchend sah sie sich nach etwas Geeignetem um. Auf dem Schreibtisch entdeckte sie einen Brieföffner. Sie lauschte in Richtung Tür, doch weder Nancy noch einer der anderen Hausbediensteten machten sich gerade in ihrer Nähe zu schaffen. Vorsichtshalber schloss sie die Tür. Eine gewisse Erregung ergriff sie, als sie den Brieföffner zwischen die Bretterritzen steckte und an ihnen entlangfuhr. Nach ein paar Versuchen gab das Brett tatsächlich etwas nach. Sie ruckelte daran, bis sie es etwas anheben konnte. Dann fuhr sie mit den Fingern darunter und löste es schließlich ganz. Unter dem Fußboden befand sich ein kleiner Hohlraum, nicht mehr als ein handtaschengroßes Fach, aber groß genug, um etwas darunter zu verstecken. Die Öffnung war so schmal, dass Jella gerade ihre Hand hineinstecken konnte. Tastend bewegten sich ihre Finger durch das Versteck, bis sie schließlich einen ledernen Sack und mehrere gebundene Hefte zu greifen bekam. Sie zog alles heraus, um es sich anzusehen. Da hörte sie ein Geräusch. Jemand kam ins Haus. Jella schob hastig das Brett an seinen Platz und steckte Hefte und den Lederbeutel unter ihre Bluse. Dann wartete sie hinter der geschlossenen Tür, bis die Schritte verklungen waren. Leise die Tür öffnend verschwand sie aus dem Zimmer, um in aller Ruhe in ihrem eigenen Raum den Fund zu untersuchen.

Mit klopfendem Herzen stellte sie fest, dass es sich tatsächlich um persönliche Aufzeichnungen ihres Vaters handelte. Es waren nicht sehr viele, und wahrscheinlich waren sie nicht vollständig, dennoch schienen sie beim ersten Betrachten einen Abriss über die letzten zwanzig Jahre in Johannes' Leben zu geben. Ihre Hände zitterten, als sie sich daranmachte, sich in die Aufzeichnungen zu vertiefen. Endlich hatte sie etwas gefunden, was ihr den Vater näher bringen konnte. Die Tagebücher begannen im Jahr 1884, dem Jahr, in dem sie selbst geboren worden und ihr Vater mit einem Schiff der Woermannlinie nach Südwest ausgewandert war. Anfangs hatte sie Mühe, die steile, enge Schrift ihres Vaters zu entziffern, doch nach ein paar Seiten hatte sie sich eingelesen und verfolgte nun gebannt ihren Inhalt. Sie erfuhr von der großen Liebe, die ihr Vater für ihre Mutter empfunden hatte, und über seine Gründe, fortzugehen. Auf dem Schiff hatte er noch geschrieben:

Mein Gott, wie weh wird mir, wenn ich daran denke, dass meine Rachel jetzt ganz allein in dem öden Berlin verweilt, während ich hier auf Abenteuerreise gehe. Tag für Tag ist sie als Gesellschafterin den Launen ihrer hochnäsigen Herrschaft ausgesetzt, noch dazu beschämend bezahlt. Das hat sie nicht verdient. Sie ist das Wunderbarste, was mir jemals widerfahren ist. Und ich werde alles tun, um sie bald von ihrem leidigen Schicksal zu erlösen.

Gott allein weiß, wie schwer mir die Entscheidung gefallen ist, uns ein Leben im fernen Afrika aufzubauen. Doch die Sturheit meines Vaters und sein unzeitgemäßes Standesbewusstsein lassen mir keine andere Wahl. Die Heftigkeit, mit der er sich gegen unsere Verbindung gestellt hat, hätte uns keine gemeinsame Zukunft ermöglicht. In den Kolonien liegt Deutschlands Zukunft. Dank der weisen Voraussicht des Bremer Tabakhändlers Adolf Lüderitz haben wir nun die Möglichkeit, neue Reichtümer zu schöpfen und neue Lebensformen zu erproben. In den Kolonien kennt man keine Standesunterschiede. Dort kann Rachel auch ohne einen Adelstitel meine Frau werden. Noch besser: Ich lege meinen Titel einfach ab. Doch zuerst muss ich uns ein Nest bauen. Zum ersten Mal in meinem Leben werde ich meinen Unterhalt selbst verdienen. So hat sich mein langjähriges Studium doch noch bezahlt gemacht. Ich werde mein Glück im Bergbau suchen. Gebe Gott, dass es mir gelingen wird, damit ich so schnell wie möglich Rachel nachholen kann. Sobald ich ein geregeltes Einkommen habe, schicke ich ihr die Fahrkarte für die Reise hierher. Bis dahin bleiben mir nur die Erinnerungen an sie und die wunderbare Fotografie, die mir nur ein schlechter Ersatz für ihre traurige Abwesenheit ist …

Fasziniert überflog Jella die nächsten Seiten des ersten Hefts, und nachdem sie dieses zu Ende gelesen hatte, griff sie nach dem nächsten. Sie erfuhr anfangs weniger über ihren Vater als über die Geschichte Deutsch-Südwestafrikas. Ihr Vater schilderte begeistert die weise Voraussicht des Bremer Tabakhändlers Adolf Lüderitz, der 1884 im Reichstag einen Interventionsantrag gestellt hatte, dem Bismarck nach einigem Zögern zugestimmt hatte. Als Folge wurde die deutsche »Schutzherrschaft« über die von ihm käuflich erworbenen Gebiete proklamiert. Faktisch war damit die erste deutsche Kolonie geschaffen worden. Mit demselben Schiff, auf dem ihr Vater reiste, waren Forscher, Händler, ein paar abenteuerlustige Siedler und eine Handvoll Offiziere und Unteroffiziere nach Deutsch-Südwest entsandt worden. Schon bald nach seiner Ankunft hatte sich ihr Vater einem Trupp Geologen angeschlossen, die von Adolf Lüderitz beauftragt worden waren, in der Namib-Wüste nach Bodenschätzen zu suchen. Der Bremer Tabakhändler war der festen Überzeugung gewesen, dass es in dem von ihm erworbenen Gebiet riesige Erz- und Edelsteinvorkommen, Silber, Gold und Diamanten geben musste. Doch seine Hoffnungen erfüllten sich so nicht. Weder Johannes noch andere Geologen waren auf nennenswerte Vorkommen gestoßen, weil sie weder die Mittel noch die Möglichkeiten hatten, das Land systematisch zu untersuchen. Schon 1885 waren Lüderitz' Geldreserven erschöpft, und er sah sich gezwungen, seine gesamten Ländereien an die auf Betreiben Bismarcks gegründete Deutsche Kolonialgesellschaft für Südafrika zu verkaufen. Johannes von Sonthofen fand bald neue Beschäftigung. Aus Deutschland kommend hatten sich mittlerweile verschiedene Bergbaugesellschaften angesiedelt, um sich gründlicher auf die Suche nach Bodenschätzen zu machen. Sie waren immer auf der Suche nach guten Leuten, die bereit waren, auch tief in das fremde Land vorzustoßen. Dieses Mal verschlug es Jellas Vater in den Norden, in die Nähe von Tsumeb und Tschudi. Tatsächlich stieß er dort auf Erze, die mit etwas Silber und reichlich Kupfer und Blei angereichert waren. Die Bergbaugesellschaft, für die er arbeitete, belohnte seinen Erfolg dahingehend, dass sie ihn damit beauftragte, für sie eine Schmelzhütte mit Blei- und Kupferschachtöfen zu errichten, damit das Erz an Ort und Stelle verhüttet werden konnte. Allem Anschein nach war er sehr erfolgreich und bekam auch eine kleine Beteiligung an den Gewinnen, die ihm wohl später den Kauf von *Owitambe* ermöglicht hatten. Johannes' Beschreibungen waren stets nüchtern und bezogen sich meist auf Geschehnisse innerhalb des Kupferbergwerks. Hin und wieder waren ein paar persönliche Notizen eingeflochten, in denen Johannes sein Bedauern zum Ausdruck brachte, dass er immer noch keinen Brief von Rachel erhalten hatte, obwohl er ihr schon mehrfach geschrieben hatte. Dann musste er die verleumderischen

Briefe von seinem Vater erhalten haben. Es mochten etwa anderthalb Jahre seit seiner Ankunft in Afrika vergangen gewesen sein. Jella traf es tief, als sie die Passage las. Sie selbst war damals schon über ein Jahr alt gewesen:

Heute ist der schwärzeste Tag meines Lebens. Meine schlimmsten Ängste haben sich bewahrheitet. Rachel hat mich vergessen und woanders Trost gesucht. Es fällt mir schwer, den Worten meines Vaters Glauben zu schenken, aber die Tatsache, dass Rachel ein neugeborenes Kind hat, muss mir Beweis genug sein. Da ich zu dieser Zeit schon in Afrika gewesen bin, komme ich als Vater nicht in Betracht! Möge Gott mir die Kraft geben, diese Frau zu vergessen!

Wieder einmal fühlte sie diesen tiefen Groll. Ihr Großvater hatte nicht nur Rachel denunziert, sondern war auch noch auf die perfide Idee gekommen, ihr Kind jünger zu machen, als es tatsächlich gewesen war. Dadurch musste Johannes zwangsläufig zu der Überzeugung gelangen, dass er gar nicht der Vater sein konnte. Er musste glauben, dass Rachel ihm untreu geworden war.

Dieser alte Intrigant hatte aus purem Eigennutz Unglück über drei Menschen gebracht. Ohne seinen Starrsinn und Dünkel wären ihre Mutter, sie und Johannes wahrscheinlich heute noch eine glückliche Familie! Mit Tränen in den Augen las Jella weiter.

Waren vorher Johannes' Schilderungen zwar nüchtern, aber immer voller Begeisterung für das Land und ihre mögliche Zukunft gewesen, so fand sich in den folgenden Seiten fortan ein trauriger Unterton. Johannes schien der Lebensmut abhanden gekommen zu sein. Das Einzige, was seinen Kummer milderte, waren seine Arbeit und sein Sinn für Gerechtigkeit. Mit großem Einsatz hatte er sich für die Belange der schwarzen Minenarbeiter eingesetzt. Wiederholt betonte er in seinen Aufzeichnungen, dass Schwarze und Weiße als gleichwertig zu behandeln seien. In den Minen, in denen er die Aufsicht hatte, legte er festgeschriebene Pausen und geregelte Arbeitszeiten fest. Das sprach sich bei den Einheimischen bald herum, sodass sie lieber in seinen Bergwerken als bei der Konkurrenz arbeiteten. Doch das konnte nicht über die im Land herrschenden Probleme hinwegtäuschen. Im Land selbst gab es ständig Unruhen. Nama und Hereros waren selbst vom Norden nach Südwestafrika eingewandert und befehdeten sich seither erbittert. Es ging um Land- und Viehdiebstahl. Während ihrer ständigen Übergriffe wurden auch weiße Siedler bedroht und getötet. Die lächerlich kleine kaiserliche Kolonialtruppe war nicht fähig, sie zu schützen. Zu Beginn der Kolonialisierung bestand sie lediglich aus zwei Offizieren, fünf Unteroffizieren und zwanzig schwarzen Soldaten. Nach wiederholten Anfragen wurden 1889 schließlich nochmals 21 Soldaten nach Deutsch-Südwest entsandt. Mit ihnen kam Hauptmann Curt von François. Er sollte die deutschen Siedler schützen und die beiden Völker befrieden. Um besser zwischen Hereros und Namas taktieren zu können, gründete er an der Grenze der beiden Siedlungsgebiete und am Schnittpunkt traditioneller Verkehrswege eine Ortschaft: Windhuk. Seit 1890 war die Stadt Sitz der deutschen Schutztruppe und der Kolonialverwaltung. Von dort aus sorgte er dafür, dass die mit den Einheimischen und dem Deutschen Reich ausgehandelten Schutzverträge eingehalten wurden. Von nun an begann die richtige Kolonialisierung des Landes. In den folgenden Jahren wanderten immer mehr Deutsche nach Deutsch-Südwest aus, besiedelten das Land, bauten Straßen und Eisenbahnen, errichteten Farmgebäude, ganze Dörfer, Militäreinrichtungen, Kirchen, Schulen und Krankenhäuser. Gleichzeitig ließen sich Kaufleute und ganze Handelsgesellschaften nieder und machten gute Geschäfte. Dann begannen die Nama unter ihrem Kapitän Hendrik Witbooi nach einer längeren Friedenszeit mit landesweiten Plünderungen und Angriffen. Der zahlenmäßig unterlegenen Schutztruppe gelang es nicht, die Herero zu schützen und den Kampf der Nama zu beenden. Nachdem mehrere Versuche, Witbooi zu einer freiwilligen Unterwerfung zu bewegen, gescheitert waren, wurde aus Berlin Major Theodor Leutwein entsandt. Die Schutztruppe wurde auf tausend Mann aufgestockt. Außerdem ließ Leutwein schwere Feldgeschütze auffahren. Das riesige Aufgebot und die Waffen schüchterten Witbooi und seine Leute tatsächlich ein. Im September 1894 kapitulierte der Namaführer und unterwarf sich den Schutztruppen.

In seinen Aufzeichnungen machte Johannes immer wieder seine politische Meinung deutlich.

Für uns Deutsche, die wir hier in Südwestafrika eine neue Heimat gefunden haben, muss es das höchste Anliegen sein, dass alle Bewohner unseres Landes gleichgestellt sind – egal, welche Hautfarbe sie haben. Nur wenn alle Bevölkerungsgruppen sich gegenseitig achten und ihre Unterschiedlichkeit respektieren, können wir in Frieden neben- und miteinander existieren. Hereros, Ovambos, Damarras, Namas, die scheuen Buschmänner und wir Deutschen müssen lernen, an einem Strang zu ziehen.

Doch die Realität sprach eine andere Sprache. Zwar waren die Namas unterworfen und die Hereros in höchstem Maße zufrieden – ihr Kapitän Samuel Maharero schloss sogar Freundschaft mit Major Leutwein –, doch jetzt kamen die deutschen Siedler, deren europäische Weltsicht zum Großteil nicht mit den in Südwestafrika herrschenden Verhältnissen übereinstimmte. Traditionell lebten die Hereros von der Rinderzucht. Als es 1897 zu einer Rinderpest und einer Heuschreckenplage kam, brach dem Hirtenvolk ihre Lebensgrundlage weg. Das Massensterben ihrer Rinder führte zu einem starken Preisanstieg für Fleisch, was wiederum für die deutschen Siedler bedeutete, dass für sie die Rinderzucht interessant wurde. Viele Farmer sahen ihre Zukunft auf den wertvollen Weidegründen der Hereros. Bereits vor der Pest hatten die Hereroanführer viel gutes Land über die Köpfe ihrer Stämme hinweg an deutsche Siedler verkauft. Doch nun waren die Hereros durch den Verlust ihrer Rinder noch ärmer geworden, sodass die Kapitäne, unter ihnen auch Samuel Maharero, immer noch mehr Land verkauften. Die Folge war verheerend. Die Verarmung der Hirten war grenzenlos, denn jetzt standen ihnen immer weniger Weideland und Frischwasserbrunnen zur Verfügung. Viele Herero waren gezwungen, Lohnarbeit auf deutschen Farmen anzunehmen. Andere sahen keine andere Möglichkeit, als ihre Tiere verbotenerweise auf den riesigen deutschen Farmländern weiden zu lassen. Dies zog den Zorn der deutschen Siedler auf sich. Sie vertrieben die Hirten oft mit Gewalt. Johannes bekümmerte die Entwicklung. Er sah mit eigenen Augen, wie die Kolonialisten mit ihrer Überheblichkeit, die einerseits aus der Unkenntnis der Sitten, aber in vielen Fällen auch aus dem Gefühl der kulturellen und geistigen Überlegenheit resultierte, die schwarzen Völker demütigten und ihren Widerstandsgeist anfachten. Auch in den Minen waren diese Ungerechtigkeiten zu spüren. Trotz aller Interventionen war der Lohn der Minenarbeiter erbärmlich gering im Vergleich zu der lukrativen Ausbeute, die allein den Minenbesitzern zugutekam. Eines Tages hatte Johannes einen Entschluss gefasst:

Die Lage in den Minen bedrückt mich immer mehr. Tag um Tag schuften die Menschen für einen kärglichen Lohn, während die Minenbesitzer den Lohn abschöpfen. Ich sollte froh sein, denn schließlich profitiere ich ebenfalls davon. Doch im gleichen Maße, wie mein Reichtum wächst, wächst auch mein schlechtes Gewissen. Ich möchte gern etwas von dem, was ich erwirtschaftet habe, auch wieder dem Land zurückgeben. Deshalb habe ich einen Entschluss gefasst. Zum Ende des Monats werde ich Tsumeb verlassen. Während einer meiner letzten Reisen für die Minengesellschaft bin ich am Waterberg auf ein traumhaft schönes Stück Land gestoßen, auf dem ich sofort das Gefühl hatte, zu Hause zu sein. Glückliche Umstände woll-

ten es, dass die Kolonialverwaltung einen weißen Siedler suchte, der das Land bewirtschaftet. Ich musste nicht lange überlegen, bis ich zugriff. An diesem Ort werde ich versuchen, meine Ruhe zu finden. Ich frage mich, ob es nicht möglich ist, die Farm gemeinsam mit den Schwarzen zu bewirtschaften, anstatt sie nur als billige Arbeitskräfte zu missbrauchen. Ich möchte Rinder kaufen und sie züchten, aber mir fehlt das Wissen um die Tiere. Die Hereros sind die besten Rinderzüchter weit und breit. Warum soll ich sie nicht mit einbeziehen in meine Zucht? Es muss doch einen Weg geben, wie alle Beteiligten einen Profit daraus ziehen …

Jella las und las. Die Zeit verging wie im Fluge. Längst war die Mittagszeit vorüber. Sie hatte sich nur schnell ein paar Früchte aus der Küche geholt und sie mit aufs Zimmer genommen. Sogleich hatte sie sich wieder in die Aufzeichnungen vertieft. Mit jeder Zeile wurde ihr der Vater vertrauter. Wenn sie die Augen schloss, sah sie ihn genau vor sich. Groß gewachsen wie sie, schlank und in seinem Wesen geradeheraus. Die Erkenntnis schmerzte sie umso mehr, als sie wusste, dass sie ihn nie kennenlernen würde.

Tatsächlich hatte Johannes sein Vorhaben kurz darauf wahr gemacht. Gemeinsam mit einigen Hererohirten, aber auch mit Damarras und Ovambos hatte er *Owitambe* aufgebaut und eine Art Genossenschaft daraus gemacht, in die jeder Bewohner, je nach seinen Fähigkeiten, seine Arbeitskraft einbringen konnte. Entsprechend seinem Einsatz wurden dann nach einem festgelegten Raster die Gewinnanteile berechnet. Die Farm gehörte zwar Johannes, aber ihr Ertrag kam allen Menschen, die darauf lebten, zugute. Die umliegenden Farmer sahen Johannes' Art, eine Farm zu führen, sehr skeptisch. Sie glaubten, dass die schwarzen Farmarbeiter nur mit Zucht und Ordnung zu halten waren. Für sie blieben sie bestenfalls »unschuldige Wilde«, denen nichts Besseres passieren konnte, als dass die Deutschen ins Land gekommen waren, um sie zu ordentlichen Christen zu erziehen. Aus diesem Grund blieb Johannes ziemlich isoliert und hatte mit den anderen Weißen kaum etwas zu tun. Eines Tages war Victor Grünwald aufgetaucht. Er bat Johannes um Arbeit, die er auch umgehend bekam, da sie auf *Owitambe* gerade neue Stallungen errichteten, wo jede kundige Hand gebraucht wurde. Johannes beschrieb Grünwald als einsilbigen, aber recht zuverlässigen Arbeiter. Er machte sich bald unentbehrlich, sodass Johannes ihm den Posten des Vorarbeiters anbot.

Jella las zwischen den Zeilen, dass Johannes auf *Owitambe* seine Ruhe gefunden hatte. Nur der Gedanke an Rachel schmerzte ihn immer wieder. Dann war plötzlich eine Himbafrau auf der Farm aufgetaucht. Johannes beschrieb sie ausführlich:

Sie stand einfach da und sah mich an. Ihre augenscheinliche Jugend wurde von der Klugheit ihrer Augen übertroffen. Aus ihnen sprachen Weisheit und tiefes Verstehen, aber auch tief verschlossenes Leid. Ich war von dieser fremdartigen Frau sofort bezaubert. Himbafrauen kamen nur sehr selten an den Waterberg, und sie war die erste, die ich überhaupt jemals zu Gesicht bekommen hatte. Das Hirtenvolk lebt normalerweise im Kaokoveld weit im Nordosten. Später erfuhr ich, dass die Art, wie sie ihre Haare trug, anzeigte, dass sie im heiratsfähigen Alter war. Die Haare waren mit roter Erde vermischt zu zahlreichen Zöpfen geflochten worden. Außerdem war ihr ganzer Körper mit einer roten, fettigen Creme eingeschmiert, die aus Butterfett, Ockerfarbe und dem aromatischen Harz des Omuzumba-Strauches bestand. Bis auf einen aus Rinderleder gefertigten Lendenschurz trug sie nur einen wulstigen, eng um den Hals liegenden Halsschmuck aus geflochtenem Sisal, sowie eine lange Perlenkette aus Tierknochen, die zwischen ihren hübschen, birnenförmigen Brüsten baumelte und von einem Stück Kuhhorn zusammengehalten wurde. Die Frau sprach weder deutsch noch englisch, nur ein paar Brocken herero.

»Ich bleibe hier und helfe.«

Kaum hatte sie die Worte ausgesprochen, setzte sie sich auf den Boden und sah mich herausfordernd an. Ich wusste nicht, was ich darauf antwor-

ten sollte, also setzte ich mich ihr gegenüber. So saßen wir minutenlang und musterten uns neugierig. Schließlich fragte ich sie nach ihrem Namen. Da er für mich kaum auszusprechen war, fragte ich sie, ob sie mit einem anderen Namen einverstanden sei. Wir einigten uns auf Sarah. Sie lachte und meinte: »Neues Zuhause, neuer Name. Ja, Sarah ist gut!«

Dann stand sie auf und ging hinaus in den Busch. Sie blieb stundenlang fort, sodass ich schon annahm, sie hätte es sich anders überlegt. Doch kurz vor Sonnenuntergang war sie plötzlich wieder da, die Arme voller Feuerholz. In der Nähe der Rinderpferche ließ sie es fallen. Ich folgte ihr und war gespannt, was sie nun unternehmen würde. Schweigend reichte sie mir ein Lederbündel, in dem zwei Feuerstöcke lagen.

»Du machen okuruwo, *Heiliges Feuer, dann Geister sind* Owitambe *gutgesinnt.«*

»Ich kann damit kein Feuer machen«, versuchte ich mich aus dem Hokuspokus herauszureden. Ich hatte schon oft von den merkwürdigen Gewohnheiten der Himba gehört und achtete auch ihre Bräuche, aber ein heiliges Feuer anzuzünden, wie es in einem Himba-Dorf üblich war, kam mir schon etwas seltsam vor. Doch Sarah bestand darauf. Sie zeigte mir, wie man die Feuerhölzer bediente. Sie sammelte etwas dürres Gras und legte es auf das weiche Stück Holz. Darauf setzte sie ein rundes Feuerholz, das etwas härter war. Sie forderte mich auf, den Stab schnell und gleichmäßig zwischen meinen Fingern zu bewegen, bis schließlich erst etwas Rauch und dann ein kleines Feuer entstand. Mit kundigen Händen half sie mir, das gesammelte Holz zu entzünden. Als es schließlich munter vor sich hin prasselte, begann sie ein Lied zu singen und dazu zu tanzen. Es war merkwürdig, aber mit diesem Ritual kehrte auch in mir etwas Ruhe ein. Der Gedanke an Rachel schmerzte nicht mehr so sehr, und ich wusste, dass ich der Vergangenheit nicht mehr nachtrauern durfte, sondern dass meine Zukunft hier in Afrika lag.

Sarah kümmerte sich fortan um das Feuer. Sie sagte, es dürfe nie ausgehen, denn sonst würden die bösen Geister Owitambe *heimsuchen.*

Ein paar Nächte später kam Sarah zum ersten Mal in mein Zimmer …

Sarah und ihr Vater! Also doch! Jella fröstelte trotz der Hitze in ihrem Zimmer. Sarahs Sohn war also ihr Halbbruder. Mit gemischten Gefühlen nahm sie zur Kenntnis, was sie eigentlich schon lange geahnt hatte. Doch dann wurde sie noch einmal von Johannes' Aufschrieben in den Bann gezogen. Sie las, dass ihr Vater und Sarah sich aufrichtig geliebt hatten. Sarah wohnte zwar nicht in seinem Haus, aber es war ein offenes Gehcimnis, dass die beiden ein Verhältnis hatten. Als sie schließlich schwanger wurde, bekannte er sich sofort zu ihrem gemeinsamen Kind. Er bat Sarah, ihn zu heiraten, doch die Himbafrau wollte es nicht. Eine christliche Heirat stand außerhalb ihrer Vorstellungswelt. Sie konnte auch so mit Johannes zusammen sein und brauchte die Rituale der Weißen nicht für ihr Glück. Johannes wurde für seine menschenfreundliche Art und seine Hilfsbereitschaft von allen schwarzen Farmarbeitern geachtet. Im Gegensatz zu den anderen Farmern achtete er die unterschiedlichen Lebensweisen der Einheimischen, besonders das der nomadisierenden Buschmänner. Alle zwei Jahre kam eine Gruppe von ihnen nach *Owitambe.* Das war schon immer so gewesen. Johannes duldete ihre Anwesenheit und nahm es auch in Kauf, dass sie ab und zu eines seiner Rinder mitnahmen. Die Buschmänner wussten, dass die anderen weißen Männer sie deswegen jagten, und waren Johannes dafür umso dankbarer. Debe, ihr Sprecher, machte Johannes deshalb ein wertvolles Geschenk. Für den Buschmann war es nur ein Talisman, aber für Johannes und *Owitambe* bedeutete es viel mehr. Der Buschmann schenkte ihm einen kleinen Beutel voller Diamanten.

Jella hielt inne und griff nach dem Lederbeutel. Neugierig öffnete sie ihn und schüttete den Inhalt auf ihr Bett. Vier glitzernde, ungeschliffene Steine kullerten auf die Bettdecke. Ungläubig nahm sie sie in die Hände. Sie kannte sich nicht mit Diamanten aus, aber zweifelsohne waren sie ein Vermögen wert! Lucie würden die Augen übergehen. Überhaupt Lucie. Was spielte sie in Johannes' Leben für eine Rolle? Ihr Name war noch nicht ein einziges Mal in den Aufzeichnungen aufgetaucht, geschweige denn ihre Person. Jella blätterte vor. Es waren nur noch wenige Seiten, dann waren die Aufzeichnungen ihres Vaters zu Ende. Was hatte das zu bedeuten? Immer noch hatte Johannes Lucie mit keiner Silbe erwähnt. Merkwürdig. Erst beim Überfliegen der letzten Seiten fiel zum ersten Mal ihr Name. Ihr Vater erwähnte eine gewisse Engländerin namens Lucie Greenwood, die in einem Hotel in Grootfontein wohnte. Er beschrieb sie als ziemlich aufdringliches Weibsbild, das ihm offenkundig schöne Augen gemacht hatte. Ihre anbiedernde Art hatte ihn abgestoßen, allerdings war er zu höflich gewesen, um sie offen zu brüskieren. Das änderte sich erst, als sie eines Tages überraschend in *Owitambe* aufgetaucht war und Johannes gebeten hatte, sie für ein paar Tage zu beherbergen. Um der Gastfreundschaft willen konnte er nicht ablehnen. Doch Lucie verfolgte ihn auf Schritt und Tritt und machte ihm so deutliche Avancen, dass er nicht anders konnte, als ihr nach wenigen Tagen unmissverständlich klarzumachen, dass er an ihr nicht interessiert war. Erst danach war Lucie beleidigt abgereist.

Jella legte das letzte Heft aus den Händen. Ihr war ganz wirr im Kopf. Lucie hatte ihr die Heiratsurkunde gezeigt. Sie trug den Stempel des Kolonialamtes von Grootfontein. Irgendetwas stimmte hier nicht. Nachdenklich räumte sie die Hefte und die Diamanten beiseite und versteckte sie unter ihrer Matratze.

Plötzlich hatte sie das Bedürfnis, an die frische Luft zu gehen, um einen klaren Kopf zu bekommen. Sie hatte so viel über Johannes und seine Zeit in Afrika erfahren, dass sie erst einmal Ordnung in ihre Gedanken bekommen musste. Durch die Hintertür, die normalerweise nur die Hausbediensteten benutzten, trat sie ins Freie. Der kurze afrikanische Tag neigte sich langsam seinem Ende zu. Die Bäume und Gebäude warfen lange, dunkle Schatten, und die untergehende Sonne tauchte *Owitambe* in ein warmes, leuchtendes Orange. Sie wollte zu ihrem Lieblingsbaum gehen, um die Stimmung des Abends auf sich wirken zu lassen. Da hörte sie Stimmen. Sie kamen aus dem Nebengebäude, in dem die Kutsche und die Fuhrwerke untergebracht waren. Lucie und Grünwald waren wohl soeben zurückgekehrt. Sie schienen offensichtlich guter Laune zu sein. Lucie lachte ihr lautes, schrilles Lachen, und auch Grünwald war für seine Verhältnisse recht übermütig. Neugierig blieb Jella im Schutz des Schattens, den das Gebäude warf, und lauschte. Durch eine Ritze in der Holzwand konnte sie die beiden sogar beobachten. Sie schienen sehr vertraut miteinander umzugehen.

»Wir haben es fast geschafft«, jubelte Lucie. »Die Farm gehört mir. Jetzt müssen wir nur noch Sonthofens Steine finden. Sie müssen einfach irgendwo auf der Farm sein! Verkauft hat er sie jedenfalls noch nicht, sonst wäre auf seinem Konto mehr Geld gewesen. Ich bin mir sicher, dass er sie irgendwo im Haus versteckt hat. Sobald wir sie gefunden haben, werden wir *Owitambe* verkaufen und endlich in Südafrika oder sonst wo ein neues Leben beginnen.«

»Du hast Sonthofens Tochter vergessen«, knurrte Grünwald. »Sie wird sich nicht damit abfinden, dass sie nichts von dem Erbe abbekommt. Außerdem schnüffelt sie hier viel zu viel rum. Wir sollten sie so schnell wie möglich loswerden.«

»Mach dir keine Sorgen!« Lucie lachte abfällig. »Sie ist doch nur ein junges, unerfahrenes Ding. Wenn die den Erbschein sieht, wird sie begreifen, dass ich ab jetzt alleinige Besitzerin von *Owitambe* bin. Zeig ihr von mir aus die Stelle, wo Sonthofen gestorben ist – als Gegenzug verlangen wir von ihr zu verschwinden.«

»Als ob ich nichts Besseres zu tun hätte!«

»Ach, Victor.« Lucie schnurrte wie ein Kätzchen und sah ihn besänftigend an. »Bezähme deine Ungeduld. Bald haben wir alles, was wir brauchen!« Sie schmiegte sich an ihn und begann fordernd an seiner Hose herumzuspielen. Grünwald schob sie von sich.

»Nicht! Wenn uns jemand sieht!«

»Wer soll uns denn jetzt noch sehen?« Unbeirrt knöpfte sie seinen Hosenladen auf. Jella zog tief Luft ein und wandte ihren Blick ab. Die Beobachtung war ihr äußerst peinlich; andererseits wollte sie auf keinen Fall etwas von dem Gespräch verpassen. Zum Glück schien Grünwald nicht in der Stimmung für weitere Spielchen zu sein. Ziemlich grob stieß er Lucie zurück.

»Ich will jetzt nicht!«

Lucie gab nicht nach.

»Selbst wenn die Schwarzen uns sehen. Sie werden kein Wort über uns verlieren. Dazu haben sie viel zu große Angst, ihre Anstellung zu verlieren.«

»Im Moment habe ich andere Dinge im Kopf«, meinte Grünwald unwirsch. »Es geht schließlich um unsere Zukunft. Ich glaube nämlich, dass es außer den Steinen, die Sonthofen hatte, noch viel mehr gibt.«

Lucie ließ von ihm ab und horchte auf.

»Ach, ja?«

»Man sagt, dass die Buschmänner wieder in der Nähe sind. Ich konnte sie mit meinem Trupp nicht aufspüren, aber ich weiß, dass sie da sind. Sonthofen muss die Steine von ihnen bekommen haben. Wir müssen herausfinden, wo sie die Diamanten herhaben. Die Fundstelle kann nicht allzu weit von hier entfernt sein. Wer weiß, vielleicht liegen die Steine sogar auf *Owitambe.* Dann wären wir schön blöd, das kostbare Land voreilig zu verkaufen.«

»Was willst du tun?«

»Ich werde in den nächsten Tagen nochmals einen Trupp Männer zusammenstellen und den Buschmännern ein wenig auf den Zahn fühlen. Aber erst muss diese Sonthofen von hier verschwinden.«

»Nancy sagte, dass sie wieder zurück ist. Ich werde mich um sie kümmern.«

Jella hatte genug gehört. Sie schlich zurück zum Haus, trat aber in der einsetzenden Dunkelheit auf einen morschen Ast.

»Was war das?«

Lucie hatte prompt das Geräusch gehört. Jella huschte schnell weiter und hoffte, dass sie unentdeckt blieb. Die Schatten der Bäume und Gebäude ausnutzend eilte sie unbemerkt zurück in ihr Zimmer. Dort ließ sie sich erst einmal auf ihr Bett fallen.

Die Entdeckungen des heutigen Tages ließen alles in einem neuen Licht erscheinen.

Wieso war ihr Vater mit Lucie verheiratet gewesen, wenn die Tagebuchaufzeichnungen doch so abfällig von ihr berichteten? Sie musste etwas übersehen haben. Noch einmal zog sie die Tagebücher und den Lederbeutel unter der Matratze hervor und suchte fieberhaft in dem letzten Heft nach Hinweisen auf eine Heirat. Doch die Tagebuchaufzeichnungen endeten kurz nach der Stelle, wo ihr Vater beschrieb, wie er Lucie wieder losgeworden war. Erst beim dritten Durchlesen achtete sie auf das Datum. Lucies beleidigtes Verschwinden und Johannes' Todesdatum unterschieden sich nur um zwei Tage. Das konnte unmöglich sein! Jella pustete sich aufgeregt eine Locke aus dem Gesicht und rechnete nochmals nach. Es gab keinen Zweifel. Ein flaues Gefühl keimte in ihrem Magen auf, als ihr die Unstimmigkeiten zwischen Lucies Behauptungen und den Tagebuchaufzeichnungen ihres Vaters bewusst wurden. Alles deutete darauf hin, dass Johannes und Lucie gar nicht verheiratet gewesen waren. Das würde so vieles erklären. Wie hatte sie nur so naiv sein können? Sie hatte die Dinge viel zu wenig hinterfragt. Langsam bekam sie Ordnung in ihre Gedanken. Wie war noch mal Lucies Mädchenname gewesen? Jella überlegte. Lucie hatte ihn bei einem ihrer gemeinsamen Essen erwähnt, als sie ihr erzählt hatte, dass ihr Vater ein Engländer gewesen sei. Jetzt fiel er ihr wieder ein.

»Greenwood«, murmelte Jella laut vor sich hin. Was war sie doch nur für eine Idiotin gewesen! Plötzlich fügte sich alles wie ein Puzzlespiel zusammen. »Greenwood ist die englische Übersetzung für Grünwald.«

»Was flüstern Sie da?«

Lucies scharfe Stimme riss Jella aus ihren Überlegungen. Die vermeintliche Witwe ihres Vaters war ohne anzuklopfen unbemerkt in ihr Zimmer getreten. Wer weiß, wie lange sie schon dort stand.

»Was machen Sie hier in meinem Zimmer? Können Sie nicht anklopfen?«, fuhr Jella sie schroff an. Gleichzeitig versuchte sie das Heft mit den Aufzeichnungen unbemerkt unter der Bettdecke verschwinden zu lassen. Doch Lucie hatte längst Verdacht geschöpft.

»Darf ich mal?«

Ehe Jella reagieren konnte, entriss sie ihr das Tagebuch. Empört sprang Jella auf.

»Was fällt Ihnen ein? Geben Sie mir sofort das Heft zurück. Es ist mein Eigentum!«

»Das werden wir ja sehen.«

Lucie trat einen Schritt zurück und blätterte das Tagebuch auf. Wenige Blicke genügten, bis sie erkannte, um was es sich handelte. Sie wurde blass und brauchte einen Augenblick, bevor sie die Fassung wiedererlangte.

»Woher hast du das?«, fragte sie, sämtliche Höflichkeiten beiseite lassend.

»Das geht Sie gar nichts an!«

Jella versuchte, das Heft wieder an sich zu nehmen, doch Lucie wich ihr geschickt aus und schubste sie mit erstaunlicher Kraft zurück aufs Bett. Jella wurde jetzt erst richtig wütend. Für sie gab es keinerlei Gründe mehr, Rücksicht zu üben.

»Sie sind eine Betrügerin, eine Erbschleicherin«, zischte sie aufgebracht. »Sie waren gar nicht mit meinem Vater verheiratet. Sie haben mir die ganze Zeit etwas vorgemacht!«

Lucie lachte laut auf. In ihren Augen blitzte es böse.

»Wer behauptet das? Dein Vater etwa in seinen Schmierereien? Darin scheinen ja einige interessante Dinge zu stehen. Du wirst sicher nichts dagegen haben, wenn ich mir die Tagebücher deines Vaters mal genauer ansehe.«

Lucie presste besitzergreifend das Tagebuch an sich.

»Und dir rate ich, schleunigst von hier zu verschwinden. Im Gegensatz zu dir besitze ich eine gültige Heiratsurkunde. Damit gehört das Erbe von *Owitambe* mir. Du dagegen hast nur ein paar Briefe, die jeder kleine Gauner gefälscht haben könnte. Geh zurück nach Deutschland. Afrika ist nichts für dich.«

Jella rappelte sich auf. Sie erinnerte sich, dass sie Lucie körperlich weitaus überlegen war. Mit zwei Griffen entwand sie ihr wieder die Aufzeichnungen ihres Vaters.

»Ich werde zur Polizei gehen und Sie damit überführen. Sie und diesen Grünwald, mit dem Sie eindeutig unter einer Decke stecken! Ich habe das Gespräch in der Scheune belauscht!« Jella fühlte, wie ihr Selbstvertrauen wieder wuchs. Mit diesem Pack würde sie schon fertig werden. Sie musste nur sehen, dass sie von hier fortkam. Doch Lucie war gewiefter, als sie geahnt hatte. Als sie an ihr vorbei aus dem Zimmer gehen wollte, blickte sie plötzlich in die Mündung eines handlichen Revolvers. Lucie hatte ihn unbemerkt aus der Rocktasche gezogen.

»Was fällt Ihnen ein?«

Anstatt zu erschrecken, wurde Jella nur noch aufgebrachter. »Stecken Sie sofort das Ding wieder ein!«

Lucie lachte überlegen.

»Oh nein, meine Liebe. Das wird hier ein ganz anderes Spiel. Du wirst nämlich jetzt genau das machen, was ich von dir verlange. Her mit dem Tagebuch!«

Jella gehorchte erst, als Lucie den Revolver entsicherte. Widerwillig gab sie es aus der Hand.

»Sie Miststück«, fauchte sie zähneknirschend. »Stecken Sie gefälligst das Ding da wieder weg.«

Lucie dachte gar nicht daran. Die Mündung des Revolvers blieb weiterhin auf sie gerichtet. Ihre Augen waren zu zwei engen Schlitzen verengt, so als überlege sie angestrengt.

»Wollen Sie mich etwa erschießen?«

Jella wurde es nun doch etwas mulmig.

»Das wagen Sie nicht. Das würde viel zu viel Aufmerksamkeit erregen. Nancy ist sicherlich noch im Haus.«

Jella hoffte jedenfalls, dass das stimmte. Lucie lachte nur boshaft.

»Spar dir deine einfältigen Bemerkungen. Den Schwarzen hier ist es völlig egal, was mit dir passiert. Sie machen genau das, was ich ihnen sage, weil sie sonst alles verlieren, was sie besitzen.«

Plötzlich fiel ihr Blick auf Jellas Bett und den Lederbeutel.

»Was ist das?«, fragte sie misstrauisch.

Jellas Antwort kam zögernd.

»Nichts von Bedeutung.«

»Gib es her!«

Jella rührte sich nicht. Stattdessen sah sie Lucie fest in die Augen. Doch ihre Gegnerin ließ sich nicht beeindrucken. Sie stieß ihr die Spitze ihres Stiefels kräftig gegen das Wadenbein. Jella stieß einen Schmerzschrei aus.

»Los, her damit!«, forderte sie noch einmal. Zögernd reichte Jella ihr den Beutel mit den Diamanten. Sie immer im Auge behaltend öffnete Lucie das Ledersäckchen und warf einen Blick hinein. Ihre Augen weiteten sich und bekamen einen gierigen Glanz.

»Sieh einmal einer an.«

Sie stieß einen tiefen Seufzer der Befriedigung aus. »Nach diesen Steinchen suchen wir schon seit Wochen. Du wolltest sie doch nicht etwa stehlen?«

Lucie lachte über ihren vermeintlichen Witz, warf Jella einen kurzen Blick zu und ließ sich dann gleich wieder von den Diamanten in den Bann ziehen. Jella schnaubte innerlich vor Wut und Empörung. Gleichzeitig erkannte sie auch die Gefahr. Lucie würde nun nicht mehr zögern, sie möglichst schnell aus dem Weg zu räumen. Sie musste einen Weg finden, zu entkommen. Ihre Gegnerin konnte den Blick kaum von den Steinen lösen. Jella beobachtete jede ihrer Bewegungen, vor allem den Lauf des Revolvers, der immer noch schussbereit auf sie gerichtet war. Die Diebin schüttete die Edelsteine auf ihre Hand und ließ sich fasziniert von ihrem Glitzern und ihrer Klarheit einfangen. Die Steine waren wunderschön, obwohl sie noch roh und ungeschliffen waren. Von ihnen ging eine Leuchtkraft aus, die sich sogar in den gierigen Augen der Verbrecherin widerspiegelte. Lucie war fasziniert. Diesen Augenblick der Unachtsamkeit nutzte Jella. Sie schlug Lucie mit einer raschen Bewegung den Revolver aus der Hand, schubste sie beiseite und floh durch die Tür. Noch einmal nahm sie den Hinterausgang und stürmte ins Dunkle. Jella überlegte, wohin sie sich wenden sollte, und beschloss, ihr Heil in der Wildnis zu suchen. Dazu musste sie erst an den Stallungen vorbei. Schon hörte sie Lucies Schritte hinter sich. Ihre Verfolgerin rief lauthals nach Grünwald. Jella achtete darauf, immer im Schatten der Gebäude zu bleiben. Die Dunkelheit bot ihr Schutz, und Lucie konnte nicht auf sie zielen. Außerdem war Jella aufgrund ihrer langen Beine eindeutig schneller als ihre kurzbeinige Verfolgerin. Sie hatte die Scheunengebäude fast erreicht, rannte an ihnen entlang bis zu ihrem Ende, um schließlich in der Dunkelheit der Savanne zu verschwinden. Das Ziel schon vor Augen, stellte sich ihr Grünwald in den Weg. Er hatte ihren Fluchtweg vorausgesehen und war aus dem Schatten der Scheune getreten. Jella bemerkte ihn zu spät und stieß frontal mit ihm zusammen. Mit eisernem Griff umfasste er ihren linken Oberarm und versuchte, sie in seine

Gewalt zu bekommen. Doch Jella war nicht bereit, sich so leicht geschlagen zu geben. Mit ihrer freien Hand fuhr sie hoch und zog ihre Fingernägel quer über Grünwalds Gesicht.

»Verdammtes Biest!«

Vor Schmerz aufjaulend ließ er sie kurz los. Sie machte auf dem Absatz kehrt und versuchte im Schatten der Gebäude unterzutauchen. In diesem Augenblick fühlte sie einen dumpfen Schlag auf ihrem Hinterkopf. Sie spürte einen leisen Schwindel und eine ungewohnte Benommenheit, die ihren Blick trübte. Langsam drehte sie sich um. Sie musste blinzeln, bevor sie verschwommen das triumphierende Gesicht Lucies erkannte. Beim nächsten Schlag hatte sie das Gefühl, dass ihr Kopf wie eine reife Melone zerplatzte. Die Umgebung verlor noch mehr an Konturen. Alles stob blitzartig auseinander, bevor sie in einen Sog endloser Dunkelheit gezogen wurde.

Grootfontein

»Und Sie sind sicher, dass sich keinerlei Urkunden bezüglich besagter Heirat bei Ihren Unterlagen befinden?«

»Vollkommen. Eine Eheschließung zwischen einer Lucie und dem Farmer Johannes von Sonthofen aus *Owitambe* hat hier in Grootfontein nie stattgefunden.«

»Merkwürdig.« Fritz strich sich mit seiner gesunden Hand nachdenklich über sein glatt rasiertes Kinn. »Fräulein von Sonthofen war sich ganz sicher, dass die Heirat zu diesem Zeitpunkt stattgefunden haben muss.«

»Bedaure sehr, Ihnen nicht weiterhelfen zu können«,

Volkmann blätterte nochmals die Unterlagen durch. Sie waren alphabetisch geordnet, die Ehemänner wurden immer zuerst genannt. »Ein Johannes von Sonthofen ist eindeutig nicht darunter.«

Fritz hatte noch eine Idee. »Erlauben Sie, dass ich mir die Frauennamen durchsehe?«, fragte er höflich.

»Wenn Sie glauben, dass es Ihnen weiterhilft.«

Volkmann reichte ihm die Mappe mit den standesamtlichen Einträgen über den Tisch. Ein angenehmer Wind strich durch das geöffnete Fenster im Büro des Distriktchefs von Grootfontein. Die Räumlichkeiten lagen im Parterre des weiß getünchten Forts, das die Schutztruppen 1896 auf einer kleinen Anhöhe oberhalb des Ortes errichtet hatten. Außer den fünfundzwanzig Schutztruppensoldaten war in dem Fort die gesamte Kolonialverwaltung des Distrikts untergebracht.

Fritz hatte sich nach langen Überlegungen hierher aufgemacht, um Nachforschungen anzustellen. Er wusste zwar nicht, welchen Erfolg ihm das hinsichtlich Jellas Zuneigung bescheren würde, aber er wollte keine Möglichkeit verstreichen lassen, um sie von seiner aufrichtigen Liebe zu überzeugen. Er dachte nicht daran, Jella aufzugeben. Wenn es auch nur die geringste Chance gab, dann wollte er sie nutzen. Vor allem wollte er verhindern, dass sie voreilig abreiste. Sein Ansatzpunkt war *Owitambe.* Er hatte das unbestimmte Gefühl, dass dort so Einiges nicht in Ordnung war. Diese Lucie war ihm bei seinen Besuchen äußerst suspekt erschienen. Die Rolle der trauernden Witwe spielte sie nur sehr unzureichend. Seiner Meinung nach hatte sie sich mehr als merkwürdig verhalten. Außerdem schien sie so gar nicht zu dem gewissenhaften Sonthofen zu passen. Der Farmer war bekannt dafür, dass er seine schwarzen Arbeiter fair und gerecht behandelte. Vielen Weißen war er deshalb ein Dorn im Auge, weil er in ihren Augen viel zu sehr mit den Schwarzen fraternisierte. Ganz im Gegensatz zu ihm hatte Lucie nie einen Hehl daraus gemacht, wie sehr sie die Schwarzen verachtete. Das passte nicht zu Sonthofens Lebensphilosophie. Außerdem war da noch diese Himbafrau, mit der Johannes angeblich ein Kind hatte. Fritz war sich sicher, dass an dem Gerücht etwas dran war. Er hatte die Frau und den Jungen ja selber gesehen. Der kleine Junge war ungewöhnlich hellhäutig und hatte leicht rötliche Haare. Sonthofen war nicht der Mann, der eine Scheinehe mit einer Weißen einging, nur damit das Gerede unter den Farmern aufhörte.

Im Nachhinein hätte sich Fritz ohrfeigen können, dass er Jella nach ihrer leidenschaftlichen Nacht so voreilig und ungeschickt mit seinen Heiratsabsichten überfahren hatte. Seine Gefühle zu dieser Frau hatten ihn einfach überwältigt. Er hätte wissen müssen, dass er sie damit überforderte. Jella war ein freiheitsliebender Mensch, der sich nicht so einfach anbinden ließ. Die Schrecken ihrer schlimmen Erfahrungen hatten sie immer noch fest im Griff. Das alles hatte er gewusst und doch anders gehandelt. Durch sein Drängen hatte er vielleicht alles zerstört.

Fritz stieß einen leisen Seufzer aus, bevor er sich weiter an die Liste mit den Frauennamen machte. Dummerweise hatte er keine Ahnung, wie Lucies Mädchenname lautete, und musste deshalb alle Posten überfliegen. Immerhin besaß sie keinen gewöhnlichen deutschen Vornamen wie Ilse oder Maria. Hatte Jella nicht erwähnt, dass sie Engländerin war? Er achtete verstärkt auf nichtdeutsche Einträge. Erst kürzlich hatten sich fünfundzwanzig burische Familien in Grootfontein niedergelassen. Aber auch unter den Buren schien der Name Lucie nicht üblich zu sein. Außer einer Lucia Vanderbeeke fand er keinen vergleichbaren Namen. Fritz reichte die Mappe enttäuscht zurück. Er wusste nicht einmal, wonach er gesucht hatte. Immerhin bestätigte das Fehlen eines Heiratsvermerks seinen Verdacht.

»Darf ich fragen, wozu Sie die Urkunde einsehen wollten?«, fragte Volkmann interessiert.

Fritz erklärte ihm kurz die Sachlage und verschwieg auch nicht, dass ihm und auch seiner Mutter sowohl die Hochzeit Sonthofens sowie dessen schneller Tod im Nachhinein äußerst verdächtig vorkamen.

»Sie vermuten also einen Kriminalfall?« Der Distriktchef horchte auf.

»Ich weiß es, ehrlich gesagt, nicht«, gestand Fritz. »Es ist nur so ein Gefühl. Wahrscheinlich höre ich das Gras wachsen, wo nur öde Wüste ist.«

Volkmann setzte seine randlose Brille ab und legte sie vor sich auf den Schreibtisch.

»Ich habe von diesem Sonthofen gehört«, meinte er. »Er ist weit über seine Gegend hinaus bekannt, weil er ein ziemlicher Negerfreund und Eigenbrötler gewesen sein soll. Das hat ihm unter seinen Nachbarn nicht nur Freunde eingebracht. Leider weiß ich nichts Näheres über ihn. Seine Farm gehört nicht in meinen Distrikt. Haben Sie schon mal daran gedacht, in Otjiwarongo nachzusehen? Es liegt nahe, dass die beiden dort geheiratet haben.«

Fritz schüttelte skeptisch den Kopf.

»Das kann nicht sein. Das Kolonialamt in Otjiwarongo war zu dieser Zeit unbesetzt. Soviel ich weiß, ist erst in den letzten Tagen der neue Bezirkshauptmann eingetroffen.«

»Wie, sagen Sie, hieß noch mal die Frau?«

»Lucie. Den Nachnamen kenne ich leider nicht. Ich weiß nur, dass sie Engländerin ist.«

»Hhm!« Volkmann kniff seinen Mund zusammen. »Ich erinnere mich an eine hübsche, wenn auch leicht ordinäre Engländerin, die zu besagter Zeit im ›Ochsen‹ gewohnt hat. Eine recht außergewöhnliche Erscheinung, stammte wohl aus Südafrika. Dem Anschein nach lebte sie ziemlich zurückgezogen. Vielleicht fragen Sie einfach mal in dem Gasthaus nach. Dort haben, wie man so schön sagt, auch die Wände Ohren.«

Volkmann erhob sich und drillte mit Daumen und Zeigefinger seinen Schnauzbart nach oben.

»Wenn Sie mich jetzt entschuldigen wollen, aber ich habe noch einen Termin.«

Fritz erhob sich ebenfalls und bedankte sich für die freundliche Hilfe.

In Gedanken versunken schwang er sich auf seinen braunen Wallach und trabte den Hügel hinunter in den Ort. Eine Allee voller violett blühender Jacarandabäume säumte seinen Weg. Vor dem Gasthaus und Hotel zum Ochsen, einem stattlichen, weißen Lehmbau mit zwei Stockwerken, band er sein Pferd an. Es war noch früh am Tag, sodass sich keine Gäste im Schankraum befanden. Fritz trat über die Treppen, die zu einer überdachten Veranda führten, in den dunklen Schankraum. Obwohl alle Fenster und Türen weit geöffnet waren, stank es immer noch nach Alkohol und abgestandenem Rauch. Hinter einem großzügigen, dunklen Tresen befand sich eine verspiegelte Regalwand voller Gläser und Schnapsflaschen. Eine Tür führte in die dahinterliegende Küche, aus der seltsame Geräusche drangen. Abwechselnd hörte man lautes Fluchen und ärgerliches Grunzen. Fritz setzte sich an einen der Tische in der Nähe eines Fensters und wartete. Kurze Zeit später zwängte sich ächzend und gebückt ein Hüne von einem Mann durch die schmale Küchentür. Etwas heftig Strampelndes schien sich zwischen seinen Beinen zu befinden. Fritz konnte es nicht erkennen, da der Tresen dazwischen ihm die Sicht verdeckte. Der kahl geschorene Schädel des Wirts glänzte vor Schweiß, als er sich schließlich halb aufrichtete. Schweißtropfen liefen ihm in feinen Rinnsalen über das ganze Gesicht. Als er Fritz erblickte, verzog er sein Gesicht zu einem gequälten Grinsen, bevor er sich schnell wieder auf das zappelnde Etwas zwischen seinen Füßen konzentrierte.

»Das verdammte Biest macht mir alles kaputt«, keuchte er. Irgendwie schien er endlich die Hinterläufe des Tieres in die Hände bekommen zu haben. Jedenfalls zerrte er ein heftig protestierendes Schwein hinter dem Tresen hervor. Zu Fritz' Überraschung handelte es sich jedoch nicht um ein gewöhnliches Hausschwein, sondern um ein wildes wehrhaftes Warzenschwein mit imposanten Hauern am Maul. Der Wirt zog es an seinen Hinterläufen quer durch den Schankraum hinaus auf die Veranda und dann raus auf die Straße. Dort versetzte er ihm einen kräftigen Tritt. Das Warzenschwein grunzte unwillig und scharrte mit seinen Hufen, bevor es mit erhobenem Pinselschwanz schnurstracks zwischen zwei Häusern verschwand. Schwer schnaufend wandte sich der Wirt endlich seinem Gast zu.

»Das verdammte Biest kommt immer wieder in meine Küche, um auf der Suche nach etwas Fressbarem alles auf den Kopf zu stellen«, erklärte er. »Eigentlich hätte ich aus dem Viech schon längst Gulasch machen sollen, aber ich habe wohl den geeigneten Zeitpunkt verpasst. Jetzt bringe ich es nicht mehr übers Herz, es einfach abzuknallen.«

Er bedachte Fritz mit einem polternden Lachen. Erst dann schien er sich an seine Aufgabe als Wirt zu erinnern.

»Was kann ich für Sie tun? Wünschen Sie vielleicht ein kühles, dunkles Bier? Ich habe in meinem Anbau eine eigene kleine Brauerei. Gestern Abend habe ich ein neues Fass angestochen. Wenn Sie also wollen?«

Fritz nahm dankend an. Der Wirt wackelte hinter seinen Tresen und zapfte das Bier. Fritz forderte ihn auf, noch einen zweiten Krug zu füllen und sich dann zu ihm zu setzen. Thadäus Sproll, der Wirt, folgte seiner Bitte nur allzu gern.

»Also, was wollen Sie wissen?« Sproll kam direkt zur Sache. Wenn ihn jemand in seiner eigenen Wirtschaft einlud, war es klar, dass er etwas wissen wollte.

»Sie vermieten doch auch Zimmer«, fing Fritz behutsam an. Der Wirt nickte stolz. »Vier Stück. Wir sind ein richtiges Hotel. Im Moment sind wir leider ausgebucht, aber ab morgen können Sie bei mir einziehen.«

Fritz lehnte dankend ab und erklärte, er sei nur auf der Durchreise.

»Ich bin auf der Suche nach einer blonden Frau. Sie ist Engländerin und soll hier eine Zeit lang gewohnt haben.«

Sproll zeigte sich erstaunt.

»Na, sieh mal einer an. Sie sind nicht der Einzige, der sich für die Dame interessiert.« Er senkte seine Stimme. »Da waren neulich zwei Männer aus Südafrika, die sich ebenfalls nach einer blonden Engländerin und ihrem Mann erkundigt haben. Sie waren sehr interessiert, wo sie sich aufhält. Wenn Sie mich fragen, waren es

Polizisten oder Detektive, denn sie versprachen mir eine stattliche Belohnung für eine positive Auskunft.«

»Und? Konnten Sie ihnen helfen?«

»Nicht direkt. Ich war mir zwar ziemlich sicher, dass die Engländerin, die bei mir logierte, die Gesuchte war, aber leider war sie ein paar Tage zuvor überraschend abgereist. So ein Pech. Ich hätte das Geld gut gebrauchen können.«

»Können Sie mir den Namen der Frau verraten?«

Sproll nickte.

»Natürlich. Die wenigen Menschen, die hier verkehren, prägen sich einem natürlich ein. Die Engländerin hieß Lucie Greenwood, wenn ich mich richtig erinnere. Hübsche Person, wenn auch ein bisschen zu arrogant und frivol für meine Verhältnisse. Warum wollen Sie das alles wissen?«

Der Wirt lehnte sich neugierig vor.

»Hat die Person etwas ausgefressen? Bei deren Lebenswandel würde mich das nicht wundern.«

»Kann schon sein«, murmelte Fritz gedankenverloren. Irgendetwas an dem Namen Greenwood machte ihn stutzig. Er wusste nur nicht, was. Vielleicht sollte er den Wirt direkt nach Sonthofen befragen.

»Hatte diese Lucie manchmal Besuch von einem großgewachsenen Mann mit rötlich blonden Haaren, vielleicht einem Farmer vom Waterberg?«

Sprolls Antwort kam prompt.

»Ganz gewiss nicht. So ein Mann wäre mir aufgefallen.«

Er kratzte mit seinen kurzen Wurstfingern auf seinem Schädel. Fritz spürte, dass der Wirt noch mehr wusste, aber zögerte, es ihm mitzuteilen. Er sah ihn auffordernd an. Schließlich rang er sich doch durch. Er beugte sich noch ein Stück weiter zu Fritz vor und meinte: »Nicht, dass es mich etwas anginge, aber dieses Fräulein Greenwood hatte dennoch einige Male nachts Männerbesuch.«

»Wissen Sie, von wem?« Fritz' Aufmerksamkeit war wieder voll zurückgekehrt. Aber der Wirt zuckte nur bedauernd mit den Schultern.

»Keine Ahnung. Er kam mit dem Pferd und band es hinter dem Haus an. Die beiden waren sehr diskret, und ich habe immer so getan, als hätte ich nichts bemerkt.«

Sprolls massige Gestalt straffte sich ein wenig. »Wir sind schließlich ein anständiges Hotel. Kuppelei wird hier nicht geduldet!«

»Selbstverständlich.« Fritz wollte unbedingt noch mehr über den Mann erfahren. »Können Sie den Mann beschreiben?«

Sproll zuckte mit den Schultern. »Nicht sehr gut. Er war nicht besonders groß und reichlich unauffällig. Außerdem habe ich ihn ja nur im Dunkeln gesehen. Tut mir leid, dass ich Ihnen nicht mehr sagen kann.«

»Ist schon gut.«

Enttäuscht trank Fritz sein Bier aus und legte eine Münze auf den Tisch, die für zwei Biere reichte. Er machte Anstalten zu gehen.

»Warten Sie, da fällt mir doch noch etwas ein.«

Sproll hielt ihn zurück. »Wenn ich mich so recht erinnere, dann hatte dieser Mann ein seltsames Gesicht. Von der Seite betrachtet sah es aus wie ein Halbmond. Hilft Ihnen das?«

Fritz bedankte sich höflich. So richtig schlau war er aus dem Gespräch mit dem Wirt nicht geworden.

Verlorene Erinnerungen

Ihm war, als wäre er Ewigkeiten durch einen dunklen Tunnel geirrt. Lichtdichte Schwärze hatte ihn umgeben, eingehüllt und gleichgültig gemacht. Es gab kein Vor und kein Zurück, kein Oben und kein Unten, keine Vergangenheit und keine Zukunft – nur die samtschwarze Nacht. Dann war der stecknadelgroße Kopf Helligkeit vor ihm aufgetaucht. Es hatte ihn irritiert, weil seine Ziellosigkeit plötzlich ein Ende hatte. Nicht, dass er neugierig gewesen wäre, das ferne Licht zu erkunden. Nein, dazu hatte ihn die Dunkelheit schon viel zu gleichgültig gemacht. Tatsache war jedoch, dass sich der helle Punkt nicht mehr verleugnen ließ. Ob er wollte oder nicht, er steuerte direkt darauf zu. Langsam aber stetig vergrößerte sich der Punkt, wurde zu einem Ball und nahm schließlich immer mehr von seinem Blickfeld ein. Die Helligkeit wurde gleißend und stach ihm in die Augen. Selbst wenn er versuchte, sie zu schließen, brannte sich das Licht gnadenlos durch seine Netzhaut. Nur noch wenige Schritte trennten ihn von dem Tor in die immer heller werdende Welt. Ein Teil von ihm zauderte und sehnte sich in die samtschwarze Dunkelheit zurück. Doch der überwiegende Teil seines Selbst wollte den Schritt ins gleißende Unbekannte wagen. Wohlige Wärme breitete sich in ihm aus, bevor er mit einem lauten Jauchzer in die Helligkeit sprang.

Als er die Augen aufschlug, war ihm, als wäre er in eine fremde Welt eingetreten. Alles um ihn herum war anders, als er es gewohnt war, und dennoch konnte er nicht sagen, woran das lag. Er blickte in ein Gewirr aus dürren Ästen und Zweigen, durch das orangerotes Morgenlicht drang. Die wohlige Wärme wich beißender Morgenkälte. Sein Körper zitterte, ohne dass er es hätte beeinflussen können. Er versuchte sich an das Vergangene zu erinnern, doch anstelle einer erlösenden Erkenntnis war da nur eine Leere, gerade wie die Weite der Wüste oder ein leeres Blatt Papier.

Wo war er?

Mit Mühe gelang es ihm, seinen Kopf ein wenig aufzurichten. Explosionsartige Schmerzen hämmerten gegen die Schädeldecke. Sie fühlte sich an, als hätte sie jemand in Einzelteile zertrümmert. Mit der einen Hand tastend fühlte er einen Blätterverband, der mit Lehm an seinem Hinterkopf befestigt war. Die Berührung, so zart sie auch gewesen sein mochte, vervielfachte die Schmerzen und ließ ihn wieder zurücksinken. Tanzende Farbflecken sirrten vor seinen Augen. Seine Umgebung verschwamm, und mit ihr verschwammen die klaren Gedanken. Es dauerte, bis der Anfall vorüber war. Der Schmerz in seinem Kopf machte ihm weniger zu schaffen als die Erkenntnis, dass er nicht wusste, warum er hier war. Jedes Nachdenken und jede Grübelei versandete wie eine Spur in der Wüste. Nichts. Kein Anhaltspunkt, keine Idee – nur die Tatsache, dass er irgendwo in einer von Menschen gemachten Hütte aus Zweigen lag.

Seine Kehle war ausgetrocknet, und er sehnte sich nach etwas Wasser. Mit rauer Stimme versuchte er sich bemerkbar zu machen. Doch mehr als ein leises Krächzen brachte er nicht zustande. Dennoch hatte es gereicht, um ein Zeichen zu geben. Man hatte ihn gehört. Im Eingang der kleinen Laubhütte erschien der Schattenumriss einer weiblichen Gestalt. Sie war ungewöhnlich klein und zierlich, wie ein kleines Mädchen. Ihre Bewegungen erinnerten ihn in ihrer Geschmeidigkeit an eine Wildkatze, als sie durch den Eingang der Hütte schlüpfte, um sich neben ihm hinzuknien.

Das gleichmäßige Gesicht mit der kleinen Nase und dem vollen Mund strahlte Zuversicht und Hoffnung aus. Mit flinken Händen hob sie behutsam seinen Kopf an und ließ aus einem Straußenei, in das ein kleines Loch geschlagen war, ein wenig Flüssigkeit in seinen Mund fließen. Er hatte Schwierigkeiten beim Schlucken. Das Wasser schmeckte fad und abgestanden, aber dann bemerkte er seine Süße und spürte die ihr innewohnende Kraft. Wie ein Rinnsal durchfloss es seinen Körper, breitete sich zaghaft darin aus und gab ihm ein wenig Kraft zurück.

»Wo bin ich?«

Seine Stimme hörte sich fremd an, so als ob zwei morsche Äste gegeneinanderrieben. Das braunhäutige Mädchen lächelte ihn an und schüttelte freundlich den Kopf. Sie verstand ihn nicht. Dann sprach sie zu ihm in einer wohlklingenden Sprache, die wie ein perlender Bach über runde Kieselsteine sprang. Sie war von Klick- und Schnalzlauten durchsetzt, und zu seinem Erstaunen verstand er einen großen Teil von dem, was sie ihm mitteilte.

»Du bist krank«, erklärte ihm das Mädchen. »Schon sehr lange. Wir haben dich im Busch gefunden und mit uns genommen. Ruh dich aus, damit deine Kräfte zurückkehren können.«

»Wer bin ich?«, fragte er. Er kam sich so hilflos vor. »Ich habe es vergessen.«

»Du bist der, der du sein möchtest«, antwortete das Mädchen schlicht. Sie flößte ihm noch ein bisschen mehr von der Flüssigkeit ein. »Meine Leute und ich haben dir den Namen Kantla gegeben. Damit bist du ein Teil von uns geworden.«

Sie sagte es, als wäre es das Selbstverständlichste auf der Welt. Mit zarten Fingern untersuchte sie seinen Verband und stellte zufrieden fest, dass er in Ordnung war. Dann stand sie auf, um zu gehen. Er hielt sie zurück. Wie zart sie war! Seine riesige Hand umfasste beinahe ihren ganzen Unterarm. Das Mädchen löste sich freundlich, aber bestimmt von seinem Griff und strich ihm besänftigend über seine Schulter. Sie lächelte immer noch, und doch erkannte er in ihren Augen auch große Sorge. Er wollte nicht, dass sie ging.

»Wer bist du?« Seine Stimme klang wie ein Flehen. Er fühlte sich einsam und verloren – wie ein dicker Baum, den man mit Gewalt aus der Erde gerissen hatte und dessen Wurzeln jetzt hilflos und ohne Nahrung in die flirrende Hitze ragten, um zu vertrocknen.

»Sie nennen mich Nakeshi«, sagte das Mädchen. »Ruh dich aus, du bist noch zu schwach.«

»Ich kann später schlafen. Erzähl mir von dir und deinen Leuten.«

Nakeshi ließ sich nicht darauf ein.

»Hier bist du in Sicherheit. Meine Leute und ich werden für dich sorgen – und wenn du kräftiger bist, werde ich dir von uns erzählen. Und dann kannst du entscheiden, wohin du willst.«

»Wo ist mein Zuhause?«

Nakeshi sah ihn irritiert an.

»Zuhause?«

Sie verstand offensichtlich nicht die Bedeutung seiner Worte. Er suchte nach einem anderen Wort für Zuhause.

»Wo sind meine Leute?«, setzte er nach.

Nakeshi sah ihn seltsam an.

»Du wirst sie finden, wenn es an der Zeit ist.«

Sie ließ sich nicht länger aufhalten und verschwand wie eine Gazelle in der Öffnung der Hütte.

Er ließ sich auf sein Lager sinken. Der hämmernde Schmerz kehrte wieder zurück, und damit trübten sich auch seine Gedanken wieder ein.

»Kantla, ich bin Kantla«.

Das Wort »Kantla« schwirrte wie ein Bienenschwarm in seinem Kopf herum und machte ihn ganz verrückt. »Kantla«, summte es immer wieder. »Ich bin Kantla«.

»Ich bin nicht Kantla«, schluchzte er plötzlich in großer Verzweiflung auf. Alles war falsch und ganz bestimmt nicht so, wie es sein sollte. Er musste wissen, wer er war. Mit äußerster Anstrengung richtete er sich halb auf, um aufzustehen und die Hütte zu verlassen. Er war halb auf den Knien, als ihn seine Kraft verließ und er erneut in einer erlösenden Bewusstlosigkeit versank.

Als er das nächste Mal zu sich kam, befand er sich unter einem riesigen Baum. Dessen grünes Blätterdach verbreitete angenehme Kühle. Die Buschmänner hatten ihn aus der stickigen Luft der verdorrten Laubhütte herausgeholt und auf Antilopenleder gebettet. Neben ihm kauerte ein alter, grauhaariger Mann. Sein Gesicht war von Tausenden von Fältchen durchzogen, die ihm das Aussehen eines lächelnden, weisen Äffchens verliehen. Seine mandelförmigen Augen sahen ihn aufmerksam an und beobachteten jede seiner Regungen. Irgendwie kam ihm das freundliche Gesicht bekannt vor, aber er konnte es nirgendwo einordnen. Dieses Mal kam er mit seiner Orientierungslosigkeit besser zurecht. Sie schmerzte ihn nicht mehr so sehr wie beim ersten Mal, sondern war bereits zu etwas Vertrautem geworden. Er konnte sich jetzt sogar mit dem Namen Kantla anfreunden.

Sobald der Alte bemerkte, dass er einigermaßen bei Besinnung war, begann er mit ihm zu reden. Kantla wunderte sich erneut, dass er die Sprache der Buschmänner recht ordentlich verstand, auch wenn er längst erkannt hatte, dass er keiner von ihnen war.

Der Alte murmelte vor sich hin, ohne ihn anzusehen. Er erzählte von einer langen Reise, die er seinetwegen unternommen habe. In ausschweifenden Worten berichtete er von seinen Erlebnissen. Um sie ihm zu verdeutlichen, erhob er sich und spielte ihm eine Pantomime vor. In aussagekräftigen Gesten und einer eindrucksvollen Mimik stellte er alles dar, was er auf seiner abenteuerlichen Reise erlebt hatte. Kantla erfuhr, dass der Alte in einen Sandsturm geraten war und beinahe erstickt wäre, hätte er nicht Zuflucht im

Bau eines Tieres gefunden. Selbst die Angst, die er dabei empfunden hatte, spielte er ihm vor. Vieles verstand Kantla auch nicht. Der Alte erzählte von einer Höhle im Bauch der Erde und von Geistern, mit denen er um die Tränen der Erde gerungen hätte.

Was sollte das Gerede – und vor allem, was hatte es mit ihm zu tun?

Kantla ermüdeten die Erzählungen des Alten, und er gab ihm erschöpft ein Zeichen, damit aufzuhören. Der Alte nickte einsichtig und hockte sich wieder neben ihn. Seine Augen huschten abermals prüfend über den Kranken.

»Meine Erzählungen reichen nicht aus, um dich wieder gesund werden zu lassen«, meinte er bekümmert. »Ich werde die Magie der Tränensteine einsetzen müssen.«

Seine knotigen Finger kramten in seiner lederweichen Umhängetasche, bis sie gefunden hatten, wonach er gesucht hatte.

»Nur ein Teil von dir ist in unsere Welt zurückgekehrt«, erklärte er Kantla. »Nakeshi hat mit deinen Ahnen um dich gerungen. Sie hat sie überzeugen können, dich wieder loszulassen; leider ist es nicht vollständig gelungen. Dein Verstand ist verwirrt und noch nicht aus der Welt der Geister zurückgekehrt. Wer weiß, ob das jemals wieder geschehen wird.«

Der Alte begann zu singen und sich dabei rhythmisch zu bewegen. Doch als er sah, dass Kantla dadurch noch unruhiger wurde, hörte er wieder auf.

Seine Hände hielten die Gegenstände, die er aus seiner Tasche gekramt hatte, immer noch fest umschlossen. Der alte Buschmann zögerte, die Magie, die in ihnen wohnte, freizusetzen.

»Die Menschen meines Volkes sind der festen Überzeugung, dass die Tränen im Bauch der Erde am besten aufgehoben sind«, versuchte er zu erklären. »Solange sie dort liegen, bleibt das Leid erträglich. Manchmal gelangen die Tränensteine durch Geisterkraft an die Erdoberfläche. Kauha will die Menschen dann prüfen. Wer die Tränensteine zu sehr beachtet, wird von Leid und Unglück befallen. Wir Buschmänner schauen deshalb weg und versuchen so das Unglück von uns fernzuhalten. Einige von uns wissen sogar, wo die Tränen in großer Zahl zu finden sind, aber sie hüten ihr Geheimnis. Kein Buschmann will sich die Schuld geben, dass er möglicherweise Unglück über seine Mitmenschen gebracht hat. Und doch gibt es Situationen, wo wir ihre Magie benutzen!«

Er warf Kantla einen eindringlichen Blick zu und suchte in seinem Gesicht nach einem Zeichen von Verstehen. Doch Kantla schien nichts zu begreifen.

»Ich habe große Schuld auf mich geladen«, klagte er. »Ich wollte dein Freund sein und dir helfen, weil du auch meinem Volk immer geholfen hast. Seit du hier wohnst, können wir auch wieder dahin kommen, wo mehr Feldkost und mehr Tiere zu finden sind.«

Umsonst suchte er in Kantlas Augen nach Verständnis. Er starrte immer noch vor sich hin und zeigte keinerlei Regungen. »Ihr weißen Männer seid so anders. Ihr seid in dieses Land gekommen, um die Tränensteine aus dem Bauch der Erde zu holen. Obwohl sie nur Unglück auf die Erde bringen, sucht ihr nach ihnen. Merkt ihr denn nicht, dass sie Unglücksboten sind und nur Zerstörung und Not über uns alle bringen? Meine Leute haben gelernt, den Versuchungen der Tränensteine aus dem Weg zu gehen. Deine Leute morden sogar dafür.«

Er seufzte.

»Ich bin Debe, und ich lebe schon viele Jahreszeiten auf dieser Erde. Und doch habe ich die Erfahrungen unserer Ahnen missachtet. Du hast mein Volk immer geachtet und versucht, uns zu verstehen. Deshalb habe ich dir geholfen. Obwohl ich wusste, dass ich einen Fehler beging, habe ich dir ein paar Tränensteine gebracht. Du hast mir erzählt, dass sie dir helfen können, dass wir auch weiterhin auf dein Land kommen können. Sag mir, wie kann ich einem Bruder meine Hilfe verweigern, wenn er sie doch braucht?«

Seine milchig braunen Augen bekamen einen schimmernden Glanz. Er weinte und schien aufrichtig verzweifelt.

»Warum zwingst du mich, diesen Fehler noch einmal zu wiederholen?«, schluchzte er aufgebracht. »Neues Unglück wird über uns hereinbrechen, und wieder werde ich die Schuld daran tragen.«

Seine Knöchel traten weiß aus seiner faltigen, sonnengebräunten Haut hervor, so fest hielt er seinen Schatz verborgen. Noch einmal rang er mit sich und kämpfte gegen seine Überzeugung. Mit geschlossenen Augen hielt er ihm schließlich die verschlossene Faust entgegen.

»Möge die Macht der Tränensteine dieses Mal etwas Gutes bewirken«, meinte er traurig und öffnete die Faust.

Das Glitzern der rohen Diamanten beeindruckte Kantla nicht. Er betrachtete die unbehauenen Edelsteine trotz ihrer unbeschreiblichen Schönheit ohne Gier. Und doch lösten sie eine Empfindung in ihm aus. Ihr Anblick berührte etwas in seiner Seele. Er löste eine Flut verlorener Erinnerungen aus. Wie ein Blitz tauchte das Gesicht einer übermäßig geschminkten, hellhäutigen Frau auf.

Lucie.

Der Name sprang wie eine aufgeplatzte Erbsenschote in seine Erinnerung und löste eine weitere Flut von blitzartigen Erinnerungen aus.

Grünwald.

Owitambe.

Sarah.

Raffael, sein kleiner Sohn.

Und wie ein leiser, schmerzlicher Nachhall: Rachel.

Ein halbes Leben spülte sich mit aller Wucht in sein Bewusstsein und war plötzlich wieder Teil seines Selbsts.

Kantla war wieder in der Wirklichkeit angekommen und erkannte sich als Johannes von Sonthofen.

Enthüllungen

In Jellas Kopf brummte es wie in einem Bienenschwarm. Sie war im Geräteschuppen eingesperrt und mit Händen und Füßen auf einen Stuhl gebunden. In ihrem Mund steckte ein alter, öliger Lappen und hinderte sie daran, laut zu schreien. Außer seinem widerlichen, metallischen Geschmack nahm er ihr auch noch die Luft zum Atmen. Die Haut an ihrem Hinterkopf spannte unerträglich, und sie schätzte, dass die Beule, die sie von Lucies Schlag davongetragen hatte, so groß wie ein Taubenei war. Noch einmal rüttelte und zog sie an ihren Fesseln. Aber Grünwald hatte ganze Arbeit geleistet. Die Seile gaben keinen Millimeter nach.

Mittlerweile war es hell geworden. Die Sonnenstrahlen drangen grell durch die Ritzen in der Scheune und zeichneten bizarre Schattenbilder auf dem dunklen Boden ihres Gefängnisses. Jellas Wut und Empörung waren längst noch nicht verraucht. Sie hatte nun keinerlei Zweifel mehr, dass es Lucie und Grünwald von Anfang an nur um *Owitambe* und die Diamanten gegangen war. Mit Grausen wurde ihr nun auch bewusst, dass der Tod ihres Vaters einen ganz anderen Hintergrund gehabt haben konnte. Allein der Gedanke machte sie so wütend, dass sie noch einmal an ihren Fesseln riss und rüttelte. Ihr war klar, dass sie schleunigst von hier verschwinden musste. Vielleicht würde es ihr ja gelingen, Nancy oder einen der schwarzen Farmarbeiter auf sich aufmerksam zu machen. Aber dann fiel ihr wieder ein, was Lucie über die Angestellten von *Owitambe* gesagt hatte. Sie würden vor lauter Angst um ihre Anstellung keinen Finger für sie rühren. Jella lachte bitter auf. Lucie und Grünwald würden sich ohnehin nicht an irgendeine Abmachung halten, die ihr Vater einmal mit den Schwarzen getroffen hatte.

Nein. Sie war auf sich allein gestellt. Ihr Blick fiel auf die Wand hinter ihr. Dort befand sich eine Sense. Sie hing mit ihrer Schneide nur locker über einem Bolzen, der in der Scheunenwand eingelassen war. Wenn sie sich nach hinten fallen ließ, dann würde sie mit ihrem Kopf gegen die Stange der Sense stoßen und sie so vielleicht zum Herunterfallen bringen können. Sie musste nur aufpassen, dass die Schneide nicht auf ihren Körper fiel und sie verletzte. Ihr Gewicht abwechselnd nach hinten und nach vorn verlagernd, brachte sie den Stuhl hintenüber zum Kippen. Mit geschlossenen Augen erwartete sie den Aufprall an der Scheunenwand. Inständig hoffte sie, dass sie mit dem Gewicht ihres Körpers den Sensenstab so weit nach hinten drücken würde, dass die Schneide über den Bolzen rutschte. Die Wucht des Aufpralls raubte ihr für einen Augenblick die Besinnung. Im Nachhinein konnte sie sich nicht erinnern, ob sie den Sensenstab überhaupt berührt hatte – so weh tat ihr Kopf. Auf jeden Fall war sie mit einem lauten Poltern gegen die Scheunenwand und dann auf den Boden gekracht. Ängstlich lauschte sie, ob jemand sie gehört hatte. Erst dann konzentrierte sie sich auf die nächsten Schritte. Ihre Bewegungen waren jetzt noch weiter eingeschränkt, da sie wie ein Käfer auf dem Rücken lag, noch dazu an den Stuhl gefesselt. Sie hob ihren schmerzenden Kopf ein wenig an und schielte in die Richtung, wo sie die Sense vermutete. Tatsächlich. Ihr schmerzhafter Einsatz hatte sich gelohnt. In etwa zwei Metern Entfernung lag die Schneide der Sense. Wenn es ihr gelang, irgendwie dorthin zu rutschen, dann konnte sie vielleicht ihre Fesseln an der Schneide durchwetzen. Zentimeter für Zentimeter schob sie sich in Richtung der Klinge. Sie musste ihren ganzen Körper einsetzen, um sich näher an ihr Ziel heranzuschieben. Endlich hatte sie die Schneide erreicht.

Nun musste sie den Stuhl, auf den sie gefesselt war, so in die Position bringen, dass sie ihre Handfesseln an der Klinge reiben konnte. Jella war von den Anstrengungen längst schweißüberströmt. Sie hustete, weil die staubige Luft des Schuppens durch die Nasenöffnungen in ihre Lungen drang. Doch dann hatte sie es geschafft. Ihre Fesseln lagen direkt über der Schneide. Vorsichtig bewegte sie ihre gebundenen Hände auf und ab. Mit einer gewissen Befriedigung spürte sie, wie sich der Druck der Seile ein wenig lockerte. Noch wenige Bewegungen, dann war sie frei. Ihrer Erleichterung folgte Schmerz, als sie spürte, wie das Blut wieder in ihren Armen zu zirkulieren begann. Erst dann riss sie sich den öligen Lappen aus dem Mund und begann die Fußfesseln zu zerschneiden. Als sie aufstehen wollte, versagten ihr die Füße den Dienst. Sie hatte kaum noch Gefühl in den Beinen. Grünwald hatte die Schnüre so fest gebunden, dass ihre Füße völlig taub geworden waren. Sie war stundenlang zu dieser Bewegungslosigkeit verdammt gewesen. Jella fürchtete, sich nie mehr bewegen zu können. Aber nach einer gewissen Zeit begann ihr Blut wieder gleichmäßig zu fließen, und kurz darauf spürte sie auch wieder ihre Gliedmaßen. Sie schob sich an einen Ritz in der Scheunenwand und spähte hinaus. Alles war still. Von Lucie und Grünwald war keine Spur zu sehen. Jella wusste genau, dass es keinen Sinn hatte, einfach hinaus in den Busch zu fliehen. Selbst wenn Grünwald sie dort nicht aufspürte, würde sie sich innerhalb kürzester Zeit verirren und über kurz oder lang dasselbe Schicksal erleiden wie ihr Vater. Nein. Sie musste versuchen, sich zu den Stallungen zu schleichen, um dort an ein Pferd heranzukommen. Mit ihm würde sie versuchen, Okakarara zu erreichen.

Natürlich war die Scheunentür ebenfalls verschlossen. Jella rüttelte verzweifelt daran. Trotzig untersuchte sie jedes Brett in der Scheunenwand und hoffte, dass eines von ihnen so weit nachgeben würde, dass sie es beiseiteschieben konnte, um hindurchzuschlüpfen. Doch der Schuppen war solide gebaut. Die Anstrengungen ihrer Befreiung, der neuerliche Schlag auf den Kopf, das Einatmen der staubigen Scheunenluft, das alles war zu viel. Jellas Kopf fühlte sich wie ein rasendes Karussell an, und dann spürte sie plötzlich, wie eine große Übelkeit in ihr aufstieg. In einer konvulsivischen Bewegung erbrach sie sich und ließ sich schließlich erschöpft auf den Scheunenboden sinken. Zusammengekauert wie ein Häufchen Elend ergab sie sich in ihr Schicksal.

Eine Schlüsselbewegung im Scheunentor ließ sie wieder auffahren. Sie überlegte, ob sie die Sense als Waffe benutzen sollte, doch dann ließ sie es bleiben. Sie war viel zu kraftlos und erschöpft, um sich sinnvoll zu wehren. Als gelernte Krankenschwester wusste sie, dass sie sich eine schwere Gehirnerschütterung eingefangen hatte, die sie stark in ihrer Reaktionsfähigkeit beeinträchtigte. So schmerzhaft die Einsicht auch war, aber Grünwald und Lucie hatten gesiegt. Mittlerweile war es ihr fast gleichgültig, was sie mit ihr machten. Aber dann sah sie Lucie. Ihr siegessicheres Auftreten und das höhnische Lächeln auf ihrem Gesicht reichten aus, um neue Wut und Empörung in ihr aufsteigen zu lassen. Unter Anstrengung raffte sie sich auf und blickte ihrer Feindin geradewegs in die Augen.

»Was wollen Sie von mir?«, fauchte sie. Kleine Sternchen tanzten vor ihren Augen. Sie musste sich konzentrieren, um Lucies Konturen auszumachen.

Mit einem abfälligen Blick deutete diese auf die zerschnittenen Fesseln.

»Du scheinst wohl nie aufzugeben. Leider wird dir auch dieser Fluchtversuch nichts nützen.«

Jella ignorierte ihre Bemerkung.

»Was haben Sie mit meinem Vater gemacht?«, wollte sie wissen. »Ist er wirklich von Löwen zerrissen worden?«

Lucie überlegte einen Augenblick, aber dann verzog sich ihr

Gesicht zu einem grausamen Lächeln. Sie schien plötzlich Gefallen daran zu haben, Jella mit der Wahrheit zu quälen.

»Wozu noch lügen?«, meinte sie kalt. »Victor hat deinen Vater in eine Falle gelockt und ihn erschlagen wie einen räudigen Hund. Seinen Leichnam hat er den Löwen zum Fraß überlassen. Wenn du so willst, ist er tatsächlich von ihnen zerrissen worden.«

Befriedigt registrierte sie, wie Jella vor Entsetzen zusammenzuckte. Vorsichtshalber zog sie ihren Revolver aus ihrer Rocktasche und richtete ihn auf ihren Kopf. Doch Jella war nicht länger nach Gegenwehr zumute. Sie sank in sich zusammen und rang um Fassung. Die Wirklichkeit war noch viel schrecklicher, als sie sie sich ausgemalt hatte. Mit einem Mal war ihr Kampfesmut wie erloschen.

»Dein Vater war ein Sturkopf wie du«, schnaubte Lucie verächtlich. »Seine Schwäche für die Schwarzen ist ihm zum Verhängnis geworden.«

Jella antwortete nicht, sondern hielt sich die Hände an die Ohren. Lucie verstand es als Aufforderung weiterzureden. Mit betont lauter Stimme fuhr sie fort.

»Wir mussten vor einiger Zeit Hals über Kopf Südafrika verlassen. Die Polizei und eine Handvoll Gläubiger waren uns wegen verschiedener Geschichten auf den Fersen. Da das Auslaufen der Schiffe kontrolliert wurde, blieb uns nur die Flucht nach Deutsch-Südwest. Wir beschlossen, hier unterzutauchen und noch mal von vorn anzufangen. Doch die Polizei in Südafrika bekam irgendwie Wind davon und schickte uns Fahnder und Detektive hinterher. Um unsere Spuren zu verwischen, trennten wir uns. Ich zog in ein Hotel in dem gottverlassenen Kaff Grootfontein, und Victor verdingte sich unter falschem Namen als Vorarbeiter auf *Owitambe.* Die Farm lag so abgelegen, dass die Spürhunde aus Südafrika unsere Fährte verloren. Obwohl Victor und dein Vater nicht besonders gut miteinander ausgekommen sind, verstand er es, sich ihm unentbehrlich zu machen. Sobald etwas Gras über die Sache gewachsen war und wir wieder zu etwas Geld gekommen waren, wollten wir Afrika verlassen. Doch dann ist alles anders gekommen.«

Lucie machte eine Pause und stieß Jella mit ihrer Stiefelspitze an. »Hörst du noch? Der spannende Teil kommt jetzt nämlich erst!«

Jella zeigte keinerlei Reaktion. Mit unbewegter Miene wappnete sie sich für den Rest von Lucies Geständnis.

»Victor war eines Tages etwas früher als gedacht vom Kontrollieren der Weidezäune auf die Farm zurückgekehrt. Sonthofen war nirgendwo zu sehen gewesen, also hatte er ihn im Haus vermutet und war ihm dorthinein gefolgt. Die Tür zum Arbeitszimmer stand weit offen. Dein Vater stand hinter dem Schreibtisch und betrachtete gedankenverloren ein weiches Ledertuch, auf dem etwas blitzte und blinkte. Victor erkannte sofort, dass es sich dabei um Diamanten handelte. Er hatte lange genug in den Diamantenminen von Südafrika verbracht, um zu erkennen, wie wertvoll die Steine waren. Einem ersten Instinkt folgend wollte er sich rausschleichen, um sich eine Waffe zu besorgen und Sonthofen zu überfallen. Doch dann besann er sich eines Besseren und beschloss, die Sache erst mit mir zu besprechen.«

Lucie lächelte überheblich.

»Victor verschwand unbemerkt und ritt bei der nächsten Gelegenheit nach Grootfontein. Wir haben lange überlegt, woher dein Vater die Steine hatte, aber, was noch viel wichtiger war: Gab es etwa noch mehr davon? Es war durchaus vorstellbar, dass Sonthofen eine Fundstelle aufgetan hatte. Er ritt oft tagelang allein durch die Gegend und war schließlich Geologe. Je länger wir darüber nachdachten, desto klarer wurde, dass er die Steine auf *Owitambe* oder in der näheren Umgebung gefunden haben musste und bestimmt bald die Schürfrechte dafür beantragen würde. Wahrscheinlich hatten ihn sogar die Buschmänner zu der Fundstelle geführt. Das erklärte nämlich auch, dass die Diamanten in ein

Leder gewickelt waren, wie es nur die Buschmänner herstellen. Diese kleinen Wilden kennen das Land wie kein anderer – und dein Vater war mit ihrem Anführer sogar richtig gut befreundet. In jedem Fall waren wir einer großen Sache auf der Spur. Es galt nur noch, den richtigen Weg einzuschlagen.«

»Und dann haben Sie versucht, sich meinen Vater zu angeln. Aber der ist nicht auf Sie hereingefallen. – Wie unangenehm!«

Jellas Sarkasmus sollte nur ihre Fassungslosigkeit überspielen. Für Lucie war es Wasser auf ihre Mühlen. Sie zog verächtlich ihre Mundwinkel nach unten und spuckte vor Jella aus.

»Dein Vater ist ein Neger mit der Haut eines Weißen! Er zog diese Himba mir vor, obwohl ich mir mit ihm wirklich alle Mühe gegeben hatte. Mein ursprünglicher Plan war, ihn zu heiraten, um so an die Farm und die Steine zu kommen. Er sollte mir verraten, wo die Steine zu finden waren – und danach …«

Sie fuhr sich mit der Handkante kurz über den Hals.

»Sie hatten also von Anfang an vor, meinen Vater umzubringen!« Jella schnappte nach Luft. »Sie … Sie gemeine, hinterhältige Mörderin!«

Lucie beachtete ihren Einwurf überhaupt nicht.

»Ich gebe zu, dass wir eine Zeit lang keine guten Karten hatten. Dein Vater stellte sich stur und gab mir sogar unmissverständlich zu verstehen, dass ich von der Farm verschwinden sollte. Aber dann spielte uns der Zufall in die Hände.«

Jella horchte auf. Lucie registrierte es und zog die Schilderung noch etwas in die Länge, indem sie den umgefallenen Stuhl aufrichtete und sich setzte und nun Jella direkt in die Augen sah.

»Die Bezirkshauptmannsstelle in Otjiwarongo war längere Zeit unbesetzt, und der neue Bezirkshauptmann kannte noch keinen der umliegenden Farmer …«

Jella ahnte, was nun folgte. »Und dann haben Sie die Heiratsurkunde gefälscht!«, riet sie.

Lucie nickte zustimmend.

»Die Sache war ganz einfach«, meinte sie. »Victor musste mir nur eine Blankounterschrift organisieren. Das war relativ einfach, da er ohnehin die Buchführung für *Owitambe* machte. Sonthofen prüfte sie jeden Monat und zeichnete sie gegen. Dieses eine Mal schob ihm Victor ein leeres Blatt unter. Dein Vater hat es gar nicht gemerkt. Mit der Unterschrift habe ich eine Heiratsurkunde gefälscht, die bezeugte, dass wir kurz zuvor in Grootfontein geheiratet hatten.«

Nun dämmerte Jella, welchen perfiden Plan sich die beiden ausgedacht hatten. »Aber wie konnten Sie darauf vertrauen, dass der neue Bezirkshauptmann in Otjiwarongo nach dem Tod meines Vaters nicht nachprüfen würde, ob die Heirat in Grootfontein tatsächlich stattgefunden hat? Es muss ihm doch seltsam vorgekommen sein, dass mein Vater so kurz nach der Hochzeit verstorben ist.«

»Pah.« Lucie rümpfte überheblich die Nase. »Auch deutsche Kolonialbeamte sind nur Männer. Ich habe ihm die unendlich trauernde Witwe so perfekt vorgespielt, dass ihm selbst noch die Tränen in die Augen gestiegen sind. Ein langer, hilfloser Augenaufschlag, ein paar Tränen, und schon fraß er mir aus der Hand. Außerdem stapelten sich auf seinem Schreibtisch Berge voller unerledigter Akten. Warum sollte er sich noch mehr Arbeit machen?«

Jella wandte sich angewidert ab.

In diesem Moment trat Grünwald in die Scheune.

»Was machst du hier?«, knurrte er ungehalten. »Wieso ist das Weibsstück nicht mehr gefesselt?«

Er bückte sich und zog Jella unsanft in die Höhe. Sie ließ es widerstandslos über sich ergehen. Mit ein paar geübten Griffen band er ihre Hände wieder auf dem Rücken zusammen und schubste Jella zurück in ihre Ecke.

»Es wird Zeit, dass wir sie loswerden!«

Lucie fühlte sich gemaßregelt.

»Auf die eine oder andere Stunde kommt es nun auch nicht mehr an«, fauchte sie zurück. »Du kannst mir die Freude unseres Triumphes ruhig noch einen Augenblick gönnen.«

»Hast du vergessen, was in diesen verdammten Tagebuchaufzeichnungen stand?«, konterte Grünwald. »Die Diamanten stammen tatsächlich von diesen Buschmännern. Wenn es stimmt, dass sie hier in der Gegend sind, dann wird es höchste Zeit, dass wir sie uns schleunigst vorknöpfen.«

»Und was machen wir mit der da?«

Lucie tat so, als wäre Jella gar nicht mehr vorhanden. Grünwald warf ihr einen unbestimmten Blick zu. Aus seinen Augen traten ihr Hass und absolute Skrupellosigkeit entgegen. Jella schauderte. Sie zweifelte keinen Augenblick daran, dass Grünwald sie auf der Stelle erschießen oder erschlagen konnte – genau wie er es mit ihrem Vater getan hatte.

»Wenn du rausgehst, erledige ich das hier«, kam es prompt. In seinen Händen blitzte bereits ein langes Buschmesser.

»Bist du verrückt?« Lucie fiel ihm in den Arm. »Wer weiß, wie lange wir hier noch aushalten müssen? Denk an diesen van Houten. Wenn wir ihm keinen plausiblen Tod nachweisen können, dann haben wir im Nu die Polizei am Hals. Du musst sie erst wegschaffen!«

»Verdammt!«

Lucie überlegte kurz, dann hellte sich ihr Gesicht auf.

»Warum tust du ihr nicht den Gefallen und bringst sie an die Stelle, wo ihr Vater zu Tode gekommen ist? Sie hat doch überall herumposaunt, dass sie nochmals an das Grab ihres Vaters will. Wer weiß …«, sie lächelte Jella hinterhältig zu, »… vielleicht nimmt sich ihrer ja dasselbe Löwenrudel an, das auch ihren Vater verspeist hat!«

Hilfe

Das Halbmondgesicht – natürlich. Plötzlich war Fritz eingefallen, zu wem es passte – zu Victor Grünwald, dem Vormann von *Owitambe.*

Das konnte nur eines bedeuten: Diese Lucie Greenwood und Victor Grünwald kannten sich schon, bevor Lucie Jellas Vater geheiratet hatte. Und offensichtlich hatten sie auch ein Verhältnis gehabt. Die Andeutungen des Wirts waren eindeutig gewesen.

Genau wie Jella kam auch ihm erst spät die Erkenntnis, dass Greenwood und Grünwald dieselben Namen, nur in unterschiedlichen Sprachen, waren. Ein simpler, aber wirkungsvoller Trick, um ihre Identität zu verschleiern.

Aber warum hatte Lucie Sonthofen geheiratet, und weshalb gab es keine Heiratsurkunde?

Fritz hatte Volkmann gebeten, deswegen eine telegrafische Anfrage mit einer genauen Personenbeschreibung an die südafrikanische Polizei zu richten. Aus diesem Grund hatte er sich doch noch vorübergehend bei Thadäus Sproll im »Ochsen« eingemietet. Jeden Morgen begab er sich den Berg hinauf zum Fort, um bei Volkmann nachzufragen, ob Neuigkeiten für ihn da seien. Doch die südafrikanische Polizei ließ sich Zeit. Endlich, am dritten Tag, kam ihm Volkmann höchstpersönlich im Kasernenhof entgegen. Er winkte mit einer Depesche.

»Sie hatten recht«, strahlte er, als hätte er einen großen Fisch gefangen. »Lucie und Victor Greenwood werden in ganz Südafrika von der Polizei gesucht! Unsere englischen Kollegen haben sogar eine saftige Belohnung für ihre Ergreifung ausgesetzt.«

Fritz stieg von seinem Wallach ab und nahm die Depesche entgegen. Es handelte sich um ein Telegramm mit folgender Botschaft:

Beschriebene Personen bekannt – stop – Namen: Lucie und Victor Greenwood – stop – gesucht wegen: Heiratsschwindel, Urkundenfälschung und Raub – stop – möglicherweise auch Mord – stop – bei Ergreifung und Überstellung an englische Behörden erfolgt Belohnung – stop – bitten um Amtshilfe – stop – hochachtungsvoll Seargent Foster – stop –

»Also doch!« Fritz zog sich seinen Hut vom Kopf. »Sie müssen sofort einen Trupp losschicken und die beiden in Haft nehmen!«

Er sah Distriktchef Volkmann auffordernd an. Doch der schüttelte bedauernd den Kopf.

»Das ist völlig unmöglich«, meinte er gewichtig. »Wir sind hier gerade mal fünfundzwanzig Soldaten, und es gibt überall im Land Unruhen. Wir sind hier, um die Sicherheit der Farmer und weißen Siedler zu gewährleisten und für den Frieden innerhalb der schwarzen Bevölkerung zu sorgen. In Anbetracht unserer schmalen Personaldecke ist das schon viel zu viel. Da können wir nicht auch noch auf Verbrecherjagd gehen!«

Zur Unterstreichung seiner Rede straffte er seinen Oberkörper. »Außerdem haben die beiden Personen keinerlei Straftat in Deutsch-Südwest begangnen. Es besteht also keinerlei Grund, sie in Haft nehmen zu lassen.«

Fritz protestierte.

»Das ist absolut nicht wahr! Sie haben selbst gelesen, dass die beiden wegen Heiratsschwindel gesucht werden. Lucie ist mit Greenwood verheiratet, also kann sie gar nicht mit Sonthofen verheiratet gewesen sein. Und wenn sie es doch war, so ist Sonthofen einem Heiratsschwindel aufgesessen. Die Sache stinkt zum Himmel!«

»Nun übertreiben Sie mal nicht«, wandte Volkmann ungehalten ein. Er war fest entschlossen, die Sache auf sich beruhen zu lassen. »Selbst wenn diese Lucie eine Heiratsschwindlerin ist, so hat sich die Sache doch von selbst erledigt. Sie haben mir selbst erzählt, dass Sonthofen tot ist.«

»Ja, verstehen Sie denn nicht, dass gerade das das Auffällige daran ist?« Fritz fixierte Volkmann mit seinem Blick. »Durch den überraschenden Tod Sonthofens wurde Lucie zur Alleinerbin von *Owitambe.* Das ist eine einträgliche Farm mit einer ausbaufähigen Rinderzucht.«

»Sie wollen doch nicht etwa behaupten, dass diese Greenwoods etwas mit seinem Tod zu tun haben könnten?«

Fritz zuckte mit den Schultern.

»Auszuschließen ist es jedenfalls nicht«, knurrte er. »Sie dürfen das nicht einfach hinnehmen. Außerdem …« – er machte eine kurze Pause – »… gibt es da noch eine andere mögliche Erbin.«

»Ach, ja?« Volkmann zog überrascht eine Augenbraue hoch.

»Vor nicht allzu langer Zeit ist Sonthofens uneheliche Tochter hier in Südwest aufgetaucht. An ihrer Herkunft besteht keinerlei Zweifel. Sie hat damit unbestreitbar ein Recht auf die Farm und das damit verbundene Erbe.«

»Kann sie sich ausweisen?«

»Sie hat Briefe von ihrem Großvater, dem Vater von Sonthofens, die das ausreichend belegen.«

»Pah, Briefe nützen ihr gar nichts«, rümpfte Volkmann die Nase. »Was wir brauchen, sind amtliche Dokumente.«

Fritz brachte die Sturheit und die Obrigkeitshörigkeit des Distriktchefs allmählich auf die Palme. »Darum geht es jetzt doch gar nicht. Die erforderlichen Unterlagen werden wir schon aus Berlin anfordern können. Hier geht es um viel mehr …«

Er griff sich bestürzt an den Kopf. Ein schrecklicher Gedanke schoss ihm durch den Kopf.

»Oh mein Gott!«, stöhnte er. »Jella befindet sich mit diesen Greenwoods allein auf *Owitambe.* Was ist, wenn sie durch Zufall von den Betrügereien erfährt? Es ist gut möglich, dass sie bereits in Lebensgefahr schwebt! Sie müssen einfach etwas unternehmen!«

Volkmanns Haltung begann sich zu ändern. Das Engagement des jungen Mannes ließ ihn nicht unbeeindruckt. Außerdem hatte van Houten handfeste Argumente. Wider Willen musste er sich eingestehen, dass der Mann durchaus recht hatte. In seinem Amt als Distriktchef war er auch für die Bekämpfung von kriminellen Taten zuständig.

»Sie hängen sehr an der jungen Frau?«

Fritz schluckte.

»Sagen wir mal, dass sie mir sehr wichtig ist«, gab er zu. »Allerdings hat das überhaupt nichts mit der Tatsache zu tun, dass diesen Greenwoods das Handwerk gelegt gehört. Sie haben selbst in dem Telegramm gelesen, wie gefährlich diese Leute sind!«

Das war Fritz' letzter Trumpf. Mit seiner Argumentation glaubte er Volkmann eine Rechtfertigung für sein Tun geliefert zu haben. »Mit ein paar Männern können wir die Verbrecher dingfest machen!«

Volkmann zwirbelte an seinem Schnurrbart und drehte nachdenklich die Enden nach oben.

»Also gut«, lenkte er schließlich ein. »Ich werde Sie unterstützen. Entgegen aller Vernunft gebe ich Ihnen fünf Mann mit auf den Weg. Reiten Sie nach *Owitambe,* und nehmen Sie diese Greenwoods fest. Ich werde mich unterdessen mit dem neuen Distriktchef von Otjiwarongo in Verbindung setzen. Immerhin mische ich mich mit dieser Eskapade in seine Angelegenheiten ein. Allerdings wird er nicht viel dagegen haben. Nach meinen Informationen hat er gerade an mehreren Fronten zu kämpfen. Man munkelt, dass die Hereros einen Aufstand planen.«

Fritz' Gesicht hellte sich auf.

»Dann lassen Sie uns keine Zeit verlieren.«

Zwei Stunden später verließ Fritz gemeinsam mit fünf Schutztruppensoldaten Grootfontein. Offiziell hatte ein junger Leutnant namens Roland Bausch das Kommando über die Truppe, aber inoffiziell baute Volkmann auf die größere militärische Erfahrung Fritz van Houtens, der sich im Burenkrieg bereits bewährt hatte. Er hatte Leutnant Bausch Anweisung gegeben, sich den Befehlen des erfahrenen Mannes unterzuordnen und nur deren Ausführungen zu leiten.

In munterem Trab setzte sich die Truppe in Bewegung. Von dem hügeligen Land um Grootfontein ging es weiter in die Ebene von Ojtihaenena, die sich etwa zwanzig Kilometer westlich von Grootfontein erstreckte. Ihre erste Rast machten sie an einem schattigen, baumbestandenen Hain, der wie ein Pilz aus der weiten, sandigen Ebene hervorstach. Der Hain stellte nicht die einzige Merkwürdigkeit des Ortes dar. Rund um diesen Platz lagen größere und kleinere Gesteinsbrocken verteilt, die sich bei näherem Hinsehen als massive Eisenblöcke herausstellten. Selbst die kleineren von ihnen waren so schwer, dass man sie nicht anheben konnte. Etwas außerhalb der Baumgruppe befand sich ein riesiger Krater, in dem der gewaltigste der Eisenblöcke lag. Seine rötlich braune Oberfläche blitzte im gleißenden Sonnenlicht der Mittagshitze wie eine gigantische Kanonenkugel.

»Seltsam«, sinnierte Fritz. »Ich war immer der Meinung, dass Eisen nur als Adern innerhalb eines Gesteins vorkommt. Das hier sieht mir eher aus wie ein Geschoss. Sehen Sie doch nur, der Eisenklotz muss mit ungemeiner Wucht hier eingeschlagen sein.«

»Die Schwarzen erzählen sich, dass der Zorn irgendwelcher

Götter diese Steine auf die Erde gebracht hat«, grinste Leutnant Bausch überheblich. »Eine übliche Hokuspokuserklärung dieser ungebildeten Schwarzen eben.«

Das ließ Fritz nicht gelten.

»So unmöglich finde ich die Erklärung gar nicht. Ich kann mir jedenfalls nicht vorstellen, dass es von Menschen gebaute Kanonen gibt, die so gewaltige Kugeln abschießen können. Sehen Sie doch selbst. Dieses Eisenteil hat ja einen Durchmesser von drei bis vier Metern oder mehr.«

Bausch kratzte sich unter seinem Hut. »Aber das hieße ja ...«

»... dass es sich bei diesen Eisengeschossen um Meteoriten aus dem Weltall handelt«, vollendete Fritz den Satz. »Ich bin sicher, dass es nichts anderes ist!«

Nachdem sie ihren Pferden eine kurze Rast gegönnt hatten, brachen sie wieder auf. Fritz drängte darauf, dass sie ihre Gangart etwas verschärften. Die Sorge um Jella trieb ihn voran. Je länger er über die beiden Greenwoods nachdachte, desto mehr sah er die Gefahr, in der sie schwebte. Jella konnte ziemlich unbequem sein. Wenn sie sich etwas in den Kopf gesetzt hatte, dann würde sie alles versuchen, dies auch durchzusetzen. Es war nicht unwahrscheinlich, dass sie deshalb dem Gaunerpaar längst ein unbequemer Dorn im Auge geworden war. Wenn sie nur nicht zu spät kamen! Sie waren erst gegen Mittag aufgebrochen, sodass die Dämmerung bald einsetzte. Obwohl Leutnant Bausch vorschlug, dass sie sich vor Sonnenuntergang einen Übernachtungsplatz suchten, beharrte Fritz darauf, dass sie noch weiter ritten.

»Die Sterne und der Mond werden uns den Weg leuchten.«

Lediglich die Zeit nach der Dämmerung, in der es am dunkelsten war, weil der Mond noch nicht aufgegangen war, nutzten sie für eine kurze Rast, in der sie ihre Pferde an einer Wasserstelle, die zu einer nahe gelegenen Farm gehörte, saufen ließen. Sobald die Sterne am Firmament erschienen und die Landschaft in silbrig weißes Licht tauchten, sattelten sie wieder auf und setzten ihren Ritt fort. Fritz kannte den Weg und benutzte sogar hin und wieder Abkürzungen, die er bei seinen vielen Streifzügen durch die Umgebung ausfindig gemacht hatte. Dabei hatte er sich Baumgruppen, Felsformationen oder Gebirgszüge und Riviere als markante Orientierungspunkte eingeprägt, innerhalb derer er sich auch im fahlen Licht der Himmelsgestirne zurechtfand. Nach einem zwölfstündigen Ritt waren sowohl die Pferde als auch die Männer erschöpft.

Nur ungern gestattete Fritz den Schutztruppensoldaten abzusitzen. Er tat es mehr aus Sorge um die Pferde, die nur noch mühsam Schritt vor Schritt setzen konnten, als aus Fürsorge für die Soldaten. Von ihnen konnte er noch mehr verlangen; aus den Tieren hatten sie alles herausgeholt.

Bis *Owitambe* waren es nur noch wenige Stunden Ritt. Fritz ärgerte sich, dass sie zu dieser Pause gezwungen wurden. Aus Sorge um Jella wäre er am liebsten zu Fuß weitermarschiert.

»Los aufstehen!«

Ein grober Fußtritt weckte Jella aus ihrem unruhigen Schlaf. Sie brauchte einen Augenblick, bis sie sich wieder ihrer Lage bewusst war. Hände und Füße waren immer noch auf dem Rücken zusammengebunden, sodass sie in äußerst unbequemer Position auf dem staubigen Boden des Geräteschuppens lag. Mit ein paar Schnitten seines Buschmessers befreite Grünwald sie aus ihrer Lage. Ihre Handgelenke band er vorn zusammen. Doch Jella war kaum fähig, sich zu bewegen. Erst als Grünwald ihr noch ein paar Tritte verpasste, biss sie die Zähne zusammen und brachte sich mühsam über die Knie in eine aufrechte Lage. Ihre Extremitäten fühlten sich taub und gefühllos an. Ihre Hände waren durch den Druck der Fesseln geschwollen und kaum zu gebrauchen. Die

Beine fühlten sich knochenlos an. Sie sackte mehrmals zusammen, bevor sie aufrecht zu stehen kam.

Grünwald achtete nicht auf ihre Befindlichkeit. Er hatte ein Gewehr in der Hand und deutete damit auf den Ausgang.

Draußen war es noch finster. Jella schätzte, dass es noch ein oder zwei Stunden bis zum Sonnenaufgang waren.

»Wir machen einen Ausritt«, knurrte er unfreundlich. Jella lief es eiskalt den Rücken hinunter. Ihr war klar, dass es nicht Grünwalds Absicht war, sie von diesem Ausflug zurückkehren zu lassen. Während der langen Nacht hatte sie sich tausenderlei Fluchtgedanken gemacht. Doch dieses Mal hatte ihr Grünwald keinerlei Chance gegeben. Er hatte sie wie ein Paket mit Seilen umwickelt und jegliche Gegenstände, die ihr zur Flucht verhelfen konnten, entfernt. Irgendwann hatte sie sich notgedrungen mit ihrer Lage abgefunden und begonnen, ihr Leben Revue passieren zu lassen. Trotz allem haderte sie nicht mit ihrem Schicksal. Es war wohl Teil ihres Lebens, dass sie immer zur falschen Zeit am falschen Ort gewesen war und doch immer wieder das Beste daraus gemacht hatte. Sie war dadurch vielen guten Menschen begegnet, allen voran ihrer Mutter, die sie zu einer selbstständigen, freiheitsliebenden Frau erzogen hatte. Doch diese Selbstständigkeit hatte auch ihren Preis. Sie hatte ihre große Liebe gefunden und sie aus Eigensinn und Angst um ihre Unabhängigkeit aufs Spiel gesetzt.

Fritz.

Jedes Mal, wenn sie den Namen nur dachte, klopfte ihr Herz und tat gleichzeitig unendlich weh. Nun würde sie nie wieder Gelegenheit bekommen, ihm zu sagen, wie sehr sie ihn liebte.

Mit dem Gewehrlauf im Rücken drückte Grünwald sie durch die Tür hinaus auf den Hof vor den Stallungen. Weißes Mondlicht beleuchtete die Gebäude von *Owitambe* und gaukelte einen Frieden vor, der hier schon lange nicht mehr herrschte. Jella war immer noch nur zu kleinen Schritten fähig. Ihre Arme hingen wie bei einer willenlosen Gliederpuppe hinab. Grünwald reagierte unwirsch und versetzte ihr einen stärkeren Stoß. Dabei verlor sie das Gleichgewicht und schlug hart auf dem Boden auf. Sofort setzte wieder der stechende Schmerz in ihrem Kopf ein und vernebelte ihr die Sicht. Unter Stöhnen richtete sie sich wieder auf. Sie hatte Angst vor weiteren Schlägen. Mühsam schleppte sie sich vor den Pferdestall, vor dem drei Pferde angebunden waren.

»Wo bleibt ihr denn?«, fragte Lucie ungeduldig. »Ich habe keine Lust, dass uns einer der Schwarzen davonreiten sieht.«

»Das Mädchen ist ziemlich mitgenommen«, meinte Grünwald verächtlich. »Wieso erledigen wir sie nicht gleich hier? Das erspart uns eine Menge Arbeit!«

»Wie oft soll ich dir noch sagen, dass wir sie hier auf der Farm nicht so leicht verschwinden lassen können?«, keifte Lucie. »Wir machen es so, wie ich dir gesagt habe.«

Jella sah Lucie plötzlich mit anderen Augen. Sie fühlte merkwürdigerweise keinen Hass mehr auf diese Frau, die ihren Vater auf dem Gewissen hatte, sondern nur noch grenzenlose Verachtung. Lucie begegnete ihrem Blick irritiert. Für einen Augenblick zeigte sie sogar Unbehagen. Dann straffte sie ihren Körper, um ihre Überlegenheit zu demonstrieren.

»Ich sehe dich schon um Gnade winseln, wenn du dem Tod endgültig gegenüberstehst.«

»Den Gefallen werde ich euch wohl kaum tun«, zischte Jella mit zusammengebissenen Zähnen. Es waren nicht Lucies Sticheleien, sondern ihr Kopf, der ihr Unbehagen bereitete. Er fühlte sich an, als würde er jeden Augenblick explodieren. Außerdem war ihr schwindlig und übel. Ihre Hände krallten sich an den Sattelknauf, als sie sich selbstständig auf den Rücken des ihr zugewiesenen Pferdes hinaufhieven wollte. Sie scheiterte mehrere Male, weil sie in gefesseltem Zustand keinen Hebel fand, um sich hinaufzuziehen. Erst als Grünwald ihr von hinten einen Schubs gab, blieb sie im Sattel sitzen. Sie bezweifelte allerdings, dass sie sich lange würde oben halten können. Doch Grünwald band sie dort fest. Ihre zusammengebundenen Hände befestigte er am Sattelknauf und die Beine fixierte er unter dem Bauch ihres Pferdes. Wenn es dem Pferd gefiel, sich hinzulegen, würde sie zweifelsohne von seinem Gewicht zerquetscht werden.

»Aufsitzen zum Weiterritt!« Leutnant Bausch gab lustlos den Befehl. Ihm und seinen Männern steckte die Müdigkeit in den Gliedern. Fritz hatte ihnen nur eine kurze Pause vergönnt, und es war noch einige Zeit hin bis zum Sonnenaufgang. Nur unwillig machten sich die Soldaten daran, seinem Befehl zu gehorchen. Fritz saß längst auf seinem braunen Wallach. Seine Ungeduld stand ihm mehr als deutlich ins Gesicht geschrieben. Die Sorge um Jella hatte ihn keine Sekunde schlafen lassen. Was, wenn sie zu spät kamen? Wieder stiegen die dunklen Erinnerungen an den Burenkrieg in ihm auf. Wenn er damals nicht so überheblich gewesen wäre und schneller reagiert hätte, dann wäre sein Vater noch am Leben und er selbst hätte seine Hand nicht verloren. Es kostete ihn Kraft, die Vergangenheit wieder in ihre Versenkung zu drücken.

Ohne auf die Männer zu warten, setzte er sein Pferd in Bewegung und ritt schon mal voraus.

Der Klang der Pferdehufe wurde durch den weichen Wüstensand gedämpft, sodass außer dem gelegentlichen Pferdegeschnaube nur die Geräusche der Savanne zu hören waren. Eine Eule stieß ihren unheimlichen Schrei aus, eine Hyäne gab ihr irres Gelächter von sich, und in der Ferne hörte man das laute Brüllen von Löwen. Kurze Zeit später hörte Fritz das gedämpfte Getrappel der anderen Pferde. Die Soldaten gaben sich Mühe, zu ihm aufzuholen, mürrisch und schweigsam, aber immerhin willens, ihm zu folgen. Es dauerte fast zwei Stunden, bis sich die

Sonne im Osten erhob. Am Horizont erschien ein sattes Orange, das sich langsam ausbreitete und den Himmel mit einem unwirklichen Licht überzog. Es war der Zauber der Veränderung, zwischen dem Dunkel der Nacht und der gleißenden Helligkeit des Tages. Für einen Moment schien es ganz still zu sein, bevor die Vögel der Buschsavanne mit ihren schrillen Tönen den Einzug des Tages verkündeten. Kurz darauf hellte sich das satte Orange auf, wurde gelber, ließ etwas blauen Himmel sehen, bevor es dem Tag endgültig Platz machte. Selbst in seiner Sorge konnte sich Fritz diesem Augenblick nicht verschließen. Vor ihm tauchte das Massiv des Waterbergs auf. Violett blau erhob er sich mit seinen schroffen, felsigen Abhängen, vor dem sich ein dunkelgrüner, fast urwaldartiger Grüngürtel hinzog. In etwa einer Stunde würden sie *Owitambe* erreichen.

Unerbittlich gab Grünwald ein zügiges Tempo vor. Weder ihn noch seine Frau kümmerte es, dass Jella sich kaum auf ihrem Pferd halten konnte. Immer wieder fiel sie in eine kurze Ohnmacht und sackte zur Seite. Lediglich ihre Fesseln hielten sie auf dem Pferderücken. Ohne Kopfbedeckung war sie bald der gleißenden Sommerhitze ausgesetzt sein, die wie ein Strahlfeuer auf sie nieder brannte. Ihre Gedanken begannen sich zu verwirren. Sie sah ihre Mutter vor sich, wie sie sterbend in ihrem Bett gelegen hatte, ihren Großvater, wie er sie mit aller Macht auf seine Seite ziehen wollte, Fritz mit unendlich traurigen Augen, weil sie ihn verlassen hatte. Dann tauchten vor ihrem inneren Auge wieder die Hyänen auf, deren Opfer sie um ein Haar geworden wäre. Sie standen mit riesigen geöffneten Rachen vor ihr, sodass sie weit in ihre blutgetränkten Schlünde blicken konnte. Schwarze Ohnmacht erlöste sie von diesem Albdruck. Als sie wieder zu sich kam, sah sie das Bild der jungen Buschmannfrau vor sich. Nur für einen Augenblick, dann war es wieder verschwunden. Seltsam. Auch in dieser ausweglosen Situation fühlte sie, wie ihr das fremde Mädchen, das sie nur aus ihrer Vorstellung kannte, Kraft gab. Jella schüttelte ihre Visionen ab und versuchte sich auf den Weg zu konzentrieren. Noch war sie nicht tot. Und sie war fest entschlossen, es ihren beiden Feinden so schwer wie möglich zu machen. Bislang waren die beiden nahezu schweigend geritten. Grünwald vor Jella und Lucie hinter ihr. Doch als sie sahen, dass von Jella keinerlei Gefahr auszugehen schien, ließ ihre Aufmerksamkeit etwas nach, und Lucie schloss zu Grünwald auf.

»Wenn wir weiterhin so langsam vorankommen, werden wir erst gegen Abend Erindi erreichen«, brummte Grünwald unzufrieden.

»Ist das vielleicht meine Schuld?« Lucie reagierte gereizt. »Ich musste ihr so fest mit dem Knüppel auf den Kopf schlagen, sonst wäre sie entkommen!«

»Sie kann sich kaum auf dem Pferderücken halten. Aber das wird ja bald keine Rolle mehr spielen.«

Die Gleichgültigkeit, mit der Lucie und Grünwald über sie sprachen, ließ Jella nicht unberührt. Sie fühlte sich wie eine x-beliebige Katze, die der Bauer ertränkte, weil er zu viele davon besaß. Mitgefühl gehörte eindeutig nicht in das Gefühlsrepertoire dieser Menschen.

»Wir könnten sie auch einfach in der Wüste aussetzen«, schlug Grünwald jetzt vor.

»Und dann überlebt sie durch irgendeinen dummen Zufall und plaudert alles aus.« Lucie warf ihrem Partner einen abfälligen Blick zu. »Du vergisst, dass wir noch herausfinden müssen, wo die Diamanten herkommen. Solange du dich nicht mit diesen Buschmännern befasst hast, müssen wir auf dieser gottverdammten Farm bleiben. Du als Verwalter und ich als trauernde Witwe. Die Leute reden viel.«

»Ich habe keine Lust mehr auf dieses ständige Versteckspiel.« Grünwald kniff Lucie in den Po.

»Ich komme mir schon wie ein Dieb vor, wenn ich nachts aus meinem Schuppen zu dir ins Herrenhaus schleiche, um mir das zu holen, was mir als dein Mann auch zusteht.«

Lucie stieß ihn neckisch vor die Brust.

»Du musst an das Ende denken, Victor, nicht an den Augenblick. Wenn wir noch mehr von den Diamanten bekommen, dann steht uns die ganze Welt offen. Wir können ein Schiff ans Ende der Welt nehmen oder uns ein Schloss in Europa kaufen. Wir werden Minenbesitzer sein, bei denen das Geld aus dem Wasserhahn sprudelt! So nah waren wir noch nie vor dem Ziel!«

»Bitte, Wasser!«, krächzte Jella. Sie konnte sich kaum noch auf dem Pferd halten. Lucie reagierte ungehalten, weil sie unterbrochen worden war.

»Das können wir uns sparen«, meinte sie gnadenlos. Doch Grünwald schüttelte den Kopf. Er griff an seine Satteltasche und zog eine Wasserflasche hervor. Gleichzeitig ließ er sich neben Jella zurückfallen, um ihr etwas davon einzuflößen.

Lucie protestierte, doch Grünwald ließ sich nicht beirren.

»Das Mädchen kann sich trotz der Fesseln kaum noch auf dem Pferd halten. Wir müssen noch das Farmgelände von Paulsens durchqueren, bevor wir Erindi erreichen. *Du* wolltest doch nicht, dass sie vorher krepiert!«

Noch bevor das Farmhaus von *Owitambe* in Sicht kam, ließ Fritz die Schutztruppensoldaten anhalten. Er gab den fünf Männern den Befehl, in zwei Gruppen auszuschwärmen, damit den Greenwoods jegliche Fluchtmöglichkeit versperrt wurde. Leutnant Bausch sollte mit zwei Männern das Farmgelände von hinten betreten, während Fritz mit den anderen beiden Soldaten den offiziellen Weg nahm.

Das Farmhaus lag ruhig im frühen Morgenlicht. Seine Schatten hatten noch scharfe, dunkle Konturen. Fritz hörte jemanden im Haus rumoren. Wahrscheinlich die Köchin, die den Herrschaften das Frühstück zubereitete. Fritz gab seinen Männern das Zeichen, sich umzusehen, während er von seinem Pferd stieg und die Treppenstufen zur Veranda hinaufsprang. Sein Herz klopfte wild, weil er inständig hoffte, Jella unversehrt vorzufinden. Er würde ihr viel zu erklären haben. Doch vorher musste er die Sache mit den Greenwoods klären. Ohne anzuklopfen und mit einer Pistole in der Hand öffnete er die Verandatür und trat ins Haus ein. Nancy hielt sich erschrocken die Hände vors Gesicht. Doch als sie Fritz erkannte, hellte sich ihre Miene etwas auf.

»Der Herr kommt, um die junge Herrin zu befreien?«, fragte sie hoffnungsvoll.

»Wie kommst du darauf?«, fragte er misstrauisch.

Nancy zog bekümmert die Schultern nach oben.

»Fräulein Jella wird hier nicht gern gesehen«, raunte sie. »Herrin Lucie hat sie gestern Abend eingesperrt.«

Fritz erschrak.

»Wo ist sie?«

Nancy begann plötzlich zu weinen. Sie hob flehend die Hände, um Fritz zu bitten, sie nicht bei Lucie für diese Information zu verraten.

»Herrin Lucie ist herzlos«, jammerte sie. »Wenn ich Stellung verliere, müssen meine Kinder und ich hungern.«

»Nun beruhige dich doch! Du wirst deine Stellung schon nicht verlieren. Verrate mir lieber, wo sie Fräulein Jella eingesperrt haben und wo diese Lucie und der Vorarbeiter sind.«

In Fritz' Ohren klingelten sämtliche Alarmglocken.

»Ich weiß es nicht, Herr, wirklich nicht! Die Herrschaft hat mich gestern Abend plötzlich nach Hause geschickt. Aber ich habe gehört, wie Fräulein Jella und Herrin Lucie einen bösen Streit hatten. Einen ganz bösen, wirklich!«

Sie sah sich um, als könne jemand von der Herrschaft sie hören. »Samuel hat mir verraten, dass Grünwald Jella gebunden und eingesperrt hat.«

»Um Gottes willen, verrat mir endlich, wo deine Herrin ist!«

»Samuel sagt, dass drei Pferde aus dem Stall fehlen. Herrin Lucie habe ich heute noch nicht gesehen.«

Fritz ließ Nancy stehen und rannte hinaus. Die Schutztruppensoldaten hatten mittlerweile das gesamte Farmgelände durchsucht und waren zu dem gleichen Ergebnis wie Fritz gekommen. Es fehlten drei Pferde, und weder von Jella noch von den Greenwoods war irgendetwas zu sehen.

Verzweifelt riss sich Fritz seinen Hut vom Kopf und warf ihn vor sich in den Staub. Ihm war zum Heulen zumute.

Die Sonne brannte mittlerweile unerbittlich auf die drei Reiter hinab. Jellas Zustand war erbärmlich. Sie dämmerte zwischen Besinnungslosigkeit und verzerrter Wahrnehmung hin und her. Die Geräusche der savannenartigen Landschaft schwollen zu einem lauten Crescendo an, selbst das Scharren der Insekten und das Fiepen eines Erdhörnchens klangen schrill und schmerzhaft in ihren Ohren. Lucie und Grünwald führten ihr Pferd hinter sich her am Zügel. Sie saß darauf wie ein nasser Sack, zusammengesunken und kraftlos. Wären die Fesseln nicht gewesen, wäre sie schon längst hinuntergefallen. Der Tod hatte mit einem Mal seinen Schrecken für sie verloren. Wahrscheinlich wird er sogar eine Erlösung sein, dachte sie immer wieder und überließ sich schließlich dankbar einer neuen kurzen Ohnmacht.

Das Nächste, was sie mitbekam, war, dass jemand sich an ihren Fesseln zu schaffen machte. In dem Moment, da sie vollständig gelöst waren, fiel sie vom Pferd; Grünwald ließ sie ungebremst fallen. Jella blieb liegen. Sie war viel zu erschöpft, um einen Fluchtversuch zu wagen. Der Aufprall war heftig gewesen, aber nichts im Vergleich zu dem Schmerz, den sie immer noch in ihrem Kopf fühlte. Sie spürte, wie sie weggeschleift wurde. Grünwald lehnte sie mit dem Oberkörper an einen Felsen und träufelte ihr nochmals etwas Wasser ein. Gierig öffnete Jella die Lippen und schluckte unter Schmerzen das kostbare Nass. Dieses Mal gönnte ihr Grünwald genügend, dass sie wieder zu sich kam. Ihre verzerrte Wahrnehmung rückte sich zu einem klaren Bild zurecht, und sie wagte sogar, sich ein wenig umzusehen.

Offensichtlich hatten die beiden beschlossen, über die Zeit der glühenden Mittagshitze eine längere Rast zu machen. Während sie Jella im Halbschatten des Felsens zurückgelassen hatten, waren die beiden auf eine kleine Anhöhe gestiegen, die von ein paar Mopanebäumen dicht beschattet war. Dort hatten sie sich auf ihren Satteldecken niedergelassen. Sehnsuchtsvoll sah Jella, wie sie aßen und etwas tranken. Sie wusste nicht, wann sie das letzte Mal einen vollen Magen gehabt hatte. Das Knurren ihres Magens wurde plötzlich so laut wie das Brüllen eines Löwen. Es klang schaurig in ihren Ohren, auch wenn niemand außer ihr es hören konnte.

»Bitte gebt mir auch etwas ab!« Jellas Lippen formten die Bitte lautlos. Trotzdem schämte sie sich dafür.

Doch Lucie und Grünwald beachteten sie gar nicht. Sie waren wieder in ein Gespräch vertieft, das fetzenartig zu ihr hinüberdrang. Der Inhalt interessierte Jella längst nicht mehr. Die beiden hatten alles gewonnen, während sie alles verloren hatte, ohne es jemals besessen zu haben. Aber was spielte das jetzt noch für eine Rolle? Jellas Lebensmut war beinahe erschöpft. Sie sehnte sich nur danach, dass es etwas kühler wurde. Schatten, ja Schatten, der würde ihr guttun. Sie ließ sich zur Seite fallen und entdeckte, dass der runde Felsen, an den Grünwald sie angelehnt hatte, am unteren Ende eine schlitzartige Vertiefung aufwies, unter die ein Mensch der Länge nach passte. Sie musste dazu nur ein kleines Stückchen vorwärts robben; dann würde sie sich in den kühlenden Spalt schmiegen können. Zentimeter für Zentimeter schob sie sich nach vorn. Jede einzelne Bewegung verursachte ihr höllische Schmerzen und laugte sie aus. Doch dank ihrer Beharrlichkeit schaffte sie es endlich. Sie drückte sich in die Vertiefung an den kühleren Fels und fühlte tatsächlich, wie sich ihr Rücken unter der Bluse abzukühlen begann und die Kühle sogar ein wenig von ihrem Kopfschmerz betäubte. Dankbar schloss sie die Augen und versuchte, wieder etwas zu Kräften zu kommen.

Sie wusste nicht, wie lange sie so vor sich hingedämmert hatte, Minuten, eine halbe Stunde oder gar länger? Auf jeden Fall kehrte ein klein wenig ihrer Kraft und etwas Lebensmut zurück. Vielleicht fand sie ja einen spitzen Stein, an dem sie ihre Handfessel lockern konnte? Ein Glimmer von Hoffnung flackerte kurz in ihr auf. Sie war zäh und hatte schon schlimme Situationen überlebt! Ihre Augen blinzelten, um in der Helligkeit außerhalb der Felsspalte nach einem geeigneten Stein Ausschau zu halten. Tatsächlich schien ein Abbruch von dem Felsen, nicht weit von ihr entfernt, eine scharfe Kante zu besitzen. Sie musste sich nur noch ein wenig drehen, dann könnte sie ihre Hände in die geeignete Position bringen. Zum Glück hatte Grünwald, damit sie reiten konnte, ihre Hände vorn gebunden. Sie stützte sich auf die Ellenbogen und robbte dem Stein bäuchlings entgegen. In dem Moment, als sie ihre Hände in die richtige Position gebracht hatte und anfing, an seiner scharfen Kante zu schaben, hörte sie neben ihrem rechten Ohr ein wütendes Zischen. Langsam, ganz langsam wandte Jella ihren Kopf in Richtung des Geräusches. Neben ihr lag eine kurze, dicke Schlange. Ihre braunbeigen Schuppen hoben sich kaum von dem Untergrund ab. Der dreieckige Kopf des Reptils war keine zwanzig Zentimeter von Jellas Gesicht entfernt. Mit einer wiegenden Bewegung hob die Puffotter ihren Körper und schnellte mit einer blitzschnellen Bewegung nach vorn.

»Wir wissen jetzt wenigstens, in welche Richtung sie geritten sind. Es war nicht leicht, die Spuren zu entdecken, aber auf meine Jungs und mich ist eben Verlass.«

Leutnant Bausch war sichtlich stolz auf seine Entdeckung.

»Na, dann rücken Sie doch endlich mit Ihrer Neuigkeit heraus«, unterbrach Fritz ihn ungehalten. Er hatte ebenfalls noch einmal gründlich die Farm und ihre nähere Umgebung nach Spuren abgesucht, aber bislang nichts herausgefunden.

»Sie sind direkt in die Omahekewüste geritten. Einer meiner Männer ist der Spur lange genug gefolgt, um ausschließen zu können, dass sie in einem Bogen nach Otjiwarongo oder Grootfontein geritten sind.«

»Und das halten Sie für eine Neuigkeit?« Fritz konnte sich den Sarkasmus nicht verkneifen. Sie verloren viel zu viel kostbare Zeit. Jella war die Gefangene eines hochgefährlichen Verbrecherpaares, und es lag nur allzu nahe, was sie mit ihr vorhatten. Leutnant Bauschs Information brachte sie überhaupt nicht weiter. Die Kalahari und ganz besonders ihr nordwestlicher Teil, die Omaheke, waren völlig unübersichtlich. Genauso gut konnte er eine Nadel in einem Heuhaufen suchen. Fritz legte seine Stirn in Falten und dachte angestrengt nach. Doch die Grübelei brachte nichts. Die einzige Chance, die sie besaßen, bestand darin, der Spur zu folgen und zu hoffen, dass sie ihnen nicht verloren ging.

»Gibt es Buschmänner, die hier auf der Farm arbeiten?«, fragte er hoffnungsfroh. Die kleinwüchsigen Nomaden waren bekannt dafür, dass sie die besten Fährtenleser Afrikas waren. Leutnant Bausch schüttelte bedauernd den Kopf.

»So wie es aussieht, nicht. Sämtliche Stämme des Landes sind hier versammelt. Ich habe Hereros, Owambos und einige Damarra gesehen. Sogar eine Himbafrau war darunter, aber Buschmänner waren nicht unter den Arbeitern.«

Die Himbafrau. Fritz erinnerte sich plötzlich an das Gerücht, dass Sonthofen mit ihr einen Sohn gehabt haben sollte. War ihm nicht selbst die Hellhäutigkeit des Kindes aufgefallen?

»Bringt mich zu der Himbafrau. Ich muss mit ihr reden«, forderte er.

Sarah saß in ihrer Lehmhütte und bereitete für ihren Sohn und sich Essen zu. Sie sang dabei, während der Junge aus Holzstücken etwas bastelte, das Ähnlichkeit mit einem Auto hatte. Als Fritz' Silhouette den Eingang zu ihrer Hütte verdunkelte, sah sie erstaunt auf.

Fritz trat ein und kauerte sich neben sie. Er wollte eben ansetzen, ihr etwas zu erklären, als sie ihn mit einem einzigen Satz unterbrach.

»Erindi«, sagte sie mit ihrer weichen, wohlklingenden Stimme. »Sie sind nach Erindi geritten.«

Fritz bereitete umgehend ihren Aufbruch vor. Leutnant Bausch suchte auf seinen Karten nach einem Ort oder einer Landschaftsbezeichnung, die den Namen Erindi trug, und fand ihn tatsächlich in der Nähe der nordöstlichsten Begrenzung von *Owitambe.* Sie deckten sich auf der Farm mit etwas Proviant und Wasservorräten ein und ritten am späten Nachmittag los. Er hoffte inständig, dass sie nicht zu spät kommen würden.

Sternenschwestern

Nakeshi hatte eine Vision.

Sie überfiel sie in dem Moment, als sie in einem Termitenhügel ein Bienenvolk entdeckte. Die eifrig summenden Insekten tummelten sich in einer Vertiefung des zerklüfteten Termitenbaus und bewachten sorgfältig ihre Vorräte. Der Glanz des dunklen Honigseims leuchtete verlockend aus der Dunkelheit. Die junge Buschmannfrau war gerade dabei, ihre Hand in die Vertiefung zu stecken, um mit einem beherzten Griff die Waben von der Decke der Vertiefung zu lösen, als sich plötzlich ihr Blick trübte und anstatt der verlockenden Süßigkeit das Gesicht ihrer Sternenschwester auftauchte. Die leuchtend roten Haare umgaben sie wie einen Feuerkranz, während sie ihre Arme hilfesuchend nach Nakeshi ausstreckte. Ihr Herz verkrampfte sich bei dem Anblick dieser Verzweiflung, und dann spürte sie die Angst der anderen, als wäre es ihre eigene. Genauso schnell, wie die Vision gekommen war, war sie auch wieder vorüber. Doch der Eindruck, den sie bei Nakeshi hinterlassen hatte, blieb. Es verwirrte sie, dass die Mischung aus Angst und Schmerz nun auch ein Teil von ihr geworden war. Um sie loszuwerden, zwang sie sich, sich wieder auf den Honigklau zu konzentrieren. Mit sicherer Hand griff sie nach den Waben und löste sie von der Decke, was sofort mit einem lauten Brausen der Insekten quittiert wurde. Nun musste sie schnell handeln, denn es war nur noch eine Frage der Zeit, bis die Bienen zu einem wütenden Angriff auf sie übergehen würden. Bevor sie sich verständigt hatten, musste sie ihren Arm wieder aus der Höhle gezogen haben und so schnell wie möglich Schutz in der Dunkelheit eines Gebüsches suchen. Von der Vision noch benommen, waren ihre Handgriffe zu zögerlich. Die Bienen waren schneller als sie. Umgehend versammelte sich eine enorme Anzahl der Tiere zu einer kleinen Armee und stürzte sich mit wütendem Summen auf die Räuberin. Nakeshi schrie auf vor Schmerz. Überall ließen sich die Tiere auf ihrer Haut nieder und bohrten ihre giftbewehrten Stachel hinein. Trotzdem ließ sie ihre Beute nicht fallen. Im Zickzacklauf rannte sie in Richtung des Unterholzes, dass sie vorsorglich ausgespäht hatte. Mit ein paar Sprüngen hatte sie es erreicht und sich darunter verkrochen. Allerdings war ihre kostbare Beute hart erkauft. Etliche Stacheln der Bienen steckten noch zuckend in ihrem Körper. Sie wagte sie nicht herauszuziehen, denn das aufgeregte Summen der Insekten vor dem Busch ließ immer noch nicht nach. Eilig stopfte Nakeshi den Honig samt Waben in ihren Ledersack, um sich dann weiter durch das Unterholz zu kämpfen und nach einem geeigneten Ausgang weit weg von den Bienen zu suchen. Sobald ihr das gelungen war, rannte sie mit großen Schritten davon.

Sie rannte und rannte, denn das Laufen befreite ihren Geist und lenkte sie von den Schmerzen ab. Wie aufgezogen trabte sie durch den Busch, zielstrebig und ausdauernd, als weise ihr ein innerer Kompass den Weg. Ganz langsam, wie Regentropfen, die allmählich durch das Erdreich sickerten, wurde ihr bewusst, dass sie auf der Suche nach ihrer Sternenschwester war. Etwas in ihr sagte ihr, dass sie ganz nahe war und ihrer Hilfe bedurfte. Nakeshi öffnete ihren Geist ganz weit, um das Bild des Mädchens vor ihrem inneren Auge wiedererstehen zu lassen. Und plötzlich wusste sie, wo sie sie finden konnte.

Die Bruchteile von Sekunden, die die Schlange brauchte, um sich aufzurichten und in ihr Gesicht zu schnellen, streckten sich in Jellas Wahrnehmung zu einer Ewigkeit hin. Bild für Bild brannten sich die Schrecksekunden in ihr Gehirn ein. Das wütende Zischen der Schlange, der dreieckige Kopf mit den gelben Augen, die tödlichen Giftzähne, die drohend aus dem weit geöffneten Rachen auf sie zustrebten – und das Warten auf den Biss, der ihr Todesurteil bedeuten würde.

Noch Jahre später sollte die Erinnerung daran kaum verblassen. Der Tod war so nah und sicher gewesen, dass er für Jella selbstverständlich geworden war. Umso unglaublicher war es, dass es dennoch anders kam.

Wie ein Blitz sauste plötzlich ein schwerer, gegabelter Holzast von oben herab, fixierte den Kopf des Tiers und wandte so die drohende Gefahr von Jella ab. Eine kleine braune Hand packte das Reptil hinter seinem Kopf und hinderte es an seinem tödlichen Biss. Das alles geschah in Windeseile und ohne einen Laut. Nur das wütende Zischen der Schlange war zu hören. Ihr muskulöser Körper wand sich in wildem Aufbegehren, bevor die andere Hand, ein Steinmesser führend, den Zuckungen ein Ende bereitete. Neben Jella kauerte eine junge Frau. Ihre geringe Körpergröße und der inselartige Haarbewuchs, der zum Teil in kleinen Zöpfen endete, ließen Jella vermuten, dass sie eine Buschmannfrau vor sich hatte. Noch bevor sie in irgendeiner Weise reagieren konnte, legte die kleine Frau ihren Zeigefinger vor den Mund und bedeutete ihr zu schweigen. Mit einem schnellen Handgriff verstaute sie das tote Tier in ihrem Beutel und spähte dann in Richtung Lucie und Grünwald. Offensichtlich hatte sie längst den Ernst der Lage erkannt und wusste, dass sie nicht entdeckt werden durften. Nachdem sie sich davon überzeugt hatte, dass von den beiden im Moment keine Gefahr ausging, machte sie sich mit raschen Bewegungen daran, Jellas Fesseln mit dem Steinmesser zu lösen. Die Klinge war erstaunlich scharf. Mit kundigen Händen massierte sie Jellas wunde Fesseln und ihre Handgelenke, um das Blut wieder frei zirkulieren zu lassen. Dieser kurze Augenblick blieb Jella, um ihre Retterin genauer zu betrachten. Die kleine wohlgeformte Stupsnase, die mandelförmigen braunen Augen und der volle, beinahe runde Mund mit dem verschmitzten Lächeln. Das alles war ihr auf eine erstaunliche Art und Weise bekannt. Die Erkenntnis traf sie wie ein Blitzschlag. Sie wusste nicht, was sie mehr aus dem Konzept brachte, die Tatsache ihrer wundersamen Rettung oder das Auftauchen dieser außergewöhnlichen Frau. Nur mit Mühe gelang es ihr, einen kleinen Aufschrei zu unterdrücken, bevor sie die Tatsache akzeptierte, dass ihre Retterin und das Mädchen in ihren ständig wiederkehrenden Visionen ein und dieselbe Person waren!

Die junge Frau schien ihre Gedanken erraten zu haben. Sie nickte und schenkte ihr ein verständnisvolles Lächeln. Gleich darauf wurde ihr Gesicht wieder ernst. Mit Handzeichen bedeutete sie Jella, dass sie sich nun wie kleine Tiere davonschleichen müssten. Auf allen vieren, den Schutz des Felsens nutzend, krabbelte Jella der Buschmannfrau hinterher. Der lange Rock war ihr hinderlich. Um überhaupt voranzukommen, musste sie ihn in unanständiger Weise weit über ihren Po hinaufschieben. Erst dann gelang es ihr, der so viel wendigeren Frau zu folgen. Immerhin erreichten sie unbemerkt einen dicht belaubten Rosinenbusch. Die Buschmannfrau vergewisserte sich, dass Jella in Ordnung war, dann erhob sie sich und deutete mit ihrer Hand hinter die nächste Gruppe von Bäumen. Dazwischen lag ein Stück offene Ebene. Sie machte ihr rasch klar, dass sie nun wie ein großes Tier fliehen mussten. Jella verstand ihre Zeichen sehr wohl, aber sie war sich nicht sicher, ob sie auch genügend Kraft dazu besaß, ihnen Folge zu leisten. Die Vorstellung, dass ihr die Grünwalds bald auf den Fersen sein würden, ließ sie zittern. Eine Welle von Angst schwappte in ihr auf. Dann biss sie sich auf die Lippen und rannte ihrer Retterin hinterher. Hinter jeder Deckung gönnten sie sich eine kurze Pause. Dann trieb die Buschmannfrau sie weiter an. Erst als sie sich eine geraume Strecke von dem Lagerplatz entfernt hatten und Jellas Schritte immer langsamer und schleppender geworden waren, erlaubte sie ihr eine längere Pause. Jella ließ sich keuchend hinter einem Baum auf den Boden fallen und versuchte verzweifelt, ihre letzten Kräfte zu mobilisieren. Unterdessen machte sich die Buschmannfrau daran, ihre Spuren zu verwischen. Dazu hatte sie einen Zweig von einem Rosinenbusch abgerissen und damit ihre Fußabdrücke bis hin zu ihrem Versteck verwischt. Als Nächstes begann sie, eine falsche Fährte zu legen, indem sie die letzten Fußabdrücke in eine völlig andere Richtung als die, in die sie flohen, fortsetzte. Auf felsigem Untergrund endeten die falschen Spuren. Jella bekam von alldem nur schemenhaft etwas mit. Sie war kurz davor, erneut die Besinnung zu verlieren.

»Wie fremd sie aussieht«, schoss es Nakeshi durch den Kopf. »Wie ein flammender Geist aus der Anderswelt!« Staunend betrachtete sie die große, hellhäutige Frau, die mit aufgelösten roten Haaren halb besinnungslos unter dem Baum lag.

»Sie ist meine Sternenschwester! Das ist ein Geschenk.«

Nakeshi begann die Umstände zu akzeptieren. Jetzt wusste sie, dass die Llangwasi sie nicht gefoppt hatten. Ihr Schicksal und das dieser seltsamen Frau waren miteinander verwoben. Sie musste es akzeptieren und sehen, was sich daraus ergeben würde. Doch jetzt war nicht die Zeit, um über solche Dinge nachzudenken. Ihre Sternenschwester brauchte dringend Hilfe. Sie griff in ihren Lederbeutel und zog daraus einen Schildkrötenpanzer hervor, dessen Öffnungen mit Sisalfasern zugestopft waren. Vorsichtig zupfte sie ein paar Fasern heraus und schüttete den Inhalt des Panzers auf ihren Schoß. Ein paar Beeren, Kräuter und ein Brocken mit zäher Konsistenz fielen auf den ledernen Lendenschurz. Sie biss ein Stückchen von der harzigen Masse ab und kaute sie in ihrem

Mund weich. Dann spuckte sie den Inhalt wieder in ihre Hand und schob sie ihrer kranken Schwester zwischen die Lippen. Mit flatternden Augenlidern hatte diese sie beobachtet. Doch kaum befand sich die Medizin in ihrem Mund, machte sie Anstalten, sie wieder auszuspucken. Nakeshi reagierte rasch und hielt ihr fest die Hand vor den Mund. Dabei schüttelte sie energisch den Kopf und ahmte Kau- und Schluckbewegungen nach. Endlich schien ihre Sternenschwester verstanden zu haben. Angewidert schloss sie die Augen, aber sie kaute artig und schluckte den Brei hinunter. Nakeshi nickte zufrieden. Jetzt mussten sie nur noch auf die Wirkung der Medizin warten. In ihrem Volk sagte man, dass die Kräuter selbst Todkranke für einige Zeit wieder zu Kräften brachten. Die seltenen Pflanzen waren mit dem Kot von Steinböcken und dem Harz von Bäumen haltbar gemacht worden. Wie erwartet fiel die Sternenschwester in einen tiefen, kurzen Schlaf. Aus Furcht vor Entdeckung zog Nakeshi die Kranke tief in das Gebüsch hinein.

»Verdammt, sie ist verschwunden!«

Grünwald war sichtlich erregt, als er zu Lucie zurückkehrte.

»Bist du verrückt geworden?«

Lucie sprang auf und sah selbst nach.

»Du gottverdammter Idiot«, schimpfte sie. »Wie konnte sie sich von ihren Fesseln befreien? Du hast sie doch selbst noch einmal vor unserer Rast überprüft.«

»Weiß der Teufel«, knurrte Grünwald. »Weit wird sie in ihrem Zustand ja wohl nicht gekommen sein!«

Er durchsuchte die Umgebung nach Spuren und wurde auch bald fündig. Mit einem siegessicheren Lächeln folgte er der Kriechspur in das nächste Gebüsch.

»Komm raus, du verdammtes Luder«, zischte er. »Dein kleiner Ausflug ist beendet!«

Als er nichts hörte, stocherte er verärgert mit einem Ast in dem Gebüsch. Allerdings erzielte er keinerlei Reaktion.

»Was ist, wenn sie es bis zur nächsten Farm schafft?« In Lucies Stimme schwang ein Anflug von Panik. »Wir dürfen sie auf keinen Fall entwischen lassen. Dieses Biest wird uns nicht so kurz vor dem Ziel noch Steine in den Weg legen.«

Unbeherrscht ballte sie ihre Hände zu Fäusten.

»Reg dich nicht auf«, versuchte Grünwald sie zu beschwichtigen. »Wir haben die Pferde. Damit sind wir dreimal schneller als sie. Es wird nur eine Frage der Zeit sein, bis wir sie wieder haben.«

»Hoffentlich hast du recht«, fauchte Lucie. »Aber was ist, wenn sie vorher jemandem in die Arme läuft? Die nächste Farm ist nicht besonders weit entfernt. Es könnte durchaus sein, dass sie einem der Arbeiter über den Weg läuft. Verflucht! Sie könnte uns eine Menge Scherereien bereiten.«

Grünwald überlegte.

»Dann sollten wir uns möglichst schnell aus dem Staub machen. Das wäre wahrscheinlich ohnehin das Beste. Hast du die Steine bei dir?«

»Natürlich habe ich sie nicht dabei!«, keifte Lucie erbost. »Ich habe sie im Haus versteckt. Ich bin doch keine Idiotin und riskiere, sie hier in der Wildnis zu verlieren.«

Grünwald rieb unentschlossen sein vorspringendes Kinn.

»Dann bleibt uns wohl nichts anderes übrig, als diese Sonthofen schnellstens zu beseitigen. Und dieses Mal erledige ich sie an Ort und Stelle.«

Als Jella aus ihrem komaähnlichen Schlaf erwachte, fühlte sie sich erstaunlich gekräftigt. Der tiefe Heilschlaf hatte seine Wirkung getan. Bis auf eine leichte Übelkeit und das dumpfe Hämmern in ihrem Kopf ging es ihr prima. Neben ihr saß die Buschmannfrau und beobachtete sie neugierig.

»Warum hilfst du mir?«

Die Buschmannfrau sah sie verständnislos an. Jella überlegte, wie sie sich verständlich machen konnte, dann fiel ihr plötzlich der Name ein, den sie damals in *Owitambe* in ihrem Kopf gehört hatte. Es war eine verrückte Idee, aber geschahen hier nicht Dinge, die sie ohnehin nicht verstand? Sie zeigte auf die Frau und fragte: »Nakeshi?«

Beim Klang des Namens verzog sich das Gesicht der Buschmannfrau zu einem breiten Lächeln. Sie nickte, nahm Jellas Hand und drückte sie an ihre Brust. Ein Schwall von Worten kam nun über ihre Lippen. Jella lauschte der Stimme, die sie bislang nur in ihrem Kopf gehört hatte. Sie war weich und wohlklingend und hörte sich an wie ein munterer Bach, über dessen Kieselsteine das strömende Wasser hüpft. Klick- und Schnalzlaute ahmten sein Plätschern nach, während ein samtiger Unterton den Lauf des Baches symbolisierte. Jella war nur enttäuscht, dass sie die Bedeutung der Worte nicht verstand. In ihren Träumen und Visionen hatten sie beide dieselbe Sprache gesprochen. Auch Nakeshi wurde offensichtlich erst jetzt bewusst, dass sie einander nicht verstanden. Sie besann sich. Erst zeigte sie auf sich und nannte ihren Namen, dann stupste sie Jella an und zog fragend die Schultern hoch.

»Du willst wissen, wie ich heiße?«

Nakeshi wiederholte die Geste noch einmal. Jella bedeutete ihr, dass sie verstanden hatte. Sie legte ihre Hand auf Nakeshis Schulter und nannte deren Namen, dann zeigte sie auf sich.

»Jella.«

»Jella – Nakeshi.«

Die junge Buschmannfrau zeigte abwechselnd auf Jella, dann wieder auf sich. Mit einem Mal musste sie herzlich lachen. Jella stimmte mit ein. Obwohl die äußeren Umstände nicht dafür sprachen, war ihr mit einem Mal ganz leicht zumute. Die Last und

Sorgen der letzten Zeit schienen wie weggeblasen. Sie fühlte sich nicht mehr allein.

Nakeshi lauschte und schien plötzlich beunruhigt. Mit einem Satz sprang sie auf und bedeutete Jella, ihr zuzusehen. Durch einfache Gestik und Mimik machte sie ihr deutlich, dass es nun Zeit war zu verschwinden. Sie suchte nach zwei geeigneten Stöcken und hüpfte damit wie eine Antilope. Dabei setzte sie die Stöcke so auf den Boden, dass sie die Spur einer Antilope nachahmten. Dann drückte sie Jella die Stöcke in die Hand und forderte sie auf, dass es nun an ihr war, die Antilope zu spielen. Während Jella sich an den Tierspuren versuchte, verwischte Nakeshi mit ihrem Rosinenbuschzweig ihre Fußabdrücke. Zurück blieben die Spuren einer Antilope. Kein Mensch würde ihre Spur jetzt noch verfolgen können. Jella staunte über die Klugheit ihrer neuen Freundin.

Sie kamen auf diese Weise zwar nicht besonders schnell voran, dafür stiegen ihre Chancen, dass Lucie und Grünwald ihre Spur verloren.

Nachdem sie etwa zwei Kilometer auf diese Weise zurückgelegt hatten, nahm Nakeshi Jella die Stöcke weg und entsorgte sie in einem Gebüsch. Dafür riss sie zwei gefächerte Rosinenbuschzweige ab und drückte einen davon Jella in die Hand. Den Zweig hinter sich herziehend verfiel sie in einen leichtfüßigen Trab und winkte Jella es ihr nachzutun. Doch Jella war am Ende ihrer Kräfte. Notgedrungen verlangsamte Nakeshi ihr Tempo und verzichtete auch darauf, ihre Spuren zu verwischen. Stattdessen griff sie unter ihren Arm und stützte sie. Immer wieder blieb die junge Buschmannfrau stehen und witterte wie ein Hund mit der Nase in die Luft. An ihrer Reaktion erkannte Jella, dass sie längst noch nicht in Sicherheit waren. Die Euphorie, die sie vor kurzer Zeit noch gespürt hatte, wich wieder großer Sorge. Außerdem ließ die Wirkung der Medizin jetzt rapide nach. Nakeshi biss noch einmal ein Stück von ihrem harzigen Klumpen ab, kaute ihn vor und gab ihn dann Jella zum Weiterkauen. Dieses Mal zierte sich Jella nicht. Gehorsam zermahlte sie die Masse zwischen ihren Zähnen und schluckte sie brav hinunter. Kurze Zeit später fühlte sie wieder diese bleierne Müdigkeit, die auch beim letzten Mal der stärkenden Wirkung vorausgegangen war. Sie wollte sich ausruhen, nur ein wenig hinlegen und für einen kurzen Augenblick die Augen schließen. Doch Nakeshi ließ es nicht zu. Sie packte Jella am Oberarm und begann ihr mit ihrer leisen, wohlklingenden Stimme etwas vorzusingen. Jellas Augenlider wurden immer schwerer, doch immer wenn sie ihrer unbändigen Müdigkeit nachgeben wollte, kniff Nakeshi sie in den Arm und hinderte sie daran. Tapfer schleppte sich Jella voran, streifte Büsche und Bäume, ohne dass es ihr bewusst wurde, dämmerte dahin, bis allmählich die Müdigkeit von ihr wich und neue Energie in ihren Körper strömte. Die Medizin zeigte erneut ihre stärkende Wirkung. Durch Jellas Schwächeanfall hatten sie jedoch kostbare Zeit verloren. Nervös lauschte Nakeshi in die Weite des Busches. Was sie hörte, schien sie zu beunruhigen. Jellas Ohren hörten nichts Verdächtiges, doch sie wusste von Fritz, dass die Buschmänner bis zu fünfzig Kilometer weite Geräusche identifizieren und erkennen konnten. Sie hatte es damals stark bezweifelt. Jetzt kam ihr das alles ganz selbstverständlich vor. Plötzlich legte sich Nakeshi flach auf den Bauch und hielt lauschend ihr Ohr auf den Sand. Ihre Miene verriet Besorgnis. Jella begann unruhig zu werden. Waren Lucie und Grünwald doch nicht auf ihren Trick hereingefallen? Nakeshi sprang wieder auf die Füße und sah sich hilfesuchend um. Schlagartig wurde Jella klar, dass die beiden Gauner ihnen durch die Pferde weitaus überlegen waren.

Die Grünwalds waren erst einmal auf den Buschmanntrick hereingefallen. Es war ihnen unerklärlich, wie Jella so weit gekommen sein konnte. Als ihre Spur sich auf dem felsigen Untergrund verlor, war es zwischen dem Ehepaar zu einem handfesten Streit gekommen. Lucie warf ihrem Mann vor, nicht sorgfältig genug auf Jella aufgepasst zu haben, während der wiederum Lucie beschimpfte, dass sie die Diamanten auf *Owitambe* zurückgelassen hatte. So ging es hin und her, bis sich ihre Gemüter schließlich wieder ein wenig beruhigt hatten. Sie waren sich beide der Gefahr bewusst, die Jellas Flucht für sie bedeutete. Nach einigen Überlegungen waren sie zu der Übereinkunft gelangt, wieder auf die Farm zurückzureiten, um die Diamanten zu holen und die verräterischen Tagebücher zu beseitigen. Anschließend würden sie Mittel und Wege finden, um herauszubekommen, ob Jella tatsächlich überlebt hatte. Sollte dies der Fall sein, blieben ihnen immerhin die Steine, falls nicht, würden sie etwas Zeit verstreichen lassen, bevor sie nach *Owitambe* zurückkehrten, um ihr Werk zu Ende zu führen.

Sie wendeten die Pferde und machten sich auf den Weg zur Farm. Es war purer Zufall, dass sie wieder auf Jellas Spur stießen. Während ihrer Flucht hatte sich ihr Halstuch gelöst und war an einem der dornigen Kameldornbüsche hängen geblieben. Grünwald zog es triumphierend mit der Spitze seines Gewehres aus dem Gebüsch.

»Dieses Luder ist gerissener, als wir geglaubt haben.« In seiner Stimme lag fast so etwas wie Anerkennung. »Sie muss uns eine falsche Fährte gelegt haben.«

Sein Blick wanderte über den staubigen Boden mit den vereinzelten Grasbüscheln, bis er endlich auf Fußabdrücke stieß, die in eine eindeutige Richtung wiesen.

»Na, warte. Dieses Mal entwischst du uns nicht!«

Ihr einziger Verbündeter war die einsetzende Dämmerung. Sie vermischte ihre Konturen mit den länger werdenden Schatten und erschwerte es den Verfolgern, die Spuren zu verfolgen. Nakeshi trieb ihre Sternenschwester unerbittlich an. Hin und wieder beschimpfte sie sie sogar, wenn diese sich zurückfallen ließ, weil ein Seitenstechen ihre Eingeweide zu zerreißen drohte. Nakeshi hatte Angst um sie beide.

Die Verfolger waren dicht hinter ihnen. Sie hörte, wie sich das Getrappel der Pferdehufe deutlich näherte. Sie mussten vorankommen. Erst wenn es dunkel war, durften sie sich eine Verschnaufpause gönnen. Nach der Dämmerung trat die kurze Zeitspanne völliger Dunkelheit ein, bevor der Mond aufging, um die Landschaft mit seinem fahlen Licht erneut zu beleuchten. Nur in dieser Zeit würden ihre Verfolger für eine gewisse Zeit ihre Spuren aus den Augen verlieren und ihnen die Möglichkeit geben, sich ein sicheres Versteck zu suchen. Nakeshi hatte eine Felsgruppe mit zahlreichen Einschnitten und Vorsprüngen im Sinn, die einen weitläufigen kleinen Gebirgskamm bildete. Der Boden dort war felsig und unübersichtlich, sodass es ihnen kaum Mühe bereiten würde, ihre Spuren zu verwischen und endgültig zu verschwinden. Dort angelangt, würden sie in Sicherheit sein. Allerdings lag noch eine geraume Strecke vor ihnen. Wenn es ihnen nicht gelang, ihre Verfolger vorher zu überlisten, würden sie ihr Ziel niemals erreichen. Nakeshi überlegte. Jella war aufgrund ihrer Schwäche eine Last. Außerdem war sie trotz ihrer langen Beine nicht fähig, so weite Strecken zu laufen. Auch wenn es Zeit kostete, musste sie erst einmal in einem Versteck verschwinden. Die Buschmannfrau sah sich um und entdeckte einen baumhohen Termitenhügel, der offensichtlich auch von anderen Tieren genutzt wurde. Nakeshi zog Jella dorthin und untersuchte das von den winzigen Insekten geschaffene Bauwerk. Tatsächlich entdeckte sie ein Erdferkelloch, das sich halb unterirdisch unter dem Termitenhügel hinzog. Wenn sie mit ihrem Grabstock das Loch etwas erweiterte, konnte ein einzelner Mensch zusammengekauert darin Platz finden. Doch zuerst musste sie seinen jetzigen Bewohner verjagen. Nakeshi stach kraftvoll mit ihrem Grabstock in die Öffnung und bekam sofort ein ärgerliches Grunzen zur Antwort. Sie hörte nicht auf, bis schließlich eine wütend quiekende Erdferkelsau aus dem Bau stürmte. Nakeshi schüttelte sich bei ihrem Anblick. Sie mochte diese Tiere nicht, weil sie beinahe keine Haare hatten. Ihre Haut und ihre Hände sahen aus wie die eines Menschen. Jedes Mal, wenn einer ihrer Leute mit einem erjagten Erdferkel nach Hause kam, weigerte sie sich, davon zu essen. Außerdem stanken sie erbärmlich. Immerhin hatte sie ihr Ziel erreicht. Das dachsgroße Tier mit den großen Ohren rannte protestierend in die Wildnis. Mit raschen Schlägen vergrößerte Nakeshi das Eingangsloch, bis es groß genug war, um Jella Platz zu bieten. Es kostete sie einige Energie, ihre große Freundin davon zu überzeugen, in das stinkende Erdferkelloch zu steigen, aber als sie ihr pantomimisch klarmachte, dass sie sonst von ihren Verfolgern eingeholt würden, gab sie endlich nach. Bevor Nakeshi die Öffnung mit ein paar Zweigen verschloss, bat sie Jella um ihre Schuhe. Ihre Spuren verwischend verschwand sie in den dunklen Schatten der Dämmerung.

Jella ekelte sich vor sich selbst. Sie fühlte sich nicht nur beschmutzt, sie war es auch. Aus Protest dagegen, aus seinem eigenen Bau vertrieben worden zu sein, hatte das Erdferkel sich noch einmal in seinem Refugium entleert. Im Dunst diverser Ausscheidungen kauerte nun Jella. Die Luft war stickig und roch bestialisch. Sie musste an sich halten, um sich nicht auch noch zu übergeben. Am liebsten wäre sie aus ihrem Versteck gekrochen, um noch einmal tief durchzuatmen. Doch dann siegte die Angst vor der Entdeckung, und sie fand sich mit ihrem Schicksal ab. Ihrer Einschätzung nach verbrachte sie die halbe Nacht in dem Versteck. Einmal hörte sie das Schnauben grasender Tiere in ihrer Nähe und die herzzerreißenden Schreie eines Nashornvogels. Ansonsten war sie mit sich und dem Gestank um sie herum allein.

Endlich kam Nakeshi zurück. Sie half ihr aus der Öffnung und verzog leicht angewidert die Nase. Jella stank erbärmlich. Trotz der widrigen Umstände verzog Jella ihren Mund zu einem angedeuteten Grinsen, das Nakeshi mit einem leisen, herzlichen Lachen erwiderte. Sie nahm Jellas Hand und half ihr auf die Beine. Jella hob fragend ihre Augenbraue und deutete auf Nakeshis Füße. Die kleine Buschmannfrau trug Jellas Stiefel, die ihr viel zu groß waren, und sah darin doch recht merkwürdig aus. Nakeshi erzählte ihr etwas, was sie nicht verstand; allerdings konnte sie sich recht wohl vorstellen, wofür die Buschmannfrau die Stiefel benötigt hatte. Dankbar nahm Jella ihr Schuhwerk wieder in Empfang. Mittlerweile sandte der Mond sein weißliches Licht auf die weite afrikanische Steppe und verwandelte die sonst so heiße Wüste in eine zauberhafte Landschaft. Hand in Hand, ihre Spuren mit einem Zweig verwischend, marschierten die so unterschiedlichen Frauen durch die Nacht, bis sie endlich ihr Ziel, einen weitläufigen Gebirgszug, erreicht hatten. Nakeshi führte Jella ein Stück weit in das Gebirge hinein bis zu einem Felsüberhang, der ihnen Schutz bot. Schweigend sanken die Frauen zu Boden, kauerten sich eng aneinander und schliefen umgehend ein.

Prasselnder Regen weckte Jella am nächsten Morgen. Sie fröstelte und überlegte, dass in Deutschland jetzt Winter war und es vielleicht sogar schneite. Wenn sie nicht alles täuschte, stand Weihnachten kurz bevor. Doch das alles schien ihr ewig weit weg und war wie ein Relikt aus einer längst vergangenen Zeit. Die dampfige Luft stieg als wabernde Nebelschwaden vom Boden auf. Mit steifen Knochen erhob sie sich von ihrem unbequemen Nachtlager und reckte und streckte ihre Gliedmaßen. Sie konnte nicht viel erkennen, denn die dichten, gleichmäßigen Regentropfen fielen wie graue Schleier vom Himmel. Erst jetzt fiel ihr auf, dass ihre Retterin gar nicht mehr bei ihr war. Für einen kurzen Augenblick befürchtete sie, dass sie einfach verschwunden sein könnte, aber ihre Befürchtungen waren grundlos. Nur kurze Zeit später tauchte die kleine Buschmannfrau aus dem Grau der Umgebung wieder auf und schlüpfte zu ihr unter den einigermaßen trockenen Felsüberhang. Sie hatte, während Jella geschlafen hatte, Feuerholz gesammelt und war dann losgezogen, um nach etwas Essbarem zu suchen. Die Regentropfen glänzten auf ihrem braunen Haar und fingen sich als schimmernde Perlen in den winzigen Zöpfchen. Ihr nasses Gesicht strahlte, als sie Jella die Hände hinstreckte, auf denen etwa ein Dutzend quicklebendiger Raupen krabbelten.

»Das meinst du nicht im Ernst«, entsetzte sich Jella, Schlimmes ahnend.

Nakeshi nickte und rieb sich mit der Hand über den Bauch. Dann nahm sie mit zwei Fingern eine der braunen Raupen, steckte sie sich genüsslich zwischen die Zähne und kaute darauf herum. Mit einer freundlichen Kopfbewegung bot sie nun Jella ebenfalls eine an. Die zögerte. In ihrem Bauch rumorte es wild. Sie hatte schon seit zwei Tagen nichts mehr gegessen. Aber lebendige Raupen, nein, das brachte ein zivilisierter Mensch, wie sie es war, einfach nicht über sich. Angewidert schüttelte sie den Kopf. Nakeshi bedachte sie mit einem erstaunten Blick, akzeptierte aber ihre Entscheidung. In aller Ruhe machte sie sich daran, das Feuer zu entzünden. Dazu nahm sie zwei Hölzer aus ihrem Umhängetäschchen und dazu einige fein zerrissene Sisalfasern. Während sie die Hölzer schnell aneinanderdrehte, pustete und sang sie abwechselnd dazu beschwörende Formeln, die sich ständig wiederholten. Als sich ein schmales Rauchfähnchen zeigte, schob sie etwas Sisal dazwischen und pustete erneut. Wenig später hatte der Sisal sich entzündet. Mit geübten Handgriffen schob sie kleinere Zweiglein nach und fütterte ihr kleines Feuer. Jella staunte über die Geschicklichkeit ihrer Freundin. Sie kam sich neben ihr so hilflos und dumm vor. Ohne die Buschmannfrau wäre sie in der Wildnis hoffnungslos verloren gewesen. Voller Achtung und Bewunderung für ihre Fähigkeiten entstand in Jella der Wunsch, mehr von den Geheimnissen und Bräuchen dieses seltsamen Wüstenvolkes kennenzulernen. Als Nakeshi jedoch als Nächstes die tote Puffotter aus ihrer Tasche zog und sich daranmachte, sie zu häuten und ihr den Kopf abzutrennen, zweifelte sie daran, ob sie jemals diese fremden Sitten würde verstehen können. Offensichtlich betrachtete ihre Freundin dieses widerliche Reptil als Mahlzeit. Wie abscheulich! Allein der Gedanke daran schüttelte Jella. Immerhin hatte dieses Biest sie um ein Haar getötet! Nakeshi spießte die Schlange der Länge nach auf einen Stock und begann sie dann in aller Seelenruhe über dem Feuer zu rösten. Jella hatte damit gerechnet, dass die Schlange nun erbärmlich zu stinken anfangen würde, aber zu ihrer großen Verblüffung verbreitete sie einen herrlich nussigen Geruch. Das Fleisch wurde heller und schließlich knusprig braun. Mit etwas Fantasie sah es aus wie gebratenes Huhn. Sie ertappte sich dabei, wie sie sich genüsslich mit der Zunge über die Lippen fuhr. Ob sie vielleicht doch …?

Nein! Kein zivilisierter Mensch tat so etwas!

Aber wenn sie nichts aß, dann würde sie nie zu Kräften kommen.

Was aber, wenn Schlangenfleisch giftig war?

Dann würden die Einheimischen es nicht essen!

Solcherlei Gedanken schossen ihr wie Pfeile durch den Kopf. Als Nakeshi ihr schließlich ein Stück von der Schlange anbot, griff Jella zu. Der leckere Geruch ließ sie alle Skrupel überwinden. Voller Appetit grub sie ihre Zähne in das zarte, helle Schlangenfleisch und aß es mit Appetit. Wenn man sie in diesem Augenblick gefragt hätte, was ihre Lieblingsspeise sei, dann hätte sie ohne zu zögern geantwortet, dass diese Schlange das Köstlichste gewesen war, das sie jemals gegessen hatte. Nakeshi blieb unterdessen nicht untätig. Sie hatte in die Erde kleine Mulden gegraben und darin gegerbtes Leder gelegt. Darin sammelte sie das kostbare Nass, dass ihnen der Himmel schenkte. Anschließend füllte sie die Flüssigkeit in das Straußenei, das sie ständig mit sich führte. Erst als es völlig gefüllt war, löschte sie das Feuer und gab Jella das Zeichen, aufzubrechen. Kurze Zeit später ließ der Regen nach. Die grauen Regenwolken lösten sich überraschend schnell auf und wichen einem azurblauen Himmel. Nakeshi führte sie durch die weitläufige gebirgsähnliche Landschaft und begann auf ihre eindringliche Art, Jella die Wunder der Kalahari mit ihrer sandigen, dornigen Buschlandschaft zu veranschaulichen. Immer wieder hielt sie an und deutete auf etwas. Dann nannte sie den Namen in ihrer Sprache und forderte Jella auf, ihn nachzusprechen. Auf diese Weise eignete sie sich einige Brocken der so fremd klingenden Buschmannsprache an. Als sie von ihr wissen wollte, was denn mit ihren Verfolgern sei, huschte über Nakeshis Gesicht ein stolzes Lächeln. Sie streckte ihren Arm in die entgegengesetzte Richtung, die in die weite Ödnis der Omaheke zeigte. Jella verstand. Lucie und Grünwald waren endgültig abgehängt und vermuteten sie ganz woanders. Wie Nakeshi das angestellt hatte, würde wohl ihr Geheimnis bleiben.

Während ihres langen Marsches hatte Jella Zeit genug, sich über ihre Zukunft Gedanken zu machen.

Die Greenwoods bei der Polizei anzuzeigen würde völlig sinnlos sein. Lucie war gerade erst als Erbin von *Owitambe* offiziell bestätigt worden. Bis sie wieder in der Zivilisation war, hätten die Verbrecher die Beweise längst vernichtet. Trotzdem würde sie alles tun, um ihnen Steine in den Weg zu legen, auch wenn sie nicht wusste, wie sie das anstellen sollte. Fritz kam ihr in den Sinn. Er hätte sicherlich eine Lösung parat. Ihre Brust verkrampfte sich bei dem Gedanken an ihn. Wie sehr sie ihn doch vermisste! Sie hatte sich so wohl im Hause der van Houtens gefühlt. Ob sie dorthin gehen sollte, um ihn um Hilfe zu bitten? Traurig verwarf sie auch diesen Gedanken. Es war unmöglich. Durch ihre schroffe Zurückweisung hatte sie Fritz endgültig verloren. Ohne Zweifel würde es das Beste sein, wenn sie zurück nach Windhuk ging und von dort aus ihr weiteres Leben plante. Doch zuerst musste sie Nakeshi klarmachen, wohin sie wollte. Im Moment blieb ihr nichts anderes übrig, als der Buschmannfrau zu folgen. Im Gegensatz zu ihr schien die ein klares Ziel zu haben. Jella fühlte Nakeshis prüfenden Blick auf sich ruhen. Die kleine Frau spürte die Unsicherheit der anderen. Mit einer fast scheuen Geste berührte sie deren Arm und führte ihn auf ihre Brust. Jella konnte ihren Herzschlag spüren. Dankbar lächelte sie die kleine Buschmannfrau für ihre Zuneigung an. Dieser Mensch war etwas ganz Besonderes. Allein ihre Anwesenheit verlieh Jella Mut und Zuversicht.

»Nakeshi ist wieder zurück! … Seht nur, sie ist wieder zurückgekehrt!« Nisa lief ihrer Freundin aufgeregt entgegen. »Gao ist außer sich. Er hat dir verboten, allein in den Busch zu gehen. Weißt du nicht, was für schreckliche Sorgen wir uns alle gemacht haben?« Die Worte sprudelten nur so aus ihr heraus.

Erst dann bemerkte die Buschmannfrau, dass ihre Freundin nicht allein gekommen war. Kritisch runzelte sie die Stirn und deutete unverhohlen mit ihrem Finger auf Jella.

»Was bringst du uns diese Fremde mit? Sie wird uns unser Essen wegnehmen!«

»Sie ist meine Sternenschwester«, antwortete Nakeshi schlicht. »Sie ist ein Teil von mir und darf hier sein.«

»Bist du sicher?«

»Ich bin ihr in vielen Träumen begegnet. Wir kennen uns aus der Anderswelt.«

Nisa zögerte, doch dann ging ein Strahlen über ihr plattes Gesicht. Im Gegensatz zu Nakeshis feinen Gesichtszügen waren die ihren etwas gröber. Auch war sie einen halben Kopf größer als Nakeshi und trug ihre Haare als kleine Knötchen.

»Willkommen, Schwester«, sagte sie zu Jella und strich ihr freundlich über den Arm.

Jella erwiderte unsicher ihr Lächeln.

Nisas Geschrei hatte mittlerweile die anderen Mitglieder der Buschmanngruppe herbeigelockt. Allen voran marschierte Gao. Im Gegensatz zu Nisa begrüßte der ältere Mann Nakeshi nicht freundlich, sondern überschüttete sie mit einem Schwall von Beschimpfungen.

»Was bist du nur für eine Frau? Womit habe ich das verdient? Gehst einfach davon und sagst niemandem Bescheid. Warte nur, bis wir allein sind. Dir werde ich schon zeigen, wie man sich als Frau zu benehmen hat …«

Nakeshi ließ Gaos Schimpftirade regungslos über sich ergehen. Sie wusste, dass Gao damit nur sein Ansehen in der Gruppe verteidigte. In Wirklichkeit wusste er ganz genau, dass er sie niemals daran hindern konnte, ihre eigenen Wege zu gehen. Er war ihr Mann, nun gut. Er versorgte sie mit Fleisch, das war seine Pflicht. Als Gegenleistung gab sie ihm hin und wieder ihren Körper. Gefühle konnte er von ihr nicht verlangen. Ohne ihn weiter zu beachten, wandte sich Nakeshi an ihren Vater und begrüßte ihn achtungsvoll.

»Ich hatte eine Vision«, sagte sie und deutete auf Jella. »Ich musste ihr helfen. Wir sind Sternenschwestern.«

Ihre Mitteilung löste einige Unruhe in der Gemeinschaft aus. Besonders Chuka, ihre Mutter, geriet völlig außer sich.

»Warum muss meine Tochter immer etwas Besonderes sein? Kann sie nicht eine Sternenschwester aus unserem Volk finden? Ist sie vielleicht keine von uns?«

Debe beruhigte seine Frau mit einer beschwichtigenden Geste.

»Es ist, wie es ist«, stellte er fest. »Wenn diese Fremde und Nakeshi Sternenschwestern sind, dann soll sie uns willkommen sein wie ein Mitglied unserer Gruppe. Biete ihr Essen und Wasser an. Sie wird hungrig sein.«

Nakeshi nickte.

»Ja, Vater das sind wir.«

Sie zupfte Jella am Ärmel und bedeutete ihr, ihr zu folgen. An ihrem Mann vorbei marschierte sie zu der Hütte ihrer Eltern und ließ sich an deren Feuer nieder. Gao folgte ihnen missmutig. Er war offensichtlich verärgert, weil Nakeshi seine Vorwürfe so ungerührt hatte über sich ergehen lassen. Gemeinsam mit den anderen Mitgliedern der Buschmanngruppe nahm er deshalb in einiger Entfernung zu dem Feuer Platz und lauschte von dort Nakeshis Erzählungen. In einfachen, bescheidenen Worten umriss sie die Geschehnisse der letzten Tage. Immer wieder wurde sie von neugierigen Zwischenfragen unterbrochen, die sie geduldig beantwortete, bevor sie sich langsam in ihrer Geschichte weitertastete.

Jella verstand kein Wort. Sie saß umringt von den kleinen Buschmännern mitten in der Gruppe und ragte wie ein hellhäutiger, rothaariger Koloss darin empor. Sie kam sich ziemlich deplatziert vor und konnte nur mit Mühe erraten, um was es bei den ausführlichen Gesprächen ging. Eine ältere Frau stupste sie an und reichte ihr ein Straußenei zum Trinken. Ihrem Verhalten nach musste es sich um Nakeshis Mutter handeln. Jella nahm das Gefäß dankbar entgegen und trank in großen Schlucken. Die ältere Frau erschrak offensichtlich und tuschelte etwas mit ihrer Nachbarin. Jella fühlte sich ertappt. Beschämt gab sie das Trinkgefäß zurück. Wasser war für die Buschmänner etwas ganz Besonderes. Wie hatte sie so unbesonnen sein können? Als Nakeshis Mutter ihr kurz darauf auf einer Holzschale geknackte Mongononüsse anbot, nahm Jella nur eine davon. Doch das war offensichtlich wiederum falsch. Wieder wurde über sie getuschelt. Doch dieses Mal war sich Jella keines Vergehens bewusst. Nakeshi bemerkte die Verlegenheit ihrer Freundin. Sie griff in die Holzschale und nahm alle Nüsse heraus, um sie auf Jellas Schoß zu legen. Mit einer Geste bedeutete sie ihr, zu essen. Artig begann Jella an den Nüssen zu knabbern. Sie schmeckten süß, waren ziemlich nahrhaft und stillten ihren

Hunger sofort. Seit dem Schlangenmahl hatten die beiden Frauen sich nur von ein paar Beeren ernähren können, die Nakeshi unterwegs gesammelt hatte. Eine Zeit lang hatte sie befürchtet, dass sie bis ans Ende ihrer Tage durch den Busch wandern müsste und nie an ein Ziel kommen würde. Nakeshi hatte hin und wieder die Richtung geändert und schien planlos durch die Savanne zu laufen. Erst später hatte Jella verstanden, dass jeder kleine Umweg kluge Absicht gewesen war. Mal umgingen sie eine unpassierbare Schlucht, mal fanden sie ein paar Beeren, oder sie begaben sich an einen Ort, an dem Nakeshi nach Wasser grub. Jella war fasziniert. Die junge Buschmannfrau schien jede Pflanze, jedes Tier und jede Wasserstelle in dieser unwirtlichen Gegend zu kennen. Mit traumwandlerischer Sicherheit hatte sie sie durch die Wüste geführt. Jella hatte erfahren, dass sie der jungen Frau blind vertrauen konnte. Mit jedem Schritt, den sie gemeinsam durch die Wüste taten, wuchs ihr Nakeshi enger ans Herz.

Nüsse kauend überließ sie sich dieser fremden Welt. Die kleinen Menschen unterhielten sich in ihrer perlenden, schnalzenden Sprache und gaben ihr ein Gefühl großer Sicherheit. So wie es aussah, bestand innerhalb der Gruppe ein großer Zusammenhalt. Jeder interessierte sich für jeden und war Teil eines größeren Organismus, in dem alle aufeinander achteten. Sie spürte die neugierigen Blicke der Menschen auf sich ruhen; wenn sie jedoch Jellas Blick begegneten, wandten sie sich wieder scheu ab, so als wollten sie sie nicht durch ihre Neugier beleidigen. Jella rührte das tief.

Plötzlich wurde ihr Blick von etwas anderem abgelenkt. In einer der nahe gelegenen Laubhütten bewegte sich etwas. Jella hielt die runden, kleinen Hütten für Schlafplätze. Vielleicht hatte ein Mitglied der Gruppe ihre Ankunft verschlafen. Aus der ihr abgewandten Öffnung richtete sich ein Mann auf. Er schien schwach zu sein und etwas zu wanken. Jede Bewegung kostete ihn Mühe. Verwundert erkannte sie, dass der Mann kein Buschmann war. Er war viel zu groß und kräftig gebaut. Seine Haut war weiß wie ihre und nur von fetzenartigen Stoffresten umhüllt. Sein hageres Gesicht, das von einem roten Vollbart umrankt war, war direkt auf sie gerichtet. Seine Augen weiteten sich, als er Jella erblickte. Er starrte sie an, als erblickte er einen Geist. Dann ließ er einen Schrei los und schlug der Länge nach auf den Boden.

Nakeshi unterbrach ihre Erzählung und blickte erschrocken in die Richtung der Hütte. Ihr Blick fiel kurz auf Jella und dann wieder zurück zu dem anderen Fremden, dann sprang sie auf, um sich um den Kranken zu kümmern.

Jella saß immer noch wie versteinert da. Sie war verwirrt und aufgeregt und brauchte eine Weile, um ihre Gedanken zu ordnen. Ihr Puls war beschleunigt und raste wie wild gegen ihre Schläfen. Es war absurd, und doch fühlte ihr Herz, dass es die Wahrheit sein musste.

Der weiße Mann, dieser Fremde, der gerade vor ihren Augen umgestürzt war, war ihr mehr als vertraut. Wie oft hatte sie in der letzten Zeit seine Fotografie in den Händen gehalten. Wie oft hatte sie sich nach ihm gesehnt und gehofft, dass er sie akzeptieren würde. Wie viele Tränen hatte sie geweint, als sie von seinem Tod gehört hatte. Und jetzt war er hier! Lebendig! Unfassbar.

Ein lauter Schluchzer drang aus ihrer Kehle, bevor sie ihren Tränen freien Lauf ließ.

Als Johannes von Sonthofen wieder zu sich kam, war er immer noch der festen Überzeugung, dass seine Sinne ihm einen Streich gespielt hatten. Was er sah, musste die Folge seiner schweren Kopfverletzung sein. Über ihn beugte sich eine junge Frau, die ihn an jemanden erinnerte, an eine Person, an die er immer noch so oft mit Wehmut dachte. An Rachel!

Er schloss vor Schmerz über ihren Verlust die Augen. Wie sehr er sie immer noch vermisste! Es hatte Jahre gegeben, da hatte er geglaubt, sie aus seinem Herzen verbannt zu haben. Die Trauer und der abgrundtiefe Schmerz darüber, dass sie ihn so kurz nach seiner Abreise mit einem anderen betrogen hatte, hatten ihn dazu getrieben. Aber je mehr Zeit verstrichen war, desto abgeklärter konnte er ihren Verrat an ihm betrachten. Genau genommen hatte er sogar sich die Schuld gegeben. Wenn er nicht allein nach Afrika gegangen wäre, wäre alles ganz anders gekommen. Rachel hatte immer mit ihm gehen wollen, doch sein Stolz hatte das nicht zugelassen. Er wollte ihr ein anständiges Leben bieten, keines in Armut. Viel zu lange hatte er sie warten lassen, bis sie sich in die Arme eines anderen gestürzt hatte. Nur er trug die Verantwortung dafür, dass er diese wundervolle Frau für immer verloren hatte. Diese quälende Gewissheit hatte sich wie ein Dorn in seine Seele gebohrt. Immer wieder tauchte sie schmerzhaft in seinen Gedanken auf und wurde Teil seines Lebens. Viele Jahre hatte er geglaubt, nie wieder eine neue Liebe finden zu können, bis ihm Sarah begegnet war. Diese wunderbare afrikanische Frau hatte seinen Schmerz akzeptiert und nie von ihm verlangt, dass er ihr sein ganzes Herz schenkte. Obwohl sie nie darüber gesprochen hatten, war ihr bewusst, dass er ihr niemals ganz gehören würde. Immerhin war sie zufrieden mit dem, was er ihr gab. Sie hatte Rachel akzeptiert und seine seelischen Verletzungen gelindert, wenn auch nicht völlig geheilt.

»Herr von Sonthofen … Vater?«

Die Worte rissen ihn jäh aus seinem Gedankenfluss und warfen ihn zurück in die Wirklichkeit. Als ihm ihre Bedeutung klar wurde, versteifte sich alles in ihm, und er riss überrascht die Augen auf. Die junge Frau war immer noch da. Dieses Mal zwang er sich, seinen Blick nicht abzuwenden. Sorgfältig musterte er die fremde und doch so vertraute Erscheinung. Die Frau neben ihm sah aus wie Rachel, und doch war sie es nicht. Rachels Haare waren dunkel gewesen, diese Frau hatte rotes Haar. Außerdem war sie viel zu jung. Und dennoch kam ihm ihr Gesicht so bedrückend vertraut vor.

»Haben Sie gerade Vater gesagt?«

Allein die Vorstellung, dass es wahr sein könnte, ließ ihn schwindeln. Dann wurde ihm die Unwahrscheinlichkeit dieses Gedankens bewusst, und er fügte flüsternd hinzu: »Ich habe leider keine Tochter.«

Voller Bestürzung nahm er wahr, wie sich die Augen der jungen Frau mit Tränen füllten. Wie leid sie ihm tat! Aber es war die Wahrheit.

»Großvater hat dich belogen«, sagte die junge Frau mit tränenerstickter Stimme. Auch ihr fielen die Worte schwer. »Rachel war von dir schwanger.«

»Nein!«

Die Erinnerung flammte heftig in ihm auf und erfüllte ihn mit neuen Qualen. Selbst wenn diese Frau Rachels Tochter war, so konnte sie nicht von ihm sein. Sie war viel zu jung. Sie war erst eineinhalb Jahre nach seinem Weggang geboren. Sein Vater hatte es ihm selbst geschrieben.

»Großvater hat mich in seinen Briefen absichtlich jünger gemacht, damit du auch ganz bestimmt von seinen Lügen überzeugt warst und meine Mutter vergessen konntest. Er hat dich genauso betrogen wie meine Mutter und mich. Rachel hat es immer geahnt, konnte es aber nie beweisen. Sie hat immer an dich geglaubt. Das hat sie mir selbst in ihrer Todesstunde noch gesagt.«

Die Worte tröpfelten wie dicke Regentropfen in sein staubiges Gehirn. Erst als die Trockenheit sie aufgesogen hatten und sie auf fruchtbaren Boden gesunken waren, begriff er langsam ihre Bedeutung. Rachel war tot. Das war die erste, bittere Gewissheit, die sich ihm erschloss. Er würde sie nie wieder sehen. Doch damit hatte er sich schon längst abgefunden. Allerdings hatte sie ihm dafür etwas anderes hinterlassen. Johannes richtete sich mühsam auf und setzte sich hin. Rachel war nicht für immer fort. Sie lebte auf ihre Weise in dieser jungen Frau weiter. Eingehend betrachtete er sie, nahm ihre limonengrünen Augen wahr, die seinen so ähnelten, bemerkte ihre roten Haare, die er ihr ebenfalls vererbt zu haben schien, und genoss Rachels Züge, die sich auf eigenwillige Art und Weise in ihrem Gesicht wiederfanden. Ein neues, starkes Gefühl begann sich seiner zu bemächtigen, ein Gefühl, das er schon lange nicht mehr empfunden hatte; es war das Gefühl von Glück und Dankbarkeit. Seine Lippen suchten nach Worten, doch sie blieben ihm versagt. Stattdessen nahm er seine Tochter fest in die Arme.

Tränensteine

In scharfem Tempo waren sie bis Erindi durchgeritten. Sie hatten sich unterwegs nur wenige kurze Pausen gegönnt und waren immer wieder an ihre eigenen Grenzen gestoßen. Leutnant Bausch und seine Leute standen am Rande der Erschöpfung, und auch Fritz hielt sich nur noch mit Mühe auf seinem Wallach. Sein Armstumpf pochte von der außergewöhnlichen Anstrengung und schmerzte entsetzlich. Doch das war nichts im Vergleich zu den Sorgen, die er sich um Jella machte. Bei den Felsen von Erindi waren sie auf keinerlei Spuren gestoßen. Die Enttäuschung war auf allen Seiten sehr groß. Leutnant Bausch lenkte sein Pferd neben Fritz.

»Meine Männer und die Pferde brauchen eine längere Verschnaufpause«, erklärte er ohne Umschweife. »Bevor wir nicht alle wieder zu Kräften gekommen sind, werden wir nicht weitersuchen.«

»Aber es geht um Leben und Tod!«, entgegnete Fritz verzweifelt. Seine Augen funkelten vor Empörung. Wie konnte Bausch in Anbetracht dieser Situation an Ausruhen denken?

Bausch zuckte mit den Schultern.

»Tut mir leid, aber ich bin für meine Truppe verantwortlich. Die Männer und ihre Tiere sind ausgelaugt und müssen sich erholen. Wir reiten frühestens in vier Stunden weiter.«

Er gab seinen Leuten den Befehl zum Absitzen.

Fritz schnaubte wütend.

»Wenn Fräulein von Sonthofen etwas zustoßen sollte, dann mache ich Sie persönlich dafür verantwortlich!«

Mit diesen Worten gab er seinem Pferd die Sporen und preschte davon. Es dauerte eine Weile, bevor er sich beruhigt hatte. Natürlich hatte Leutnant Bausch recht. Die Männer und Pferde waren am Ende. Sie brauchten dringend eine Pause. Wenn er seinen Wallach noch mehr geschunden hätte, wäre er unter seinen Beinen zusammengebrochen. Notgedrungen hielt er unter einer großen Schirmakazie an und ließ seinem Pferd die Zügel, damit es an den gelben Wüstengräsern rupfen konnte. Hatte die Himbafrau ihn belogen? Er glaubte es nicht. Sie schien wie er regen Anteil an Jellas Schicksal zu nehmen. Aber warum waren sie nicht auf die Spuren der Greenwoods gestoßen? Er versuchte sich in ihre Lage zu versetzen. Was würde er tun, wenn er jemanden unauffällig aus dem Weg räumen wollte? Auf jeden Fall würde er darauf achten, dass ihn niemand unterwegs zu sehen bekam. Natürlich! Das war es. Es fiel ihm wie Schuppen von den Augen. Er und die Soldaten waren auf dem direkten Weg nach Erindi geritten und dabei an mehreren bewohnten Farmen vorbeigekommen. Warum hatte er nicht vorher daran gedacht, dass die Greenwoods absichtlich einen Umweg gemacht haben konnten? Fritz kramte nach der Karte in seiner Satteltasche und breitete sie vor sich auf dem Rist seines Pferdes aus. Mit seinem Armstumpf klemmte er sie fest. Auf dem direkten Weg wären sie durch viel zu viel fremdes Farmgelände gekommen. Die Möglichkeit, entdeckt zu werden, war relativ groß gewesen. Wenn sie allerdings in östlicher Richtung einen kleinen Umweg geritten waren, hatten sie nur ein fremdes Farmland durchqueren müssen. Es war gut möglich, dass die Greenwoods genau diesen Weg gewählt hatten. Wenn er und die Schutztruppensoldaten ihnen nun entgegenritten, mussten sie über kurz oder lang auf die Greenwoods und Jella stoßen. Neuer Mut beflügelte Fritz. Genauso musste es sein. Er nahm die Zügel wieder auf und ritt zurück.

Leutnant Bausch ließ sich nur widerwillig von Fritz überzeugen und verkürzte unter dem Murren seiner Mannschaft die wohlverdiente Pause. Bereits nach einer Stunde ließ er wieder aufsitzen. Doch auch dieser Anhaltspunkt führte ins Leere. Sie suchten, bis die Dunkelheit sie zwang anzuhalten. Mit den ersten Sonnenstrahlen brachen sie wieder auf. Gegen Mittag des folgenden Tages stießen sie tatsächlich unter einer Baumgruppe auf menschliche Spuren. Einer der Soldaten fand die Reste von Schnüren unter einem der runden Felsen. Fritz' trübe Gedanken heiterten sich etwas auf, als er den Fundplatz näher inspizierte. Er entdeckte die Spuren von Frauenstiefeln, die in den Busch führten.

»Sie muss entkommen sein!«, meinte er hoffnungsfroh. »Wir müssen ihren Spuren folgen!«

Leutnant Bausch zog skeptisch die Augenbrauen hoch und zeigte in die unendliche Weite der Kalahari.

»Wie sollen wir sie hier finden?« Seine Stimme klang müde. »Selbst wenn Fräulein von Sonthofen den Greenwoods entkommen sein sollte, so kann sie hier nicht allein überleben. Hier gibt es weit und breit kein Wasser. Sie würde innerhalb kürzester Zeit verdursten.« Mitfühlend legte er Fritz die Hand auf die Schulter. »Sie müssen sich mit den Tatsachen abfinden. Ich denke, wir sollten zurückreiten. Die Behörden in Otjiwarongo und Windhuk sind bereits telegrafisch informiert worden. Vielleicht gelingt es ihnen, die Greenwoods woanders zu verhaften.«

»Was interessieren mich diese Greenwoods?«, rief Fritz verzweifelt. »Ich muss wissen, was mit Fräulein von Sonthofen geschehen ist!«

Er sah Bausch entschlossen ins Gesicht.

»Reiten Sie nur zurück. Ich werde jede einzelne Spur verfolgen, bis ich weiß, was hier geschehen ist.«

Leutnant Bausch schob seinen breitkrempigen Schutztruppenhut aus der Stirn und wischte sich den Schweiß ab. Er schien hin und her gerissen zu sein. Seiner Meinung nach war ihre Aufgabe fehlgeschlagen, auf der anderen Seite tat ihm Fritz van Houten leid. Dieses Fräulein schien ihm ziemlich nahe zu stehen. Und solange es eine winzige Hoffnung gab, war sein Auftrag so gesehen auch noch nicht zu Ende.

»In Ordnung«, stimmte er schließlich zögernd zu. »Wir suchen weiter. Immerhin haben wir ja nun endlich Spuren.«

Nochmals zwei volle Tage suchten sie nach Jella und den Greenwoods. Sie folgten jeder erdenklichen Spur und mussten immer wieder feststellen, dass sie ins Leere führte. Jellas Fußabdrücke endeten auf einem felsigen Untergrund. Daraufhin machten sie sich daran, den Pferdespuren, die wesentlich deutlicher waren, zu folgen. Offensichtlich hatten auch die Greenwoods Jella verfolgt. Doch was war dann geschehen? Am Morgen des dritten Tages musste Fritz notgedrungen einsehen, dass ihre Suche vergeblich gewesen war. Sämtliche Spuren hatten in die Irre geführt. Selbst wenn Jella die Flucht gelungen war, musste sie längst verdurstet sein. Kein Mensch konnte hier im Busch überleben! Mit hängenden Schultern und ausgezehrten, stoppeligen Wangen fügte er sich schließlich unter Leutnant Bauschs Befehl und brach die Suche ab.

Das unglaubliche Wiedersehen mit ihrem Vater hatte beide sehr aufgewühlt. Genau wie Johannes musste sich Jella erst damit abfinden, dass sie nun nicht mehr allein waren. Es war ein komisches Gefühl, plötzlich einen leibhaftigen Vater zu haben. »Wie kommst du überhaupt nach Afrika?«, fragte er schließlich, nachdem die erste Wiedersehensfreude etwas abgeebbt war. »Und wie hast du mich gefunden?«

Nun war es an Jella, ihre Geschichte zu erzählen. Ihr Vater lauschte ihr aufmerksam. Als er erfuhr, dass Lucie Greenwood sich als seine Frau ausgegeben hatte, verfinsterte sich sein Gesicht.

»Nun wird mir einiges klar«, meinte er grimmig. »Die Geschichte war von Anfang an ein einziges Komplott. Und um ein Haar hätten die beiden auch Erfolg gehabt.«

»Um ein Haar ist gut«, meinte Jella bitter. »Lucie lebt jetzt mit Grünwald als Frau von Sonthofen auf *Owitambe.* Sie hat alles, was dir gehört, sogar die Diamanten, die du versteckt hattest.«

Johannes sah seine Tochter zärtlich an.

»Was spielt das jetzt noch für eine Rolle?«, meinte er. »Ich habe doch jetzt dich! Mach dir keine Sorgen; um diese Greenwoods kümmern wir uns später. Und was die Steine angeht: Sie haben mir bisher nur Unglück gebracht. Die Buschmänner nennen sie nicht umsonst Tränensteine.«

»Wie bist du überhaupt an sie gekommen?«

»Debe hat sie mir geschenkt. Wir sind alte Freunde und respektieren einander. Im Gegensatz zu vielen anderen Farmern begrüße ich es, wenn er mit seiner Gruppe durch mein Land zieht. Man kann so vieles von diesen Menschen lernen. Sie benutzen von Zeit zu Zeit meine Wasserstellen und nehmen sich auch hin und wieder eines meiner Rinder. Aber was macht das schon? Ihr Volk ist viel länger hier in Afrika als wir Deutschen. Eigentum und Landbesitz sind für sie Fremdwörter. Sie verstehen überhaupt nicht, dass wir Ansprüche daran stellen. Der Kaiser und die Kolonialverwaltung kümmern sie nicht. Aber ich schweife ab …« Johannes machte eine kleine Pause. »Eines Tages tauchte Debe wie so oft auf der Farm auf und überreichte mir wortlos die Steine. Ich hatte ihm irgendwann beiläufig erzählt, wie wertvoll sie für uns Weiße sind. Debe wusste, dass ich Probleme mit der Farm hatte und dass an allen Ecken und Enden Geld fehlte. Es war seine Art, mir zu danken.«

»Hast du ihn nie gefragt, woher er die Steine hat?«

Johannes schüttelte den Kopf. »Das ist tabu. Nur wenige Eingeweihte wissen, wo die Diamanten zu finden sind. Die Buschmänner sind sehr abergläubisch. Der Umgang mit den Tränensteinen ist sehr schwierig und bringt oft Unglück.«

Jella betrachtete ihren Vater nachdenklich. Er war der einzige ihr bekannte Mann, außer Fritz vielleicht, der die ursprünglichen Bewohner Afrikas wie Menschen behandelte. Die Überheblichkeit der anderen Kolonialisten ging ihm völlig ab. Das machte sie stolz.

»Die Arbeiter auf der Farm vermissen dich!«, meinte sie. »Es wird höchste Zeit, dass du wieder zurückkehrst!«

Johannes nahm Jella gerührt in den Arm. »Deine Entschlossenheit gefällt mir!«

Jella berichtete nun, dass die schwarzen Farmarbeiter richtig eingeschüchtert waren und fürchteten, unter den neuen Besitzern ihre Lebensgrundlage zu verlieren.

»Verdammt!«

Johannes schlug wütend mit der Faust auf den Boden.

»Ich lasse mir mein Lebenswerk nicht zerstören. Morgen brechen wir auf und bringen die Sache wieder in Ordnung!«

»Aber du bist noch viel zu schwach«, widersprach Jella. »Bis *Owitambe* ist es ein weiter Fußmarsch. Lass uns noch ein paar Tage warten.«

Doch Johannes war fest entschlossen.

Am nächsten Morgen brachen sie in aller Frühe auf. Debe und Nakeshi begleiteten sie. Inzwischen konnten sich die beiden jungen Frauen mit Hilfe von Zeichensprache und einigen Brocken Joansi ganz gut verständigen. Obwohl sie äußerlich so verschieden waren und aus zwei so unterschiedlichen Kulturkreisen stammten, fühlte sich Jella der Buschmannfrau eng verbunden. Sie brauchte die kleine Frau mit der aprikosenfarbenen Haut nur anzusehen, um zu wissen, was sie gerade empfand. Zu ihrer eigenen Überraschung ähnelten sich ihre Empfindungen und Gedanken in vielerlei Hinsicht. Nakeshi war genauso unabhängig wie sie. Sie war zwar verheiratet, dennoch stand sie in keiner Weise unter der Fuchtel ihres Mannes. Sie liebte ihre Freiheit und ließ sich von niemandem in ihre Entscheidungen hineinreden.

Als sie mit ihrem Vater über ihr eigenartig enges Verhältnis zu der Buschmannfrau sprach, war er zu ihrem Erstaunen nicht einmal überrascht.

»Dinge wie diese geschehen hier in Afrika und vielleicht auch auf der ganzen Welt. Bevor ich hierherkam, hielt ich vieles, was sich seither ereignet hat, für völlig unmöglich, weil es wissenschaftlich nicht zu erklären war. Mittlerweile weiß ich jedoch, dass hier Dinge geschehen, die außerhalb unserer Vorstellungskraft liegen. Nimm es als Geschenk, dass du es erleben darfst.«

Während sie durch die weite baum- und buschdurchsetzte Kalahari liefen, erfuhr Jella von ihrem Vater noch viel mehr über das Leben und die Menschen in Afrika. Unter anderem, dass diese Art von enger Verbindung, wie Jella sie zu Nakeshi empfand, innerhalb der Buschmänner durchaus häufig waren. Im Laufe der Jahrtausende hatten die kleinwüchsigen Wüstenmenschen Fähigkeiten entwickelt, sich über Trancezustände über Hunderte von Kilometern entfernt zu verständigen. Auf diese Weise verabredeten sie sich zu bestimmten Zeiten an bestimmten Orten, selbst in der unendlichen Weite der Kalahari.

»In ihren Augen seid ihr Sternenschwestern«, erklärte Johannes. »In besonderen Augenblicken des Lebens wisst ihr immer, wie es der anderen gerade geht. Obwohl ihr euch vielleicht an unterschiedlichen Orten befindet, könnt ihr euch über die Anderswelt verständigen.«

Trotz seiner Entschlossenheit war Jellas Vater gesundheitlich immer noch angeschlagen. Nur die Sorge um *Owitambe* verlieh ihm die nötige Kraft und Ausdauer, um den langen Marsch dorthin zu überstehen. Nakeshi versorgte Johannes mit stärkenden Kräutern. Nur zu gern hätte Jella gewusst, um welche Pflanzen es sich dabei handelte. Sie nahm sich vor, ihre Freundin bei nächster Gelegenheit danach zu befragen. Wie nützlich konnten die Pflanzen doch auch für die Weißen sein. Hatte sie es nicht am eigenen Leib erfahren?

Nach vielen Stunden Fußmarsch kam endlich *Owitambe* in Sicht. Das kleine, weiße Farmhaus zwischen den kugelrunden Felsen und seine Nebengebäude und Hütten schmiegten sich eng an den Fuß des Waterbergplateaus. Die große Schirmakazie auf dem kleinen Hügel hielt wie ein riesiger Sonnenschirm die gröbste Hitze von dem dorfähnlichen Platz ab. Johannes hielt für einen Moment inne und atmete tief durch. Seine hageren Gesichtsmuskeln spannten sich sichtbar an, während er mühsam seine Rührung zu verbergen suchte. Schließlich setzte er sich mit entschlossenen Schritten in Bewegung und führte die kleine Gruppe an, um die restlichen Meter zu seiner Farm zurückzulegen.

Normalerweise herrschte auf der Farm ein reges Leben. Doch jetzt schien alles wie ausgestorben. Im Schatten der Hütten, in denen die schwarzen Farmarbeiter mit ihren Familien wohnten, tummelten sich ein paar Hühner, die verschreckt aufflatterten, als sich die kleine Gruppe ihnen näherte. Alles wirkte wie ausgestorben. Johannes ging als Erstes auf eine der Hütten zu und schaute in sie hinein. Mit sorgenvoller Miene stellte er fest, dass die Hütte verlassen war. Auch die nächste und die übernächste Hütte standen leer.

»Verdammt«, entfuhr es Jellas Vater. »Die Arbeiter sind alle verschwunden. Sie haben alles, was sie besitzen, mit sich genommen.«

Sein Blick wanderte traurig über das Anwesen, das er mit Hilfe der Arbeiter errichtet hatte. Die meisten dieser so unterschiedlichen Menschen waren für ihn so etwas wie eine Familie gewesen. Und jetzt waren sie alle fort. Im Schatten der großen Schirmakazie bewegte sich etwas. Jella blinzelte und erkannte eine Frau und einen kleinen Jungen. Es war Sarah mit ihrem Sohn. Die schlanke Frau stieß einen kurzen Schrei aus, bevor sie langsam aus dem Schatten trat. Ihre Augen waren weit aufgerissen und füllten sich bei Johannes' Anblick mit Tränen. Sie schien ihrer eigenen Wahrnehmung nicht zu trauen.

»Sarah«, meinte Johannes nur. Ein kurzer, beinahe verschämter Blick streifte Jella, bevor er der Himbafrau mit raschen Schritten entgegenging. Jella verspürte einen leichten Anflug von Eifersucht, aber dann gewann doch die Freude für ihren Vater die Oberhand. Johannes blieb kurz vor der Himbafrau stehen und sagte etwas in ihrer Sprache. Sarahs sonst so ernstes Gesicht erhellte sich. Stolz schob sie ihm den Jungen entgegen. Dieser war ebenso überrascht wie seine Mutter und versteckte sich ängstlich hinter ihrem Rücken. Erst als Johannes ihn ansprach, traute er sich hervor und umarmte in einer heftigen Bewegung seine Beine. Voller Stolz winkte Johannes Jella zu sich.

»Das ist Raffael«, erklärte er. »Er ist dein Bruder.« Und an Raffael gewandt: »Raffael. Das ist deine Schwester!«

Jella wurde plötzlich ganz verlegen. Ihrer Meinung nach hatte sie auf einmal ein bisschen viel an Familienzuwachs zu verkraften. Erst das unerwartete Wiedersehen mit ihrem Vater, und jetzt präsentierte er ihr auch noch einen Halbbruder. Der kleine Raffael hatte erheblich weniger Schwierigkeiten mit seiner neuen Schwester.

»Magst du Automobile?«, fragte er neugierig. Jella erstaunte die Frage.

»Woher kennst du denn Automobile? Ich habe hier noch keines gesehen!«

»In Windhuk gibt es welche«, erklärte der Junge wichtig. »Papa und ich haben sie uns schon angesehen. Weißt du, wie man sie fährt?«

Jella musste verneinen, aber sie hatte doch noch einen Trumpf im Ärmel. »Ich kann dir aber erklären, wie so ein Motor funktioniert!«

Raffael strahlte seine Schwester bewundernd an und umarmte sie völlig unerwartet. In diesem Moment hatte er Jellas Herz erobert.

Nakeshi und Debe standen grinsend daneben. Auch ohne die Sprache zu verstehen, hatten sie wohl erraten, was hier vor sich ging. Johannes grinste ebenfalls. Doch dann wurde er wieder ernst und fragte Sarah nach dem Verbleib der anderen Farmbewohner.

»Sie glauben, dass großes Unglück über *Owitambe* ist«, sagte Sarah. »Du warst verschwunden. Die weiße Frau, die gesagt hat, dass du ihr gehörst, hat behauptet, du bist tot. Sie und Grünwald behandelten uns sehr schlecht. Grünwald bezahlte nur wenig Lohn für viel mehr Arbeit. Wir wollten nur, was wir immer bekommen. Aber Grünwald ist ein böser Mensch. Er drohte uns, alle davonzujagen. Dann kam sie.« Sarah zeigte auf Jella. »Wir haben alle gesehen, dass dein und ihr Blut eines sind. Wir hatten Hoffnung. Aber dann verschwand auch sie. Für die meisten war das ein schlimmes Omen. Sie glauben, dass böse Geister *Owitambe* verflucht haben. Jetzt sind nur noch Nancy und ich hier.«

»Wir müssen die Arbeiter und ihre Familien zurückholen!«, meinte Johannes empört. »*Owitambe* ist doch ihre Heimat!«

Sarah lächelte. »Sie werden zurückkommen, ganz allein.«

»Wo sind Grünwald und seine Frau?«

»Verschwunden.« Sarah zuckte mit den Schultern.

»Das wird auch besser für sie sein!«, knurrte Johannes grimmig. »Ich werde persönlich dafür sorgen, dass sie zur Verantwortung gezogen werden.«

Plötzlich schwang die Verandatür auf, und Nancy trat heraus. Mit ungläubig aufgerissenen Augen starrte sie auf die kleine Truppe vor sich. Dann begann sie vor Begeisterung wie ein aufprellender Gummiball auf und ab zu hüpfen, was bei ihrem Leibesumfang einen recht erheiternden Anblick bot. Jella verkniff sich nur mit Mühe ein Lachen. Erst recht, als Nancy anfing, abwechselnd zu jubeln und Gott und die Geister für ihre wundersamen Kräfte zu preisen.

»Hallelujah!«, skandierte sie. »Oh Gott, ich wusste, dass du uns in unserer Not beistehst. Du hast die Geister der Toten zurück ins Leben geschickt!«

Endlich stürzte sie ihnen entgegen. Abwechselnd ergriff sie Johannes', dann wieder Jellas Hände und drückte sie gegen ihren großen Busen, als wolle sie sich vergewissern, dass ihre Herrschaft auch wirklich aus Fleisch und Blut sei. Tränen der Freude und der Erleichterung strömten über ihr Gesicht, und sie hätte damit nicht aufgehört, hätte Johannes ihr nicht Einhalt geboten.

»Nun ist aber mal Schluss, Nancy«, beruhigte er die Köchin energisch. »Wir sind ja auch alle froh, wieder hier zu sein. Aber wenn du so weitermachst, werden wir noch alle verhungern. Lass uns erst einmal ins Haus gehen und eine Tasse Tee trinken.«

Erschrocken hielt sich Nancy die Hände vor den Mund und trat einen Schritt zurück. Sie betrachtete Jella und ihren mager gewordenen Herrn und besann sich plötzlich wieder ihrer Aufgabe als Köchin.

»Ich werde kochen, kochen, kochen«, rief sie, noch während sie sich umdrehte und in Richtung Haus davonschwirrte.

Kurze Zeit später saßen alle gemütlich im Wohnzimmer des Farmhauses beisammen, tranken Tee und stärkten sich an den eilig herbeigeschafften Köstlichkeiten, die sich noch in Nancys Speisekammer befanden. Nachdem alles aufgegessen war, erhoben sich die beiden Buschmänner, um sich zu verabschieden. Jella bat Nakeshi, noch ein wenig länger auf der Farm zu bleiben. Doch diese schüttelte bedauernd den Kopf und machte ihr klar, dass sie zurück zu ihren Leuten musste. Als sie Jellas trauriges Gesicht sah, lächelte sie und deutete auf ihre Brust.

»Du bist immer hier«, schien es zu bedeuten. Jella verstand, was sie meinte. Über ihren Vater teilte sie ihrer Freundin mit, dass sie sie bald besuchen werde. Nakeshi nickte. Dann verließ sie mit Debe den Raum.

»Ich vermisse sie schon jetzt«, seufzte Jella. Gleichzeitig freute sie sich, dass sie nun endlich zu Hause angekommen war. Entspannt lehnte sie sich auf ihrem Sessel zurück und genoss das wunderbare Gefühl des Aufgehobenseins. Was für eine seltsame Familie sie doch waren! Mit müden Augen beobachtete sie, wie sich ihr Vater mit Sarah und seinem kleinen Sohn beschäftigte. Die Strapazen der letzten Tage steckten ihr immer noch in den Knochen. Außerdem wurde ihr bewusst, wie sehr sie stinken musste. Sie trug seit Tagen dieselbe Kleidung und hatte sich nicht gewaschen. Nach ihrem Aufenthalt in dem Erdferkelloch konnte sie wohl auch nicht viel besser riechen als diese langohrigen Urviecher. Sie würde Nancy bitten, ihr ein Bad im Badezimmer einzulassen. Sie ging hinaus, um die nötigen Anweisungen zu geben und sich ein paar frische Sachen zu holen. In dem Moment, als sie die Türklinke ihres Zimmers herunterdrückte, spürte sie etwas Hartes, Kaltes an ihrer Schläfe.

»Was für ein überraschendes Wiedersehen«, hauchte Lucies wohlbekannte schrille Stimme an ihr Ohr. »Ich hatte schon befürchtet, dass dich die Tiere im Busch zerfleischt haben.«

Jella erstarrte. Hart und unmissverständlich bohrte sich der Revolverlauf nun in ihren Rücken.

»Ihr wagt es, noch einmal hierherzukommen …?«

»Halt's Maul!« Grünwald beziehungsweise Greenwood schnitt ihr harsch das Wort ab und forderte sie auf, vorauszugehen.

»Los jetzt. Wir begrüßen jetzt erst mal den Rest der Familie.«

Zu ihrem Entsetzen erkannte Jella, dass er Debe und Nakeshi

ebenfalls in seine Gewalt gebracht hatte. Er bedrohte die beiden mit seinem Gewehr. Die beiden Buschmänner wirkten ziemlich gelassen. Jella hoffte nur, dass den beiden bewusst war, welchen Schaden die Waffe anrichten konnte. Schweigend gingen sie zurück ins Wohnzimmer, wo Johannes vergnügt mit seinem kleinen Sohn spielte.

»Es tut mir leid, wenn ich die Familienidylle stören muss!« Lucies Stimme troff vor beißendem Spott. »Wie schade, dass das alles nun ein Ende haben wird!«

Zur Unterstreichung ihrer Worte entsicherte sie den Revolver.

Johannes brauchte nur einen kurzen Augenblick, um den Ernst der Lage zu erkennen. Sein Gesicht rötete sich, als er die Waffen in den Händen der beiden Greenwoods erkannte.

»Was machen Sie hier? Legen Sie sofort die Waffen nieder!«, forderte er aufgebracht. Er schob Raffael in Sarahs Arme und erhob sich.

»Hinsetzen!«, befahl Greenwood.

Johannes war drauf und dran, sich auf einen der beiden Eindringlinge zu stürzen, aber dann bemerkte er, wie Lucie an Jellas Haaren riss und ihren Kopf schroff nach hinten zog, den Lauf ihres Revolvers an ihre Schläfe haltend. Es bestand kein Zweifel, dass sie bei der ersten falschen Bewegung abdrücken würde. Notgedrungen setzte er sich wieder hin.

»Was wollen Sie?«, fragte er erregt. »Etwa uns alle umbringen? Glauben Sie wirklich, dass Sie damit durchkommen?«

Der ehemalige Vorarbeiter lachte hässlich auf.

»Sie glauben doch nicht, dass ich besondere Skrupel hätte, euch alle, wie ihr hier seid, zu erledigen? Es wäre mir sogar eine große Freude! Aber großmütig, wie wir sind, geben wir euch eine Chance. Es kommt ganz darauf an, wie gut ihr kooperiert!«

Unsanft stieß er Debe und Nakeshi mit dem Gewehrkolben in Richtung des Sessels, auf dem Johannes saß. Auch Jella musste sich dazusetzen. Nancy stand regungslos hinter dem Tresen in der Küche. Ihre Augen blitzten vor Schreck weiß auf. Während Greenwood die Gefangenen in Schach hielt, verließ Lucie für kurze Zeit den Raum. Als sie zurückkam, hielt sie den kleinen Beutel mit den Diamanten in den Händen.

»Na also«, meinte sie zufrieden. »Die Diamanten waren wenigstens noch an Ort und Stelle.«

Mit einer ungeduldigen Bewegung schüttete sie die Steine aus dem Beutel auf ihre offene Hand und zeigte sie ihrem Mann. Die ungeschliffenen Diamanten entfalteten ihren spröden Charme. Noch ließ sich nur erahnen, welche Brillanz sie einmal besitzen würden. Als Debe die Steine erblickte, stieß er einen entsetzten Schrei aus und wandte schnell den Blick von ihnen ab. Auch Nakeshi wagte nicht hinzusehen. Greenwood wurde sofort auf die beiden aufmerksam. Seine Augen verengten sich zu einem Schlitz, während ein berechnendes Lächeln über sein Gesicht huschte.

»Wie mir scheint, gefallen unseren kleinen Wilden die Steine nicht. Dabei könnte ich wetten, dass sie ganz genau wissen, woher sie stammen … Sie haben die Klunker doch von diesen Wilden?« Damit wandte er sich direkt an Johannes. »Fragen Sie ihn, wo er die Steine gefunden hat.«

»Lassen Sie die Buschmänner in Ruhe«, empörte sich dieser. »Sie wissen von nichts.«

»Spielen Sie nicht den Unschuldigen. Ich habe den Alten schon mehrere Male auf *Owitambe* gesehen. Nachdem er das letzte Mal von hier wegging, besaßen Sie plötzlich die Steine.«

Greenwood schob drohend sein Kinn vor. Seine Augen funkelten jähzornig.

»Und jetzt ist Schluss mit der netten Konversation! Sie machen dem Wilden jetzt gefälligst klar, dass er uns zu dem Fundort der Diamanten führen soll!«

Debes Augen huschten aufmerksam zwischen Greenwood und Johannes hin und her. Er versuchte zu verstehen, was der Inhalt des erhitzten Gespräches war. Fragend sah er Johannes an. Mit kurzen Worten erklärte dieser ihm auf Joansi, was Greenwood von ihm wollte.

Als Debe hörte, dass er das Versteck der Tränensteine preisgeben sollte, schüttelte er energisch den Kopf.

»Die Steine sind heilig und gehören in den Schoß der Erde.«

Seine Meinung war unumstößlich.

»Dieser Mann wird darauf bestehen, dass du ihn dorthin führst.« Johannes blickte sorgenvoll auf den alten Buschmann. Doch dieser schüttelte heftig mit dem Kopf.

»Das ist tabu.«

»Was ist los?«, verlangte Greenwood zu wissen. »Machen Sie dem Alten klar, dass ich sonst die Buschmannfrau töte.«

Um seine Drohung zu unterstreichen, zielte er mit dem Gewehrlauf auf Nakeshi. Debe sprang erschrocken auf und drückte den Gewehrlauf beiseite. Sein faltiges Gesicht mit den schräg stehenden Augen sah Greenwood traurig an.

»Keine Gewalt, Bruder«, sagte er ruhig. In diesem Moment holte Greenwood aus und schlug dem Buschmann die Faust mitten ins Gesicht. Nakeshi schrie leise auf, während ihr Vater von der Wucht des Schlags mit blutender Nase zu Boden stürzte.

»Ich meine, was ich sage«, sagte Greenwood kalt. »Das ist seine letzte Chance.«

Nakeshi kniete neben ihrem Vater und wischte ihm mit ihrem Lendenschurz das Blut von der Nase. Debe richtete sich benommen auf. Mit Tränen in den Augen flüsterte er seiner Tochter etwas zu. Nakeshis Gesicht versteinerte, dann brach auch sie in Tränen aus. Tröstend fuhr ihr Debe über die Schulter, bevor er sich aufrichtete und an Greenwood vorbei in Richtung Tür ging.

Auf Greenwoods Gesicht erschien ein triumphierendes Lächeln.

»Na also! Ich wusste doch, dass der Alte zur Vernunft kommt.« Er sah sich zufrieden nach Lucie um.

»Dann wollen wir mal!«

Er bedeutete Johannes, Jella und Nakeshi, ihm zu folgen. Sarah, der kleine Raffael und Nancy blieben im Haus zurück. Debe sagte kein Wort. Er ging durch die Verandatür auf den Platz vor den Stallungen, dicht gefolgt von den Greenwoods und ihren Gefangenen. In der Mitte des Platzes blieb Debe plötzlich stehen und setzte sich im Schneidersitz auf den Boden. Leise, fast unhörbar, stimmte er ein Lied an, den Blick fest in die Weite der Kalahari gerichtet.

»Was soll das?«, raunzte Greenwood verärgert. Mit dem Gewehrkolben stieß er Debe unsanft in den Rücken. »Steh sofort auf!«

Aber Debe blieb unbeirrt sitzen und sang weiter sein einsames Lied. Nakeshi fiel in die auf- und abschwellende Melodie mit ein. Für einen Augenblick erfüllte der Gesang der beiden Buschmänner *Owitambe.* Die unschuldige Beharrlichkeit der Melodie wirkte auf Greenwood alles andere als beruhigend. Sein Jähzorn wuchs ins Unermessliche. Wie konnten es diese Wilden nur wagen, ihn derart zu provozieren? Unkontrollierte Wut wallte wie eine Flutwelle in ihm hoch. Er holte zu einem neuen Schlag aus und stieß Debe seinen Gewehrkolben mit voller Kraft gegen den Brustkorb. Ein hässliches Knirschen ließ die Umstehenden zusammenzucken. Für einen kurzen Augenblick verstummte der Buschmann. Doch dann richtete sich sein schmerzgetrübter Blick in die Ferne, und er nahm seinen Gesang mit brüchiger Stimme wieder auf. Greenwood starrte Debe fassungslos an. Sein Gesicht wurde vor Zorn aschfahl, während das Blut wild durch seine Schläfen pochte. Dieses minderwertige Gewürm! Der Wilde verhöhnte ihn mit seinem Gesang. Doch das würde er ihm schon austreiben. Fieberhaft umkrallte Greenwood mit beiden Händen sein Gewehr und holte erneut aus. Dieses Mal stoppte er nicht. Wieder und wieder hieb er mit der Eisenwaffe auf den wehrlosen Buschmann ein und verschonte kein Körperteil, bis Debe blutüberströmt in den Sand sank.

Nakeshis unmenschlicher Schrei riss Jella aus ihrem Entsetzen. Sie fühlte den unendlichen Schmerz, der die kleine Buschmannfrau wie eine Welle überrollte und mit sich riss. In einem Moment, der wie eingefroren schien, nahm sie wahr, wie Greenwood immer weiter mit seinen Stiefeln auf den leblosen Körper eintrat und ihn schändete. Nicht einmal Lucies schrille Rufe schienen die grenzenlose Wut dieses Mannes hemmen zu können. Jella dachte nicht nach. Sie sah nur den wehrlosen Körper, den der Verbrecher nicht einmal im Tod achtete. Mit einem verzweifelten Aufschrei stürzte sie sich auf Greenwood. Johannes versuchte noch, sie zurückzuhalten, doch sein Griff ging ins Leere. Lucie reagierte sofort. Noch bevor Jella Greenwood erreichen konnte, riss sie ihren Revolver herum und drückte ab.

Jella stürzte im Lauf zu Boden. Ungeachtet der Waffe wollte sich Johannes auf Lucie werfen, doch in diesem Augenblick zerrissen Schüsse die Luft. Donnernde Pferdehufe bewegten sich auf sie zu. Wilder Tumult entstand. Greenwood war endlich aus seiner Raserei erwacht und versuchte verwirrt, die neue Lage einzuschätzen. Eine Handvoll Schutztruppensoldaten bewegte sich direkt auf sie zu und versuchte sie zu umzingeln. Greenwood brauchte nicht lange, um seine Fassung zurückzugewinnen, und eröffnete nun ebenfalls das Feuer. Er rief Lucie etwas zu und rannte gemeinsam mit ihr in Richtung der Stallungen. Leutnant Bausch gab seinen Leuten den Befehl, sie zu verfolgen. Doch die Greenwoods waren im Vorteil. Sie fanden im Schutz des Scheunentors Deckung. Victor gelang es, zwei der Soldaten zu verwunden und damit außer Gefecht zu setzen. Leutnant Bausch schrie einen Befehl. Die restlichen drei Soldaten suchten nun ebenfalls Deckung. Das verschaffte den Greenwoods Zeit. Bis sich die Schutztruppensoldaten wieder in Schussposition befanden, flüchteten die beiden durch den Hinterausgang zu ihren Pferden, die dort noch angebunden waren. Ihre Flucht wurde erst entdeckt, als sich eine weiße Staubwolke von *Owitambe* entfernte. Leutnant Bausch gab den Befehl, die Fliehenden zu verfolgen.

Unterdessen war Fritz bei Jella angelangt. Halb wahnsinnig vor Sorge riss er sein Pferd am Zügel und sprang herab. Ein ihm unbekannter Mann und eine Buschmannfrau kümmerten sich um die leblose Gestalt. Sein Herz zersprang vor Angst. Mit zitternden Knien sank er neben ihr zu Boden.

»Ist sie …?«

Er wagte das letzte Wort nicht auszusprechen.

Doch der Fremde schüttelte den Kopf, ohne ihn anzusehen. Seine hageren Hände streichelten besorgt die blassen Wangen der Verletzten. Sie hatte die Augen geschlossen. Doch ihr Brustkorb hob und senkte sich ganz leicht. Voller Panik nahm Fritz wahr, dass sie am Oberkörper heftig blutete. Die junge Buschmannfrau versuchte verzweifelt, die Blutung zu stillen. Der Fremde half ihr, einen notdürftigen Verband anzulegen. Erst dann sah sie zu Fritz auf.

»Sie ist stark«, beruhigte sie ihn auf Joansi. »Sie wird es schaffen.«

Fritz hoffte es inständig. Seine gesunde Hand umkrallte seinen Armstumpf wie zu einem Gebet. Er kam sich so schrecklich überflüssig vor. Warum waren sie nicht früher gekommen? Dann schlug Jella kurz die Augen auf. Ihr Blick war unstet und glasig, als sie ihn erblickte. Fritz lächelte und bebte vor Freude.

»Vater«, hauchte sie, bevor sie wieder das Bewusstsein verlor. Fritz fühlte sich tief getroffen. Sie hatte ihn nicht einmal erkannt! Dennoch entkrampfte er sich ein wenig und fand nun auch Muße, den Unbekannten, der sich so aufopfernd um Jella kümmerte, genauer zu mustern. Ihm fiel sofort die große Ähnlichkeit zwischen den beiden auf. Die hagere Gestalt, die kupferroten Haare …

War das möglich? Jellas Vater lebte! Im selben Augenblick, als ihm das bewusst wurde, fühlte er sich schrecklich fehl am Platz. Jella hatte ihn angesehen, aber nur ihren Vater im Sinn gehabt. Er hatte sie verloren. Nüchtern, wie es seine Art war, machte er eine Bestandsaufnahme. Jella lebte. Das war die Hauptsache. Ihr Vater würde sicher alles unternehmen, damit sie wieder ganz gesund wurde. Die Hoffnungen, die er sich auf sie gemacht hatte, waren wie Seifenblasen zerplatzt. Jella hatte ihn nicht einmal erkannt. Das konnte nur eines bedeuten. Sie hatte ihn aus ihrem Herzen verbannt. Die bittere Erkenntnis schnürte ihm den Hals zu. Schweigend wandte er sich ab und ging zu seinem Pferd.

»Warten Sie …«

Jellas Vater hielt ihn zurück. »Ich möchte mich bei Ihnen bedanken!«, meinte er. Ein freundliches Lächeln huschte über die hageren Züge. »Wenn Sie und Ihre Leute nicht zur rechten Zeit gekommen wären, wäre das alles hier ganz anders ausgegangen.«

»Schon gut«, murmelte Fritz. »Es war uns eine Ehre.«

»Kennen wir uns nicht?«, fragte Jellas Vater, der nun seinerseits Fritz eingehender betrachtete.

»Gut möglich«, antwortete dieser einsilbig. »Wir haben den Store in Okakarara.«

Plötzlich hatte er es sehr eilig wegzukommen. Wenn er seine Fassung nicht verlieren wollte, musste er sofort von hier verschwinden.

»Es war reiner Zufall, dass wir gerade hier vorbeigekommen sind«, log er und wandte sich ab. »Bitte entschuldigen Sie, aber ich muss jetzt den anderen hinterher. Vielleicht schnappen wir die Greenwoods ja noch.«

Er tippte mit seiner gesunden Hand kurz an seinen Hut und saß auf. Noch bevor Jella aus ihrer Ohnmacht erwachte, war er am Horizont verschwunden.

Neue Wege

Drei Monate später

Die Regenzeit neigte sich ihrem Ende zu, und mit ihr kam die Zeit der letzten Blüte. Die dräuend schwarzen, gewittrigen Wolkenwände lösten sich in dem tiefen Blau des afrikanischen Himmels auf und verschwanden schließlich ganz. Die Nächte in *Owitambe* begannen kühl zu werden, während die Sonne am Tag unvermindert heiß auf das Land strahlte. Vieles war geschehen in den letzten Monaten. Überall rumorte es. Politische Unruhen überzogen das gesamte Land. Bereits im Oktober 1903 hatten sich die Bondelswarts-Nama im Süden des Landes erhoben. Sie begehrten gegen die deutsche Kolonialverwaltung auf, weil diese ihrer Meinung nach ihre Befugnisse eindeutig überschritt. Ein von der Kolonialverwaltung angeordnetes Zähl- und Registrierungsvorhaben hatte das Fass zum Überlaufen gebracht. Jeder Nama sollte gezwungen werden, seine Waffen zu melden. Die deutsche Verwaltung wollte damit den unkontrollierten Zuwachs von Waffen im Land unterbinden, um die Kampfkraft der Stämme zu mindern. Für die Nama bedeutete dies ein Einmischen in ihre ureigensten Angelegenheiten. Kein Bondelswart-Nama wollte sich auf diese Weise in das deutsche Ordnungssystem einbinden lassen. Eine wenig geplante, aber umso heftigere militärische Auseinandersetzung war die Folge gewesen. Sie zog sich bis über das Jahresende hin und konnte erst nach dem Einsatz von Verstärkungstruppen aus dem

Norden des Landes mit einem Sieg der Deutschen beendet werden. Der Abzug der Schutztruppen aus dem Norden hatte allerdings zur Folge, dass das Zentrum und der Norden des Landes nun ohne ausreichende militärische Bedeckung zurückgeblieben waren. Dieses Machtvakuum nutzten die ebenfalls immer unzufriedener werdenden Hereros, um ihrerseits einen Aufstand anzuzetteln. Sie gingen dabei äußerst subtil vor. Mitte Januar 1904 riefen die Häuptlinge der unterschiedlichen Hererostämme zu einem Treffen in der Region Waterberg auf. Offiziell ging es um die anhaltenden Erbschaftsstreitigkeiten, die nach dem Tod des bedeutenden Waterberg-Hererohäuptlings Kaonjonia Kambazembi beigelegt werden sollten. In Wirklichkeit ging es um die Aufkündigung der bestehenden Schutztruppenverträge und den bevorstehenden Kampf gegen die deutschen Besatzer, mit dem Ziel, sie zum Verlassen des Landes zu bewegen. Nach langem Zögern hatte sich Samuel Maharero, der Oberhäuptling der Hereros, zum Kampf überreden lassen. Maharero hatte persönlich keinerlei Interessen an dieser Auseinandersetzung, da er dem deutschen Gouverneur Theodor Leutwein freundschaftlich verbunden war und aus dieser Verbindung viele persönliche Vergünstigungen gezogen hatte. Nun war der Druck der anderen Herero-Häuptlinge auf ihn so stark geworden, dass er sich nicht länger verweigern konnte. Grund waren die anhaltenden Konflikte zwischen den deutschen Siedlern und den Herero-Hirten gewesen. Die Hereros fühlten sich von den Siedlern übervorteilt und ausgebeutet. Dabei ging es um Land- und Wasserrechte, die sich die deutschen Siedler oft mit Tricks und Betrügereien ergaunert hatten, aber auch um die rechtliche Diskriminierung, wenn sich zum Beispiel deutsche Siedler an schwarzen Frauen sexuell vergingen und dafür straffrei blieben, während schwarze Triebtäter mit dem Tode bestraft wurden. Schon lange hatte es im Land gebrodelt, aber jetzt war der Zeitpunkt gekommen, dass die Hereros zu einer Entscheidung drängten.

»Ich kämpfe, tötet alle Deutschen.«

Mit diesen Worten trat Samuel Maharero eine Lawine los, die zu zahlreichen Überfällen und Morden führte. Es war ein schwacher Trost, dass der Oberhäuptling befahl, alle deutschen Frauen und Kinder sowie die Missionare, die sich immer wieder für ihre Belange eingesetzt hatten, zu schonen.

Die Überfälle richteten sich hauptsächlich gegen die Farmen und Siedlungen in der näheren Umgebung. Überall formierten sich marodierende Hereroverbände und brannten alles nieder, was ihnen in den Weg kam. In den folgenden Wochen wurden etwa hundertfünfzig deutsche Siedler auf grausame Weise ermordet.

Owitambe blieb von den Unruhen bislang verschont. Johannes von Sonthofens umsichtige Art, mit den verschiedenen Völkern dieser Region umzugehen, hatte ihm auch bei den Aufständischen Achtung und Respekt eingebracht. Während ringsum die Farmer und Siedler in Angst und Schrecken lebten, blieb *Owitambe* eine Insel des Friedens.

Dank Nancys Pflege hatte sich Jella gut von ihrer Schussverletzung erholt. Die Freude, ihren Vater wiedergefunden zu haben, überstrahlte die schlimmen Erlebnisse. Sie waren sich näher gekommen in den letzten Wochen und Monaten. In den langen Stunden und Tagen, die sie im Bett verbringen musste, hatte sie oft über ihr Schicksal nachgedacht. Ihre Kindheit und Jugend in Berlin mit der düsteren Zukunft, einmal die folgsame Ehefrau eines Barons oder Beamten werden zu müssen, voller Pflichten, aber ohne jegliche Rechte auf die Erfüllung eigener Vorstellungen, verblassten angesichts der Großartigkeit ihrer neuen Heimat. Auch in Deutsch-Südwest achtete man die Regeln der Sitte und des Anstands, doch sie wurden angesichts der oft schwierigen und außergewöhnlichen Lebensumstände meist etwas großzügiger ausgelegt. So war es hier nichts Ungewöhnliches, wenn eine Frau ihr

Leben selber in die Hände nahm. Frauen wie ihre Freundin, die Krankenschwester Lisbeth, führten ein angesehenes Leben, das sie selbst bestimmten, ohne sich in die Obhut eines Mannes begeben zu müssen.

Sobald Jella sich stark genug gefühlt hatte, um wieder aufzustehen, führte sie ihr Vater zu kleinen Spaziergängen aus. Stück für Stück hatte er ihr *Owitambe,* seine Farm, näher gebracht, auf die er mit Recht so stolz war. Wie ein Lauffeuer hatte sich die Nachricht herumgesprochen, dass »Herr Johannes«, wie alle ihn hier nannten, wieder nach Hause gekommen war. Die Arbeiter samt ihren Familien waren schon bald wieder auf die Farm zurückgekehrt. Jeder hatte selbstverständlich seine Arbeit wieder aufgenommen, sodass das Farmleben in kürzester Zeit wieder in vollem Gange war, als wäre nichts geschehen. Zwar fehlte es nach wie vor an Geld – zumal die Greenwoods auf ihrer Flucht die Diamanten mitgenommen hatten –, doch der gute Geist, der das Alltagsleben auch vorher mitbestimmt hatte, war wieder zurückgekehrt. Die Farm war die Heimat aller, die hier arbeiteten, und gemeinsam blickten sie voller Zuversicht in die Zukunft *Owitambe*s.

Jella verbrachte auch viel Zeit mit ihrem kleinen Halbbruder. Raffael und sie verstanden sich prächtig. Sie beide vereinte ihr technisches Interesse. Sobald Jella dazu in der Lage war, begann sie mit ihrem kleinen Bruder einfache Dinge zu konstruieren. Voller Bewunderung ging er ihr zur Hand, als sie in dem Werkzeugschuppen einen Lastwagen aus Holz für ihn zusammenzimmerte, um ihn dann stolz seiner Mutter und seinem Vater zu präsentieren.

Eines Morgens saß Jella vor Sarahs Hütte auf einem kleinen, hölzernen Schemel und sah Raffael zu, wie er mit seinem Lastwagen und einer Puppe spielte. Die grob geschnitzte Figur war ganz in der Tradition der Himbas gefertigt. Obwohl Sarah äußerlich europäische Kleidung angelegt hatte und ihre Haut auch nicht mehr mit der roten Ockerfarbe einrieb, blieb sie in ihrem Innersten eine Himba. Die selbst geschnitzte Puppe war ein Zugeständnis an die Tradition ihres Volkes und sollte das Herz ihres Sohnes rühren, damit er nie vergaß, wo seine Wurzeln lagen. Sie war von schlichter Einfachheit. Mit glühenden Holzstückchen hatte Sarah Augen, Mund und Nase eingebrannt und den Körper mit roter Ockerfarbe gefärbt. Um seinen Hals trug die Figur ein geflochtenes Sisalband, an dem ein Stück Kuhfell als eine Art Umhang hing. Raffael setzte die Puppe auf die Pritsche des Lastwagens und fuhr sie spazieren. Jella beobachtete ihn und schien doch mit ihren Gedanken ganz woanders zu sein. Sarah, die gerade mit frischem Gemüse aus dem kleinen Garten hinter ihrer Hütte kam, blieb das nicht verborgen. Sie weigerte sich immer noch, ihre Hütte zu verlassen und ins Herrenhaus zu ziehen.

»Du magst Babys«, stellte sie einfach fest.

Jella schreckte auf. Sarahs Worte trafen sie völlig unvorbereitet. Seit Tagen ging ihr nichts anderes durch den Kopf. Ihre monatliche Blutung war seit Monaten überfällig. Erst hatte sie sich keine Gedanken gemacht und die Unregelmäßigkeit auf ihre Verletzung geschoben, aber nachdem sie diesen Monat wieder ausgesetzt hatte, wurden ihre Befürchtungen langsam zur Gewissheit. Dazu kam die plötzliche Übelkeit, die sie vor allem morgens nach dem Aufstehen überfiel. Die Vorstellung, ein Kind unter ihrem Herzen zu tragen, verunsicherte sie zutiefst.

Sarah setzte sich zu ihr auf den zweiten Schemel vor der Hütte. Behutsam griff sie nach Jellas Hand und drehte die Handfläche nach oben. Mit ihren langen, schmalen Fingern fuhr sie mehrmals darüber und beobachtete eingehend die Handlinien. Jella sah sie fragend an. Sarah erwiderte ihren Blick mit einem warmen Lächeln, das allerdings durch ein kurzes Stirnrunzeln unterbrochen wurde.

»Du erwartest ein Kind«, sagte sie ruhig. »Es ist ein Mädchen mit einem starken Herzen und einem großen Willen. Aber es trägt auch viel Unruhe in sich.«

Erschreckt zog Jella die Hand zurück.

»Was redest du da für einen Unsinn?«, wehrte sie sich barsch. »Ich bin nicht schwanger!«

»Ein Kind muss keine Angst machen«, sagte Sarah mit ihrer warmen Stimme. »Es ist Teil des Lebens.«

»Ich will aber kein Kind«, protestierte Jella panisch. Ihre Reaktion geriet heftiger als beabsichtigt. Sarahs Behauptung wirkte wie eine losgetretene Lawine und ließ alle ihre Ängste wie Geröll herunterpurzeln. »Es würde niemals einen Vater haben. Und überhaupt …«

»Ist der Mann mit einer Hand der Vater?«

Jella sah Sarah entgeistert an. »Woher weißt du …?« Gleichzeitig schämte sie sich für ihre Worte, weil sie wie ein Eingeständnis wirkten. Tiefe Röte überzog ihr Gesicht.

»Weiße Frauen machen immer Tamtam«, meinte Sarah kopfschüttelnd. »Dabei ist Liebe wie ein Regenfall, kommt und macht fruchtbar.«

Ohne es zu wollen musste Jella lächeln. So betrachtet hatte Sarah ja recht. Die Liebe zu Fritz hatte sie wirklich wie ein heftiger Regenschauer überfallen. Vielleicht bewertete sie alles viel zu sehr aus ihrer europäischen Erziehung heraus. Die Tatsache, dass sie schwanger war, musste kein Unglück sein. Hier in Afrika tickten die Uhren jedenfalls anders. Ein Kind war etwas Selbstverständliches und Schönes. Dabei spielte es keine Rolle, wer der Vater war. Es bedeutete einfach ein Stück Zukunft. Von diesem Blickwinkel aus hatte die Vorstellung, schwanger zu sein, gar nichts so Beängstigendes mehr an sich. Dankbar drückte sie Sarahs Hand. Nicht zum ersten Mal fühlte sie etwas Verbindendes zwischen sich und der Lebensgefährtin ihres Vaters. Sarah hatte ein Tor in ihr aufgestoßen.

»Der Mann mit der einen Hand liebt mich nicht mehr«, meinte sie bitter. Die Erinnerung daran saß wie ein Stachel in eitrigem Fleisch.

Ein dicker Kloß machte sich in ihrem Hals breit, während sie mühsam eine aufsteigende Träne unterdrückte. Ihr Vater hatte ihr von Fritz und dem mutigen Eingreifen der Schutztruppe erzählt. Allein das Nennen von Fritz' Namen hatte genügt, um ihr Herz bis zum Hals schlagen zu lassen. Doch dann hatte sie erfahren, dass Fritz nicht einmal gewartet hatte, bis sie wieder zu sich gekommen war. Sie war ihm egal gewesen. Konnte es ein eindeutigeres Zeichen dafür geben, dass er ihr ihre damalige Grobheit nicht verziehen hatte? Mit einer unwirschen Handbewegung stand Jella auf und wandte sich ab. Vergeblich bemühte sie sich, Fritz aus ihren Gedanken zu verbannen. Plötzlich hatte sie es sehr eilig. Mit einem kurzen Gruß verabschiedete sie sich von Sarah, um mit großen Schritten zurück zum Haus zu gehen.

Zwei Tage später wurde sie von Nancy kurz nach Sonnenaufgang geweckt.

»Die Buschmänner kommen«, rief die Haushälterin aufgeregt. »Die ganze Gruppe.«

Jella sprang mit einem Schwung aus dem Bett. Ihr Herz klopfte in freudiger Erwartung. Nakeshi hatte ihr Versprechen wahr gemacht. Eilig warf sie sich ihren etwas maroden, seidenen Bademantel über, um hinaus auf die Veranda zu eilen. Noch im Wohnraum überfiel sie plötzliche Übelkeit. Mit Müh und Not schaffte sie es gerade noch durch die Verandatür hinunter auf den Vorplatz, als sie sich auch schon in einem hohen Schwall in die Blumen erbrach. Danach ging es ihr viel besser. Zurück blieb der gallige Nachgeschmack des Erbrochenen. Jella versuchte ihn zu ignorieren und hielt stattdessen nach den Buschmännern Ausschau. Der Fuß des Waterbergmassivs lag so früh am Morgen noch im Dunklen, während sich die Sonne zügig über den östlichen Horizont erhob und *Owitambe* in ihr rotgoldenes Morgenlicht tauchte.

Ohne dass sie es bemerkt hatte, war ihr Vater neben sie getreten. Ihre morgendliche Übelkeit war ihm nicht entgangen. Fürsorglich legte er seinen Arm um ihre Schulter.

»Geht es dir nicht gut?«, fragte er besorgt. In seinen Augen spiegelte sich neben echter Sorge auch eine unausgesprochene weitere Frage wider.

Jella lenkte ungehalten ab.

»Danke, mir geht es ausgezeichnet. Wahrscheinlich habe ich gestern Abend nur zu viel von Nancys köstlichem Eintopf gegessen.«

Johannes wollte etwas erwidern, doch in diesem Moment löste sich aus den Schatten des Waterbergmassivs allmählich die Joansi-Gruppe. Sie bestand aus etwas weniger als dreißig Personen, Männer, Frauen, Alte und Kinder, die sich in lockeren Gruppen in Richtung Farm bewegten. Allen voran lief Nakeshi. Jella erkannte sie an ihrem leichten, federnden Gang. Manchmal, in ihren Fieberträumen, hatte sie ihre Sternenschwester vor sich gesehen. Sie hatte ihr wie eine stärkende Kraft zur Seite gestanden. Umgekehrt hatte auch sie gespürt, wenn es Nakeshi schlecht gegangen war. Die Gefühle der zierlichen Buschmannfrau lagen offen wie ein Buch vor ihr, auch wenn sie sie nicht genau einordnen konnte. Neben der Trauer um Debe hatte Jella auch Verärgerung und Ratlosigkeit gespürt, deren Ursache sie jedoch nicht kannte.

In der Nähe der großen Schirmakazie, die wie ein Schutzdach auf einem Hügel neben der Farm thronte, befand sich ein hoch aufragender Termitenhügel. Darunter lag Debe begraben. Johannes und Nakeshi hatten ihn noch an seinem Todestag nach der Sitte der Buschmänner dort beerdigt. Nun waren seine Angehörigen gekommen, um sich noch einmal gemeinsam von ihm zu verabschieden. In einem lockeren Kreis umringten sie den Termitenhügel. Manche von ihnen weinten, andere standen nur stumm da und gedachten des alten, erfahrenen Buschmanns, der ihrer Gruppe so sehr fehlte. Jella rührte der Anblick, und auch sie trauerte mit den Buschmännern um diesen tapferen Mann, der seinen Glauben und seine Überzeugung für nichts in der Welt verraten hatte. Bitterkeit und Gram überkamen sie, wenn sie daran dachte, dass die Verantwortlichen für diese Mordtat nie gefasst worden waren.

Nach einiger Zeit löste sich Nakeshi aus der Gruppe und kam auf Jella und ihren Vater zu. Die beiden hatten es aus Achtung vor der Trauer vorgezogen, im Hintergrund zu bleiben.

Bei Jellas Anblick strahlte die kleine Buschmannfrau. Vertraulich legte sie ihre aprikotfarbene Hand auf Jellas Arm und streichelte ihn. Jella antwortete, indem sie Nakeshi spontan an sich drückte. Die beiden so unterschiedlichen Frauen boten einen seltsam rührenden Anblick.

Die letzten Wochen hatte Jella auch genutzt, um ihr Joansi zu verbessern. Ihr Vater und auch Nancy hatten sie immer wieder darin unterwiesen. Mittlerweile beherrschte sie den wichtigsten Wortschatz, auch wenn ihr die unterschiedlichen Klick- und Schnalzlaute der Buschmannsprache immer noch große Probleme bereiteten. Sie wollte ihre Kenntnisse nun gleich ausprobieren.

»Es ist schön dich zu sehen, Schwester«, versuchte sie Nakeshi zu begrüßen. Diese sah sie etwas erstaunt an und brach dann in herzliches Lachen aus. Auch Johannes verkniff sich nur mit Mühe ein Grinsen.

»Habe ich etwas Falsches gesagt?«, fragte Jella verunsichert.

»Du hast das Wort ›Schwester‹ etwas seltsam ausgesprochen«, versuchte Johannes zu erklären.

»Ach, ja?«

»Du hast stattdessen ›Gürteltier‹ zu ihr gesagt.«

»Oh!«

»Es ist schön, dass du unsere Sprache sprichst«, lachte Nakeshi beschwichtigend. »Nun kann ich dir so vieles erzählen.«

Ihre Miene wurde wieder ernst. Sie deutete in Richtung des Termitenhügels und bat Jella, mit ihr dorthinzugehen. Schweigend setzten sich die beiden Frauen neben Debes Grab, wo sich inzwischen auch die anderen Joansi niedergelassen hatten. Jeder nahm auf seine Weise noch einmal Abschied von dem alten Mann. Bei aller Trauer glaubten die Buschmänner, dass der Tote für die Lebenden nicht völlig verloren war. Der Geist Debes würde immer über ihnen wachen. Wenn es an der Zeit war, würde er von Zeit zu Zeit in das Leben seiner Angehörigen eingreifen.

»Bist du noch sehr traurig?«, fragte Jella behutsam.

Nakeshi nickte.

»Langsam wird es besser. Der Schmerz lässt manchmal nach. Debe hatte ein gutes Leben. Meine Mutter Chuka und er haben sich immer geliebt und geachtet. Er musste sich nie eine Zweitfrau suchen, und sein Leben war mit fünf Kindern gesegnet, von denen zwei das Erwachsenenalter erreicht haben.«

»Du hast noch Geschwister?«

»Mein Bruder Twi lebt in einer anderen Gruppe. Er weiß noch nichts von Debes Tod.«

»Er wird bestimmt sehr traurig sein.«

Nakeshi nickte bedrückt.

»Ich werde zu ihm gehen, um ihm von unserem Vater zu erzählen.«

»Lebt er weit weg?«

Nakeshi zeigte in Richtung Süden, wo die dünenbewehrte Namib-Wüste lag. Jella bekam einen Schreck.

»Wirst du lange fort sein?«

Sie wusste mittlerweile, dass die unterschiedlichen Buschmanngruppen weit über die Kalahari hinaus, bis in die Namib hinein, verteilt waren.

»Ich werde vielleicht lange nicht zurückkommen. Twis Gruppe lebt weit weg, und mein Herz sehnt sich nach Veränderungen.«

Jella schluckte. Die Vorstellung, sich von Nakeshi vielleicht für immer verabschieden zu müssen, schmerzte sie. Doch sie wusste, dass sie darauf keinen Einfluss nehmen durfte.

»Zieht Gao mit dir?«

Nakeshis Miene verdüsterte sich bei seinem Namen.

»Nein«, meinte sie bestimmt. »Ich habe mich von ihm getrennt. Er versteht mich nicht und macht mein Leben zu einer Last.«

Jella schwieg nachdenklich. Das also war der Grund für den Ärger gewesen, den sie bei Nakeshi gespürt hatte. Wieder einmal war sie verblüfft, wie sehr ihre Gefühle miteinander verbunden waren. Auch wenn sie sich nicht sahen, waren sie einander ganz nah. Trotzdem ließ sie ihre Freundin nur ungern ziehen.

»Wenn die Zeit kommt, werden wir uns hier wiedersehen«, beruhigte sie Nakeshi. »Eines Tages werde ich wiederkommen und dein Kind sehen.«

»Mein Kind?«

Jella wunderte es nicht wirklich, dass auch Nakeshi davon wusste.

»Ich spüre neben deinem Geist noch etwas anderes.«

Jella schüttelte resigniert den Kopf.

Nakeshi erriet ihre Gedanken und legte ihre Hand auf Jellas Arm.

»Du musst dein Kind annehmen«, meinte sie schlicht. »Es ist ein Teil von dir.«

Jella wollte aufbegehren, aber dann erkannte sie plötzlich, dass ihre Freundin die Wahrheit sprach. Sie musste sich endlich mit dem abfinden, was auf sie zukommen würde. Das Baby gehörte zu ihr, wie sie zu Johannes gehörte. Sie würde es auch ohne Vater großziehen.

»Komm bald wieder«, meinte sie, während sie Nakeshis Händedruck erwiderte. Noch eine Weile lang saßen sie schweigend beieinander, bis Johannes zu ihnen trat und sie alle zu einem kräftigen Frühstück einlud.

Mit gefüllten Mägen und mit reichlich Trockenfleisch von der Farm versorgt machten sich die Joansi im Laufe des Tages auf den Weg zu einem neuen Lagerplatz. Die Buschmänner zog es fort. Es war üblich, dass sie ein Lager verließen, wenn ein Angehöriger der Gruppe verstorben war. Außerdem würde bald die Trockenzeit kommen. Es gab nun andere Gebiete, die reichlichere Feldkost boten als *Owitambe* und seine Umgebung. Nakeshi und ihre Mutter Chuka trennten sich nun von ihrer Gruppe. Sie verabschiedeten sich mit lauten Gesten und Umarmungen voneinander, wobei vor allem Chuka sehr unter der Trennung zu leiden schien. Doch sie hatte sich vorgenommen, noch einmal in ihrem Leben ihren Sohn Twi in die Arme zu schließen.

Zum Abschied schenkte Nakeshi Jella einen kleinen Schildkrötenpanzer, dessen Höhlung mit unterschiedlichen Kräutern gefüllt war. Sie erklärte ihr genau, welche Heilkräfte welches Kraut entwickelte, wo man es fand und wie sie es verwenden musste. Jella war gerührt, aber auch sie hatte ein Abschiedsgeschenk für ihre Sternenschwester. In ihrem Besitz befand sich ein kleines silbernes Medaillon, das einmal ihrer Mutter gehört hatte. Nakeshi nahm das glitzernde Geschenk ehrfurchtsvoll entgegen. Jella zeigte ihr, wie sie es öffnen konnte. Mit großen Augen erblickte Nakeshi in seinem Inneren eine winzige, eingepasste Fotografie, die Jella zeigte. Entzückt stieß sie einen Schrei aus.

»Aber das bist ja du! Wie bist du da hineingekrochen?«

Jella musste schmunzeln.

»Ich bin da nicht hineingekrochen. Das ist eine fotografische Aufnahme. Es gibt Apparate, die das können.«

Nakeshi starrte Jella ungläubig an.

»Aber dann ist ein Teil von dir ja da drinnen. Hast du keine Angst, wenn du ein Stück von dir einfach so hergibst?« Misstrauisch tippte sie mit ihrem Zeigefinger auf das Medaillon.

»Ganz bestimmt nicht! Die Fotografie ist nichts anderes als eine

Zeichnung im Sand. Sie soll dich nur daran erinnern, dass wir Schwestern sind.«

Das leuchtete Nakeshi ein. Beruhigt klappte sie das Medaillon zu und hängte es sich um den Hals. Noch einmal umarmte sie ihre groß gewachsene Freundin und marschierte dann, ohne sich noch einmal umzudrehen, mit ihrer Mutter davon.

Vater und Tochter saßen gemeinsam bei einer Tasse Tee auf der Veranda. Johannes las in seiner Zeitung, während Jellas Blick weit in die Ferne gerichtet war. Ihre Gedanken beschäftigten sich ohne Unterlass mit ihrer Zukunft. Bald würde sie ihre Schwangerschaft nicht mehr verbergen können. Sie hatte Angst davor, es Johannes zu sagen. Sie kannte ihren Vater noch viel zu wenig, als dass sie seine Reaktionen hätte vorhersehen können. Sicherlich, er hatte sich ihr gegenüber bisher als sehr fürsorglich und respektvoll gezeigt; auf der anderen Seite war er ihr noch in so vielen Dingen fremd. Mit Rachel, ihrer Mutter, war es selbstverständlich gewesen, dass sie alle Geheimnisse geteilt hatten. Die Vertrautheit zwischen ihnen war überaus groß gewesen. Ihr Vater dagegen grübelte oft und schien seine eigenen Geheimnisse zu haben, an denen sie keinerlei Anteil hatte. Sie durchschaute seine Gedanken und Gefühle so wenig wie er wahrscheinlich ihre. Es war schwer zu akzeptieren, dass sie noch viel Zeit benötigen würden, um einander besser kennenzulernen. Was würde er wohl zu einem unehelichen Kind sagen? Auch unter den Weißen in Südwest brachte so etwas Schande über eine Familie. Würde ihr Vater sie deswegen vielleicht sogar wegschicken?

Bei dem Gedanken schob Jella trotzig die Unterlippe vor. Auch das würde sie nicht abschrecken, ihren Weg zu gehen.

»Willst du mir nicht endlich sagen, was dich bedrückt?« Johannes' Worte rissen sie aus ihren finsteren Gedanken. Ihr Vater sah sie über den Rand seiner Brille eindringlich an. »Glaubst du, ich kenne dich so wenig, dass ich nicht spüren würde, dass dich etwas bedrückt?«

Er setzte seine Brille ab und legte sie vor sich auf den Tisch. Seine Hände griffen nervös ineinander, während er nach den richtigen Worten suchte.

»Ich hatte bisher noch keine Gelegenheit, mich als Vater zu bewähren«, versuchte er es unbeholfen. »Aber ich werde alles tun, um dir in Zukunft einer zu sein. Ich kann manchmal immer noch nicht glauben, dass du hier bist.«

Jella begegnete unsicher seinem Blick.

»Glaubst du, mir fällt es leicht?«, fragte sie leise. »Ich freue mich ebenfalls, endlich bei dir zu sein. Andererseits habe ich Angst, dass es bald zu Ende sein könnte.«

Johannes runzelte entrüstet die Stirn.

»Du glaubst doch nicht, dass ich dich je wieder gehen lasse?«

Jella spannte ihren Rücken. Vielleicht war jetzt der richtige Zeitpunkt gekommen, um mit der Wahrheit rauszurücken.

»Ich erwarte ein Kind«, sagte sie schlicht.

»Na und?«

Die Antwort kam prompt und klang ganz selbstverständlich.

Jella hatte mit allem gerechnet. Mit einem entsetzten Aufschrei, mit Wut, mit Sprachlosigkeit, aber nicht mit einem recht ungerührten *Na und?*.

»Du scheinst gar nicht überrascht zu sein«, sagte sie verwundert.

»Überrascht schon«, gab Johannes zu. »Aber, ehrlich gesagt, habe ich es mir schon fast gedacht. Übrigens bin ich nicht der Einzige, der dein Unwohlsein bemerkt hat. Besonders den Frauen auf *Owitambe* ist dein verändertes Aussehen schon längst aufgefallen.«

Natürlich. Sarah hatte geplaudert.

»Aber man sieht doch noch gar nichts«, verteidigte sich Jella verblüfft. »Ich weiß es doch selbst noch nicht lange.«

»Wenn du erst ein wenig länger hier in Afrika sein wirst, wirst du feststellen, dass die Schwarzen viel einfühlsamer sind und der Natur viel näher stehen als wir Europäer. Keine noch so kleine Veränderung bleibt ihnen verborgen. Auch ich lerne diesbezüglich jeden Tag etwas Neues hinzu.«

Sorgfältig musterte er sie. »Willst du mir nicht sagen, wer mich in so kurzer Zeit vom Vater zum Großvater befördert hat?«

Tiefe Röte überzog Jellas Gesicht. Die überraschende Offenheit, mit der ihr Vater reagierte, verunsicherte sie mehr, als wenn er einen Zornausbruch gehabt hätte.

»Du kennst ihn flüchtig.«

Johannes musste nur kurz überlegen.

»Es ist dieser van Houten, nicht wahr? Er schien mir damals sehr besorgt um dich gewesen zu sein. Auch wenn er sich große Mühe gab, es zu verbergen.«

Jella widersprach heftig.

»Ich war ihm egal. Warum ist er sonst so schnell wieder weggeritten? Er hat ja nicht einmal gewartet, bis ich aufgewacht bin!«

»Vielleicht hatte er seine Gründe?«

»Natürlich! Er wollte auf jeden Fall vermeiden, mich noch einmal zu sehen! Die … die ganze Angelegenheit war ihm peinlich.«

Johannes schüttelte nachdenklich den Kopf.

»Das ergibt keinen Sinn. Ich habe mich kundig gemacht. Van Houten hat die Jagd auf die Greenwoods selbst angestiftet. Er hat alle Hebel in Bewegung gesetzt, um einen Trupp Schutztruppensoldaten zu seiner Unterstützung zu bekommen. Ich frage mich nun, was bringt einen Kaufmann dazu, sich freiwillig auf solch eine gefährliche Mission zu begeben? Es sei denn … er hätte ein triftiges privates Interesse.«

Jella stutzte. Von dieser Seite hatte sie die Angelegenheit noch nicht betrachtet.

»Willst du damit sagen, dass er absichtlich in unserer Gegend war?«

»Ich habe so meine Informationen«, entgegnete Johannes. »Die Schutztruppe war auf Veranlassung von van Houten losgeschickt worden, um den Greenwoods das Handwerk zu legen. Es muss ihn große Überzeugungskraft gekostet haben, den Kommandanten von Grootfontein zu dieser Aktion zu überreden, denn der hat sich unter Umständen eine Menge Ärger eingehandelt, weil er sich in die Belange des Bezirkshauptmanns von Otjiwarongo eingemischt hat. Es liegt doch auf der Hand, dass van Houten dir helfen wollte. Warum sonst wäre er auf Verbrecherjagd gegangen?«

Jella kaute nachdenklich auf ihrer Unterlippe. Es dauerte eine Weile, bis sie diese Neuigkeit verdaut hatte. Fritz sollte das alles ihretwegen gemacht haben? Ein warmes Kribbeln überfiel sie. War sie ihm etwa doch nicht so gleichgültig, wie sie unterstellte?

»Du musst mit ihm reden«, drang Johannes weiter in sie. »Er hat ein Recht darauf, zu erfahren, dass er Vater wird. Ich bin mir ganz sicher, dass er dann auch Verantwortung für dich und das Kind übernehmen wird.«

Die letzten Worte stießen Jella wie roher Kohl auf.

»Verantwortung übernehmen?«, brauste sie auf. »Meinst du, das ist es, was ich will?«

Johannes hob abwehrend die Hände.

»Du missverstehst mich. Ich glaube …«

Jella ließ ihn nicht ausreden.

»Ich brauche keinen Mann, der nur aus Verantwortungsgefühl für einen Fehler, den er gemacht zu haben glaubt, zu mir steht. Ich kann ganz gut auf mich selbst aufpassen!«

»Das glaube ich dir aufs Wort«, erwiderte Johannes ernst. »Du bist eine erstaunliche junge Frau, und ich bin zudem stolz darauf, dass du meine Tochter bist. Aber ich verstehe nicht, was zwischen dir und diesem van Houten steht. Meinst du, er ist ein leichtsinniger Lump?«

»Natürlich nicht!«, entgegnete Jella heftig. »Aber er ist ein

Mann – und er wird mich einschränken. Ich möchte selbst bestimmen, was gut für mein Leben ist!«

»Vertraust du ihm so wenig?«

Jella schüttelte unwirsch den Kopf. »Das hat nichts mit Vertrauen zu tun – oder vielleicht doch! Ich habe Angst, meine Unabhängigkeit zu verlieren. Ich will selbst bestimmen, was gut ist für mein Leben, und mich nicht von einem Mann bevormunden lassen.«

»Du bist genau wie deine Mutter«, meinte Johannes wehmütig. »Sie war die selbstständigste Frau, die ich kannte. Nur ein einziges Mal habe ich sie bevormundet, nämlich als ich ihr verbot, mich gleich mit nach Afrika zu begleiten. Das war mein größter Fehler.«

Erstaunt sah Jella zu ihrem Vater auf. Seine Offenheit berührte sie.

»Lass die kostbare Zeit, die ihr miteinander haben könnt, nicht nutzlos vorüberziehen«, drang er weiter in sie. »Mach nicht denselben Fehler, den ich begangen habe, nur weil du glaubst, dass es so ist, wie du es dir vorstellst. Dieser Fritz hat eine Chance verdient!«

In seinen Augen schimmerte es feucht. Tastend suchte er nach Jellas Hand, die sie ihm zaghaft überließ. »Wenn du ihn liebst, dann musst du zu ihm und es ihm sagen!«

Die eindringlichen Worte ihres Vaters lösten in Jella einen weiteren Widerstreit der Gefühle aus. Tief in ihrem Herzen hatte sie schon längst diese Möglichkeit erwogen. Doch die Angst vor neuen Enttäuschungen und die Furcht, ihre Freiheit zu verlieren, hatten sie blind für die Wirklichkeit gemacht. Fritz hatte ihr gleich nach ihrer ersten Nacht einen Heiratsantrag gemacht, den sie in ihrer Verbohrtheit ausgeschlagen hatte. Trotzdem hatte er ihr geholfen und hinter ihrem Rücken für sie Nachforschungen angestellt. Sie durfte nicht länger an seinen aufrichtigen Gefühlen zweifeln.

»Ich verstehe nur nicht, weshalb er gleich wieder weggeritten ist«, meinte sie unsicher.

»Ist das wirklich so schwer zu verstehen?«, fragte Johannes.

Jella legte den Kopf auf die Seite und überlegte kurz.

»Nein«, meinte sie schließlich zögernd. »Eigentlich nicht. Er hat sich Hoffnungen auf mich gemacht, aber dann hat er dich gesehen und sich überflüssig gefühlt, weil du plötzlich da warst. War es das?«

Johannes zog zustimmend die Augenbrauen hoch.

Jella wurde ganz leicht ums Herz.

Epilog

In weiten, fliegenden Sprüngen setzte eine kleine Herde Antilopen durch das struppige Unterholz des Buschlandes. Ihr Auf und Ab erinnerte an Gummibälle, die unregelmäßig auf den Boden einer Turnhalle aufprallten. In den Momenten, in denen die Tiere scheinbar schwerelos in der Luft schwebten, hatte Fritz das Gefühl, dass auch für ihn die Zeit stillstand.

Die meisten Büsche und Bäume hatten mittlerweile ihre Blätter abgeworfen und machten das Buschland lichter und überschaubarer. Tiere, die sonst im Dickicht des Laubs verborgen waren, wurden nun sichtbar. Die langen Hälse dreier Giraffen bewegten sich in majestätischen Vor- und Zurückbewegungen aus einem undurchdringlichen Gestrüpp hervor. Sie hielten auf einen allein stehenden Giraffendornbaum zu, der sie auch im Winter mit Blättern versorgte. Kaum hatten sie ihr Ziel erreicht, reckten sich ihre Hälse noch ein Stück in die Höhe, und ihre langen blauen Zungen begannen geschickt an den dornigen Zweigen zu rupfen, ohne sich zu verletzen. In der Ferne konnte Fritz die graue Masse einer Gnuherde erkennen, unter die sich eine Gruppe Zebras gemischt hatte. Die beiden Tierarten blieben gern beieinander, um sich gegenseitig vor Gefahren zu warnen. Im Moment schien jedoch alles still.

Fritz genoss die friedliche Szenerie von einer kleinen Anhöhe aus. Wie so oft in letzter Zeit war er vor dem Morgengrauen hinaus in die Wildnis geritten, um in Ruhe seinen Gedanken nachhängen zu können. Die ersten Stunden des Tages gehörten ihm allein. Sein Wallach schnaubte. Fritz ließ ihm die Zügel und trabte an. Es war Zeit, nach Hause zu reiten.

Imelda empfing ihn mit einer dampfenden Tasse Kaffee.

»Ich glaube, du solltest erst nach Pascha sehen, bevor du in den Laden gehst«, meinte sie. Etwas in ihrer Stimme ließ Fritz aufhorchen.

»Ist er krank? Gestern Abend machte er noch einen ganz munteren Eindruck.«

Imelda zuckte mit den Schultern.

»Sieh selbst nach. Ich glaube, es ist wichtig!«

Fritz beschloss, sich gleich darum zu kümmern. Er ging durch die Hintertür zu den Stallungen der Tiere und suchte Paschas Gehege auf. Die Tür stand offen. Der junge Leopard war nirgendwo zu sehen. Fritz sah sich ratlos um. Dann entdeckte er den General, der sich immer wieder seinem Lieblingsbaum näherte, aber dann wieder aufgeregt wegsprang. Irgendetwas stimmte dort nicht. Vielleicht war Pascha ja dort. Fritz ging auf den Baum zu, um nachzusehen. Tatsächlich kam hinter dem Baum der Leopard hervor. Auf langen, schlaksigen Beinen trabte das Jungtier auf ihn zu. Er war in den letzten Monaten ziemlich gewachsen. Bald würde er kräftig genug sein, um zurück in die Wildnis zu gehen.

»Du Ausreißer!«, rief Fritz kopfschüttelnd. »Wer hat dich denn rausgelassen?« Er kraulte Paschas Kopf, der ihn nach Katzenart immer wieder anstupste. »Du wolltest wohl mit dem General spielen?«

Er sah sich suchend nach dem Pavian um. Der kam mit den Händen voller Mongononüsse hinter dem Baum vor und machte sich daran, sie in sicherer Entfernung zu verspeisen. Erst jetzt entdeckte Fritz die Gestalt, die sich aus dem Schatten des Baumstamms schälte. Er hätte sie unter Tausenden wiedererkannt. Sein Puls beschleunigte sich. Am liebsten wäre er ihr entgegengegangen. Doch er blieb stattdessen stehen und wartete, dass sie zu ihm kam.

Jella lächelte unsicher. Eine ihrer Locken hatte sich aus ihrer hochgesteckten Frisur gelöst und hing ihr ins Gesicht. Sie sah bezaubernd aus.

»Jella!« Seine Stimme klang rau.

»Hallo, Fritz.« Sie spielte unschlüssig mit ihren Fingern, bevor sie ihn aus ihren grünen Augen ansah. »Ich wollte sehen, wie es euch … wie es dir geht.«

Hatte sie »dir« gesagt? Fritz' Herz machte einen Sprung. Ihm war, als risse ein Staudamm in seinem Innern ein.

»Ich … du … wir … damals …« Seine Worte holperten unbeholfen und ergaben keinen rechten Sinn. »Es war nicht meine Absicht, dich einzuengen …« Oh Gott, wie sollte er ihr erklären, wie sehr sie ihm gefehlt hatte? Er setzte noch einmal an.

»Wir, ich …«

Doch Jella kam einfach auf ihn zu und legte ihren Zeigefinger auf seinen Mund.

»Psst«, flüsterte sie. »Nicht reden!«

Nachwort

Afrika ist ein Kontinent voller Widersprüche und Kontraste. Schwer gebeutelt von den Zeiten der Kolonialisierung kämpft es heute mit den tückischen Folgen der Globalisierung um seine Unabhängigkeit und Identität. Einige wenige Stämme wie die halb nomadisierenden Himba im Kaokoveld und einige Buschmanngruppen in der Kalahari haben sich wieder auf die Traditionen ihrer Ahnen besonnen. Sie leben das Leben ihrer Vorväter und verzichten bewusst auf die vermeintlichen Vorzüge der sogenannten Zivilisation. Überall auf der Welt gibt es Menschen, die sich für diese indigenen Völker einsetzen. Sie schaffen die Voraussetzungen für ein selbstbestimmtes Leben. Vor einigen Jahren hatte ich die Gelegenheit, eine Zeit lang bei den Buschmännern in der Kalahari zu leben. Ich war mit den Frauen beim Feldkostsammeln, grub Wurzeln aus und lernte, mich mit einer Mongononuss zu waschen. Den Männern durfte ich beim Fallenstellen zusehen. Wenn die Mittagshitze unerbittlich auf die Kalahari brannte, saßen wir im Schatten eines Mankettibaums, wo die Frauen und Kinder Schmuck herstellten, während die Männer aus der Sisalpflanze Schnüre flochten. Vor der rasch einsetzenden Dunkelheit fand sich Zeit für Spiele, und abends lauschte ich den Erzählungen an den Lagerfeuern. Ohne Gao von den Joansi-Buschmännern, der mir vieles über seine Leute erzählt und übersetzt hat, wäre mir das meiste verborgen geblieben. Ich danke ihm und seinen Leuten für ihre Gastfreundschaft. Ich werde wiederkommen!

Die Geschichte von Jella und ihrer Familie ist frei erfunden, die historischen Umstände, das Leben in der Kaiserzeit in Berlin, in der Kolonie Deutsch-Südwest – dem heutigen Namibia – und bei den Buschmännern entsprechen in etwa den Tatsachen. Der berühmte Maler, Karikaturist und Fotograf Heinrich Zille war bekannt dafür, dass er sich um die armen Menschen in seinem Kiez kümmerte. Er schien mir der ideale väterliche Begleiter für Jella – ebenso wie Professor Robert Koch, der nicht nur ein herausragender Wissenschaftler und Mediziner seiner Zeit war, sondern auch eine Frau hatte, die ihn bei seinen Forschungen unterstützte. Warum hätte er Jella nicht ein wenig unter die Arme greifen sollen?

Dieses Buch ist das Produkt vieler Eindrücke, Recherchen und Erfahrungen, aber es wäre mit Sicherheit nicht ohne die Unterstützung einiger lieber Menschen entstanden. Als Erstes möchte ich Bastian Schlück, meinem rührigen Agenten, danken – für seinen Zuspruch und seine Kritik! Vielen Dank auch an meine Lektorin Nicola Bartels, die so positiv an mich glaubt. Der historische Stadtführer Michael Bocklau führte mich kenntnisreich und fundiert durch das Berlin um 1900. Mit ihm war ich auf Heinrich Zilles Spuren und konnte mir ein umfassendes Bild über die damalige Kaiserstadt machen. Rainer Weckwerth, ein lieber Freund und Kollege, war mir nicht nur ein scharfer Kritiker, sondern sorgte auch dafür, dass ich immer am Ball blieb. Ein weiterer Dank gilt den Mitgliedern des Clubs der Fetten Dichter. Ohne die vielen Steaks und launigen Gespräche … Ihr wisst schon, was ich meine! Dank auch an Bruni Thiemeyer für ihre klugen Ratschläge.

Und dann ist da last but not least meine Familie. Ich danke meinem Mann, der mich liebevoll jeden Tag mit Kaffee versorgt hat und geduldig meinen Ideen lauscht und mich oft auf meinen Reisen begleitet. Dank auch meiner älteren Tochter, die meine Texte immer als Erste zu lesen bekommt und unverblümt ihre Meinung dazu kundtut.

Sachworterklärungen

Biltong: Trockenfleisch vom Rind, Geflügel oder Wild. Das rohe Fleisch wird in Faserrichtung ca. 2 cm dick in Streifen geschnitten, gewürzt und mehrere Tage bei guter Belüftung hängend luftgetrocknet.

Buschmänner: nomadisch lebendes Jäger- und Sammlervolk im südlichen Afrika. Sie gelten als Urbevölkerung dieser Gegend. Ab dem 15. Jahrhundert wurden sie von Bantu-sprechenden Gruppen immer weiter in unwirtliche Gegenden abgedrängt. Malereien der Buschmänner bezeugen, dass sie schon vor 25 000 Jahren dort lebten.

Damarra: eigentlich Bergdamarra. Sehr dunkelhäutiges Volk, das zwischen der Randzone der Namib und dem Kaokoland lebt.

Gauab: schalkhafter Geist im Glauben der Buschmänner. Er spielt Menschen oft bösartige Streiche, überbringt Krankheiten und stiehlt ihren Atem.

Herero: ein die Bantusprache sprechendes Hirtenvolk, das Mitte des 16. Jahrhunderts gemeinsam mit den Ovambo aus Zentralafrika in das heutige Namibia einwanderte.

Himba: ein mit den Herero verwandtes nomadisierendes Hirten-, Jäger- und Sammlervolk. Sie leben im Norden Namibias. Besonders auffällig ist die fettige Creme, mit der Männer wie Frauen ihre Körper einreiben. Durch das eingerührte Ocker verleiht sie ihnen eine rote Hautfarbe, die vor dem heißen und trockenen Klima des Kaokovelds schützt.

Joansi: Ein Stamm der Buschmänner in der nördlichen Kalahari.

Kauha: Schöpfungsgott der Buschmänner.

Kru-Boys: afrikanische Matrosen aus Liberia. Da sie geschickte Ruderer waren, wurden sie oft zum Anlanden an schwierigen Küsten angeheuert.

Llangwasi: unberechenbare Geister der Buschmänner.

Nama: afrikanisches Volk im Südteil des heutigen Namibia. In der Kolonialliteratur wurden sie auch als Hottentotten bezeichnet. Die Buschmänner bezeichnen sie als »Brudervolk«.

Num: spirituelle Kraft der Buschmänner. Es ist eine Gabe, die mal mehr, mal weniger oder kaum vorhanden ist.

Orlam: Mischlinge, die von holländischen Farmern und Nama-Frauen abstammen.

Ovambo: ein mit den Herero Mitte des 16. Jahrhunderts in das heutige Namibia eingewandertes afrikanisches Hirtenvolk aus Zentralafrika.

Pad: afrikaans für Schotterweg, Straße.

Riviere: afrikaans für Fluss. Im südlichen Afrika versteht man darunter zeitweilig austrocknende Flussläufe. Sie führen nur in der Regenzeit Wasser.

Store: Kolonialwarenladen.

Tsamma-Melone: Citrullus lanatus, nahrhaftes, kartoffel-ähnlich schmeckendes Gewächs in der Kalahari und der Namib.